作者行草扇面

天堂書至隨筆

王幅明 著

大象出版社

图书在版编目（CIP）数据

天堂书屋随笔／王幅明著.— 郑州：大象出版社，
2014. 7
ISBN 978-7-5347-7132-3

Ⅰ.①天… Ⅱ.①王… Ⅲ.①随笔—作品集—中国—
当代 Ⅳ.①I267.1

中国版本图书馆 CIP 数据核字（2014）第 039716 号

天堂书屋随笔

王幅明 著

出 版 人 王刘纯
责任编辑 王晓宁
责任校对 钟 骄
书名题字 王刘纯
封面设计 刘运来
内文版式 王莉娟

出版发行 大象出版社（郑州市开元路 16 号 邮政编码 450044）
　　　　 发行科 0371-63863551 总编室 0371-63863572
网　址 www.daxiang.cn
印　刷 洛阳和众印刷有限公司
经　销 全国新华书店经销
开　本 787mm×1092mm 1/16
印　张 40.5
字　数 591 千字
版　次 2014 年 7 月第 1 版 2014 年 7 月第 1 次印刷
定　价 80.00 元

若发现印、装质量问题,影响阅读,请与承印厂联系调换。
印厂地址 洛阳市高新区丰华路三号
邮政编码 471003 电话 0379-64606268

目 录

第二辑　读书与读人

第三辑　忆与履

第四辑　编者悟语

第五辑　与电影相遇

第六辑　答友人问

附　录

后　记

序：天堂里的读书人

何向阳

　　王幅明先生是我尊敬的长者，我对他的尊敬起初缘于父辈的情谊，他由于长期担任编辑、主编、社长，便经常在各种与文学有关的场所能够与之相见，却从未深谈，倒应了"君子之交淡如水"的古语，而读了这部约我作序的"大部头"之后，我对他的尊敬更深一层，好像是经历了一场前所未有的长谈，孤陋寡闻的我，刚刚从他自己的书中得知他的书屋之名，敢用"天堂"二字，是我难以想象的，但又在意料之中，想想：一个爱书嗜书如命的人，每天从编书做书的场所回来，到了家中仍辗转于两间书屋万卷书册之间，开始读书著书，这种日子，对于爱读书的人，不是天堂又是什么呢？

　　这个世上，因有太多的选择，所以即便是选择了的人，其心也会有太多的分裂，比如，做书的人，不一定爱书，爱书的人，不一定爱读书，而爱读书的人，不一定是一个真正意义上的读书人。也许我说的有点曲折，但深想一想，是这么回事。这个世上，真正的读书人是不多的，我指的是将书作为个人生命一生伴侣的人，是将书作为真诚对话的朋友的人，是将书看作是精神成长的导师的人，而同时，又是将书看作教一己辨善恶黑白而成为一个有爱憎心的人。这个读书人，可遇而不可求。正如书之问世，难道它不渴求一个真正知晓它全部精髓的知音？人说，书，亦师亦友。书也是人，书之于人，当然同理同心。

　　《天堂书屋随笔》这部书中的《读书人的盛宴》，是为自1995年设立的

"世界读书日"所写，巧合的是王幅明的儿子的生日也是4月23日，这篇文章虽然短小，却以一个读书人的角度，提供了大量的信息，如1564年4月23日，莎士比亚出生，而1616年同天，塞万提斯去世；如以2005年与1999年相比，中国国民阅读率下降11.7%；如电子三屏（手机、电脑、电视）对于纸质书籍的读者分流；更精要的是，作者竟考证出了1200年4月23日，朱熹逝世，而1794年同月同日，魏源出生。我想，如若不是一个爱读书爱历史的读书人，是无法将笔触伸向如此远的中西历史的。

王幅明先生之读史，当然有对于司马迁的尊崇，他的《〈史记〉：前无古人，后唤来者》可以自证；而我更感念于他读史的方法，以《千年春蚕丝未尽》为例，他写李商隐，是以一个21世纪的读书人的身份，走进以李商隐墓园为中心开辟的纪念公园，他追溯李商隐之从河南沁阳迁至郑州荥阳的经历，试图于诗文中求迹一位诗人的心律，而接续中原先贤文化的血脉。其中，作为中原后人，王幅明先生对李商隐的解读也是独特的，他说，"过去的历史学家和李诗评论家中，有不少人认为李商隐是牛党或是李党。其实，李商隐决无意参加任何一党。他是一个具有嶙峋风骨、从来不肯屈身辱志的人，因此他不屑于攀附任何政治集团。也正因为他能超越于党争之外，所以他的政治态度比较公正，政治诗的观点也确乎超出于集团私利之争。他比较能放眼四顾，为日薄西山的唐帝国而忧愁，为长安西郊农村的'十室无一存'而愤切"。这种观点，一方面源于王幅明先生对于李商隐才华的深爱，同时也源于对于一位历史中人的认真求证而不人云亦云的态度。这种态度亦表现在对于诗人的《锦瑟》诗之解读："锦瑟无端五十弦，一弦一柱思华年。庄生晓梦迷蝴蝶，望帝春心托杜鹃。沧海月明珠有泪，蓝田日暖玉生烟。此情可待成追忆，只是当时已惘然。"自宋至今，情诗说，咏瑟说，悼亡说，自伤说，诗序说，陈情令狐说，情场忏悔说，党争寄托说，无可解说，内心体验同构说，言说纷繁，各有其理。连王渔洋也曾感叹"一篇锦瑟解人难"作为李商隐绝笔诗之一，作为义山诗的压卷之作，王幅明先生采取的是严谨的言说态度，他不给出一己一定的解释，不给出解释正是由于有多种解说的可能性，这是诗的丰富与多义造就的，同时也是对诗人一生遭际与情怀的深切敬重。

又譬如《五百年来无此君》，对于书家王铎，王幅明先生采用的仍是走读的方式，王铎，身为明清二臣，颇受史家争议，但其书法却深得同是书法家的作者喜爱，作者一路奔赴其故里，寻拜其故居，在孟津，在会盟镇，在再芝园，行走同时也留下其思索的印迹，他的思索，不切断历史，却有自我独见，他写道："影响了中国政治生活达2000年之久的儒家行为规范，不再是人们评价历史人物的唯一尺度。皇帝的诏书，不再是评价王铎的唯一定论。"由此出发，他深入到这位书家生活的最具体地点，开始了他所独有的一节历史的勘探，孟津，我十多年前走读黄河时去过，确如作者所言，"孟津"二字因夏禹治水，自三门峡至此建立第一个渡口而得名。"孟"在古语中意指第一，"津"为渡口。"这个渡口到今天已销声匿迹。一个巨大的水利工程取代了它。它的上游不远处，在一个名为'小浪底'的地方，建起了一座令世人瞩目的大坝，截住了滔滔奔流的黄河水。会盟镇称得上是一个历史名镇，历史上曾是孟津的县城。相传武王伐纣时在这里与各路诸侯会盟和渡河，故有此名。从郑州去小浪底观光，必经会盟镇。"王铎故居，由于历史变迁和战争纷扰，大多房屋已毁于战火。少数保存下来的房子，做过人民公社的办公大院。用作公社会议室的一间，是王家的宗祖祠堂，四周墙壁上镶嵌着90块王铎手书的汉白玉碑刻——这便是书法界熟知的"拟山园"碑帖。正因为它作为公社会议室的独特地位，"文化大革命"才免遭破坏，得以保存。作者从实地田野考察出发，而不仅从书家角度，亦从"孟津诗派"角度勘察王铎才华，将一个生于1592年（明神宗万历二十年）的有着文化传统的农民的后代形象，细腻地勾画了出来。说实话，我是非常认同这样的写法的，人文地理，人因地而实，地因人而活，作者的这种实地对话的功夫，是一种对于"读万卷书，行万里路"的文化的传承，同时，也呈现出一种在空间中定位时间而与历史对话的田野方法。这篇文字中，作者引用书家马世晓评论王铎的句子："天马行空，惯从万汇收元气；玄机运理，自能一心穷大观。"而这个评价，用于王幅明先生自己的写作方法的评价，亦未尝不可。

由于王幅明先生长期而深入地致力于中国散文诗的研究，其书中对于中国散文诗家或中国作家的重要散文诗作品都有专论，如对于鲁迅《野草》，对于艾青、柯蓝、郭风、耿林莽、李耕、许淇、彭燕郊、王尔碑等，不一例举。值得关注的是他的《寂寞而又美丽的九十年》一文，此文是为《中国散文诗90年（1918—2007）》一书作序的文章，然可以视作一篇对20世纪至21世纪近百年散文诗生成与发展的研究论文来读。全文回顾了1918年1月《新青年》第四卷第1期发表的沈尹默的《月夜》《鸽子》《人力车夫》，视之为最早的散文诗，而对1919年鲁迅先生以"神飞"笔名发表的《自言自语》《寸铁》《火的冰》《古城》等也做了梳理，直至1924年鲁迅写作的《野草》在1927年由北新书局出版，被视之为散文诗的杰出代表，文体上的自觉与独创，在对其中的《秋夜》《过客》《墓碑文》《这样的战士》的分析中，可见功底。此后是20年代、30年代、50年代，直到新时期。他的分析视野还涉及台湾、香港等地作家的散文诗作品，可以看作是对近百年散文诗体裁的这个"混血儿"的梳理探究，其中不乏研判之新见。王幅明先生对散文诗可谓情有独钟，在他的多篇文章中，他都积极呼吁散文诗应该纳入国家级文学大奖，散文诗的发展历史与成就，便可成为例证。这种经年的呼吁真诚而热忱，也的确得到了回应，国家级文学大奖鲁迅文学奖已将散文诗纳入评奖范畴，并给予了极大的重视。

在王幅明先生的编、读、写组成的生活里，这样的"力荐"实例是很多的，譬如他任河南文艺出版社社长期间，便慧眼视英雄地出版了孙皓晖先生的力作《大秦帝国》，这部作品之于中华文明的见地以及作为文学作品的文化贡献，或可随日月之增而渐渐呈现，而起初的"识英雄者"，则应为我们所牢记。作为《大秦帝国》的出版人，与之相关的评论他本人就写有三篇之多，如《感受大秦之魂》等，悉数选入此书。他视这部大书的出版，为中国出版史上的一个重大事件，究其原因，在于他对这部著作非同一般的认识，正如其文中所写，"中国是一个不可分割的文明统一体。这是大秦留给中华民族的最宝贵的精神遗产"。而孙皓晖写秦，在这一点上两位读书人的共鸣与默契，值得研读。王幅明还在文章里引用了国学大师钱穆的重要观点，"秦人统一，此期间有极关重要者四事：一、为中国版图之确定。二、为中国民族之抟成。三、为中国政治制度之创建。四、为中国学术思想之奠定"。他以为，此四事，牢牢构建了中国文明之根。那么，对于这部中华文明之根的寻探之作，出版者的热情是可以想见的。因为它深深植根于读书人的认知。2008年，河南文艺出版社取得社会效益与经济效益双赢，获省级及省级以上奖共计20余项，其中省"五个一工程"图书奖13项，省优秀图书奖5项，全国畅销书奖3项，中国最美的书1项，版权输出2项。这样骄人的成绩单并不是偶然的。王幅明先生的心思不在功名功利，所以他能做出读书人本应做出的事，这些事，在他，也是本性而为，有着率真的取向，正如他的《天堂》一文中讲，"腾格尔有一首颇为流行的歌，名为'天堂'。那是蒙古族歌手对幸福生活的憧憬。也许，每个人心中都会有一个天堂。你若问我，你的天堂是什么，不怕你笑话，奢望不高，只是一间宽畅的书房"。

王幅明先生的"天堂"从几个书箱开始，到书柜，再到书房，再到两间书房，他的购书也从几百册至万册之多，这个读书人，无论是在柏林还是在台湾，无论是在都市还是在小城，大小书店都留下了他读书选书的身影。作为一位写作者，我也经年留恋于各个城市的书店，去年在冰岛，跑到拉克斯内斯故居，我一口气买了他的译为英文的许多作品，揣着一包书，冒着蒙蒙秋雨走在四围是山、人迹寂寥的雷克雅未克城郊，那时心里就像揣着一座暖暖的火山一样。所以，我理解王幅明先生的心情。是呵，夫复何求，读书人的答案，恰恰是最简单的，但是为了这个"天堂"的造就，又有多少的读书人编书人在用生命做着"最不简单"的工作！王幅明先生已从社长职务卸任，他真正地回归到了自己读书的"天堂"，在其《出版人与读书》一文中，他仍然念叨后来者，"作为出版人，梦寐以求的事情，莫过于一生出一部或多部，能够被读者争相阅读的，能够帮助、提升、照亮他们的好书。这是出版人的天职和追求"。他也深知，"谈何容易？可能一部有价值的书稿被你轻而易举地一退了之。或者，你与作者的见解根本不在一个水平线上，他不屑于让你做他的责编。原因何在？你读书太少，不知道此一领域的代表作有哪些。书稿有无价值和已经达到的高度，你没有能力作出判断"。所以，"要想完成在出版领域的文化担当，读书是无法逃避的基本功。出版人比任何人都更加需要读书"。这是他的职责所在，而我在欣赏他恪守职责的同时，更为热爱的是这样的句子，"有人说，有一种人，读书对他们像空气一样重要，而我们便是这种人中的一群"。

我想，这种空气，是清新的，凛冽的，温煦的，也是我们每天不可或缺的。与王幅明先生一样，我庆幸，我属于这个被称为读书人的群体中的一个。

2014年4月7日 北京

第一辑/似兰斯馨

寂寞而又美丽的九十年

一、在寂寞中开花

从中国散文诗作家自觉用"散文诗"这一文学体裁发表作品至今，已经90年了。对人而言，90岁已是垂垂暮年；可散文诗，90年后依然风采迷人。

我曾用这样一段话描述散文诗："在雅文学的殿堂里，有一位远离显赫地位，然而却令人倾倒的美丽混血儿。她，便是散文诗。"这段话包含两个关键词：寂寞、美丽。

这两个词伴随散文诗走过了90年。

文学有雅俗之分，诗与小说都有雅俗之分。小说有通俗小说，诗有传单诗、打油诗，可散文诗无法入俗。散文诗美丽的天性注定她只能属于高雅文学的一种。散文诗是边缘的，嫁接的，化合的，混血的。散文诗能够作为独立的文学品种为世人所喜爱，说明她是"强强联合"，而不是"劣劣组合"。散文诗既有诗的意境，又有散文舒展自由的外衣，在简约的篇幅里包含着深广的内容。散文诗是公认的最富文采的美文，也是最富于时代感和哲理感的美文。也许，混血儿的美丽是先天具有的。这在遗传学里可以找到科学的解释。

美丽往往又伴随着寂寞。身处边缘往往会被遗忘。关于散文诗的位置，谢冕先生有一段话概括得十分准确："散文诗是文学的一个品种。它的历史

也很悠久，不少中外的文学大师都写下许多不朽的名篇。鲁迅的《野草》里有不少是中国散文诗的经典之作。但散文诗在中国文学中的地位似乎并不高，它在很大程度上受到了忽视。大概是由于它是‘两栖文体’吧，散文不肯‘收留’它，诗通常也不把它当作自己家族的当然成员。这样‘无依无靠’的散文诗只能‘自强自立’，依靠自己的奋斗以求发展。”（《散文诗随想》，载《散文诗》1999年第7期）散文诗在20世纪的90年中也曾短暂地热闹过，但更多的是冷寂。在1949年以前的旧中国，没有出版过一本综合性的散文诗选。在新中国成立后的五六十年代，散文诗常常作为带有"小资情调"的文学另类遭到批判。更有甚者，因写散文诗而被扣上"反党"帽子被捕入狱的诗人不止一个。从20世纪70年代末至今，陆续设立的各类全国性的文学奖项中，从未将散文诗作为一种文学体裁列入其中。当然，也有散文诗集获得全国少数民族文学骏马奖的，但都是作为诗集或散文集入选的，从未出现过散文诗的名称。是文学界的领导层中或文学奖的评委中没有散文诗作家的代表吗？不得而知。

　　一丛丛野花，在寂寞的荒野和山地顽强而执着地盛开，令行人不时回眸。这便是中国散文诗90年所走过的路。

二、开拓者的足迹

中国古代没有"散文诗"的名称，也没有独立于其他文体本质上属于散文诗的单一的文学形式，但中国古代确实有具有散文诗文体特征的古典散文诗的存在。赋，与散文诗有许多相似之处，但它还不能一概而论地被称为古典散文诗。赋，也属于散文与诗的混合体，西方国家在介绍中国古代文学时，有将"赋"译为"散文诗"的（见刘若愚：《中国文学艺术精神》，王镇远译），但这并不等于赋就是散文诗。赋有多种形式，有古赋、俳赋、律赋和文赋。俳赋和律赋，在格律上接近于诗；只有一部分古赋和文赋冲破格律上的束缚，与散文诗追求自然的品格一脉相承。

"散文诗"一词，是从国外引进的，最早出现在1906年王国维所写《屈子文学之精神》一文中。中国散文诗是和中国新诗结伴而行的，最早作为新诗的一个分支受到提倡。1917年5月号的《新青年》杂志上，刊发了刘半农写的《我之文学改良观》，该文率先倡导诗体革新，提倡增多诗体。文中说："试以英法二国为比较，英国诗体极多，且有不限音节不限押韵之散文诗。""彼汉人既有自造五言诗之本领，唐人既有自造七言诗之本领，吾辈岂无五言七言之外，更造他种诗体之本领耶。"

1918年1月出版的第四卷第1期《新青年》杂志上，发表了沈尹默、刘半农、胡适三人的九首新诗。其中沈尹默的《月夜》《鸽子》《人力车夫》三首是最早的散文诗试作。该刊在同年下半年刊出的沈尹默的《三弦》和刘半农的《晓》是公认的中国早期散文诗的成熟作品，并被评论家认为是早期作品中的经典之作。刘半农和沈尹默是中国散文诗最早的两位开拓者，可惜他们都没有出过散文诗集。"五四"过后，沈尹默的兴趣转在旧体诗上，出过《秋明集》等旧体诗词集，晚年以书法名世。刘半农于1926年出过诗集《扬鞭集》，其中收有他的散文诗。他在自序中说："我在诗的体裁上是最会翻新鲜花样的。当初的无韵诗、散文诗，后来的用方言拟民歌，拟'拟曲'，都是我首先尝试。"他是一个新诗体的伟大探索者，对中国散文诗具有开山之功。

鲁迅1919年开始用"神飞"的笔名发表散文诗作品，他在该年八九月间出版的《国民公报》"新文艺"专栏发表了《自言自语》《寸铁》《火的冰》《古城》《螃蟹》等八首散文诗。这组散文诗有的用寓言体，有的用象征手法，有的用内心独白的形式，显示出很高的艺术造诣，成为同时代传之久远的散文诗珍品。

在20年代散文诗开拓者的作家队伍里，还有周作人、郭沫若、沈兼士、许地山、徐玉诺、徐志摩、朱自清、郑振铎、冰心、瞿秋白、焦菊隐、巴人、茅盾、汪静之、于赓虞、朱大枬等。在中国散文诗的第一个10年中，收获是丰硕的，巨大的。在中国散文诗的史册上，留下了光彩夺目的一页。这当然要首先归功于"五四"前后新文化运动的大背景。没有对旧文化的尖锐批判，对外来先进文化的包容和认同，加之一批高层次文化人的倡导和努力，这些成果的取得是很难想象的。最早一批散文诗开拓者，都是在一个高起点上进行创作的。他们既有丰厚的传统文学功底，又有开阔的视野和西学修养。他们中的不少人留过学，精通外语，可以直接阅读外国文学作品。对中国散文诗具有开山之功的刘半农，本身就是一个翻译家和学者。他是最早在中国介绍外国名家散文诗的译者。这些作家以其不同的艺术个性和魅力，在中国散文诗的艺术长廊里，留下了别人无法取代的位置。这个时期的代表作除鲁迅的《野草》外，有徐玉诺的《将来之花园》（诗与散文诗合集）、王任叔（巴人）的《情诗》、许地山的《空山灵雨》、焦菊隐的《夜哭》与《他乡》、高长虹的《心的探险》与《光与热》、刘半农的《扬鞭集》（诗与散文诗合集）、沐鸿的《天河》与《夜风》、高歌的《清晨起来》与《压榨出来的声音》、于赓虞的《魔鬼的舞蹈》与《孤灵》、冰心的《往事》、朱大枬等人的《斑斓》、马国亮的《昨夜之歌》等。

一种文体成熟的标志，像一只鸟，必须要有两翼，才能飞翔。一翼是创作，另一翼则是理论。中国散文诗从尝试到成熟，创作和理论探讨一直是并驾齐驱的。在确立散文诗的文本特征上，郑振铎、滕固、郭沫若、于赓虞等人功不可没。1922年，郑振铎（笔名西谛）在其主编的《文学旬刊》上开辟"散文诗"专栏，先后发表多人文章，引发争鸣，探讨散文诗的概念和艺术特征，对促进散文诗的发展产生了重大的影响。滕固在其文章中，用一个形象的比喻，说明散文诗是诗与散文化合后而产生的一种新文体："譬如色彩学中，原色青与黄是两色，并之成绿色，绿色是独立了。诗与剧是二体，并之成诗剧，诗剧也是独立了。散文与诗是二体，并之成散文诗，散文诗也独立了。"（《论散文诗》）他还借用日本诗人白岛省吾《幻之日》自序中的一段话，指出散文诗的三个要素：一、诗的韵律藏于字里行间；二、有一个焦点；三、不长的形式。三个方面，基本说清了散文诗的本质和外在特征。

在中国散文诗的开拓者中，鲁迅是最杰出的代表。他从1924年年底开始陆续发表的总题为《野草》的二十多章散文诗，1927年结集由北新书局出版。这在中国散文诗史上，是具有里程碑意义的事件。研究家们，历来大多都把《野草》看作是至今无人逾越的一座文学高峰。当然，对《野草》的文体，一直存在不同的意见。包括柯蓝在内，认为《野草》不全是散文诗，有些篇章应归于散文。（见《中国散文诗创作概论》）王志清写过一篇《〈野草〉的文体颠覆及辩正》（载《鲁迅研究》2003年第9期），详细分析了《野草》中的"杂语性"特征。因为这些作品全都发表在《语丝》上的"野草"专栏，所以结集时全都收入了。当时并没有想到严格的文体分类。比如《我的失恋》明显是诗，《风筝》则是叙事散文。但这些并不影响它作为中国现代文学高峰的历史地位。《野草》是一个哲学的世界，象征的世界，一个纯粹的"散文诗"文体无法涵盖的世界。

《野草》里的大多数作品，从文体上应属于典型的散文诗。《野草》作为一部杰出的散文诗集，即使从严格的文体学要求去推敲，也是当之无愧的。20世纪20年代，散文诗只是中国新文学园林里的一株幼苗，虽已产生了成熟的作品，但作为一种新的文体，仍具有明显的探索性。在新中国建立前30年间出版的散文诗集，很难说哪一本从文体上真正算得上纯粹的、无懈可击的散文诗体。只要它的多数作品具备散文诗的特征，我们就把它划入进来。在30年间出版的几十部散文诗集中，《野草》在文体上是最丰富最有独创性的一部，几乎涵盖了散文诗的各种类型，为后世的学习者提供了最好的范本。如运用象征手法，情景交融、寓意深远的《秋夜》《雪》；用微型小说型，写出狗与人的绝妙对话，寓荒诞于严峻的《狗的驳诘》；用戏剧小品型，写出深刻人生哲理的《过客》；借用音乐的旋律，反复咏颂斗士情怀的《这样的战士》；运用梦境，写作者无情自剖，埋葬思想阴影的《墓碣文》；等等。正像茅盾所说："在中国文坛上，鲁迅君常常是创造新形式的先锋。"（《读〈呐喊〉》，1923年）在中国散文诗的文体探索上，鲁迅走得最远，他的探索精神和取得的成功，无人可望其项背。鲁迅是语言大师，他的语言艺术在《野草》中达到了极致——诗的语言，既有鲜明的形象性，又富于绘画的色彩美，加之优美的音乐感，三者的和谐统一，铸成一座令人叹为观止的艺术迷宫。鲁迅在谈《野草》的创作时说："有了小感触，就写些短文，夸大点说，就是散文诗。"（《〈自选集〉自序》）"大抵仅仅是随时的小感触。因为那时难于直说，所以有时措辞就很含糊了。"（《〈野草〉英译本序》）鲁迅的夫子自道说出了散文诗最主要的文体特征：表现人的心灵律动，显示强烈主体色彩，被灵感激活的"小感触"。它的本质和内涵是诗。《野草》运用现代诗最常用的技巧——象征，象征的成功运用使《野草》具有了几代人品味不尽的艺术张力。作为一本薄薄的散文诗集，《野草》是中国散文诗个案研究中最受关注且研究成果最丰硕的一种。自它诞生的80年来，对它的研究一直没有停止过（包括国际友人），除去大量的研究论文，仅研究专著已有40余种，文字量是《野草》的100多倍！

用"繁荣"一词形容中国散文诗的第一个10年，似不为过。由于中国当时的政治背景等复杂因素，进入30年代以后，中国散文诗走进了低落期。低落是相对而言。中国的散文诗作家并没有停止探索。20年间仍有茅盾、巴金、王统照、丽尼、何其芳、陆蠡、唐弢、莫洛、田一文、方敬、陈敬容、刘北汜、郭风、彭燕郊等人的传世之作。

除去国无宁日、连年征战、社会混乱的环境因素，理论上的滞后也是散文诗"低落"的不容忽视的原因。20年代初，西谛、滕固、郭沫若等人的文章应该说已为散文诗作了正名，但这样的理论并未深入人心，也未能联系当时的作品给予剖析和指导，加之复古派和格律派的鼓吹，无形中对散文诗的健康发展起到一定程度的阻碍作用。自白话新诗和散文诗诞生之后，复古派的攻击就没有停止过，他们坚决不赞成诗歌废韵，坚持"无韵不成诗"的信条。郑振铎主持的《文学旬刊》关于散文诗的讨论，实质上是文学研究会同人对复古派的一场论战。郑振铎指出，诗的要素是由情绪、想象、思想、形式四个方面构成的，"诗之所以为诗，与形式的韵毫无关系"（《论散文诗》）。王平陵也认为："由韵文诗而进为散文诗，是诗体的解放，也就是诗学的进化，在中国墟墓似的文学界，正是很可喜的一回事。"（《读了〈论散文诗〉以后》）他们的论述是对复古派的有力批驳。诞生于20世纪20年代的新月诗派，其核心人物徐志摩也写过很好的散文诗，也是散文诗的支持者，但在20年代后期，该诗派的格律派占了上风，散文诗成了他们攻击的重要对象。朱湘的言论是典型的一例。他说："节奏是散文诗的灵魂，我们中国的文字既没有多音字、读音的抑扬、文法的变化以创造节奏，便势不得不求救于双声叠韵同字句段落的排比；双声叠韵同字句段落的排比这两种工具的可能性是极有限的，偶尔作几回，未尝没有一点新鲜的色彩，但是一作多了，单调的毛病也就随之出现了。"（《评徐君志摩的诗》，1937年，载《中书集》）他断言散文诗在中国文学里最多是个附庸。他的论断是武断的，怀有偏见的。鉴于朱湘是一位有影响的诗人，他的评论在当时产生了明显的负面效果。加之当时一些新诗、散文诗作者确有肤浅和粗制滥造之作存在，客观上给他的谬论提供了口实。20世纪20年代后期至30年代前期，格律诗曾是诗坛的主要趋向。而早年曾写出成功散文诗作品《毒药》《婴儿》《常州天宁寺闻礼忏声》的徐志摩，也从此息鼓，改写新格律体。过分地格律化，导致了新诗的形式主义倾向。也有新月派诗人对此不满而冲出藩篱的，于赓虞便是其中一位。于赓虞坚持散文诗创作，先后出版风格迥异的《魔鬼的舞蹈》和《孤灵》两部散文诗集。他对散文诗的见解包含在诗集《世纪的脸》的序言中，是中国散文诗早期的一份重要理论文献。

20世纪三四十年代，是血与火的年代。中国人民投身于伟大的抗日战争和解放战争之中。肩负历史使命的散文诗作家没有停止创作。虽然环境恶劣，他们还是留下了深深打上时代烙印的一批散文诗佳作。代表作有丽尼的《黄昏之献》《鹰之歌》，何其芳的《画梦录》，王统照的《青纱帐》，陆蠡的《海星》，田一文的《向天野》《跫音》，方敬的《雨景》，陈敬容的《星雨集》，刘北汜的《曙前》，莫洛的《生命树》，唐弢的《落帆集》，彭燕郊的《浪子》等。但是，与20年代比，作为一种文体的发展，它的确进入了低落期。纯粹意义上的散文诗集很少，大多是散文小品与散文诗的合集，理论几乎是空白。

三、在盛世怒放

新中国成立，万木复苏，全国一片欣欣向荣的景象。沉寂了多年的散文诗也开始复苏。受"百花齐放，百家争鸣"文艺政策的感召，一批作家开始用散文诗的形式反映新生活，引起读者的关注和喜爱，影响最大的是柯蓝的《早霞短笛》和郭风的《叶笛集》。

和40年代散文诗的抨击黑暗向往光明的主题明显不同，50年代散文诗的基调是明朗的，充满着对新生活的歌颂。虽然都是短，吹奏者的审美趣味不同，带给人的审美感受也迥然有别。柯蓝的短刚健清新，有一种阳刚之美，给人以启迪和陶冶；郭风的笛声悠长重，有阴柔之美的精魂，让人尽享大自然的温馨。《早霞短笛》在重印3次，《叶笛集》于1962年修订重版，其中《叶笛》一章选入院校的补充教材，这些都可说明它们在当时形成的影响。一年开始的"反右"运动，使数十万人

1957年是一个不安的

陷入厄运，散文诗作者也身受其害。年仅25岁的青年诗人流沙河于1956年10月创作了一组五首散文诗的《草木篇》，发表在1957年1月《星星》诗刊的创刊号上。这是一束带刺的鲜花，一组充满人生哲理、催人向上的散文诗佳作。作品发表后刊物不胫而走，不少青年读者争相传抄。不幸的是，作品很快便被定为"反党反社会主义"的毒草，受到粗暴批判，作者被定为右派，被迫离开编辑岗位，随后又锒铛入狱。无独有偶，青年学子徐成淼1957年在复旦大学求学期间，因发表不合时宜的散文诗《劝告》被打成右派，惨遭政治迫害，发落到贵州山区。所幸徐成淼在22年后复出又重操旧业，成为颇有成就的散文诗作家兼理论家。也许是伤痕太深，流沙河在复出后则基本上告别了散文诗。当年因同情流沙河受到株连而被打成右派的海梦，恢复工作后则热心致力于散文诗的事业，成为著名的散文诗作家、编辑家兼活动家。散文诗的这一段不幸的"插曲"，应该被散文诗作家们铭记。愿它永远不会重演。

1963年以后一直到1977年，是中国散文诗的低谷期。从"政治挂帅"到疯狂的"文化大革命"，散文诗被视为文学的另类，小资情调的传声筒。掀开中国散文诗的出版史，这14年是空白。当然，鲁迅的《野草》是例外。鲁迅的著作一直没有停止出版。"文革"中，鲁迅的著作成了一些极左分子利用的工具。

散文诗的新纪元应该是从1977年开始的。一些沉寂多年的歌喉，重新发出嘹亮的歌声；一些报刊开始发表散文诗作品。诗人朔望在《人民日报》发表纪念张志新烈士的《只因》，引起关注和好评，这是他毕生唯一的一首散文诗。一些人因为喜爱这篇作品而记住了他。1978年，李华岚的散文诗集《赶海集》出版。这本明显受《早霞短笛》风格影响的作品，给散文诗爱好者们带来莫大的欣喜。李华岚是一位英年早逝的中学教师，《赶海集》出版后他便离开了人世。他因为是新时期第一本散文诗集的作者而永久载入中国散文诗的史册。接着，刘湛秋的《写在早春的信笺上》，刘再复的《雨丝集》在1979年问世。1981年，郭风的散文诗选集《你是普通的花》和柯蓝的《早霞短笛》（增订版）出版。由郭风、柯蓝主编的一套7本《黎明散文诗》丛书也于同年出版。这套包括郭风、柯蓝、刘湛秋、王中才、耿林莽、徐成淼、刘再光、那家伦、秋原9位作家的散文诗作品集，像一丛迎春花，盛开在文学的园林里，令散文诗爱好者们驻足观赏，进而引发创作的冲动。接着，第二辑、第四辑、第五辑分别由湖南人民出版社和漓江出版社出版，共43册。第三辑因故未出版，后由工人出版社以10人合集的形式出版。收入《黎明散文诗》丛书的作者，日后不少人成为中国当代散文诗的中坚，如耿林莽、李耕、刘再复、许淇、刘湛秋、敏歧、唐大同、钟声扬、柯原、孔林、纪鹏、陈志泽等。1984年6月，由郭风、刘北汜主编的《曙前散文诗》丛书由花城出版社出版。这套丛书收入叶金、田一文、羊翚、刘北汜、陈敬容、郭风、莫洛、彭燕郊的8部散文诗集。顾名思义，"曙前"，即指新中国成立前的40年代。当时生活在国统区的8位年轻的作者，用他们的散文诗作品，描绘了灾难时代的一幅幅侧影。作品展示了他们对多灾多难乡土和人民的热爱，对法西斯强盗的谴责，对黑暗社会的抨击，对新世界的向往和追求。这些作品虽免不了某些不足和稚弱，但取得的成就是可喜的。作品语言朴素无华，笔触细腻，感悟真挚；在表现手法上既有对"五四"以来前辈名家的师承，又各自留下了探索和创新的足迹。这些作品只有少数在40年代结集出版过，大多数不曾结集。所以，一次能够将8位老作家散落在几十年前各地报刊上的作品收集出版，本身就是一件值得称颂的事。它对于后学者借鉴学习及对散文诗史的研究，都是十分宝贵的资料。

1984年是中国散文诗历史上不同寻常的一年。其标志是中国散文诗学会在北京成立。成立全国性散文诗作家的学术性团体，这不仅在中国，在全世界可能都是第一次。它显示了中国散文诗的繁荣和作家队伍的壮大和团结。郭风身体欠佳未能到会，仍被选为两会长之一。诗坛泰斗艾青在夫人陪同下到会，并给协会题词："让诗和散文携手，进入散文诗的天国。"艾青任名誉会长，柯蓝、郭风任会长。中国散文诗学会成立后，做了大量有益的工作，对推动全国的散文诗发展，起到了不可估量的作用。其中一个工作是创办"黎明散文诗函授中心",历经3年。编写教材《散文诗写作讲稿》和《当代散文诗创作论》,内部发行。举行若干次改稿笔会。对于普及散文诗、培养散文诗新秀,作出了历史性的贡献。另一个工作是创办散文诗报刊。1996年首先在广州创办《散文诗报》,1992年又创办《散文诗世界》杂志,1993年创办《中国散文诗》杂志,为散文诗作家提供发表园地。第三项工作是举办各种活动。从1985年起,中国散文诗学会陆续在哈尔滨、乐山、朔州、湛江东海岛、珠海等地举办全国性的笔会,为散文诗作家提供相互交流、研讨、体验生活的机会,每一次笔会之后,都会收获一批新作。1985年的年会还组织作家到煤矿采访,这批作品后由煤炭部出版社编选成一部散文诗集《永远的燃烧》出版。其他活动有举办散文诗大奖赛、散文诗朗诵会等。这些活动均有一定的社会反响,对普及、宣传散文诗,扩大散文诗的社会影响,起到了很好的作用。

80年代出现了中国散文诗历史上从未有过的繁荣。除了中国散文诗学会为中国第一个散文诗学术组织外,还出现了中国散文诗史若干个第一:第一本散文诗选集《现代散文诗选》(珞旷编选,1982年由湖南人民出版社出版);第一本专发散文诗作品及评论的刊物《散文诗》(1985年邹岳汉在湖南益阳创办);第一本散文诗鉴赏著作《中外著名散文诗欣赏》(王幅明编著,1987年3月由黄河文艺出版社出版,以后多次重印,1992年1月又由河南人民出版社重版);第一本散文诗理论专著《散文诗的世界》(王光明著,1987年7月由长江文艺出版社出版)等。1989年,中国第二个散文诗学术组织中外散文诗研究会在黑龙江牡丹江市成立。柯原任会长,严炎任副会长兼秘书长。研究会成立后在开远、嘉峪关、贵阳、肥西等地举办全国性年会,先后编辑散文诗丛书《散文诗选萃》、散文诗丛刊《世界散文诗作家》,分别由北方文艺出版社和香港金陵书社出版公司出版。研究会编辑出版散文诗集100余种,为中国散文诗的繁荣作出了贡献。

全国性的散文诗热不仅成就了一批散文诗作家,同时也成就了一些理论家。对散文诗的理论关注始于《诗刊》。《诗刊》1981年第9期刊发了《散文诗六人谈》（柯蓝、郭风、王中才、许淇、那家伦、耿林莽）。六位作家结合各自的创作体会谈了散文诗的特征和创作技巧。这篇文章影响很大，对广大散文诗爱好者和理论研究者都是一个很大的激励。当时，不少报刊除刊发散文诗作品外，也都刊发了关于散文诗的理论和评论文章。《当代散文诗创作论》汇集了90篇有关散文诗特征、历史、创作经验及作家作品评论文章。自王光明的《散文诗的世界》出版后，徐成淼的《散文诗的精灵》、张彦加的《散文诗探艺》、王幅明的《美丽的混血儿》、徐治平的《散文诗美学论》、王志清的《心智场景》、李标晶的《中国现代散文诗艺术论》及《二十世纪中国散文诗论》、蒋登科的《散文诗文体论》、黄永健的《中国散文诗研究》等理论著作陆续出版。这些理论著作大多都获得了各省市的社会科学优秀成果奖，为建立中国散文诗科学理论体系作出了贡献。据笔者所知，国外尚无关于散文诗的理论专著。散文诗作为文学的新兴文体，是一种舶来品，但中国散文诗理论家们的理论探索，已经走到了世界的前面。张彦加除《散文诗探艺》外，还出版了《美的文体》和《散文诗新论》两部专著。他是把全部精力都用在散文诗理论研究上的一位学者，可惜英年早逝。中国散文诗的历史不会忘记这样一位有心人。

散文诗繁荣的局面一直持续到90年代。《散文诗》期刊成了散文诗界人人称道的一个品牌。90年代中期每期发行量曾达7万份，名列全国诗刊前茅。2001年起该刊每年举办面向全国的散文诗笔会，培养了一大批中青年散文诗骨干。《散文诗世界》1992年从第4期起改由四川散文诗学会主办，在成都出版。《散文诗世界》由于开本和容量比《散文诗》大，能够发一些篇幅较长的作品和理论文章，显示了它的某些优势。除此，《散文诗世界》从1993年起，组织过多次全国性的笔会，团结全国老中青三代作家，形成很强的凝聚力。遗憾的是，由于种种原因，它于1996年下半年起休刊多年，直到2003年复刊。如今，这两个刊物成为中国大陆散文诗的两大园地，受到广大读者和作者的青睐。

90年代的散文诗出版创历史新高。刊物之外，又推出年度选本。漓江出版社于2001年首推《2000年中国年度最佳散文诗》，至今已连续出版7卷。长江文艺出版社于2003年推出第二种年度选本《2002年中国散文诗精选》，至今已连续出版5卷。这些年选的印数都在1万册左右，足见它的读者量之大。90年代《当代诗歌》杂志曾做过读者调查，喜欢散文诗的读者占据较大的比例。这和散文诗刊物及年度选本的发行量是一致的。从1992年起，广西民族出版社推出"99散文诗丛"，本来想推出99本，结果两年中推出110本散文诗集，蔚为大观。其中不乏精品力作。

　　大陆散文诗的热潮直接影响着台湾和香港。在过去很长的一段时期，散文诗在台湾的命运是很尴尬的，不少文学界名人对此持否定态度，最著名的是余光中先生的"非驴非马"说。当然，冷遇并不能阻止热爱散文诗的诗人们的探索，但很难形成气候。90年代以来，情况有了很大改观。1991年，台湾诗人兼诗评家莫渝先生主编的台湾第一部散文诗选集《情愿让雨淋着》，由台北业强出版社出版。编者所写的代序《略谈散文诗》，亦可视为台湾第一篇较为系统的散文诗论。文中说："它介于韵文（诗）与散文的夹缝，归属于诗与散文的交集，是文学史上新兴的文体。"他的论述与大陆的观点基本一致。莫渝在1997年出版的《阅读台湾散文诗》一书，成为台湾第一部散文诗理论专著。这是一个重大突破。令人欣喜的是，青年学者陈巍仁先生的散文诗理论专著《台湾现代散文诗新论》于2001年由台北万卷楼图书公司推出，标志着台湾的散文诗研究已进入自觉的阶段。台湾出版的个人散文诗集不多，只有苏绍连的《惊心散文诗》等少数几本，大多作品收在其他诗集和散文集里。商禽和苏绍连被誉为台湾的散文诗两大家。他们都同为诗人，又都是现代派诗人。诗人写散文诗，诗味浓郁、意味深长是其一大特色。总体上看，台湾散文诗虽然数量不多，但质量和成就却不可低估，有些作品已成了诗人的代表作，在海峡两岸及国外都产生了影响。无疑，它们将在中国散文诗的史册上占据一席之地。理论的坚冰已经打破，尚缺少旗手一类的倡导者。可以想见，台湾散文诗更大的发展，应是指日可待。香港曾是多年的英国殖民地，娱乐业很发达，纯文学则是另一番景象，人称"文化沙漠"，可能有些夸张。香港回归前，写散文诗的作家屈指可数。但在1997年以后，队伍迅速扩大。一个重要原因是有了香港散文诗学会这样一个纽带。学会成立后于1998年出版的《香港散文诗选》，收入40位作家的作品，佳作虽有，但相当一部分只能称为散文小品。2000年，香港散文诗学会主办有30余人参会的"香港散文诗研讨会"，会议成果丰硕，研讨会论文集于次年出版。这次研讨会对香港的散文诗创作，有一个很大的推动。一些作家更理性、更专业地对待散文诗创作。之后，香港散文诗学会创办了《香港散文诗》季刊，并分别于2002年、2004年两个年度推出两辑共13本散文诗自选集，收录夏马、张诗剑、陶然、孙重贵、秀实、钟子美、天涯、文榕、华而实、蔡丽双、春华、海若、谈耘的作品。香港散文诗学会虽然成立较晚，但确是一个名副其实的学术团体，办了不少推动散文诗发展的实事。散文诗诞生于工业社会，是工业时代的产物。客观上讲，香港应是一块散文诗的沃土。香港散文诗作家没有辜负这块沃土，他们对散文诗的热情令人感动。从他们的作品里，我们感受到鲜明的都市色彩，同时又深蕴人生哲理和真挚的故国故土情怀。香港散文诗会有更光辉的明天，我们有充分的理由如此期待。

2006年10月，在成都诞生了一个全国性的散文诗团体——中外散文诗学会。已经有了两个，有必要再成立第三个吗？回答是肯定的。因为它身负使命，应运而生。进入21世纪之后，以往的两个散文诗团体几乎都停止了全国性的活动。中国散文诗如何在新的世纪里保持繁荣，迈入一个新的高度？散兵作战，没有一个学术团体凝聚整个队伍，显然是不行的。祝愿它不负广大散文诗作家的厚望，在以后的岁月里，能有更多出色的表现。

四、闪光的人物长廊

在回顾近30年中国散文诗取得的骄人业绩时，我们不能不提到一些人。正是这些人和他们的作品，构建了新时期中国散文诗的光辉长廊。

柯蓝，这个去世不久的延安时期的老作家，是令我们缅怀的一个人。他对中国散文诗的独特贡献有目共睹。有一些人不喜欢他，也有人攻击他，这些都未能动摇他热爱散文诗、甘为散文诗奋斗终生的志愿。他不是一个完美无缺的人。他的固执并不是所有人都能接受的。譬如他对朦胧散文诗的评价，对另外创办报刊就视为分裂的观点。我想起高尔基回忆契诃夫时的一句话：当我们饥饿时，即使烤煳的面包吃起来也是香甜的。同样，当我们沉浸在柯蓝散文诗特别是他晚年散文诗的意境时，还会说，这是一个固执的老人吗？

郭风，一个令众人尊敬的老人，一个纯粹的作家。他虽然也当过作协领导之类的"官"，但丝毫没有官架子。他是一个被刘再复称为"钉在散文诗十字架上的人"。他从早年的牧歌到晚年的哲思，一直在不停地探索。他对民族文学的热爱和继承为后学者树立了典范。他的人品和文风影响了许许多多晚辈人。刘再复深情地写道："呵，你这木兰溪养大的诗人，人与诗一样富有魅力，叫我不能不悄悄学着你，也背起一个十字架，在长着鲜花与荆棘的、修远的路上，苦苦求索……"

彭燕郊，中国散文诗坛险峰独步的常青树。这位17岁参加新四军的著名"七月"派诗人，一生屡遭磨难，40年代后期和50年代中期两度被捕坐牢，"文革"中又多次被抄家和关押，平反后仍未能免遭厄运。但这一切都未能让一个意志坚强者屈服。即使在失去写作权利的年代，他也没有停止心中的歌唱，以独特的默写方式留下珍贵的文本。这位在青年时代就开始散文诗创作的诗人，如同一个在艺术道路上不懈的攀登者，在半个多世纪的攀登后终于迈上新的高峰。会当凌绝顶，一览众山小。长篇散文诗《混沌初开》发表后，引发广泛好评，被誉为20世纪华语诗坛最优秀的长篇作品之一、继承和发扬《野草》诗风的一座新的里程碑。诗人用充满哲理、洋溢着创造激情和奇异生命之光的作品，为中国当代散文诗坛创造了"新的战栗"。

耿林莽，当代散文诗坛的一个大器晚成者。他虽在13岁时就开始发表诗作，但在40年代基本上是默默无闻的。他的散文诗创作始于1980年，当时已54岁，从此一发而不可收。至今他已出版8部散文诗集，作品逾千首，成为新时期最有影响的散文诗作家之一。除了创作，他还主编或参与主编了多部散文诗鉴赏和选集，主持《散文诗》《散文诗世界》的佳作评介专栏。这两个栏目多年后都成为两刊颇具影响的品牌栏目。他的散文诗创作追求多样与独特，广采博收，融会贯通，不断探索创新，开拓散文诗的表现领域与审美空间，摆脱散文诗矫饰柔弱的不良诗风，其作品内容丰厚，既有时代精神，又有很强的艺术魅力，赢得了广泛的赞誉。屠岸先生称他的散文诗"风格之特色即流动的物的具象和流动的情的抽象通过声与色的组合纠结而达到和谐统一"，赞誉他的散文诗"在国内确可说是独树一帜"（《声色高辉，笔下流情》）。

李耕，17岁发表诗作，19岁开始发表散文诗，一个至今已年近八旬的老作家，当代最有影响的散文诗作家之一。他的笔名（原名罗的）就是他的人生写照：一生都在不停地耕耘。在辛勤耕耘中，他终于发现了深埋在土地里的珍宝——散文诗。他把后半生最宝贵的光阴都献给了散文诗。他是一个在坎坷中走过、经历过人生苦难的人。因为正直，在1957年被错划为极右分子，被迫搁笔22年。复出后，他在相当长的一个时期诗句里饱含忧郁。他写《未死的树》，这棵忧郁的树，也许就是他自身的写照。近30年，他写了一千多首散文诗，引起散文诗界的关注和尊敬。至今已出版《爝火之音》《暮雨之泗》等散文诗集7部。他的诗风渗透着对苦难的体悟和对现实的追问，表现出坚韧的生命意识。从复出之初的对春天的讴歌，到后期作品深蕴人生的哲理，李耕一直在不停地探索，不懈地攀登。

许淇，一个画家兼作家的多面手。出生于上海，早年学画，1956年为支边来到内蒙古包头市，包头从此便成了他的第二故乡。虽是多面手，成就最高的领域要数散文诗。他的年龄小耿林莽和李耕十来岁，但散文诗成就直追两兄长，被评家并称为散文诗坛"三棵树"。年龄小一点，起步自然是晚。他的散文诗处女作是发表于1958年歌颂第二故乡的《大青山赞》，当时只有21岁。他是新中国最早一批献身散文诗创作的作家，也是成就最高的散文诗作家之一。1981年出版的《呵，大地》，大多是五六十年代的作品。他在后记中称"大地和人民"是他散文诗创作的"永恒的主题"。这一主题一直贯穿他的创作始终。除了兴安岭的原始森林，伐木工人、驯鹿人和鄂温克族人的婚礼，城市交响，他还为我们"掀开世界画册"、"西洋画册"……许淇的散文诗语言优美、清新，富于形象和色彩，具有鲜明的个性。现已出版散文诗集8种。其词牌散文诗充分体现了他在艺术上的追求和成果。

刘再复，旅美学者。他在80年代写的几部散文诗集曾风靡一时，拥有众多的读者。离国前著有《雨丝集》《告别》《深海的追寻》《太阳·土地·人》《洁白的灯芯草》《人间·慈母·爱》等散文诗集。他在《我找到了自己，而且忠实于自己》一文中写道："在写了这些散文诗之后，我才觉得写诗重要的并不是什么技巧。""一旦进入创作，这些规范其实都变得无能为力。真正强大的，真正成为创作动力的，只有心灵中那些迫不及待地想进射出来的情感，是那些久久郁积于胸中的痛苦。"刘再复曾任中国社科院文学研究所所长、《文学评论》主编，散文诗只是他学术研究之余的副产品，却"无心插柳柳成荫"，自成一格。刘再复从不写那些卿卿我我的儿女情长，奋斗与进取是回响在他作品中的最强音。他拓展了散文诗的表现领域，扩张了散文诗的广度和深度，艺术个性的底色是深沉和壮美。

刘湛秋，比许淇长2岁，属于同时代人。诗人兼翻译家。散文诗创作始于50年代。出版于1979年的《写在早春的信笺上》，是新时期最早出版的散文诗集之一，收集的作品大多写于五六十年代。1981年出版《温暖的情思》。这两本书的风格接近，基调欢乐明快，富于感染力。1986年出版的《遥远的吉他》是他的代表作，艺术境界迈上一个新的高度。郭风先生读后赞誉道："刘湛秋以他的深厚的诗人的素养，把生活中的诗和哲理通过富有音乐情趣的抒情诗的笔调加以表达，在我看来这是一部充满着音乐之斑驳的阳光的散文诗。"

当代的散文诗作家，应该有一个长长的名单。王尔碑，一位年过八旬的女诗人。从她的作品中丝毫感觉不到一个"老"字，她有一颗不老的童心、诗心。著有散文诗集《行云集》《寒溪的路》。作品虽然不多，但都短小精致，深蕴诗情，篇篇珠玑。她是一个一生都在做减法的诗人，是惜墨如金的典范。刘虔，一个专心执着于散文诗的作家，著有《大地与梦想》等散文诗集5部。其作品气势磅礴，充满激情和哲理，宜读宜诵。有评论家称他的散文诗是"燃烧的花朵，震颤的星光"。王宗仁，一位曾多年生活在青藏高原的军旅作家。著有《青藏写意》《雪山壶中煮》等散文诗集6部。他的作品多写青藏高原的军旅生活，在最恶劣的生存环境中展示人性的光辉，取材平中见奇，诗意盎然。他的作品是军旅散文诗的主要代表。钟声扬，一个被誉为"中国当代长篇散文诗的开拓者"的散文诗作家，著有6卷本的《梦影》，长篇情节系列散文诗，计20余万字。像这样6部作品风格、主题近似，既相互联系而又独立成篇的长篇结构形式，在散文诗历史上尚未出现过。柯蓝曾赞誉此系列散文诗"是一个独创，是中外散文诗探索中的一个里程碑式的成果"。敏歧，著有《历经荒原》等散文诗集3部。作品大都简短，小中见大，平易中见深刻，有很高的审美价值。以散文诗创作名世的作家还有柯原、唐大童、孔林、秋原、蔡旭、陈志泽、徐成淼、王猛仁、喻子涵（土家族）、莫独（哈尼族）、李松璋、谢明洲、韩嘉川、于沙、管用和、川梅、方文竹、亚楠、谢克强、灵焚、梅卓（女，藏族）、楚楚（女）、林登豪、栾承舟、冯明德、桂兴华、宓月（女）、天涯（女）、雪潇（女）、红杏、刘允嘉、虞锦贵、赵俊涛、罗文亮、盖湘涛、沉沙、王泽群、陈计会、黄神彪、崔国发、陈劲松、王慧骐、潘永翔、曹雷、张稼文、黑陶、欲凝、宋晓杰（女）、阳飏、胡弦、堆雪、曼畅、空间、司舜等人。一些以写自由诗名世的诗人加入到散文诗的行列，为散文诗大大增色。如屠岸、昌耀、韩作荣、雷抒雁、叶延滨等。在理论上作出贡献的学者和作家，除上一部分提到的外，还有严炎、秦兆基、程麻、陈少松、文立祥、于耀生、张俊山、龙彼德、秀实等人。

散文诗虽然一直未能处于文学的主流地位而受到关注，但由于它自身的业绩，依然在国家和省市级的评奖中拿走不少奖项。遗憾的是，这些奖项大多不是以"散文诗"的名义摘取的，而是当作诗或者散文赢得的。鲁迅文学奖对散文诗，一直是个空白。但是，中国作协另外一个奖"全国少数民族文学'骏马奖'"，已有多种散文诗集获奖，它们是：《爱的花苞》（中流，满族，第3届）；《童心集》（韦其麟，壮族，第3届）；《孤独的太阳》（喻子涵，土家族，第5届）；《朱红色的沉思》（冯艺，壮族，第6届）；《守望村庄》（莫独，哈尼族，第6届）。我们应向这些少数民族作家致敬，他们以自己的劳动成果为散文诗争得了荣誉。喻子涵和莫独都是青年作家，他们是散文诗坛的后起之秀。前辈作家郭风（回族）的《郭风散文选集》获第5届奖，该书所选大部分为散文诗。获得省市级奖的散文诗集有徐成淼的《燃烧的爱梦》、陈志泽的《守望，走不出故乡》、梅卓的《梅卓散文诗选》、蔡旭的《蔡旭散文诗选》、谢克强的《断章》、旭宇的《云·篝火·故土》、林登豪的《边缘空间浓似酒》、楚楚的《行走的风景》和《给梦一把梯子》、韩嘉川的《水手酒吧》、谈耘的《深圳之吻》、栾承舟的《相约在春天》和《跨越》、罗文亮的《神州拾韵》、王幅明的《男人的心跳》、蓝蓝的《飘零的书页》、邓皓的《往美丽边上靠》、赵冬的《花开的声音》、曹雷的《溪踪》等。当然，由于资料所限，这不可能是一个准确的数字。即使是不完整的，我们已可从中感受到散文诗作家在默默耕耘中获得的回报。

我们在回顾30年来中国散文诗作家取得的成绩时，不能忘记为推动散文诗作出过重大贡献的人。

海梦，《散文诗世界》的创办人，中外散文诗学会主席。这是一位先天具有诗人气质的乐天派，在蒙冤多年的艰难岁月里，仍不肯放下手中的诗笔。80年代中期，他鼎力支持柯蓝，协办《散文诗报》。在报纸因故不能继续出版的形势下，努力创办并多年主持《散文诗世界》，培养大批新人，有力推进了散文诗事业的发展。如今，《散文诗世界》作为中外散文诗学会的会刊，已成为中外华人散文诗作家共同的精神家园。在谈及海梦时，我们会想到刘允嘉、天涯、宓月几位鼎力协助海梦创业的助手。

邹岳汉，中国第一本散文诗刊物《散文诗》的创办人，任主编15年，培养了大批散文诗新秀。从2000年开始，每年为漓江出版社主编一部散文诗年选。著有散文诗集和理论著作多部，是散文诗坛广受尊敬的"园丁"。他撰写的《中国近20年散文诗发展概观》，是中国散文诗史研究的一份重要文献。2001年冯明德接任主编后，保持了刊物的高格调，使《散文诗》一直处于中国当代散文诗的主流地位。

田景丰，在90年代执编"99散文诗丛"，推出110人的作品集，并参与主编《当代散文诗》《中国散文诗大系》，构成那个时期散文诗坛一道亮丽的风景。王剑冰，这个以主编《散文选刊》和以散文创作、散文理论研究名世的散文家，同时也是一位散文诗作家。他为散文诗事业洒下的汗水受到了散文诗作家的尊敬。他从2002年起，每年为长江文艺出版社主编一部散文诗年选，与漓江出版社的年选各见千秋。他提出"散文诗要革命"的观点，影响和推动了散文诗的创新和发展。严炎，一个执着于散文诗的作家，著有散文诗集及理论集多部，中外散文诗研究会副会长兼秘书长，研究会日常工作的主持人。他在多年主持研究会期间，主编了近200本散文诗集和理论集，并主编散文诗报刊，联系台港和海外华人散文诗作家，举办活动，推出人才，有力地推动了散文诗事业的发展。夏马，香港散文诗学会的创办人之一，《香港散文诗》（季刊）主编。10年来主编香港散文诗丛书及报刊，组织多种活动，广泛开展海内外作家交流，既促进了香港散文诗的发展，又为促进祖国和平统一早日实现作出了贡献。此外，我们也不会忘记王光明在中国散文诗理论建设上的独特贡献，冯艺在出版中国散文诗大系及出版"99散文诗丛"上的贡献，以及各省、市、地区散文诗学会负责人，为推动本地区散文诗发展而开展活动所作出的努力和贡献。

五、无限风光在险峰

一口气说出这么一串长长的名字，如数家珍，实际上，只能让人感知近30年中国散文诗发展的一个概貌，无法描绘它的全景。有很多遗漏，最终将变成遗憾。即使如此，人们仍可依此评说近30年的成就和其在中国散文诗史上的位置。

和自身比，散文诗有了不起的进步，但在整个文学园林，散文诗一直处于支流的地位。

理论与创作依然有些脱节。在散文诗的文体和审美研究上，已经有了开拓性的成果，但对重要散文诗作家的个案研究，仍嫌薄弱。《野草》研究论文数以百计，专著已有40多本，可其他重要散文诗作家作品的研究专著，至今仍是空白。也包括对世界上几位经典作家的个案研究。当然，鲁迅研究，国家有经费资助，这也是一个重要原因。关键是，有没有人去热心这项事业，如果有了合适的项目，争取资助也未必就一定落空。对一些已成为经典的散文诗集的深入研究，有助于清晰地观照我们自身，以求向更高的精神和艺术的境界迈进。

散文诗的本质是诗。弄清这一点，我们就没有必要把时间浪费在争取所谓的独立文体的地位问题。地位并不重要，重要的是作品有没有高度，有没有读者。鲁迅并没有说过他的《野草》就是散文诗，而是自谦地说，夸大一点可以称为散文诗。《野草》的一些篇章在文体上不属于散文诗丝毫不影响它们在文学史上的地位。说你属于诗的一种，或者说你属于另类的散文，有

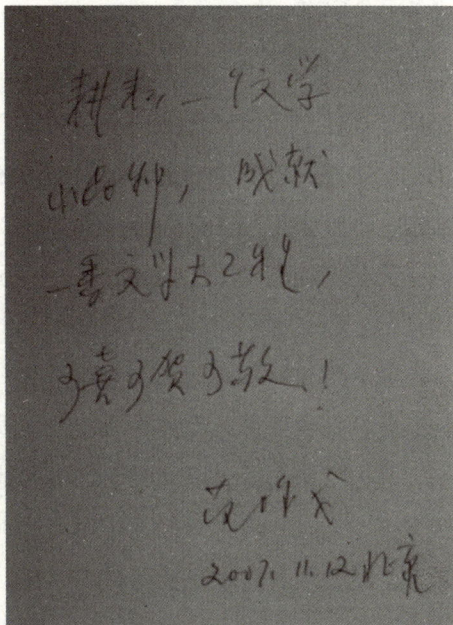

何不好？只要你货真价实，承认你只是迟早的事。

最重要的一点，正像彭燕郊先生所说，我们已经摆脱80年代初期的那种自居于小花小草，一味流连于风花雪月的小境界，走出了思想火花类哲思短语的学生腔，已大步跨进追求历史使命感和现实责任感的大气而厚重的康庄大道。这是当代散文诗的最可喜之处，也是希望所在。在艺术风格上，我赞成多元化。在高度工业化的时代，时而听几曲清纯旷远的牧歌，何尝不是一种精神上的享受？

我在编选《中国散文诗90年（1918—2007）》一书期间，常常怀着一种感动，一种敬意。为那些默默为中国散文诗发展贡献着心血和才华的作家们、理论家们、编辑家们感动，也向他们表示由衷的敬意。一种文体的发展和繁荣，依靠一代又一代衷心热爱这种文体的文学雅士们甘受寂寞的奉献和攀登。投机取巧者和动机不纯者，任何时代都会存在，但随着时间的推移，终会遭到无情的淘汰。历史只钟情那些甘愿寂寞同时又不吝啬汗水的攀登者。攀登是艰辛的，但却一步又一步地接近顶峰的无限风光。

2007年10月

（原载《诗刊》2008年第6期。《中国散文诗90年》2008年1月由河南文艺出版社出版）

在河南散文诗的长廊里漫步

一

河南是中国的第一人口大省，也是文化大省，她有许多个"第一"，但，她也有许多是与"大"和"第一"无缘的。比如作为一种文体的散文诗，与全国一些省份相比，是绝不能称"大"，更称不上"第一"的。河南写散文诗的作家寥寥，发表的作品和出版的专集都很有限。很长一个时期，几乎都是单兵作战，缺少一个相互交流、切磋、促其发展的团体。

记得20世纪80年代中后期，中国散文诗学会会长、老作家柯蓝先生应邀到郑州大学讲学，他利用这个机会找到延安时期的老战友于黑丁先生（时任河南省文联主席），向其鼓吹散文诗，建议成立中国散文诗学会河南分会筹备组。碍于老战友的面子，于主席拉了一个名单给他看，柯蓝还特别交代把我也列入筹备组的名单中。柯蓝高兴地离开郑州，过了一段时间便打电话问我分会的进展，我只能苦笑地告诉他，省作协领导层没有人写散文诗，他们对此没有兴趣，那个名单只是让他看看而已，并非当真要做什么事情。

虽然没有可供交流的学术团体，但河南的散文诗作家们并没有因此而改弦易辙。他们中的一些人一直在默默地坚守，在坚守中不断向读者奉献出硕果。这也与全国的大气候有关。国家开放的文艺政策，全国性专业团体的成立，散文诗专门刊物的出现，各地报刊给予的发表园地，以及由全国性学会和刊物组织的散文诗笔会，都为真诚热爱这一文学样式并愿一显身手的人们提供了展示的平台。2007年11月，文艺报、中国现代文学馆、中外散文诗学会、河南文艺出版社在京联合举办了纪念中国散文诗90年的颁奖和研讨活动。这是新中国成立近60年来，首次为散文诗作家颁奖，共有47位作家分获各种荣誉，其中有河南省的王幅明、王剑冰、王猛仁三位。这是对默默耕耘者的首肯和回报。作为对中国散文诗90年历程的一次全面梳理，河南文艺出版社推出两卷本计150万字的《中国散文诗90年（1918—2007）》一书，书中收有河南籍作家18人的散文诗作品。

2008年，是河南散文诗作家值得铭记的年份。是年12月，来自18个省辖市的代表在郑州聚会，成立了河南省散文诗作家有史以来的第一个学术团体——河南省散文诗学会。这是河南散文诗发展史上的一座里程碑。成立学会，是为更好地推动和繁荣散文诗。学会成立后的第一件事，就是决定编辑出版《河南散文诗选》。经过一年来的准备，这部饱含河南几代散文诗作家九十余人心血的选本终于有了眉目，即将面世。为便于梳理几代人追求的脉络，目录以作家出生年代不同分为若干单元。

掀开《河南散文诗选》，像走进一座五彩缤纷的艺术长廊。几代人迥然有别的艺术追求，带给人不断的惊喜和震撼。

二

长廊的始端，写着一个闪光的名字：徐玉诺。他是中国新诗和散文诗的早期开拓者，更是河南散文诗的开山人。

徐玉诺（1894—1958）是河南鲁山人，中国新文学运动早期有影响的作家和诗人，文学研究会的早期会员。他的文学创作始于小说（处女作为短篇小说《良心》，1921年1月发表），但影响更大的则是他的新诗和散文诗。他于1922年8月由商务印书馆出版的诗集《将来之花园》，是以"文学研究会丛书"的名义出版的该会会员的第一本单人诗集，也是我国最早出版的新诗与散文诗的合集，在读者中有过广泛的影响。除此，他还出版过新诗合集《雪朝》和《眷顾》。之外，徐玉诺还发表过一些新诗和散文诗，但未再结集。1925年后几乎停止写作。他像一颗流星从文坛一闪而过，但那耀眼的光亮从此载入了史册。他的创作激情犹如海潮，海潮过后，留下了闪光的贝壳，却不见了他的踪影。一个很重要的原因：是生活的不安定。他赖以生存的职业是教师，在那兵荒马乱的年代，25年内他竟变换了近50个地方，如此的"流浪"生涯，加上生活的重压，很难再掀起创作的浪花。

《将来之花园》为诗人赢得了很高的荣誉。同样是中国散文诗开拓者的王任叔读了徐玉诺的作品后，著文《对于一个散文诗作者表一些敬意》称徐是"绝大的天才"，是自己"最钦敬的散文诗作者"，并说："多少不赞成散文诗的老先生们，且来看徐先生的诗，再下反对的言论吧！恐怕到这时候，你们笔也提不起、话也说不出了。"闻一多在《致梁实秋等人的信》中说："……《将来之花园》在某种类中要算佳品。它或可与《繁星》并肩，我并不看轻它。《记忆》《海鸥》《杂诗》《故乡》是上等的作品，《夜声》《踏梦》是超等的作品。"

徐玉诺的不少散文诗都是直接抒写他内心对生活的感受，有着浓重的主观色彩。这较之于中国现代最早写散文诗的刘半农用白描的方法偏重于客观描写来反映现实生活，称得上是一种进步。被闻一多称为超等作品的《夜声》，全诗只有三句，深刻地写出了诗人对当时那个兵匪横行的黑暗社会的典型感受。形式上明显受泰戈尔《飞鸟集》的影响。但感受是独特的，堪称散文诗短章的珍品。《命运》《记忆》《人类的智慧》《海鸥》等短章，均可作如是观。由于诗人尝遍了人生的苦涩滋味，痛苦的记忆缠绕着使他不能成为自由人，他诅咒"记忆"这个"人类自己的魔鬼"，悲叹道："为什么我在寂寞中反刍……为什么我肚中这么多苦草呢？"（《记忆》）《海鸥》寄托了他向往自由平等社会的人生理想。他倾慕"没有尝过记忆的味道的海鸥"，"在这不能记忆的海上，她吃，且飞，且鸣，且卧……从生一直到死……"认为海鸥是"宇宙间最自由不过的了"。这样的理想也体现在《人

左起：王猛仁、陈麦启、吴长忠、邵丽、王剑冰、王幅明◎

类的智慧》《快放的花苞》《我的诗歌》等作品中。《一步曲》寄托了他的
天人合一的理想，营造出人与大自然自然融合的优美意境。徐玉诺还写过爱
情散文诗，如《一点墨》《爱的表像》，细致而又甜美，令人读后难忘。

在徐玉诺之后，是于赓虞（1902—1963）。于赓虞小徐玉诺8岁，属同
时代人，出生于河南西平，名舜卿，字赓虞，以字行世。于赓虞曾留学英
国，游历西欧，受现代诗风影响较深，除三部新诗集外，还于1928年、1930
年分别出版过两部散文诗集《魔鬼的舞蹈》和《孤灵》。这在上世纪二三十
年代的作家诗人中，是绝无仅有的。他的一生，可称为一个孤独的行吟者，
也是一个悲剧诗人，曾被称为"恶魔诗人"和"悲哀诗人"。与徐玉诺相似
的是，他的文学活动也如同夜空中的流星一样，一闪而过，便失去了光芒。
从上世纪30年代中期以后，他被遗忘了半个多世纪。新文学史终究不会遗忘
对新文学作出贡献的人。最新出版的20世纪新诗和散文诗的选本，都会有徐
玉诺和于赓虞的大名。

于赓虞在中国新诗及散文诗的发展历程中，均占有十分重要的地位。除
他的风格迥异的作品外，对新诗和散文诗的理论建设，他亦作出了独特的贡

献。于赓虞发表的诗论有20多篇，多有灼见。1932年，他选出其中的12篇，编成《诗论》一册，序言也已写出，终因种种原因，未能出版。他的诗论《诗之艺术》发表时，曾被人赞叹为"一个诗人兼诗的批评家的产生"。他为《将来之花园》写过评，还为焦菊隐的散文诗集《夜哭》写过序。他说："科学家让我们的智慧增加，知道一切；诗让我们的情感丰富，感觉一切。无知将不能生存，无感则非美满的人生，是以，诗人及科学家均为人类的工作者。"（《科学与诗》）这是多么精辟的关于诗与人生的见解！他在他最后一部诗集《世纪的脸》的序言中谈到他对散文诗的理解："对于散文诗，我一向抱着这样的意见：在情思上，散文诗介乎感情与思想之间，而偏乎思想；在文字上，散文诗介乎诗辞与散文之间，而偏乎散文。所谓偏乎思想与散文者，仍含有诗之感情与诗之辞藻，不过思想与散文的成分较多耳。诗与散文诗最大的区别，就在作散文诗者，在文字上有充分运用的自由（不受音律的限制），在思想上有更深刻表现的机会（不完全属于感情了）。但散文诗写到绝技时，仍能将思想融化在感情里，在字里行间蕴藏着和谐的音节。因此，我们可以说，散文诗乃以美的近于诗辞的散文，表现人类更深邃的情思。抱着这样的理想，我写了《魔鬼的舞蹈》及《孤灵》。《魔鬼的舞蹈》可以说是为写《孤灵》的练习，然而《孤灵》也并未达到这种理想。"这是中国散文诗早期理论建设的一篇极有价值的文献。至今对我们仍有重要的指导意义。

于赓虞的散文诗与他的新诗一样，大都诡异凄凉，充满了忧伤绝望的情调。这与他当时困顿和坎坷的生活际遇有关，与当时流行的"世纪末"文学思潮有关，与他受法国诗人波德莱尔的颓废诗风影响有关。他因此获得了"唯美—颓废派诗人"乃至"恶魔诗人"的名声。对于别人的评价，他是这样回答的："也许他们会疑我不曾在太阳以下生活过，不知道人间有享乐的幸福，然而，这正是我的生活。"（《世纪的脸》序语）这说明他作品中绝望、虚无的生命颓废意识，来自他切身的生命体验，而非一般模仿者的无病呻吟。显然，他与西方那些专一渲染极端变态的官能刺激和乖僻享乐的恶魔派不可同日而语。今天，当我们再读这些充满忧伤，充满奇异和怪诞意象的散文诗，有恍若隔世之感。我们在享受丰富想象力的艺术美感的同时，又感受到那个时代的黑暗深处的历史，感受到作者从心灵宣泄出的无奈与惨痛。

三

第二个单元是出生在上世纪30年代的三位诗人。于赓虞之后的几十年间，河南散文诗出现了空白。不仅是河南，在整个中国，散文诗创作都是低谷。这是特殊的时代背景使然。

痖弦是南阳人，生于1932年，比于赓虞整整小30岁。1949年随军去了台湾，后成为台湾岛颇负声望的诗人。他一生只写过一首散文诗，名为"盐"。仅此一首，遂成为绝唱。这是一首为诗人赢得声誉的作品，可以称为经典的作品，曾被各种选本收入过。《盐》写一赤贫农妇的悲剧命运。诗人采用戏剧式的手法，摘取生活中的几个特写镜头，进行蒙太奇式的叠印和组接，从而形成极强的艺术张力。全诗共分三段，每一段都有二嬷嬷的一句话："盐呀，盐呀，给我一把盐呀！"直到她上吊死后，余音还在风中回荡。凄凉之声沁人骨髓，具有强烈的反讽意味。痖弦堪称语言大师，十分讲究语言的密度和鲜活，各种技巧均用得天衣无缝。

李清联是有名的工厂诗人，上世纪60年代曾名噪一时。写散文诗是他晚年的客串，写得从容和机智。《沉积物》令我们感受到他对自然和人类的终极关怀。李金安是一位文学园丁。他在文学编辑的位置上培育过不少小小说和诗坛新苗。他出版过散文诗集《旅人蕉》。他的散文诗表达了他对大自然和人生的哲思，简洁而富有内涵。在同时代的作家中，他在散文诗的创作上无疑是一位佼佼者。

40年代出生的共有四位。潘万提原是军旅诗人，人到中年时爱上了散文诗，一发而不可收，在全国各地报刊发表了数量可观的作品，后收入多本散文诗集，成为中原诗坛新时期以来最早以散文诗扬名的诗人。他的散文诗以爱情题材为主，曾受到不少读者的喜爱。后来，表现的领域不断拓展，他又写了不少哲理散文诗。《伏击者》曾受到好评，并为多种选本收录。潘万提的散文诗是沉思之后的艺术结晶，有着深厚的思想内涵，表现了诗人对现实生活的独特感受和理解。

英年早逝的周熠是多面手，小说、诗歌、散文都写，成就最大的当属散文。散文诗对于周熠，只是偶尔为之，却为后人留下了佳作。他的作品像他的为人一样朴实、温馨和厚重。五种调味品在他的笔下成了五种人生，品之后味无穷。

高旭旺是著名的黄河诗人。他出生在黄河岸边。黄河水常常在他的诗中流过。他的散文诗依然离不开黄河。散文诗集《流彩的世界》里的作品，大多是有关黄河的。他写黄河的帆影、古渡、河床、纤夫、梦想……在诸多关于黄河的深情咏叹中，我们感受到一位黄河赤子的心音。

王幅明是选集中唯一的一位共和国同龄人，这个特殊的年龄使他的作品包含着更多的理性。算不上勤奋，但他属于少数坚守者之一，出版过三本散文诗集、多部评论集。2007年，安徽省的《鳄城文学》搞了一次中国散文诗大展，同期刊物上发了一篇署名兰若的文章《第二代中国当代散文诗十六家短评》，其中有王幅明一段，现原文转录："王幅明创作、理论双管齐下，早就成就斐然，'美丽的混血儿'是其对散文诗的精妙定义，至今影响很大。其作品不温不火，淡定，内里自在，有一种理论家的内注性，值得我们好好玩味。"

出生于50年代的共有21人，其中多为实力派诗人。诗人赵跟喜长期在洛阳千唐志斋博物馆工作，他的这组名为《坐望蛰庐》的散文诗，从不同的角度艺术再现了这座杰出碑刻博物馆的魂灵，和对蛰庐主人的深情缅怀。单占生是诗歌评论家，其评论文章颇有见地。他写散文诗不多，但由于对这一文体的准确把握及对人生的独特感悟，所写哲理短章犹如他的评论，掷地有声。作品佳句颇多，如："无处归依的灵魂，如迷失于枯枝上的狂风，随着一声干哑的断裂，跌落于地。""用一生的行为写一首诗，等于用一腔血火锻造一架爬出地狱的梯子，为后人，也为自己。""渴望有灵魂来访。有如沙漠中，孤零的沙棘，昂着散发披扎的头。"等等。

马新朝是河南诗歌的代表诗人之一，其长诗《幻河》荣获鲁迅文学奖，为河南诗歌赢得了荣誉，也使黄河题材的诗歌达到一个新的高度。他是一个严谨的诗人，作品总是在反复修改之后才出手。写散文诗也是如此。马新朝的散文诗以哲理见长。《雪》《偶感》及《我们》，均可视为诗人关于纯诗的宣言。《赶不走的睡意》与《时间的本质》写出了他对生命与时间的深层思考。艺辛是一位勤奋且高产的诗人，也是河南诗人中兼写散文诗数量最多的几人之一，已有多本散文诗集出版。正如他自己所言，他的散文诗创作有明显的唯美主义倾向。艺辛不仅追求形式的美感，追求语汇、色彩与音乐之间的奇妙的关联和感应，同时不乏形而上的探求，诸如灵魂与肉体的归宿。对大草原反复咏叹之后，最终，诗人的灵魂与肉体与他深爱的草原大地融为一体。齐遂林是一位诗坛多面手，自由诗、格律诗、散文诗都能写，且样样都能拿捏到位。他的散文诗大多属于哲理类，在看似寻常的仰俯之间，发现和捕捉到生活的哲理。在描述了自由而瑰丽的云霞之后，诗人说："热爱云朵，就要像天空一样，把浩瀚铺展成自己的胸怀，这时，满天的云朵，都成了你心儿的俘虏。"读者顿感心中一亮。

行者是一位有成就的小说家，是南阳作家群中先锋小说的代表人物。在对石刻汉画反复观赏之后，心中诗情涌动，一发而不可收，写出数十章散文诗。本集选出六章。"写意"的对应词是"工笔"，工笔是散文，写意当属诗魂。一幅画都是一个故事，画面只给出最典型的一景，其余全靠观者的想象力了。行者帮助我们想象。在他的引导下，我们在不知不觉中全成为故事中的角色，且升华为智者。张天福是一位散文家，偶写散文诗，读之过目难忘。他的语言老到，犹如高档琴弦，经琴师随意一弹，余音能在听者心中久久不去。他这样写"炊烟"："炊烟的话语是从来不跟人说的，只对天空讲。把神秘、私房话、雄心和柔情大篇大篇地书写在蓝天上，描绘在白云里，谱写进清风里，储藏在季节里。据说，天书是炊烟写就的。和炊烟一起飘浮，可以听见天籁之音。"不仅仅是语言的功力，没有对乡村生活的熟知和热爱，难以产生如此细致而又美好的情愫。《激情》一章中的感悟，直达生命真谛，读之令人热血激荡。

王剑冰以散文家和散文评论家名世。其实他是一个多面手，以写诗开始，而后散文诗、散文、小说；理论，涉猎颇广。他自2002年起，每年编出一部散文诗年选，对散文诗作出了独特的贡献，因而荣获"中国散文诗重大贡献奖"。王剑冰1992年曾出版散文诗集《在你的风景里》，收作品70余章。因他有新诗打底，写起散文诗便出手不凡，特别讲究语言的质感和对诗眼的营造。当然，今天看来，格局似乎窄了些。本集所选均为新作，都是作者生命旅途所得。读之，你不得不佩服作家观察生活的一双慧眼，以及从平凡中发现不平凡的本领，与20年前绝不可同日而语。如："平直的石桥阳光一般是照不到的，但它会通过水的传递，将光线反向里打上去，使多少有些阴暗的石板下部显出些明朗。如果说任何东西都有灵性的话，那么唤起桥的灵性的，最早应该是水，而后是太阳。"（《阳光的相对性》）所写事物平凡么？再平凡不过了，而揭示出不平凡道理并启迪读者的，是作家王剑冰。这便是包括散文诗作家在内的一切作家存在的价值。19章作品几乎章章都有作者独特的感悟。我要特别感谢剑冰的，是本选集的书名"河，是时间的故乡"，来自他的散文诗《河之语》中的一个句子。当我读到这个句子时，眼前顿时一亮，当即认定它就是河南散文诗选的书名。每个人的心中都流淌着一条河，我们大家又共同拥有着一条河，我们所写的永远离不开一条河。

王猛仁是在散文诗和书法创作均有所成的两栖类作家。他以爱情散文诗著名，出过多部爱情题材的散文诗集，是荣获"中国当代优秀散文诗作家"称号的10位作家之一。他的爱情散文诗如同他的为人，炽热如火，直率真挚。随着人生阅历的深广，他的散文诗题材也在不断拓宽。本集选录的作品，既有丰沛情感世界的挥洒，诗意的瞬间冥想，又有描绘大自然的风情画卷，语言富有张力和弹性。吴长忠做过多年的党政官员，目前是河南文艺界的领导，平日事务缠身，但他文人情怀未泯，不时创作出令人称道的散文诗章。所选4章均为佳作，《炊烟》与张天福的同题，异曲同工。"听说山外有很高的楼，很长的桥，大街上有礼花般的霓虹灯，网吧里有梦幻般的西洋景。我知道，这样的花花世界是他人的，飘荡炊烟的山村，永远是我的世界中最美的风景。"这种化不开的乡土情结，几乎贯穿吴长忠所有的作品。

"故乡之于我，是一只五彩斑斓的翠鸟，而我的心是一只密闭的木盒。我把这翠鸟藏在我的木盒里，翠鸟美丽的羽毛对于我是一种永恒的诱惑。但我不敢打开木盒，我怕它飞走，又怕看到的不是原来的它。"（《故乡》）这种奇妙而又贴切的比喻，让读者的心顷刻间紧收，它引发了那些远离故土，而故土又常常魂牵梦绕的游子们的强烈共鸣。

沉沙是居住在北京宋庄艺术家村落里的一位诗人兼画家。客居于此的大多为穷艺术家。富裕的艺术家会住在更体面的别墅里。诗穷而后工。简单而朴素的生活成就了一位出色的诗人。沉沙的作品具有大地生长和天空飞翔的双重特征。他为自己的散文诗集取名为"鸟是鸟的梦"，也是他本人的写照：栖息在大地上的鸟，更向往在蓝天上自由翱翔的鸟。沉沙是一位唯美主义者，他说："告诉你们一个秘密吧，我的身体是一间如伍尔芙所渴望的房子，我的身体内住着一个美女，至今她不愿意走进这个如王国维或海子不愿意活着的世界。"（《每天的饮食》）他对美的崇拜让我们感到似乎他是一个不食烟火者。他的主题也常常在大地与天空的矛盾之中挣扎。沉沙是一个将散文诗当作信仰和宗教的人，对人文精神的坚守是他不倦的追求，也使他的作品增加了几分沉重。豫北的刘德亮从事散文诗写作，已有20多年的历史，是新时期最早投入散文诗的作者之一。他的第一部散文诗集《生命的误区》，出版于1990年。之后一直不间断创作，散文、随笔集子出了许多部。他的散文诗以哲理见长，常常在人司空见惯的事物里发人之未发，启人心智。刘德印是煤田战线上的一位才子，他创作的散文诗集《稻草人》2004年出版后在系统内颇有影响，荣获首届"马烽文学奖"。本集收录的《祭奠诗人》是他用散文诗的形式，深情祭奠我国古代13位诗人的作品。作者选取诗人们最具特征的一些诗句加以锻造，重铸出一个个面目各异的伟大诗魂。

50年代出生的年龄段中，南阳人几乎占了一半。除去前面已经介绍的马新朝和行者，还有廖华歌、王俊义、张玉峰、张克峰、窦跃生和温卫平几位。廖华歌是西峡才女，年纪轻轻时就在《人民日报》发表散文，颇让同代人羡慕。她的创作以散文为主，1991年出版散文诗集《朦胧月》，书名暗示出作者的风格。综观她的作品，则是朦胧与明朗并重，清纯与热烈共存。女性作家特有的细腻、童心和缠绵，为她的作品增添了韵味。王俊义也是西峡人，才子。他的散文诗属于先锋类，连标点都不要，留出更大的艺术想象空间，让读者去玩味。他用冷峻和睿智直面工业化时代的人生。读他的作品不能太快，因为每个句子中都有其信息量，需慢慢细品。张克峰与窦跃生都写过数量可观的散文诗，且被多部选本选载。窦跃生结集出版过《青铜月》。时过境迁，唯一没有遗落的是童年纯真的记忆。这些记忆也许会伴随我们一生，照亮我们一生。张克峰的散文诗所以打动我们，是他拨动了我们心灵中最柔弱、最敏感的一根神经，沉睡的童心幡然苏醒，记忆的闸门被瞬间打开，我们又回到童年的本真。两位作家都写乡情，不同点是窦跃生的笔调更加阳刚。他这样写父亲："爷爷把喊山号子插进石缝，长出来的是我的父亲么？父亲不喜欢饮月光，月光太甜太淡。父亲喜欢饮山坳上滚来的龙卷风，要醉就醉成风化的石头。父亲，是一棵石头树。"（《喊山号子》）窦跃生还有另一种笔调。《丹江放排》则是一篇有着宋词余韵的绝妙天成的爱情散文诗。

四

第五个单元是出生于60年代的群体，共40人。他们堪称河南散文诗的中坚力量。他们中有新时期诗坛的明星蓝蓝、汗漫、冯杰、森子等等，也有以主要写散文诗受到关注的作家空间、曼畅、毅剑、郝子奇等人。

蓝蓝是河南女诗人中兼写散文诗数量最多的一位，说成果丰硕，毫不为过。她是全国新时期"十佳"女诗人之一，且以高票名列榜首，可见其在中国当代诗坛女诗人中的地位。评论家多评她的诗，这是理所当然的，但似对她的散文诗关注不够。其实，她散文诗的成就同样不可低估。她出版过两部散文诗集、两部散文与散文诗的合集。她将精选出的一组短章冠以"碎的、小的、慢的"总题，暗示了她对散文诗文体特征的某些想法。我不妨把以此语为题的短章抄录如下：

> ……碎的、小的、慢的，有什么比你们更多？
>
> 一颗在爱情中碎了又碎的心，有什么比你更完整？
>
> 我看到婴儿无辜的泪水停留在她的小脸蛋儿上——而世界也是从这一片粉嫩的皮肤上诞生。我听到妇人压抑的悲声，引来了月光更多的倾注。
>
> 我听见风声——被单在晾衣绳上的摆动，树叶的细细尖叫黑了下去。蜜蜂带着睡意投身于甜蜜的花丛，还有蝴蝶双翅间的闪电……一滴水，几片雪花，慢腾腾老牛四蹄间的时光，在我心中，还有什么比你们更令我感到我的呼吸、观看、四肢和活着的生命……

只有这些碎的、小的、慢的事物，才构成我们真实鲜活的生命，才使我们更加留恋和珍惜生命。而捕捉这些碎的、小的、慢的事物，并注以作者复杂独特的感受，正是散文诗作家肩负的使命。

可以想象蓝蓝写作时的宁静。没有宁静的心绪是写不出这些朴素、纯净，散发着土地和心灵芳香的文字的。她的某些篇章又充溢着感恩和爱心的宗教气息，高贵而典雅。她的文字像从大地上生长出来，自然、清新，这是总体风格，而每一章的视角和剪裁则又各具千秋，绝不雷同。

汗漫是新时期颇有成就的诗人，是《诗刊》新世纪（2000—2009）十佳诗人奖的得主之一。他的散文诗别具一格，质疑一些司空见惯词语的解释，由作者另赋新意。这是一件很冒险的举动。没有丰富的精神阅历，没有将理性思考转化为诗意结晶的能力，很难胜任这一工作。令我们惊喜的是，汗漫成功了。通过对这些词语的新解，他在不知不觉中充当了一回向导，带领我们走进一座又一座气象万千的精神高地。冯杰是长垣才子，诗书画皆能，河南作家中少有的全才。他的诗文多次在海峡彼岸获奖，颇受宝岛读者的青睐。他是河南现代乡土诗的代表诗人之一，所选的几组散文诗，同样也来自乡土。他写树在一天十二个时辰中的所见、所闻、所思、所梦（《树知道自己的一天》），令人惊心，寓意深远。他用意象的显微镜去透视一片片乡村之瓦，使看似平静无言的瓦片顿时有了生命（《九片之瓦》），我们看到瓦的表情，瓦的籍贯，瓦的不同颜色，瓦的美人痣，听到瓦的方言，瓦在天空中飞翔，感受到瓦的灵魂。从未看到有人如此细心观察并深思过故园的旧瓦，冯杰也许是第一人。同样写自然和乡土，冯杰与蓝蓝明显不同，冯杰常常采用文人的视角，唯美之中不时夹杂几个现代语汇，读之有一种另类的新鲜，又不同于当下的时尚。最后一片"瓦魂"，作者这样写：

当我的灵魂有一天回归大地，就请瓦在上面扣上小小的一方。有你瓦的余温，还有瓦的纹路，这一方故乡的小房子，泥与水组合的小房子，草气上飘摇的小房子，你罩着我。像谁夜半耳语：
"睡吧，孩子，这叫归乡。"

此刻，瓦是什么？它是一种象征。它与人的灵魂化为一体，成为人的精神归宿。冯杰写出了在工业化时代到来之时，当代文人刻骨铭心的乡土情结。《丈量重组的方式——灯盏六说》，异曲同工，亦可归入乡土散文诗一类。森子是河南诗人中更为先锋和前卫的一位。他的散文诗既继承鲁迅的传统，又受西方现代派大师的影响，面目迥然有别。他是一个执着的倾听者、观察者、思考者。在倾听和观察之后，则是他带有深刻理性批判精神的思考。读他的作品不宜快。在有些作品中，我们还感受到他的悲天悯人的情怀及对弱势物群的关爱。《11点钟，太阳落山》，是一篇极为个性化的作品，它提供给人看待事物的不同视角，荒诞事物背后的合理性。

空间和曼畅都是豫东人，且都选择了散文诗作为文学发声的主要方式。

二人均参加过《散文诗》杂志主办的全国散文诗笔会。此笔会类似《诗刊》的青春诗会，参会者全是经过选拔的佼佼者。他们都是乡土散文诗的高手，因为那里有他们最熟悉的生活。他们借助散文诗让他们熟悉的土地、草木、苦难、梦想和追求，在有性灵的文字中复活。他们在坚守已有优势的同时，表现领域又在不断拓宽。空间写了不少山水风情类的作品。曼畅与汗漫不谋而合，对词语新解产生了兴趣，且有同题，如"舍得"，但多为单词。读曼畅的"词语"，与汗漫大异其趣，感性多于理性，缠绕不断的仍是乡情。毅剑是多面手，诗歌、散文、报告文学都写，成就最大的当数散文诗。2007年，他因一组对生命探究的《生灵》，获散文诗杂志社主办的全国"十佳散文诗人"大奖。他出版过散文诗集《相知世界》《一个人在路上》。他的《生灵》受到专家的好评，是近年来少有的寓言体佳作。作者通过对一些动物的悲剧性命运的描绘，让人联想到的却是人，人的生存况味与人性的变异，及灵魂的拷问。他自荐的《一个人在路上》及《散乱的羽毛》两组作品，同样受到好评。毅剑是一个不倦的跋涉者、思想者，因而也是一个孤独者。只有清醒者才会感到孤独。毅剑写出了他在远行中鸟羽般飘飞的思絮，对于梦想不懈追求的痛苦和欢乐。郝子奇涉足散文诗较早，他是1987年《散文诗》杂志全国首届会龙散文诗大奖赛的获奖者。获奖作品《叛逆》收入多种选本。出版过散文诗集《寂寞的风景》。他的作品的可贵之处，是远离对事物表层的吟唱，直达生命内核，因而有一种厚重感。

邵超的散文诗以短小取胜。短到以少胜多，显出灵气和智慧。"一条鱼，在蚯蚓的诱惑中，上钩了。又一条鱼，同样在蚯蚓的诱惑中，上钩了。一条鱼如此，又一条鱼如此。我想告诉鱼，不要老是重复一个悲剧。鱼张着嘴，永远听不懂我的话。"（《一条鱼又一条鱼》）这是写给成人看的寓言。但对于那些利欲熏心者，也许永远不会看懂。冷焰的作品可圈可点之处颇多。《把自己放进一首诗里》，写出了诗的要义。《补鞋》《垂钓》《锁孔》，道出人生的多味与隐秘。《井》和《桥》里，则流淌着浓郁的乡情。《走进一本书》是爱书人的夫子自道，包含着启人心智的读书智慧。张鲜明的散文诗别具一格，属于大地上生长出的一类。《上坟》和《长发回家》都有情节，可列入叙事体。它们与一般小说不同的是，读后有一股诗情飘之不去。刘高贵的作品深蕴哲理。"寂寞本是水，因为有思想勾兑，就酿成了一壶淡淡的清酒，而且窖之越久便也越有味道。"这是深刻的人生感悟。吴元成的散文诗有些另类，另类出另味，新鲜感亦伴随而来。杨炳麟气格大，读他的作品心胸为之一展。贾文水是一个勤奋的散文诗作家，写过数百章作品，曾结集出版过《春梦无边》。他的作品大多短小，注重结构和剪裁，语言灵动。

高金光的散文诗不追求题材的宏大，在山川草木中发现哲理。《童年纪事》是一组既淡又浓的短章，写出了真纯未泯的童心。冯向东称自己的散文诗为"灵魂独语"，他的所有作品均为哲理短章，灌注着他的禅意和智慧。杨吉哲主要写诗，散文诗只是偶尔为之，但却不可轻视。"桥"与"鸟"是具象又是意象，他那充满思辨和张力的语句令我们想到比桥和鸟更多的意蕴。田君的作品取材于平凡的日常生活，它使我们感到亲切和温暖，又使我们自醒。

该说说女性作者了。此年龄段有多位才女。几乎所有女性诗人都是描绘和咏叹爱情的高手，她们那些充满感性的缠绵话语，往往把人带到一个梦幻的天国，享受到真情的抚慰。如萍子的《荆棘与花朵》《结局》《絮语》《夏日回想》。孙新华的一些短章，她笔下的风物，几乎都是爱的精灵，《醒着的柔情》写出了汶川地震中生死不渝的爱情，令人震撼。又如爱斐儿的《废墟上的抒情》。邱春兰和李俊颖的作品有着唐诗宋词的余韵。韩露的短章朴素，淡雅精致。申艳讲究语言的密度和弹性。

五

用年龄段的划分看河南的散文诗，有一个有趣的现象：60年代出生的诗人作家人数最多，其左右两边人数则分别往下递减。70年代与50年代大致相同，80年代4位，则与40年代相同。

70年代的作者是新生代，是趋于成熟的一代。他们中的一些人已经成绩斐然。乔叶是70后的佼佼者，河南文坛五朵金花之一。她的青春美文在90年代风靡一时。后进军小说，同样硕果累累。她的散文诗重理性，大多写人生的感悟，文笔简洁、干练、亲切，有一种朴素的美感。张孝杰的《换一种眼光观察》，带给我们别一种口味的审美快感。这是一组描写古城开封当代风物和风情的短章。这些近乎白描的文字，写出了古今交汇处的特有景观，丁萌霞笔名丁梦，网名幽梦逸韵，可以看出梦对她的重要。梦几乎笼罩着她的所有作品。《妖精与魔鬼》记下一个奇梦，梦中是当代一对青年关于爱情的对话，可视为不太常见的戏剧小品型，别具一格。这篇作品是某一类人群生活方式的绝妙写照。月光，是伴随中国诗人数千年的一个意象，有数不清的关于月光的诗篇，但依然没有被古人写绝。张红梅的《垂钓》带给我们新的惊喜。她的用词大胆、新奇、准确，可以看出她对古诗词的深厚修养及对古人炼词炼意的成功继承。扶桑以写爱情诗出名，曾获全国爱情诗大赛一等奖。她写爱情散文诗，仍是位佼佼者。《茉莉小简》用极为细腻的敏感的笔触，写出了成熟女性关于爱的种种感受和体验。乔书彦是我未曾谋面的同乡，一位执着于散文诗创作且成果颇丰的年轻人。他不属于那些高产作者，重质而不求量，往往一年只写十几章，大多都在专业刊物上发表。他的作品朴素、淡定、内在，全写现实生活的感悟，几乎没有花前月下的吟诵，像一壶雨前绿茶，饮后有一股清香直沁心脾。陈维建用"火""风""金""木""土""月""水"七个代码来解读从秦到清二千年的历史，（《历史的代码》）初读似觉荒唐，细细读后，方知维建对历史的用心及用诗意提炼历史的能力，不可小看。当然，由于历史观的差异，对这样的提炼和解读，会见仁见智，那是另一回事，无关散文诗。作为散文诗，有这种大胆的创意，已足够得到掌声和赞许。《飘来飘去》有超现实的味道，颇耐玩味。赵瑜的《十种相思》都很短小，可谓惜墨如金，有多之一字则嫌多之感，写出了相思的种种温馨。王长敏的《抵达海的蓝色火焰》是一曲浪漫柔软的爱情咏叹调。姝惠的作品不多，读之令人难忘，显示出她驾驭这种文体的能力。她的笔触直抵现实生活的深层，且充满人性关怀。无疑，她选择了一条正确的登山之路，正确的路有助于她快捷地向山顶攀登。《城市鸡鸣》表层写鸡，它"不关心女房东在念叨着鸡肉价格上涨还是降落。血液里流淌的高傲，使它只凝视着天边悠悠飘过的白云"。谁能说它不是一种悲剧人生的写照？

长廊的末端，即被称为80后的作者，虽只有4位，却昭示着这一文体的创作后继有人。马东旭出手不凡，语言犀利，颇具现代新风。张僧是一位年轻的成功人士，《走自己的路》可视为他的精神自传。史芳娜以江海般浩荡的青春激情歌唱微笑、生命、人类，歌唱带给所有人希望的花香。娄华用散文诗记载青春的梦想和脚步。

边走边赏边议，不觉已走到长廊的终点。最想说的一句话是：我为河南散文诗深感骄傲！实实在在的，这是一部沉甸甸的书，一部有着丰富美感的书，一部记载着几代河南作家向散文诗艺术高峰不懈攀登的书，一部既养眼又养心的书！

正像沿着山腰赏景，总有一条激流伴随一样，无独有偶，本书还有另一个亮点，即作者每人一段的"散文诗观"。这是一簇簇令人心醉的山花，是用惜墨如金的语言写出的微型诗观，是攀登时为我们引路的向导。这些微型诗观，概括起来不外乎两类：本体观，创作观。

最短的要数马新朝，仅6字："无定法，有大境。"可谓六字真言，直抵散文诗堂奥。前3字谈创作的自由度，后3字说思想与艺术的容量。以少少许胜多多许，这是散文诗的使命。

一些作者写出了散文诗文体的不可替代性。胡济卫说："在诗歌与散文难以触摸我的心灵的时候，散文诗是最适宜于我倾诉和表达的唯一形式。"杨吉哲认为："散文诗是散文之形与诗之灵魂结合的产物，属于形制短小的一种文体。它比诗歌放任，比散文克制，而又绝不同于诗歌或散文。"汪漫说："以散文为面貌，以诗歌为内核，散文诗是散文和诗歌相互倾慕之后

的产物，因混血，而美妙。"胡亚才的表述更加诗意："散文诗是灵魂自然的渴望，是生命本真的诉求。是蹈火而舞在散文与诗歌之间的独立自由的精灵。"姝惠认为"散文诗是晨昏交割时分悬在天际或映入心底的那颗大星"，强调它对人心的照亮和慰藉。这些都可视为本体观。

大多数作者则写出了他们在创作时的独特体会。曼畅说："散文诗可以让土地在文字里苏醒，触摸人类以外自然的生命。"孙新华说："散文诗是人性本真的光焰，是焦虚心情土壤里一泓宁静的清泉，是浮躁状态下一曲唤饭的梵音。"本体观与创作观兼而有之。空间强调散文诗语言的重要性："追求散文诗语言的成熟。像一株花草的叶片，飘逸、透明、鲜嫩、自然，伸入时间内部，让精神生命产生震动。语言和思想一样，是散文诗飞翔的翅膀。"乔书彦则突出作家与生活的关系："诗歌和生活碰撞的时候，诗人没有理由继续花前月下。诗人需要一副经历风雨磨砺而不折弯不变形的骨头。"

也有作者以大诗歌观看待散文诗。蓝蓝说："散文诗是诗歌的可能，抑或是诗歌的延续。自波德莱尔和兰波始，它便是表达现代人生活独特的声音，因此它将为诗人复杂的感受押上更为悠长的韵脚。"

　　读过这些经诗人们反复过滤留下的句子后，我不知读者作何感？就我本人而言，受益匪浅。它使我对散文诗的认识更加清晰，以后的创作有了新的追求。散文诗虽然短小，但绝不是轻巧的易碎品，它是既给人美感又给人良知的有重量的混合物。一个作者对文体的理解程度，影响他在创作上所能达到的高度，在这部选集中，同样可以找到例证。

　　在结束该文之前，补充说明我的一个感慨。在全书90多位作者中，南阳籍的作者竟有25人之多，占总人数四分之一，在本土生活与在外地工作的大概各占一半。20世纪90年代，曾有过南阳作家群的讨论，颇具影响。作为南阳人，我为南阳的文化传统感到自豪，也为南阳籍作家在当代文学作出的贡献感到骄傲。一方水土养一方人，一方水土影响一方人。在21世纪第二个10年首个新春到来之际，我向南阳籍作家及河南散文诗作家致以最美好的祝福！也许在若干年后，人们在谈论河南的时候，会说出这么一句：那是一个盛产散文诗的地方。

　　　　　　　　　　　　　　　2010年2—3月，写于郑州天堂书屋

　　（本文为《河，是时间的故乡——河南散文诗选》一书的前言。该书2010年4月由河南文艺出版社出版）

散文诗属于当代，更属于未来

中国散文诗与白话新诗，同时诞生在五四运动前夕，同属新文学的产物。它不仅在形式上是新的，其创作理念也极具现代性。其开拓者沈尹默、刘半农、鲁迅最早的作品，与五四精神一脉相承。

试举几例："霜风呼呼地吹着，月光明明地照着，我和一株顶高的树并排立着，却没有靠着。"（沈尹默《月夜》，1918）写个性独立。"本来没污浊，却被衣服重重的裹着，这是为什么？难道清白的身不好见人吗？那污浊的，裹着衣服，就算免了耻辱吗？"（沈尹默《赤裸裸》，1918）揭露假道学的伪善，呼唤人性的返璞归真。"回看车中，大家东横西倒，鼾声呼呼，现出那干—枯—黄—白—死灰似的脸色！只有一个三岁的女孩，躺在我手臂上，笑眯眯的，两颊像苹果，映着朝阳。"（刘半农《晓》，1918）用象征手法，暗示出在时代的曙光前中国的现状和希望。"少年挤那孩子出去说：'快走罢！'老头子拖那孩子回来说：'没有的事！'少年说：'快走罢！这不是理论，已经是事实了！'青铅色的浓雾，卷着黄沙，波涛一般的走。你要知道，可以掘开沙山，看看古城。闸门下许有一个死尸。闸门里是两个还是一个？"（鲁迅《古城》，1919）一篇具有深沉人文关怀的现代寓言。"少年"是觉醒者，他可以逃走，但为了下一代的幸福，不惜献出生命。"老头子"象征顽固的守旧者，最终与古城同归于尽。作者为"孩子"的结尾留下了悬念：也许听了"少年"的话逃出古城，也许与"老头子"同埋沙丘。作者艺术手法高超，内涵意味深长。

鲁迅的《野草》不是中国第一部散文诗集，却是公认的奠基之作和巅峰之作。《野草》包括《题辞》，共有24篇，写于1924年9月到1926年4月，每篇300到3000字不等，1927年7月由北京北新书局出版。这本70余页仅仅3万字的小书，对后世产生了巨大而深远的影响。《野草》具有丰富的美学构成，从语言的意义深度到结构的参差错落，从象征主义表现手法到丰富的陌生化效果，显示出鲜明的现代性和超前意识，表现出独特的文化品格。由于《野草》对后世影响的持久不衰，它已成为中国现代文学艺术宝库中的一部经典，在世界文学中也占有一席之地。《野草》受到越来越多研究者的关注，日益成为一门"显学"。到目前为止，每年都有《野草》研究论文在学术刊物上发表。国内外《野草》研究专著已近50种，字数在1000万字以上。从研究个案看，"五四"以来的新诗集，没有任何一部可与《野草》比肩。

中国散文诗从诞生至今的90多年里，有过高潮和低谷，遭遇过寂寞和尴尬，也走过弯路，但一直都在前行；进入21世纪，显示出前所未有的生机。

21世纪，中国散文诗出现了多个"第一"：2000年，出现第一个散文诗年度选本，至今已发展为6种。2001年，散文诗杂志社开启首届全国散文诗笔会，意在推介中青年散文诗新秀，目前已举办13届，先后200余人参加。2005年，喻子涵创办第一家《中国散文诗》网刊，坚持至今。2006年，连接内地与海外散文诗作家的首个学术团体中外散文诗学会在成都成立。2007年，为纪念中国散文诗诞生90年，第一次为散文诗作家的系列颁奖活动在北京举行，共有47位作家获奖。2008年，首家由区域晚报社创办辐射全国散文诗作家的第一届"中国散文诗天马奖"，在伊宁颁奖。至今已举办6届，先后有数十位作家获奖。2009年，第一个散文诗群体"我们——北土城散文诗群"，在北京创办。散文诗首次进入文学大系：《新中国60年文学大系·散文诗精选》由长江文艺出版社出版。2010年，首届全国性的"中国散文诗大奖"由散文诗杂志社创办，至今已举办4届，先后有8位中青年散文诗作家获奖。2011年，第一部研究散文诗名家的专集《叶笛诗韵——郭风与散文诗》

（温永东主编），由海风出版社出版。2012年，首家散文诗研究专刊，由上海《文学报》创办。2013年，首家专业散文诗研究机构中国散文诗研究中心，由湖州师范学院创办。散文诗的发表园地在扩大，作家队伍也在扩大。滞后的理论研究，已明显改观。一年来，已有崔国发的《审美定性与精神镜像——中国当代散文诗作家新论》与黄永健的《中外散文诗比较研究》（也是一项第一，比较文学研究进入散文诗领域的第一本专著）出版。王志清的《散文诗美学》和黄恩鹏的《发现文本——散文诗艺术审美》，将于近期出版。

　　散文诗何以有此生机？散文诗有它适宜生长的土壤。它拥有数量不菲的读者群。它具有鲜明的当代性。

　　散文诗的当代性主要表现在两个方面，一是当代意识，二是当代审美情趣。当代意识的主要特征是人文情怀。当代审美情趣，则体现在形而上的哲思和文体的包容性上。它不排斥除了韵文以外的任何文体。它吸纳古今中外的一切优秀成果为我所用。

散文诗属于混血文体——散文与诗的混血。它几乎无所不包。我们从《野草》看到了多种混血：狭义散文与诗的混血，小说与诗的混血，戏剧与诗的混血，电影与诗的混血，寓言与诗的混血，等等。（从某种意义而言，《野草》可谓散文诗技巧的百科全书）多种形式的混血，给人带来特殊的美感。所有这些，都符合当代人崇尚自由的审美天性。《野草》虽然已出版八十多年，但它并不过时，依然具有当代性。从彭燕郊、耿林莽、李耕等前辈作家和一些中青年的散文诗里，可以清晰地看到《野草》的影响。

优秀的散文诗总是能给人带来某种形式的满足：一种新的人生经验，一种认知世界的窗口和方式；给人形而上的思索，进入哲学的众妙之门；让人汗颜，抑或照出心灵的阴影；给人带来慰藉和疼痛，让梦想和良知在干涸的心田复活。

未来社会呼唤更多的人文关怀，呼唤更大的审美自由。

显而易见，散文诗，是属于未来的文体。

我们且听已故诗人彭燕郊（1920—2008）在接受《南方都市报》记者采访时说的一段话："严格来说，'五四'以来新诗的最高成就是鲁迅的《野草》，散文诗。我觉得从世界范围来讲，散文诗慢慢地要取代自由诗，这是个大趋势。现在，很多小说都带散文诗的写法，这很有趣的。最近得诺贝尔奖的耶利内克的《钢琴教师》，那里面就有散文诗的写法。法国的新小说更不用说了。很多现代的内容甚至于自由诗都装不下了，所以我喜欢写散文诗。确实，有一些内容你可以用诗来写，有一些你非用散文诗来写不可，这是没办法的事情。"（《最后的文化贵族——文化大家访谈录》）

无疑，这只是一家之言。我们谁都无法看到一百年以后的社会，但我更愿意相信，这是预言。

（原载2013年8月29日《文学报》）

散文诗，在寂寞中绽放

一、两组不完整档案（2007—2011）

1.事件

2007年

《散文诗世界》2007年开始改为月刊，与《散文诗》（半月刊）形成国内两大专门刊发散文诗作品的阵地。

"散文诗论坛"和"散文诗天地"两家网站，分别创办了纸质的报刊《青年散文诗报》《散文诗天地》（皆为民刊），选发网络里的优秀散文诗作品。

由邹岳汉主编的《伊犁晚报·天马散文诗专页》（每期四开两版）出版，每月一期，年内共出10期，坚持至今。

由香港散文诗学会主编的《中外华文散文诗作家大辞典》，由香港日月星制作公司出版。入编辞典的中外华文散文诗作家词条近四百个。

安徽《鳄城文学》推出"07，中国散文诗大展"专号。展示了当代中青年散文诗作家的代表作品。

中外散文诗学会与菲律宾作家协会联合主办散文诗笔会，在福建省泉州市举办。

中国作家大型中秋散文诗朗诵会，在北京老故事酒吧举办，屠岸、王宗仁等致辞，近百人参加。

由散文诗杂志社主办的"第七届全国散文诗笔会"暨"国酒茅台杯"全国"十佳散文诗人"、"十佳校园作家"大奖赛颁奖会，在贵州省仁怀市举行。

《诗潮》开办散文诗专栏，年内共出3期，坚持至今。

由中国现代文学馆、文艺报、中外散文诗学会、河南文艺出版社联合主办的"纪念中国散文诗90年颁奖会暨研讨会"，11月11日在北京中国现代文学馆隆重举行。共有47人获奖。郭风、彭燕郊、耿林莽、李耕荣获了中国散文诗终生艺术成就奖，许淇等10人获中国散文诗重大贡献奖。中国作协副主席陈建功等80余人与会。大规模给散文诗作家颁奖，这是有史以来的第一次。

作为献给中国散文诗90年的一份厚礼，河南文艺出版社出版由王幅明主编的《中国散文诗90年(1918—2007)》（上下卷）大型选集。全书150万字，包括作品和理论，被评者誉为"一部堪称中国散文诗大系的书"。

2008年

中外散文诗学会在海南举办首届年会。

"献给灾区人民的歌——中国作家散文诗创作研讨暨朗诵会"，在北京老故事酒吧举行。

由散文诗杂志社主办的"第八届全国散文诗笔会"在新疆特克斯举行。

由亚楠主编的《散文诗作家》出版，以后每年出版两本。

"首届（2007年度）中国散文诗天马奖"颁奖。五名获奖者为：杨金玉、李凌、灵焚、栾承舟、沉沙。

蔡茂主编的《华夏散文诗选》出版。

由河南省作家协会主管的河南省散文诗学会成立，王幅明任会长。

2009年

周庆荣、灵焚、亚楠等在北京发起、成立"我们——北土城散文诗群",先后在《诗潮》《诗选刊》《中国诗人》《新世纪文学选刊》《青年文学》《散文诗作家》等刊物刊发专辑、专栏,力主并实践"大诗歌"创作理念。

中外散文诗学会在张家界举办国际散文诗笔会暨颁奖会。

"第二届(2008年度)中国散文诗天马奖"颁奖。松龄、周宗雄、黄金明、姚园、黄恩鹏、堆雪、倪俊宇、海叶、杨东、曼畅获奖。

中国校园散文诗学会在北京成立,闻华舰任主席。

由王宗仁、邹岳汉主编的《新中国60年文学大系·散文诗精选》(41万字),由长江文艺出版社出版。

由散文诗杂志社主办的"第九届全国散文诗笔会",在西宁市举行。

中外散文诗学会在长白山举办散文诗笔会和"吉林森工杯"征文活动。一年后进行颁奖并编辑出版散文诗专集《诗吟长白山》。

2010年

香港散文诗学会举行《中外华文散文诗人大辞典》(修订版)首发式暨香港散文诗学会成立13周年庆典,内地及港澳台诗人参会同贺。

由王幅明主编的《河,是时间的故乡——河南散文诗选》(64万字),由河南文艺出版社出版。

"天翼杯"全国散文诗大赛暨中外散文诗学会第三届年会在广东汕尾市举行。

"第三届(2009年度)中国散文诗天马奖"颁奖。周庆荣、李茂鸣、王族、郭野曦、文榕、郑小琼、李松璋、唐力、陈劲松、谢明洲获奖。

由散文诗杂志社主办的"第十届全国散文诗笔会"暨首届"中国散文诗大奖"颁奖大会在丹江口市举办,亚楠、黄恩鹏二人获奖。

中外散文诗学会在肇庆举办散文诗笔会。

　　9月，温家宝总理在河北兴隆县道河中学慰问农村教师时，偶然发现宓月发表在《散文诗世界》上的散文诗《珠穆朗玛，太阳的骄子》。温总理看后十分赏识，并与该中学52名学生一起朗读。总理称赞："这是一篇哲理性很强的散文诗，歌颂了人的信念和意志，表现了人与自然的关系和民族团结精神。"总理的鼓励，引起媒体和网络的热烈反响。

　　"中国散文诗名家作品精选"专栏，自2010年9月起，成功登陆菲律宾华文大报《商报》。专栏一经刊出，即受到菲律宾华文读者的欢迎，并在整个东南亚华文世界产生了巨大影响。"专栏"计划推出100期后汇集成册。这是一次中国散文诗名家在海外的集体亮相，是当前中国散文诗发展的一次实力展示。专栏由中外散文诗学会策划，温陵氏、宓月主编。

　　由王兆胜主编的《21世纪散文诗排行榜》（31万字），由百花洲文艺出版社出版。

由杨宏海、彭名燕、王成钊（执行）主编的《深圳30年散文诗选》（40万字），由云南人民出版社出版。

中国散文诗研究会换届大会在牡丹江市举办，柯原继任会长，严炎任副会长兼秘书长。

2011年

由王幅明主编的《散文诗的星空》丛书12种（耿林莽、李耕、许淇、蔡旭、谢明洲、田景丰、韩嘉川、虞锦贵、王猛仁、李松璋、赵宏兴、天涯），由河南文艺出版社出版。

由王幅明、陈惠琼编选的《2010中国散文诗年选》，由花城出版社出版。

为纪念中国共产党成立九十周年，河南省散文诗学会在郑州举办"芬芳中原"散文诗朗诵会，受到广泛好评。

由范如虹主编的《索桥散文诗》刊，在湖南省娄底市创办。

"第四届（2010年度)中国散文诗天马奖"颁奖，林登豪、爱斐儿、张庆岭、崔国发、鲜圣、沈珈如、金铃子、张道发、史松建、蒋小寒获奖。

由散文诗杂志社主办的"第十一届全国散文诗笔会"暨第二届"中国散文诗大奖"颁奖仪式在贵州省贞丰县举行。方文竹、灵焚二人获奖。

中外散文诗学会在太原举办散文诗笔会。

由河南省作家协会、河南省散文诗学会主办的"散文诗的社会担当与艺术表现"研讨会，在信阳市举办。

由《中国当代散文诗》编辑部、散文诗杂志社、青年文学杂志社、吴江市文联主办的"首届中国当代散文诗理论研讨高端峰会"，在吴江市举办。

由温永东主编的三卷本《叶笛诗韵——郭风与散文诗》由海风出版社出版。

2.数字

邮发期刊：两种。其中，《散文诗》已连续出版26年，《散文诗世界》也有10多年，两刊的发行数量，均居诗歌刊物的前列。

年度选本：三种。其中，由邹岳汉主编的《中国年度散文诗》（漓江版），已出版11卷；由王剑冰主编的《中国散文诗精选》（长江文艺版），已出版9卷。

年度多人原创散文诗集：两种。由赵宏兴主编的《中国当代散文诗》（已出版多卷）和灵焚、潇潇主编的《大诗歌》（已出版两卷），灵焚负责主编散文诗部分。散文诗与自由诗各领风骚，凸显出编者的良苦用心。

由内部出版或由出版社出版的散文诗报刊：多种。其中有亚楠主编的《散文诗作家》、范如虹主编的《索桥散文诗》等。

兼发散文诗的邮发诗刊：多种。包括《诗刊》《星星》《诗选刊》《诗潮》等。

散文诗集：每年度出版20种以上。

散文诗网站：10个以上。其中，影响较大的有"中国散文诗网"（喻子涵）、"散文诗作家网"（沉沙）、"南方散文诗网（陈惠琼）"等。

固定奖项：一种，"中国散文诗大奖"。另外，一些全国性的大奖（如全国少数民族骏马奖）和省级大奖，都将散文诗包括在内。

二、自觉与突破

这是一个不够全面、肯定有所遗漏的档案，即便如此，这些事件和数字，已使我们异常兴奋。显而易见，新世纪以来，散文诗有了迅速发展，特别是近五年来，更显蓬勃之势。大背景依然是寂寞的，这和市场经济的大环境有关。整个严肃文学都受到冷落，何况生长在文学园地里一角，毫不起眼的散文诗？令人遗憾的是，有的文学人士，不屑于阅读散文诗，不了解散文诗的发展现状，却对散文诗表现出无端的冷漠。有的文学期刊，排斥散文诗，把散文诗视为另类，似乎难登大雅之堂。他们也许不知，20世纪50年代，柯蓝的《早霞短笛》、郭风的《叶笛集》中的一些作品，以及许淇早期的散文诗作品，都是在《人民文学》发表的，发表后引发读者好评，也影响了一些爱好者，最终使其走上散文诗的创作之路。

上述两组档案主要是外在的景观，说明散文诗已经形成的阵势和产生的社会影响。真正的变化还要看内容。显示作家成就的唯一标志，是他们写了一些什么内容，艺术上是如何表现的。五年来，散文诗取得了可喜的进步，其标志便是作家们的文化自觉和文体自觉，在创作上有了明显的突破。

文化自觉表现在作家们的社会担当意识的觉醒，对人文精神和社会良知的坚守。

老一代作家起到了表率和引领的作用。说起前辈作家，我们不能不提到耿林莽、李耕、许淇、王尔碑几位。他们之所以让晚辈肃然起敬，是因为他们对人文精神和社会良知的坚守，以及在表现形式上的不懈追求。他们的作品，无论从思想和艺术上，都代表了当代散文诗所达到的高度。令人感到欣慰的是，《诗刊》已将耿林莽和李耕放在名家栏目介绍，许淇也在计划之中。从耿林莽的《散文诗六重奏》、李耕的《疲倦的风》、许淇的《城市交响》以及王尔碑的《瞬间》等近年来他们出版的新作中，都可感受到这种坚守和追求。除此，从刘虔、王宗仁、邹岳汉、冯明德、周庆荣、黄恩鹏、方文竹、韩嘉川、谢明洲、李松璋、桂兴华、陈计会、沉沙、陈劲松等许多作家的作品中，我们也同样能够感受到这种坚守和追求。周庆荣受到关注和好评的《我们》《有理想的人》，具有强烈的社会担当意识，是中年作家的代表性作品。

近些年散文诗关注民生和民族前途的作品多了，出现了一批表现乡村世相、社会疼痛和心灵异化，体现对普通人的终极关怀的作品。有的作品渗透着宗教和哲学的意蕴，表现了作家悲天悯人的博大情怀。

文体自觉表现在对散文诗诗性本质的领悟和坚守。

散文诗属于诗，是诗的家族的一员，这应该是所有散文诗作家的共识。

诺贝尔文学奖中散文诗的获奖，都是以诗的名义获奖。台湾写散文诗的人不多，但他们都无一例外地把散文诗看作诗的一种。单从字面上，我们也可理解为：散文形态的诗。新中国最早的两位散文诗开拓者柯蓝和郭风，都主张把散文诗看作一个独立的文体。我赞成这个观点。我的理解：相对于自由体的白话诗，相对于格律诗，相对于散文，散文诗是一个独立的文体，因为它有区别于三者的表现形式和审美特征。但这并不妨碍它作为诗的家族的一员。具有话语权的中国作家协会，对散文诗的理解是混乱的。鲁迅文学奖一直对散文诗持排斥态度，新诗评委和散文评委都把它视为另类。从新诗和散文的视角来看，它的确称得上另类。全国少数民族骏马奖不拒绝散文诗，但把它作为一个两栖类的文体，有的获奖作品出现在诗歌类，有的获奖作品则出现在散文类。

坚守散文诗的诗性本质，对于保持散文诗应有的审美品格至关重要。作为中国散文诗报刊中存活最久、影响最大的《散文诗》，有清晰的文体定位，始终坚持刊物的格调和品位，不为市场大潮的冲击所动，对于散文诗的健康发展，作出了积极的贡献。《我们》散文诗群，是文体自觉的一群，他们力主创新的创作实践，为多少有些沉闷的散文诗坛，吹进了一股清新之风，丰富和提升了散文诗。《散文诗世界》《中国当代散文诗》《散文诗作家》《大诗歌》《青年文学》等都对此作出了贡献。许多散文诗作家的作品，向世人显示了他们的文体自觉，不少作品达到了较高的美学境界，令人刮目相看。

除此，还有一个重要景观，也是散文诗能够可持续发展或最终能成为大气候的基石，即散文诗拥有一批真诚热爱它的默默的耕耘者，苦苦的坚守者，无私的奉献者。如耿林莽、李耕、许淇、海梦、邹岳汉、徐成淼、夏马、冯明德、宓月、王剑冰、赵宏兴、周庆荣、灵焚、亚楠、喻子涵、唐朝晖、温永东、崔国发、黄永健、陈惠琼、王成钊、黄恩鹏、方文竹、沉沙、范如虹、爱斐儿、温陵氏（菲）、姚园（美），等等，他们都为散文诗的发展，作出过独诗的贡献。他们的坚守和无私奉献，感染和激励着更多的散文诗作家，为散文诗的繁荣而不懈努力。

当然，我们还应清醒地看到，散文诗客现上还存在着不足和无奈。有些人对生活的关注一直停留在社会和生命的表层；有些人耐不住寂寞，喜欢做应景文章，追求数量而艺术平庸；有些人格局太小，走不出个人悲欢的小情怀，不时表现出矫情或颓废；有些人缺少应有的文体修养，附庸风雅，写出的东西非驴非马，败坏了散文诗的声誉。较之其他文学形态，散文诗的探索精神也显不够，不能做到与时俱进。我们应当承认和尊重柯蓝、郭风等前辈作家对中国散文诗发展的贡献，但也应看到他们前期作品的时代局限，如果今天仍然采用那个时代的表现手法，就会有明显的落伍之感。其实，他们自身也在追求突破，从他们晚年的作品中可以明显地感受到。无奈是指官方的态度。散文诗未能获最高奖不能完全归咎于作品的质量，也彰显出散文诗在文坛高层没有话语权的无奈。

三、使命

散文诗虽然篇幅短小，作为文学的一脉，它有着与其他文学形式相同的历史使命。一些人把它看作花边文学，或者小花小草类的摆设，是无知和肤浅。

其实，散文诗无论在外国，还是在中国，其奠基之作都具有强烈的社会担当意识和社会批判意识，其作品都打上了鲜明的时代印记，负有严肃的历史使命，在艺术上显示出高度的审美价值，在文学史上赢得了崇高的声誉。

受贝尔特朗《夜之卡斯帕尔》影响，波德莱尔的《巴黎的忧郁》既是法国散文诗的奠基之作，也可称之为世界散文诗的发轫之作。请看他在书的扉页上的题词："总之，这还是《恶之花》，但更自由、细腻、辛辣。"他的五十篇散文诗，对肮脏畸形病态的社会现实进行淋漓尽致、嫉恶如仇的嘲讽，对腐朽的世俗习气给予无情鞭挞，具有深刻的社会批判意义。但同时，因为他的能够化腐朽为神奇的高超的艺术表现力，我们在这些作品中能够欣赏到病态上的鲜花，独特的艺术美。

鲁迅的《野草》，并非中国散文诗的第一部（焦菊隐的《夜哭》，也由北新书局出版，早于《野草》），但它是公认的中国散文诗的奠基之作。《野草》在思想和艺术上达到的高度，时至今日，尚无人能够超越。我在台湾看到多个版本的《野草》，说明它受到海峡两岸读者的喜爱。《野草》只有三万字，可研究《野草》的著作已多达数百万字，大有"说不尽的《野草》"之势，其研究者不仅仅在海峡两岸，也包括日、韩及欧洲国家的专家。走进中国现代文学馆的展厅，最先映入眼帘的便是鲁迅《野草·题辞》，这说明《野草》的深远影响。中国散文诗早期开拓者刘半农、沈尹默和徐玉诺等人的作品，同样具有强烈的社会担当意识。

因散文诗受到尊重并在世界文学史上占有光辉一页的，还有贝尔特朗、兰波、洛特雷阿蒙、勒纳尔、泰戈尔、屠格涅夫、史密斯、纪伯伦、普里什文、希梅内斯、圣琼·佩斯、米修、蓬热等人，其中，泰戈尔、希梅内斯、圣琼·佩斯则是诺贝尔文学奖的得主。获得诺贝尔文学奖的诗人、作家中，蒲宁、米斯特拉尔、黑塞、纪德、安德里奇、川端康成、索尔仁尼琴、聂鲁达、埃利蒂斯、米沃什、卡内蒂、帕斯等，都有优秀的散文诗作品传世。高尔基的《海燕》、柯罗连科的《火光》，曾经在几代人中传诵。

散文诗的诞生不是偶然的现象，有其深刻的必然因素。散文诗在当代中国生机盎然，同样有必然的因素，也可以说是应运而生。作为一枝文学的奇葩，它深深植根在中国的土壤里，受到读者的喜爱。作为一种自觉的文体，它虽然诞生在法国，但与中国古代的文赋有精神上和文体上的双重渊源。在所有文体中，它是最具包容性也是最开放的一种（它的散文形态，不是狭义的散文，而是广义的散文，是与韵文相对应的，包括韵文以外的所有文体），符合中国人崇尚自由的审美天性。所以，老中青三代读者都陶醉其中。一些中老年作家不因它常常受到冷落而远离它，恰恰相反，他们选择散文诗作为毕生的创作方式，甘愿忍受寂寞。

中国当代最具探索精神的前辈诗人彭燕郊先生，说过一段意味深长的话："散文诗曾经被视为处于两个遥远的极端而被人为地凑合在一起的异物，传统观念习惯于把它当作无足轻重的'小道'，今天，经过诗人们的努力，它已发展到不仅包容了自由诗，而且像圣琼·佩斯的《航标》《阿纳巴斯》《流亡》，艾伦·金斯伯格的《嚎叫》《卡第绪》所显示的那样，有着将在很大限度上取代自由诗的趋向。它是否会像自由诗战胜格律诗那样，成为诗歌发展的必然结果呢？诗歌史上从未出现过的一场巨大变化正在悄悄地然而不可遏止地进行着，这已是现代诗人面临的一个值得深思的问题了。"（《现代散文诗名著名译》总序）三年前，我读到灵焚的论文《散文诗，作为一场新的文学运动被历史传承的可能性》，深有同感。他的见解与彭老的预见不谋而合。

寂寞，是攀登者的最好阶梯。上天会酬谢那些在寂寞中默默前行的志士们。历史将会作出证明，在二十一世纪的文学攀登中，最终登上绝顶的一群人，肯定会有散文诗的登山者。

（原载2011年12月2日《文艺报》，2012年1月19日《文学报》，两报发表时各有侧重）

永不消逝的"叶笛"

郭风(1918—2010)是新中国散文诗的开拓者和主要领军人物。作品集获"鲁迅文学奖""少数民族文学骏马奖""中国图书奖""冰心文学奖"等全国性大奖。2007年，郭风荣获"中国散文诗终生艺术成就奖"。对郭风的散文诗评论家们已多有论述，本文侧重介绍他对中国散文诗发展的独特贡献。

儿童散文诗的开拓者

郭风是著名儿童文学作家，是新中国儿童散文诗的开山人。1957年12月出版的《蒲公英和虹》，是新中国也是"五四"后第一部儿童散文诗集。之后的几十年间，他相继出版了《早晨的钟声》《红菇们的旅行》《蒲公英的小屋》《竹叶上的珍珠》等10余本儿童散文诗集。在当代中国从事儿童散文诗创作的作家中，无论创作数量和影响，郭风都堪称第一人。

郭风的儿童散文诗创作起点高，影响大，得益于他深厚的修养积累。他在此前已出过多部童话诗集和童话集，也创作过一定数量的散文诗，编辑过儿童刊物，在家乡的小学和中学任教多年，熟悉儿童生活和心理。这些都使他一有灵感，拿起笔来便水到渠成。郭风关于儿童散文诗的一些创作谈，来自创作实践，既朴素又深刻。他说："在为孩子们写作作品时，我自己有个

想法：自己既然写散文诗，何不为孩子们写些散文诗呢？这种文体，一般说来，比较短小，有内在的诗的节奏感，富于诗意，富于与诗相联系的想象力以及语言朴实，行文流畅，等等。因此，它对于帮助儿童提高审美和阅读能力、增强儿童关心世事和自然现象的注意力，以及对于道德、情操的陶冶，可以产生特殊效果。""在儿童散文诗中，审美的要求应该和道德的要求融合无间地、和谐地溶化于一个艺术整体。我们奉献给孩子们的理所当然的是各种有助于滋补儿童心灵的精美的点心。"（《儿童散文诗漫笔》）

这些见解，值得有志于儿童散文诗创作的朋友们认真思索并运用。

民族化道路的坚守者

关于中国散文诗的源头，郭风坚持古已有之的看法，还专门编译了一本《中国古典散文诗译注》。他在该书前言中说："我所以不揣谫陋，编选、译注这么一本书，私心以为这也许可以开拓当前散文诗界的视界，开拓作者创作思路……我有个不成熟的乃至偏颇的看法，当代少数散文诗，太过于依靠外域的作品，譬如意象派、自白派等外国流派的散文诗或诗歌。太过了，往往成为一个圈套，把自己套住或束缚住，欲求自己作品之有所突破，难乎。读读本国散文诗，从本国古典散文诗的遗产中吸取营养，颇为必要。"

他在多篇谈论散文诗的文章中谈到民族化的问题。1984年3月，在《谈谈散文诗》中说："我国的散文诗传统可以远溯到以屈原为代表的文学年代。我自己在许多场合，提及五四时期以鲁迅的《野草》为代表的散文诗传统……我们需要认真发扬我国散文诗的优秀传统，使我们的作品既具有作家个人的独创性，又具有浓重的民族的色彩。当然，我们需要向全人类的文学遗产吸取营养，这是不用多谈的。"

郭风是大自然的歌手，真善美的歌手，同时又是故乡的歌手和民族的歌手，他的歌声里总是飘散着闽南山水田园的芬芳和阳光，给人以深深的感染。他在《我与散文诗》中谈道："从小在家乡接触到的乡土戏、庙社和里巷间的笙歌，里巷间流浪的盲乐师的歌唱以及村野间、果园间吹出来的，往往是即兴的叶笛声、麦笛声……这种艺术熏陶所培育的艺术趣味，在尔后我的创作实践中，总是给我以某种提醒，某种召唤，某种启示：应该尽己力之所及，使自己的作品……具有浓重的乡土气息，具有民间的、乡亲的情绪。"

郭风是民族化道路的鼓吹者和坚守者。不少有成就的散文诗作家，都赞成他的观点，并从他的创作实践中汲取过营养。

德艺双馨的引路人

郭风是散文诗界，乃至整个文学界广受尊敬的长者和仁者。2003年和2007年，福建省文学艺术界隆重举办了祝贺郭风文学创作70周年暨"德艺双馨"授牌仪式和祝贺郭风90华诞活动。郭风逝世后，引发文学界对他崇高人品和艺德的深切缅怀。曾任福建省文联副主席、作协主席的著名散文家陈章武，用诗意的语言为逝者画了一幅绝妙的素描："一位温柔敦厚的长者。一位学贯中西的智者。一位白发苍苍的儿童。一位勤劳俭朴的老农。……一位充满幻想的诗人……一位从不请人写序，却为许多年轻人写序的人。一位不善交际而朋友遍天下的人。一位不爱在公众场合讲话，但却常常妙语连珠、语惊四座的演说家。一位把生命牢牢钉在文学十字架上的人。一位著作等身但却拒绝炒作的成功者……"

作家们对郭风的爱戴，是发自肺腑的，完全出自对他的人品和文品的钦敬。1984年10月，中国散文诗学会在北京召开成立大会，郭风因故未能到会，但代表们仍推举他担任会长（另一位会长为柯蓝先生）。同样受人尊敬的散文诗前辈耿林莽在回忆往事时写道："与谦虚相偕，是他的对人、对物一以贯之的温暖、亲和的态度，可以说，一种自由、平等与宽容、博爱的精神，十分自然地体现在他的作品和他对日常生活的应对中。"（《郭风的"风"》）

郭风曾对友人说，他一生只做过一件事，即写作，可见他把写作看作如同生命一样重要。其实，他没有当专业作家，虽然担任省作协领导多年，但他的真正职业是编辑，是名副其实的编辑家。除长期主编《福建文艺》（后更名为《福建文学》）外，还先后主编《榕树文学丛刊》《中国百家散文诗选》《外国百家散文诗选》《中学生文库·散文诗选》，参与主编《曙前散文诗丛书》《黎明散文诗丛书》《中国儿童散文诗丛书》等，并结合创作实践写下大量散文诗创作谈，为中国当代散文诗发展和年轻散文诗作家培养作出重要贡献。经他培育过的青年作家，不计其数。受他影响成为编辑家的，也大有人在。

不少作家随着离世，甚至尚未离世，所写的东西已被人们遗忘。郭风不属于这类作家。当然，他也有不能传世的作品，但他那些独具个性的代表作，注定会超越时空。

斯人已逝，风范永存。我坚信，他那只曾感动过几代人的叶笛，永远不会消逝。

（原载2012年3月29日《文学报》）

柯蓝与中国散文诗运动

三十年前，中国出现了散文诗热潮，进而引发一场文学运动，成为当代文学的一道亮丽景观。这种介乎诗歌与散文之间的边缘文体，在中青年读者中不胫而走，引起了广泛的社会关注，也涌现了不少优秀作品。形成散文诗热潮和运动有多种因素，其中的重要原因：它有一个强有力的推手——柯蓝。

1937年10月，17岁的湖南青年唐一正与三姐夫向隅一起，经西安投奔延安。小提琴手向隅顺利得到去延安的许可。唐一正却不够幸运，他被安排去了山西前线——八路军五师学兵队。一次他被派往护送负伤的大队长到前方医院就医。在医院，他认识了女卫生员柯蓝。在医院一个多月，两个有着共同文学爱好的青年，双双坠入爱河。离开医院时，柯蓝随唐一正去了前线。不久，柯蓝在一次掩护伤病员转移时遭到日军伏击壮烈牺牲。唐一正为了纪念刻骨铭心的初恋，1939年向组织正式申请改名为柯蓝，一直沿用到2006年他生命的终点。

柯蓝先后入陕北公学和鲁迅艺术学院学习，毕业后在陕甘宁边区文化协会工作，任延安群众报社记者、主编。发表小说《洋铁桶的故事》《红旗呼啦啦飘》等作品。新中国成立后，在上海任劳动报社副社长兼总编辑等职。1963年回湖南深入生活，从事专业创作。1979年调北京《红旗》杂志社，任文艺部副主任。生前任中国作家协会荣誉委员、中国散文诗学会会长等职。

柯蓝一生出版多种文学体裁作品五十余部。六卷本的《柯蓝文集》选收了他的主要作品。中国现代文学馆开设了"柯蓝文秋文库",收集了这对夫妻作家的全部著作和手稿。

柯蓝晚年倾注心血最多的文学体裁是散文诗,献身文学活动最多的也是散文诗。他是中国散文诗学会主要创建人和举旗人。研究中国当代散文诗,柯蓝的名字是绕不过去的。深圳仙湖植物园建有柯蓝散文诗碑廊,镌刻柯蓝散文诗36首,内蒙古开鲁古榆园也建有柯蓝散文诗碑廊,镌刻柯蓝散文诗18首。柯蓝出版过的散文诗集有《早霞短笛》《果园集》《迟开的玫瑰》《拾到的纪念册》《爱情哲理散文诗》《踏着星光远行》《爱情·人生·命运》《柯蓝朗诵散文诗选》等八本。由谢冕、李磊主编的大型文学辞典《中国文学之最》把柯蓝列入了词条:"中国当代最早而且一直热衷于散文诗创作的作家柯蓝"(758条),"中国当代最早出版的散文诗集《早霞短笛》(831条)"。

《早霞短笛》1958年8月由作家出版社出版，是新中国最早出版的散文诗集之一。收入作者写于1956—1957年间的200多章散文诗。作者在"后记"中说："我虽然不是写诗的，我却固执地希望这种被冷落了十多年的散文诗，在今天百花繁盛的时代，不至再冷落下去。"《早霞短笛》出版后，受到读者好评。不少读者把喜欢的章节当作格言，抄在笔记本上。但好景不长，由于当时"左"的思潮影响，"百花齐放"的文艺政策仅仅是昙花一现。到了"文革"时期，不少优秀作品竟被当作毒草批判，《早霞短笛》也难逃厄运。直到1978年之后，中国文艺再次迎来春天。散文诗创作如雨后春笋。《早霞短笛》（增订版）在23年后的1981年，由上海文艺出版社出版，并多次重印。《早霞短笛》是一部影响了两代人的书，影响了两代读者，也影响了两代散文诗作家。从上世纪50年代末和80年代从事散文诗写作的两代作家的早期作品里，或多或少都可找到《早霞短笛》的影子。与柯蓝的革命经历一脉相承，柯蓝的艺术风格一直是明朗的、向上的，充满理想主义的色彩。他晚年的作品多了一些沉思，但明朗和哲理是不变的主旋律。

柯蓝不仅仅是开时代新风的散文诗作家，他还是一位热情的散文诗编辑家和卓有成效的散文诗活动家。1981年，由柯蓝和郭风联合主编的一套7本《黎明散文诗》丛书，由花城出版社出版。这套包括郭风、柯蓝、刘湛秋、王中才、耿林莽、徐成淼等9位作家的散文诗作品集，像一丛迎春花，令散文诗爱好者们如获至宝，进而引发仿效的冲动。接着，丛书的后续几辑，分别由湖南人民出版社和漓江出版社出版。1984年是中国散文诗发展史的一座里程碑，其标志是中国散文诗学会在北京成立。它显示了中国散文诗的繁荣和作家队伍的壮大和团结。柯蓝、郭风出任会长。由于郭风身在福建，柯蓝实际担任常务会长的角色。1990年换届后，柯蓝任会长，郭风改任名誉会长。中国散文诗学会成立后，柯蓝做了大量的工作，对推动全国的散文诗发展，起到了不可估量的作用。其中一个重要工作是创办"黎明散文诗函授中心"，历经3年。组织编写教材《散文诗写作讲稿》和《当代散文诗创作论》，内部发行。举行多次改稿笔会。对于普及散文诗、培养散文诗新秀，作出了历史性的贡献。另一个工作是创办散文诗报刊。柯蓝1986年首先在广州创办《散文诗报》，1992年又创办《散文诗世界》杂志（后交四川散文诗学会主办），1993年创办《中国散文诗》杂志，为散文诗作家提供发表园地。其次是举办各种活动。从1985年起，中国散文诗学会陆续在哈尔滨、乐山、朔州、湛江东海岛、珠海等地举办全国性的笔会，为散文诗作家提供相互交流、研讨、体验生活的机会，每一次笔会之后，都会收获一批新作。1985年的年会还组织作家到煤矿采访，这批作品后来编选成一部散文诗集《永远的燃烧》出版。中国散文诗学会还多次举办散文诗大奖赛、散文诗朗诵会等活动，这些活动均有一定的社会反响，对普及、宣传散文诗，扩大散文诗的社会影响，起到了很好的作用。由于国内办刊物受刊号限制，柯蓝于1998年在香港创办了《香港·中国散文诗》季刊。刊物直到柯蓝逝世一年后终止，整整办了10年。柯蓝依托刊物，举办了多次散文诗大奖赛活动，有力促进了中国散文诗特别是粤港两地散文诗的发展。

柯蓝还对散文诗的理论建设作出了独特的贡献。《柯蓝文集》第六卷收入他19篇散文诗理论文章。2006年4月，人民文学出版社出版了柯蓝长达35万字的散文诗理论专著《中国散文诗创作概论》。这是作者几十年创作经验和不懈探索的理论结晶。柯蓝坚持认为散文诗是一种独立文体，并对它的美学特征作出阐述。书中举例除他自己的作品外，还录入了多次散文诗大赛的获奖作品。他提出报告体、旅游体散文诗，探索无疑是可贵的，但其中的局限性显而易见。他对朦胧散文诗的看法亦失之武断，不利于艺术风格的百花齐放。

（原载2012年5月31日《文学报》）

散文诗坛常青树

耿林莽，当代散文诗坛一位德高望重的长者。他，既是一个大器晚成者，又是一棵枝繁叶茂的常青树。

耿林莽1926年3月出生于江苏省如皋市，1950年起定居青岛。少年时代由于身处日本侵华的恶劣环境，未读完高中即辍学。他从事过学徒、店员、银行职员、编辑等职业。他从事编辑工作时间最长：1949年参加革命工作后，先后在徐州《新徐日报》、《青岛日报》、《海鸥》文学月刊做编辑、编审，直至离休。离休后成为职业作家，全副精力投入创作和研究至今。中国作家协会会员。曾任中国散文诗学会副主席、中国诗歌学会理事、山东省作协理事、山东省散文诗学会副会长等，现任中外散文诗学会名誉副主席、青岛市作协名誉主席等。

耿林莽早慧，发表处女作时年仅13岁。但他的主要文学成就，则始于1980年开始的散文诗创作。那一年，他已54岁。老作家柯蓝在青岛的一场散文诗报告会，点燃了隐藏在他心中的散文诗火种。此火种一经点燃，便熊熊燃烧起来，30多年后仍呈未熄灭之势。至今，创作散文诗千余首，除多部合集外，已出版散文诗集《醒来的鱼》《耿林莽散文诗新作选》《耿林莽散文诗选》《五月丁香》《耿林莽散文诗精品选》《飞岛的高度》《梦中之马》《草鞋抒情》《三个穿黑大衣的人》《散文诗六重奏》等十部，评论集《散文诗品评录》，散文集《耿林莽随笔》《人间有青鸟》，诗文选《秋水》

等。其中《耿林莽散文诗选》获山东首届泰山文艺奖、青岛首届文学艺术奖，《草鞋抒情》获山东省第七届精神文明建设"精品工程奖"、青岛文学艺术奖。2007年，获文艺报、中国现代文学馆等颁发的"中国散文诗终生艺术成就奖"。他被公认为当代中国最具开拓精神的散文诗大家之一。虽然耿林莽已到耄耋之年，可思维之树常青，艺术之树常青，常有新作和新论问世，被许多中青年作者视为精神导师。

耿林莽对中国散文诗的发展作出了多方面的杰出贡献。最主要的贡献是在创作上。他是当代文学研究者们最为关注的散文诗作家之一。《中国当代文学史纲》《新时期诗潮论》《中国近百年文学体式流变史》《中国诗学研究》《山东当代作家论》《二十世纪中国散文诗论》《散文诗文体论》《散文诗新论》等文学史及文学论著中均辟有专章专节评述他的成就和创作特色。《中国当代文学史纲》中说："创造一种曲折幽深的意境，用现代手法表现现代意识，是耿林莽散文诗的突出特点。散文诗在从传统走向现代的历程中，耿林莽有相当的代表性。"著名诗人屠岸在《声色高辉，笔下流情》一文中评价说："您的散文诗可说是没有音符的音乐，不用颜料的绘画，但同时又寓音乐于节律，寓色彩于文字。因此又是声与色的结合、交融。我认为您的风格之特色即流动的物的具象和流动的情的抽象通过声与色的组合纠结而达到和谐统一。像您这样的散文诗人在国内确可说是独树一帜。"（载屠岸《诗论·文论·剧论》）很难找到类似耿林莽的个案：在知天命之年才开始尝试一种文字样式的创作，却能够三十年如一日地坚守和专注，终有大成。像他这样在八十岁以后仍能保持旺盛创作力的作家，也很少见。

耿林莽散文诗具有"广""多""独"的特色。"广"是指表现题材之广，几乎无所不包：有乡土的，也有城市的；有微观的，也有宏观的；有历史的，也有现实的。他尤其关注当下社会。用一个时髦的词汇：他的不少作品可以称为"在场散文诗"。特别是他那些表现市场经济时代城市与人的作品，辛辣地写出了人们面对金钱的众生相。这对于一个已经远离现实社会生活的老人，更显得难能可贵。他从不在表现题材上为自己画地为牢。"多"是指艺术表现形式的多样性。他为自己的散文诗选集取名为《散文诗六重奏》，形象地说明，他用多种乐器演奏，既有民族的，也有西洋的。量体裁衣，他为不同的题材安排适当的表现形式。在表现当代和一些形而上的哲思类的题材时，他借鉴运用了西方现代派的手法，恰到好处。"独"是指艺术风格的独特性。耿林莽是一位有独特艺术个性的作家，在他成熟期的众多作品中，散发出与众不同的审美趣味和思想锋芒。也许与阅历和性情有关，他的不少作品有一种凝重美和忧郁美；无论是感性和知性的作品，全都贯穿着对真善美的歌颂，对普通人生存状态的关注和同情，对丑恶现象的鞭挞和反思，高扬人文思想的光辉，给人以温暖和启迪。

第二个贡献是在理论上。耿林莽虽没有系统的散文诗理论专著，但他三十年间发表的一定数量的散文诗专论，是散文诗理论建设的珍贵文献，对散文诗的繁荣发展产生了重要影响。他的文章明显区别于某些不着边际的纯理论，其特色是紧密联系散文诗的创作现状和个人创作实践，有很强的针对性和启示性，令迷途者读之犹如醍醐灌顶，茅塞顿开。他是散文诗文体诗性特征的坚守者。他认为"散文诗本质上是诗，是诗的发展和延伸，是她的一个支脉或变体。在我看来，散文诗是格律诗向自由诗过渡后的必然发展，也是现代口语成为诗的主要语言资源后的必然发展"（《我的散文诗之旅》）。他认为散文诗作家首先应是一个思想者。他说："形式主义者排斥内容，尤其排斥思想。过分强调美文性，追求'唯美'的作品，也易忽视作品的思想内涵。我一直认为，无思想的诗不过是一堆文字垃圾，即使外表华美，也仍是垃圾。当然，散文诗中的思想，不应是概念化的和盘托出……"（引文同上）

　　第三个贡献是在编辑书刊和培养新人上。耿林莽利用文学期刊编辑的职业之便，于上世纪80年代在《海鸥》创办"散文诗开拓区"专栏（新时期最早开办的散文诗专栏之一），坚持数年之久，刊发了大量老中青三代散文诗作家的佳作，成为令人称道的文学景观，一直到他离休。除此，他还主编和参与主编了多部散文诗选集和鉴赏集，如《中国当代优秀散文诗精选》《中外散文诗鉴赏大观》《散文诗人20家》等。1995—1997年，任中国新诗研究所《中国诗歌年鉴》特邀主编，主持散文诗部分的编选工作。多年来，耿林莽一直主持《散文诗》的"作家与作品"和《散文诗世界》的"好诗共欣赏"两个专栏，重点推介活跃在当下散文诗坛的中青年诗人，先后撰写了一百多篇点评文章，后结集为《散文诗评品录》出版。他还为许多中青年新秀出书写序写评，热情向社会推荐。耿林莽是散文诗坛一位无私奉献的辛勤园丁，赢得了广大作者和读者的普遍尊敬。

（原载2012年7月26日《文学报》）

耕耘者，开拓者，播种者

今年已84岁高龄的李耕先生，近年来重病缠身，只得不情愿地放下手中的笔。他是散文诗坛广受尊敬的一位不倦的耕耘者、开拓者和播种者。曾任中国散文诗学会副会长，江西省作家协会副主席、编审。2007年，获"中国散文诗终生艺术成就奖"。

李耕，原名罗的，1928年出生于南昌市。文学生涯起始于20世纪40年代中期。青少年时代是在颠沛流离中度过的。因为贫困，他没有更多的机会读书，一个小学毕业生就必须面对社会这本严峻的大书。他当过报童、汽车修配工、粮库临时雇员等，这些日后都成为他了解社会了解劳苦大众，进行文学创作的宝贵财富。天资聪慧，年仅15岁便写出"乡愁"诗，并由自己谱曲，刊登在《艺锋》周刊上。18岁开始新诗创作，以巴岸为笔名连续在《民锋日报》副刊《春雷》上发表。1947年秋天，参与创办牧野文艺社，并主持《牧野》文学旬刊。1948年参加革命，编辑地下文丛《人民的旗》。他主编的《民锋日报》文艺副刊《每周文艺》在当时颇有影响，但被迫停刊。在终刊号上，李耕发表了散文诗《告别——〈每周文艺〉终刊》，以象征的手法抒发了他对停刊的愤怒和对光明未来的渴望。

2007年，李耕与有60年友谊的另两个同乡诗友张自旗和矛舍，合出一本三人诗集《老树三叶》。他在"后记"中称自己一生的诗创作先后经历了"战歌、牧歌、苦歌"的嬗变。这是李耕区别于其他诗人的特有的三段式。

　　他在新中国成立前的创作，总的基调可以用"战歌"来界定。代表作有《路·桥》《沉默》《诗人，你变节了》《黑色的笑》《我是来自严冬的》与散文诗《告别》、《青春书简》等。写于新中国成立后的50年代和自70年代后期复出后至80年代前期的作品，是李耕的"牧歌"时期。1958年，一场突如其来的厄运降临了。因短文《文苑走笔》和几首小诗，被打成"极右分子"。十年的苦劳力生涯，几次死里逃生。他被发配到赣北血吸虫病重灾区劳动，两次感染两次摔断左腿；又在小煤窑挖煤时险些丧命。十年的老师生涯正值"文革"之中，身历世态炎凉，目睹种种变形的人生。然而，作为一个文学细胞已深入骨髓的诗人，"虽九死其犹未悔"。对诗神的热爱始终不曾改变。一旦有了适宜的土壤，这颗种子很快就会破土、发芽。在改正"右派"复出后的十年间，李耕发表了大量的作品，且以散文诗作为最主要的创作形式。先后结集出版的有《不眠的雨》（1986）、《梦的旅行》（1987）、《没有帆的船》（1990）、《粗弦上的颤音》（1994）。这些作品发表和出版后受到读者广泛关注和好评。后来，李耕在一篇文章中说："遗憾的是，上述著作，由于难摒弃种种潮流形成的自我栅栏，时过境迁，难免会使自己脸红为后人所诟病。"（《不可选择的选择》）80年代后期，"牧歌"的基调已在改变。那个时期的代表作有《生命的回音》《梦的旅行》《长城·骆驼》《猎》《太阳从山峰间升起》《暴风雨中的独奏》《粗弦上的颤音》等。这些作品由明朗而趋向深沉，表现手法上多用象征和隐喻，以传递诗人在生活中难以言表的复杂感受。

新世纪以来，李耕出版了散文诗集：《爝火之音》（2001）、《暮雨之泅》（2003）、《无声的萤光》（2007）、《疲倦的风》（2011），散文与散文诗合集《篝火的告别》（2011）。它们是李耕散文诗最有价值的部分，其艺术个性更加鲜明地凸显出来。它们大都属于"苦歌"类。这几部作品，有一些明显与众不同的特色。其一，几乎全是成组出现。这说明诗人对所表现领域的切入之深，不仅仅是一个横断面，而且是多侧面，呈辐射状。其二，题材极为广泛，几乎包括了自然界的万事万物。其三，语言率意、简洁，篇幅短小。其四，天人合一的哲学境界。在中国古代的思想家中，李耕最喜爱老庄。老庄的哲学已进入他的血液，流淌在他的字里行间。其五，悲剧色彩的底色是其主色调。这便是"苦歌"的由来。可以设想，如果李耕没有几十年的苦难经历，会有这几部不同凡响的"苦歌"吗？当然，只有那些自觉把苦难当财富的有心人，苦难才会真正成为财富。他的诗风渗入对苦难的体验、思考和对现实的拷问，表现出九死未悔的生命意识，给人以坚韧向上的启迪。这些作品对普天下芸芸众生给予深切关注和关怀，朴素的文字里有一颗温热高贵的心在跳动。

李耕不仅是不倦的耕耘者和开拓者，也是散文诗坛颇有成就的播种者。他年轻时代就献身革命的文艺出版事业，新中国成立后，又继续这一事业。错划"右派"改正后，他以前所未有的热情投身文学期刊的编辑工作，为繁荣新诗和散文诗创作，作出了突出的贡献。上世纪80年代李耕在《星火》开辟的"散文诗专页"，坚持数年之久，是那个时期一道光彩夺目的文学景观。本职工作之余，还参与主编了颇有影响的《十年散文诗选》和《中外散文诗鉴赏大观·中国现代卷》等书。

　　李耕少有关于散文诗的长篇大论。他的散文诗观散见于一些序、跋、随笔和访谈录中，时有闪光的灼见。他有两段话有助于我们了解他的散文诗观及创作之根："散文诗，是一种独立的诗体，是诗的表达形式的别样，是诗从断行到不断行的从内而外的一种形式上的变异与诗形式的再造。""散文诗这种'不分行写作'的诗的表达形式，是上世纪二三十年代从国外'译来'而诱动这种诗格的不断发展的。中国古代虽无这种纯的散文诗的体格，却在诗词曲赋、散文小品及其他文典中存在众多的可供吸纳的'类散文诗'的文字。王国维曾在光绪三十二年（1906年）《屈子文学之精神》一文中论及：'庄、列书中之某部分，即为之散文诗无不可也。'如鲁迅等诸多前辈诗人作家的散文诗作品中，也无不显现出这种'传统'的显或隐的影响而使之充盈着民族气息、民族气魄与气质。像我这样一个年逾八旬的作者，从骨肉深处所接受的，是鲁迅的《野草》及鲁迅先生同代的一批作家的散文诗传统的影响。虽然同时也借鉴了泰戈尔、纪伯伦、屠格涅夫、高尔基、波德莱尔、史密斯、阿左林、兰波及加拿大的布洛克的作品的某些影响，但主要的，还是新诗、散文诗的'新的传统'和中国古典'类散文诗'传统的可称之为'根'的传统的影响。尤其是鲁迅《野草》中的散文诗篇章，其先锋性、现代性、现实性，深切入骨。"（王晓莉：《李耕访谈录》）这些关于散文诗本质的精辟表述和洋为中用、古为今用的现身说法，会令有志于散文诗创作的中青年朋友们大受裨益。

　　　　　　　　　　　　　　　　　（原载2012年9月27日《文学报》）

草原与都市的歌手

在当代散文诗坛，有一位激情四射且多才多艺的老诗人，他的名字叫许淇。在半个多世纪的创作生涯里，牧歌与交响是其不变的主旋律，因而被誉为草原与都市的歌手。

许淇1937年出生于上海，1956年肄业于苏州美专。刚过19岁，便积极响应国家支援边疆建设的召唤，毅然告别了黄浦江畔的父老，来到内蒙古大草原的新兴钢城包头。一个具有浪漫气质的热血青年，很快在这里找到了用武之地。火热的生活激发着他的创作热情。一年后，他便写出处女作《大青山赞》，发表在《人民文学》1958年2月号上。这个高起点为许淇带来很大的声誉，也成为他人生的转折点。上级发现了他这个有文学天赋的人才，把他调入团市委当编辑记者，1960年调入市文联，编辑刊物《钢城火花》。自1958年至"文革"前的几年里，是许淇创作的一个高潮，几乎每年都会在《人民文学》发表作品。他写散文、散文诗，也写小说。他是新中国最早一批投入散文诗创作的作家之一。内蒙古的草原大漠、山川森林、城市街区，都见证过许淇热情而奔放的足迹。这些足迹，最终都成为他文学创作的源泉。

1975年，许淇出版了第一部散文集《第一盏矿灯》。那时，正当极左思潮泛滥之时，"散文诗"这个被认为带有小资情调的文体，不可能有立足之地，也无人触及。70年代后期，文学的春天终于到来了。文学刊物和报纸的

文艺副刊，开始陆续发表散文诗。许淇的创作欲再次被点燃，从此一发而不可收。1981年3月，上海文艺出版社出版了他的散文与散文诗合集《呵，大地》，收入他五六十年代及70年代的作品44篇（出版社作为散文集出版）。当时这些受郭风《叶笛集》影响的作品，还谈不上自觉的散文诗写作，现在看，有些作品只可称为类散文诗。发表于80年代初期，1983年5月由湖南人民出版社出版的《北方森林曲》，则是纯粹的散文诗作品。1981年，《诗刊》曾经组织过"散文诗六人谈"，许淇是受邀人之一。他用了一个形象的比喻"梨苹果"，来说明散文诗的特性：既有梨味又有苹果味，但它不是梨也不是苹果，是嫁接出来的独立存在的新品种。他始终坚持这样一个观点，不断地去充实和完善它。从那以后，他对散文诗倾注了极大的热情，孜孜不倦，不停地探索、创新。虽然他同时也写散文和小说，但最终散文诗成为他成就最高的文体，受到全国散文诗作家的好评和尊敬，并于2007年荣获"中国散文诗重大贡献奖"。

1990年，出版《许淇散文诗近作选》（青海人民出版社）。1992年，出版《词牌散文诗》（广西民族出版社）。1994年，出版散文诗集《城市意识流》（广西民族出版社）。2002年，出版散文与散文诗合集《白夜，有一只夜莺》（贵州教育出版社）。2005年，出版《许淇世纪散文诗选》（香港银河出版社）。2006年，出版《词牌散文诗百阕》（中国档案出版社）。2011年，出版散文诗集《城市交响》（河南文艺出版社）。30年时间，共出版9部散文诗集。

他自1983年起，任包头市文联主席，直到1997年退休，整整14年。退休后，他戏称才真正成为"自由人"，成为他梦寐以求的"专业作家"。退休后的十几年，共出版8部诗文集和大型画集《许淇的画》及《许淇国画小品》。尚有多部文集待出版。他的创作热情一点不减，像年轻时一样。

许淇散文诗有四个明显的主题：森林和草原，城市，词牌，艺术家与作品。每个主题都有其鲜明的艺术个性。许淇在内蒙古生活已半个世纪。内蒙古已成为他的第二故乡。他与这块土地早已血肉相连，密不可分。他不是一个旁观者，而是拓荒者、建设者。他目睹并切身感受了草原钢城的沧桑巨变，草原各民族儿女生活的沧桑巨变，常常神游在大草原的"风花雪月"中不能自拔。

他所有的散文诗作品，大致可以分为两类：牧歌与交响。他写草原写森林写牧人生活的作品，有浓厚的牧歌情调；而他那些城市的、词牌的、艺术家的组诗，则像是雄浑的交响曲。

许淇是艺术家，他对中外艺术家有惺惺相惜般的深情。他写过一百多章用散文诗为艺术家立传的作品，分别以《掀开世界的画册》《音乐有时漂我去》等题的系列组诗形式发表。代表作《齐白石》还获得了《星星》诗歌创作奖。

词牌散文诗是他的另一个创新产品。词牌只是他借用的一个工具。他用古人创造的极富审美的特定语汇，去诠释既五彩缤纷又苦辣酸甜并陈的现代生活，重新营造出全新的审美空间。他用前后20年的光阴去进行这一艺术探险，终得"词牌散文诗百阕"。他的探索得到了专家和读者的一致好评。

许淇城市题材的散文诗，是其广受赞誉的另一个重要成果。《城市交响》是这类作品的集大成。全书分为四辑："城市交响""城市与人""中国的城市""欧洲的气息"，同样是古今中外，仅看题目，即可感觉到其中的信息量之大。作者感叹中国城市的变迁，他在写自己的出生地上海时，用了更多的笔墨，也更加富于感性。他用细腻而深情的笔触写草原上大大小小的城市。他没有把青城呼和浩特放在第一，而是把包头排在首位。可以想见这座城市在他生命中的分量。许淇的作品贯穿着浩然之气。辽阔的大草原培育了他，也塑造了他豁达豪放的个性。读"欧洲的气息"，让我们见证了许淇文化贵族的另一面。

他的散文诗有其鲜明的艺术个性：其一，他是波德莱尔和鲁迅的继承者，坚持写当下的现实生活，歌颂美，揭露丑，既写美之花，也写恶之花，显示出作为一名作家应有的社会担当。他揭露和鞭挞当代社会残存的丑陋，是为警示世人，使其更加文明。其二，他是大自然歌手普里什文的继承者。他之所以为写"风花雪月"辩护，是因为中国当代真正能写出大自然天籁之音的散文诗，不是多，而是太少了。他是一个身体力行者。他的牧歌，写出了北方大草原的神韵。其三，他是一个勇敢的开拓者，题材没有禁区。他用自己的创作实践证明，散文诗决非只能写小草小花，既可写世态万相，又能写心态万相。其四，他是散文诗文体特征的坚守者。在保持"诗的内核"的前提下，广泛借鉴其他艺术形式的表现手法，最终谱出打上许氏印记的"交响"。

与耿林莽、李耕一样，许淇也是"散文诗是独立文体"的倡导者。他著有《世界现代文学的新品种》一文，充分阐述了他的观点。早在1992年，他就主编过《中外散文诗鉴赏大观·外国卷》。他长期担任《散文诗》"世界名家作品赏析"的撰稿人，向读者推荐世界经典，从而做到"洋为中用"。他的作品表明，他是一位能够融汇古今中外的大师。

（原载2012年11月29日《文学报》）

苍茫大海一漂瓶

　　福建省的莆田县，是一块散文诗的沃土。20世纪，她哺育了两位散文诗大师：郭风与彭燕郊。郭风一直生活在福建，彭燕郊则四处漂泊，最终长眠在湘江之畔的长沙。

　　1920年9月2日，彭燕郊出生于莆田黄石镇一个地主兼工商业的富豪之家。本名陈德矩。在他从事文学创作后，笔名彭燕郊则成为他的传世之名。他的一生，磨难重重，直到晚年，才实现艺术追求的大自在。

　　彭燕郊从小就是一个读书迷，培养了多种爱好。这些书影响了他的一生。正当彭燕郊为人生许多的问题冥思苦想时，一个令人敬畏的伟大灵魂不期而至，鲁迅的作品振聋发聩般地撼动着彭燕郊的心魂。他迷恋起鲁迅及进步的左翼文学，并开始做起他的文学梦。彭燕郊的文学生涯始于抗日前线。他在血与火的战场上，寻找并实现了崇高的文学梦想。1938年初，彭燕郊投笔从戎，参加了新四军。行军途中激动人心的抗日景象，点燃了彭燕郊的诗情。到皖南后，陆续在胡风主编的《七月》等有影响的刊物上发表作品。

　　最早的散文诗《百合花》，是缅怀新四军的一位小号手。百合花象征小号手的纯洁，花的形态极似军号的喇叭状。彭燕郊的第一本散文诗集《浪子》，于1943年在桂林出版。彭燕郊的早期散文诗几乎全写乡土。他用亲切朴素的话语，油画般凝重的色彩，构画出南中国的家乡风情和一幅幅身处逆境而纯朴善良的小人物的侧影。作品饱含对历经灾难的乡土和人民的热爱，对黑暗势力的抨击，对光明的向往。1940年6月，彭燕郊因病被转移到后方，先在浙江金华，继而经闽北辗转到桂林、重庆等地。1947年，在"反饥饿，反内战"的高潮中被捕，1948年重获自由。1949年5月赴香港，不久赴北平参加第一次全国文代会。

文代会之后，彭燕郊留在《光明日报》工作，主持《文学》副刊，并和钟敬文合编《民间文学》。1950年6月，应湖南大学校长李达之邀，到该校中文系任教。正当彭燕郊以前所未有的热情，投入教学和创作之时，在35岁那年，命运给他开了一个残酷的玩笑，使他瞬间跌入人生的低谷，如同进入炼狱。1955年6月，他因突如其来的"胡风案"被捕。被无端怀疑为"胡风分子"，被秘密关押审讯了21个月之久。紧接着，"反右"斗争又开始了。他被湖南大学开除，从此失掉工作。"文革"期间，彭燕郊作为"五类分子"之一，接受"社会专政"，两度被关押拘羁，时刻处在被监管之中。

在1955—1978年长达23年的时间里，彭燕郊无法公开发表自己的作品。但他的创作并未间断。对待生活，他是乐天派；对待诗歌，他像对待爱情一样，终生不渝。他的无弦琴任何时候都未曾喑哑，即使在看不到阳光的日子里，也依然在心中奏响。在狱中，无法将诗句笔之于书，只能"心写"，获释后再默写下来。这期间写出的作品，较之彭燕郊已往的风格，简直判若两人。不仅语言，乃至审美趣味，都有着翻天覆地的变化。抑郁的沉思和冷峻的幽默，取代了春潮般的热烈。极端个性化的狂狷诗风，已见端倪。作品的形式及语言，都更具探索性和现代气息。

1979年3月，彭燕郊被聘请到湘潭大学任中文系教授。同年10月，获彻底平反。1984年从湘潭大学离休，全身心从事文学创作和编辑活动，从而进入一生中前所未有的创作高峰期。这期间，出版有诗集《彭燕郊诗选》（1984）、《当代湖南作家作品选彭燕郊卷》（1997），散文诗集《高原行脚》（1984）、《夜行》（1998），诗论集《和亮亮谈诗》（1991），随笔集《纸墨飘香》（2005）、《野史无文》（2006），2006年出版4卷本《彭燕郊诗文集》。

　　《彭燕郊诗文集·散文诗卷》，包括了作者六十年散文诗创作的主要成果。他后期的散文诗，题材开阔，内涵深沉，多思辨和形而上，透射出炽热的人文思想的光芒。语言更趋向于天马行空式的化境。在艺术表现上，他是不倦的探索者，且具有职业艺术家的特质，对每一篇作品，总是在反复打磨之后才出手，力求每一件都成为精品。它们都属于"写心"之作，借助于纷繁多变的意象，写出诗人对真理漫长求索中的心路历程。艺术表现上异彩纷呈，每一篇都是极具个性的"这一个"，他人很难模仿与克隆。其中的《漂瓶》，可视为作者的精神自传。"漂瓶"是一个不停漂泊与寻找的意象。漂瓶最终葬身大海。但我们仍能听到"路漫漫其修远兮，吾将上下而求索"的余音，在天地间回响。

　　两万多字的长篇散文诗《混沌初开》，是彭燕郊对散文诗短篇精致的形式限制的一大突破，既有散文畅达的语言，又有诗的形而上的深层意蕴，耐人品味再三。关于此作的评论甚多。诗论家石天河将它与但丁的《神曲》作比较："和《神曲》相比，其为'人曲'的精神特征更明显；而其超越想象的艺术特征，则是超越了《神曲》艺术模式的更新创造。""这是一部俯瞰历史透视人寰的精神史诗。其精神与艺术的价值将随着时间的进程而日益被深深地注目和理解。"（《〈混沌初开〉解读》）

　　彭燕郊没有留下散文诗理论专著，他的散文诗观见之《和亮亮谈诗》以及论文《屠格涅夫和他的散文诗》《〈现代散文诗名著名译〉丛书序》及多篇访谈录和致书人书信中。彭燕郊认为散文诗属于新的文学门类："文学发展进程是由可以称为历史性现象的杰出作品的出现推动的，文学史往往由于杰出作品的出现翻开新的一页。杰出作品的含义是内容到形式的飞跃式跳跃，这样的作品只有杰出作者才能写得出，杰出作者必须具备的除了才能，还应该有前瞻性的艺术胆识和对于现实社会的深度人文关怀。散文诗是在这样的作者手里创造出来，并使之成为生机勃勃的文学新门类。"（《屠格涅夫和他的散文诗》）他预言，"散文诗慢慢地要取代自由诗，这是个大趋势"（《文化大家访谈录：最后的文化贵族》）。

　　彭燕郊对新诗和散文诗发展的另一大贡献，是他在二十多年的时间里，耗费大量心力，主编了多套介绍外国优秀文化的丛书，如《诗苑译林丛书》《现代散文诗译丛》《犀牛丛书》《散文译丛》《世界诗坛》《现代世界诗坛》等，促进了中国当代诗歌与世界文学的接轨，在全国文学界、文化界产生了巨大而深远的影响。

　　2007年11月，彭燕郊荣获"中国散文诗终生艺术成就奖"。五个月后的2008年3月31日，彭燕郊因病逝世于长沙。2010年4月，彭燕郊骨灰安放仪式在湖南省革命陵园艺术墓园举行。墓碑正面刻有"彭燕郊一九二〇—二〇〇八"；墓基上刻有《混沌初开》中的诗句："混沌初开，你将超越你自己。"

（原载2013年1月17日《文学报》）

惜墨如金的女诗人

　　王尔碑，本名王婉容，1926年12月出生于四川盐亭县木龙弯山村一家书香门第，从小即养成读书的习惯，青少年时代读过许多书。她上过一年的重庆南林大学外文系的英语专业。接着考取北京新闻学校，1951年毕业，分配在南充地区《川北日报》当编辑。后调入《四川日报》编副刊，直至退休。她是一个恪尽职守的职业编辑，不吝汗水的浇花人，选发过许多无名作者的佳作。

　　青年时代，王尔碑曾用多个笔名发表作品，她的短诗处女作《纺车声》，发表于1946年重庆的《新华日报》副刊。1947—1948年间，是她创作的第一个井喷期，发表了数量可观的诗歌和散文。代表作有《无题》《夜》《长夜》《你底诗》等。也写散文诗，发表过《海与梦》《雾与歌》《浮云》《新生记》《卖火柴的女人》等。这些作品发表后，很快引起关注，曾听到有人议论："王尔碑大概是个老头子？"老诗人古牧丁访问她："你是否读过惠特曼的《草叶集》？"她回答："没看过。"令老诗人不解的是，对王尔碑创作影响最大的不是诗，而是小说，是《悲惨世界》《卡斯特桥市长》等小说。当然，不可否认，这些回荡着血与火的时代之声的短章，显然有艾青、田间等"七月诗派"的潜移默化的影响。

　　"文革"时期，像许许多多的作家一样，王尔碑的创作进入低潮。王尔碑的第一部诗集《美的呼唤》，1983年5月出版，收诗69首。其中有一组

1946—1949年间的作品"长夜里的歌"。《南河》是影响最大的作品，曾选入纪念新中国成立30年的《诗选（1949—1979）》等多种选本。诗集出版后广受好评。第一部散文诗集《行云集》，1984年10月出版，收散文诗88首。较之她的抒情小诗，她的散文诗特色更见突出，取材也更加广阔。在大自然的草木鸟兽间蕴含着社会人生的哲理，在人情世态的描绘里交融着大自然的清新与和谐。风格未变，依旧以凝练纯净之笔，写出含蓄深沉之境。诗味更加浓郁，也更加耐人品味。其中的《遥寄》《树》《行云》《云》《给乐山大佛》等篇，被多家选本收入、点评。虽然赞誉不断，但她对集中的一些作品仍感欠佳，曾用笔名"方笑云"以自嘲。集中收录的以散文诗的形式写就的散文诗论，道出了散文诗的精髓："我以小溪流的语言，对春天述说我的爱，对一切美和力述说我的信仰。""是的，我跟着散文去了，无论走到哪儿，我终竟属于诗。不做诗的叛逆，永远。"

1979—1988年间，是她创作的第二个高潮。前两本集子出版的10年之后，她又陆续出版了散文诗集《寒溪的路》（1994.10）和诗集《影子》（1994.12）。20世纪90年代，她的散文诗进入探索期，不仅艺术手法更加多样，题材亦更显严峻。从书名也可看出明显的变化：从云间降落到大地，从梦境跳跃到现实。为人称道的作品有《石屋》《父亲》《红蜻蜓》《丑石》《古瓶》《女人和蜘蛛》《蝴蝶泉》《鸟会》等。小诗是王尔碑的偏爱，也最能体现她的做减法的艺术法则。《影子》所收多为小诗，其中有不少耐人回味的珍品，如《墓碑》《山寺》《散步》《影子》《所有的》等。《墓碑》只有三行，读之难忘，灵感也许来自诗人自己的名字："葬你／于心之一隅／我就是你的墓碑了"。《山寺》也只有三行，内涵却十分丰富，写活了三个人物，像一篇绝妙的微型小说："陈妙常换上迷你裙下山去了／敬香者的热泪打湿了蒲团／弥勒佛一笑置之"。艺术空间很大，充满张力，其中的故事任你去作无穷的联想。

她从不追求高产。她认为，高产对诗人未必是好事。她对作品采取随遇而安的超然态度，不作刻意追求。她渴望每一篇新作，都是一个新的生命的诞生。她尝试用多种形式多种手法去写，包括荒诞的、魔幻的手法。如果说她前期的作品多追求空灵的抒情，晚年则更多采用客观的冷峻的戏剧性样式，去表达对历史和哲学的思考。2003年，《王尔碑诗选》所选依然多为小诗。

王尔碑说："我是喜欢做减法的人。不论是诗，散文诗，生活，我都是以简代繁。"这句话可视为她的文学宣言。她的言和行是一致的。她的作品是她创作理念的最好诠释。

2005年4月，在云南举办的一次散文诗研讨会上，王尔碑展示了她独特个性的另一面。一位老诗人发言时大力倡导"壮词"，王尔碑表示了不同的意见。她说："我40年代开始写诗，那时就有人说我'小花小草眯眯笑'。人与大自然分不开，不能说写小花小草不好，写高山流水就好。现在有越来越多的青年人喜欢散文诗，那种认为散文诗是强弩之末的看法很不正确。我以前知难而退，至今思之后悔不已。散文诗值得我们终生追求。散文诗无定法。诗属于生命的一部分。我们作为一个有血性的人，应该关心祖国人民，但不必唱高调，处处强调主旋律。友情、爱情、亲情不可缺少，这些是普通人的感情，普通人的生活。普通人的精神世界很丰富，散文诗应该很

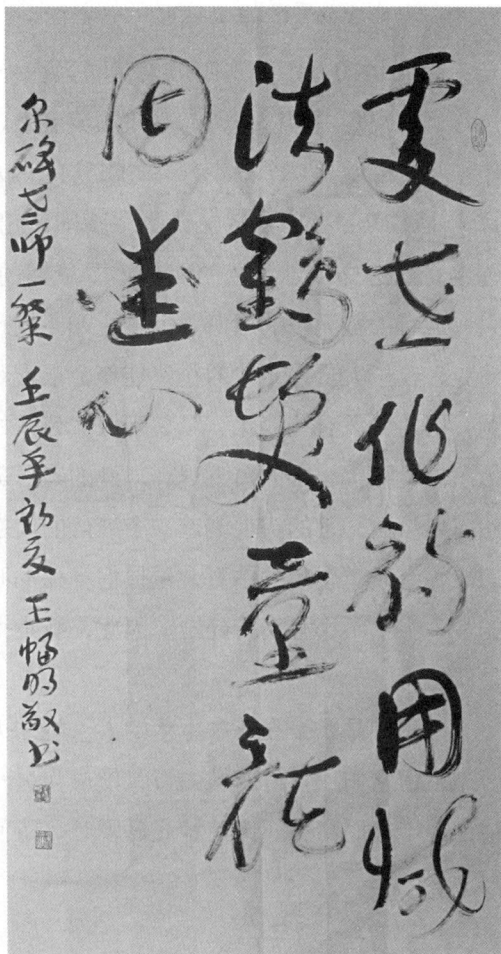

好地去表现它们。"话音刚落，掌声四起。

2006年10月，王尔碑被大会聘为中外散文诗学会名誉副主席。2007年11月，在纪念中国散文诗90周年颁奖会上，王尔碑获"中国当代优秀散文诗作家"奖。她是一个一生都在做减法的诗人，是惜墨如金的典范。2008年11月，王尔碑的第三部散文诗集《瞬间》出版，这是她散文诗创作最完整的选本。她这样谈她诗风的变化："早期的诗比较写实，尽管有的诗真情动人，但有一览无余的遗憾。上世纪90年代初，我与人合编出版《小诗百家点评》，读了大量现当代的小诗佳作，很喜欢。后又受孔孚诗和孔孚诗论的影响，因此诗风有些变化。"关于散文诗，她这样表述："散文诗——我心中的东方美神、小小的白玉观音。她的美目凝情于大地；她的心灵、意态，自然露出洁白，她的头上戴着一个纯蓝的天空，那里，有飞鸟，有白云无尽的幻想，有人类思想的钻石，星星们神秘的眼睛……我捧着她，捧着一个神圣的梦，生怕不小心会打碎她。因此，我走得很慢，写得很少，创作于我，只是偶然。"

王尔碑是一个在诗中生活的人。她的人生有欢乐和幸福，也不乏残缺和苦难，但它们一旦进入她的诗，便成为另一种形态。她是诗神虔诚的信徒。诗使她丰富而高贵，诗使她充满爱心，诗使她永葆童心，诗使她将苦难变为财富。

（原载2013年3月21日《文学报》）

艾青与散文诗

艾青（1910—1996），原名蒋海澄，浙江金华人，最初用笔名莪伽，后常用笔名艾青，20世纪中国自由诗大师、现实主义诗人的杰出代表，具有世界影响的诗坛巨匠之一。其诗作被译成30多种文字在世界各地出版，1985年获法国总统和文化部长授予的法国文化艺术最高勋章。艾青广受尊敬的原因，除了在新诗创作和新诗理论上的巨大贡献，还表现在他对新诗形式的包容性。这种包容性显示了他作为诗坛泰斗和领袖的胸襟。他承认新文学样式中散文诗和格律诗的存在，并在理论上给予阐述。他很少写散文诗，但其为数不多的作品，都堪称艺术佳构，经过岁月的洗礼，至今仍然闪耀着异彩。

一、艾青的散文诗

艾青一生仅留下六首散文诗。分两次发表。前两首《海员烟斗》和《灰色鹅绒裤子》，发表在1934年10月5日出版的《新语林》杂志，署名为"莪伽"和"艾青"，写于狱中。《海员烟斗》是诗人献给他极为尊崇的两位自由诗大师惠特曼和马雅可夫斯基的颂歌。作品的表层是对两位大师具有世界影响的浪漫主义诗风的赞美，深层含义则是揭示了高超的艺术个性应是内容与形式的和谐一致。《灰色鹅绒裤子》的象征意味更加浓厚。作者一年四季都穿着这条灰色鹅绒裤子，"我知道这裤子对于人们是陌生的"，"它的每缕条纹里每沾有那些码头的，车站的，一切我到过的地方的尘土的气息。于是，在它对于人们是陌生的日子，被我爱了。它于我是这么的亲切，像一切的颜色之于和它相同的颜色是亲切的一样；它是我的颜色！……"裤子是一个象征。最初我们感到陌生，但读到这里，我们终于领悟了。作者在写他对艺术风格始终如一的追求。这是一篇象征性的艺术自白，从中我们找到了贯穿诗人全部作品的乡土的朴素的忧郁的底色之源。

后四章《画鸟的猎人》《偶像的话》《养花人的梦》和《蝉的歌》，均写于1956年夏季，后收入诗集《海岬上》（1957年作家出版社出版）。它们都是用寓言的形式，处理具有诗的性质的题材。寓言体散文诗属于哲理散文诗，没有说教，哲理完全蕴含在艺术形象之中，靠读者思而得之。《画鸟的猎人》讽刺了那些一心想通过走捷径取得成功的人。《偶像的话》反讽了人工造神的自欺和悲哀。《养花人的梦》和《蝉的歌》，通过养花人梦中听到花苑众姐妹辛酸的倾诉，及树枝上八哥和蝉的对话，揭示了一花独放不是春和生活中单调产生乏味的哲理。

除此，艾青还写过一些类散文诗的作品。1938年至1939年间，艾青写了《诗论》和《诗人论》，迥异于其他诗论，其中的一些章节，颇似格言体散文诗。深受读者喜爱，影响过几代诗人和诗歌爱好者。

二、艾青对散文诗理论的贡献

艾青没有写过散文诗的专论，但他于1939年写的《诗的散文美》一文，被视为散文诗理论的重要文献。这篇文章不长，仅仅只有一千多字，但其观点具有创见和穿透力，胜过那些千篇一律的万言大论。艾青认为"由欣赏韵文到欣赏散文是一种进步；而一个诗人写一首诗，用韵文写比用散文写要容易得多。但是一般人，却只能用韵文来当作诗，甚至喜欢用这种见解来鉴别诗与散文。这种见解只能由那些诗歌作法的作者用来满足那些天真的中学生而已。""自从我们发现了韵文的虚伪，发现了韵文的人工气，发现了韵

文的雕琢，我们就敌视了它；而当我们熟视了散文的不修饰的美，不需要涂抹脂粉的本色，充满了生活气息的健康，它就肉体地诱惑了我们。……散文是先天的比韵文美。"这些观点，可以视为艾青关于现代自由诗的文体论和美学观。他崇尚诗的自由美、自然美、朴素美、形象美、造型美、口语美，彻底颠覆了诗属于韵文的传统观念。他认为新诗与韵文无关，韵文的"虚伪"、"人工气"和"雕琢"，有背于新诗的自由精神。好诗的决定性因素是其含有丰富的艺术形象，散文语言具有表达形象的先天优势。艾青这篇文章谈的是自由诗，并无提到散文诗的概念，但它蕴含并阐述了散文诗文体的合理性。他在同时期写的《诗论》中说："假如是诗，无论用什么形式写出来都是诗。"他承认散文诗文体的存在，并认为是一种独立的文学样式。他在《诗的形式问题——反对诗的形式主义倾向》一文中，用较多篇幅论述旧体诗、自由诗和格律诗，谈到散文诗的只有一段话："有人说'散文诗'不是诗，因此，'自由诗'也不是诗。这种看法，显然把这两种文学样式误解成一种文学样式了。'自由诗'和'散文诗'之间也是有区别的。'自由诗'是通过诗的形式，来处理一个具有诗的性质的题材；而'散文诗'则是以散文的形式，来处理一个具有诗的性质的题材。"这段话有两层意思：其一，"自由诗"和"散文诗"在形式上是有区别的"两种文学样式"；其二，二者在本质上完全相同，都是"来处理一个具有诗的性质的题材"。极其朴素简洁的话语，道出了散文诗的本质特征。这是高屋建瓴的论述。

艾青倡导诗的散文美，但明确反对诗的散文化。他说："我说诗的散文美，这句话常常引起误解，以为我是提倡诗要散文化，就是用散文来代替诗。"（《与青年诗人谈诗》）他具体分析了导致诗的散文化的原因及两种文体的区别，"假如把只能用散文的形式来处理的题材，用诗的形式处理了，不管你是'自由诗'也好，是'格律诗'也好，结果都会出现散文化的倾向，因为它的题材性质首先决定了是散文的"。

三、艾青与中国散文诗运动

除了创作散文诗，艾青还见证并热情支持了始于20世纪80年代中期的中国散文诗运动的开展。1984年10月，中国散文诗学会在北京成立，艾青为大会题词"让诗和散文携手并进，进入美的天国"。他参加了成立大会，并担任学会名誉会长。他当时任中国作家协会副主席，参加会议并担任学会名誉职务，完全可以视为他代表中国作协，给予散文诗文体的首肯和支持。而中国散文诗学会，也成为中国作家协会主管的文学团体之一。1985年7月，学会在哈尔滨召开年会，艾青携夫人高瑛出席。这次年会组织了近百名散文诗作家，深入到东北札来诺尔煤矿采访，创作的作品结集为《永远的燃烧》出版。1988年夏天，学会在北京举办了首届散文诗朗诵会，许多青年大学生即席登台朗诵散文诗。艾青亲自出席并一直坚持到最后，使大家备受鼓舞。

1990年7月，学会在北京鲁迅文学院举办了一次规模较大的散文诗创作笔会。来自全国二十多个省市的一百余名青年新秀参加了笔会。那时艾青已80高龄，且因骨折不能正常行走，但在结业时，他依然坐着轮椅来到鲁迅文学院，与学员们交谈，并一一合影留念。他对散文诗事业的热情关怀和鼓励，使与会的每一位作家都感动不已。同年，他还为文学工程"中国九九散文诗丛"题签。

有人说，艾青骨子里是一位散文诗人。我相信这句话。散文诗作家可以从艾青的作品、诗论和人品中汲取到不竭的营养。

（原载2013年5月23日《文学报》）

从《劝告》到《太阳瀑布》

从《劝告》到《太阳瀑布》，是徐成淼自起步至今，所走过的散文诗之路。《劝告》发表于1957年，《太阳瀑布》出版于2012年，整整55年。55年间，徐成淼经历了人生的苦辣酸甜，完成了自身的嬗变和跨越，也见证了散文诗的低谷与复兴。

1957年，可以称之为文化人的背运年。这一年的"反右"运动，使数十万人惨遭厄运，其中大多为文化人。这一年，复旦大学青年学子徐成淼，因发表不合时宜的《劝告》被打成"右派"，遭受政治迫害，发落到贵州山区。热爱的种子犹如草根，春风吹过，便会绿满山川。徐成淼在22年后复出，教学之余重操旧业，成为知名散文诗作家兼理论家。

徐成淼说："生命从偶然开始。"这是特指他的文学生命。有意义的偶然，常常孕育出必然。《劝告》带给他厄运，也给他带来出乎意料的新生。1979年，散文诗《春雪（外五章）》（包括《劝告》）在《上海文学》重新发表；在中央人民广播电台配乐朗诵播出，并由中国唱片社出版唱片。最先由他在黔南州一个边远小县任教的学生听到播出，然后寄信给他报喜。他随之写信向中央人民广播电台询问，不久就收到了热情的回信。电台为满足作者能收听到，特又加播两次。"激情重新涌起，有一种冲动油然而生。想要说些什么，于是，我重新拿起笔来。不是当初我的那名学生恰在那个时刻打开收音机，听到了我的配乐散文诗朗诵，还会有我这三十年的散文诗情缘吗？生命本来就开始于偶然，人生的道路，也常常取决于某些偶然的事件。而许多源自偶然的事物，最终却会归结为坚韧的必然。"（《生命从偶然开始（自序）》，《太阳瀑布》河南文艺出版社2012年10月出版）

《劝告》等散文诗的重新发表和播出，意味着徐成淼的复出。他再次投入到散文诗的创作中。30多年来，出版诗文集十多部。1981年，散文诗集三人合集《星星河》（与耿林莽、刘再光）由花城出版社出版。1984年10月，在中国散文诗学会成立大会上被选为常务理事。1992年，散文诗集《燃烧的爱梦》由广西民族出版社出版，后被评为"20世纪贵州20部最佳文学作品"。1994年加入中国作家协会。1996年国务院授予有突出贡献专家称号，领取政府特殊津贴。2001年，散文诗体长篇小说《爱海情潮》由四川人民出版社出版。2007年，散文诗集《一代歌王：徐成淼散文诗选》由大众文艺出版社出版。同年，获"中国散文诗重大贡献奖"。2009年，获"贵州省改革开放三十年十大影响力诗人"称号。散文诗之外，还出版了多部评论集、散文集和日记。

阅读徐成淼的散文诗自选集《太阳瀑布》，我发现，那首包含太多苦难和喜悦的成名作《劝告》，并不在其中，颇耐寻味。《劝告》是一篇不满两百字的短章。现在读这篇作品，看不到它有特别的过人之处，甚至会对它曾有过的遭遇和传奇产生费解。从中看出，上世纪50至70年代中国的文学观念与审美。一种单纯的劝谕，其源头可以追溯到《诗经》和儒家的诗教。收入自选集《太阳瀑布》中的同名作品，则要另当别论。这是一首不折不扣的现代诗。"太阳瀑布"是一个繁复的意象。作者在大气磅礴狂放恣肆的咏叹中，讴歌了生命的毁灭与再生。对生命本质的叩问，在自我批判中渴望新世界新人类的重铸，为崭新理想不惜用牺牲实现超越……凡此种种，都使作品呈现出强烈的现代色彩和形而上的哲学意蕴。

《劝告》和《太阳瀑布》，可视为徐成淼散文诗两个重要符号。《太阳瀑布》是最能体现诗人成熟期风格的代表作。告别《劝告》，完成《太阳瀑布》的洗礼和嬗变，徐成淼进入到真正意义上的现代散文诗行列。为人称道

的作品还有《河之魂》《烛光摇曳的夜晚》《生命节日》《豪华别墅》《大
山的诉说》等。

　　徐成淼是当代有影响的散文诗理论家之一。他的理论具有文体自觉、
追踪时代和与时俱进的特色。他的研究起始于复出之时，与创作比翼双飞。
影响较大的论文有《论中国现代散文诗的发展方向》（上海《社会科学》，
1985），《散文诗：向清浅作艰难的告别》（《散文诗报》，1987），《散
文诗呼唤都市意识》（《贵州社会科学》，1989），《散文诗：从线型向
网络型发展》（《贵州师范大学学报》，1990），《加速完成当代散文诗的
现代性转变》（《贵州民族学院学报》，2011）等。他为众多新老散文诗作

家写序写评，研究视野包括海峡两岸。论著《散文诗的精灵》（贵州人民出版社，1990），收入了他在80至90年代所写的散文诗专论和评论。《再造梦想：文学创作论研究论纲》（贵州民族出版社，2002.7）一书的第四章为"散文诗创作论研究"，包括对散文诗的形制研究，对贵州、台湾、香港等区域的散文诗研究及散文诗风格与流派研究，是他散文诗研究的新拓展。

作为贵州散文诗当之无愧的领军人物，徐成淼的贡献是全方位的。除了创作和理论上的贡献，他还是旗手、播种者和浇花人。他是贵州散文诗最早的实践者。在他的传播和带领下，贵州已成为全国散文诗重镇，有一个令人刮目的散文诗团队。他也因此被誉为"贵州的一个文化符号"。（李君怡、黄健勇《徐成淼：贵州的一个文化符号——从散文诗管窥贵州文学的发展与坚守》）1986年，时任《贵州民族学院学报》编辑部主任的徐成淼，创办了贵州省散文诗活动中心，任中心主任。2000年，贵州省散文诗学会成立，他当选为会长。在二十多年的时间里，先后主持举办了十多届全省性的散文诗研讨活动，播撒散文诗的种子，引导散文诗创作的方向，推动贵州散文诗作家队伍的形成，结出累累硕果。像贵州这样长期坚守，持续开展有效活动的省级散文诗学会，在全国绝无仅有。2004年，贵州省散文诗学会还参与主办了"世界华人散文诗（开阳）笔会"，徐成淼主持了学术交流活动，为推动世界华人散文诗的交流和发展，作出了贡献。为向全国展示贵州散文诗的创作实力，徐成淼还主编了《摇曳的火焰·贵州八十年代散文诗选》（贵州人民出版社，1990）、《中国散文诗大系·贵州卷》（广西民族出版社，1992）等书。

徐成淼虽然在他的出生地浙江生活不长，但他一直受到故乡人的关注。2011年12月，杭州出版社出版了《浙江现代散文发展史——浙籍文人与中国散文的现代化》一书，其中"抒情的极致——散文诗的闪耀"一章，在鲁迅、陆蠡和唐弢之后，以专节形式，介绍了徐成淼散文诗创作与研究的成就。

（原载2013年12月26日《文学报》）

混血儿是美丽的
——兼谈香港散文诗

什么是散文诗？这个看似简单的问题，说清楚却颇不容易。有人说她是非驴非马的怪物，我却称她为"美丽的混血儿"。这个比喻被台湾著名诗人痖弦先生惠评为"此语甚妙"。

为何说她是一个"美丽的混血儿"，而非"一匹不名誉的骡子"呢？因为她承袭了父母身上的某些美德（诗的意境和散文舒展的外衣），又以新的风采（冲破诗的格律、叙述从容而有节制）令人倾倒。骡子则不然。骡子虽然粗壮有力，但却没有父母的灵气，智商不高，引不起人们的青睐。

"混血儿"的优势在哪里？从美学角度，至少可以总结出以下几点：

一、她是丰约美的典范

唐代学者刘知幾认为，散文写作应追求"文约事丰，此述作之尤美者也"。美的极致，是"丰而不余一言，约而不失一辞"。丰和约本身都是一种美，单独体现已不易，将二者结合又同时都得到体现，散文诗则必须做到。散文诗通常被看作一种袖珍文体。她不可能"纵之数千言而不厌其详"，只能在简约的篇幅里包含深广的内容。这正是她的迷人处。

二、她是最自由最开放的一种文体

她比诗有着无限广阔的形式美的天地。广义散文的种种表现形态都适用于散文诗。其他艺术门类的技艺她都可以吸取。因之，有哲理体、叙事体、抒情体；有微型小说型、戏剧小品型、寓言型、格言型、蒙太奇、意识流……她可以有不同的装束和多彩的个性。

三、她是最富文采的美文

周作人先生称艺术散文为美文。散文诗更是货真价实的美文。人们常说，某某的文章写得很美，像散文诗。那意思再明显不过地说明：散文诗是美文，是最富有文采的一种文体。美文首先表现在语言上。散文诗的语言，可以是叙述性散文的语言，如陆蠡的一些散文诗；也可以是诗与散文相结合的诗化的多度语言，如耿林莽的作品。不论是一度或多度的语言，限于篇幅和意境的需要，她必须是最富表现力的语言。她不能像一般散文那样从容地脱口而出，要有节制或适当地跳跃。所以，每个词汇都应当是精心挑选的。美文是一个综合性的概念，除语言美外，还有形式美、意境美等。这是一个美学范畴。切不可把它仅仅理解为语言华丽和词汇丰富。

四、哲理美是她宝贵的美学品格

较之诗和散文，散文诗更注重于哲理感。哲理感是散文诗区别于其他文体的主要美学品格之一。哲理寓于抒情之中，寓于一个个生活片段之中，寓于瞬间的冥思奇想之中，寓于作家的心灵独白之中，寓于各种意象和意境之中……散文诗的哲理透射出作家的智慧和他们对社会和人生的真知灼见，常常使人们读之难忘，灵魂得到洗礼和升华。

综上所述，散文诗有着与众不同的迷人风采，是最见作家才情的一种文体。显然，她又是很难驾驭的一种文体。

三十年前的1978年，在经历了较长时间的沉寂后，散文诗开始在中国大陆复苏，逐渐发展为中国当代文坛的一道亮丽的景观。较之其他文体，散文诗依然是寂寞的，许多文学机构，甚至一些文学名人始终不承认它的存在。但这些丝毫没有影响它的蓬勃发展。近千部散文诗集，几十部散文诗研究著作，拥有数万读者的《散文诗》和《散文诗世界》等专业期刊，一些因写散文诗而在读者中享有盛名的代表性作家，都是最雄辩的说明。

在大陆散文诗的影响和推动下，香港近年来已成为散文诗创作的一个重要区域。

香港在回归祖国前，写散文诗的作家屈指可数。1981年花城出版社的《香港作家散文选》收入了舒巷城《浪花集》、陶然《致意》、明川《丰子恺漫画选绎》等散文诗作品。但在1997年以后，队伍迅速扩大。一个重要原因是有了香港散文诗学会这样一个纽带。学会成立后1998年出版的《香港散文诗选》，收入40位作家的作品。佳作虽有，但由于起步伊始，不少作品还不甚成熟，属于散文小品。2000年12月，香港散文诗学会主办有30余位作家诗人与会的"香港散文诗研讨会"。中国散文诗老前辈郭风及著名诗人刘虔、邹岳汉、徐成淼等在会上发表了论文，香港作家夏马主持大会，并作了总结发言。张诗剑、孙重贵、秀实亦在会上作了发言。会议成果丰硕，研讨会论文集于次年4月出版。这次研讨会对香港的散文诗创作，有一个很大的推动。一些作家更理性更专业地对待散文诗创作。之后，香港散文诗学会创办了《香港散文诗》季刊，并分别于2002年、2004年两个年度推出两辑共13本散文诗自选集，收录夏马、张诗剑、陶然、孙重贵、秀实、钟子美、天涯、文榕、华而实、蔡丽双、春华、海若、谈耘的作品。香港散文诗学会虽然成立较晚，但却是一个名副其实的学术团体，办了不少推动散文诗发展的实事。散文诗诞生于工业社会，是工业时代的产物。客观上讲，香港应是一块散文诗的沃土，香港散文诗作家没有辜负这块沃土，他们对散文诗的热情令人感动。从他们的作品里，我们感受到鲜明的都市色彩，同时又深蕴人生哲理和真挚的故国故土情怀。2007年11月，中国散文诗界聚集北京，举行"纪念中国散文诗90年颁奖会暨研讨会"。会上，香港散文诗学会会长夏马先生荣获"中国散文诗重大贡献奖"，而香港诗坛的后起之秀蔡丽双女士的散文诗集《温泉心絮》亦荣获"中国当代优秀散文诗作品集"之一。两项大奖在某种意义上奠定了香港散文诗在中国当代散文诗坛的地位。

夏马是香港散文诗界一位广受尊敬的旗手。祖籍广东揭西，出生于泰国曼谷，1954年负笈回国，1981年移居香港。夏马1997年参与创办香港散文诗学会并任会长至今。主编《香港散文诗》季刊、《香港散文诗报》《香港散文诗丛书》等，组织多项活动。著有《相约在城门河畔》《夏马散文诗集》。2006年6月，夏马在北京"中国公益人物命名"表彰大会上，获颁"民族功勋大奖章"，表彰其自香港散文诗学会成立十年来，广泛开展对台湾及海内外作家交流，为促进祖国和平统一早日实现所作的努力。作为一位归侨散文诗作家，夏马散文诗的一个重要特色便是真挚深切的民族情怀。他的作品不回避当代的重大事件，用东方人特有的哲思感悟注入其中，创造出璀璨的散文诗华章。代表作有《相约在城门河畔》《兰桂坊的夜晚》《问孔圣》《太平山抒情》《蓝色的香港仔》《永恒的花魂》等。蔡丽双是一位多才多艺的香港才女，创作生涯并不长，21世纪初涉足文坛，从此一发而不可收，在不到十年的时间出版了诗文集数十种，多次获奖，其中《温泉心絮》系1996—2005年间作者散文诗选集，被评为"中国当代优秀散文诗作品集"之一。

香港散文诗创作是多元的，对艺术美的追求也是多彩的。不少作家追求丰约美，取得了突出的成就，如陶然、梅子、温海、张诗剑等人，惜墨如金，在极短的篇幅里透射出大千世界和人生哲理。张诗剑《生命之歌》所选，大多是惜墨如金的典范，如《活的石狮子》《野树》《承诺》等，在简约的篇幅里，承载着丰富的内涵，让人感受到民族良知的律动。陶然是一位高产作家，也是多面手，除小说和散文，散文诗也是他钟情的一种文体，先后出过《夜曲》《黄昏电车》《生命流程》三本集子。他说:"我觉得将瞬间流动的感觉定影,散文诗有它独特的功能。"他的作品都是生命流程中的瞬间定影,有景有情,让人从中去慢慢咀嚼和品悟人生的种种况味。夏马说:"没有哲理的散文诗,读之如同嚼蜡,平淡无味。"哲理美是香港散文诗的一大特色。蓝海文、夏马、孙重贵、秀实、钟子美、蔡丽双、梅子、韦姬、朱祖仁、杨慧思、温海及已故诗人王心果等人的作品带给人理趣之美和些许禅味。秀实是香港唯一出版过散文诗评论集的作家,因为有理论和创作之两翼,其创作视角和语言,均显另类。秀实的《秋扇》仅收30首作品,在形式上绝少相同,显示出他在文体上的探索。他对西方现代派文学的借鉴,使他的作品在表现现代人隐秘内心世界上有更多的可能性。女性作家多是写情的圣手,韦姬、文榕、海若等人的散文诗细腻委婉,真切感人,让人沉浸在情海之中不能自拔。如韦姬的《海魂》《歌魂》《鹤魂》《一千年后我和你》,文榕的《花语》《都市舞蹈》,海若的《情绕心间》。

限于篇幅和手头资料,本文举例多有遗漏。笔者确信,有越来越多的作家和爱好者参与其中,又有多位有识之士的鼎力支持,香港散文诗会有更光辉的明天。

(原载香港《诗版图》2008年第3期)

"草根"走进主旋律

一

"草根"是外来词，引入并活跃在中国媒体，时间并不太长，大概只有二三十年。进入新世纪以来，"草根"的使用率更加频繁。"草根"通常指民间的、基层的、不为公众所知的人物或事物。作为一种文化现象的"草根文化"，显然属于非专业、非精英、非主流形态的大众文化。它具有广泛性和顽强性的特点。说到顽强性，人们会想起白居易的名句："野火烧不尽，春风吹又生。"为何烧不尽？因有草根在。草根深扎泥土，饱含地气，春风吹过，绿芽丛生。

很有意味的是，"草根"一词的流行，与19世纪初美国西部的淘金热有关。盛传在有些山脉表层草根生长的地方，蕴藏着黄金。草根生处蕴黄金！这是大自然现象，更是大自然赐予我们的哲理。

草根文化属于下里巴人的俗文化，有别于雅文化和阳春白雪，但二者并不对立。雅中有俗，俗中有雅，雅俗共赏，才是大众最欢迎的文化。

深蕴黄金的俗，一转身便成为雅。

二

新世纪中国文化的特色之一，是草根文化的风起云涌。在出现了众多的草根网络写手（包括各种文体），草根歌手，草根演唱团、朗诵团，草根剧组等之后，又出现了草根散文诗。草根散文诗，大多发表在个人博客、民间散文诗网站和民间诗报、诗刊上，是散文诗旺盛生命力的一个见证。2012年下半年，由上海塘桥桂兴华诗歌工作室发起，开展了一个名为"感觉2012"的全国散文诗无名作者征文和评奖活动。活动引起广泛关注。因为它与通常征文一个明显区别是：强调参赛者"无名"。如何界定"无名"？一是作者自认为"不著名"，无名作者，或曰草根写手。二是在投稿时，不仅不留作者姓名，连作者身份、单位地址也不留。为草根写手评奖、开颁奖会和朗诵会、出书，实为推举。经过推举，"草根"登上大雅之堂，无名则变为有名。

因忝列评委，有幸先睹参评作品。这些作品具有强烈的时代感，生活气息浓郁，且不乏人生哲理。很难说篇篇优秀，但的确出现了十分感人和令人惊喜的作品。比如《底层的光芒》（向天笑）、《我有包公的黑脸和火焰的心情》（晓弦）等。前者写了人性的柔软与美。作者有一双慧眼，在常常被人们忽视和躲避的地方，在生者与死者的中间地带，发现了人性的美，用独特的角度捕捉，并用细腻的手法表现。一个个短章犹如一部部微型电影，画面均为难忘的人生片断。没有对话。然而，此处无声胜有声。这些底层小人物的生存况味，无奈与孤独，心灵深处的亮光和美丽，都会带给人长久的回味和思索。后者让我们见证了大俗的事物如何在作者的笔下变为大雅，其中蕴含着关于丑与美、俗与雅的深刻哲理。也有缅怀历史人物的佳作，如《远逝的背影》（李贤伟）。作者穿越历史隧道，与屈原、陶渊明等十一位照亮历史的文化先贤对话，作心灵的交流。写远逝的背影，观念却是现代的。在深情缅怀和反思中，我们感受到民族文化血脉的传承。《城市已经没有绿

皮火车》（朱锁成），写出了一座城市和一代人的不朽记忆。作者在巨大的变迁面前，却难掩历史被遗忘的怅惘："看看老了的绿皮火车，看看年轻的我，看看我们那代人曾经搭乘过的热血搭乘过的青春肤色……"读到这里，即使是年轻人，也会受到感染，会对父辈滋生出久违的理解和敬重。《在生产A拉》，写了一位来自农村的打工仔，在现代化企业的打工生活和感受。作品的故事、情调和用语，是缺乏此类生活体验的人无法写出的。这样的作品极具个性，亦很难被克隆。

　　无疑，征文和评奖活动是成功的。我为活动的成功举办叫好！

　　三

　　"草根散文诗"与主旋律，一个很有意义的议题。主旋律，是指体现和弘扬国家核心价值观的主流文化。主旋律离不开政治，但又绝非图解政治。主旋律倡导爱国主义和集体主义；倡导以人为本，弘扬真善美；倡导贴近实际，贴近生活，贴近群众。在一部交响乐中，主旋律是主题，是最激动人心、最华彩的乐章。主旋律应属于高雅文化，能够提升公民文明程度和审美能力的文化。草根，则是体现大众审美情趣的通俗文化。草根有两重性。既有蕴藏黄金的一面，又有低俗的一面。但主旋律与草根两者并不矛盾。最好的主旋律作品，不能只是文化贵族的，应该是雅俗共赏的，大众都能欣赏的作品。"草根"里蕴含主旋律的因素，"草根"可以走进主旋律。

如何让"草根"走进主旋律？这次评奖活动，给了我们有益的启示。

征文是这样表述的：别林斯基早就说过"诗人比任何人都更应该是自己时代的产儿"。中国的散文诗，要有大视野，也得有当今的小细节。中国的散文诗，得有新生的力量来推动！中国的散文诗，盼望涌现大量反映百姓生活的无名新作！对这些无名作者，我们将大力宣传！征稿内容：要求切合时代主题，并充分张扬个性。稿件全部隐去作者姓名，以作品质量评定奖项。

征文突出了两层意思：一是鲜明的导向，二是重在推出新人。关注现实、反映百姓生活、张扬艺术个性是导向，挖掘新生力量是手段。导向十分重要，有导向才能去伪存真。评奖的结果印证了导向的力量。推出新人的手段同样重要。评委的专业性，评奖过程的公开公正透明性，保证了评奖的质量。上海社会科学院文学研究所等单位组织的专家研讨，"春风里的草根"朗诵音乐会的成功举办，上海广播电台故事频率的现场录播，将这些优秀的"草根散文诗"推向千家万户。

这是一个"草根"走进主旋律的成功案例。

祝愿有更多的同类活动举办，祝愿有更多的丑小鸭变成白天鹅！

2013年4月

智者的箴言

——序冯向东散文诗集《灵魂独语》

一

认识冯向东缘于散文诗。

在众多散文诗友的催促下，河南散文诗学会成立之事终于提上议事日程。筹备组向省作协主席团打了申请报告，很快，得到批复。2008年12月，河南散文诗学会在郑州召开成立大会，河南散文诗的史册从此掀开新的一页。首届理事是由全省18个直辖市作协推荐的。濮阳市作协的李骞推荐了冯向东。冯向东当时已由濮阳调到驻马店市，晋任中国电信集团驻马店分公司总经理并兼任市作协副主席。在成立大会的宴会上，冯向东向大家敬酒，诚恳地邀请大家到驻马店做客，并希望学会的第一次年会能在驻马店市召开。大家心知肚明，办一次年会是需要经费的，是需要付出和作出某些牺牲的。而大家从他脸上感觉到的，不是泛泛的客套，而是自信和真诚。他的热情让人感动，我们也初步达成了由他牵头承办首次年会的意向。

2009年初夏，冯向东来到郑州，带来了他的散文诗集《灵魂独语》的打印稿，约我写序。我因严重的颈椎病后又因事务繁多一直未能排上日程。前不久，向东到郑州出差，又带来《灵魂独语》的修订稿，再次约我写序，并决定近期出版。我知道，几个月前，向东经历了他人生中的一大不幸，爱妻在一次车祸中受了重伤，至今昏迷不醒。他在病床前悉心照料了几个月，天

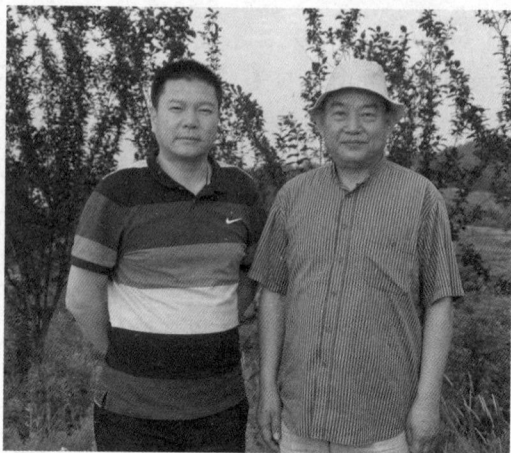

天呼唤，仍未将她唤醒。他知道，关于诗集的出版，是爱妻一直关心的事，他要尽快将诗集出版，来与爱妻作深层的心灵交流。人世间，什么奇迹都会出现的。爱是创造奇迹的源泉。有鉴于此，我的这篇序文也有了时间的紧迫感。

二

　　《灵魂独语》分四辑，共二百章。从题目看，它涵盖了人生、命运的最主要问题及大自然最为常见的景观。冯向东在序诗中写道："我从宁静的内心深处／听到了寂寞的声音／而那个时候／我正在灵魂的水边散步"。他的诗章来自心灵深处。只有在寂寞的土地上，才会生长出思想的花朵。读向东的散文诗章有一个强烈的感觉：他是一位寂寞的睿智的思想者。他的二百篇散文诗，全可视为一个智者的箴言。

　　第一辑"命运"。在这一辑中，向东对人生中必须面对的重大问题，作出了个性化的诗意诠释。这些问题是每一个希望有充实而成功人生的人必须思考的。思考所能达到的高度，将影响人一生的命运。诸如"追求""自由""执着""尊严""智慧""意志""担当""高尚""文明""偏见"等等。让我们来分享向东的思想成果。在《希望》一章中，他说："希望并不是我们身处绝望境地时突然看见的那缕微光，而是从上路时，就一直照耀我们的那颗明亮的星。"在《尊严》中，他这样表述："我们常能感受到一种奇特的尊严。他们像麝，骄傲于自己的香气，并且从不拿它做交易。""那些没有被嘲笑和批评的黑暗所包围过的人，就永远无法在心里点起一盏尊严的长明之灯。无论在什么样的困境中，固守尊严都是最重要的，因为它胜于生命。"他这样看待"高尚":"蜕变和净化总是痛苦的,我们由于惧怕而回避,而一味地驻足仰望又令高尚成为我们理想的奢侈。其实真正的光明绝不是没有黑暗的时间,只是永不被黑暗所掩蔽罢了;而真正的高尚也绝不是没有卑下的情操,只是永不被卑下所惑扰罢了。高尚的大门为所有的人敞开,但并不是所有的人都能踏进高尚的圣地。"(《高尚》)这些问题好像是远离我们日常生活的形而上的玄想,但仔细想想,又都在我们身边,甚或在我们自己身上,随时都可能发生。这些都是做一个现代文明人的底线,如果守不住底线就会失去理性和良知,继而影响我们终生的命运。

第二辑"自然"。大自然之所以可爱,世世代代为诗人所歌咏,说到底,正像哲学家所揭示的,因为它是"人化的",符合人的审美情趣。那些只是描摹自然表面景观的作品,很难称为诗,只有发现大自然与人的心灵息息相通的人,才可能走进诗的殿堂。而冯向东笔下的自然,无一不是人化的自然。我们看:"正是爱意萌动的时候,我们的心总是难以平静,许多的憧憬也在此刻暗自生成。枝头上跳跃着渴望,旷野中闪烁着激情。天空以亮丽取代了灰暗,河流以欢快融化了僵硬,鸟鸣以清脆打破了沉寂,人们呢,都以自信和轻松告别了往日的旧梦。"(《初春》)诗人仅仅在歌颂春天吗?他歌颂的是青春和生命!而此时,大自然和人的生命状态已实现了一体化,无法区分。又如:"阳光灿烂的日子,生活自静如止水的格调中跃然而出,能够裸露的一切尽显风情。抑或,我们醉心于雷鸣轰响的音乐,炫目于暴雨倾泻的景致,在这与众不同中的声势里,我们身心震撼,如释重负。即使偶尔感到压抑和困惑,但这压抑中隐着亢奋,困顿中藏着狂热。"(《仲夏》)诗人分明是在写人生季节中的盛夏。在描述性的段落之后,诗人将人生的夏季上升为哲理:"坦率而言,过于理性的生活并不是幸福的全部。生活正如四季,有静美与矜持,同时亦需要激荡和放纵。我们无须永远沉闷于对往事的追溯,同样,谁也不愿毫无个性地度过一生。"在诗人的眼中,"蓝天"是"圣母敞开的胸怀"。在歌颂了蓝天的纯粹与博大之后,诗人写道:"蓝天从不表白什么,但大地以鲜花和绿草赠答;蓝天从未留下什么,而群鸟已经欢快地飞过。"（《蓝天》）他歌颂的蓝天具有圣母的气度，像是祖国的化身。从冯向东对大自然的歌吟中，我们感受到他超越常人的审美能力和丰富的艺术想象力，同时，又从他宏大的哲思里受到感悟和启迪。

第三辑"生活"。这是芸芸众生都要面对的一些最实际的问题，如"婚姻""家庭""友谊""成功""失败""富贵""贫穷""健康"等等。对这些问题如果理解和处理不到位，则可能影响一个人事业的大小和成败，也影响一生的生活质量。冯向东对于此辑的五十个问题，均为我们作出了诗意而富有理性的诠释。他这样看待"婚姻"："婚姻，是两种渴望的巧合。她的绝妙之处并不在于没有交错，而在于痴情的双方在命运的必经途中如期相遇，决心不再作出其他的选择。就像一朵花，也许无法远离枝头，可她凭着自己奇异的香气，在历经了心灵的辗转和情感的漂泊之后，坚定地到达了另外的一朵。"（《婚姻》）他这样看待"家庭"："鸟唯一的暖巢，船唯一的港湾，蜂唯一的花房，爱唯一的乐园。家庭乃婚姻之理想主义的城堡呵，但愿是一场永不散去的席筵。"（《家庭》）冯向东对婚姻和家庭的理解是很传统的，但却是最完美的。这是在综合了古今中外最理想的婚姻和家庭模式加上他个人的经验之后，所开出的智慧之花，芳香四溢。也许，时下一些新潮年轻人对此会不以为然，但当他们遭受过婚姻的挫折之后，再来品读这些句子，我相信一定会备感亲切，如获至宝。值得特别一提的是，在此辑里，作者除了对生活中的充满阳光的事物作了热情的弘扬外，对生活中另一些丑恶的事物作了无情的揭露和鞭挞，诸如"懒惰""庸俗""愚昧""嫉妒""猜疑""诱惑""贪婪""卑鄙"等等。认清这些丑恶，远离它们，对于一个健康快乐的人生，同样至关重要。

第四辑"时光"。同样是生活的一部分，为什么特别冠以"时光"二字？因为这些事物更值得令人回首，更具有幸福指数。像"微笑""幸福""温柔""梦幻""机遇""浪漫""相思""雅致""完美""憧憬"等等。当然，也有一些事物令人回首，但却不具有幸福感，诸如"无奈""隐忍""忧伤""忏悔""伤逝"之类。试举二例。美好的："快乐的影子。如轻风抚过含苞的水莲；白鸟初栖在黎明的枝上。微笑是甜蜜酒杯中溢出来的一滴透明的纯香，一种亮丽的感觉，从清澈的湖面踏歌而来。微笑的眼里是恬淡雅适的风景。而微笑的背后，永远静坐着一颗参禅般的平常心。真正的微笑，展现出人生的智慧。矫饰的微笑却如橱窗内插放的纸花，毫无芬芳。"（《微笑》）开始是感性的诗意描述，随之，上升到哲理。微笑有两种，真正的和矫饰的。我们需要真正的微笑。"若想赢得生活的战争，必须以微笑取胜。"微笑，不仅仅是智慧，它还是禅、哲学、生活态度，取胜的法宝。再看一章不够美好的："匆促的光阴。时间对于我们，只是生命中的元素。但那是一切，是全部，是不可摆脱的永恒。时间是细腻的，正如这些刹那，无时不在呵护每个生灵。而它又那么无情。残忍地浅笑着，轻松带走我们难得的一生。"（《刹那》）时间对于每个人，都是公正的。它很慷慨，赐给我们能够成就一切的光阴。但它又很残忍，让光阴在刹那间消失。即使再伟大的人也只能是时间的过客。作者在感叹我们拼尽全力，也握拿不住刹那的踪迹后，说出一句石破天惊的箴言："从这里开始。或者，从这里经过。"这便是我们生存的全部意义。

三

散文诗是一种混血文体。正因如此，她始终处在不太名誉的境地里，始终处在文学主流的边缘。所幸她还有另外一面：一直受到读者的欢迎，受到一些作家、诗人宗教般虔诚的坚守。这是中国散文诗的大幸，也是中国散文诗在世界范围内一花独秀的奥秘。河南有一个坚守者队伍，河南散文诗学会便是坚守者的大本营，冯向东是其中的重要一员。

散文诗在寂寞中成长，在寂寞中美丽，终将在寂寞中辉煌。

在粗略地介绍了《灵魂独语》的内容之后，我们有理由向冯向东取得的成就表示祝贺。这是一部思想精湛、艺术上乘的哲理散文诗集，且有很强的可读性。

哲理感是其最主要的特色。哲理散文诗在散文诗中是最难驾驭的品种，因为它需要作者具备更多的才情和修养。既要有形象思维的天赋，还要具备理性思辨能力和丰富的阅历。没有形象思维的天赋，则不能寓理于形，写出的东西可能是思想随笔之类，缺少诗味，一览无余。没有理性思辨能力，则所写事物上升不到哲理的层次。缺少丰富阅历，写哲理散文诗容易写成口号式的思想火花，或认识浅薄，或摆脱不了人云亦云的学生腔，缺少独特的人生感悟，读之没有新鲜感。从二百章作品中，我们可以感受到冯向东深厚的思想修养和丰富的艺术表现力。他是一个博学者，读他的作品，可以明显感受到东方诗哲泰戈尔和纪伯伦对他的影响。加上他不仅仅是思想者，还是一个实践者，本身就是事业上的成功人士，他的不少人生感悟打上了鲜明的个人印记，有不少佳句可以让人反复品赏，带给人受用终生的思想启迪。

寓理于形是其鲜明的文体特色。因为它具有的文体特色，我们才称它是散文诗集而不是一本论说文集。从艺术的角度看，"自然"一辑应该是最好的。文集中的大部分作品可以当之无愧地称为散文诗，只有少部分可称为类散文诗。之所以称"类散文诗"，是指篇中理性语言过多，留给读者想象和回味的空间不够。

冯向东默默地在散文诗的田园里耕耘了十多个春秋，今天终于向读者贡献了饱含他心血的硕果。这是继集体成果《河，是时间的故乡——河南散文诗选》之后，河南散文诗作家推出的个人作品集。这部沉甸甸的作品，必将激励更多的后来者。

2010年4月上旬，写于郑州天堂书屋
（《灵魂独语》，2010年6月由河南文艺出版社出版）

血性与自由的生命之舞

——序王志清《散文诗美学》

一

与王志清君相识19年，友情犹如老酒，时间愈久，其味愈甘。

相识与相知多因散文诗。初会在秋色中的青岛。青岛乃文学创作重镇，散文诗是其中一翼，有一个团队，旗手是德高望重的耿林莽先生。用"旗手"一词绝非溢美。耿先生当时已经退休，青岛作协聘他为名誉主席。一个在小说和新诗创作领域均有全国性影响的作协，却选择一个写散文诗的老人担任名誉主席，可见耿老的威望之高。

印象中很少有如此严肃的笔会。大家发言认真，对一个边缘文体竟如此执着，令人难忘，这也从一个侧面，印证了散文诗的独特魅力。江苏有4人参会，评论家占了3位，王志清年纪最小，秦兆基先生年届花甲，还有一个张彦加（已英年早逝）。笔会时间虽短，但大家都很满足，彼此交流了看法，有的人平生第一次看到大海，更重要的是收获了友谊。随着岁月流逝，每个人的发言早已淡忘，唯独友谊长存。

我曾在一个题为《开始或终结》的短章中说："有时，开始便是终结。有时，开始却意味着永远。好像无意间点燃了一条漫长的导火线，它燃烧着你的心，直到生命的终点。"借此，可以准确表达出我与志清的友情：开始，便意味着永远。

其实，19年间，我们并没有过多地接触和频繁地通信，仅有过几次时间不长的会面。更多的是心灵的交流，惺惺相惜之情，彼此之间的相互欣赏、关注与鼓励。

去年夏末，志清去孟州参会，路过郑州，让我有行地主之谊的机会，甘冒倾盆大雨而赶到机场接驾，然后驰车带他畅游新郑，礼拜黄帝陵，诗酒甚欢，聊慰哥俩暌别之渴，其中不少话题是散文诗。

二

文人间的了解，更多的是通过文字。

我所有的藏书中，有一个弥足珍贵的专柜，全部是友人题签赠书。我数了数志清先后的赠书，竟有10本之多。这还不是他学术与创作成果的全部。

志清君亦诗亦论，其著作具有通古熔今的特色，他的主要影响在唐诗和王维研究上，代表作如《纵横论王维（修订版）》（2008）、《盛唐生态诗学》（2007）、《中国诗学的德本精神研究》（2007）等。日本著名唐诗学者入谷仙介赞其"八宗兼学"，著名学者霍松林认为他的王维研究具有"拓土开疆的意义"。他1996年出版的散文诗论集《心智场景》，2007年在纪念中国散文诗90年系列评奖活动中，获"中国当代优秀散文诗理论集"奖。他的《魂泊昆仑——走近王宗仁》(1998)，被著名学者林非先生赞为"生命的诗意读解"。他的《大风起兮——袁瑞良赋体文学论》（2011），被中国辞赋学会会长龚克昌教授誉为"创纪录之举"，中国文学鉴赏学会会长徐应佩先生称他为当代辞赋研究第一人。

志清出过两部诗集：《生命场景》（1996，散文诗集）与《心如古铜》（2005，分行诗与散文诗皆选）。志清在《生命场景》的自序中说："说到散文诗，其实我只是票友。"这是谦词。当然，也是指对此投入的时间和创作数量相对较少而言。文学史对一个作家的评价，从来都是重质而无关数量多寡。志清的诗作不以量胜，但颇为评家看重。诗人叶延滨说："读王志

清散文诗，如读山水丹青，其作品多清丽亮色，又有激越情怀，自成一格，不追时髦。"丁芒在《文艺报》撰文，赞其散文诗为"新古典散文诗"。秦兆基称其散文诗为"文化散文诗"。张彦加把其散文诗归入"学者散文诗"或"杂文体散文诗"。志清广受好评的篇章有《千岛湖遇雨印象》《渭城愁唱》《雾旅庐山》《秭归歌哭》《遥想李青莲》《泊怨的草堂》《红豆不堪撷》《拜访王维》《叶红香山》与《品味孤独》等。首都师大的孙晓娅博士对志清作了深度解读，其《复归与超拔——王志清的散文诗理论与创作》的长文，检阅了作者回归传统文化、从复归到超越的道路。志清创作与理论两兼，也许是其散文诗高起点的秘诀。

王志清除了散文诗与自由诗，还有一定数量的散文、辞赋及旧体诗问世，均皆情理相彰、出手不凡。他于2004年出版的自传体散文《神啊，神——生命痛感的札记》，是一部能产生强大情感冲击波的奇书，锥心至文，让人动容，血性男儿，古风犹存！

三

日前，志清发来邮件，说刚刚整理完书稿《散文诗美学》，拟加盟"21世纪散文诗"丛书，约我写点文字。我欣然从命。

一口气读完书稿，难抑心头的兴奋。志清新著保持了《心智场景》随笔似的行文风格，甚至内容上亦一脉相承，完全可视为前者的姊妹篇。作为一部学术著作，十四五万字，字数似乎少了点，与"大部头"很难搭界。人们常常把"重量"与"分量"二词混同了，其实这是一种误解。《散文诗美学》的作者，无意构建一座系统严密的大厦，一如《心智场景》，依然是以论见长，每一章都属于美学的范畴，且前后内容环环相扣。作者绕过常常令人阅读不畅的藤蔓，只写他认为最本质的东西，或者说直奔主题，这是睿智和高明的写法。除去"绪论"，内容仅有七章："中国散文诗的辉煌出发""野草精神的脉象流变""颂歌牧歌的审美取向""自由天放的文体基质""真情本位的至诚书写""弹力无限的语言韵致""弥足珍贵的文献研究"。序者以为，此著有这样几个明显的特色：

其一，定位：特别的"生命美学"的理性文本。作者在"绪论"中回顾了近20年来，关于"什么是散文诗"的一些有代表性的观点后，写道："散文诗并非是一种什么高贵的文体，但却特别适合于敏感地把握时代的脉搏，特别适合表现人的生存命运的悲欢。用波特莱尔的话来说，散文诗最本质特点就是用来表现灵魂的震颤。换言之，散文诗是一种适合表现深刻思想和深沉情感的文体。因此，散文诗美学，不仅应该从艺术，也必须从人性、从人生哲学的方面来解读散文诗作家的社会体验和历史感悟，而且应该以生命美学为底蕴，形成特别的'生命美学'的理性文本。"过去，评论家们多在散文诗文体的形式上做文章，见仁见智，却常常偏离了最本质的内核。志清用"生命美学"的理性文本来定位，既符合世界散文诗经典作家的本意，也有助于正本清源，让作家们首先在理念上居于审美的高度。

其二，《野草》：中国散文诗美学精神之范本。全书开篇即谈《野草》及《野草》精神的延续。作者认为鲁迅的《野草》的出版是"中国散文诗史上的辉煌事件"，"《野草》是一个哲学的世界，是一个象征的世界，是一个'散文诗'文体无法涵盖的诗性的世界。《野草》又是一个十分丰富而独创的文体世界，几乎涵盖了散文诗的所有类型"。显然，作者认为，《野草》最本质的特征，即"生命美学"。志清经过长期研究与思考，站到散文诗的时代高度，他在文章中指出：在鲁迅之后的"众多散文诗的名家俊彦中，假如只能推举一个杰出代表作为后鲁迅时代'领衔'的话，我们则将目光毫不犹豫地投向了遗世独立的耿林莽"。"而从鲁迅到耿林莽，是两个里程碑，两面旗帜，而却是一个传统。精神拷问，生命追询，虑及现实，关注当下，这种悯情深度与精神向度，出以一种象征性曲笔的独语，形成了张力遒劲而诗性沉郁的基本风格。"这无疑是非常中肯的，令人心悦诚服的。

其三，生命美学的精髓：血性与自由。王志清说：散文诗当下的境况最缺的是两点：一是缺少血性真情，二是缺少自由精神。血性与自由！离开血性何谈生命？离开自由何谈生命？作者一语中的，道出了散文诗生命美学的精髓。而他在全书中包括几代作家的所有举例和阐述，几乎都是在为此作注。而血性真情与自由精神的缺失，也正是《野草》精神的缺失。

其四，还有一点需要特别提示读者的，王志清极其重视散文诗的语言。他认为：

散文诗的语言，是散文诗发展的核心问题。

散文诗的语言，也是散文诗美学需要研究的核心问题。

散文诗是语言的艺术，散文诗语言是散文诗艺术中的艺术，是散文诗所以成为散文诗的特别元素，是散文诗作家心灵遭遇自然而绽放的精神花朵。

散文诗语言具有与生俱来的优势。这种语言优势，强化了散文诗的诗意涵蕴，拓展了散文诗文本的精神维度，更是散文诗文体形态的基础建筑。

作为诗的一种，散文诗这种不具诗形的诗，似乎比诗更加需要重视其语言的诗性活力的培养。在这种意义上说，语言决定了散文诗的文体命运。

志清最看好散文诗语言的蓬松化，他在文章中指出：这种语言特别擅长于演绎微妙玄密的内心剧情，强化一种多时空的艺术效果。这是散文诗特有的节奏。散文诗更应该形成其特定的自由恣肆而蓬散轻漫的张力美和弹性美。

其五，将文献研究列入美学范畴。最初，我曾有过短暂的担忧：文献研究属于美学？很快我又自我反问：文献研究能够脱离美学？答案显然是否定的。脱离审美的文献研究，很可能是低层次或纯社会学的，有害无益。而我又马上意识到，志清将文献研究列入散文诗美学范畴，可能是第一人，是他的另一个贡献。

新世纪以来，中国散文诗有了长足发展，文体自觉意识的增强，新锐评论也纷纷出现，但理论研究毕竟还比较滞后，王志清《散文诗美学》的出版，将为稍显滞后的散文诗理论研究，注入新的活力。

在向志清表示祝贺的同时，我还要表达个人由衷的谢意。我30年来孜孜不倦于散文诗，虽然编辑、创作加理论，然微不足道，而志清竟在大著中多次提及。这使我感受到一种友情的温暖。我将此视为鼓励和鞭策，力争在人生的"第二个青春期"写出与时俱进的新作。

2013年暮春初稿，小暑修改，于郑州天堂书屋

（《散文诗美学》，2013年9月由河南文艺出版社出版）

黄土地里长出的散文诗
——序李需《拐个弯是村庄》

一

　　李需是山西人，我是河南人。不知怎的，见面交谈，总觉着李需是老乡。

　　也许彼此心头都流淌着同一条母亲河，君住河之北，我居河之南？抑或是在气质和交谈中引起了共鸣？这感觉一直顽固地缠绕着我。其实，我和李需交往并不多。见面一共两次，第一次在吉林长白山，第二次在四川长宁竹海，都是散文诗笔会，之间隔了三年。第一次见面只是一般认识，一百多人的会，很难有机会深入交谈。第二次则不然，笔会规模不大，有了交流的机会。从蜀南竹海回到成都，因为航班的原因，半天的时间内我们又同游了金沙遗址，逛了购书中心和宽窄巷，并与朋友共进晚餐。他的气场很旺，朋友颇多，这应该与他古道热肠的性情有关。

　　我们聊起散文诗。他说他写散文诗的历史不长，只有3年，参加长白山笔会时，才刚刚开始写。他的介绍令我吃惊。因为从他在散文诗队伍里已有多次获奖纪录和充足人气来看，无论如何与只有3年散文诗龄画不上等号。这只能理解为高起点。他说写散文诗第一个要感谢的人是海梦。因为出版一本散文集之故认识了海梦。海梦发现了他散文中的散文诗因素，鼓励他写散文诗。他尝试着写，从此一发而不可收。如今，他深深爱上了这个独特的文体，作品已见诸多家文学刊物，写散文诗已成为他生活中不可或缺的一部分。他甚至认为，他与散文诗有缘，写散文诗是他的宿命。

不仅仅写，对如何写也渐渐有了清晰的想法和追求。他说："山西过去有个文学流派叫'山药蛋'派，因为他们有共同的地域特征和相近的艺术风格。一句话，是有根的写作。我觉着，散文诗要想写出名堂，也应该成为有根的写作。""你的观点我认同！"感觉眼前一亮，我不假思索地回应。

二

一个月后，李需把整理就绪的散文诗集《拐个弯是村庄》发至我的邮箱。同时给了我一个任务：写序。我乐意遵命。我的理解，序即读后感，必须先读作品。当我把集子通读一遍后，第一个印象：这是有根的作品！不仅仅有根，而且根须深深地扎在大河北岸的黄土地里。

集子共分五辑："风吹村庄""大地深处""存在飘摇""乡村词话"与"大河以北"。除第三辑"存在飘摇"有些形而上的思考，其他四辑，则全与土地和乡村有关。

第一辑"风吹村庄"，写乡村四季，颇有些牧歌和唯美的情调，主题是爱。他这样写乡村的夏：

一棵树，就是一棵笼翠积绿的旗帜，把天空等待着尽情地宣泄。

在这样的一个季节，我的血管也开始贲张。

携着雷鸣，掣着闪电。

北方的村庄，在它的大汗淋漓里，鸟巢一样肃穆，高傲。

这是我的梦栖息的北方，这是我生命疯狂律动的北方！

——《北方·夏》

他这样写乡村的冬：

雪雕的村庄。梦和幻的村庄。

村庄，被一首唐诗包裹，一直、一直地都在散逸着、散逸着……

一个踏雪而归的人。他是谁呢？

几个在雪场里堆雪人的童稚，他们又是谁呢？

我看到，一只、几只鸟在飞。它们仿佛已把什么带走，又把什么留下。

村庄的雪，仍在弥漫。

柴扉是静穆的，瓦檐是静穆的……静穆的还有我的童年，和今天的疼痛。

——《雪村庄》

他这样写乡村的春：

不远处的河滩，一群羊，被岁月驱赶着。

有一种低语，如梦如幻，自田野深处漫来。

泥土的清香，若雾若烟若波光潋滟的韵致，把一种辽阔擦拭得更加辽阔。

此时，有牛哞绵延的声音，穿过我的耳膜，不可阻挡，直抵我心。一位年轻的姑娘，与河滩一棵柳树撞个满怀。刚醒转的柳枝，一不小心，就暴绽出绿芽几星……

——《乡村春光》

　　李需不纯用白描的手法写乡村四季，而是创造了一个有实有虚有今有古的主客观的混合体，且带有浓厚的主观色彩。主观呈现出的是他个性化的美学追求，骨子里是他的根，是对这片土地的挚爱。这一辑里也有一些写人的细腻情感的作品，《河对岸传来说话声》写东方少年隐秘的心事，《背影》写对长辈的刻骨铭心的缅怀，没有具体的故事和情节，作品留下无穷的艺术空间，让读者用各自的阅历和想象去补充。

　　第二辑"大地深处"，写祖祖辈辈生活在大地上的人，与大地间的血肉之情。一块土地养一方人，因而有了不同的方言和故乡，因而有这方人与这方土地的特殊的情愫。在作者眼里，大地上的一切，黄土、河流、大山、树木，都是与生活在大地上的人息息相通的生灵。他这样写大山：

> 庄稼成熟了一茬又一茬。梦破灭了又复苏；复苏了又破灭。
>
> 辘轳、女人和井。一种至善至美的造型：
>
> 古朴，典雅。
>
> 山坡，有悠悠的牧笛在吹。吹远了岁月和风。
>
> 哦，山脉其实也是一种高处的流淌，蕴含着一个民族永久的信仰和风骨。
>
> 那绵延的起伏，起伏的绵延。雄浑逶迤，而又镇定自若。
>
> 傲然天地。
>
> 不卑不亢！
>
> ——《山脉》

这是在写大山吗？山的亘古永存与人的生生不息已浑然一体，山已俨然成为人的雕像。

他这样诠释方言：

> 一种胎记，与生俱来，饱满，厚实，只亲近土壤和水。粗布的羽翼，沾着阳光的暖、星星的寂寥。
>
> 方言，用一方水土包裹，在熟稔的爱里徜徉。浅显，到更浅显，到摇落乡土的一树槐花。

"胎记"一词用得绝妙。方言"与生俱来，饱满，厚实，只亲近土壤和水"，带着挥之不去的遗传基因。当两个操着相同方言的陌生人交谈，距离会顿时拉近。诗人为我们解开了其中的奥秘。

生活在这块大地上的人，不论曾经遭遇过多大的苦难，他们与大地有着不离不弃的默契。一个老婆婆用一生的期盼，执着地等待着在开山运动中离她而去的那个人。（《一个老婆婆，坐在自家门口》）那个把一生的梦想都寄托给岭坡的哑巴叔，不知疲倦地在岭坡爬上爬下。（《一个人走在岭坡上》）还有，在果园专注挖土的叔叔（《叔叔赤裸着在果园挖地》），在滩涂地拔草的姑姑的女儿（《很久》）……诗人听到了大地上的呼喊：

> 大地上，喊声愈来愈大。起初只一人，继而，就汇集成多人。
> 喊。多么辽远、空旷。
> 我听到我的心也在随着喊。喊！
> 喊。让百鸟唱合，祥云缭绕。
> 哦，大地上，是谁在喊？
> 既连接着以往的红尘滚滚，也维系着我今生今世的承担和热爱！
>
> ——《大地上，谁在喊》

真的有人在喊吗？抑或是李需的幻觉？它来自诗人特有的心灵感应！

三

第三辑"存在飘摇"，题材与前两辑明显不同，意象不局限于特定的区域，更多的是对生存状态的叩问和形而上的诗意玄思。如《窗外一棵树》《坐在自己的身体里》《瞬间》《飘拂》《存在》等等。哲思在道与佛的天空飞舞。

> 坐在自己的身体里。
> 还原你我的本初，皈依你我的原真。
> 无须左右逢源，也无须高处或低处。
> 我们用仰望，凝视着那蓝色的宁静；我们用俯视，探寻着那芦苇带来的生命的清香。

你我在轻微的光亮里，轻轻地摇曳，摇曳……

——《坐在自己的身体里》

只一瞬间，我就远远地离开。但我相信，这并不是遗忘。此时此刻，我伫立在岁月的河岸，凝视着两岸青山，让一种辽阔，在我的内心舒展，无声无息。

其实，瞬间，它以存在的方式，掩埋着我们，也成就着我们。

有时，我俯身低处，心却在高处徜徉；有时，我站在高处，却又用目光逡巡着最底层的生活。

那一个个瞬间，我们有谁会躲过呢？

——《瞬间》

第四辑"乡村词话"，作者的思绪又飞回乡土，与前两辑一脉相承。他选取乡村使用频率最高的一些词语，诸如"三十年河东""修桥补路""苍天有眼""雁过留声""耕读传家"等给予诠释，构成了一组关于乡村精神的素描。

生，在这疙瘩土上；灭，也在这疙瘩土上。

三十年。再三十年。

用生命飞翔。用爱筑巢。用月亮的圆缺记录疼痛，也阐释幸福。

站着，就要活出奔向美好的喧嚣。

而卧倒，也为一方水土撑起一片灵魂的绿荫！

——《三十年河东》

一种道，只把乡间温暖。低处的生命，阳光一样超脱，覆盖了所有的欲望和私念。

秋天的天空，一年又一年，留下几多雁鸣声声。

九世轮回的乡民，用善良和清风，托举着芬芳的名节。

——《雁过留声》

第五辑"大河以北"，一组大河岸边的风情画和苦乐人生。《在河滩耕地的农民》，颇像一座浮雕，可视为农民与母亲河血肉亲情的缩影。生活在这里的人，对黄河，对土地，对爱情，对名节，都有着痴迷似的执着，即便历经苦难，他们也不改初衷。《站在果园边的那人》《闪电划过河道》《寂美或者凄美》《老船夫》等篇，都有一些凄美难忘的画面。《那个夜晚》，则写了一幕因愚昧和粗俗而带来的人生悲剧。这样的悲剧应该早已成为历史，可它依然发生，让我们顿感现实的沉重。《井》《水磨房》《北方的民房》等，是传神的风情画。《风吹土岭》，写出了乡亲之间的心心相连：

风一吹，谁家传来一声狗吠，带起连片的狗吠？

风一吹，谁家欢歌笑语，冲出篱栅，在土岭和沟涧漫延。

新房落成，鞭炮齐鸣；

儿子成亲，日子红火。

雪花纷扬，把年景和年景串缀；轱辘飞旋，把幸福和幸福相连；唢呐声脆，把一条乡路和另一条乡路焊接……

哦，风一吹，黄河就在这里拐个弯，然后，又一直向东流去……

四

同样写散文诗，作者的动机却各有不同。有的人为一己的悲欢找到了发泄口，有的人为显示技巧出众而故作高深，有的人把散文诗当成肤浅的文字游戏，也有人是为了实践孔圣人"诗言志"的古训……李需写散文诗，则像是为了回报，回报那块他生于斯、长于斯、最终亦将回归于斯的故土。他钟情于那块土地，汗水、泪水、血水和梦想都洒在那块土地上，他的散文诗便自然而然地从黄土地里长出来。

俗话说，女怕嫁错郎，男怕选错行。读过《拐个弯是村庄》，我欣喜地感觉到：李需选择了写散文诗这个行当，应该是选对了。不少人只晓得勤能补拙的道理，不清楚诗人最基本的要求是天赋。何为天赋？天赋即悟性。没有悟性的人选择写诗肯定是选错了行。人心贵实，诗心贵虚。两者缺一不可。有些人只知实而不知虚。也有一些人知虚缺实。实指情，情虚则作品苍白；虚指艺，只有艺虚才能出空灵和意境。散文诗作为诗体的一种，在营造意境上，与分行诗没有二致。李需有悟性，悟到了有根写作的不二法门。加上他与生俱有的农人的真诚，再加上他对文学语言的感知和驾驭能力，他的作品既有实（真诚），又有虚（空灵），艺术上有独特的表现方式，因而有一种别样的新鲜感。

坦率地承认，我喜欢《拐个弯是村庄》。不能说这本书篇篇俱佳，但佳作的比例颇高。我喜欢迷漫在字里行间的气息，质朴而又高雅的气息。质朴来自黄土高原泥土的芳香，高雅则来自诗人亦儒亦释亦道的哲思。仔细想想，我们质朴的民风，本身不就包含着这些早已成为民族性格一部分的东方智慧吗？文明与愚昧，也许都在其中，我们已无法分清。但是，有一点可以肯定，那些精华的部分，早已成为这个民族生生不息的精神基石。李需发现了它，写出了乡村的魂。我喜欢一些作品的画面感，如《大地上，谁在喊》《大地上，一个人》等，像一幅幅浓墨重彩的表现主义油画，震撼人心。当然，也有不满足：作品的审美多于审丑。这本无可厚非。文学的使命即发现美，表现美。但文学也不拒绝表现生活中的丑。揭露和表现生活中的丑与恶，更是为了弘扬美与善，也是为了唤醒一些人被物欲泯灭了的良知。这也许是一种苛求，因为每个作家都有自己观察事物的角度。

渴望着有更多如《拐个弯是村庄》这样有根散文诗的出现。无疑，它们将为寂寞的散文诗苑带来福音。

2012年夏日，于郑州天堂书屋

（《拐个弯是村庄》，2012年7月由中国电影出版社出版）

淘金者，发现与采冶
——序徐澄泉散文诗集《一地黄金》

1

看到《一地黄金》，便想到淘金者。

罗丹说，生活中不是缺少美，而是缺少发现。

用在此处，也许可以理解为：生活中不是缺少黄金，而是缺少淘金者。淘金者的第一要义是发现。发现需要慧眼。

2

《一地黄金》来自书中一首同名散文诗。用作书名，它的意义延伸了，自然让我们想到全书的作品。

3

诗人眼中的黄金是什么？

是一只怀念精神家园仓皇飞来的鸟。（《武庙的命运》）

是废墟上一块刻着"清"字的砖。（《怀念一块砖》）

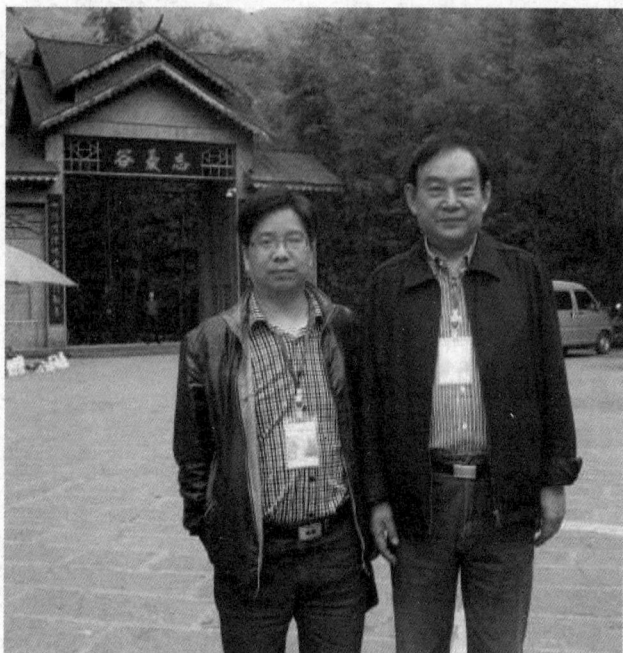

是一具坚硬如战马灵魂的拴马桩。（《寂寞的拴马桩》）

是深邃智者核桃树，长久圆满桂圆树，剔透细腻黄桷树。（《三棵树》）

是一块沉默不语的石头。（《学习石头》）

是充满智慧的兔子。（《狡兔三窟》）

是一棵无名小草。（《草说》）

是修炼千年的银杏。（《一地黄金》）

是向大地低头的牛羊。（《抬头望天，低头沉思》）

是开窍的音乐。（《沐浴灵魂》）

是红军走过的羊肠小道。（《夹金山下，红军小道伸向远方》）

是父亲坟头的一棵树。（《一棵挺直的树》）

是敢于表达爱情的夜莺。（《向夜莺学习抒情》）

是竹。（《蜀南竹海小拾》）

是渺小的蚂蚁。（《秋天的小蚂蚁》）

……

4

诗人眼中的黄金是什么？

是与人类精神息息相通的万物。

是现实与历史穿越中的亮光。

是真，是善，是美，是爱，是诗意，是价值观。

唯独不是金钱。

5

发现之后是采冶。

冶炼是技，过程贯穿着道，成果显示在文字上。兰波在《地狱一季》中有一章著名的《语言的炼金术》："我发明了母音的颜色！A，黑色；E，白色；I，红色；O，蓝色；U，绿色。我确定了每个子音的形态和动作，迟早有一天，我会用天然的节奏，来创造一种可被一切官能接受的诗歌语言。而其中的奥秘，只有我自己知道。"

徐澄泉也有他自己的语言炼金术。

他追求简洁，纯净，质朴，准确，传神，飘逸。

《马庙传说》是代表作之一。"马庙无马。马庙有煤！"仅用八个字，道尽历史与现实。"木楼。青石板。小酒馆。铁匠铺。煤码头。"像电影镜头徐徐摇动，交代出故事的背景。"远山和近水。马庙的风景，正被那个斜倚在酒幌下的女子，用多情的目光和痴迷的心，十遍百遍千遍地抚摩，一直望到秋水深处。"女主角出场。诗人没有写她的外表，只写她"多情的目光和痴迷的心"。她在看风景。"风景"是什么？只有女子心里知道。读者难忘的是女子"十遍百遍千遍地抚摩"着风景的眼神。"夕阳西下。一叶扁舟从马边河以远漂下来，一个汉子从太阳的光辉中飘上来。"谜底揭开，风景出现了。"漂"与"飘"二字极妙。这便是女子心中诗画交融的风景！此时的景，是主观之景，女子心目中的景，似梦非梦。"这个粗鲁的汉子，只在酒馆门前一顿，抱起美人就跑。木楼里，隐隐传出幸福的声音。马庙，坠入夜的深沉。"男主角走入近景，举止有失斯文。但它符合掘煤汉子的性格逻辑。三百字，写活了一个酒馆痴女与掘煤强汉的爱情传奇，野性又不乏浪漫的地域风情。不靠离奇的情节取悦于人。魅力全来自语言的炼金术。

6

一部编年体散文诗集。5年间写出175章，称不上高产。谢冕先生曾告诫诗人们慢一点写。快，容易粗糙和滥情；慢，则可由节制而达精致。《马庙传说》《一地黄金》一类作品，无疑是慢慢写出的。诗集中还有不少超短篇，一章仅有几十字、百十字，简短且不失精致。如《最美犍为》（17章），几乎篇篇珠玑。但有的作品，似乎写得快了些。如《草说》，话说得过满、过实，艺术的境界反而缩小了，读者失去了再创作的余地。

说起快，有一种情况需另当别论，如里尔克为《军旗手的爱与死之歌》，激情犹如火山喷发。这显然是快速写出的杰作。这样的作品可遇不可求，靠天赋，也靠天意，并非人人都能遇到。

7

徐澄泉是一位行吟者，思想者，又是有着士人情怀的社会担当者。

在他足迹游历之处，总会有所发现，有所思考，最终写进他的散文诗里。一块不被任何人关注的废砖，引起了诗人的思索："路过被毁的武庙，我用灵感捕捉到那块废砖异样的目光。一缕耀眼的光，从砖块的骨子里射出来。一个清晰可辨的'清'字，一下子，攫住了我的心。""目睹一块砖，我发现了抒写的理由，怀念的依据。"（《怀念一块砖》）看到一棵树，他要找出这棵树之所以挺拔的内核："西风在旷野为谁悲泣！我沉睡多年的父亲被它惊醒。我从来没有倒下过的父亲，又以一棵树的姿势站了起来。点头。微笑。编几段笑话。父亲生前的这些好手艺，并没有因为时间、流水、灰尘和荒草而锈蚀斑驳。此时，这棵树站得笔直，它在模仿我父亲的做派吗？"（《一棵挺直的树》）徐澄泉喜欢在游历中穿越历史，进而反思现实。如《西游记》十二章，章章都有历史，章章都有现实。

在民族遭遇灾难时，徐澄泉感同身受。他不是旁观者，而是参与者："那只手，那只著名的小小拳头，攥成钢铁，攥成意志。它用力一挥，一个民族不屈的灵魂，就从高山之巅，就从江河之渊，与飞鸟和蛟龙一起升华。""毫不犹豫！我也伸出自己的手，加入到浩浩荡荡手的行列。"（《2008：在地震废墟看到一只坚强的手》）徐澄泉写过《让散文诗"硬"起来》，他谈到内容的"硬"与形式的"硬"。他是这一理论的忠实践行者。他从不写猥琐的小情调。即便写一只蚂蚁、一棵草，我们并不感到弱和小，字里行间依然是充盈着文化意蕴的大情怀。

他的骨子里含有先贤的钙。我们从《粽子回归民间》《踏寻邵伯温的遗梦》《与薛涛做邻居》《一位诗人的农耕愿景》《像苏东坡一样好竹》《石门山隐者》等作品里，感受到历史血脉在诗人身上承传不息的轨迹。

8

徐澄泉认为，散文诗的"硬"包括形式上的创新。他是散文诗艺术形式的自觉探索者。《一地黄金》里的作品形式多样，新意迭出，有的可谓别出心裁。没有一成不变的模式。为达到最佳的艺术效果，他尝试不同的表现形式。《当石头遭遇良心》是寓言体，人与鬼的对话。《神仙中人：冒辟疆和董小宛》是用散文诗写的书评。《铭戒九一八》是古风兼打油写就的铭戒文。《月饼很忙》是讽刺体，无情讥讽了当下变了味的世风。

散文诗长于抒情，但徐澄泉慎用抒情。他的节制能力，显示出他的追求与成熟。

9

犍为并非徐澄泉的出生地。长时间在犍为工作和生活，便渐渐滋生出鱼水般的故乡情结。他的血脉里流淌着犍为的河溪，他的双脚沾满犍为的泥土。他敬仰犍为的先贤，更佩服犍为的当代愚公。他骄傲自己是不折不扣的犍为人。《一地黄金》里最好的作品，大多与犍为有关。犍为人杰地灵，富庶美丽，素有"金犍为"的美誉。作为淘金者，《一地黄金》是徐澄泉献给第二故乡的深情恋歌。

缕缕炊烟在高雅的诗集里升起。读者的心田弥漫着丝丝乡愁。树木泥土传递着温馨。它让人想起回家的路。

2013年6月，郑州天堂书屋

（原载《散文诗世界》2013年第8期，《一地黄金》2013年9月由河南文艺出版社出版）

似兰斯馨
——读邱春兰诗集《似与不似》

　　并非一部专门歌咏兰花的诗集，可读过之后，有一种感觉：似兰的馨香直沁心脾。

　　邱春兰爱兰，从她的署名即可看出。读她的诗，更使人感觉到，这不是一般意义上的爱，而是彻骨的爱，庄周梦蝶般的爱。请看她在扉页的题诗："诗行／在空间直立，那就是雨的痕迹／雨滴驻留在素笺上／弧形透明。张力把向往凝聚／愉快地晶莹着／湿润的轮廓线／浸染出一朵幽静的兰／淡淡香气／宛如雨后蝶衣轻展／从文字的缝隙中溢出，寻觅云来的路"。兰香，不仅仅在意念中，已钻进骨髓，缠绕盘旋在诗人文字的字里行间。

　　书中有多首关于兰花的诗。诗人以多重视角写兰："兰／坚韧地收藏着自己的灵魂／任春日渲染／任繁花争艳／兰／依然是一份素雅的心／任岁月剥蚀／任亘古变迁／兰／于不变之不变／于幽静的山林／留一方寸土／擎一片蓝天"（《草不知名略似兰》）。此时的兰花，是高洁、典雅、淡泊、坚贞不渝的君子。"雨之上、花之上、兰之上、心空之上／兰草陷入重围／一种升腾、吸纳、凝缩、释放／兰终于明白丢掉梦，灵魂还在"（《兰草陷入重围》）。这里，兰花是个性自由的象征。"'淡淡的，淳淳的，不浓不浊，不邪不异……'你喃喃低语，竟想不起引自哪里？你低语如梦，竟说不清她是草是兰？她在幽谷质洁馨纯，她是隐者。"（《她是隐者》）此时的兰，又成为孤芳自赏的隐士。

兰，因其风骨清高、馨香四溢，自古以来一直被誉为花中君子，也一直受到历代文人雅士和志士们的喜爱。它滋养陶冶人的心灵，极大地影响着人们的精神生活。在诗人笔下，兰，既是大自然神奇的草本植物，更是人世间一种情怀，一种精神，一种人格的物化。诗集分为四辑："雨后蝶衣""似与不似""素纸经年"与"兰心走笔"。大多作品是对身边事物的感悟，人生四季的追忆，瞬间心绪的捕获，山水阅历的冥思。诗人使用"兰心走笔"一词，无意间道破了天机。我们读邱春兰的诗，已分不清自然之兰与人间之兰，进入到一种天人合一、物我两忘的审美境界。

春兰的诗，看似率意而为，实则有不同凡响的追求，与当下流行的诗风迥然有异。笔者在细品之中，发现了几个与众不同的融合：

其一，似与不似的融合。"似与不似"，本是书中最长的一篇散文诗，共六十六章，诗人用作书名，则有了统领全书的意义。鉴于"似与不似"具有美学内涵，亦可视为诗人的审美宣言。大画家齐白石有句名言："作画妙在似与不似之间，太似为媚俗，不似为欺世。"

白石老人虽言文人绘画，但作为一条美学原则，它适用于所有艺术。似，指形。如果画什么不像什么，是对观者的欺骗。不似，指神似。画家不拘泥于事物的具象，常常抓住具象的内在本质，融入画家特有的情趣，给予夸张或变形，使其具有超越具象之外更耐品味的妙境。春兰的诗，具有似与不似融合之后的审美特征。譬如散文诗《似与不似》，写的是一段情感经历或曰心灵的自传，但已不是生活本身，时空瞬变，意象丛生，唯美犹如梦幻。她的许多作品都可作如是观。因有"兰心"的底蕴，诗篇带给人别样的美感。

其二，宋词余韵与现代诗风的融合。读春兰诗，既惊叹她古典诗词修养之丰厚，又感受到她对现代诗风的熟知。她不像有些诗人，用旧酒瓶装新酒。她的酒瓶是新的，酒也是新的，酒味，却有陈酒的余香。试举一例："满眼流动的时光碎影／怎堪烟雨纵／轻绾红袖望江南／容我念蝶／容我盈香／容我朱颜瘦／容我眉对半川烟草／容我清音婉转一阕／容我弹剑而歌／

容我蕴涵一场雨水／容我暗藏波澜"（《容我》）。这是旧体词？非也。一首典型的现代诗。诗中"怎堪""红袖""蝶""盈香""朱颜""一阕"等词和意象，在古诗词中司空见惯；单独看，"怎堪烟雨纵／轻绾红袖望江南"一句，更像词；但从整首诗的结构、句式和内蕴看，冠以现代诗，当无人怀疑。一个坚韧含蓄、心理丰富且具有古典情怀的现代淑女形象，跃然纸上。这些古诗词语汇，经诗人之手点化，顿生新的活力，成为营造现代诗境的不可或缺的元素。

其三，分行诗与分段诗（散文诗）的融合。这是诗集的一个特色。本来，白话自由诗与散文诗同时诞生在"五四"前夕，都是新文学的产物，是一对孪生姊妹；后来，渐行渐远，成为两种相对独立的诗体。两种诗体在审美上，既有共同点，又有相异之处。春兰为何在有的题材上用自由诗，而在另外题材上用散文诗？显然，她觉得有些内容，用自由诗不好表达；用散文诗的形式，更得心应手。书中，两种诗体的审美趣味是一致的，但相貌有别，平添了阅读的魅力。

邱春兰以寂寞为伴，保持独立人格和独立审美，其作品意蕴似兰斯馨，卓而不群。她在书的"后记"中写道："风在耳边私语，放牧内心深处的留白。时间穿过一场意外，那些乱中取静的抬首瞬间，拒绝在清夏虚拟倒伏的时光，拒绝在烟火里繁杂而喧嚣。某些明亮而安静，本体的，知觉的，有着微微的花影晃动，被忽略的纷叠，于虚白空寂中幻现。"身在商海，何以有此宁静、不受时风左右的心态写诗？这段散文诗般的自白，为我们作出了回答：拒绝喧嚣。诗人对这个喧嚣的世界保持着警惕和距离，宁可在她自己营造的诗境里徜徉栖息。当然，能与诗人心灵共鸣的读者，都会从中受益。春兰有此心态，再加上她的修养、虚心和才气，她的创作之路当会越走越远。

（原载2012年12月19日《大河报》，《中原》2013年第1期）

玫瑰花上的九颗露珠
——序《周口散文诗九家》

　　看到《周口散文诗九家》的书名，眼前一亮。之前，省一级的散文诗选，已看到过多部，而公开出版的地市级的散文诗选，屈指可数，令人兴奋。这是新世纪散文诗蓬勃发展的一个缩影。周口市是河南省文学创作的重镇，其作家群在全国负有盛名。周口也有一个诗群。《周口散文诗九家》，便是周口诗人在散文诗创作上的集体展示。

　　周口市地处豫东，所辖区域，大致即历史上的陈国、陈县、陈郡、淮阳郡、陈州，是中华民族文化发祥地之一。相传6500年前，三皇之首太昊伏羲定都宛丘，即今周口淮阳县。西周初年封陈国，辖13邑，是12诸侯国之一。春秋末年为楚国所灭，成为楚国陈县。秦统一中国后，置陈县，初属豫州颍川郡，后属陈郡。周口人杰地灵，历史名人很多。我只举与诗有关的三位。其一，老子。老子生于陈国苦县（今周口鹿邑县），他是世界文化名人，伟大的思想家，同时也是中国最早的哲学诗人。其二，曹植。曹植并非生于此，但他生命的最后一年是在陈郡度过的。三国时此地属魏，公元232年，魏明帝曹叡封曹植为陈王。从此，这位天才诗人的名字，便与周口这块土地连在一起。曹植是建安时代最杰出、对后世影响最大的诗人。其三，谢灵运。谢灵运是中国山水诗第一人，他创立了中国最早的山水诗派。他是陈郡阳夏（今周口太康县）东晋旺族谢氏家族中的众多名人之一。但他诞生在浙江，也在浙江做官，最后因文字狱死在广州。因他的祖籍是太康，他是周口历史的骄傲，周口的名人典中自然少不了他。

中原是中国诗歌的原乡，古陈国是其中一个重要的区域。中国最早的诗歌总集《诗经》中的"国风"，大多数作品产生在中原，收入"国风"中的10首"陈风"，大多是爱情诗，古陈国无名诗人的作品。"陈风"是《诗经》十五国风中最具特色的国风之一。它以哀艳的情歌和神秘浪漫的巫舞著称于周代。

为何要提起这些？因为我在阅读《周口散文诗九家》时，当看到那些优美的爱情诗，自然而然地联想起周口的历史和传统，想起十五国风中的"陈风"，想起古陈国在秦统一中国前的几百年间属于楚地。古陈楚先人的性情和文学基因，历经两千多年，在其后人的作品里仍然依稀可见。

九人中，王猛仁呈现出祖先传下的文学基因，可能最多。其散文诗创作的历程，也最长。他在1991年出版第一部散文诗集《寄你一片温柔》，至今已逾20年。他擅长爱情体，是散文诗坛情歌手，出版过多部爱情散文诗集，风格直率、热辣、浪漫，颇具杀伤力。近年来，题材多有拓展。除爱情外，还写了乡情、亲情、大自然之情，人生行旅和种种际遇中的瞬间感受。王猛仁多情善感，作品率意感性，语言如行云流水，意境缠绵耐寻，题材俯拾皆是。周口之所以能形成一个散文诗群体，他有播种和引领之功。邵超的作品以理趣见长。语言朴素、淡定、从容、机智，以少少许胜多多许。在平凡中发现不平凡，并让人品味出哲理，需要诗人的一双慧眼，再加上思维的修炼。这是邵超的超越常人处。张华中多才多艺，和王猛仁一样，是中国作协

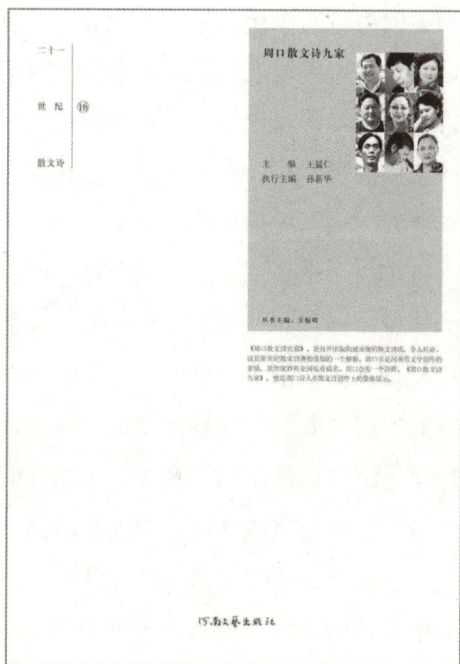

和中国书协的双栖会员。他的散文诗色彩丰富而凝重。一如题目《青萍，在城市的河流里流浪》，组诗写出了时代的沧桑，生命的沉重，现代城市生活带给人的某些异化心理、流浪意识和失落感。有一点并未失落：诗人的爱心和悲悯情怀，依旧跃然纸上。曼畅是为数不多以散文诗为主要写作形态的河南诗人之一，成绩显著。其早年作品散发着豫东所特有的乡土气息。本书选自近年的一组新作《词语或者禅意》。从大家司空见惯的词语中给予个性化的诗意诠释，并非易事，但曼畅知难而进，终有所获。他的诠释诗意浓郁，信息量大，丰富了读者的人生体验。孙琳几乎全用白描手法写故乡的风物。令我想起"五四"时期河南诗人徐玉诺所开拓的乡土诗风，可谓后继有人。他笔下那些恬静的田园风光，带给我们些许心灵的慰藉。他在《短章》中关于诗人良知的真诚表白，令人感动。

　　孙新华、韩冰、贺红、霍楠图，可谓周口散文诗群的四朵金花。周口写散文诗的女性作者远不止她们四位，但她们四位堪称代表。孙新华长时间在文化部门工作，一直默默坚守心中的精神家园。近些年她钟情于散文诗，勤于创作，时有佳作涌现。她用自己的方式去抒写她的人生感悟。那匹在中原大地上疾驰而去的马，成为复杂意绪的象征，在读者的脑海里留下了深深的蹄印。韩冰作品篇幅都不大，有些则称得上超短篇。但咫尺千里、言短意长，颇耐品味。恋人在歌唱时总喜欢戴着面具。贺红爱情散文诗的草莓面具是用宋词做的，而因带有几分宋词的余韵。她把对故乡的深情感念灌注在一粒粒麦穗里，寄托在飞扬的风筝和蒲公英上。霍楠图的作品带给我们另味的惊喜。她细心观察和聆听生活中一切有趣的细节和声音，经过筛选，用自己独特的视角来表现，亦庄亦谐，有雅有俗。她的散文诗接地气，具有"在场"性，有浓郁的生活气息。

　　作品之后，每人都有一篇"创作随笔"，时有灼见。邵超的文章谈到他对散文诗的理解："比自由诗还自由的一定是散文诗了。如果叶子是散文、玫瑰是诗，那叶子和玫瑰花上颤动的那颗露珠，一定便是散文诗了。因为露珠里折射着诗的精美和散文的优雅。"此语甚妙。于是，我视《周口散文诗九家》，为"玫瑰花上的九颗露珠"。同为露珠，折射出的却是各异其趣的自然与心灵的风景。

显然，周口的散文诗创作，为河南散文诗乃至全国散文诗的发展和繁荣，作出了贡献。

坦率地讲，也有一些不满足。如果说这是一部九重奏，黄钟大吕之音似乎弱了些，痛击心扉的乐章几乎没有。真实生活的滋味应该是苦辣甜酸咸，五味杂陈。可我们在表现生活时，就像在生活中的爱好一样，往往有所偏爱。生活中依然有丑恶和痛苦，可散文诗作家们往往将此忽略了。在这个急剧变革的时代，社会带给我们巨大的惊喜，同时又伴随着怅惘与疼痛。当我们再一次去阅读《巴黎的忧郁》和《野草》这些经典时，就会发现，为何不能超越？道理再简单不过：未能继承，何谈超越？我们不能苛求每一位作者。因为每一位诗人的创作，都受到各自修养、阅历和天赋的局限，都有其强项和弱项，聪明的作者，都会去尽情发挥自己的强项。但每一位作者也都有不断超越自身的可能。这要靠扎实的内功和外功来支撑。内功影响艺术表现，外功则决定思想深度。当然，我说到的这个现象，不仅仅特指周口，包括我本人的差距，也包括河南和全国的散文诗创作现状。在此提出，愿与九位诗友和一切有志于散文诗创作的朋友们共勉！

2012年盛夏，于郑州

（《周口散文诗九家》，2012年10月由河南文艺出版社出版）

中原沃土滋养散文诗

在21世纪进入第二个十年之时，散文诗呈现出蓬勃发展的生机。河南散文诗作为中国散文诗的重要一脉，成果喜人。首先表现在创作上。两年来，河南散文诗人先后出版了10多部散文诗集，这在河南散文诗的历史上是空前的。我以作品集出版时间先后，作以简介：

《仿佛散文诗选》，河南文艺出版社2010年10月出版，是郑州诗人梁建新（笔名仿佛）的第一部散文诗集。梁建新的散文诗深受泰戈尔影响，以不泯的童心和大爱情怀，抒写对大自然和人间的关爱之情。笔触细腻感人。

《沉默的花开》，河南文艺出版社2011年1月出版，"散文诗的星空"丛书中的一种。收录周口诗人王猛仁2010年创作的散文诗200多篇。作品充满着浓浓的抒情色彩，深邃、温馨。文字清新优美，既有对大海山川的咏叹，也有对爱情的渴慕与倾诉，亲切自然，率真浪漫。

《读荷——吴长忠散文诗九首》，河南文艺出版社2011年8月出版。特色独具。全书仅收九首散文诗，可能是新文学以来，收作品最少的散文诗集。但量小质重。评论家彭学明说："这本散文诗集只有短短的九章。一片大海，一条河流，一壶池塘，一个故乡，还有几枝花朵，就是这九章里的全部风景。寥寥几笔，说轻却重；淡淡几抹，墨浅意深。"该书的另一个特色是诗书画合璧，既养心又养眼，开创了散文诗集中的另一个第一。

《攀岩的青藤花》，河南文艺出版社2012年1月出版，是信阳诗人张绍金的第一部散文诗集。诗人以浓郁的乡情写故乡的山川风情民俗，写童年往事，以质朴细腻的笔触，写出了大别山特有的自然之美和生命之美。

《天空是鹰一辈子飞翔的方向》，河南文艺出版社2012年5月出版，南阳诗人熊鹰的一部长篇散文诗。诗人采用象征手法，以苍鹰的独特视角观照世界和人生，洋洋洒洒15万言，如大江东去，一气呵成，显示出青年诗人的才气和胸襟。

《似与不似》，河南文艺出版社2012年5月出版，是郑州诗人邱春兰的一部新诗与散文诗的合集。诗人巧借齐白石的一句名言作为书名，传递出不俗的审美追求。诗人对这个喧嚣的世界保持着警惕，宁可在兰风梅韵的文字意境里徜徉栖息。

《悲情城市》，河南文艺出版社2012年10月出版，收录了鹤壁诗人郝子奇代表性的散文诗作品。文字充满人文精神和悲悯情怀，写出了城市发展中的疼痛和沉重，情感世界的深度孤独和向往。全书共分七辑，充分展现了作者散文诗创作的突破和创新，既有传统的厚重，也有现代的新奇，手法多变，品位高雅。

《背阴处的雪》，河南文艺出版社2012年10月出版，是信阳诗人田君的第一部散文诗集，作者以诗的眼光观察生活、情感和周围的世界，所抒发的大都是从青年向中年过渡这一特定阶段所产生的特殊关注和情怀，笔触温暖、健康和向上，有很强的艺术感染力。

《弹响大地风声》，河南文艺出版社2012年10月出版，开封诗人李俊功的散文诗集。作者以豫东平原为背景，将其厚重历史、现实生活与个人心灵史紧密融合，诗意地表达了对这块土地的赤诚热爱。语言凝练含蓄，形象生动。对散文诗的文体探索作出积极的努力，体现了诗人超越自我的渴望与追求。

《谁领我走过那个村庄》，河南文艺出版社2012年10月出版，是开封诗人刘海潮的散文诗集，收录了诗人近年来创作的散文诗100多篇，分为"千年咸平""梦里清园""歪槐树下"三辑。表达了作者深沉的故土家园情怀，进而引发对人生的感悟和思索。

　　《结香花》，河南文艺出版社2012年10月出版，是周口诗人孙新华首部散文诗集。分"临街西窗""记忆之外""暗香盈袖""向东向西"四辑，200余章。作品充满人生的思考与感悟，富有抒情色彩和哲理意味。文字清新、凝练，感情真挚、细腻，身边的一景一物、一花一草，甚至一块卵石、一个眼神，都无不灵动地融入诗人的诗句中，且意蕴高远。

　　《周口散文诗九家》，河南文艺出版社2012年10月出版，是周口诗人王猛仁、邵超、张华中、曼畅、孙新华、韩冰、贺红、霍楠囡、孙琳的九人合集。周口市是河南省文学创作的重镇，其作家群在全国负有盛名。《周口散文诗九家》，是周口诗人在散文诗创作上的实力展示，风格各异，佳作纷呈。

　　以上六种，均收入"21世纪散文诗"丛书。

　　细心的读者或许注意到，十几部作品集全由河南文艺出版社出版。从中我们可以感知河南文艺出版社在散文诗出版方面的贡献。2011年，出版"散文诗的星空"丛书12种，受到广泛好评；2012年，出版"21世纪散文诗"丛书16种。加上其他几种，两年内出版散文诗集达30种以上。该社已成为全国引人注目的散文诗出版基地。细心的读者还可能注意到，十几部作品集的作者中，有一位是河南省文联党组书记、河南省散文诗学会名誉会长吴长忠先生。在繁忙的工作之余，用高雅的文学创作调节生活，是他有别于其他文艺官员处。他选择散文诗，显示了散文诗的独特魅力。2012年9月，"大地的礼赞——吴长忠散文诗朗诵会"在郑州成功举办，受到听众好评。长忠先生也许没有想到，他的行为已为众多的散文诗爱好者作出了表率。

　　除作品集外，每年都有数量可观的河南散文诗作品，发表在各地报刊上。漓江版、长江版、花城版的散文诗年选，每本都选有多位河南散文诗作者的作品。由河南省作家协会主办的《河南作家》，为彰显河南散文诗的成果，2012年第1期刊出"散文诗八家"，选发了吴长忠、王幅明、王剑冰、冯杰、王猛仁、毅剑、冯向东和胡亚才的作品。全国品牌期刊《散文诗》刊几乎每期都有河南作者的作品。两年来，先后有四位河南作者马东旭、李俊功、丁东亚、申艳上了该刊头题"特别关注"。散文诗坛前辈耿林莽先生，专为马东旭的作品写了评论《他写出了"必然的疼痛"》，给予好评。一位20多岁的青年作者，何以深深打动了80多岁的文坛前辈？靠的是真实、真诚和才气。

再说说近两年的获奖情况。2009年6月，曼畅的散文诗作品获第二届"中国散文诗天马奖"。世界汉诗协会河南分会2009年11月成立后，举办了两届"河南十佳诗人"评选（包括新诗、散文诗、旧体诗），共有4位散文诗人获奖，第一届有王幅明，第二届有冯向东、郝子奇、王猛仁。《河南诗人》2010年6月创办，今年5月举办了首届"河南诗人年度奖"评选（包括新诗、散文诗、旧体诗），爱斐儿、郝子奇获散文诗奖。

综观河南散文诗，创作呈多元化趋势。已形成老中青作者皆有，中年作者为主力军，青年作者后劲很足的创作队伍格局。河南散文诗之所以有如此局面，离不开诗人们的坚守和努力，也受惠于中原这块沃土。中原沃土滋养散文诗。生物的成长需要阳光、水和优质土壤，文学创作的繁荣则依赖于良好的社会环境。河南连续12届获全国"五个一"工程组织奖，说明省委宣传部对文艺创作的重视。河南省散文诗学会是河南省作家协会主管的六个学会之一。仅此一点，即可看出，省作协对繁荣散文诗的重视。河南省散文诗学会于2008年成立后，团结省内散文诗作家，开展学术研讨和交流，组织文学采风创作活动，编辑出版河南第一部散文诗选和多部个人作品集，举办"芬芳中原"散文诗朗诵会，创办河南省散文诗学会博客，为促进和繁荣河南省散文诗创作，作出了努力，取得了可喜的成果。

在肯定成绩的同时，我们还应清醒地看到，数量不能说明一切，还有一个谁都无法回避的问题：品格的高下。矫情、滥情和平庸依然存在。艺术上的循规蹈矩，缺少真诚和敢为人先的创新气概，是导致平庸作品的根源。令我们欣喜的是，不少人已意识到这一点，在默默地坚守和攀登中寻求突破。可以期许，无须太久，河南散文诗人将会奉献出无愧于这个时代、无愧于这块沃土的佳作！

（原载《河南作家》2012年第3期）

散文诗，仍被国家奖遗忘

　　从30年前设立国家级的文学奖以来，散文诗一直处在被遗忘的状态。17年前，笔者在拙著《美丽的混血儿》（1993年5月花城出版社出版）曾表达过对此现象的遗憾。现原文引录："客观地看，虽然散文诗作家有了全国性的学术组织，据说这在全世界是独一无二的，但没有产生应有的影响力。它的独立地位实际上并未实现。全国性的文学评奖一直把散文诗拒之其外，也许是最好的说明。这是散文诗的悲哀。"17年过去了，这一现状并未改变。不久前看到中国作协公布的《关于征集第五届鲁迅文学奖参评作品的通知》、《鲁迅文学奖评奖条例》，以及中国作协新闻发言人陈崎嵘答《文艺报》记者问，有喜有忧。喜的是评奖范围有了扩大，网络文学、小小说、旧体诗词走进评奖视野，但与新诗同时诞生的散文诗，仍被遗忘。

　　散文诗是一种世界性的文体。东方作家最早走向世界的作家是印度的泰戈尔，他获得诺贝尔文学奖的作品即是他亲手将孟加拉文译成英文的散文诗集《吉檀迦利》。之后，有多位作家诗人因散文诗获此奖项。中国散文诗诞生90多年来，出现了经典作家和传世作品，鲁迅和他的《野草》是其杰出的代表。文学大家郭沫若、茅盾、巴金、冰心等都有传世佳作。新中国成立60年来，则涌现了柯蓝、郭风、彭燕郊、耿林莽、李耕、许淇等一大批优秀的散文诗作家。在世界文学之林，散文诗在中国是一道独特而耀眼的景观。只有中国，才有专发散文诗的刊物、全国性的学术团体和研究散文诗的学术专

著。进入21世纪，散文诗出现蓬勃发展的势头。相继有两种年度选本出版，印数可观，均受到读者欢迎。我注意到，大多诗歌刊物，都设有散文诗专栏，说明新诗对它的包容。2007年11月，《文艺报》、中国现代文学馆、中外散文诗学会、河南文艺出版社联合在京举办"纪念中国散文诗90年颁奖会暨研讨会"，盛况空前。在研讨会上，有作家提出，走进中国现代文学馆展厅，首先看到的是鲁迅的"《野草》题辞"，中国国家文学奖以鲁迅的名字命名，可鲁迅的杰作《野草》因为是散文诗，只能被排除在评奖之外，实在令人啼笑皆非。参会的中国作协领导当场表态，力争在以后的鲁迅文学奖的评奖中，散文诗不被遗忘。

我也注意到，今年的全国儿童文学评奖已经把散文诗列入评奖文体，令人欣慰。作为国家最高文学奖——鲁迅文学奖，何时才能关注到散文诗？

(原载《散文诗》2010年第10期)

播撒花种的园丁

谈及20年来中国散文诗事业的发展，不能不提及一个看起来不起眼的刊物——《散文诗》。

散文诗是不少文学爱好者钟爱的一种文学样式，说到此，又使人感到某种悲哀。一个泱泱大国，竟不能允许几种散文诗刊的存在，因为刊号问题，《中国散文诗》《散文诗世界》等散文诗刊先后停刊。值得庆幸的是，《散文诗》被保留下来，并一直受到读者的喜爱。它是全国唯一一本公开发行的散文诗刊。它的读者面在不断扩大：不定期出版改为季刊，后改为双月刊，再后又改为月刊。目前的期发行量为5万份。作为一个纯文学刊物，在整个文学刊物普遍不景气的情况下，能有如此的发行量，实在难能可贵，令人欣喜。刊物的档次也在不断提高。为突出散文诗短小精悍的优势，刊物一直保持了袖珍型的开本，内容精练，形式精美，印刷精良，格调高雅，被读者和专家誉为一本"三精一高"的杂志。编者的良苦用心，得到了应有的回报。

《散文诗》把读者定位为面向大学生、中学生为主体的文学青年，是一种智慧的选择，也由此奠定了它在中国当代散文诗坛的地位。如果说散文诗是文学百花园中的一枝奇葩，那么，《散文诗》期刊便是撒播散文诗花种的园丁。无数棵幼苗已经破土，等待它的将是无限生机。

我曾想，为什么《散文诗》不是在北京，或者别的都市创办，而是在一个小小的益阳创办呢？后来知道，益阳是现代著名作家周立波、叶紫，文艺

左起：冯明德、王幅明、邹岳汉、箫风◎

理论家周扬，史学家周谷城的故乡，也是唐代高产诗人齐己的故乡。有如此丰厚的文化传统和一脉相承的文学渊源，也就不足为怪了。

在《散文诗》出版77期之时，谨向主编邹岳汉先生、副主编冯明德先生表示由衷的祝贺！向他们的开拓和敬业精神，表示深深的敬意！

祝愿《散文诗》成为中国散文诗苑一棵永不凋谢的常青树！

（原载《散文诗》1999年第7期）

向散文诗致敬

一座为中外华人散文诗作家立传的丰碑。我用这样一个比喻,来赞扬《中外华文散文诗作家大辞典》(修订本)这部厚重的大书,赞扬香港散文诗学会为此作出的贡献,是贴切的。因为,目前我们还找不到这项工程的同类建筑。这是一座名副其实的丰碑。其一,它是一部收入中国大陆、台湾、香港、澳门以及海外其他国家用汉语写作的华人作家传记资料的工具书;其二,它同时还收入各家的代表性作品,使其具有欣赏价值,成为一部可以放在案头经常翻阅的书。几年前,香港散文诗学会曾编辑出版了这部书,后来,他们认为该书不够完整,需要补充内容,为此专门成立了一个编辑班子,可见他们对做好这件事情的认真和执着。我受邀忝列该书编审之中,深感荣幸。今天,谨对这一文学工程的竣工和首发,表示真诚的祝贺!

13年前,在香港回归祖国前夕,香港散文诗作家发起并成立了香港散文诗学会。这不仅是香港文化界的一件大事,也是中国散文诗史上的一件大事。13年后,香港已成为全国散文诗的重镇,成为各地散文诗组织及作家学习的榜样。13年中,香港散文诗学会在夏马先生等诸先生诸女士的领导和通力协作下,举办各项学术研讨和交流活动、创办刊物、推出作品,取得了有目共睹的骄人业绩。凝聚着他们多人心血的《中外华文散文诗作家大辞典》(修订本)的隆重出版,只是其中一个生动的缩影。在今天这个喜庆的日子里,我向香港散文诗学会的十三华诞表示热烈的祝贺!我相信,对于有着更

远大抱负的香港散文诗作家来说，今天的庆典不过是一个加油站和新的起跑线，更辉煌的业绩正等待他们去创造。

　　散文诗是文学大家族的一个小品种，从它诞生至今一直在寂寞中发展。它赢得了一代又一代的读者的青睐。一代又一代散文诗作家为它的发展贡献了才情。散文诗是给人以特殊美感的混血文体，在寂寞中坚守高雅的天性。它最大的敌人是滥情和浅薄，最可贵之处是直面世态和心态万象，带给人慰藉、温暖、疼痛和理性，让梦想和良知在灵性的文字里复活。从某种意义上说，从事散文诗创作和散文诗活动，是一种崇高的事业，它既给人以审美享受，心灵又在潜移默化中得到升华。今天的庆典，也可看作是向中外华文散文诗作家和散文诗这种文体致敬的仪式。借助于这个仪式，让更多的人关注散文诗，促其繁荣，获得更好的社会效益。

　　　　　　　　　　　　　　　（原载《香港散文诗》2010年第2期）

硕果飘香的精神家园

——纪念香港散文诗学会成立15周年

香港的金融业、商业、娱乐业十分发达，但作为精神文明重要指标的文学创作，则要另当别论。说"文化沙漠"，可能有些夸张，但在香港回归前，香港本土有成就的纯文学作家稀缺，却是事实。写散文诗的作家更是屈指可数。而15年之后再观香港散文诗，则面貌大变，令内地和海外华人作家刮目相看。原因何在？最重要的因素，是有了香港散文诗学会这样一个文学团体——香港散文诗作家赖以交流、成长和展示的精神家园。1997年6月，在香港回归祖国的前夕，香港散文诗学会诞生了。这是香港以发展散文诗作为宗旨的唯一的注册文学团体。此后，队伍由小到大，成员以香港为主体，遍布海外。学会同人为推动散文诗的发展，繁荣散文诗创作，做了许多有形和无形的工作，硕果累累，受到全国及海外华人散文诗作家的瞩目和尊敬。

香港散文诗学会虽然成立较晚，但较之内地一些散文诗学会的名存实亡，称得上一个名副其实的学术团体，办了不少推动散文诗发展的实事。学会成立后的第一件事，便是编选出版《香港散文诗选》，两年之内连续出版两部（1998、1999），收入数十位作家的作品。这是对香港散文诗创作的集中展示。随后，学会分别于2002年、2004年两个年度，推出两辑共13本散文诗自选集，收录夏马、张诗剑、陶然、孙重贵、秀实、钟子美、天涯、文榕、华而实、蔡丽双、春华、海若、谈耘的作品。除此又编选出版了《中外华文散文诗选集》等多部选集。这些个人作品集与选集出版后，产生了较大的影响，显示了香港散文诗作家的创作实力，受到郭风等前辈作家和评论家们的好评。散文诗诞生于工业社会，是工业时代的产物。香港作为有影响的国际大都市，应该是一块散文诗的沃土。香港散文诗作家没有辜负这块沃土，他们用热爱和创造的双手，培育出一簇簇馨香四溢的艺术之花。从他们的作品里，我们既感受到五彩缤纷的都市生活众生相，感受到都市生活的美丽与艰辛，也在他们深蕴哲理的美文里，在潜移默化之中受到人生的启迪。由于香港散文诗作家大多都有内地生活或在东南亚国家侨居的背景，他们的作品又流露出浓烈和真挚的爱国情怀。在香港回归祖国的前后，他们创作了数量可观的作品，其中不少感人的佳作。

为给作者提供发表作品的园地，香港散文诗学会成立之初即创办了《香港散文诗报》，新世纪之始又创办了《香港散文诗》季刊。季刊至今已出版40余期，印制精美，注重稿件质量，刊发了香港及海外华人作家的大量佳作，已成为香港文坛的一朵众口赞誉的奇葩。

2007年初，香港散文诗学会完成了一项重大工程：编辑出版了大型辞书《中外华文散文诗作家大辞典》。它的出版，填补了中国文学史料学的一项空白，显示了香港散文诗学会的眼光和实力，受到了文学界的普遍好评。之后又在收集资料的基础上，重新加以修订，于2010年出版了该书的修订版。修订版扩充了近二分之一的篇幅，使之成为一部记录中外华文散文诗作家资料更为齐全、有重要参考价值的大辞典，具有里程碑的意义。它不仅是一部收入华人作家传记资料难得的工具书，同时还是一部作品集，收入各家的代表性作品，使其具有查阅和欣赏的双重价值。

2000年12月，香港散文诗学会申请香港艺发局资助，成功举办了香港散文诗研讨会。内地作家学者郭风、陈辽、施建伟、徐成淼、邹岳汉、刘虔、古远清、杨光治等，台湾诗人王禄松、文晓村、向明等及多位香港作家参加了研讨会。研讨会整整两天时间，成果丰硕，论文集于2001年4月由大世界出版公司出版，收入会议宣读的35篇论文和有关资料。这是一次将永久载入中国散文诗史册的意义非凡的研讨会。它的重要性在于：这是一次作家坐在

一起，对散文诗这一文体进行认真的学术探讨；涉及的问题是作家都共同关注的；虽然见解各有不同，但在核心的问题上大家积累了共识。比如，散文诗或者是像古代"赋"一样的独立文体，或者是"诗"的一种，但绝对不是散文的分支；内地包括香港一些散文诗作者的通病，大都是缺乏诗性，将作品写成平面单薄的"短散文"。这次研讨会是香港散文诗学会对中国散文诗事业的一个重大贡献。

除此，香港散文诗学会还举办过多次本港自身和本港与内地与海外作家的雅集和交流活动。内地多次重要的散文诗活动，都有香港散文诗作家的身影和声音。2004年7月，首届世界华人散文诗作家开阳笔会在贵州开阳县举办，香港派了十多人的代表团参会，夏马团长在会上发言，介绍了香港散文诗学会成立后的活动，与会代表无不赞许。2008年8月，"献给灾区的歌"

散文诗朗诵会在北京举办，夏马和朱祖仁出席，带来了他们的作品在会上朗诵。

香港散文诗学会之所以能在15年内取得如此多的成绩，得益于会长的尽职尽责，学会成员群策群力的和谐运作，香港政府艺发局的支持和实业界有识之士的资助。

说起香港散文诗，不能不提及夏马先生。他是香港散文诗界一位当之无愧的旗手，有深厚学养的儒雅之士。与之交往，如沐春风。夏马先生1997年参与创办香港散文诗学会任会长至今，并任中外散文诗学会海外主席。主编《香港散文诗》季刊、《香港散文诗报》、《香港散文诗丛书》等，成功组织多项活动。著有《相约在城门河畔》《夏马散文诗集》等。2006年6月，夏马在北京"中国公益人物命名表彰大会"上，荣获"民族功勋大奖章"，表扬其自香港散文诗学会成立十年来，广泛开展对台湾及海内外作家交流，为促进祖国和平统一早日实现所作的努力。2007年11月，中国散文诗界聚集北京，举行"纪念中国散文诗90年颁奖会暨研讨会"。会上，夏马先生荣获"中国散文诗重大贡献奖"。而香港诗坛的后起之秀蔡丽双女士的散文诗集《温泉心絮》亦荣获"中国当代优秀散文诗作品集"奖。两项荣誉不仅仅属于个人，在某种意义上，也是对香港散文诗在中国当代散文诗坛地位的肯定。

在香港散文诗学会成立15周年来临之际，谨向为学会发展作出无私贡献的夏马、卢学永、朱祖仁、刘鹤年、黄华、天涯、钟子美、孙重贵、秀实、华而实、许昭华、海若、文榕、林耕、陈茂相、戴建评、杨慧思、廖书兰、郁滢、锺少康、春华、林浩光、张继征等先生和女士表示由衷的敬意！向香港散文诗的未来致以最美好的祝福！

（原载《香港散文诗》2012年第3期）

第二辑/读书与读人

读书人的盛宴
——写在世界读书日

4月23日，是读书人应该铭记的日子。

1564年4月23日，英国戏剧家莎士比亚出生。而在1616年的同一天，莎翁去世。莎士比亚是英国的骄傲，欧洲的骄傲，也是全世界的骄傲。他的影响不属于一个时代，而属于所有世纪。同样在1616年的4月23日，西班牙小说家塞万提斯逝世。其代表作《堂吉诃德》是全世界读书人无人不知的名著。

为倡导读书之风，也为纪念两位世界级的文学大师，1995年，联合国教科文组织选择4月23日作为世界读书日向世人宣布。

从此，读书人有了自己的节日。这是一个令人感动的日子，令人怦然心动的日子。这一天，在世界各国，将有许许多多关于读书的活动举办，是读书人梦寐以求的盛宴。

前不久，在网络上看到一些作家关于设立"国家阅读日"的争论。建议的人无疑是好意，可我却站在不赞成的一方。道理很简单：正像全世界已经有了"五一国际劳动节"，我们还有必要再设一个"中国劳动节"吗？令人深感悲哀的是，相对于读书人和劳动者，世界读书日远没有国际劳动节那么深入人心，那么引起国家的重视。我曾询问过几个读书人，知道世界读书日是哪一天吗？回答几乎是不约而同：不知道。

统计资料显示，国民阅读率十年来在逐年下滑。2005年的数据较1999年

下滑了11.7%。更加令人担忧的是，阅读下滑的人群中，包括大量的中学生和大学生。有多种因素，网络是一个重要因素。一些人承认传统阅读已被近年兴起的"电子三屏"（手机、电脑、电视）所取代。阅读变成了E读，读书变成了读屏。不能一概否认读屏的正面意义。但对于青少年，不加引导地读屏，带来的负面危害可能会远远大于正面。

电脑大亨比尔·盖茨预言：2050年，全世界最后一家纸质媒体将关闭。有些危言耸听的意味。但我们不妨把它当作警示。随着科学技术的日新月异，传统出版只有与数字出版有机结合，才能保持其长久不衰的生命力。作为一个出版工作者，我坚信，纸质图书有其永久存在的合理性。

法国思想家蒙田认为，人的一生有三种东西需要神交：爱情、友谊和书籍。他把读书与爱情相提并论，可见它对于人生的重要。几乎所有的思想家都有关于读书的名言，在这些名言中尤以英国人培根的话最为精辟。他说："读书能给人乐趣、文雅和能力。""机巧的人轻视学问，浅薄的人惊服学问，聪明的人却能利用学问。""历史使人聪明，诗歌使人富于想象，数学使人精确，自然哲学使人深刻，伦理学使人庄重，逻辑学和修辞学使人善辩。总之，读书能陶冶个性。不仅如此，读书并且可以铲除一切心理上的障碍，正如适当的运动能够矫治身体上某些疾病一样。"

作为一个终生热爱书、受益于书的读书人，在第13个世界读书日来临之时，我热切提醒同好者：铭记这一天，读书人也有自己的节日！记住这一天，我们就会想起读书的重要，就会重续关于书的情缘。

我国古代有思想家王夫子"嫁书"的故事。大家翘首以待这位著作等身的老人为女儿到底准备了什么嫁妆时，想不到打开箱子一看，却是满满的一箱书。这则故事应为我们千千万万个家长所深思。在世界读书日，我们该为孩子们准备一些什么礼品？我很幸运，儿子的出生恰恰在4月23日。我早早准备了一本励志书，当做生日礼物送给了他。

4月23日，我们还应记住两个人。1200年这一天，南宋大儒朱熹逝世。他的名诗《观书有感》"半亩方塘一鉴开，天光云影共徘徊。问渠那得清如许，为有源头活水来"早已成为800年来不少读书人的座右铭。另一位是清代思想家魏源。他于1794年4月23日出生。他编译的《海国图志》及一系列改革主张，对后来资产阶级改良主义运动产生过重要影响。这两位大师是中国读书人的骄傲。他们分别出生和逝世于4月23日这一天，使我们对世界读书日多了一份亲切。

（原载2007年4月19日《大河报》）

仓颉，汉字书法始祖

　　地处豫北与鲁冀两省交界的南乐，是一个并不起眼的小县，无奇山异水，但却是一个人才荟萃之地。它是唐代高僧、天文学家一行与明代名臣魏允贞的故乡。有一处古迹更使它名闻遐迩，吸引南来北往的游客。相传中国上古造字圣人仓颉，出生在南乐。

　　南乐县城西北18公里的吴村，是仓颉的故里。传说仓颉正月二十四日出生在吴村北繁水北岸一棵大枣树下，因其生就二目重瞳，故有仓颉四目之说。后来正月二十四日成为吴村庙会的日期，延续至今。在仓颉故里，现仍存有故宅井和造书台。仓颉少年时代在吴村度过，经常到这口井边汲水。后来，仓颉跟随部族首领黄帝做了史官，创造了文字，名声大震。后人便把吴村乃至整个南乐，称为斯文之地、圣人之家。仓颉故宅井也跟着受到世代崇拜者的顶礼膜拜。造书台在故宅井西北一侧，原为一高数丈的土筑方台子，后因台上筑有亭阁，故又名仓亭。明末巡抚魏允贞第六子魏广修曾到此一游，感慨系之，写下了"古庙留遗址，荒阶杂绿茵。台空唯鸟雀，不见造书人"的名句流传至今。据史料记载，东晋时冉闵与张贺度仓亭之战，就发生在这里。仓颉造书台今已湮为平陆，仅存遗址。

　　仓颉故里北面有仓颉陵和仓颉庙。两处古迹规模宏大。"文革"中遭到严重破坏，陵墓被挖，不少文物被砸、被盗。近年来随着旅游业的蓬勃发展，毁坏的建筑得到修复。仓颉庙以新的面貌迎接慕名而来的四方游客。

笔者查看了《中国名胜词典》，发现河南还有两处仓颉墓，一处在开封城东北刘庄，一处在虞城县城西北响河东岩固堆坡。除此，陕西白水县城东亦有仓颉陵和仓颉庙。这使人想起黄帝陵也有多处。他们都是上古圣人，中国自古有神化圣人的传统。也许这些地方，都曾经是圣人生活过的地方，后人筑陵，作为一种永久缅怀的方式。

仓颉造字的事迹，最早见于战国时代的《世本》。这部书记载了传说时代黄帝至春秋时代的历史。司马迁的《史记》里关于上古历史的记述，主要来自《世本》。据史学家推测，黄帝在位的时间大概在公元前2698年至公元前2599年。仓颉与黄帝是同时代人。《世本》里的传说，仓颉是黄帝的史官。史官的职责，是用文字来为最高统治者积累历史知识。没有文字，怎么书写历史呢？《世本·作篇》有这样的话："黄帝使仓颉作书。"所谓"作书"，应理解为造字，即发明文字。《世本》已经失传，但仓颉造字的传说被后世继承下来，并见诸先秦诸子的多种著作，如《荀子》《韩非子》《吕氏春秋》等。东汉年间，许慎编著的中国有史以来第一部关于文字书法的专著《说文解字》，亦记载了关于仓颉造字的传说。该书的序中说："黄帝之史仓颉，见鸟兽蹄远之迹，知分理之可相别异也，初造书契。"（黄帝的史官仓颉，看见鸟兽的足迹，知道纹理是可以相区别的，开始创造了文字。）唐代张怀瓘《书断·古文》亦保持了这种观点："案古文者，黄帝史仓颉所造也。颉首四面，通于神明，仰观奎星圆曲之势，俯察龟文鸟迹之象，博采众美，合而为字，是曰古文。"他在考察了种种古代文献之后，得出了结论："仓颉即古文之祖也。"

根据迄今发现的各种考古资料判断，文字不可能是一人所造。正像鲁迅所说："在社会里，仓颉也不止一个，有的在刀柄上刻一点图，有的在门户上画一些画，心心相印，口口相传，文字就多起来，史官一采集，便可以敷衍记事了。"（《门外文谈》）应该承认黄帝史官仓颉的存在，但对他的造字之说，不免生疑。作为史官，又肩负造字的重任，在搜集整理当时业已使用的"书契"符号，并使之规范化、通用化方面功不可没。仅此一点，其功绩亦足可彪炳春秋。肯定有不少人做他的助手，从事这一工作，但他是史官，影响大，容易被人记住，其大名也就流传记述下来了。

仓颉本是人，而不是神。到了汉代，他开始被神化，先是神化造字。产生于西汉的《淮南子》一书说："仓颉作书而天雨粟，夜鬼哭。"东汉的高诱注解《淮南子》这段话时即明白说道："鬼恐为书文所劾，故夜哭也。"后神化仓颉本人。东汉人王充在其名著《论衡》中提到造字圣人仓颉，说"仓颉四目，为黄帝史"。后来仓颉的画像是一副披叶片、垂长发、蓄胡须、张四目的神仙相，并被尊为"仓王"。宋代，京师汴梁每年都举办祭祀仓颉的活动。清乾隆年间出版的《历代神仙通鉴》一书，将仓颉收录其中，说仓颉"四目电光"。

仓颉不仅是传说中的造字圣人，还是有汉字以来见诸文献记载的第一位大书法家。《荀子·解蔽篇》中说："好书者众，而仓颉独传者，一也。"元代学者郑构所写《衍极》及刘有定的注，是一部很有影响的著作，《衍极》及注的主旨在于崇古尚法。《衍极》对于书史中众多的书家仅取了13人加以品评，仓颉名列第一。书中说北海有仓颉的藏书台，人得那书迹，不能认识，秦代李斯认识其中8个字"上天作命，皇辟迭王"；汉代孙叔通认识其中12字。今《法帖》中有28字。

如是说，尊仓颉为中华汉字书法始祖，或更确切。

2003年

《史记》：前无古人，后唤来者

一、开山与巅峰之作

司马迁是中国正史与传记文学的开山人，其传世之作《史记》，既是中国纪传体正史与传记文学的奠基之作，又是其巅峰之作。两千多年来，对中国史学及传记文学传统的形成和发展，对中国主流思想史，都产生了巨大而深远的影响。无人能出其右。可谓前无古人，后无来者。因之，司马迁成为中国古代当之无愧的伟大历史学家、文学家、思想家。自汉代始，历代名人对司马迁及《史记》，一直赞语不绝。

汉代研究《史记》的名家当推扬雄和班固。扬雄在《法言》一书中写道："太史迁，曰实录。""子长多爱，爱奇也。"班固是汉代系统评论司马迁的第一人。《汉书》中有《司马迁传》。班固在赞语中说："自刘向、扬雄博极群书，皆称迁有良史之材，服其善序事理，辨而不华，质而不俚，其文直、其事核，不虚美、不隐恶，故谓之实录。"他们二人都赞服司马迁的"实录"精神。

唐代研究《史记》成就最大者当推韩愈、柳宗元。韩、柳肯定了《史记》一书的文学价值，奠定了司马迁在中国文学史上的崇高地位。韩愈十分推崇司马迁的文学才华。他说："汉朝人莫不能文，独司马相如、太史公、刘向、扬雄之为最。"他认为司马迁作品的风格是"雄深雅健"。《史记》

成为韩愈作文的样本。柳宗元认为《史记》文章写得朴素凝练、简洁利落，无枝蔓之疾，浑然天成；或龙腾虎跃，千军万马。司马迁世家龙门，念神禹立大功；西使巴蜀，跨剑阁之鸟道；彷徨齐鲁，睹天子之遗风。所以，天地之间，万物之变，可惊可愕，可以娱心，使人忧，使人悲者，子长尽取为文章，因而子长的文章变化无穷。南宋史学家郑樵认为：诸子百家，空言著书，成滴水不漏，增一字不容；遣词造句，煞费苦心，减一字不能。

宋人赞司马迁，其著名者为马存赞司马迁的壮游和郑樵赞司马迁的五体结构。马存认为司马迁平生喜游，足迹不肯一日休。司马迁壮游不是一般的旅游，而是尽天下大观以助吾气，然后吐而为书。所以他的文章或为狂澜惊涛，奔放浩荡；或为洞庭之波，深沉含蓄；或春妆如浓，靡蔓绰约；历代实迹，无所纪系。而司马迁父子世司典籍，工于制作，上自黄帝，下迄秦汉，勒成一书，分为五体：本纪纪年，世家传代，表以正历，书以类事，传以著人。使百代而下，史家不能易其法，学者不能易其书。六经之后，唯有此书。可见郑樵对《史记》评价之高。

明代李贽主张著史要发自"童心"，他解释所谓"童心者，真心也"。他认为只有用"童心"著史才能真正做到不朽。他推崇司马迁，是因司马迁写史完全出于真心。李贽认为《史记》是司马迁"兴于有感而志不容已"，"情有所激而词不容缓"的作品。他对班彪、班固父子以正统史观非议司马迁，不以为然，认为班氏父子所讥者"是非颇谬于圣人""论大道则先黄老而后六经""序货殖，则轻仁义而羞贫穷"等，正是司马迁不朽之处。《史记》所以能取得后人"终不可追"的伟大成就，正在于直道"吾心之言"，不掺虚情假意，"为一人之独见"，而不是专"以圣人是非为是非"。他赞赏《史记》"其文直，其事核，不虚美，不隐恶"的实录精神，提出了"劝善惩恶，正言直笔"的著史原则。

明清之际，金圣叹把《史记》作为"六才子书"之一，评论《史记》序赞九十多篇。他在评《水浒传》《西厢记》中多次赞扬司马迁，发表了不少真知灼见。他说："隐忍以就功名，为史公一生之心。"在评《屈原贾生列传》中说司马迁"借他二人生平，作我一片眼泪"。金圣叹可谓司马迁的知音。他对《史记》与小说关系的探讨独树一帜。"《水浒传》方法即从《史记》出来"，"《水浒传》一个人出来，分明是一篇列传"。清人张竹波更直言："《金瓶梅》是一部《史记》。"可见《史记》对后世小说写作技巧的广泛影响。钱谦益在《物斋有学集》中说："司马氏以命世之才、旷代之识，高视千载，创立《史记》。"他认为司马迁创立的五体结构，成为历代史学家编史的样本，发凡起例之功"炳如日星矣"。章学诚在史学理论名著《文史通义》中说："夫史迁绝学，《春秋》之后一人而已。"他认为《史记》一书"范围千古、牢笼百家"，司马迁有卓见绝识之能，《史记》有发凡创例之功。由于司马迁有卓绝千古的识力和笔力，《史记》是"经纬乎天人之际"的一家之言，章学诚俨然比于后无来者。赵翼在《廿二史札记》中说："司马迁参酌古今，发凡起例，创为全史。本纪以序帝王，世家以记侯国，十表以系时事，八书以详制度，列传以专人物。然后一代君臣政事贤否得失，总汇于一篇之中。自此例一定，历代作史者，遂不能出其范围，信史家之极则也。"司马迁的五体结构史学框架，一经创立，即为经典。综观廿四史，无一例外。赵翼称为"史家之极则"，可谓精当之至。

近人梁启超认为："史界太祖，端推司马迁"，"太史公诚史界之造物主也"。梁启超对《史记》评价颇高，认为《史记》实为中国通史之创始者，是一部博大谨严的著作。他认为：史记之列传，借人以明史；《史记》

之行文，叙一人能将其面目活现；《史记》叙事，能剖析条理，缜密而清晰。因此他主张对于《史记》，"凡属学人，必须一读"。鲁迅在《汉文学史纲要》一书中有专篇介绍司马迁。鲁迅认为："武帝时文人，赋莫若司马相如，文莫若司马迁。"司马迁写文章"不拘于史法，不囿于字句，发于情，肆于心而为文"，因而《史记》不失为"史家之绝唱，无韵之《离骚》"。鲁迅的评价成为《史记》评论中引用率最高的不朽名言。

开国领袖毛泽东是《史记》的忠实读者，并在阅读后留下多处批注。他说："像《史记》这样的著作和后来人对它的注释，都很严格、准确。"对其真实性深信不疑。1944年，他在《为人民服务》一文中说："人总是要死的，但死的意义有不同。中国古时候有个文学家叫做司马迁的说过：'人固有一死，或重于泰山，或轻于鸿毛。'为人民利益而死，就比泰山还重；替法西斯卖力，替剥削人民和压迫人民的人去死，就比鸿毛还轻。"勉励一切革命者克服自私自利思想，全心全意地为人民服务，实现更大的人生价值。毛泽东对《史记》的评价，从文学评论角度看，就是他肯定司马迁提出的"发愤著书"说。司马迁上承屈原"发愤以抒情"的观点，根据"文王拘而演《周易》；仲尼厄而作《春秋》；屈原放逐，乃赋《离骚》"等事例，总结出许多古代先贤都是在逆境中发愤，终有所成。毛泽东对司马迁为事业和理想与命运拼搏的精神十分赞赏，曾多次引用上述名言，教育全党同志要不怕困难，勇于在逆境中振作精神，奋发有为。史学家郭沫若说："司马迁这位史学大师实在值得我们夸耀，他的一部《史记》不啻是我们中国的一部古代的史诗，或者说它是一部历史小说集也可以。"1958年郭沫若在为司马祠题写的碑文中对司马迁有"文章旷代雄"、"功业追尼父"的赞语。史学家翦伯赞说："中国的历史学之成为一种独立的学问，是从西汉起，这种学问之开山祖师是大史学家司马迁。《史记》是中国历史学出发点上一座不朽的纪念碑。"他还说："《史记》虽系纪传体，却是一部以社会为中心的历史。"

说《史记》前无古人，是因为它是中国正史与传记文学的开山之作。

正史从其体例的创立到其规范格局的确立，是由《史记》与《汉书》共同完成的。《史记》诞生以前，古史大都以编年为主。孔子作《春秋》，初步确立了编年体史书的雏形。春秋战国时期，各国史书大多采用编年史体。战国时期私家逐步撰成的《左传》，是一部编年体的巨著。《史记》继承先秦时期的史学成果，创造了纪传体史书的表现形式，是中国史学上第一部纪传体通史。《史记》全书由本纪、表、书、世家、列传五个部分构成。这五种体例，在先秦史书中都有萌芽，经过司马迁的继承、发展和创造，使它们既各自成为一种规范的表现形式，又进而结合成一个相互补充、相互依存的整体。这是司马迁的创举。这个创举，反映了司马迁对历史的深刻理解和整体认识以及表述这种理解和认识的杰出才能。《史记》创立了纪传体史书体裁，这种以多种体例相综合的史书表现形式，对于反映复杂的历史进程来说，是一个伟大的创造。

先秦典籍如《春秋》《左传》《战国策》《国语》等，都有关于历史人物生平事迹的记载。而真正使人物传记成为一种独立体裁的，是司马迁的《史记》。在《史记》的五种体例中，以本纪、世家、列传构成人物传记的主体。《史记》以前的中国古代史著作，其中不乏对历史人物的生动描述，但这些历史著作多采取以记事为主的著述方式，并未确立起为历史人物立传的意识。《史记》首创纪传体的著史格局，通过对社会各个层面历史人物的记述，展现数千年社会历史发展过程。《史记》所记载的历史人物，从帝王将相到诸子百家以及社会中下层人士诸如刺客、游侠等，以具体、生动的人物群像来展现历史画卷。司马迁开创了传记文学这一独特的写作样式，为无数后继者树立了典范。

说《史记》后无来者，是因为它是中国正史与传记文学的巅峰之作。它在中国文化史上"史家之绝唱，无韵之《离骚》"的崇高地位，至今无人超越。

二、窥探《史记》的两把钥匙

要想深入了解《史记》，进入《史记》的堂奥，有两篇司马迁的文章不可不读，一篇是《史记》最后一卷（即卷一百三十）《太史公自序》，另一篇是收入《汉书·司马迁传》中的《报任少卿书》。

《太史公自序》由三部分组成：第一部分历叙世系和家学渊源，并概括了作者前半生的经历；第二部分利用对话的形式，鲜明地表达了作者撰写《史记》的目的，是为了完成父亲临终前的嘱托，以《史记》上续孔子的《春秋》，并通过对历史人物的描绘、评价，来抒发作者心中的抑郁不平之气，表白他以古人身处逆境、发愤著书的事迹自励，终于在遭受宫刑之后，忍辱负重，完成了《史记》这部巨著；第三部分是《史记》一百三十篇的各篇小序。全序规模宏大，文气深沉浩瀚，是《史记》全书的纲领。

书籍的序言，最早是置于书籍末尾的，为书籍的序言而写、以"自序"为题附载于书末的作品，《太史公自序》是我们今天能看到的最早的一篇。从这以后，"自序"就作为书籍的序言形式，世代相传。西汉扬雄的《法言》、东汉许慎的《说文解字》，均为如此。书籍的序言，本来是用以记叙全书内容、写作原委的，但记叙写作原委时，自然会涉及作者自身的经历。如果把这一部分抽出来，从自述来历的角度看，也可以当做自传。《太史公自序》里，已包含了这种自传式的内容。它依循时间先后的记叙方法，记述家世、诞生、求学和为宦的经历，具备了自传的基本要素，使得《太史公自序》具有了自传的性质。但以上富于自传意味的部分，在《太史公自序》中，仅占全篇的五分之一。文章的大半篇幅，是记叙《史记》一百三十卷的篇名，各自内容的说明，该卷设立的理由等等。"自序"既然是书籍的序言，就当然应以该书的目录、概要为中心。上面所引的自传性内容，只是用以说明《史记》写作的动机、经过，而不是以自述经历为主要目的。

司马迁为何要在序言里加进自传的内容呢？这是因为，司马迁写作《史记》，有他个人非写不可的重要动机，而且这种情愫必欲倾诉而后快。这就是所谓的"发愤著书"。父亲司马谈留下了写作《史记》的未竟之志，司马迁自己蒙冤受辱，想到古来圣贤著书立说皆出于困境，正是司马迁写作《史记》的主要动机，他无论如何也要书于竹帛，昭之天下。司马谈身为太史公，却不得参列封禅仪式，忿懑以殁；司马迁卷入李陵之祸，遭受宫刑，忍辱求生。不论是司马谈，还是司马迁，迫使他们不得不"发愤"的人物，都是汉武帝。不能参列封禅仪式，是因为汉武帝不批准；对司马迁为李陵辩护大发雷霆、下令处死（后减为宫刑）的，也是这个汉武帝。追根寻源，给他们带来深重苦难的罪魁祸首，非汉武帝莫属。尽管如此，《太史公自序》对汉武帝并没有一句明显的怨言。《史记》就是这样，表面上要站在显扬汉王朝鼎盛国威的公开立场，而内心的写作动机，又实际上导源于汉武帝制造的不幸，显得性质错综复杂。这就使《史记》一书既扑朔难解，又魅力无穷。而回避对最高权力者的指责，是司马迁不得不如此。如果他不采用曲笔，《史记》也许会遭遇更加难堪的命运！

读者在读《史记》之前，须将《自序》篇熟读，深沉有得，然后可读诸纪、传、世家；读纪、传、世家若不得其解，仍须从《自序》中求得。这实乃司马迁在教人读《史记》的方法。清人牛运震曾评价："《自序》高古庄重，其中精理微者，更奥衍宏深，一部《史记》精神命脉，俱见于此太史公出格文字。"（《史记评注》）

《报任少卿书》是司马迁任中书令时写给他的朋友任安（字少卿）的一封信，原载《汉书·司马迁传》中，后来南朝梁代昭明太子萧统又将它收录进我国古代第一部诗文选集《文选》里。这是司马迁在《史记》之外的一篇不可多得的奇文名篇，是与《太史公自序》互为表里的姊妹篇，是理解《史记》的另一把钥匙，是研究司马迁生活、思想的重要文章。虽然两篇文章在写法上有所不同，《太史公自序》以叙事为主，其中有些话是用了曲笔，或曰司马迁不愿说而不能不说的"假话"，有些地方说得比较隐约，《报任少卿书》由于是私人信件，以抒情为主，虽也有曲笔，但总体上是直抒胸臆，说出了埋藏在心底的血泪之言，抒发了自己真实的思想感情。

书信是回复友人的，而且是友人即将被处决之际。任安写信给司马迁，劝司马迁"推贤进士"。司马迁的回信首先说明了两点：迟回信，而且到任安死之时才回。可见司马迁内心的隐痛不足与外人道，更不想让当时那些见风使舵的廷臣与"俗人"知道。身为人臣，理当"推贤进士"；然而，一个堂堂男子汉，遭受宫刑之后，"身残处秽、大质已亏"，刀锯之余，已无意于"荐天下之豪俊"，也不能推荐了。因为如果这么做，自己就成了弄臣，"轻朝廷、羞当时之士"，为人所不齿，自取其辱。司马迁想过自尽。但他最终选择了苟活。太史公道出了自己"苟合取容"的原因：他与那些贪生怕死的人不同，他之所以遭宫刑，是为李陵辩护。太史公与李陵"未尝衔杯酒，接殷勤之余欢"。只因为太史公认为李陵为人正直，"与士信，临财廉，取与义，分别有让，恭俭下人"，大有"国士之风"。司马迁以为李陵的投降实在是不得已，而且必然会重新反戈归汉。他挺身而出，为李陵仗义执言，竟遭宫刑。更可悲的是，宫刑本可以交纳赎金豁免，司马迁两袖清风，无钱可赎，而且交游莫救，无一人为之言。司马迁之所以与临死之际的任安吐露心中隐痛，只想说明自己不怕死，怕死就不会为李陵说话；更重要的是，自己不能轻易就死，死也应当"死节"，舍身取义。太史公写下了一句千古名言："人固有一死，或重于泰山，或轻于鸿毛，用之所趋异也。"太史公之所以不自决，只因当时《史记》草创未成，"惜其不成，是以就极性而无愠色"。太史公信末，指出自己乃一家之言，非汉（刘）之言，更非三代之"王官之学"。正因如此，太史公才苟活直至《史记》杀青，唯有《史记》能让他偿还宫刑之大辱（辱先人、辱己身），从此之后，"虽被万戮"而不悔。

《太史公自序》列入《史记·列传》的第七十篇，既是《史记》全书的导读，又是太史公司马迁的传记，它不是用第一人称，而是第三人称，与其他六十九列传统一。从这一点看，司马迁是在为自己树碑立传。这是他的聪明之处。历史已经作出证明，他进入七十列传当之无愧。颇有意味的是，《报任少卿书》收入《汉书·司马迁传》，成为司马迁后续传记的重要内容，回答了《太史公自序》里没有说清的问题，使司马迁的形象更加血肉丰满。而这篇比金砖更沉重的重要文献，有助于我们更深地理解《史记》的立意。

三、成一家之言

司马迁撰《史记》，既有超越前人的雄心大志，又有明确的历史哲学观作指导。《报任安书》中有一段话，对他的历史观和雄心作了精确概括："网罗天下放失旧闻，考之行事，稽其成败兴坏之理，凡百三十篇，亦欲以究天人之际，通古今之变，成一家之言。"

其中，"究天人之际，通古今之变"即探究天人关系、通晓古今变化的主旨。它集中地反映了司马迁历史哲学思想的精髓。

"究天人之际"即探究天道与人事之间究竟是什么关系。司马迁提出这一重大课题，无疑是对先秦以来占统治地位的天命史观的一个大胆的挑战。司马迁在《史记》中概括了3000年的历史变化，对于天命史观，他不仅提出了自己的怀疑，而且也提出了关于历史变化动因的新认识。中国先民，在殷朝时已经有了至上神存在的观念。这个至上神，起初称为"帝"，大约在殷、周之际的时候称为"天"。殷人心目中的至上神即"帝"或"天"，是有意志的一种人格神，帝能够决定人世间的一切。随着殷朝的灭亡，人们开始对"天命"产生怀疑。"帝"或"天"已不再是人们观念中的公正的、能够主宰人们祸福的至上神了。于是，人们的历史观念开始发生变化。春秋时期，是我国历史上由奴隶制向封建制过渡的大动荡、大变革的时代。天命史观此时更加受到冷落，有的思想家明确提出了与"天道"相对立的"人事"概念。战国至汉初，关于"人道"的说法就更多了起来。司马迁感到非常的迷惑不解，他说："余甚惑焉，倘所谓天道，是邪非邪？"既然天道是大公无私的，经常帮助善人的，可是，古往今来的"善人"和"操行不轨"的人的最终遭遇却并非如此。历史事实足以证明"天道"的荒谬。司马迁对"天道"的批判，已成为他历史观念中的重要组成部分。他总结项羽失败的原因在人事方面，绝非天的意志；总结刘邦之所以在楚汉相争中取得胜利，是用人正确。司马迁以其独特的批判眼光，通过具体的历史事实，对"天道"的荒谬，给予了无情的揭露和批判。

司马迁提出"究天人之际"，在历史观念的发展上具有划时代的意义。司马迁提出这一重大命题的现实原因，源于董仲舒所宣扬的"天人感应"说。"天人感应"说有个前提，承认天是有意的，承认天象与人事之间是有关系的。在董仲舒"天人感应"学说的影响下，司马迁在天人关系上的观点，表现出矛盾的两个方面。从其思想体系方面看，他接受的是天命论和董仲舒的"天人感应"说，并试图以这种观点和学说来解释社会历史；从其实践方面看，在解释具体的社会历史现象时，他又对这种观点和学说产生了怀疑和动摇，以至批判和否定了天命论和"天人感应"说。在当时的历史条件下，司马迁能大胆地提出"究天人之际"这一重大问题，充分显示出了这位伟大的史学家的理论勇气。司马迁从历史观念上，同时也在史学实践中，能有意识地突破"天"对个人命运乃至国家兴亡等人事的决定作用的传统观念，并着力阐明人类历史过程是人们自身的活动过程，从而把人类史从神人淆乱的历史中独立出来，是历史学走向独立发展的具有决定性意义的第一步，其功绩无疑是不可磨灭的。

"通古今之变"的目标，是从历史编纂学方面提出的要求，即撰写历史必须反映出历史的发展变化。这是史学家第一次明确了这样的要求和目标。对于推动史学的发展，具有十分重要的意义。

关于穷、变、通、久的思想，可以追溯至春秋战国时期。这一时期是社会大变革的时期，由于社会的急骤变化，出现于此时的诸子百家几乎都讲变。《周易·系辞下》对变的思想作了这样的阐述："神农氏没，黄帝、尧、舜氏作，通其变，使民不倦，神而化之，使民宜之。《易》，穷则变，变则通，通则久。是以自天佑之，吉无不利，黄帝、尧、舜，垂衣裳而天下治，盖取诸乾坤。"这段话对于历史观念的发展具有十分重要的意义，这是因为它明确地指出了，社会历史发展必须变；社会历史发展只有通过变，才能"使民不倦""使民宜之"。它所阐发的这种关于事物变化的思想，可以说是"通古今之变"思想的渊源。

司马迁以"通古今之变"作撰述《史记》的指导思想之一，明显受《周易》通变思想的影响。"通古今之变"既是司马迁撰述的宗旨之一，也是他的历史哲学的一个重要方面，具有丰富的内涵。通过记述历史人物的活动以反映历史的变化，这是司马迁撰写历史的最基本的方法。具体说来，他首先采用十二本纪的方式，通过以历代帝王为中心的"王迹"盛衰史的描写来通古今之变。接着，采用世家、列传与本纪纵横相连的方法记述历史人物，将古往今来的历史贯通起来，以便从中考察历史的发展变化。司马迁除了写历史人物之外，还通过"表""书"等形式反映历史变化。十表，按世系、年代记述五帝、夏、商、周、秦、汉各朝代及诸侯国分合盛衰的过程；八书则分别记述古今各项制度的变化。在以上五种体例中，最为集中体现司马迁"通古今之变"的撰述宗旨的是十表。从他所选择的表述方法中，我们深刻地认识到了他的"通古今之变"的卓越思想。司马迁的《史记》记述了战国、秦汉时期的历史，成为在史学著作中实现通古今之变思想的范本。因此，在中国史学史上，《史记》有"史书通变化"（《文史通义·书教下》）之称，司马迁著《史记》，提出了"通古今之变"的目标，其史学价值和认识价值都闪烁着耀眼的光辉。

有了"究天人之际，通古今之变"，最终"成一家之言"。所谓"一家之言"，是指它的独创性，明显区别于同类著作，有突出的个性化特色。《史记》的个性化特色表现在以下几个方面：

一、《史记》是一部以人为本位记叙历史的著作，也可以说，是一部独创性的人物传记。《史记》全书虽由五个部分组成，但就全书来看，"本纪""世家"和"列传"这三部分是主体。这三部分记述方法虽不尽相同，但都是以一个或几个人物为主的传记，"十表"和"八书"只是为了补充纪传的不足，在全书中属于附录性质的部分。梁启超说《史记》是"以无数个人传记之集合体成一史"（《要籍解题及其读法》"史记条"）这几种体例在司马迁之前都已出现过，当时的人只是孤立地在运用它们，而把这各种体裁综合起来，写成一部各体互相补充、配合的完整的既有科学性又有文学性的纪传体的历史著作，则是司马迁伟大的独创。司马迁通过《史记》确立了人在历史演进过程中的中心位置。这是中国史学上将历史视为人的历史的开端。

二、对历史人物的直接评说。有的评说在传记文字的夹叙夹议中，更多的评说来自各篇篇末的"太史公曰"。司马迁在评说中注重历史人物在推动历史进程中所起的关键作用。司马迁是一位冷静的史学家，他不是全凭个人感情的好恶来判断历史人物的价值，而是从历史进步与发展的角度去肯定人对于历史所起的作用。对于曾经使他遭受奇耻大辱的汉武帝，司马迁仍然以公允的笔法对其历史功绩作了充分的肯定。司马迁说商鞅"天资刻薄"，甚至不赞成商鞅以严酷法治为基础的社会改革，但他对商鞅变法为秦国强大所产生的巨大作用则十分称道。他说："卒用鞅法，百姓苦之；居三年，百姓便之。"（《史记·秦本纪》）"居五年，秦人富强，天子致胙于孝公，诸侯毕贺。"（《史记·商君列传》）司马迁的另一个可贵之处，是他所赞赏的人物，不仅有历代圣君贤相、功臣名将，他还注意到了普通人在社会中的作用。其中有他对陈涉、吴广等反暴秦"豪杰"的肯定和歌颂，有对先秦"诸子百家"代表人物的描述，有对爱国英雄人物的热情赞扬，有对各界下层社会的历史人物为社会发展所作出的贡献给予首肯。司马迁的精彩评说，尤如画龙点睛，史笔之妙，尽在其中。

三、别具一格的文学传记。《史记》的文学成就，使它成为史学界和文学界都引为家珍的传世著作。它的文学成就突出地表现在再现典型环境中的典型人物。打破以往平铺直叙的史笔，语言口语化、通俗化、个性化，使一个个鲜活的历史人物跃然纸上。高超的讽刺艺术。书中最大的讽刺对象，是当政的汉代，尤其集中在汉武帝，用的方法却是指秦骂汉。他善达难言之隐。如叙到本意必须就全书推求而得，仅看表面文章，难以得其真意。这也是《史记》一书的难读之处。还有一点，细腻的心理描写。这既是成就，又引来不少非议。有些心理描写有明显的作者主观色彩，对于人物的褒贬，起到至关重要的作用。

四、继承与超越

《史记》诞生于汉代盛世。它是伟大时代与个人创造性劳动相结合的产物。盛世修史。我们适逢千载难遇的盛世。历史呼唤无愧于伟大时代能够超越《史记》的伟大史学传记的诞生!

超越源于继承。没有继承,何谈超越?

我们首先应该继承的是《史记》客观的"实录精神"。《史记》是一部不朽的著作,因其创例发凡、卓见绝识而不朽,更因其所呈现出来的精神而不朽。后人对这种精神概括为"实录精神""求实精神"或曰"司马迁精神"。这一精神铸就了中国史学的风貌,塑造了中国史家的灵魂。

其次要继承的是史家或传记作家的历史使命感。司马迁的历史使命感受惠于《春秋》,又超越了《春秋》。他认为史学应该探究历史发展的法则,辨别各种人事活动;对于各种复杂的历史现象,史家的责任是辨别是非,分清善恶,扬善抑恶,总结历史经验,引导社会进步。在史学和传记文学中追求历史的真实,是中国史学和传记文学的优良传统。孔子撰《春秋》为尊者讳,为贤者讳,为亲者讳。司马迁撰《史记》则不为尊者讳。一篇《孔子世家》如同一首伟大人格的赞美诗,即便如此,司马迁并没有忘记指出孔子对管仲评价的不公以及孔子著《春秋》的不足之处。对于当代天子汉武帝,司马迁也是以不为尊者讳的态度,实录其事,他充分肯定了汉武帝的历史功绩,同时又严厉指斥汉武帝穷兵黩武、好大喜功、迷信鬼神、轻用民力、实行暴政等方面的问题。在汉初,统治者几乎异口同声地谴责秦的暴虐,根本看不到它的历史功绩。就连贾谊这样对秦亡的原因作过比较深刻论述的学者,也不免持这种片面的见解。而司马迁则充分肯定了秦的进取精神。司马迁并不否认秦的暴政,但他所肯定的是秦的统一所带来的社会历史的发展。"实录"所追求的历史真实不局限于对于诸侯、大夫个人违礼行为的记录,而把追求真实地揭示历史过程视为其本质内涵。当然,我们也应指出,出于黄老和儒家史观，司马迁对一些历史人物作出的道德评价有失公允。如司马迁评商鞅为"天资刻薄"。倘若我们的目光仅仅落在司马迁对人物道德品性的善恶评论上，那么就会影响对人在历史作用上的本质评价。

超越是困难的。它需要时代和环境的因素，同样需要杰出的个人因素。《史记》向后人发出了呼唤"述往事，思来者"，时代向每一位有志者发出了呼唤。值得庆幸的是，无论是时代因素，还是个人处境，我们都优于司马迁。至少我们无需在极度屈辱中发愤著书。但是，由于多年来形成的人为的禁忌，我们连应该继承的历史传统都很难做到。不少传记作品依然存在"为尊者讳，为贤者讳，为亲者讳"。对一些重要的历史人物，缺乏客观的"实录精神"，或过于褒，或过于贬，作者不能站在历史发展趋势的高度评价历史人物。关键的问题是，司马迁崇高的思想境界及他所做的占有资料和踏破铁鞋的采访之功，我们是否具备？他为了忠于职业道德，甘愿将作品藏之南山死后出版的精神，我们是否具有？

千年春蚕丝未尽

一

早春二月，与友人同游荥阳李商隐公园，了却一桩夙愿。

一个以墓园为中心修建的休闲文化公园。在荥阳市东郊，毗邻禹锡园。由郑州中原西路驱车可直达。一个县级小市，竟有两处历史文化名人园林，实在是当地人的福音。一种让人羡慕的文化气息扑面而来。两位先贤绝对不会想到，在身后1000多年的21世纪，享受如此殊荣！受益最大的当是青少年。他们从小在这样的环境里成长，潜移默化地传承先贤的文化血脉，对其一生会产生不可估量的影响。

李商隐（813—858）字义山，别号玉谿生、樊南生。晚唐最负盛名的诗人和骈文家。祖籍怀州河内（今河南沁阳）。从他的祖父起，迁居郑州荥阳。

李商隐出生于一个破落贵族和低级官僚家庭，生活在唐王朝濒于土崩瓦解的末世。从高祖至父亲，都只做过县令、县尉和州郡僚佐一级的地方官吏。李商隐的童年是随着父亲在浙江绍兴和江苏镇江一带的游幕生活中度过的。公元831年，诗人还不足20岁，其父李嗣去世，李商隐侍奉寡母运载父亲的灵柩，和姐弟一起告别绮丽的江南，回到人文荟萃的中州。

父丧期满，因郑州居住不易，李商隐全家乃由荥阳迁回原籍怀州，重

新报入怀州的户籍，到东都洛阳居住。这期间，他的生活是非常艰难和严峻的："四海无归之地，九族无可倚之亲。既袒故邱，便同逋骇。生人穷困，闻见所无。"生活贫困，要靠亲戚接济。在家中李商隐是长子，因此也就同时背负上了撑持门户的责任。后来，他在文章中提到自己在少年时期曾"佣书贩舂"，即为别人抄书挣钱，贴补家用。这种地位和经历，促使他"悬头苦学"，企图由科举进身。当时，他跟随一位学识渊博擅长古诗文和书法、不愿随俗浮沉的堂叔求学。在堂叔的熏陶下，李商隐"十六能著《才论》《圣论》，以古文出诸公闻"，因而较早地走上了仕途。

李商隐从开始应举到登进士第，前后约十年时间，走过了唐代士子共同经历的"温卷"之路。这便是用文章投递名流，请其揄扬。在"温卷"活动中，他有幸得到令狐楚和崔戎的赏识。

令狐楚是文宗时的朝廷元老，其骈文颇负时誉。李商隐16岁第一次谒见令狐楚，17岁时便被聘为幕府的巡官。令狐楚的提携对诗人的政治和艺术道路影响巨大。令狐楚死后，诗人曾写下这样沉痛悼念的诗句："百生终莫报，九死谅难追。"

李商隐的另一位知遇崔戎是他的一位重表叔，当他第一次往京城应举落选陷入功名蹭蹬的苦闷时，意想不到地得到崔戎的赏识。两人倾谈之下，相见恨晚。不久，李商隐接受了崔戎的招聘，在华州（今陕西华县）刺史幕府做幕僚。接着崔戎调任兖海观察使，又随赴兖州。没想到崔戎调往兖州几个月就病死了。

开成二年，25岁的李商隐由于令狐楚的儿子令狐绹的推荐，得中进士。为了建功立业，显亲扬名，诗人发出了"更谁开捷径，速拟上青云"的激切兴奋的呼声。

李商隐中进士不久，便到泾原（今甘肃泾州）节度使王茂元的幕下当一名幕僚。王茂元爱其才，把才貌双全的小女儿嫁给了他。当时，王茂元被视为李党，而令狐父子是牛党，李商隐转依于王茂元的门下，这就触犯了朋党的戒律，被认为是"背恩"，招致了令狐绹和牛党中一些人的忌恨。开成三年，他应博学宏辞考试，本已为考官所取，复审时被某一权要抹去了名字。李商隐落选了，终于不得不再返泾原。

有一天他登上安定城楼，极目汀州，感怀身世，作了一首《安定城楼》："迢递高城百尺楼，绿杨城外尽汀州。贾生年少虚垂涕，王粲春来更远游。永忆江湖归白发，欲回天地入扁舟。不知腐鼠成滋味，猜意鹓雏竟未休！"层楼纵目，已经触发人的情怀，而绿杨城郊的登临，更加重青春的感喟。他抱着济世的才略，而竟不为世用，由此想起前辈文人贾谊和王粲的遭遇。他用鸢凤自比以澄清天下自誓。

这次意外的打击，使李商隐对朋党之间的钩心斗角感到厌恶和畏惧，他有意敬而远之。但是，那些朋党偏见很深的人依然不放过他。开成四年，他经过吏部考试在朝廷任秘书省校书郎。校书郎官品虽低，而职属清要，朋党势力当然要排挤他，果然不久就被调为弘农（河南灵宝）县尉，从清吏降成了俗吏。

　　县尉是次于县丞、主簿的县令的佐官。既要逢迎层层官长，又要亲手执行奴役民众的官差，这对一个具有正义良知的诗人来说，痛苦之至。上任不久，他为了免除、减轻蒙冤犯人的判刑和处罚，同顶头上司陕虢观察使孙简闹翻，终于请长假返京。诗人怀着傲岸怫郁的心情，写下了《任弘农县尉献州刺史乞假归京》一诗："黄昏封印点刑徒，愧负荆山入座隅。却羡卞和双刖足，一生无复没阶趋。"诗人认为，与其瓦全，不如玉碎。卞和的足虽断，倒也可以免去可耻的趋承。铮铮铁骨，由此可见。

　　公元840年（开成五年），李商隐参加了一年一度的外官内调的冬选，没有成功。这年冬天，母亲去世。次年春天，诗人离开长安，移家永乐（今山西芮城）服丧三年。期满以后，他到长安，重官秘书省。不久，政局又有极大的变化，武宗死，宣宗即位。宣宗由于一直不满宰相李德裕，即位后即大废李党，重用牛党。这对就婚王氏后被看成背叛牛党的诗人是很大的威胁。李商隐为自己处在党争的峡谷中而惴惴不安。36岁那年，诗人以长安为中心的求仕活动结束了，天涯漂泊的幕府生涯从此开始。

　　由于牛党当道，诗人在秘书省无法栖身，被迫南行。他先后在桂州、徐州、梓州等地任幕僚。大中五年，妻子因病去世，子女尚皆幼小，加上仕途的失意，更使他精神上受到沉重的打击，心情常常抑郁不舒。大中九年，他随柳仲郢自梓州回到长安。大中十二年罢职到郑州。不久，这位富有理想而遭遇不幸的诗人，正当盛年的46岁，在寂寞凄凉的闲居生活中病逝。死后葬在荥阳檀山原。

二

　　李商隐是个有抱负的人，虽然毕生坎坷，政治热情一直甚高，直到生命垂危之时还为"匡国"夙愿未酬而悲愤不已。他现存的近六百首诗作中，政治诗就占了六分之一。然而长期以来，李商隐被认为是以爱情诗特别是以"无题"一类的爱情诗见长。不错，他的爱情诗的确是晚唐诗坛的奇葩。但是，李商隐的政治诗能够更集中、更明确地反映他的生平、思想和抱负，这是李商隐诗歌创作中最有思想价值和认识价值的部分。

李商隐的政治诗内容非常丰富，反映的生活面相当广阔。既有对唐王朝衰微的鸟瞰图似的描绘，也有对封建统治阶级内部腐朽势力的揭露和抨击；既有对国君的讽刺，也有对理想人物的赞美、同情和悼念；还有对生平政治抱负的强烈抒情。其中最有名的代表作是长篇叙事诗《行次西郊作一百韵》。这是诗人26岁那年到兴元（今陕西省汉中市）悼念令狐楚之丧后，回经长安西郊旅次时有感而发的。诗中描绘了农村的凋敝和人民的灾难，更揭示了国家日益严重的危机；抨击了政治上的各种黑暗腐朽势力，还针对最高统治者提出了批评、指责。这首诗也是中国文学史上寓史论于抒情及叙事之中的长篇政治诗的罕见佳作，堪与杜甫的《北征》等诗媲美。

过去的历史学家和李诗评论家中，有不少人认为李商隐是牛党或是李党。其实，李商隐决无意参加任何一党。他是一个具有嶙峋风骨、从来不肯屈身辱志的人，因此他不屑于攀附任何政治集团。也正因为他能超越于党争之外，所以他的政治态度比较公正，政治诗的观点也确乎超出于集团私利之争。他比较能放眼四顾、为日薄西山的唐帝国而忧愁，为长安西郊农村的"十室无一存"而愤切。

与政治诗相比，李商隐的爱情诗毕竟更为著名，堪称极品。特别是那些"无题"诗，被广泛传诵，产生过深远的影响。

李商隐各种诗体都有佳作，但最能体现他独到风格的则是近体律诗、绝诗中的优秀篇章，确实具有寄托幽深、构思细密、意境含蓄、情韵优美、工于比兴等特点，构成李氏特有的艺术风格。这些艺术成就的取得，是与他所具有的深厚学养，善于继承前代优良诗歌传统，和艺术上的独辟蹊径分不开的。他是以屈原为代表的进步诗歌传统的继承者。除楚辞外，他还接受了汉魏古诗和乐府歌词以及梁陈宫体诗的影响；在唐代诗人中，对他影响较深的，是杜甫的五律和七律；他的七绝有着杜牧清丽俊逸的格调；而他那些奇特的想象，却是吸取了李贺的浪漫主义手法。也许由于上述原因，他诗歌的风格不尽统一，作品的思想性也颇为悬殊。

李商隐对后世的影响是明晰可见的。晚唐的唐彦谦、宋初的"西昆体"等作家，都学李商隐，鲁迅曾借鉴李商隐所创造的无题诗这一形式，写出不少闪光的诗篇。学者作家施蛰存认为，李商隐诗的社会意义虽然不及李白、杜甫、白居易，但他是对后世最有影响力的诗人。清代孙洙编选的《唐诗三百首》，是唐诗最为普及的选本，收入李商隐的诗作32首，数量仅次于杜甫（38首），居第二位。李商隐在普通民众中的巨大影响，可见一斑。

李商隐堪称古典朦胧诗大师。他的不少作品诗意隐晦、唯美难解，具有独特的艺术魅力，引发历朝历代爱好者、研究者的兴趣。有些学者甘愿倾其一生精力研究李商隐。寿星女作家苏雪林写下的第一本书，即研究李商隐的《玉谿诗谜》。文学大家王蒙、台湾著名历史小说家高阳，都是李商隐的热心研究者。王蒙的研究最具原创性，他抛开诗的"本事"，站在心理学和美学的高度，新意叠出，读者犹如登上千尺楼台，眼界顿觉宽阔无限。

三

走进李商隐公园，首先映入眼帘的，是李商隐的浮雕像和他著名的《锦瑟》诗："锦瑟无端五十弦，一弦一柱思华年。庄生晓梦迷蝴蝶，望帝春心托杜鹃。沧海月明珠有泪，蓝田日暖玉生烟。此情可待成追忆，只是当时已惘然。"此诗千年来解人最多，难计其数，聚讼亦最繁。自宋至今，应有十几种解读："情诗"说，"咏瑟"说，"悼亡"说，"自伤"说，"诗序"说，"伤唐祚"说，"陈情令狐"说，"情场忏悔"说，"党争寄托"说，"无可解"说，"内心体验同构"说，等等，见仁见智，各有其理。元好问《论诗》绝句曰："望帝春心托杜鹃，佳人锦瑟怨华年。诗家总爱西昆好，独恨无人作郑笺。"王渔洋也曾感叹"一篇锦瑟解人难"。《锦瑟》是李商隐临终前的绝笔诗之一，浓缩了诗人一生的遭遇踪迹和艺术修炼，被研究者公认为义山诗的压卷之作。把此诗放在公园最显要处，显示了建园设计者的匠心。

《锦瑟》诗墙的背面，是毛泽东手书李商隐的《筹笔驿》："猿鸟犹疑畏简书，风云长为护储胥。徒令上将挥神笔，终见降王走传车。管乐有才真不忝，关张无命欲何如。他年锦里经祠庙，梁甫吟成恨有余。"此诗为大中九年(855)，义山梓州罢幕归途还朝，经四川广元筹笔驿所作。据《全蜀艺文志·利州碑目》记载："旧有李义山碑（即此诗碑），在筹笔驿，因兵火不存。"这是一首咏史的政治诗。清代学者陆昆曾评："直是一篇史论，而于'筹笔驿'又未尝抛荒。从来作此题者，摹写风景，多涉游移，铺叙事功，苦无生气，惟此最称杰出。"此诗对于一般读者较为陌生。毛泽东喜三李（李白、李贺、李商隐）诗，曾多次手书李商隐诗。此诗叹惜诸葛亮谋划如神，却无力回天；得力干将关羽和张飞早死，无人能替；终见后主出降，蜀国败亡。毛泽东对《筹笔驿》诗情有独钟，从笔走龙蛇中依稀窥见政治领袖胸襟。

公园以墓地为依托，以李商隐诗歌文化为背景，以诗造景，景中含诗，诗景交融，幽雅别致。园内建有广场五个，纪念主体雕塑六座，人工湖一个。墓区有一处近200米长的诗墙，刻满了由书法家书写的诗人不同时期的名作。

园中两处主要景点，源于李商隐两首著名的《无题》诗。青鸟苑广场源于那首传诵千古的爱情名篇："相见时难别亦难，东风无力百花残，春蚕到死丝方尽，蜡炬成灰泪始干。晓镜但愁云鬓改，夜吟应觉月光寒。蓬山此去无多路，青鸟殷勤为探看。"广场上的雕塑名为青鸟传音。传说蓬莱仙山是神仙居住的地方，青鸟是信使，可以将思念带给居于蓬山的恋人。灵犀广场源于诗人另一名作："昨夜星辰昨夜风，画楼西畔桂堂东。身无彩凤双飞翼，心有灵犀一点通。隔座送钩春酒暖，分曹射覆蜡灯红。嗟余听鼓应官去，走马兰台类转蓬。"广场上的石雕，是一座传说中感应灵敏的神兽灵犀。

园内有借李商隐《霜月》诗建造的霜月亭。诗曰："初闻征雁已无蝉，百尺楼南水接天。青女素娥俱耐冷,月中霜里斗婵娟。"在亭子一角花岗岩地砖上,刻着《夜雨寄北》:"君问归期未有期,巴山夜雨涨秋池。何当共剪西窗烛,却话巴山夜雨时。"这是李商隐另一类风格的千古绝唱。构思奇特,语浅情深。漂泊之苦,思念之痛,虽未表一言,却尽在诗中,撼人心扉。二十八字中两处"巴山夜雨",读之非但不觉重复,反而令人九曲回肠。艺术之妙境,非大师不能为也。这是诗人写给爱妻王氏的诗章。李商隐乃至情至性之人,就婚王氏前,曾有过恋爱经历,当他与王氏结婚后,对爱情执着不移。王氏死后,诗人悲痛之极,写了很多悼伤的诗,动人心魄,催人泪下。梓州幕府主人同情他鳏居清苦,要把才貌双佳的年轻乐伎张懿仙赐配给他。李商隐正值中年,续弦亦在情理之中,但他因思念亡妻而婉言谢绝,独居至终。

李商隐陵墓碑文,由辞赋名家李铁城先生撰书。此墓地是否李商隐真实的葬身之地,学术界尚无定论。李商隐陵墓,除荥阳市豫龙镇苜蓿洼村(现李商隐公园内)的墓地外,尚有两处,一处位于沁阳市山王庄镇新店村或庙后村,另一处位于博爱县许良镇江陵堡村。博爱县原属于沁阳县,1927年划出独立建县。这些墓地的出现,都非空穴来风。沁阳是李商隐的祖籍地,那里有李氏家族的祖茔。有专家认为,葬在荥阳是可信的;由于李商隐死后名声日显,族人在祖茔地为他建立衣冠冢,也在情理之中。

孔子说:"与善人居,如入芝兰之室,久而不闻其香,即与之化矣。"在李商隐公园漫步,不知不觉中也会沾染几分优雅。浮躁的心会立刻沉静下来,或悉心体味诗中之幽情,或与先贤默然对话。

无须青鸟传音。千年春蚕丝未尽,痴情蜡炬依旧燃。

2013年4月

别是一般滋味在心头
——谈李煜词的艺术特色

南唐后主李煜（937—978）是我国文学史上一位极有才能的词人。他留下的作品总共只有三十几首，但大多是历代人民喜爱和传诵的佳篇。他的作品具有独特的艺术风格。王国维在《人间词话》中盛赞道："词至李后主而眼界始大，感慨遂深。""词人者不失其赤子之心者也，故生于深宫之中，长于妇人之手，是后主为人君所短处，亦即为词人所长处。"有人把他的词与李白的诗相提并论："后主之词，足当太白诗篇，高奇无匹。"（谭献《谭评词辨》）从这些评价中可以看出李煜在中国文学史上的崇高地位和深远影响。我国学术界在20世纪50年代曾对李煜的作品展开过广泛而热烈的讨论。对他的作品有没有人民性和爱国主义思想问题，意见不一，但对他作品独特的艺术风格和高度的艺术技巧，却是一致公认和肯定的。

李煜是五代南唐最后一个皇帝，只活了42岁。他的一生从时间上可以分为两个截然不同的时期：38岁以前，整日过着豪奢享乐的宫廷生活；亡国以后的4年，一直过着凄楚的囚禁生活。他的作品像他的经历一样，也可分为两期。这两期作品无论在题材或情调上，都有显著的不同。前期，有单纯描写美女歌舞的宫廷生活的作品，这类作品内容贫弱，是李煜词中艺术性较低的；也有一些被人们传诵的描写真挚爱情的作品，如"花明月暗飞轻雾"等。后期，即他过着亡国囚虏生活时期的作品，影响最大，流传最广，是李煜词的精华。

以下，我试着从三个方面对李煜词的艺术特色作粗浅的分析。

一、高度典型化了的真情实感

李煜的一些为人传诵的好词，在内容方面，一个最大的特点是写真实生活中的真实感触。这是使他和唐五代其他词人区别开来并远远高出他们的最出色之处。李煜的作品不是"为赋新词强说愁"，而是"泣血"之作。请看他传诵最广的几首词：

> 春花秋月何时了，往事知多少？小楼昨夜又东风，故国不堪回首月明中。雕栏玉砌应犹在，只是朱颜改。问君能有几多愁？恰似一江春水向东流。（《虞美人》）

> 帘外雨潺潺，春意阑珊，罗衾不耐五更寒。梦里不知身是客，一晌贪欢。独自莫凭栏，无限江山，别时容易见时难。流水落花春去也，天上人间。（《浪淘沙》）

> 别来春半，触目愁肠断，砌下落梅如雪乱，拂了一身还满。雁来音信无凭，路遥归梦难成。离恨恰如春草，更行更远还生。（《清平乐》）

这些词都有强烈的艺术感染力。词的字里行间流露出强烈的悲愤、不平、追怀、惋惜、感伤和热爱故国家园的深沉感情。这些感情交织在一起，使人不能不受到震撼和感染。

读者不一定有类似李后主那样的遭遇，为什么能被它深深触动呢？真挚的感情是一个非常重要的原因。基于真实的感情，李煜没有自然主义地如实记录个人的零碎感受，而是把他深切体验到的思想感情高度地概括和典型化了。一首短短的词里，不可能把所怀念的事物都写进去，真的都写进去，会流于琐碎，削弱艺术强度。写离愁别恨，就要写出典型的离愁别恨的环境，和人们在这样的环境中所能引起的共同感受。把一般体现在个别之中，通过个别表现一般。人们在读着它们时，凭各自特定的人生经历去理解、去体会，就会引起共鸣。

任何伟大文学作品的价值和意义，都是在于它具有高度的概括性，抒情诗也包括在内，它们都必须借助于宽阔的、深刻的生活体验和丰富的想象力，来完成它的典型形象。别林斯基说："任何一个诗人也不能由于自己和靠写自己而显得伟大，无论是描写他本身的痛苦，或者描写他本身的幸福；任何伟大诗人之所以伟大，因为他的痛苦和幸福的根子深深地伸进了社会历史的土壤里，因为他是社会、时代、人类的器官和代表……"李煜是一个封建皇帝，虽然他在亡国被俘后的思想较之前期有不少的变化，更接近理解人民的感情，但他毕竟还是一个封建君主，他的世界观受到很大的局限，他的作品，从主观上流露出来的感情有怀念祖国的一面，明显地还有渴望恢复失去的天堂的一面。因为这些作品都是出自他对生活的真切感受，有其高度的概括性和典型意义，这就使它们在客观上的价值大大超出了作者主观上的局限。我们在读着这些词的时候，不是首先想到是不是作者的经历（要那样，这些作品也只有传记材料的作用），而是联想到我们自己在这样环境里的思想感情（这种思想感情是大多数人所共有的）。如果我们正处在一种类似的境遇里，就会受到强烈震撼，感到抒写的就是我们自己的情怀。大凡杰出的作品都有这个艺术特征，李煜的词尤其突出。

二、鲜明难忘的艺术形象

李煜描写人物的词，都有这样一个特点：他总是写人们的生活，把他们放在生活里面，使他们自己活起来，而不是把人物当作静物写生的对象。如：

晓妆初过，沉檀轻注些儿个，向人微露丁香颗。一曲清歌，暂引樱桃破。罗袖裛残殷色可，杯深旋被香醪涴。绣床斜凭娇无那，烂嚼红茸，笑向檀郎唾。（《一斛珠》）

这首词从头至尾没有一句离开作品主人公的活动：早上梳好妆，注了些沉檀，向人微微地露出舌尖，张开小口唱歌，唱完了歌接着饮酒。酒喝多了，娇困地靠在绣床上，嚼嚼红茸，笑着向心爱的人吐去。女主人公的形貌、情态、声音、笑容乃至撒娇、唾茸的细微末节，都活灵活现地出现在读者眼前。

又如：

花明月暗飞轻雾，今朝好向郎边去；刬袜步香阶，手提金缕鞋。画堂南畔见，一向偎人颤："奴为出来难，教君姿意怜。"（《菩萨蛮》）

这首词描写一对爱人在花明月暗、轻雾迷离的夜晚出来幽会，为了保守秘密，怕人惊觉，女子把鞋脱下来，一手提鞋，双袜踏地，带着慌张的神情轻轻地朝着一定的方向走去。到了画堂的南边，看到心爱的人，颤抖着依偎在情人的怀抱里，大胆地讲出了对爱情表白的话。作品对女主人公被赤诚的爱火激动着的情态的刻画，多么惟妙惟肖，富有艺术的魅力！

两首小词描绘出来的人物形象，简直冲破了抒情诗词本身的界线，而兼有戏剧、小说的情节和趣味了。两个女子在爱情生活中的不同情态，作者用很少几笔便生动地勾画出来。"烂嚼红茸，笑向檀郎唾"，"刬袜步香阶，手提金缕鞋"，都是生活中的一瞬，可使人读后难忘，词中情景犹在眼前。我们不能不佩服作者善于抓住事物形象特征的本领。显然，这种本领的取得离不开对生活的深刻体验和细微观察，也离不开对生活素材的选择和提炼。

在李煜的一些成功作品中，不仅写人物如此，写景、写情也都是如此。愁和恨本来是抽象的，然而到了李煜的笔下，都成了具体可染的。他通过准

确的比喻,把那些不易具体触摸的哀愁和怨恨加以形象化。如:

> 无言独上西楼,月如钩,寂寞梧桐深院锁清秋。剪不断,理还乱,是离愁,别是一番滋味在心头。(《相见欢》)

词中对离愁的比喻,以及上面提到的"问君能有几多愁?恰似一江春水向东流""离恨恰如春草,更行更远还生",都使人具体地感到愁恨的深长和不可断绝。

李煜很善于结合人物的动作和心理,描写出使人感觉仿佛身临其境的气氛。"花明月暗飞轻雾",只七个字,就把整个环境的气氛渲染了出来。在这样一个特定的环境里,人物的动作和心理显得更加动人。在描写离愁别恨的词里,如"寂寞梧桐深院锁清秋"(《相见欢》),在描写亡国之恨的词里,如"秋风庭院藓侵阶"(《浪淘沙》),都能造成一种气氛,使寂寞悲愁显得更加沉重感人。这些词虽然没有着力写人的具体活动,由于描写了哀愁的情状和环境气氛,仍能使人具体感知哀愁叹息着的人物的面貌。情景交融在一起,那些形象化的比喻,成了全词有机的不可分割的组成部分。

三、别具一格的艺术语言

李煜的一些欢歌和悲歌,并没有特别深刻和新颖的思想内容,为什么能产生如此动人的魅力,受到不同时代人们的喜爱?除了以上谈到的两个方面外,别具一格的艺术语言,也是人们喜爱李煜词的一个重要因素。

李煜的词,语言洗练、优美、朴素、清新,靠天然质朴之美取胜。李煜同时代的一些词人,如温庭筠等,在语言上很喜欢堆积一些"金""玉""绣""画"之类的华丽字句,浓妆艳抹,词中人物的面貌与活动,往往容易被一些过重的装饰和太浓的颜色给遮掩了。李煜则很少使用这样的词句。他写妇女,很少写头上和身上的装饰,而主要写她们的神态笑貌。他写宫廷生活，很少用金玉珠宝和浓艳的颜色去装饰、涂画，虽然如此，李煜笔下的妇女和宫廷的环境却一点也不显逊色。李煜词的语言使人感觉不到有雕琢的痕迹，比他同时代其他词人的作品具有更高的审美价值。

李煜善于选取那些最能准确表现事物特征的词句，用很少的字描画出鲜明、动人的形象，如"无言独上高楼"一词，总共只有33个字，却把凄凉寂寞的心情和环境，写得淋漓尽致，令人寻味无穷。准确和洗练，是紧密相连，不可分割的。洗练如果不从准确出发，缺乏实在的内容，就会成为艺术技巧的玩弄，纵有形式上的美，也不会产生感人的力量。上面提到"晓妆初过"这首词，词的主人公是一个小巧玲珑、邀宠逞娇的歌女。作者抓住了表现这类人物形象的特征，用"轻注些儿个""微露""暂引""斜凭""笑向檀郎唾"等字眼，使人看到、听到、感受到的和他所要表现的人物形象都十分和谐、一致。这就是洗练和准确的功效。

李煜词的语言，浅显明白，读起来亲切、自然，丝毫没有"填"出来的感觉。这是他的词能长久流传的原因之一，也是李煜词超出晚唐唯美派诗人的地方。

（原载《许昌学院学报》1983年）

五百年来无此君

一

造访王铎故里，是我的夙愿。

王铎是中国书法史上为数不多的大师级人物。生前，他是个矛盾重重的悲剧角色；死后，却上演了一场颇带传奇色彩的悲喜剧。乾隆皇帝曾鄙夷地把他打入"贰臣"之列，查毁并禁止出版他的所有著作及书画作品。他被历史尘封了近300年之久。今天，他却成了中国书法界最受尊敬的大师之一。他的影响随处可见。在每届国展展出的作品中，都会看到王铎的影子。不少人因迷恋他，受到他的影响，最终戴上了书法家的桂冠。20世纪80年代后期，中国书法曾刮起一股劲风，名曰"中原书风"。有评论家认为，此风的源头来自王铎。

一切都应归功于伟大的时代。这是一个宽容的时代。影响了中国政治生活达2000年之久的儒家行为规范，不再是人们评价历史人物的唯一尺度。皇帝的诏书，不再是评价王铎的唯一定论。

王铎如果地下有知，他应该深感欣慰。他生前"所期日后史上，好书数行"的唯一遗愿，已经实现。他在去世300多年后所受到的礼遇，则是他生前无论如何也不会想象到的甚为壮观的"王铎书法馆"，供人常年观赏。书法馆落成剪彩之日，同时举办了有多国艺术家和学者与会的"王铎书法国际研讨会"。沈鹏先生在开幕式上致词。他称王铎是我国文化史上杰出的天才人物、书法家、诗人、文论家、画家。他说："自古洛阳出才子，当1592年中州大地向华夏贡献了这位艺术天才后，就在他并不很长的60年生涯中，将中国书法推向了一个新的高峰，并以其非凡的诗作、文论、绘画作品，向人们展示了多方面的才能。""优秀的艺术遗产属于全人类，王铎的艺术杰作，架起了中国通往世界各国的桥梁，成为连接中国与各国人民友好往来的纽带。"这次研讨会取得了丰硕的成果，成为王铎研究的一次重要的里程碑。王铎在老城村的故居，经过整修，已于2000年4月向游人开放，如今成了会盟镇一道亮丽的景观。

中国历史上的著名书家数以千计，享此殊荣的，能有几人？

在一个惠风和畅的日子，我来到思念已久的王铎故里。

二

孟津是一个古老的县城。她的历史可以追溯到远古时期。"孟津"二字因夏禹治水，自三门峡至此建立第一个渡口而得名。"孟"在古语中意指第一，"津"为渡口。这个渡口到今天已销声匿迹。一个巨大的水利工程取代了它。它的上游不远处，在一个名为"小浪底"的地方，建起了一座令世人瞩目的大坝，截住了滔滔奔流的黄河水。会盟镇称得上一个历史名镇，历史上曾是孟津的县城。相传武王伐纣时在这里与各路诸侯会盟和渡河，故有此名。从郑州去小浪底观光，必经会盟镇。在镇中心的十字街头，一幅巨大的横标时刻都在提醒游人："神笔王铎故居——城东2公里"。

王铎故居现已划属河南省重点文物保护单位。由于历史变迁和战争纷扰，王铎故居大多房屋已毁于战火。少数保存下来的房子，曾经是人民公社的办公大院。用作公社会议室的一间，是王家的宗祖祠堂，四周墙壁上镶嵌着90块王铎手书的汉白玉碑刻——这便是书法界熟知的"拟山园"碑帖。正因为它作为公社会议室的独特地位，"文化大革命"才免遭破坏，得以较好地保存下来。修复后的王铎故居，均按王铎故居原貌重建，1998年11月破土，约历时一年竣工。现对外开放的故居，包括故居和宅居园林两处，占地面积180余亩，建筑面积5000余平方米。

王铎故居为五进院落，其建筑形式以前厅、客厅、中堂、后堂、后屋为主体，以东西厢房，构成每进庭院的单独结体。每进庭院分别以青砖青瓦构建，体现明清建筑艺术风格，展现明清官邸建筑巍峨、壮观、肃穆的文化氛围。为全面展现王铎书法艺术的风貌，以"神笔王铎""独尊羲献""五十自化""大哉斯道"为主线，以楷书、隶书、行书、草书、诗画分设展室，以手迹、石刻、木刻、拓片的形式，鲜明地展示王铎的书画艺术成就，让游客领略其书画艺术的雄强、精微和魅力。

走进上挂"太保府"匾额的大门，便进入院落的前厅。这是管家、仆役居住、料理杂务之地。厅内展出王铎生平及家世介绍。十分醒目的是一幅王铎的自画像。这是后世保留的王铎的唯一画像。350多年的人世沧桑，已在上面留下了印记。画像斑驳不堪，但面部完好，依然一副长满络腮胡子的伟岸男子的面孔。彭而述在《拟山园诗集》序中写道："先生伟貌修髯，望若神人。似可引数百石强弓。"画像上的美髯公与他的描写是一致的。

王铎是一个有文化传统的农民的后代。生于1592年，明神宗万历二十年。父亲王本仁，以农耕读书为业，教子甚严。这是一个不断衰败的家庭，王铎家原有田地200亩，后在疯狂的土地兼并中被迫缩减到13亩。父亲依靠黄河南岸仅有的13亩薄田支撑着全家的生活。王铎是长子，下面还有4个弟弟、两个妹妹，另有一个姐姐。家庭最艰难之时，连一日两粥都不能维持。乡绅为侵吞王家财产陷害王本仁，给少年王铎留下了终生不能忘怀的痛苦记忆。苦难生活激励着少年立志的王铎，也养成了倔强而独立的性格。王铎14岁开始读书，18岁就学于山西蒲州河东书院。王铎并非东林党人，却是东林党人的朋友和支持者。在进入仕途之前和进入仕途之后他所结拜的师友中，不少人是东林名士。乔允升是重要的一位。乔官至刑部尚书，万历四十二年作为东林骨干分子告老还乡。王铎因品学兼优受到乔允升器重，并得到乔经济上的资助，使他度过了万历四十四年的大饥荒。1621年8月，王铎在开封府中乡试。翌年3月，31岁之年考取进士。后又从进取的409名进士中考选入翰林院庶吉士，同时还有倪元璐、黄道周。从此，他们三人结下深厚友谊。由于他们志同道合、交游甚密、才华出众，被时人称为"三株树"和"三狂人"。三人后来都成为开一代新风的大书家。近来马宗霍在《书林藻鉴》中说："犹如黄石斋之崖岸，倪鸿室之萧逸，王觉斯之腾挪，明知后劲，终当属此数公。"在明亡之际，倪黄二人先后为大明殉节，英名为后人景仰。王铎却选择了苟生，成为备受争议的历史人物。

王铎从少年时代起就酷爱诗词、书法和绘画。入仕之后，几乎每天都要动笔做诗和写字，这是他最感兴趣的事情。他的诗名最早大于他的书名。作为官员，他有建功立业的抱负，但他的文人气质不适宜险恶莫测的官场。他的官宦生涯从来没有欢畅过。天启年间，王铎同文震孟、黄道周等直接参与同逆流阉党的斗争，被魏忠贤爪牙列入黑名单中。他曾同朝廷理论，与皇帝直言，差一点受到致命的"廷杖"处罚。得罪权臣常常使他政治上失意。他曾两度上书"乞归省亲"，遂获准。1640年（崇祯十三年）9月，受命南京礼部尚书。随之老父老母在几个月内相继病故。王铎无法到任。家乡陷入农民起义军的战乱之中。几年之内，王铎率家人四处逃难，流落在河南、河北、江苏、湖北之间。发妻冯氏和两个儿子都死在逃难途中。1644年2月甲申事变，北京被李自成攻陷之时，王铎尚在丰、沛一带运河的船上。这时一个意外的任命，使他有了第二次的政治生涯，如果没有这一次的政治生涯，王铎的历史就会重新改写。王铎在流落江湖的日子里，无意搭救了后来弘光小朝廷的福王。崇祯十四年正月李自成攻占洛阳时，杀了福王朱常洵，其子朱由崧坠城而逃，在乡下得到王铎兄弟的保护而脱离了险境。为了报恩，当上南明弘光皇帝的朱由崧任命王铎为东阁大学士。复命之时，王铎当时尚流落在苏杭一带。弘光朝廷是一个腐败而短命的政权。仅存活一年左右的时间。《清史列传》载："本朝顺治二年五月，豫亲王多铎克扬州，将渡江，明福王走芜湖，留铎守江宁。王铎同礼部尚书钱谦益等文武数百员，出城迎豫亲王，奉表降。"这是正史的说法。有研究者认为，迎降与事实不符，对王铎来说，是个冤案，并举出《明季南略》一书中的记载加以说明。王铎入南明后，看到弘光帝腐败无能，马士英独断朝政，失望中六请告归，均未获准。在清军进逼之际，王铎挺身而出请督师江北。《明季遗闻》中记载："大学士王铎请督师江北，以报国仇，不允。"王铎降清后，清廷为了稳定政局，瓦解笼络明末旧臣，给王铎一个有名无权的虚职。之后的7年中，王铎极其痛苦，一直生活在政治失节的阴影中，常常借酒浇愁，纵情声色，麻醉自己。他当时痛苦而矛盾的心境，在他晚期诗稿和书法作品中都有明显的表露。他与清廷的合作是消极的，后招致清廷的严重不满。这从乾隆年间敕修《贰臣传》，把王铎列入乙编就是一个有力的说明。入乙编的原因为"进退无据，谬托保身者"。

王铎做过一些好事，已为历史所铭记。他不愿与阉党同流合污，不畏权势，表现出磊落的胸襟。他同情劳苦大众，有过主张减免赋税，并在灾荒之年开仓放粮，为灾民开设粥场的善举。

作为两朝官员，王铎是一个失败者。事物都有两重性。从另一方面看，王铎又是一个成功者。他充满磨难的经历，成就了一个伟大的艺术家。他的成功首先得益于他的勤奋。他长期坚持"一日临帖，一日应索请"，从不间断。即使在颠沛流离的日子里，他也没有放弃过手中的笔。在艺术上，他是一个不折不扣的强者，有胆有识，敢于向同代人的所谓权威挑战。他的作品燃烧着炽热的生命之火，充满勃勃生机。他的创新是继承传统的创造。他曾警告同道者"书不入晋，终成野道"，后又提出"独尊羲献"。他创造了具有强烈个性色彩的艺术语言。在崇祯年间，由于他杰出的书艺，曾享有"神笔"之誉。

前厅大门上方横匾上写着"神笔王铎"4个大字，书写者是日本著名书法家村上三岛。村上三岛从青年时代起就崇拜王铎，学习王铎，研究王铎，终生不渝，成为日本承传王铎书风的代表性书家。他创办的"王铎先生显彰会"，以弘扬王铎书法为宗旨，在日本有很大的影响。

三

从前厅出来右行，可到王氏祠堂，祠堂后屋的墙壁上存有著名的"拟山园"帖。据帖尾所刻王铎的次子王无咎清顺治十六年的跋语，可知此帖的镌刻起因和过程：王无咎鉴于其父50年中所写的墨迹流传很多，早些时候虽有些已刻入"琅华馆"等帖中，但未经刻石的仍有不少，深恐日久散佚，便从顺治八年（1651年，即王铎去世前一年）开始，广泛收集其父墨迹。经过收集、整理、编排，请吕昌将墨迹以双钩摹写石上，由石匠张翱镌刻，经8年多时间，到顺治十六年（1659年）五月二十八日全部完工。

此帖以天干10字为序分为10册，计18000余字，隶、楷、行、草诸体兼备。内容有临拟古人的法帖，所写李白、杜甫等人的诗作，所写自撰的诗文、书札、题跋等。清人张伯英在《法帖提要》中这样评价该帖："拟山园帖十卷……草书尤雄肆，长弓劲弩，所向无前，一时见者皆为辟易。明季书家董香光（董其昌）外罕与为敌，或谓其突过香光。"此石虽久经拓印有所磨损，仍不失为研习王铎书法的珍品。

前厅的对面，是二进院，分东西厢房，皆为王铎子女学习场所，现展出明代以来名人名家论王铎的语录及王铎的历史定位。

王铎的同时代人黄道周这样评价王铎："行草近推王觉斯。觉斯方盛年，看其五十自化。"这一评价常被研究者引用。因为这是一个高屋建瓴有惊人预见性的结论。作为已有近20年交情的同道好友，黄道周十分清楚王铎在艺术上已经达到的高度和发展趋势，他确信王铎在50岁后能自臻化境。王铎50岁以后的创作实绩印证了黄道周的话。这个预见既得到了王铎的首肯，也得到了数百年后评论家的共鸣。

清末书画大师吴昌硕极为推崇王铎，称其"有明书法推第一"。享有"当代草圣"之誉的林散之评价王铎是"自唐怀素后第一人，非思翁、枝山辈所能抗手"。1966年林散之借到一本日本珂罗版《王觉斯草书杜诗》，

1972年归还时在其尾特书跋语："朝夕观摩，不忍释手，'文化大革命'运动中，亦随身携带……佳书如好友，不忍难别，因题数语，以志留连之意云耳。"沙孟海在《近三百年的书学》一文中这样评价王铎：一生吃着二王帖，天分又高，功夫又深，结果居然能够得其正传，矫正赵孟、董其昌的末流之失，在于明季，可说是书学界的'中兴之主'了。"启功先生用七言绝句盛赞王铎："破阵声威四海闻，敢移旧句策殊勋。王侯笔力能扛鼎，五百年来无此君。"并在附注中写道："……如论字字既有来历，而笔势极奔腾者，则应推王觉斯为巨擘。譬如大将用兵，虽临敌万人，而旌旗不紊。且楷书小字，可以细若蝇头，而行草巨幅，动辄寻丈，信可谓书才书学兼而有之，以阵喻笔，固一世之雄也。'王侯笔力能扛鼎，五百年来无此君'倪云林题王黄鹤画之句，吾将移以赞之。"

20世纪40年代后期，日本出现了一个以宗法王铎等明末清初书风而得名的"明清调"书法流派，风行一时。"明清调"的核心是王铎。村上三岛因写王铎书风而出名，后来成为关西书坛的领袖人物。书风是与时代相应而生的。也许具有浪漫主义色彩的明末清初长条幅书风，与日本战后开放自由的气氛十分协调，所以，一种时代书风就自然形成了。日本人认为王铎书法虽然个性很强，但他的用笔仍属于正统的二王系统。王铎用笔的魅力在于，学习到他的笔法，就无往不利，无论改写什么牌帖都可以适应，而不用再从头学起。

20世纪80年代中期，中国书法出现了王铎热，一直持续至今。这与日本当时形成王铎热的背景，有某些相似之处。

王铎是一个天才人物。他不仅是大书法家，还是颇有成就的诗人和画家。王铎早年因诗名世。他与弟弟王鑨青年时代活跃于洛阳一带，被称为"孟津诗派"。王铎在给王鑨的信中曾说："初为诗文千余卷，清初赴燕都，焚于天津舟次，行世仅十分之二。"台湾学生书局1969年6月影印了清顺治苏州刊本《拟山园选集》（共54卷），其中载诗4900余首。依此类推，王铎的诗作应在两万首以上。从《选集》张镜心的序中得知，原书140余卷，乾隆时，经军机处奏毁，今残。《选集》共有21篇序文，从中，我们可以看到一个嗜书如命、知识渊博的学人形象。

马之骏的序文说："忆交先生，初读中秘，窥见其一庐四壁，子无长物，惟书充栋，一切造访，交际宴集，悉屏去。日坐卧充栋书中，所宗经史子集……皆手翻胸评天下，博而洽者，未能或之先也。"吕维祺的序有这样一段："洛阳距孟津一山耳。每至拟山园，观觉斯已刻稿二百本，未刻稿八百本。如莲岳矫空舞，掌削五千壁，履萦萝，手摅云，数欲叩其呼吸处，不得也。"文震孟在序中说："觉斯于书无不窥，于作者之源流、宗派无不晰。而为有韵无韵，于诸家之体，靡不备。一往孤诣，直追诗书浑噩之遗，而置位于先秦、两汉之上。及其览乎。后世者，间有推许，然诗惟少陵，文惟昌黎。"

王铎有很深的杜甫情结。他传世的行草作品中，有相当数量写杜诗。他在颠沛流离的岁月，曾写五律一首："始信杜陵叟，实悲丧乱频。恒逢西散卒，惊向北来人。老大心情异，衣冠禄秩新。浑碱亦不见，泪尽诘青曼。"（《始信》）杜甫的丧乱遭遇引起了作者的共鸣，深知杜甫的"三吏"、"三别"等诗，均源于诗人的切身经历。

二进院后端与前厅对应的是客厅。这是王铎接待地方官员和一般客人之处。现展出王铎的巨幅行书作品。大门的两边悬挂着当代书法家马世晓写的对联："天马行空，惯从万汇收元气；玄机运理，自能一心穷大观。"可视为对王铎书法的综合评价。从王铎传世的作品看，行草书最富个性，苍老劲健，纵横跌宕，左右欹侧，多有奇趣，最受世人推崇。王铎善于从不平衡中求平衡，从险奇里得和谐。涨墨的运用是他的创造，成为他行草书的特色之一。

出客厅前行进入三进院。东、西厢房分别是王铎第三子无回和第四子无技的两家居所。现展出王铎的楷书和隶书作品。王铎曾夫子自道："行草宗山阴父子，正书出于钟元常，书于钟王为模范，但出于己心。"他的楷书师法钟繇，再掺入颜真卿，最后自成面目。王宾在《铁函斋题跋》中写道："明末书家当称南董北王，董长于行，王长于楷，其楷书小字可为《麻姑仙坛记》之嗣。"这是为高镜庭藏《王铎小楷杜诗帖》所写的跋语。高的藏帖已失传，但从此跋语中，可看出王铎楷书在当时的影响。王铎的隶书传世亦较少，有《三潭诗卷》等。从字形看，大抵出于《曹全碑》，再加入己意。翁方纲称其隶书"自有拔俗之气，知其平日未尝染指开元以后八分也"，钱坫也认为"盖有汉人之骨而间以北魏之趣者"，都给予很高的评价。

三进院与客厅对应的是中堂。这是王铎会见高级官员及至友亲朋之地，现展出王铎巨幅草书作品。王铎早年的书法创作以楷书和行书为主，涉猎狂草在中年以后。以巨幅长条为主，晚年则多见手卷。在宗法"二王"的基础上博采晋唐名家之长，并糅入自家的欹侧险绝的体势。王铎说："凡作草须有登吾嵩山绝顶之意。"造险是他的美学追求，也构成他狂草的一大特色。加上在笔法、墨法和章法上的大胆创新，他把晚明的浪漫书风推向了极境。

出中堂向前进入四进院。东厢房是王铎长子无党一家居所，现展出王铎行草书作品。西厢房是王铎次子无咎一家居所，展出王铎的绘画作品。次子无咎是王铎5个儿子中最有出息的一个。顺治三年进士，选庶吉士，授编修，终太常寺少卿。受父亲影响，能文能书，有《十二芝园文集》、《峥嵘山房诗集》传世。

王铎的画作不多，与他的诗文和书法作品相比，只能算作是主业之余的副产品。据书史记载，他擅画山水和梅兰竹石。其山水画师承广泛，不专一家，脱却时习，饶有古意。他曾在一套设色山水册页的末页自题云："用宋元人笔法作此山。"此画册浑厚雄劲，格调清新质朴，极富文人画情致。墙壁上悬挂一幅放大了的"枯兰复花图卷"。评家认为此画可视为王铎存世花卉画的代表作。卷末有王铎创作此画的记述。作品表面如实记载祥瑞之兆，实际上是况花喻人，颂扬主人公宋权（商丘人，王铎的文友，亦是降清贰臣）："雨先生为国家发无穷光华，流馨千里，为王者笃材，不与凡卉伍。"以枯花比喻宋权，也许还有自况之意。会不会有更深一层的寓意，暗示大明王朝有朝一日还会复苏？只能是仁者见仁、智者见智了。

后堂是王铎起居、研究学问及处理要务之地。中为堂屋，右侧是书房，左侧是卧室。堂屋的后壁上悬挂一幅山水画，两侧是王铎的行书对联："对吟必映群花下，闲卧情游古史前。"主人的爱好情趣全在联语之中。我们无法看到王铎当年读过的书卷，但卧室中的顶子床和桌椅花瓶，古色古香，还像几百年前的旧物，令人顿生几分睹物思人的幽情。

四

从王铎故居后门走出，横穿一马路，便来到风景如画的再芝园。再芝园原为王铎故居后花园，是一处古典林园建筑，因园中生两株灵芝草而得名。园中照壁墙上镌刻着王铎的一首自作五律行书："花林深碍日，细径曲随人。鸡犬历年熟，池塘依旧新。畦平堪理竹，地润较宜莼，鞅掌空繁暑，回头悟世尘。"由诗可以想象当年再芝园的风貌。

再芝园基本上按当年样子修建。其建筑布局以一湖碧水为中心，曲径回环，值景而造。正面建有读经堂，东侧有挹秀轩，西侧有友声亭。叠石参差，小桥横卧，花木扶疏，湖光云影，秀色映目，流香宜人。湖中片片叶舟，是园林的点睛之笔。显然，它是会盟镇人休闲的好去处。

碰巧，在园中遇见王铎故居景区管理处的付主任。我便就有关王铎故居的问题向他请教。

管理处主要经营王铎书法的拓片，年收入十几万元。

说起卖拓片，付主任说日本人买的拓片最多。日本人来没有零客，都是旅游团，少则20人，多则50人，几乎每人都买。日本是一个书法大国，喜爱书法的人很多，王铎在日本名气很大。他们到中国来，又到了王铎故居，怎能不带回去一点纪念品？王铎的书法拓片，被日本人视为最好的纪念品。

说起王铎故居的修复，不能不提到村上三岛。村上三岛20世纪40年代来过中国，到过孟津王铎故居。他把所能收集到的王铎真迹，全都带回日本。他不仅学写王铎，还是研究王铎的专家，编撰出版了多部有关王铎的书籍和画册。1982年秋天，作为中日恢复邦交10周年的系列活动之一，在郑州和大阪两地分别举办了王铎书法展。两年后，又在郑州、洛阳和开封三地举办了村上三岛学习王铎的书法展。两次书展成为中日两国文化界友好交往的佳话。村上三岛在展出后还把他的43幅作品捐赠给河南博物馆。在王铎故居开放前，村上三岛来过两次。1984年，他以16万元的价格，买走了王铎亲手书写的王氏家谱。这是王铎的后人所为。16万元，在当时对一户农民而言，已经是天文数字。可家谱毕竟是一个家族的传家宝。出卖祖宗家谱常被人认为是败家行为。此举引来了同村人的颇多微词。1989年，村上三岛再次来到孟津，带来了一大笔钱，据说有100多万美金，作为修复王铎故居的捐赠。当时县里修路急需资金，暂时挪用了。后来，镇政府又筹集了约1000万元的专项资金，用于修建王铎故居和再芝园。

传说王铎三代子孙由于吸食鸦片，家业从此败落。王铎已有13代后人，其中有教授，有官员，也有农民。有人说，他的后人中也有人在美国，但他们从没有与家乡联系过。

王铎身为明清贰臣，是一个颇受争议的人物，但他在家乡却有口皆碑。会盟镇一直流传着关于他的感人故事。在明朝末年，河南大灾荒，饿殍载道。王铎闻此从京城返乡，变卖家产，把所有收入全部带回。他要官府开仓放粮，救助灾民。自己在家门前开设粥场，施舍饥民每人每天一顿粥，以救活命。

很遗憾，王铎墓今已不存。王铎祖坟在孟津双槐镇。王铎死后，顺治帝念其明朝降清重臣，选邙山宋皇陵区的风水宝地给予厚葬，史载"赐葬于偃师黑石关"。一说为偃师石家庄。1950年扩修铁路时，墓冢被平，为铁路覆盖。

在夕阳的余晖中告别王铎故居，告别再芝园。再芝园此时波光点点，显得异常静谧，似有几分神秘。350多年过去了。历史遗忘了太多的人，但没有遗忘王铎。如果王铎地下有知，应该感到欣然。也许，还会有几分凄然。笔者一己之见，墓冢只是一种象征，并不重要。重要的是能不能进入人心，为人们所怀念。一个艺术家死后几百年，仍能受到后继者狂热的崇拜，那才称得上最大的殊荣，可谓不朽，可谓永生。

（原载《时代青年》2004年第5期、第6期）

学者书家印人周亮工

周亮工（1612—1672）与王铎是同时代人，都是明末清初的官员书家。周亮工比王铎晚生二十年，官职也比王铎低。翻阅二人历史，发现他们有几点惊人的相似：在李自成攻打北京，崇祯皇帝吊死煤山之后，他们都同时投靠了南明弘光帝福王；在清豫王多铎占领南京之时，他们又都选择了降清；都是多产诗人，且都系崇尚杜甫；寿命相同，都是活满一个甲子；死后又都备受争议。

周亮工是祥符（开封）人。也许因为是河南老乡，再加上共同爱好的缘故，周亮工与王铎是要好的朋友。王铎诗集中有赠周亮工诗，《石渠宝笈》中王铎书册有"值栎翁（周亮工字元亮，因先世曾居栎下，又号栎园，海内称栎园先生）出素幅索书"的题款，可印证二人的亲密程度。当时，周亮工是篆刻界第一高手。王铎自己不治印。明末是俗体印的时代，而王铎当时使用的印几乎没有俗印。有研究家由此推测，这些印当有出于周亮工之手。

周亮工的官运颇为坎坷，曾两次遭受诬陷被捕入狱，险些丧命。他是崇祯十三年（1640年）的进士，曾任潍县知县、浙江道监察御史。入清后，任盐法道、兵备道、布政使、左副都御史、户部右侍郎等。顺治十五年（1658年），被控贪黩罪，逮京论死，3年后获释。康熙元年（1662年）复以贪黩罪被逮，下南京狱论死，旋因康熙临政遇赦得释。

周亮工虽在仕途中屡遭挫折，但他为人诚恳，深受百姓爱戴。明末

（1642年）李自成起义军围攻开封，明军在距城15公里的朱家寨和马家口扒开黄河，水淹义军。大水过后，幸存者只有十分之一。老百姓流离失所，大多逃到了河北。当时周亮工在山东做官，知道情况后，立即派其弟周亮节给灾民送粮食、衣物。清初，周亮工在福建任布政使时，东南沿海人民的反清斗争十分激烈。一次，清军疑虑泉州附近十四寨的居民密谋举事反清，要发兵平夷山寨。周亮工以其全家一百余口的性命作担保，阻止了这次大屠杀。因此，当地居民感激他，将他的名字刻在石上，供奉于祠堂。

周亮工是明末清初的著名学者，一生著述甚丰，可谓著作等身。他在当时的文坛占有显赫地位，且受人爱戴。不少文人学子都以一睹他的风采为荣。周亮工平生善诗文，对史、书、画、印都有深入的研究。他对严羽诗论推崇备至，在闽时曾筑诗话楼，祀严羽于其上。主要著述有《赖古堂诗集》《赖古堂集》《赖古堂文选》《尺牍新钞》《读画录》《印人传》《书影》《闽小记》等。

同时代人对周亮工的诗作评价甚高。郑方坤在《赖古堂诗钞小传》中说："生平善为诗，宗仰少陵，然机杼必自己出，不屑为公家言，列钵湔濯，而归之大雅。"他的不少诗都是即兴之作，有些则写自狱中。姜宸英说："凡按部所过山川，风俗及临时对阵，呼吸生死，居闲召客宴饮，诙调吹弹六博，揄袂献笑，无不以诗为游戏。心营口授，史不给书，而讼系前后数年，所得诗尤多。方坐狱，堂下健卒狞立，银铛累累，呼詈声如沸，手摹在地，顾伍伯乞纸笔，作《送客游大梁》二十首绝句，投笔起时簿诗语皆惊人。"（《栎园周公墓志铭》）写诗也曾给他带来厄运。因他的《读画录》中有"人皆汉魏士，诗亦义熙余"的诗句，被视为"语涉违碍"，连同他的其他著作一起被查毁。

周亮工擅古文。魏禧评价他的文章"博及群书而未尝征引故实以自侈其富……每命一文，必深思力索，戛戛乎务去其陈言习见而皆衷于理义。无诡僻矫激之辞以惊世骇俗，其正也如是"（《赖古堂集》序）。他写的人物小传，着墨不多，则呼之欲出。毛甡说他"以写生之笔，使画人各有以全其人生，犹忆先生传老莲既已征事及予，复予考晰，以辩其实。今片言所至，毕睹其毛发而后已"（《读画录》）。《书影》共10卷，狱中写成，取老人读书惟存影子之意，所录皆杂论、杂事，引古文仅占十之一二，然后加以断语。《书影》熔铸了周亮工平生对人生和艺术的真知灼见，向为学人所重。姜承烈对此书评价甚高："先生乐天知命，不以得丧樱其心胸，汲乎名山是问，与玉门之演《易》，颍川之受《尚书》何以异？顾予穷有感焉：太史公作《史记》，多有愤懑，一篇之中，时时见意论，谓其学道未深。先生当是时，较之太史公，其安危相去径庭，使他人当此，必尽写其牢骚不平之感。先生淡然，绝无几微之形于笔墨，其胜古人远矣！今试取其书读之，凡古今来，未闻所见，可法可传者，靡不博稽而幽讨，陆离光怪，莫可端倪。然其大旨，在乎正人心，维名教，感人之性情，益人之神智，长人之学问，非徒张华《博物》、干宝《搜神》，但矜诡异为也。"（《书影》序）

除诗文外，周亮工以书法和篆刻名世。他的书法颇有个性。用笔果断倔强，斩钉截铁，结体不拘工整，追求自然质朴，别具古雅奇崛之趣。这种风格既带有晚明书风的余绪，也与他本人精研六书文字和金石篆刻的修养有关。他擅写行楷、草书、隶书诸体。包世臣在《艺舟双楫》中，把他的草书列入"能品下"。因善写"八分"，不时在其行书中流露出隶书的意趣。他曾自跋所作八分书寒鸦歌后缀以二绝："谁能隔宿对黄花，度尽重陌更忆家。欲换青钱沽雪酒，八分小字写寒鸦。""难教去尽外来姿，老腕羞惭力不随。方叠共夸官样好，阿谁解爱郃阳碑（曹全碑）。"这是两首有名的书法咏论。清朝初年，金石之学与碑派书法尚处于萌芽状态。周亮工是一个大胆的探索者，他的书法已向世人透露出碑派书法的些许信息，但知者甚少。据作者题跋，其用《曹全碑》书体所作《寒雅歌》："命童子携出，童子笑谓予曰：'收此冷淡生活，应唯虎林霍君。'"诗中所说"官样"当指科举应试用的馆阁书体。大家都在共同夸赞官方倡导的馆阁体，谁能理解我独爱曹全碑的深意？！诗句表达了作者知音难觅寂寞不平的心绪。

周亮工喜收藏，家有"赖古堂"。善本图书、书画、碑拓、古墨、印章、砚石、铜器均在收藏之列。尤喜集印章，自称："生平嗜此，不啻南宫之爱石。"且精于品评鉴赏。钱陆灿称："先生故精深于六书之学，四方操是艺以登门者，往往待先生一裁别以成名。"可见其在印坛有举足轻重的影响。周氏所交皆一时篆刻名手，搜罗印作不遗余力，所编《赖古堂印谱》，被誉为篆刻楷模。在此基础上写成的《印人传》，属清代印学名著，在印学史上占有重要地位。该书系"未完之书"，较为翔实地记载了明代中期至清初印坛的刻家事略、流派嬗变、风气习尚、人事交往，间或证述作者自己的印学见解。许多史料，如文天祥、海瑞、顾宪成三印等，均赖是编得以传世。故该书是研究明末清初流派印章滋生发展时期的一部重要文献。

在诗文书印之余，周亮工亦间画山水、花卉，嫣润秀逸，韵致翩翩，似从鉴赏及书卷中得来。

周亮工因其宦海生涯，行迹半天下，与当时的文人学士多有交谊。他常常对一些处境困厄的小人物给予资助和提携，不少艺人学士借此立身扬名。他这些维护风雅，使之后继有人的努力，被传为文坛佳话，终为历史所铭记。

2003年

风流才子袁克文

20世纪二三十年代，中国收藏界有无人不知的四大名家，也称"民国四大公子"。袁世凯的次子袁克文是其中之一。袁克文天资过人，爱好广泛，且多有建树，尤以书法和收藏名世。唯独一件东西无兴趣：政治。这大概是最令他父亲大失所望之处。

袁克文是河南项城人，字豹岑、抱存，号寒云。1890年出生于朝鲜。生母也是朝鲜人，袁世凯的三姨太。袁世凯年轻时科举落榜，捐官无望，决定弃文从武，于1881年投靠庆军吴长庆，次年随吴入朝鲜。后因在朝鲜的出色表现，最终当上清廷驻朝鲜的通商大臣。甲午中日战争前回国。他在朝鲜共住12年，与朝鲜人结下了深厚的友谊。除了袁克文的生母，袁世凯的二、四房姨太也是朝鲜人。大姨太是从国内带去的苏州籍名妓沈氏。袁世凯从军前曾到上海谋事。一人在外，难免寂寞，他便去妓院消遣，从此结识了沈氏。沈氏容貌姣好，且知书达礼，见袁世凯谈吐不凡，便鼓励他离开上海另谋出路，并资助他回程的路费。行前备酒送行，希望他功成名就时不要相负。并言明，他走后她即刻自己出钱赎身，搬出妓院，等待来日重逢。二人指天起誓，洒泪而别。袁世凯不负誓言，到了朝鲜后，很快就把沈氏接去，做他的大姨太。可惜沈氏不能生育，命中无子女。袁世凯怕她孤单，就把三姨太生的克文过继给她，由她抚养。

袁克文从小受到沈氏的溺爱，养成了顽皮的习性。5岁回国后，受业于方地山。自述："六岁识字，七岁读经史，十岁习文章，十有五学诗赋。"
袁克文记忆超群，有过目不忘的本领。加上诗、词、文、字，样样不凡，格
外受到父亲器重。袁世凯有些外交方面的重要信件，是由克文代笔的。袁世
凯在安阳彰德城洹上村别墅养寿园内的匾额、对联，也是让克文撰拟和书写
的。有了好的古玩，袁世凯也赏给儿子。克文从小便有收藏古玩的嗜好。由
于沈氏的溺爱，克文何时要钱用，沈氏从没有驳回过，总是随要随给，使他
养成了花钱如流水的毛病。不仅如此，克文十五六岁便过起夜不归宿的放荡
生活。荒唐的是，沈氏不但不管教，还替他百般隐瞒。一次，克文的生母金
氏发现他在外宿娼，彻夜不归，气怒之下把他痛打了一顿。结果沈氏与金氏
大闹了一场，吓得金氏再也不敢管教自己的亲生儿子。

袁世凯在直隶总督任上，曾派克文到南京替他办一件事情。公暇之余，
袁克文常到钓鱼巷一带寻乐，结识了一位扬州籍美女叶氏。二人一见倾心，
难舍难分，私下互订了嫁娶的盟约。克文临行之时，叶氏赠给他一张玉照作
纪念。按照家规，儿女远道归来，一定要向父母磕头请安。克文返津复命，
正在磕头之时，不料玉照从身上失落下来。袁世凯连问："那是什么？"当
时袁克文尚未娶妻，不敢在父亲面前坦白自己的荒唐行为，便急中生智，编
造了一个美丽的谎言。他说他在南京城替父亲物色了一个好看的姑娘，为征
求父亲的意见，特带回一张照片。袁世凯一看照片，大喜过望，连声称好，
接着便派人带了银钱将叶氏接了回来。叶氏看到袁家的人来接她，满心欢
喜，便欣然北上。没想到在洞房花烛之夜，却发现她梦中的翩翩少年，竟变
成一个体态发福的壮年男子。从此，她便成了袁世凯的六姨太。袁克文没有
想到，他的荒唐举动最终为父亲导演了一幕爱情传奇。

袁克文的婚事也有几分传奇，却是由他父亲袁世凯一手导演的。某年，
袁世凯带着克文由天津到北京颐和园给西太后拜寿。西太后在接见他们父子
时，一眼便相中了风华正茂的袁克文，提出要把她娘家的侄女许配给克文为
妻。当时，袁世凯不愿成全这门婚事，便奏明克文从小已订婚，西太后只好
作罢。实际上，袁克文并没有订过婚。为避免自己的"欺君之罪"，袁世凯

四处求人为克文说亲，条件是，只要姑娘好，至于娘家门第、贫富，均可不论。就这样袁克文娶了天津一家姓刘的姑娘。刘家并非大户，拿不出像样的嫁妆。所有陪送，都由袁家代办。婚事办完，袁世凯才算松了一口气。

袁世凯做起"洪宪称帝"的美梦，家庭出现了两种截然不同的反应。老大克定是热衷派。父梦引发了他的太子梦。他在彰德骑马摔伤了腿，留下残废，有失体面，但依然野心勃勃，宁肯冒着"欺父误国"的罪名，做出假版的《顺天时报》。因袁世凯平时偏爱克文，欲立克文为"太子"的呼声最高。克定此时不再顾及手足之情，把克文当成眼中钉，扬言要杀掉那个将被立为"太子"的人。克文本来就是反对派，更无意当"太子"，听到传言，内心极为痛苦。他与同母三妹相约，如果父亲登报称帝，他们就私自逃往英国留学。不料消息走露，沈氏和金氏又哭又劝，使得他们想走又不敢走。无可奈何之下，袁克文作了一首题为《明志》的诗："乍着微绵强自胜，古台荒槛一凭陵。波飞太液心无住，云起魔崖梦欲腾。偶向远林闻怨笛，独临灵室转明镫。绝怜高处多风雨，莫到琼楼最上层。"诗的旨意很明显，是讽刺父亲称帝的。

袁克文年轻时当过前清法部员外郎，后随父弃官，归乡耕读。辛亥革命后，举家迁往天津。1915年任清史馆纂修。同年，袁世凯称帝，承命撰官制，订礼仪，为避嫌以"皇二儿"自居。洪宪复辟失败后，橐笔南下，先在上海，后又到天津，靠卖文鬻字为生。他属于一个自由派文化人，只结交一些和自己气味相投的人。在中南海时，他会客闲坐的地方是"流水音"，经常和友人在那里过着诗酒风流的生活。他不喜欢过问政治，也不和达官贵人来往。父亲死后在生活困顿之时他也从不向当时的军阀政客——他父亲的老部下求援。张作霖和张宗昌都邀请过他，都被他一一辞谢。不问政治并非不关心民生。民国十一年，潮汕大风灾害，死亡十几万人。面对灾情，袁克文将珍藏多年的古版字帖义卖赈灾，显示出他热血男儿的另一面。

他曾参加帮会。他生活在文人书友和徒弟们中间，也生活在不计其数的佳丽们中间。他曾娶过五房姨太太，均先后被刘氏扫地出门，也有被他自己遗弃的。他于1931年3月因猩红热病在天津两宜里猝然去世，终年只有42岁。《北洋画报》发了一则简短的讣告："寒云主人，潇洒风流，驰骋当世，尤工词章书法，得其寸楮者，视若拱璧。好交游，朋侣满天下，亦本报老友之一。体素健，初不多病，而竟以急症，于二十二日晚病故津寓。从此艺林名宿，又少一人，弥足悼已！"袁克文死后，身边竟然只有20元钱。他的人缘极好，后事全由他的弟子们拿钱操办。给他戴孝的徒子徒孙不下四千人。开吊的时候，整日哭声不断。人们发现，前来哭奠守灵的还有不少系着白头绳的妓女。出殡时，除了天津的僧、道、尼之外，还有北京广济寺的和尚、雍和宫的喇嘛都赶来送殡。从他的住处直到他的墓地西沽，沿途都有各行各业的人前来上祭，一时交通为之堵塞。他的丧事，曾在天津轰动一时。民国要人于右任亲送挽联"风流同子建，物化拟庄周"。袁克文的师、友兼亲家方地山的挽联形象地概括了死者充满矛盾的一生："聪明一世，糊涂一时，无可奈何惟有死；生在天堂，能入地狱，为三太息欲无言。"

袁克文多才多艺，才艺之博为近世罕见。工诗词，有《洹上词》《寒云诗集》等行世。擅制联语，才思敏捷，出口成章，众人叹服，享有"联贤"之美誉。精通戏剧，组剧社，写剧评，系京昆名票。他还不时粉墨登场，扮演过多个不同的角色，为同道者称颂。他是文坛多面手，笔记、小说、散文，无一不写。可惜大多文章见诸当时京沪各报刊，未能结集。作为收藏家，袁克文藏品品类繁杂又带有研究性质，有多种专著，自成一家体系。藏品中多有名贵的古玩字画。袁克文往往得物志喜，用之别署。如因获宋王晋卿之《蜀道寒云图》，而号寒云。他还有多个雅号，如一鉴楼、龟厂佩双卯斋、宝燕、斝斋等，皆从藏品得来。他虽好收藏，却不执着贪恋，一旦兴尽则视若浮云，不计价值，挥斥即去。他好玩古钱，曾收集了许多形状各异的外国金币，因为穷困，后都押给了别人。

袁克文卖文鬻字的"笔单"（古称润格），是由方地山、宣古愚代订的。前有小引："寒云主人好古知书，深得三代汉魏之精髓。主人愈穷而书愈工，泛游四海，求书者不暇应，爰为拟定书例。""笔单"登在当时的

《北洋画报》上。他的文和字，只要送出去便可换钱。袁克文有两项特殊的本领，一是写对联可以不置桌案，使人悬空拉持，仍然挥洒自如，力透纸背而纸不破损；二是有烟霞癖，镇日卧床，写日记、扇面文之类的小字，也仰睡不起，一手执纸，一手拈管，凭空书之，丝毫不损其佳处；其腕力决非常人可及。一次，张宗昌托他写一幅极大的"中堂"，出价一千元。因纸张又宽又长，屋子里摆放不下，他就把纸铺在两宜里的衖堂里，脱了鞋，站在纸上，提着最大的抓笔如意挥洒。

袁克文论书立意甚高："笔法始于篆，学书者必以篆始，篆书体划整肃，行白谨严，习之而后攻他，庶免弱、俗、荒斜之病。篆法既尽，乃以隶体宕之。学隶当取西汉诸碑，东迁以降，多尚侧媚，古意渐疏矣。进参以古草，极纵横转折之势，探书之源，立书之本，以六朝楷书束之，而书成矣。""必以篆始"，其本意在于学书先学"篆法"，即逆入、平出沉着圆劲的用笔之法，疏密匀停、平正工稳的布白之法，并非指必先学篆书。

袁克文因窥古法堂奥，故而取法乎上，以三代六朝为宗。"隋唐碑志，良有佳构，流鉴可耳。""唐以后名家之书，供参玩则可，用为师法，则未足也。"其书得以不惑于俗流，不困于帖括，自有己貌。其楷书华瞻流丽，意在褚遂良、颜真卿之间。继而深究六朝楷书妙处，尤其心仪北魏墓志，取六朝之真，弃钟、王之伪。其大字对联，更显笔墨淋漓，气势磅礴。其小楷，笔力充沛，点画劲健，转折提按十分清晰，不求工致而重神韵。结字舒展拓张，打破通常的楷书结体规划，或大或小，或立或斜，或重或轻，或疏或密，均轻松自如，得自然之趣。其日记即以小楷细写，一丝不苟，可充小楷字范。除此，袁克文亦能画山水松梅，亦能篆刻，只是不轻易出手，少有流传。

袁克文为人豪爽，交游极广。朋友中既有一时名流，也有平民百姓。凡有求者，无不应酬往返。他常书联写扇分贻知好。当时上海的报刊多请其题写报头刊名。某年，克文书意甚佳，登报减润鬻书，一日之内书联40幅，于一夕之间销售一空。他用所得报酬购买古墨，书联百幅分赠朋友。

　　袁氏夫人刘蚶，字梅真，亦擅书画，小楷尤精，工诗，常与寒云唱和，著有诗集《倦绣吟》。袁克文有四子三女。其中长子家瑕、次子家彰和长女家宜为梅真亲生，其他皆为如夫人所生。次子家彰与三子家骝均定居美国，成为美籍华人。家骝（1913—2003）是世界著名物理学家，在多项领域卓有建树。他与女科学家吴健雄自1973年起曾多次回国探亲讲学，为中美文化交流作出了贡献，受到周恩来、邓小平等国家领导人的接见。

2004年3月

周海婴的胸襟

从网络上看到周海婴先生逝世的噩耗，十分震惊。因为两年前在北京见到他时，步履轻盈，讲话有力，思维清晰，不乏幽默，全然不像已经年届八旬的老人。

2009年1月6日上午，大型典藏版图传《鲁迅》首发式暨研讨会，在北京鲁迅博物馆隆重举行。这次活动由北京鲁迅博物馆和河南文艺出版社联合举办，鲁迅之子周海婴以及来自京津的二十多位鲁迅研究专家出席。这次活动，使我有幸结识了周海婴先生。

孙郁馆长介绍说，这本书中的图片可以说是鲁迅博物馆数十年珍藏、搜寻、遴选资料之结集。全书近千幅图片中，相当一部分图片是首次公开出版，如周作人写给鲁迅的决裂信原件，许广平与鲁迅确定爱情关系后写给鲁迅信件的原件等。王成法副总裁介绍了图书出版的经过、中原出版传媒集团与鲁迅博物馆多年合作的硕果及以后的打算。我代表主办单位之一河南文艺出版社介绍了典藏版《鲁迅》的几个特色。一、权威性。本书由鲁迅研究权威机构——北京鲁迅博物馆组织编纂，由"中国最美的书"得主、著名青年装帧设计家张胜历时两年精心设计。二、典藏性。本书用材考究，内文全部用进口亚光铜版纸四色精印，全书布面圆脊函盒特精装。三、信息量大。全书以近千幅原始图片和贯穿平生的鲁迅自述文字，全景式展示鲁迅生平行状及其时代风云，呈现作为思想家和文学家的鲁迅以及作为一个普通人的鲁迅。四、图片弥足珍贵。书中相当一部分珍贵图片，是第一次出现在公开的出版物上；同时，我们也很少能在同一本书中，看到这么多有关鲁迅的老照片。五、资料齐全。全书朴素罗陈资料文献，用"不编而编"的原则，把解读空间留给读者；在正文图版之外，另附鲁迅印稿、画像、生平著译简表等。全书集文献、资料、欣赏、典藏于一体。因此，本书的出版可谓是广大鲁迅忠实读者的福音。该书的装帧设计张胜向专家介绍了他的设计理念。责编王国钦谈了他的编辑体会。

与会专家们在发言中，对该书的出版给予了很高的评价，一致向鲁迅博物馆和出版单位表示敬意和感谢，同时也发表了一些中肯的建设性意见。孙玉石教授说，这是一部沉甸甸的里程碑式的图书。但有一个小小的缺憾：作为一部有学术价值的文献版图书，应该署上照片的拍摄人，以体现对原创人的尊重。张恩和教授说，鲁迅画传已往出过几本，但都是宣传品，只有这一本是艺术品。李允经研究员称赞该书的每一部分的开篇，都用当时的一幅风景画，很有艺术性和启示性。鲁迅博物馆老馆长王得后深情地说，听了王总裁说准备推出英文版，令人振奋，用北京话，这是冬天送来一个火炉！他赞成我总结的几个特色。他说过去介绍鲁迅的书常常回避一些事件，这部书没有回避，逼近于真实。他还对书中的个别技术性差错提出改进意见，显示出一个资深鲁迅研究家特有的严谨。张杰研究员认为该书极富文献意义，又可从艺术的角度去欣赏。刘运峰教授说看到书后很震撼，这是目前最好的版本，以后能不能超越很难讲，书的编辑体例别致，只用鲁迅自己的话，不加任何评论。他还建议，除英文版外还可出日文版。张梦阳、王世家、林锴、高远东等专家也发表了很好的建议。

我注意到，在每一位专家发言时，周海婴都在认真聆听。其间，他向我签名赠送了随身带的新近由香港天地图书公司出版、由他的长子周令飞用一年时间编选而成的《镜匣人间——周海婴80摄影集》。因为书很重，他只带了3本，另外两本分别送给王成法与刘运峰。这是一部极为珍贵的摄影集，精选了作者1943年至2008年长达半个多世纪的摄影作品。其中有不同历史时期重大事件的瞬间记录、各界名人的风采、鲁迅家族的生活印记；更难能可

贵的是，作者还把大量镜头，对准像鲁迅笔下闰土一样的芸芸众生。在这些反映民生悲欢的感人画面里，透出作者对普通百姓的一腔深情。

最后由周海婴讲话。他感谢这本书的出版，了却了家庭的一个愿望。他说："这是目前最好的典藏本。这是一个库。我母亲（许广平）说过，要把父亲的资料交给社会，为社会所用，但有些文物借阅很不容易，需要层层审批。这是一本功德无量的书。这是一库，可否再出二库？三库？"

听了周先生和专家们的话，我深感欣慰。因为投入大，出版社为出这本书，冒了很大的经济风险。他们的首肯表明了该书的社会价值。周先生用"功德无量"一词来形容此书，令我无比感动。我想，所有为此书出版付出心血的人们，都会感到欣慰。

午餐安排在鲁迅博物馆附近的上青天饭店，用的是我们从郑州带来的宋河酒。周海婴对此酒赞不绝口，说比五粮液还好喝。餐后，他乘我们的车回家。途中谈及原鲁迅博物馆的一位领导，平时树敌过多，所以不在今天邀请之列。他对父母充满敬爱之情，而对叔叔周作人则不乏微词，说了一些周作人对鲁迅不合常理的行为。我问起他的工作，他说他原是一个从事无线电技术的人员，后当上公务员，曾任国家广电总局法规司副司长。他说他尊崇父亲的话，没有文学才能，绝不当空头文学家。他热爱摄影，15岁时便拥有自己的相机，60多年间拍摄过数万张照片。他笑着说他是广电总局仅有的一位在职老人。看到他身体健壮，我衷心祝愿他健康长寿。他颇有自信，自认为生在长寿之家，父亲早逝有特殊原因，两个叔叔周作人、周建人均为高龄。可是，仅仅两年光阴，斯人已逝！

2009年春天，收到周海婴寄赠的回忆录《鲁迅与我七十年》，心中一阵温暖。虽已有新版，但他赠送的是2001年9月的初版本。书中夹了一张共有60多条的正误表，末尾写着：2001.12.15校改。他对读者负责的精神与其父一脉相承，不愧为鲁迅之子。这本书出版后，曾看到某些学者对书中史实的质疑，周海婴以谦虚态度和从容之心待之。他在2006年3月20日写的《再版感言》中说："再度出版这本书，仍是确定尊崇母亲对待父亲作品的做法和她对自己文稿的态度，保留原始面貌，后人不做删节改动，给历史回归一个真实。""书中凡经过专家、读者指正的姓名、血缘等明显错误，都尽力给予勘正。"依然是鲁迅之风。阅读《鲁迅与我七十年》，感慨万端。除了写出一个真实的鲁迅，更令人感慨的是周海婴坦叙父亲逝世后一家人的坎坷岁月，诸如鲁迅手稿事件、母亲许广平之死、长子周令飞震惊中外的婚事、鲁迅版税继承权风波等等。有些普通人常常遇到的不公正与尴尬，同样也会让名门之后遇到，而且更加令人难以置信。这便是中国的国情。当然，我们也从书中感受到中国近几十年以来的巨大变迁。

鲁迅为儿子取名"海婴"，含有在上海出生之意。而我在典藏版《鲁迅》发布会上和从《镜匣人生》《鲁迅与我七十年》两书中感知的周海婴，则更像一个有着大海胸襟的赤子。历史会铭记这位不靠先辈光环做人，终生都在不遗余力地传播和实践鲁迅精神的赤子。

（原载2011年4月13日《中华读书报》）

沉醉于画"土画"的年轻人

近年来,我国美术界受到西方现代派的影响,不少美术青年都在追求现代派的画风。画的标准似乎变成了越抽象越好,看起来越费劲越妙。传统的国画不吃香了,不少人改画油画。而国画中的工笔重彩人物画,又被认为是最"土"最"俗"的一个画种,很少有人问津。河南美协会员、刚过而立之年的马国强却反其道而行之,偏偏选择了这样一种艺术形式。几年来,他沉醉于这块民族艺术园地,辛勤耕耘,取得了可喜的成果。他于1981年创作的《少奇同志和我们》获河南省第二届青年美展作品奖,并参加全国第二届青年美展。他的近作《春暖》,已作为北京中国画研究院的收藏作品,参加"中国人物画展",在杭州等地展出。最近,河南人民出版社又将它印成大幅中堂画,即将在春节前后发行。著名书法家陈天然以其雄健有力的笔锋,为之题写了一副对联:"花随春意放,福自党恩来"。

"你为什么要选择工笔重彩这种形式,你不感到这种画不赶时髦、没有前途吗?"

对于笔者的提问,马国强微微一笑:"每个人都有自己的爱好和追求,但设计自己总不能离开环境因素和自身的个性。我认为我适合画一点'土'的东西。我生在豫南一个充满乡土气息的小市镇,从小听惯了晨雾里牲口的铃铛声,闻惯了路边的马粪味。我喜欢河南农村特有的风土人情。工笔重彩这种通俗的艺术形式,比较适合表现家乡的土味。我坚信,根植于劳动人民之中，为广大劳动群众喜闻乐见的艺术形式，是不会没有前途的，而且会有长久的生命力！"

他个头不高，但长得敦实、强壮。从他身上看不出一般画家常有的潇洒之风，言谈举止中不时透出河南农民特有的憨厚与率真。

在中学时代，他受一位美术教师的影响，爱上了美术。他参加了班里组织的美术小组。在"文化大革命"的年代里，他当了一名逍遥派，把自己关在屋里画画。

1972年，他进了开封师范学院艺术系。过去崇拜的画家，成了授课的老师，他的心里有说不出的激动。3年中，他像着了魔似的，整天不停地画。一个月时间的暑假，他只回家几天，看望一下老人，就又匆匆返回学校了。

大概在1974年。一次，他背着一包画稿到省会一家出版社借资料，被美术编辑室负责人李自强看见。那时，李自强正在编一本画集。"背的什么东西？取下看看！"李自强和蔼地招呼他，然后又一幅一幅地把画稿看完。"小伙子，画得不错呀！这一幅留在我这里吧。"半年后，这幅农民肖像画印进《工农兵形象选》一书。当马国强收到样本打开看时，不禁惊呆了：里面所选作品大都出自名家之手，唯有他是一位青年学生。这便是他的"处女作"发表的经过。

后来，他陆续创作了《备课》《毕业归来》等作品。有的选进文艺刊物，有的由出版社印成单幅画。这些作品难免受到当时概念化创作思想的影响，艺术上也谈不上成熟，但从中已初步看出他的追求：他已选定了中国人物画这条路，而且致力于表现现实生活。

1975年夏天，他刚刚毕业就到汝南县农村写生，收集创作素材。他在王桥公社辅导当地农民搞农民画创作，不料遇上百年不遇的特大洪水。他和洪水整整搏斗了3天，才脱离险境。1978年，他由驻马店地区调河南画报社工作。几年来，他利用业余时间创作了许多作品，还利用出差机会写生，积累素材。比较突出的作品有《小结》《少奇同志和我们》。《小结》画的是中越边界反击战我军战士生活，收入河南人民出版社出版的《建国三十周年美术作品选》一书。《少奇同志和我们》画的是刘少奇同志在十三陵水库工地和劳动群众在一起的动人情景。此外，他还为《小说选刊》《花城》及省内各刊物画了近二百幅插图，为出版社绘制了《三滴血》等多本连环画册。

1980年，美术界出现了严重的商品化倾向，许多画家都热衷于搞个人作品展销。当他看到一些画家放弃原来的人物画创作，放弃艺术表现现实生活，为现实生活服务这一崇高原则，热衷于出口画的创作时，不禁沉痛地说："艺术已成为商品，就不成为艺术了！"他认为艺术只有根植于生活，才会有长久的生命力。

1982年9月，在河南美协的推荐和所在单位的支持下，他受北京中国画研究院之邀，参加了工笔人物画创作班。在首都，他同全国十几位专攻工笔重彩人物画的中青年画家一起，一边听老一辈画家讲授，一边从事创作。这期间，他用了近四个月的时间，完成了《春暖》的创作。这是一幅描绘敬爱的周总理与劳动群众在一起的大幅年画。作品标志着马国强在艺术上已逐步趋于成熟。画面充满了浓郁的乡土生活气息，人物造型生动，勾线严谨有力，色调明朗和谐。全图共画了八个人物，个个呼之欲出。作品完成后，受到叶浅予等前辈画家的称赞。

笔者问及马国强今后有何创作设想，他展示了刚刚勾好的一幅草图《淡淡的晨雾》。这是一幅富有生活情趣的河南农村风俗画，画的是一个老农天不亮套车去赶集的情景。他说："很遗憾，作品实在太少了。脑子里经常有些构思，由于艺术修养差，找不到合适的艺术语言，表现不出来，不过，工笔重彩这条路我是走定了。我力求用这种'土'的形式，'土'的风格，来表现河南的乡土情。以后，准备重点搞风俗画。"

他的音调虽然不高，听后使人感到有股后劲。不知怎的，我突然想起法国农民画家米勒的作品，和我国宋代画家张择端的《清明上河图》。选择了这样一条极富民族特色的创作道路，我相信他一定会获得更大的成功。

（原载《河南青年》1983年第11期）

在深海里追寻

我成长了，不仅发现了海底的一个世界，而且知道自己应当怎样生活在海岸边上的另一个世界中。我知道，我不能仅仅凝视着泛着微波的海面，追恋海面上那跳跃的、转瞬破碎的浪花，而应当追寻深海，追寻海底那深广的大地，和这大地上雄伟的奇观。

这是刘再复讴歌大海的诗句。诗句寄托了他对人生的探索和追求。近年来，他正是以这样一种坚定信念和顽强不屈的精神，在事业的深海里不倦地追寻，取得了令人瞩目的成就。

当代很少有人能够同时戴上学者和诗人两顶桂冠。刘再复则属于这少数人之一。他是中国社会科学院文学研究所的副研究员，该所鲁迅研究室副主任，同时又是诗人，中国作家协会会员。1978年以来，他相继出版了4本理论专著。其中研究鲁迅的专著有《鲁迅与自然科学》（与金秋鹏、汪子春合著）、《鲁迅传》（与林非合著）和《鲁迅美学思想论稿》3部。由于他在鲁迅研究中取得的成绩，他被选为全国鲁迅研究学会的理事（最年轻的理事）。1983年7月，他获得了《诗刊》杂志颁发的"优秀诗歌评论奖"。今年5月，他的论文《论文艺批评的美学标准》，获得了中国社会科学院颁发的"青年作者优秀论文奖"。1979年以来，他还出版了《雨丝集》《深海的追寻》《告别》3本散文诗集。还有两本新作《太阳，土地，人》和《洁白的灯芯草》，分别由天津百花文艺出版社和香港一家出版社出版，预计在年内与读者见面。

从数量上看，洋洋大观，称刘再复是一位高产作家，亦不过分。更为可贵的是这些著作均有不同凡响之处，印证着他在深海里不倦追寻的足迹，闪耀着一个作家富有创造性的智慧之光。

《鲁迅与自然科学》，被鲁迅研究家誉为"开创了鲁迅研究的新领域"，周建人阅后十分赞赏，热情推荐给科学出版社出版。随后，香港尔雅出版社也重印出版了此书。《鲁迅传》在同类著作中别具一格，它不仅具有学术价值，而且具有很强的审美价值。该书冲破了一些鲁迅研究的禁区，如对鲁迅与朱安的婚姻和许广平的爱情，都辟有专章描写，还其历史本来面目，"真正写出了鲁迅的伟大品格，写出了他坚忍笃厚的至情至性"（钱谷融语）。《鲁迅美学思想论稿》是刘再复多年探索研究之后的一部力作。这部专著问世后，立即引起国内外学术界的重视，《人民日报》《光明日报》《文学评论》等报刊先后发表文章，对它作了充分肯定。著名美学家王朝闻写道："读了你的'有创见'的新著的片断，鲁迅先生也许会含笑九泉，你的有关论述引起我的共鸣。"

更为广大青年所熟悉和喜爱的，是他的散文诗作品。从已出版的3本诗集看，每本各具特色，著名散文诗人郭风、刘湛秋和一些评论家都撰文称道过，著名老作家聂绀弩读了他的散文诗集《深海的追寻》后，题写了一首律诗热情赞誉作者的才华，称其继承了鲁迅《野草》的传统："春愁隐隐走龙蛇，每一沉思一朵花。天地古今失绵邈，雷霆风雨悔喧哗。我诗常恨无佳句，君卷何言不作家。深海定知深莫测，惟逢野草却新芽。"还为《太阳，土地，人》题写绝句："一部太阳土地人，三头八臂风火轮。不知前辈周君子，知否莲花有化身。"称赞他的散文诗"家数自成始丈夫"。刘再复这些作品语言优美、明快，感情真切、深沉，蕴含有浓厚的哲理味，既能给人美感，又能引人思索。收入《太阳，土地，人》一书中的数十篇历史人物小品（作者称它为"抒情评论"），因其形式的新颖和含义的深刻，在未结集前就已引起评论界的注目。

刘再复出生于福建南安县，在大自然的摇篮中长大。家境的贫寒使他早熟，从小就养成了勤奋、正直的品性。小学时，他是唯一的奖学金获得者。1959年，他考入厦门大学，在鲁迅曾经执教过的学校就读。

他敬仰、崇拜鲁迅，常去厦大鲁迅纪念馆，寻觅、思索鲁迅走过的足迹。他还是印度文豪泰戈尔的崇拜者。对泰戈尔的热爱最早萌发了写作散文诗的欲望。他在大学时期的习作，至今还为他的同学们所珍藏。

学习和研究鲁迅，研究鲁迅博大精深的思想，是他在大学时就为自己立下的志向。大学毕业后，他被分配到新建设杂志社任编辑。工作之余，他致力于鲁迅美学思想的研究。这是一个很少有人涉足的新领域。遗憾的是，十年动乱期间，他不得不中断这一研究。粉碎"四人帮"之后，他怀着极大的欣喜，又一头钻进了这片浩瀚的大海。

他是一个极为惜时的人。他懂得时间的珍贵，从不轻易地放过每一个白天与夜晚。他写道："书页打开了，我在自己所喜爱的海里浮游，稿纸打开了，我在空格上填下真实的心。……我意识到无穷的代价和神圣的呼唤，于是，我固执地用眼和笔，紧紧地咬住岁月，咬住每一个白天与夜晚……"

他的《鲁迅美学思想论稿》是在如此的环境里写成的：全家老小住在一间12平方米的房子里，再加上爱人生孩子。他甚至连一个铺稿纸的地方都找不到。他常常是趁楼里单身同志出差、探亲时，借用几日，以"打游击"的方式写作。就是在这样的环境里，他收获了串串硕果。

他写过一首散文诗，真实地记述了他繁忙的生活："繁忙像一团火，把我的生活烤得发热，又把我的心，烤得成熟。……我喜欢沉没在繁忙的岁月里。繁忙的岁月像挂满蓝宝石的葡萄架，像燃烧着红玛瑙的荔枝树，果实一串串，都在阳光下闪着成熟的甜蜜。"

读他的散文诗是一种极大的审美享受。他在诗里写道："人民的恋歌与故土的恋歌，没有哪一代歌喉能把它唱尽。失去这种恋歌，不仅是无声的国度，也是无望的国度。"他的散文诗正是这样一种深情的恋歌。我们可以从他的每一首诗中，感受到他对祖国、对人民的挚爱。

刘再复是中华全国青年联合会的常委，是青年们的一位挚友。他的许多散文诗都是写给青年人看的。这些作品引起了青年读者的强烈共鸣。《告别》出版后，他收到许多青年的来信，信中都是用非常感人的语言，表达了对他作品的喜爱和对他的感激之情。

对于一个刚过不惑之年的中年人，取得了如此的成就，也许可以感到自慰了。但他并不感到满足。他感叹道："生命的金子，青春的红宝石，打地基的那股劲头，都在那阴沉的日子与狂热的日子里埋葬了，头顶上过早地飘出了一片白发。说是可以追回失去的时光，但阔别了的岁月毕竟不会倒流。当然也无需叹息，今天与明天的岁月，毕竟还为我们所有。"出于强烈的责任感，他仍在浩瀚的深海里不倦地追寻。最近，他完成了一部20多万字的学术论著《论人物性格的二重组合原理》的初稿，《文学评论》选发了其中的两万余字，并加了编者按，给予很高评价。他的另一部正在写作的多卷本学术巨著，也已有了许多收获……

（原载《河南青年》1984年第9期）

"中国漫画史应该由中国人写"

——漫画家毕克官如是说

　　毕克官是同新中国一起成长起来的一位有影响的漫画家，多产，且有粗犷辛辣的个性，引起过不少读者的兴趣。可在近一两年，却几乎看不到他新的漫画作品。漫画家在做些什么呢？近日，我与同事赴京拜访他，方知，他刚刚完成了一件比他的漫画作品更重要也更有意义的工作。

　　他与黄远林合著的长达20余万字，包括350余幅插图的《中国漫画史》，已交稿发排，即将由文化艺术出版社出版。据笔者所知，这是中国唯一的一部漫画史著作。这部书的出版，填补了我国漫画史研究的一项空白，为国内外漫画界所瞩目。

　　谈到写这部书的动机时，毕克官激动地说："中国漫画历史悠久，可一直没有人做系统地整理研究。近年来，有的外国人却在做这方面的工作。这更坚定了我写这部书的愿望。中国漫画史应该由中国人写！由外国人写中国漫画史，对于我们，岂不是一种耻辱？"

　　最初引发他写漫画史愿望的，来自一次座谈会。一位日本精华美术学院的教授，请中国漫画家谈谈中国漫画史。没想到这竟成为一个难题。在座的所有中国漫画家和美术界人士，竟无一人能够回答。日本教授还谈了他令人震惊的见解，他认为日本漫画来源于中国。作为与会者之一，座谈会在毕克官心中掀起了感情的波澜，久久不能平息。

　　1981年8月，毕克官家乡的出版社——山东人民出版社出版了他写的

《中国漫画史话》。这本书只有7万多字，由34篇随笔式的短文汇集而成。这只是他初步的研究成果，距离一部系统的漫画史，尚相差很远，但已在国内外漫画界引起了不小的反响。一位致力研究张光宇和丰子恺的挪威朋友，对这本书颇感兴趣，不远万里写信索书。日本职业漫画会长、著名漫画家片寄贡已经组织人力把《史话》译成日文，可望在年内出版。定居香港的30年代漫画前辈黄蒙田（黄茅）为香港报纸撰文，热情介绍《史话》，并写信给作者，希望早日看到系统的《中国漫画史》问世。国内不少漫画家都写信向毕克官祝贺，称赞他做了一项开拓性的工作。

他并不满足已经取得的成就。他的目的是写一部漫画史。他在《史话》的后记中写道："中国漫画史，在整个美术史中是一页空白。正如在一片荒地之上开始耕耘，困难不少。尤其是个人的水平和能力有限，就更感到吃力。但我有一个决心，必须逐步开发这片荒野。"为了较快实现这一愿望，他找来同行黄远林与他合作。黄远林比他年轻，是60年代毕业于美术学院美术史专业的一位美术理论研究者。两人同在中国艺术研究院美术研究所工作，合作起来也较方便。他们分头用几年的时间做了大量的资料准备，到各地图书馆查找，复制原始资料，向所有漫画界前辈请教、采访。之后，用了近10个月时间写出初稿，请老漫画家们审阅。经过反复修改，书稿终于付排了。全书共分7章，分别为"古代的漫画""清末民初的漫画""五四运动时期的漫画""20年代的漫画""30年代的漫画""抗日战争时期的漫画"和"解放战争时期的漫画"，一直写到新中国诞生前夕。书稿内容翔实、论证剀切，描绘和展现了中国漫画家在各个历史阶段的光荣地位。一位老漫画家看了初稿的第一章后感慨地说："看了这一章，我得改变我过去说过的中国古代无漫画的观点！"

丰子恺和叶浅予，是毕克官最敬仰和崇拜的两位前辈漫画家。丰子恺还是他漫画创作的启蒙老师。在收集资料的过程中，用在两位漫画前辈身上的功夫也最大。丰子恺所有的亲属、学生、朋友，他几乎都拜访过。他们所珍藏丰子恺的作品，他都有幸得以目睹，全是第一手的资料，因而他成为研

究丰子恺的权威。毕克官是抱着
抢救活资料的态度，来拼命工作
的。他认为，趁许多老一代漫画
家还健在，应该及时采访、收
集，如果错失时机，不少资料就
会丧失掉，成为漫画研究的憾
事。为此，他常常废寝忘食地工
作，有时带着面包去图书馆，一
干就是一天。叶浅予和鲁少飞家
的门槛，他不知踏过多少遍。一
次，他写信请教王朝闻，如何评
价丰子恺。王朝闻回信说，丰老
是大革命时期一个很典型的知识分子，印象中他早年曾给中共刊物《中国青
年》画过漫画，但具体时间记不清了。看了这封信，毕克官如获至宝，经多
处查寻，终于在北京图书馆北海特藏部查到了那本杂志。这幅题为"矢志"
的漫画，是作为封面发表的。该期的"编后"，还说明了约稿过程和发表这
幅漫画的意义。漫画借用了一个古代故事，激励当时的年轻人，树立为民族
革命奋斗到底的决心，意义深刻。这是中国现代漫画史上值得大书一笔的一
件事。

　　大作即将问世，作者却病倒了。由于几个月长时间伏案疾书，毕克官患
上了严重的肺病。现仍在病休中。

　　交谈之中，我浏览了他的书房。在漫画家特制的画案前，醒目地悬挂着
两帧装裱过的书法，一幅是老画家朱屺瞻书写的丰子恺的诗句："最喜小中
能见大，还求弦外有余音。"另一幅是文学前辈叶圣陶书写陶渊明的诗句：
"盛年不重来，一日难再晨。及时当勉励，岁月不待人。"从落款中看出，
墨宝都是书赠毕克官的。而受赠者把它们视若座右铭一样珍爱。两幅书法中
间，挂着一幅毕克官的漫画，上题："叔叔，有小人书吗？"画面上是几位

小朋友，从窗口探出小脑袋，天真地向人询问，眼神里充满纯真和期待。也许是漫画家对天职的自勉？

当看到房间另一侧的书柜时，不禁愕然：一个好端端的书柜，里面却摆满了破碎的碗片。说是古董吧，似乎又不像。毕克官注意到我们的表情，笑着说："有些奇怪吧？这是我病中的消遣，也是我病愈后即将开展的研究项目。"

我们深为漫画家的工作精神所感动。他在着手研究另一个项目：民间美术，这似乎也是一个少有人问津的领域。厚厚的一本《中国陶瓷史》，竟没有提及民间陶瓷。毕克官喜爱民间美术，简直到了酷爱的程度。他外出散步，总要捡回几片被人遗弃的不起眼的陶瓷碗片。从那上面，他看到古代劳动人民的智慧和审美情趣。最近，他有意识地阅读了一些老北京地理沿革的书籍，从中发现了不少"宝地"。比如西交民巷书上记载那是明朝中央重要机关所在地。他的眼睛便盯上那块地方，常到那儿走走。结果在建筑工人的帮助下，捡拾了两百多块明朝初期的陶瓷。

有志者事竟成。我们期待早日读到《中国漫画史》，也期待早日分享毕克官民间美术研究的成果。

1985年

迷人的范曾

他是迷人的。

因为他那伟岸身躯和堂堂仪表？不，仪表的美从来只能取悦于人一时，只有内在的美才能使人历久难忘，心驰神往。

最迷人的是那双浓黑的剑眉，和那浓眉下刚毅、执着、闪耀着智慧之光的双目。他的浓眉常常紧锁，不是忧愁，而是在沉思。可以想象到，他在沉思时，心海中不时会掀起万丈狂涛。他的眼睛里有一种深沉的、透人心灵的光束。与它相遇，你的心海会豁然一亮，你会联想起屈原、杜甫、嵇康、文天祥、八大山人……这些先贤们忧深的目光。

这双目光也为海外不同肤色的朋友们所注目。当范曾作为中华人民共和国第一个讲学的画家，登上加拿大著名的哥伦比亚大学的讲坛时，当地的报纸报道说，范曾先生登上讲台，环视四周，他的眼神里闪耀着东方人特有的自信，全场座无虚席。

看起来，他的身腰挺直，像一棵挺拔的青松。其实，在X光的透视下，他的腰脊骨呈S形。这是因为他在青年时代每天凌晨三时起床作画，长期弯腰所致。

在50年代后期和60年代初期，范曾就读于中国两所著名大学：南开大学历史系和中央美术学院国画系。独特的学历和阅历，构成了他独特的知识结构。严肃的题材与浪漫的传统表现形式融汇，深沉的历史感与强烈的现代观

◎范曾先生赠给作者的书法作品

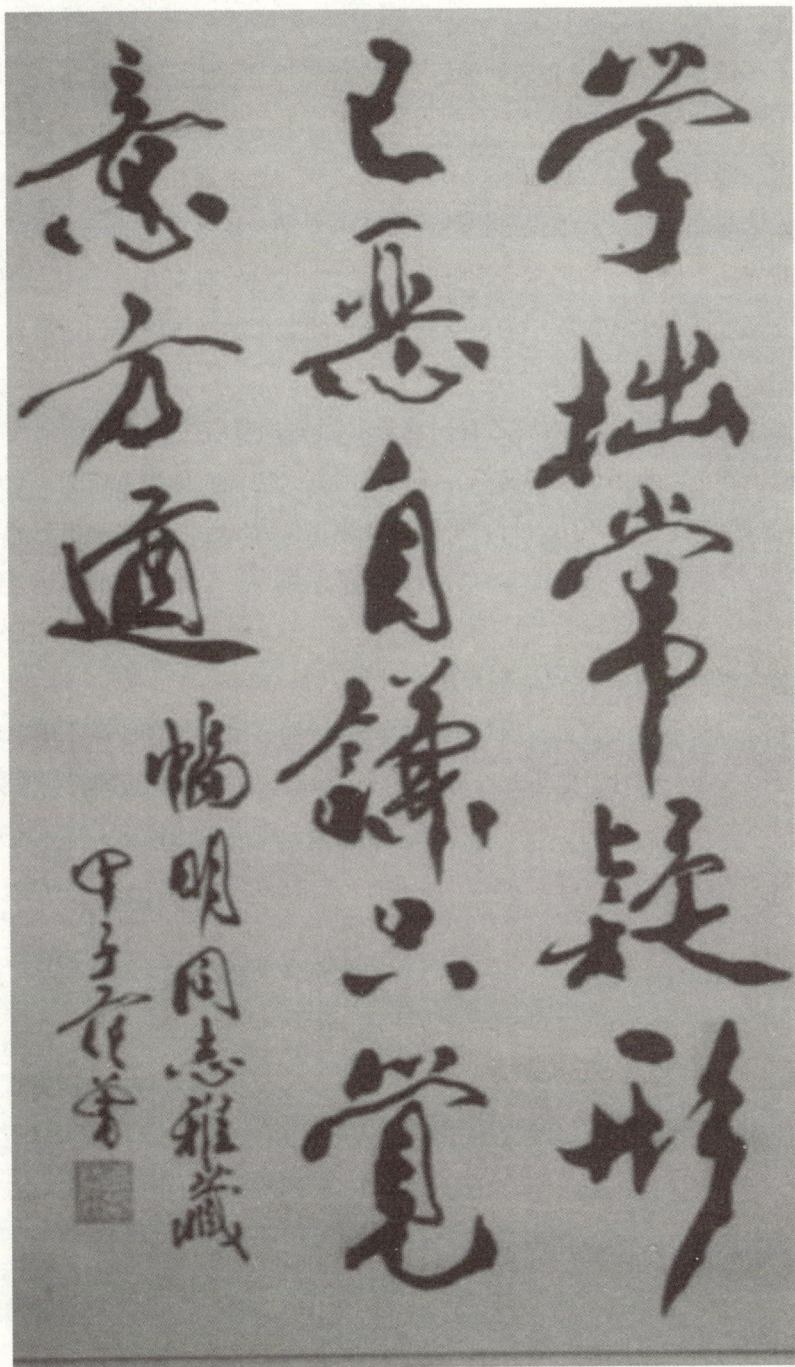

念贯通，形成他独特的画风。

　　不了解他的人也许会认为他是个守旧派。已经到了跳"迪斯科"的年代，干吗还非要去画那些古人？细心的读者自会悟出画家的苦心。范曾笔下的古人，都是一些"穷且益坚，不坠青云之志"的威武壮士，是包容古今、支撑大地的铮铮硬汉。他说过："作为一个画家，我以自己的一支画笔投入人生的战斗，用自己的艺术去影响社会。"古代英雄身上有一股使人亢奋的阳刚之气，这是中华民族引为自豪的国魂。画家把弘扬国魂作为他最崇高的责任。

　　他还是一位诗人，丙辰之春，他长歌当哭，冒着生命危险，到天安门广场的玉碑下，献出他写的赫然大联，曾为万人传诵。他作诗作画，常常是即兴的，犹如泉涌，黄山一行，得画百余幅，作诗80余首。刚刚出版的《范曾吟草》，收入诗、词、曲二百首，奠定了他作为一个豪放派旧体诗人的地位。

　　人人都有个性，范曾最突出的个性可以归结为一个"傲"字。他总是锋芒毕露，从不伪装自己。这从他的绘画、诗词、书法和言谈举止中都可看出。是傲气还是傲骨？他为此赢得了广泛的尊敬，也遭来少数同行的非议。

　　前不久，他那间拥挤的画室里，多了一面光彩夺目的锦旗，那是范曾在北京大学演讲之后，一群女大学生送来的。上面绣着四个字：青年导师。

（原载1986年2月7日《中州书林》）

别具特色的诗画选集

——喜读《范曾吟草》

作为一位成就卓著的中年画家，范曾的名字在当代青年中几乎是无人不知的。他在国外也同样拥有众多的崇拜者。傲然屹立于邻国日本冈山县的范曾美术馆，便是一座任何人也推不倒的丰碑。然而，人们也许不知，他还是一位优秀的书法家和文采斐然的诗人。日本评论家说他是"诗书画三绝"的"鬼才画家"，中国当代著名诗人徐刚称他是一位"真正的诗人"，赞扬"他的旧体诗不仅对仗工整，用典奇特，音韵清新，而且总是落笔之下便有范曾自己所特有的奔放、豪迈与壮阔的意境"。

我有幸在范曾的画室抱冲斋拜读过他的手抄本诗集。抄本很旧。那些闪耀着奇光异彩的诗句，曾使我怦然心动，我把它看得异常珍贵。当时我想，这本诗集如果公开出版，将是一件多么有意义的事！一定会受到海内外范曾爱好者们的由衷欢迎。

不料在一年之后，一本装帧精美的《范曾吟草》出现在我的手中！而且是由家乡的出版社——河南人民出版社出版，这使我感到惊喜，又感到亲切。我是怀着一种饥渴感，一口气将它读完的。

毫无疑问，这是一部别具特色的选集。

特色之一是编者将范曾的诗、书、画熔为一炉而公之于世，这在国内大概还是首创。集子包括诗、词、曲二百首，画三十幅，书法一幅。读者可以在领略诗情中体察画意，欣赏书法，获得多方面的艺术享受。

特色之二是集子的内容本身，所选画印刷精美，大多是范曾的优秀之作。画家在他的艺术道路上，经历过抽筋折骨勤奋求索的痛苦过程，由此而获得的精湛素养、高超技艺，使他已从艺术的必然王国进入到自由王国的领域。他的画通常极其简洁，寥寥几笔，便能勾出一个人的神韵。他的作品多取材被人民所怀念和讴歌的历史人物。他画爱国诗人屈原，炼石补天的女娲，酾酒临江的曹操，驱鬼拿妖的钟馗，啸傲山水的渐江……从这些人物身上显示出中华民族自古以来所推重的自信、自尊、高洁、旷达、疏放和自然纯朴之美，有一种催人奋起的阳刚之气。

所选诗、词、曲是从范曾大量的同类作品中选出的精粹之作。这些作品或描写祖国名山大川的秀丽风光，或讴歌古代贤哲的崇高气节，或记载他与当代各界人士的交往和友谊，都写得情真意切，妙语连珠。他在《登黄山天都峰三十六韵》中写道："攀登近绝顶，路陡更倥偬。后路早已断，前行见大勇。"又在《登天都示玖文同志》中写道："险绝方知山势妙，危临应见品行高。揽怀俯瞰人间世，顾我攀登莫畏嘲。"他对人生的理解，实际上也是他生活的真实写照。

（原载1986年11月7日《中州书林》）

杂文与诗的联姻

——读王怀让杂文集《今夕是何年》

"嫁接"一词起源于植物学。因为嫁接存在优势，文学上亦不断有嫁接和联姻的现象出现。杂文能否与诗联姻？似乎很难。可现在已经有人在这块田原上播下了花种。

——这是我读王怀让杂文集《今夕是何年》的第一印象。

杂文惯于理性取胜，杂文集的取名也常常富于理性色彩。而"今夕是何年"是诗的佳句，带给人的是美好的遐思。封面呢，又与书名相得益彰，打破了以往杂文集封面设计的模式。一弯巨大的乳黄色的上弦月，高挂在湛蓝色的夜空。人间天上都是醉人的蓝。里面包含着什么？任你海阔天空去想象吧。

这只是表面，关键应该取决于内容。让我们看看目录。集子共分四辑："在历史的风景线上""今夕是何年""当你有了第一根白发""再多一点灵气"。辑辑储满诗意！

作者是一位有影响的中年诗人，他的充满激情的政治抒情诗曾打动过众多的读者。由于社会责任感的驱使，近几年，他挥笔写起杂文来。诗人自觉运用诗人优势写杂文，显示了与众不同的追求。

综观《今夕是何年》，文章的风格是多样的。有的犀利，有的幽默；有的朴素，有的机智；有的开门见山，一语中的；有的则构思巧妙，曲径通幽。作者运用广博的知识，旁征博引，使文章具有较强的可读性。但这些很难说是这本集子的独到之处。因为这些特点在不少杂文家的作品中也可找到。有一点，这是笔者感受最深的一点，即集子里不少文章显示出的冷峻的思辨与热烈的抒情融汇一起的尝试，则在别的杂文集中很少看到。它给人带来了艺术的新鲜感。

试看下面的文字："自由，是鱼儿在江河中畅游。自由，是鸟儿在天上飞翔。自由，是轮船在大海中航行。自由，是火车在铁轨上奔驰。"（《关于"自由"的断想》）一连四个排比，完全是诗的语言，然而作者是在讲述一个常识性的而不少人又说不清的道理：什么是"自由"。再录一段："猫耳洞在倾听。清晨，它倾听着天安门广场上五星红旗冉冉上升，晨风中那哗啦哗啦的欢笑声；夜晚，它倾听着长江和黄河在十亿人民的心中流过，那祖国前进的脚步声。猫耳洞，中国的耳朵！"（《猫耳洞在倾听》）多像一首优美的散文诗，可实际是作者在为一本新书《猫耳洞日记》写短评！像这样的例子，还可以举出许多。

王怀让的杂文具有鲜明的时代特色和浓郁的生活气息，如同他的诗歌，从不无病呻吟。他的题材都是从生活中得来，文风朴实，毫无书生气。如《对"研究研究"的研究》《东道主的派头》《"涂鸦"与国际口味》等篇，一针见血，直陈时弊；《今夕是何年》《当你有了第一根白发》《写好你的墓志铭》等篇，规劝诚喻，一往情深。无论鞭挞、褒扬、劝谕，都满怀一腔赤诚，使人受到感染和启迪。

我们的时代需要杂文。

《今夕是何年》是初具繁荣的杂文园地里的一枝奇葩。相信它会受到读者的注目和喜爱。

（原载1989年11月4日《河南日报》）

她走上艺术的不归路

近读书法家胡秋萍女士《但求翰墨溢心香》一文，当我读到"随着岁月的绿叶一片片的飘落，我越来越深刻地感到，能有一件事让我终生为之痴迷，则人生足矣"的句子时，不禁从内心深处为她叫好。我想起清代文人张潮在其名著《幽梦影》中的一段话："花不可以无蝶，山不可以无泉，石不可以无苔，水不可以无藻，乔木不可以无藤萝，人不可以无癖。"这是人生的一种境界。这种境界并非人人都能悟出，人人都能具有。因为癖好和痴迷常常与寂寞为伴。

这就是胡秋萍。

由此，我们可以更好地理解她做出的选择：甘愿放弃在名报当编辑记者的优厚待遇，去做一个寂寞的职业书法家。因为书法，已经让她终生为之痴迷。

胡秋萍对于书法的热爱和痴迷已经深入骨髓，与她的生命融为一体。这种选择给她带来了莫大的幸福，也带来了莫名的痛苦。她已背负起沉重的书法十字架，不停地去寻找和发现新我，像一位虔诚的圣女。

2002年伊始，有着金字塔外形的河南博物院举办了一个引人注目的活动：胡秋萍书法艺术作品展览暨《胡秋萍书法艺术》作品集的首发式。省委常委、宣传部部长孔玉芳参加了开幕式并细致观看了所有展品。著名书法家张海、王澄、周俊杰，著名作家南丁、田中禾、孙荪、张宇以及各界人士数百人参加了开幕式。

　　展览带给人的感情
冲击是巨大的。惊喜、惊
叹、惊愕、惊讶，各种表
情，因人而异。站在大家
面前的，仍然是人们熟悉
的，有着谦和微笑和儒雅
之风的胡秋萍，但展现在
大家面前的她的近百幅新
作，因其更加张扬、更加
个性化的线条造型，汪洋恣肆的情感律动，使熟悉她书风的朋友们几乎都感
到陌生。大家都在心里问：这是胡秋萍吗？然而，每幅作品的落款"秋萍"
二字又是那么熟悉，让你无法怀疑。

　　胡秋萍在勇敢地否定自我，超越自我。这一点她在一年前河南省书协
推出的墨海弄潮百人集之一的《胡秋萍书法作品集》中已经做了预演。一
本薄薄的只有两个印张的小册子，能量却不小，引发了一场蔚为壮观的唇枪
舌剑。赞扬者有之，责难者有之，同好间私下议论者有之，郑重其事撰写文
章登在书法刊物上者有之。双方各执一词，代表当代两种截然不同的书学理
念，从中可以看出书法界对她的关注。正像王澄先生在她的作品集的序言中
所指出的："（她对）以王铎为基调的、能充分展示其传统功力和承接关系
的行草书，早已驾轻就熟，但她并不愿意轻车熟路地走下去，而是颇有激情
地做着新尝试，尽管这种尝试会有几分风险，更有可能遭到一些人的非议，
但她顾不了这许多，因为她有一颗忠于艺术的痴心。她懂得，在艺术的探索
中，即使失败，也带着几分悲壮，其过程本身便是一种价值和收获。"她在
艺术探索上义无反顾地走上了一条不归路。这次展出的作品（包括收入其作
品集的作品）风格，比她一年前走得更远，也更全面地展示了她的追求。她
以忐忑不安的心情接受同行们及各界人士的批评。

随之举行的研讨会再一次印证了王澄先生的话。十几位艺术家、作家先后发言，对她的探索精神给予了热情的首肯。艺术家是真诚的，他们在热情肯定的同时，谈了各自不同的看法，其中也包括"非议"。

大家太熟悉她的王铎书风了。她历次入选国展和获奖的作品，都是这种书风。但她并不是一个书奴，她并非在重复王铎，在学习王铎的基础上，她的作品已经融入了不少她自己的东西。可以说，她是书法界公认的写王铎书风成功的一位书法家。为什么要变呢？很多老一代书法家不是一辈子都在写一种书体吗？她不是在自寻烦恼，她有更高的追求。如果说，在很长一段时间书法是她生命的一部分，那么现在，书法已成了她生命的全部，她的喜怒哀乐都在书法里。她要用属于她自己的语言体系去表现她生命的律动。"王铎书法为我最初的学习提供了直觉与远古的参照。但我不能做寄生虫，永远地寄生在王铎身上。我们毕竟是隔代的人，不同的时代，不同的生活环境，不同的文化心理需求，带来不同的艺术审美追求。"——对于她曾长时间醉心的王铎书法，胡秋萍作如是观。

有人说她的新作明显受流行书风的影响，对此她十分清醒："受流行书风的影响，是生活在这个信息时代的人在探索中无法避免的事情，当然最终要剥去趋同的蓑衣，显出个性的本真，才会有其艺术价值。"可以说，没有流行书风，不可能有胡秋萍今天的探索。流行书风的一些优秀代表书法家的书学理念与实践，给了胡秋萍深刻的启迪。我们从她对民间书法的吸收和更加个性化的线条表现，以及对墨色、纸张、幅式的选择上，都可感受到这一点。但是，正像我们从她的新作中仍能感受到王铎的某些精神和技法一样，她对流行书法家的态度也是有选择地吸取，并非全盘接受。

胡秋萍的新作呈现给我们的，是她过去的作品中所不曾有过的更加丰富、更加完整的精神世界：既有响彻云霄的凄然呐喊，又有山涧溪流似的细语低叹；既有奔腾不息的波涛翻滚，又有温柔缠绵的柳丝拂面……一个成熟知识女性热烈奔放而又细腻质朴的心灵世界，一览无余地展现在我们面前。我们好像感觉到生命的呼吸，它是那么的真实。更为可贵的是，她在尝试着运用只属于她自己的书法语言去表现，不事雕琢，自然天成。

她沉浸在创作带来的特有的惊喜和幸福之中，同时，又陷入不被理解的隔膜和痛苦之中。

展览之后，她很长一段时间未再创作，更多的是在读书、临池、听音乐、旅行、思索，间或写点旧体诗。她的爱好颇为广泛，最突出的当属上述几项。读书和听音乐是每天不可或缺的事情。读书使她心灵升华，也使她找到最适合表现的文字内容。听音乐常常激发她创作的冲动，她不少得意之作就是在音乐声中完成的。我们可以从她书作和谐的节奏中感到一种音乐美。她本身就是一名歌手。几年文工团员的经历加深了她对音乐的理解。她喜爱旅行。"读万卷书，行万里路"，是她很早就立下的宏愿，因而她不放过每一次开阔视野的机会。她还是一位有成就的旧体诗人，有诗集《秋歌》问世。她的诗作语言清新，感情真挚，深沉、婉约之中不失豪放与旷达，一如她的为人。

展览之后带给胡秋萍的不被理解的苦闷一直在折磨着她。她更多的时间是在思索。经过长久的思索后，她更坚定了自己的选择。她一直酷爱最富个性的艺术。追求张扬个性，是她义无反顾的选择。她最终听信并服从了意大利诗人但丁在经历过炼狱之后发出的忠告——

走自己的路，让别人去说吧！

（原载《时代青年》2002年第9期）

开风更待面壁人

利用参加会议的间隙，我探访了西安碑林博物馆馆长、著名文博碑石专家、书画家高峡先生。

高峡的办公室就在碑林博物馆内的一幢楼房里，面积不大，摆设也较简朴。靠墙的地上和写字台上都堆放着书。他似乎看到我们在注意这些，不无歉意地说："里面套间有几个书柜，都摆满了。没办法，这也许是读书人的通病。"

我们从他的爱好谈起。

除去书画创作，他一生最大的爱好是买书和读书。他不抽烟，不喝酒，所有的积蓄都用在买书和买绘画原料上。高峡算了一下，他的藏书大概有四十几个书架，上万册之多，其中有1/3的书是从古旧书店买的。极左时期，有些名著被定为"封、资、修"的东西，只能偷着买，偷着看，不敢公开，怕有人告，只好藏在一个不盛水的水缸里。

高峡读书不限于书画和文博领域，涉猎十分广泛。中外名著，文学，史学，哲学，包括西方现代派的绘画和著作，都是他研读的对象。

高峡的工作很忙。作为已有900多年历史、入藏碑石3000方、被联合国教科文组织列为世界50个重要博物馆之一的西安碑林博物馆的馆长，他的忙碌是可以想象的：每天都要处理馆内事务，随时都会接待来访，陪同重要的外宾和中央领导参观，参加各种学术会议，等等。可是，就是在这样的工作环境里，他创作了书画作品16000余幅，出版书画作品集20余本。他创造了令人惊叹的奇迹。

高峡是一个成功者。刚刚走上工年岗位时，他只是一个西安美院中专部的毕业生，而今他已是研究员，多所大学的兼职教授。他主编并参加撰写的专著共有212卷之多，10多次出国访问、讲学并举办个人作品展。其作品被人民大会堂、大英博物馆、日本美术馆等国内外著名博物馆珍藏。学术职务颇多：中国书画家协会副会长，陕西省书法家协会副主席，首届陕西省青年书法家协会主席，等等。作为文化界人士的代表，他还担负着陕西省政协常委的重任。曾被中央电视台《东方之子》栏目专访过的难忘经历，使他荣获了"东方之子"的美誉。

说起成功的秘诀，他沉思片刻，意味深长地说："说出来你们也许不会相信，我的一切不是靠天赋，而是靠勤奋。从我参加工作起，我从来没有过过正常的星期天。我给自己定的原则是星期天不会客、不吃请，坚持了30多年不变。星期天的时间我全部用来读书和创作。"

16000余幅作品都是一笔一画写出来、画出来的，这该用去高峡多少时间啊！谁会想到，这其中的绝大多数作品全是高峡利用星期天完成的呢？听了高峡的介绍，敬佩之情油然而生。珍惜时间就是珍惜生命，最充分地利用时间无异于在最有效地延长生命。这是高峡的成功之道，也是他的养生之道。高峡在事业上取得了成功，他的青春也得到了延伸。他虽已50多岁，但看起来要比实际年龄年轻得多，因为他一直保持着年轻的、进取的、与时间赛跑的心态。

为了不被打扰，高峡一到星期天就把自己锁在家里。贤惠的妻子十分理解和支持丈夫的选择。星期天一早，妻子主动回娘家。先把丈夫的中餐准备好，然后把家门一锁，走人。这样的生活几乎是雷打不动的。高峡的午餐很简单，几张油饼，一盘小菜，一杯清茶而已。

一整天时间，高峡沉浸在只属于他个人的极乐世界里。由于住房面积不大，大幅字画都要在床上创作。长期用一种特殊的姿势，腰脊都变了形，然而他依然乐此不疲。

"如果把用过的宣纸连起来，应该比马拉松路程还要长。"回顾创作生涯，个中艰辛，只有书画家本人知晓。

说起当前的书法现状，高峡用"新的战国时期"来形容。"哪个能经得起历史的考验，还需要时间来验证。好的书法既有传统，又能张扬个性。现在有些个性化的东西没有深度，粗看可以，细看不行，韵味不足。根源是没有基础，所以不耐看。"

对于河南的当代书法，高峡赞美有加："河南书法实力派多，有悟性和灵性，相比之下，陕西要差一些，文化素养不如河南。"

高峡还告诉我们，他不迷信名人。他常买一些无名之辈的书，包括一些儿童画，从中能悟出不少道理。他的作品历来都是张扬个性的，因而也曾被人称为"怪"。特别他那些极具探索精神的现代派作品，更是别具一格，赢得不少爱好者和收藏家的青睐。

临别，高峡陪同我们参观了碑林。西安碑林，是中国最大的碑林。自北宋哲宗元祐二年（1087）起，这里开始成为历代碑石、墓志等刻石的收藏地。历经千年沧桑、数朝更替而藏石不辍，几乎囊括了各个时代最有代表性的刻石，因而享有"书法艺术的故乡"的美誉，是海内外书法爱好者心中的圣地，每天都有络绎不绝的游客慕名而来。我看到路边有关于申报世界文化遗产的宣传标语，就向高峡询问。他说："西安碑林是和河南龙门石窟同一年申报的。龙门石窟批了，碑林没有通过，主要原因是周边环境不过关。这个问题已引起省市各级领导的重视，但整改需要一定的时间。我们并不灰心。我相信，不远的将来，我们一定会圆这个梦，西安碑林一定会进入世界文化遗产名录！"高峡坚毅的目光和语调，令人感觉到他对这座东方艺术宝库的深沉的爱。同时，正因为爱之深切，难以掩饰的遗憾之情，也自然而然地流露出来。

我们跟随高峡，走进了6个碑廊、7个碑室、8个碑亭和1个大型的石刻艺术陈列室，欣赏了圣哲的浩瀚石经、秦汉文人的古朴遗风、魏晋南北朝的墓志精华、大唐名家的绝代法书、宋元名士的尚意笔迹、明清两代大师及皇族贵胄的笔墨情趣。在浏览中，高峡不时做些讲解和点评，使我们在欣赏之中又多了一些了解。我们在石刻室的"昭陵六骏"大型浮雕前惊叹不止。这是唐太宗李世民为纪念他征战沙场时所乘的6匹建功立业的战马而诏令雕刻的。造型逼真而传神，堪称浮雕艺术的千古杰作。遗憾的是，其中两件不是原作，原雕现存美国宾西法尼亚大学博物馆。

高峡多才多艺，不但在书画创作和学术研究上有突出成就，同时还是一位旧体诗人，诗作不时见诸报端。他在西安碑林900周年笔会上曾赋诗一首：

> 丰碑九纪列艺臻，华雨石林万方森。
>
> 墨散幽香醉游客，拓传清韵醒世淳。
>
> 哲思一语惊天地，笔润千锋动鬼神。
>
> 心画专舒皆君驭，开风更待面壁人。

艺术贵在创新，贵在与时俱进。我们生活在一个充满浮躁的社会环境中。显而易见，心态浮躁、耐不住寂寞的人开不了一代新风。"开风更待面壁人"，我不知道现在有多少人属于真正的"面壁人"，但我确信，坚持三十多年如一日不过星期天的高峡应该是其中之一。

（原载《时代青年》2002年第11期）

流淌在字里行间的温馨与爱

南丁先生是河南文坛一位德高望重、成果丰硕、深受作家和读者爱戴的老作家。曾长期担任省文联领导，是文学豫军的领军人物。他从1950年涉足文坛，至今已走过半个世纪的历程。《南丁文集》收录作者在各个时期创作的不同体裁作品200余篇，160万字，分小说卷《亮雨》、散文卷《采鸫》、随笔卷《晕眩》、诗歌卷《山崖》、评论卷《微调》。文图并茂。每卷均收录作者大量珍贵照片，内容涵盖作者的成长足迹、家庭生活、创作艰辛、文友亲朋、文坛纪事。《南丁文集》无论从内容和形式上讲，都可称之为一套精品图书。它是省直作协成立后，为老作家办的一实事，是河南文艺出版社品牌兴社的一个重要成果。《南丁文集》的出版，也是2006年河南文艺界的一件大事。

几点肤浅的读后感：

其一，它的文献价值。这一点，不少朋友都有同感。鉴于南丁先生在省文联长期工作的独特经历，这些经历在他的著作中都有呈现，包括对新中国历次重大事件的回忆，对河南老、中、青三代作家的描述和评论，等等。研究河南当代文学发展史的人，不可不读。再者，《南丁文集》是南丁创作的集大成，热爱南丁的人，或有志于南丁个案研究的人，不可不读。

其二，流淌在字里行间的温馨与爱。南丁是一个有着强烈社会责任感的作家，他对人民的深情，对生活的热爱，处处在他的作品里流露、闪光。南丁青年时代遭遇生活的坎坷与磨难，但他始终以乐观、达观的态度对待生活，从事创作。读他的作品，不时会受到真诚与爱的感染，久久难忘。我尤其喜欢南丁后期的散文，不少作品浑然天成，艺术上已达炉火纯青之境，平易包含奇崛，朴素透出真情，与苏金伞晚年的诗作异曲同工。

　　其三，对后学与后生的提携。收在评论集《微调》中有近30篇序言，有为小说集、散文集、诗集作序，也有为杂文集、曲艺集作序。南丁像一个辛勤的园丁，为一些鲜艳的和不够鲜艳的野花培土、浇灌。我只是一丛野草，亦有幸受到南丁先生的栽培。南丁为我的散文诗习作《男人的心跳》赐序"与诗人的心跳谐振"。他的序给了我莫大的鼓励和信心。南丁的评论不是枯燥的说教，常常用充满诗意的散文笔调来写，给人以亲切感。因为他原本就是一位诗人。他的文学生涯发端于诗歌创作。

　　[在《南丁文集》首发式暨南丁文学生涯56年研讨会上发言。原载2007年1月25日《大河报》。《南丁文集》（五卷本），2006年12月由河南文艺出版社出版]

《东方艳后》颠覆以往文学图像

在北京最美的季节，红叶烂漫的秋季，和各位评论界及媒体的朋友一起，研讨侯钰鑫先生的新作《东方艳后》，十分荣幸。河南历史悠久，文化积淀厚重。河南文艺出版社曾出版了一系列优秀的历史小说，如二月河的《康熙大帝》《乾隆皇帝》，孙皓晖的《大秦帝国》，以及其他作家的《大宋遗事》《1644帝星升沉》《越王勾践》《圣哲老子》等，构成了我社的历史小说方阵。而《东方艳后》的出版，更增加了我社历史小说的分量，并且具有最为独特的意义。

《东方艳后》的故事主要发生在中原。商王朝的辉煌和突然消亡有很多谜团，在历史上商朝显得神秘。侯钰鑫先生下了很大功夫，查阅了很多史料，又多次到殷墟考察。《东方艳后》成功地颠覆了大众对殷商灭亡及纣王、妲己等历史人物的传统认识，改变了纣王、妲己和姜尚等被妖魔化或神化的历史，把他们还原成了一个个血肉丰满的历史人物形象，并对殷商的灭亡有了更为合理的解释，使我们对中华民族的上古史有了更深入的认识。从某种意义上，《东方艳后》是对已有历史的修正，也是对历史的演绎。这个意义很独特。作家下这么大功夫，如此认真地艺术再现商周的历史变迁，填补了文学创作上的空白。以前，一般读者大多通过魔幻小说《封神演义》，来了解商朝末期的历史，现在有了《东方艳后》新的视角。《东方艳后》将姜子牙请下神坛，将苏妲己救出妖坛。

　　我社一直在关注着《东方艳后》的创作。得知有关信息后，很快与侯先生达成了出版意向。今年春天，侯先生创作完成，我们看到了《东方艳后》的全貌，令人振奋。全书洋洋50万字，大气而厚重。一部难得的佳作。商周的历史，除了甲骨文及《尚书》《诗经》中的一些零星的文字外，可信的记载少之又少，这就使得对这段历史的描写具有极大的困难。那时人们的吃穿住行究竟是什么样子？典章制度是如何制定和执行的？风俗人情与今天有何不同？大量的细节描写怎样来铺排？这些基础性的研究，花费了侯先生很多精力和时间。况且作品中还有六十四卦、河图洛书等大量的历史文化方面的知识。更难的是为苏妲己翻案，改变了妲己祸国妖魔的形象，把她塑造为一个忍辱负重，为匡扶天道而献身的另一个"西施"，彻底颠覆了以往的文学图像。他的颠覆，有可信的史料依据。所有这些，将会引发读者们的阅读兴趣。

我们在图书装帧设计等方面作出了努力，以确保《东方艳后》的出版质量。效果如何，还要接受市场和专家们的检验。

侯钰鑫先生是河南省现任专业作家中，创作长篇小说最早的作家。他的《好风好雨》《好爹好娘》《好家好园》等"好字系列"，在全国产生了很大的影响。《东方艳后》将是他创作生涯的一个新的起点。今天，中国作家协会创研部、文艺报和河南文艺出版社联合主办侯钰鑫先生的长篇历史小说《东方艳后》研讨会，既是对侯先生作品难得的个案研究，同时，也会涉及当前历史小说创作出版的一些共性问题。研讨的成果，将惠及整个长篇历史小说的创作和发展。

（在《东方艳后》研讨会上的发言，原载2007年12月1日《文艺报》）

《找党》：一部催人向上的书

在两个月前拿到《找党》这本书的时候，非常兴奋。凡是阅读了本书的有关人员，都不约而同地认为《找党》是一部难得的好书。在这个时期出版这本书也恰逢其时。我们把它作为党的87岁生日的献礼书来做，也是作为重点书、作为"五个一工程"候选图书来做的。

感谢何雄书记对这本书的装帧设计做了精彩点评。这本书无论从装帧设计还是在印刷各个方面，我们都是作为重点图书和精品图书来对待的。美编刘运来在设计这本书时是下了功夫的。新华二厂也是把它作为重点书来印制的。所以说，整个书的装帧设计和印制都是高水平的，也得到了广大读者和专家的认可。

我认为《找党》这本书有这么几个特点：

一、它是一部缅怀前辈的书。它所写的这些人物，都是我们的前辈，有老一代革命家，也有老一代军事将领，他们为缔造新中国和建设新中国都作出了不可磨灭的贡献。书中的这些人物，作者以满怀深情的笔触对他们进行讴歌和赞美，使我们重温了中共这几十年的奋斗历程。

二、这是一部读起来让人倍感亲切的书。为什么呢？一是这些革命先辈大多数是我们河南人，为中华人民共和国包括为河南的解放建设作出了突出贡献的人。有些内容对于河南的中老年来说是非常熟悉的，像许世友、李德生、吴焕先、彭雪枫等，对这些英雄人物人们耳熟能详。那么对于青年一

代来说，可能会比较陌生一些。而这些人物，是我们河南人实实在在应该永远铭记的人。作者通过第一手的采访，通过很多珍贵的史料，把他们进行栩栩如生的文学再现，使我们阅读起来不感到枯燥。作者本人就是一位作家，他有相当的艺术修养，不是用一般性叙述，而是在叙述中用了很多生动的故事、细节，所以我们感到非常亲切，很受感动。不少读者看了以后，感动得流下了眼泪。因此，这本书既有很强的思想性，也有很强的艺术魅力。再加上叙述的是我们身边的这些前辈，又是我们的老乡，就使我们读起来倍感亲切。

　　三、这是一部催人向上的书，也可以称之为一部别具一格的励志书。

这部书为什么适逢其时呢？因为当前缺乏这一类书。现在的图书市场，充斥了一些所谓比较时尚的书（当然我们不能批评这一类时尚的书），像这一类催人向上的读物相对来说少一些。所以，非常感谢何书记和各位团省委的同志，把它作为青少年的优秀读物来对待。而且今天又举办这样高规格的研讨会。我觉得这部书的确是一部催人向上的优秀读物。

《找党》这篇文章，即深刻地揭示了主题。像董老在引导钱均入党之时，就用大雁来做比喻：为什么大雁在飞翔的时候要排成人字？为什么要有一个领头的雁？这其中就有一个很深的人生哲理。我们作为一个人，首先是一个自然人，但同时又是一个社会人，又是一个追求精神的人。哲学家曾经把"我"分为三种层次：一个是肉体的我，就是作为一个自然人；一个是社会的我，他要从事社会活动；再一个是精神的我。如果追求不朽，必须成为精神的我，才能成为不朽的人，那就是要为整个人类作贡献。

现在很多青少年，对人生观、对追求还不是太明了。要想做一个更有意义的人，就应该有崇高的理想，不能只为自己生活。老一代革命家就是这样，像烈士写的："为了免除下一代的苦难，我们愿把牢底坐穿！"他们这样做是为什么？是为下一代，是为了子孙后代！他们不仅仅是为了个人生活。现在很多人仅仅是为了个人，不择手段地为了名和利，像这样的人，我觉得就没有崇高的理想，就应该从我们老一代革命家身上来汲取智慧和营养。一个人在青年时代如果没有正确的人生目标，那么他很可能在生命的最后会有遗憾和惋惜。所以，我觉得这部对广大青少年读者来讲，的确是一部很好的励志书。

（在纪实文学《找党》研讨会上的发言。原载《创新出版》2008年第3期。《找党，昨天与今天的红色记忆》，2008年7月由河南文艺出版社出版）

以读故事的方式亲近开封

在第27届开封菊会即将开幕之际，170万字的《开封故事》丛书正式出版了。这是开封文化界的一大盛事、快事，可喜可贺。

为在菊花盛会期间向来自四面八方的贵宾提供一份文化厚礼，作家、开封市委宣传部高树田副部长亲任主编，成立了一个优秀的写作班子，在相当短的时间里，完成了这部大书的编写。

为使这套书如期出版，出版社全力以赴，抽调了几名精兵强将，倒计时安排编校流程。几个编辑天天像打仗一样，前后一个月里牺牲了宝贵的业余时间，且常常加班至深夜，克服了诸多困难，终于在预定的时间里完成了这套书的出版。从接稿到下厂付印，170万字的书稿，一个月的时间完成申报选题、三审三校及印装等工作。这个效率，在我社历史上也是极为罕见的。"文章千古事，得失寸心知。"今天的首发会，从某种意义而言，也可称之为编著者与出版者举办的庆功会。

开封物华天宝，人杰地灵。作为七个朝代的皇城根儿，这是一个承载了太多故事、见证过太多历史的地方。这套书名叫"开封故事"，分《历史故事》《名人故事》和《传奇故事》三卷，让人觉得既亲切又温暖，一下子拉近了我们与那些杳渺的历史烟云的距离。这样的书名以及相应的写作定位，让我们面对这座历史文化名城，面对它数千年的历史积淀，汪洋大海般的丰厚物事，杳不可追的兴衰更替，不再觉得高不可攀，深不可测，无从打捞；

而觉得它是可以触摸，可以贴近，可以徜徉其中，可以像听外婆讲故事一样地，津津有味地倾听、咂摸、细嚼慢咽，从而感受一个真实、丰满、人格化了的开封。它以讲故事的方式娓娓道来，让人以读故事的方式感受历史，以读故事的方式亲近开封。

这套书全面、系统，也相当完备地介绍了开封的历史和文化。这块土地上的边边角角，凡是有影响、有价值的历史、人物和故事，都被打捞上来，收罗在这套书里。远至夏、商、周、先秦、秦汉、魏晋南北朝，直至唐、宋、元、明、清，乃至近代；皇帝名臣，文人骚客，草莽英雄，宫闱争端，兵戈征战，名流轶事，典故传说，民间故事……都能在这套书里找到出处。一套内容厚重的书——不仅是它形式的厚重，洋洋170万言；它的内容，它所表现的宏大主题，它力图全方位呈现一座历史名城的历史面貌与文化品格，同样厚重。这套书对于介绍开封、宣传开封，让世人真正全面了解和认识开封，有很高的价值。它将成为开封的一张名片。拿到这张名片，也就接通了开封的历史与现实的按钮。

写作方面。这套书最有价值的部分，在于它既再现了大的历史轮廓，也充满了鲜活生动的历史细节；既有历史眼光，也有现代关怀。以叙事为主，让故事本身说话，也有适度的议论感慨。叙事简洁、明朗、有力。可见编著者鲜明的叙事立场与严谨的历史态度，欲"究天人之际，通古今之变，成一家之言"式的文化追求。在写某一段历史或某一个人物时，或力求呈现其全貌；或只抓住其最传神、最有个性、最具历史光辉的一点，以一个意蕴丰富的历史切片，让读者领略其深厚的历史意味。不论哪一种方式，都能让人感受其人文蕴涵，或见出人物风骨，从而印象深刻。这套书虽然在篇幅上堪称大部头，看起来有点让人望而生畏，读起来却绝不会有枯燥无味之感。它内容丰满，包罗万端，随便从哪一个故事开始都可以读起，从哪里读都可以感受到趣味，感受到"故事"，感受到历史的体温与心跳。

（在《开封故事》首发式上的发言。《开封故事》（三卷本），2009年10月由河南文艺出版社出版）

独辟蹊径 视野开阔
——读周俊杰《书法美学论稿》

　　近读周俊杰先生著作《书法美学论稿》，第一感觉便是"重"：首先是书的沉重，大16开本，32个印张，全用铜版纸印刷，书的重量可想而知，像捧起一块不小的石头；伴随着阅读，又感到内容的厚重，这是周先生近30年来书法美学论文的合集。该书的一大特色是文图并茂，书中有大量的彩图，包括书法及中西方绘画，不用铜版纸，印刷质量则难以保证。

　　我有一个读书习惯，即在阅读一本书时，喜欢把同类书或文章找出来一并翻阅，这样既可集中学习某一专题，又可发现该书与其他同类著作的不同点。

　　中国古代有美学存在，但没有美学学科。作为一门学科，美学是舶来品。中国现代书法美学发端于民国时期的美学家邓以蛰、宗白华、朱光潜等人。邓以蛰是清代碑学大师邓石如的嫡传后裔，留学日本、美国，从30年代就着重研究书法、绘画美学，引起国内外学术界瞩目；宗白华从小跟柳诒徵学习过书法，后赴德留学。他们归国后均较早在中国大学系统讲授西方美学，有"南宗北邓"之声誉。邓以蛰在其《书法之欣赏》一文中说"书法是纯美术"，"为艺术之最高境界"，"完全出诸性灵之自由表现"。它被后人认为是五四运动以来从美学的高度研究书法艺术的一篇重要论文。宗白华则从审美心理、欣赏的角度阐述书法："中国的书法本是一种类似音乐或舞蹈的节奏艺术。它具有形线之美，有情感与人格的表现。它不是摹绘实物，却又不完全抽象，如西洋字母而保有暗示实物和生命的姿式。中国音乐衰落，而书法却代替了它成为一种表达最高意境与情操的民族艺术。"（《中西画法所表现的空间意识》1935年版）朱光潜从另一角度来评论书法，其《艺文杂谈》说："书法可以表现性格和情趣，不但是抒情的，而且可以引起移情作用。"林语堂是位中西贯通的学者，他的论书观念最为新颖。他在1934年、1936年，分别用英文撰写出版了《中国人》和《苏东坡传》。书中比较深刻地涉及书法艺术，在世界大文化圈的视野范围内来审视书法。如"书法代表的韵律"是"最为抽象的原则"。"只有在书法上，我们才能够看到中国人艺术心灵的极致"。因此"不懂得中国书法及其艺术灵感，就无法谈论中国的艺术"，"书法提供给了中国人民以基本的美学"（《中国人》）。这些论述与吉光片羽式的话语，反映出"西学东渐"与新文化运动以来的一种反思：书法作为民族文化艺术的国粹，它要生存和发展，就必须从美学的高度给予科学的阐述。然而，局限于当时的大环境，这些学者没有条件进行更深入和系统的研究，但他们高起点的研究成果，为以后书法美学的建立和发展奠定了基础。

新中国的书法美学研究起始于宗白华。他于1962年1月发表的《中国书法里的美学思想》一文（《哲学研究》），是书法美学的专论，在美学和书法界都曾产生过重要的影响。1975年，美学家刘纲纪出版了专著《书法美学简论》，具有拓荒的意义，也引发了数年之后的全国性的对书法美学的讨论。1980年代开始，中国书法出现了20世纪少有的繁荣。繁荣的标志之一，便是与书法创作同步的书法理论的繁荣。一些大学教师、文化学者及书法工作者，加入到书法美学研究的行列，甚至包括一些外籍华人艺术家。近30年，共出版了30余部书法美学专著。按出版时间先后，有金学智、熊秉明（法）、蒋彝（美）、叶秀山、宋民、陈廷佑、周俊杰、肖元、陈振濂、韩玉涛、邱振中、姜澄清、陈方既、庄天明、徐利明、毛万宝等，影响较大的是陈振濂、周俊杰、姜澄清、金学智、熊秉明等人。除此，日本学者河内利治也出版了研究汉字书法美学的专著。

在这一长串名单中，周俊杰是较早参与书法美学研究的，他最早的论文《书法艺术性质谈——兼评〈书法美学简论〉》写于1982年冬天。由于有深厚的学养支撑，首篇论文出手不凡，直抵书法艺术的堂奥。他认为："书法艺术，就其实质看，是一种充分发挥意象的表现艺术，它的美学原则是单纯的形式美。""它是纯东方式的、极富于表现个性的艺术。""从整个世界艺术史来看，书法艺术是世界艺术史上抽象艺术的前驱，我国是抽象艺术的故乡和发源地。在我国两千多年前就有了以书法为代表的、极为成熟的抽象艺术，而西欧在忠实地描绘客观形体几千年后的近代，才出现了以'意象''表现'为其宗旨的各种抽象主义流派。抽象艺术是客观存在，承认它并不可怕，它也不为资产阶级所专有。我们应把此视为民族文化的骄傲。"既有对先贤的继承，又有高屋建瓴的真知灼见，这在当时理论界尚较保守的背景下，其求索勇气尤显可贵。此文一发而不可收，接着，周俊杰发表了一系列美学论文，1990年结集为《书法美探奥》，由人民美术出版社出版。

纵观30年来已出版的美学专著，除个别涉嫌抄袭拼盘外，大多则各有侧重，各具千秋。周氏著作与之比较，显示出与众不同的个性与特色：

其一，不重复别人，而是独辟蹊径，有所发现，有所建树。如编入上编首篇的《书法艺术——主体精神手稿》，从立意到论述，都充满新意，给人以启迪，是在其他同类著作中所看不到的。周文从"书法艺术的表现对象""书法艺术与主体精神""作为符号的文字与主体精神""主体精神源于主体的社会实践""敏锐的审美直觉与主体精神"五个方面展开，充分论述了主体精神对于书法创作的不可或缺。周俊杰认为，宗教以信仰、哲学以理性征服人类，应该说二者均在人间起到了安抚灵魂的作用。但仅有科学无法使人类更好地协调和生存。必须有艺术！感性与理性完美统一的艺术，不仅可以使人的郁结情绪得到最大能量的宣泄，并且可以将人的主体精神提到一个高昂的、充满进取和充分肯定主体的美的极致中去，无论是创造和审美均如此。这里所说的"主体精神"，是指书法艺术家生命的本质——创造精神。因为艺术家的责任，就是不断地向人民提供新的、丰富多样的艺术作品。艺术家不应只是古代优秀作品复制者——那只不过是艺术匠人的本分——艺术家的任务就是不断地超越历史、超越他人、超越自己。无论书法的创作者或欣赏者，如欲达到主体精神的最大限度的高扬，首先要具有敏锐的艺术直觉能力。艺术美的显现，总是伴随审美直觉而发生。

其二，研究的问题不是面面俱到，也不追求大而全。他总是选取他最感兴趣的问题，而这些问题往往又是书法美学最核心的问题，深入研究，发别人之未发。如同打井，选准井址后，深入挖掘，直到地泉喷涌，凛冽甘甜。收入上编的《书法艺术形式的美学描述》、《美的追问——论书法欣赏》，均可作如是观。

其三，研究视野开阔，古为今用，洋为中用，在多学科、多民族的纵横比较中探寻和揭示书法美的真谛。自《书法艺术性质谈——兼评〈书法美学简论〉》始，这一特色始终贯穿他的全部书法美学著作。从《书法美学论稿》一书精选的数以千计不同类型的图片中，可以看出作者的良苦用心。从中我们也可看出，多种爱好与博学多思，对成就一位书法美学家是多么重要甚至不可或缺。

作为新时期一位举足轻重的书法家、书法理论家，周俊杰涉猎的书法理论几乎是全方位的，史论、书家论、学科构架、当代书法现象述评、论"书法新古典主义"等等，均有建树，书法美学只是他理论研究的一支，文字量较之有的学者，也不算太多，但由于其研究视角的独特性和理论所达到的高度，《书法美学论稿》因其文图并茂和印刷精美，必将在中国当代书法美学宝库中占据坚实的一席之地。

(原载2011年9月8日《皖南晨报》)

抒写世间真境界

——王澄诗词集《棚下曲》品赏

　　近日收到王澄先生题签惠赠的由中州古籍出版社出版的新著《棚下曲》。这是一册旧体诗词集，收录了作者各个时期的作品二百余首。笔者有幸先睹为快，得以见识作为书法家与诗人的王澄的另一面丰采。现以点滴心得，就教于王澄先生和诸位同好。

　　《棚下曲》来自同名诗作《棚下曲》："不洋不土曰如棚，白架周围绿顶轻。亦阔亦宽堪望远，无遮无碍更昭明。纸新墨古胸中意，手敏心闲物外情。楼上文章棚下曲，春风秋雨寄平生。"书名贴切地告诉我们这些作品产生的环境与心境。"春风秋雨寄平生"，一语道破天机。虽然作者认为"写字人对于诗词，不可不为，不可专为，多些修养而已"，但他一旦为之，就像他对待书法一样专注，一样认真，一样痴情，一样成为他生命中不可分离的一部分。作者说："余非诗人，更非词人，然情之所至，思之所系，总想一吐，而以诗词记之，自觉要比散文便捷。"又在不经意中道出诗家三昧。

　　打开诗集，像跟随作者回眸一段生命历程，书家的见解、情趣、行踪，跃然纸上。透过诗句去领悟一个人的艺术思想，感受他的情感世界和人生态度，比起枯燥的理论文章，实乃读书人的一件快事。

　　伴随书法家生活最多的，莫过于书法。而关于书法的诗章，占去了诗集相当的篇幅。这类作品，饱含作者丰厚的学养和创作甘辛的体悟，多有灼见。"残碑断碣任求之，借得兰亭入砚池。一洗千年尊帖病，雄浑拙朴写新词。"（《魏体行书赞》）王澄早年潜心研习过赵之谦、康有为、于右任，之后发表论文，提出"魏体行书"一说，引起书坛注目。他本人也是这一书体的实践者。"雄浑拙朴"一语极妙，准确地为魏体行书传神。而王澄的行书，除去雄浑拙朴，又多了一层飘逸。"月静天心远，云开地气舒。和平神自古，意到便成书。"（《无题》）这是夫子自道，亦可视为书学格言。其他如《开境界》《体悟》《悟道》《临池》《自由人》《乙丑秋感》诸篇，妙语连珠，均可作如是观。

诗集收有若干怀人之作，不多，但读之难忘。怀母亲的共有4首，篇篇佳构。"明窗净案小书房，父子谈棋母坐旁。妙算轻敲无限趣，新茶却误几回凉。"（《母爱》）一幅温馨的母爱图。读之亲切场景如同身受，引起感情的共鸣。在母亲因病去世时，王澄写下《悼母》诗："日月冥冥和泪霰，茫茫大地垂青幔。西沉婺宿思千愁，夜冷慈帏肠寸断。懿德永怀无尽时，恩情未报有余怨。苍天容我守瑶台，膝下堂前常侍伴。"已到中年身为人父的王澄，仍不失赤子之心，对母亲的缅怀成为他人格的缩影。"殷殷赤子难收泪，耿介为人报惠泉。"（《祭母》）他的血管里永远流淌着母亲的血浆。在英年早逝的画家李伯安的周年祭日，王澄赋诗一首："群贤会聚自情真，遗作观瞻念故人。寸纸千钧心力瘁，十年一剑墨痕新。横空巨制成青史，旷世丹青铸画魂。一曲英词向天唱，分明经纬亮乾坤。"（《画魂》）"寸纸千钧"、"十年一剑"是对李伯安的真实描绘，也为同道者树立了一个奋斗的坐标。

王澄是一位深具文人气质的书家。琴棋书画，无所不爱。但这只是表面。有两种文人：一种冠以文人只是徒有其表，一遇到名利便俗不可耐；另一种文人则表里如一，文人气质贯穿在骨子里。王澄属于后者。"醉我书房古砚情，新茶细品素琴横。荣华利禄随来去，事到无求意自平。"（《古砚情》）此诗可视为他文人情怀的真实写照。书中有不少追念前贤的篇章，如屈原、黄道周、朱耷、石涛、赵之谦、康有为、吴昌硕、李叔同、黄宾虹……仅从这些名字，我们即可感受作者的情趣所在和他崇尚的人格。这些都是身具傲骨且在艺术上开一代新风的东方文人的杰出代表。"直起脊梁平起肩，焚香濡墨问残编。文人情结千斤重，义理仁心未了缘。"（《读百年文人墨迹》）这便是作者的文人观。

作者亦是一位自然之子。常独自一人，或与友人结伴，徜徉于江河山野之间，感受大自然的恩惠。诗集中有多篇歌吟大自然的诗章，清新悦目，语言亦别具匠心。如词作《相见欢·小溪悠》："驱车独自郊游，荡沙洲。烟渚临风、掀起一沙鸥。野鸭戏，芦花醉，小溪悠。几许凡尘、都与付东流。"一幅别具情趣的田园风情画。这样的画面，只有心灵与大自然息息相通的诗人才能捕捉得到，才能绘其神韵。我们惊叹诗人驾驭语言的能力。"戏"、"醉"、"悠"三字极妙。诗人仿佛用了点金术，"着一字而境界全出"（王国维语），与后面的"凡尘"形成鲜明的对照，令人神往。其他如《烟台海滩》《捣练子·渡头》《山行》诸篇，均有可圈可点之处。

作者歌吟大自然的诗章并非都是轻松的，有些则使人读之沉重。如《玉簟秋·黄河》："千古黄河万顷涛，流尽前朝，历尽狂飙。波翻浪涌黯魂销，风也飘飘，雨也潇潇。斗转星移又大潮，山在倾摇，水在咆哮。国人莫把盛时抛，水复遥遥，路复迢迢。"黄河既是自然之河，又是象征之河；是真实之河，又是梦幻之河；是历史之河，也是现实之河。王澄赋予它新的内涵。"斗转星移又大潮"，生活在这个时代的人都理解诗人的特指。"国人莫把盛时抛"，无异于风雨中的一声惊雷，使人联想到各自的责任。这样的词作又让我们看到作者身为民族之子的另一面。虽然有"凡尘"的烦恼，但骨子里依然是忧国忧民的文人情怀。

清代学人王国维在《人间词话》一书中提出著名的境界说。他认为："词以境界为最上，有境界则自成高格，自有名句。"又说："境非独景物也，喜怒哀乐，亦人心中之一境界。故能写真景物，真感情者，谓之有境界。""大家之作，其言情也，必沁人心脾；其写景也，必豁人耳目。其辞脱口而出，无矫揉妆束之态。以其所见者真，所知者深也。诗词皆然。"以此说来检验王澄先生的诗词，我们会得出这样的结论：《棚下曲》是一部有境界的作品，而且是在抒写世间真境界。笔者并不认为王澄的诗词篇篇珠玑，其中也有一些读后印象不深的作品。但综观全书，佳作叠出，清新之风扑面。作为一位视书法为生命的书家，挥毫之余尚能有如此多的诗词佳构，足以令同道者为之刮目。

《棚下曲》还收有10幅作者与诗词相关的绘画作品。王澄的书法大家都已熟知，书坛也早有定论。其绘画作品，笔者还是第一次看到。全用减笔写意，以少少许胜多多许，与其书法、诗词风格和谐，相映成趣。

另外值得一提的是，该书的版本装帧颇为考究，堪称精致，给人以别开洞天之感。合书默念，此书似可总结为五雅：诗雅、词雅、书法雅、绘画雅、版本雅。以笔者愚见，对于书画诗词爱好者，无论品赏或收藏，该书都是不可多得之物。

（原载2003年7月2日《书法导报》，2003年7月18日《河南日报》）

猛士伟业　仁者德行
——记道友王猛仁

在我的友人中，猛仁称得上一位道友。既是文友，又是书友。我俩都是中国作协会员兼中国书协会员，令人难忘的是，我们是在相同的两个年份加入的。1993年，猛仁加入中国书法家协会，我加入中国作家协会；时隔12年之后的2005年，我加入中国书法家协会，猛仁加入中国作家协会。此事令我感慨良久。这是不懈追求与默默耕耘的结晶。对于我俩，好像又有一个看不见的缘。命运中的某些巧合，是很难用话语解释清楚的。

春节过后，猛仁寄来一部打印的书稿，名为《翰墨拾遗》，并打来电话，嘱我写一篇小序。我欣然应命。我早就应该写一篇关于猛仁的文字了。温馨的回忆，犹如展开双翅的小鸟，在思维的天空徐徐飞翔。

我与猛仁相识于1992年。那时，我在时代青年杂志社供职，从自由来稿中，选发了一篇介绍青年书法家王猛仁的文章。文章见刊后，猛仁到编辑部找我，当面言谢，并送来几本他刚刚出版的散文诗集。一个言语不多谦和朴诚的年轻人，心中好像有一团烈火在燃烧。他有许多计划和想法，又不停地用汗水和智慧把它们变成现实。只有三十几岁，成果已十分骄人，出版了多部个人著作，发表和参展了不少书法作品，主编了一些大部头的书法集，得到过多项奖励和荣誉。他的著作中，有三部是写炽热爱情的散文诗集，对于书法，我还是一个门外汉，工作之余的主要兴趣，都用到散文诗研究和创作上。结识一位同道，甚为高兴。很快，我便推荐和介绍猛仁加入中国散文诗学会。

　　1994年4月，我和猛仁应邀参加柯蓝先生在京主办的"回答"人生散文诗大奖赛的颁奖活动。活动十分成功。颁奖放在朗诵会上举行，朗诵者又都是演艺界名人，给人留下了很深的印象。颁奖会后，柯老又邀我们参加在北京郊县一个草原举办的纪念中国散文诗学会成立十周年的活动。因都有工作任务，我们未能从命。我和猛仁在京共同拜访了一些作家和书法家，记得有姚雪垠、李准、廖静文、李铎、刘艺、佟韦、张道兴等。我为《时代青年》采访和组稿，他为他在周口举办的一个展览组稿。几天的访问，成为我人生经历中宝贵而难忘的一页。此行无形中又加深了我与猛仁间的相互了解和友谊。我们朝夕相处，同居一室，无话不谈。我有收藏名人和文友手迹的雅好。闲暇之时，我便请猛仁在我的题词本上留言。他几乎是不假思索地写了一首诗："夜吟成行日对歌，偶聚京城逸兴多，为师为友亦为文，品高朴和是楷模。为幅明老师造像，书奉打油诗一首。甲戌年孟春于京华，猛仁并记。"题词既让人欣赏一幅优雅的硬笔书法，感受猛仁多才多艺、出口成章的才华，又能体会他谦虚为人的一面。他以学生自居，与首都书法界的不少名家都有愉快的交往。

渐渐地，我对书法也产生了兴趣，后来竟发展到越陷越深，不能自拔。我对猛仁的书法也能作出较为理智的评价。他的熔隶简、行为一体的率意书风，与我的审美观产生了强烈的共鸣。我曾有一章散文诗相赠，谈我对猛仁其人其诗其书的感受。现抄录如下：

徜徉在古朴的园林
——赠王猛仁先生

徜徉在古朴的园林。

那是另一种人生境界：都市的喧闹声消隐了，代之而来的是清新扑面的风景。没有媚人的牡丹。处处是个性鲜明的奇花异草。溪水流淌着真诚，枝头盛开着风韵，花径边飘来才情。

在一片迷蒙之中，我几乎迷了路。

终于，从热烈奔放的花卉上，我认出了你的诗；从拙中藏秀的绿叶上，我辨出了你的书；在倔强挺拔的树干上，我悟出了你的魂。

用"倔强挺拔"形容猛仁的"魂"无疑是准确的。多年后，他在逆境中用自己的奋斗和业绩雄辩地向世人作出了诠释。

几年前，我听书法界的朋友讲，王猛仁被免职了。这使我颇感费解。因为此前他刚获得了周口市十大杰出青年的光荣称号。怎么这么短的时间竟会产生这么大的变化？后来，他到郑州找我，心情沉重，问有一篇写他受到不公正对待的稿子能否在《时代青年》发表，我的答复令他失望，我们发此类稿件一定要有调查，可编辑部没有人力。此后便多年没有联系。

2005年秋天，我因公到周口出差，出发前给猛仁打了一个电话。他很高兴。公事之余，我到他在市文联的办公室和寓所参观。品茶之间，了解到他的近况和几年来的变化。离开时，我和同事都受到他厚重的馈赠，足足有几公斤重的精美画册和著作。人人喜出望外，满载而归。

　　几年不见，对猛仁当刮目相看。他的近况令我欣喜，令我震惊，令我敬佩。他在遭受挫折后的自强不息，显示出他的成熟，给所有身处逆境的人树立了榜样。他又重新回到了市书协副主席兼秘书长位置上，而且又兼任市作协副主席。他在文学、书法两个领域齐头并进，硕果累累，他创办多年的东方艺术研究院，对普及和繁荣中国书画事业作出了贡献，也赢得了同行们的尊敬。他的东山再起，无形中已为他恢复了名誉。

　　他的办公室和寓所都极富个性，大门两边和室内都有他龙飞凤舞的书法。他为自己的书房取名"养拙堂"，可以想见他的追求。他的寓所是一处独门独院，三层楼房，且有车库。楼内有客厅、书房、创作室。他有收藏名人手札的雅好。他的创作室的四壁，挂满了装裱过的名人手札，特色别具。毫无疑问，从当代中国人的生活水平衡量，他可以称为一位新贵。可是，他不是企业家、商人，也不是掌握着人权和财权的官员，没有滥用职权的条件。他是一个靠劳动致富的艺术家。他把书画作为产业来运作。他是一个成功者。

　　谈起这几年的经历，猛仁有了新的人生感悟，他认为人遭受一点挫折，终身受益，会让人更加成熟，也会更理智地看待身边的人和事。他对自己的未来充满了自信。

　　《翰墨拾遗》是一部随笔集。有记述和评价艺术家的文字，也有序跋之篇什。从中可以看出猛仁的人生观和艺术观，对待老师和友人的态度，也可看到他这些年走过的足迹。相信读过它的人，会受到多方面的启迪。

　　一个当过三年兵的农民，靠对艺术的执着追求和聪明才智，改变了自己的命运。在事业不断上升之时，突然遭遇挫折，但他没有沉沦，默默坚守，最终又东山再起。这便是猛仁走过的路。翻阅《王猛仁自作诗联书法集》，看到书法家王祥之先生一副嵌名联：猛士伟业千秋颂，仁者德行万古传。自觉甚妙。于是有了本文标题。

2006年3月于郑州

（本文为《翰墨拾遗》所写序言，该书2006年3月由中国社会出版社出版）

梦回大唐
——读《墨韵诗声·王猛仁诗歌》

这是一部别具特色的诗集，又是一部各体兼具美不胜收的书法集。它使人联想到诗歌与书法的关系。

诗与书法同属艺术。诗用语言文字言志传情，书法则用线条来表现心灵的律动。有一点是共通的：它们都使用中国特有的方块字作为载体。可以说，它们是同母兄弟或姐妹，心有灵犀一点通。书法家最喜爱选用的表现内容便是诗歌。诗的高度凝练及诗中穿越时空的意境，是书法家们永不枯竭的创作源泉。

中国的唐代是诗歌与书法最鼎盛的时代，令后人一直无法望其项背。唐诗和唐代书法既是唐代艺苑中的两枝奇葩，又是中国诗歌史和中国书法史上的两座高峰。唐代是一个诗的时代。闻一多先生在论及唐诗时形象地说"与其说唐诗，毋宁说是诗唐"。唐代的楷书和草书所达到的高度，至今少有颠覆。还有一个有趣的现象，即唐代诗人与书法的关系。在唐之前，诗与书法是各自独立的艺术门类，没有人发现二者之间的微妙之处。从唐代开始，有识之士发现了这个秘密，并开创了一个新的艺术天地。唐代的诗歌和书法作为艺术主体，都具有在创作和审美上的艺术自觉，并有意地将二者融合为一起，成为一个完美的艺术整体。诗人兼书家，在唐代不是个别现象，而是普遍现象。不少著名诗人，同时也是书法名家，在诗、书两方面都取得了杰出的成就，成为唐代艺苑一道亮丽的景观。宋徽宗御制的《宣和书谱》

所收历代书家中，属于唐代著名诗人的就有十几位，其中有虞世南、贺知章、李白、张旭、白居易、元稹、张籍、杜牧、李商隐等。有的诗人在书法理论方面也具有独到的见解，写下传之久远的论书诗。李白、杜甫、韩愈等都有传世杰作。有的理论著作把诗歌和书法之间的内在联系在理论上加以确认。孙过庭的《书谱》在论述书法的抒情性时明确指出："情动形言，取会风骚之意；阳舒阴惨，本乎天地之心。"揭示出诗歌与书法艺术在本质上相同的一面。书论家张怀瓘进一步提出"兼文墨"的著名论断。他在《书议》一文中说："论人才能，先文而后墨。羲、献等十九人，皆兼文墨。"张怀瓘"兼文墨"的观点明确地将"文"作为书法艺术的一个不可缺少的内在因素，"文"在书法中占有与"墨"对等的分量，并且强调"先文而后墨"，"文"又成了书法的基础和先决条件。张怀瓘的这一观点，在书法史上有着划时代的意义，影响深远。他为文人书法从此成为书法史上的主流奠定了理论基础。

话说得远了。回到这部散发着翰墨芳香的诗集。先说诗。显然，作者呈现出的是包容一切形式的大诗歌观。书中所收，新诗、散文诗、旧体诗皆有。作者用不同的艺术手段去表现他对生活和大自然的独特感受。三种诗体并存共荣，是这个时代艺术上多元包容的显著特征。王猛仁的诗歌创作，亦可视为这个时代文学风景的一个缩影。当然，三种诗体在表现上各有千秋。对于猛仁，三种诗体皆能，根据内容需要顺手拈来，散文诗则尤为他的强项。他的作品多半率意而为，不修边幅，真情流露，少有做作的痕迹。经典意识的或缺，是他的短处，又是他的特色。

作为书法集，难得的异彩纷呈。其中不少书家，都是当代墨海弄潮的健儿，活跃在书坛的明星。可以看出，书家们的创作态度是严肃的，绝非通常意义上的应酬之作。诗的形式和内容，都是书家从猛仁的大量作品中自选的，首先在书家的心灵上引起共鸣，为书法的再创作奠定了基础。这部书雄辩地告诉世人：书法不仅可以表现旧体诗，也完全可以成功地表现新诗和散文诗。它为书法创作提供了更加开阔的艺术空间。这部书也从当下的书坛现状引发出某些思索，比如，书法的时代感如何体现？何为文人书法？作为一个当代人，一味地去写唐诗宋词，写祖先的遗产，我们的后代会如何去想？

王猛仁不仅是优秀的诗人，他还是一位风格独具的书法家，其率意书风与诗的风格一脉相承。猛仁的本职工作在书法家协会，写诗只是出于雅兴。他属于精力旺盛一族，业余创作的高产常令某类专业作家们汗颜。两年前，猛仁的大部头诗集《一个人的河流》问世，向我索评，因工作太忙，实在无暇为文，仅写了一首打油诗相赠。现抄之于后。我对猛仁的敬佩之情，尽在其中：散文诗坛情歌手，养拙堂内不倦牛。军旅生涯铸肝胆，磨难人生写春秋。豪放诗篇显大雅，古朴书风藏灵秀。诗书两翼翱蓝天，如歌年华尽风流！

除去诗人兼书家，猛仁还是一位令人刮目的书法活动家，办过书法报刊，策划并成功实施过许多书法活动。通过这些活动，猛仁也与全国各地的书家建立了紧密的联系，不少人最终成为志同道合的挚友。这部书便是猛仁与书友们友谊的结晶。

这是一部流淌着书家与诗人之间温馨友情的书，一部诗书合一的书，一部远离功利目的的书，一部使诗人和书家都感到欣慰的书，一部打着时代印记的书，一部也许可以流传后世的书。因此，它的创意尤显珍贵。

记得有一本书叫《梦回大唐》。除了政治家，最值得梦回大唐的应该是诗人和书法家。

一个伟大的时代，不仅仅只有经济上的奇观，也一定会有文化上的奇观。笔者无意拔高这部书，但它的确给那些不安现状的诗人和书法家们提供了诸多宝贵的启示。

2012年初夏于郑州天堂书屋

（本文为《墨韵诗声·王猛仁诗歌》所写序言，该书2012年7月由河南文艺出版社出版）

中原诗人最风流

在报到的签名册上，我写了两句话："中原自古多贤士，只有诗人最风流。"

这是个人理解，我觉得并不夸张。中原先贤多如天上的繁星，从黄帝开始，因立德立功立言而不朽的政治家、哲人、军人、科学家、诗人，几乎各个朝代都有。影响最深远的，要数民族始祖黄帝，还有老子、商鞅、庄子、杜甫和岳飞等等。为何说诗人最风流？这与中国的国情有关。中国是名副其实的诗国，诗歌雄踞古代文坛霸主地位近三千年之久。《诗经》是中国第一部诗歌总集，但它不是一般的诗集，它是"经"，列入儒家的经典，最早的五经之一，后来是十三经之一，是国人接受教育的必读书。《诗经》共收诗歌305首，经专家考证，有100首以上出自中原。出自中原的诗篇，其作者无疑是中原人。令人遗憾的是，《诗经》的作者，大多已无从得知，只有少数几位留下了大名。据史书《左传》记载，许穆夫人是"国风"中《鄘风·载驰》的作者，诗与史合，故可认定。许穆夫人(公元前690—前630)生于卫国王室家庭，是中原人。她20岁时，远嫁给许国国君穆公，人称许穆夫人。因为她写了《载驰》一诗，不仅被认定为中国古代第一位女诗人，还是世界诗史中第一位爱国女诗人。

从远古至今，几乎每个时代都有来自中原的大诗人。先秦的老庄是哲人，也是诗人，他们的著作都可视为古典哲理散文诗的瑰宝。汉代的张衡既是科学家，又是诗人。蔡琰是杰出女诗人，其代表作《悲愤诗》《胡笳十八拍》，感人至深。魏晋时代的"竹林七贤"，有四位是中原人。南北朝时代的谢灵运、谢朓，史称"二谢"，创立了中国诗史的山水诗派。庾信则是融汇南北，开一代诗风的大诗人。唐代是中国诗歌的黄金时代，也是各种诗体的集大成的时代，不论古体诗、格律诗，还是乐府诗，都取得了举世注目的辉煌成就。尤其是格律诗，到了唐人手里，才臻于成熟和完善。而唐诗自身也经历了初唐、盛唐、中唐和晚唐的四部曲。在唐诗的四重奏中，每一部乐章，中原诗人都奏出了最强音。初唐有杜审言、刘希夷、沈佺期、宋之问、诗僧王梵志，盛唐有杜甫、李颀、王湾、崔颢、边塞诗派代表岑参，中唐有新乐府运动倡导者白居易、元稹、刘禹锡、李贺，晚唐有李商隐。这些诗人中，杜甫被尊为诗圣，刘禹锡被尊为诗豪，李贺被尊为诗鬼。在中国的主流意识形态中，圣人的地位最高，这就意味着：杜甫是中国诗歌第一人。20世纪50年代，杜甫被西方人评为世界文化名人。杜甫已不仅仅属于中原，属于中国，而属于全人类。

诗会定名为"中原诗群高峰论坛"，很有气势，令人振奋。在参加了首届"河南诗人年度奖"颁奖典礼并听了多位评论大家的高见后，颇有感触。首先向获奖的10位诗人表示祝贺！评奖结果令我感动，获奖者包括三种诗体：新诗、散文诗和旧体诗。我看到了一种大气象。大气象包含着对唐代诗风的继承，对各种诗体的包容和肯定。评奖反映了中原诗坛的客观存在：强烈的社会担当意识与艺术的多元追求，多种诗体共存共荣。《河南诗人》在办刊和评奖上，呈现出大时代应有的大气象，起到了引领时风的作用。谨向《河南诗人》主编杨炳麟先生及他的团队深表敬意！

"中原诗群"的研讨及年度评奖，对于繁荣当代诗歌创作，将是巨大的激励和促进。

（原载《河南诗人》2012年第5期）

守望古风

　　多年前曾看过一次健强画展，印象颇深。由于展厅面积有限，仅展出阶段性作品数十幅。这次"寄心闲远——李健强书画展"，称得上大型，作品达150幅之多，各种样式均有，有巨幅挂轴、八米长卷，也有扇面小品、写生册页，还有供雅士把玩的器皿画，蔚然大观。既有今年的新作，也有近年来的佳作优选。进入展厅，清风扑面，雅气袭人，直入心脾。品赏中滋生出感慨：士别多载，创作成果令人刮目！

　　对比两次画展，心得良多，最大的感受是画家的孜孜不息，对古风的磐石般的坚守，又能在不变中有变，古风犹存，且现代意识盎然。

　　健强的古风犹存，表现在以下几个方面：

　　其一，坚守艺术家的独立意识和独立品格。这本来是成就艺术大家的底线。如果没有这一点，艺术史何来"八大""青藤"？但在当下社会，人心不古、急功近利几乎成了各行各业通病的大环境下，能够坚守，确实不易。健强为人谦和，但不失原则；画风高远，力透一副傲骨。他的人品和画品雄辩地告诉人们，他不仅独立，且称得上桀骜不驯。

　　其二，坚守寂寞之道。从他作品所透出的纯净气息，可以联想到他创作时的心境。画室取名"云心禅堂"，亦可见其心迹。健强是一个极其珍惜时光的人。他成为职业画家只有一年多的时间，之前一直是业余画家。在出版社任美编近30载，从助理编辑到编审，装帧设计屡获大奖，成就斐然。很难

想象在繁忙的工作之余，他能创作出如此量多质高的画作书作。奥秘何在？
坚守寂寞之道。他的宝贵的业余时间，几乎全部用在读书、临帖、作画上，
远离尘世的喧嚣。他与古人神交，丰厚学养，佛道双修，对禅意深刻领悟，
成为他的定力之源。

其三，坚守中国文人画的优秀传统。马国强先生称李健强为"河南文人
画家第一人"，绝非溢美，而是实至名归。文人画的核心是"文"，画中有
文，书画一体，传递出东方特有的神韵。必须有很高学养与审美情趣，又有
深厚笔墨功夫的人，方能为之。当代诗、书、画、文兼长者，不多；中原则
甚少，无与健强比肩者。健强是中国美协与中国书协的双栖会员，绘画、书
法均具个人风貌，仅此一点，已让众多画家汗颜。他的自作诗及题跋，寥寥
数语，文采与趣味顿出，与整个作品相得益彰。作为书画展，有人觉得书法
只有数幅，似乎少了些。在下则有另见。这正是文人画家的与众不同处。倪

瓒是元代重要书家，可他留给后人的，几乎没有单独的书法作品，除去手札与诗稿，其余全在绘画里。健强亦然。他为突出绘画，没有过多展出书作，但在他的绘画里，几乎都有书法，且四体皆能。亦如他的绘画，书法并未专学一人，而是以一人为基，广学他人，再掺入己意，形成自家面貌。可以看出，他的行书有徐生翁的天然，章草有沈寐叟的风骨，小楷则得倪云林的逸气。

过去观健强禅意画，曾有过担忧，长此以往，会否远离时代，不食人间烟火？这次画展，完全打破我的多虑，也使我对健强的禅意画有了新的理解。清人石涛有句名言"笔墨当随时代"。以我的理解，不同时代应有不同的艺术创新，归纳起来，无外乎两方面：道与技。道是形而上，技是形而下。我言健强近作现代意识盎然，即指他在道与技两方面均有突破和创新。

体现在道上：贯穿在山川林海里的人文精神。过去有人误解，似乎表现人文精神是人物画家的专利，与山水花鸟画家无缘。健强的作品彻底颠覆了这种误解。健强用他特有的笔墨语言，把他对人生的理解和感悟，对社会的看法，以人为本的情怀，融汇在画面里。他笔下的山水，虽来自大自然，但绝不是肤浅地描摹大自然，而注入了极强的主观意趣。观他的禅意画，初似品茗；再品，如饮清心剂；三品，犹如醍醐灌顶，茅塞顿开。他所有的山水画，都有人物，大多写意，有的占据画面位置很小，不细看则容易忽略；但他们绝非陪衬，而是作品的主体、中心、灵魂。景物，只是灵魂的外化。健强喜画梅竹，题款曰"梅竹双清"。梅兰竹菊，古称四君子，是高洁人格的象征。健强画此，其人文寓意不言自喻。健强作品的题款、题跋和诗句，是体现画家哲思与人文精神的重要一面，常有画龙点睛之妙。

体现在技上：融百家为一体，充满时代特色的笔墨语言。健强笔墨，轻松自在，看似行云流水，已达炉火纯青之境，颇具大家气象。《心月孤圆图》，笔墨极简，意境浩渺，令人品味无穷。正如古人所云："看似寻常最奇崛，成如容易却艰辛。"可以想见，健强该为此付出过多么艰辛的劳动。好在上天总是垂青那些不吝啬汗水、善于创造之人。这次画展频受同道和观

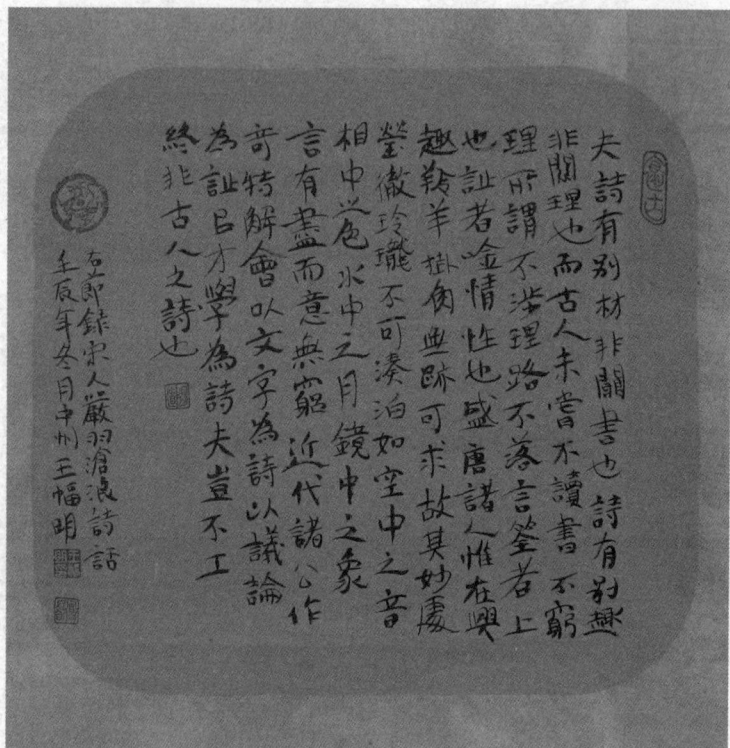

众赞誉，是对健强辛劳的最好回报。他用金碧山水写豫西山塬风光的《春和景明图》《垄上耕耘图》《塬上耕田图》《云开日丽图》等，时代气息浓郁，创意突显，史所未见，尤受好评。

曾看过一本书《最后的文化贵族：文化大家访谈录》，书中所访多为世纪老人，其中多人已经过世，新中国出生的一个没有。由书名联想到，编者对当下的文化现实太过悲观，不然，怎用"最后"一词？看来，他对诸如李健强一代的中年文化人，尚缺乏足够的了解。若真正了解，称健强一族为新生文化贵族，当无拔高之嫌。笔者坚信，只要文化传承不中断，文化贵族在中国，将永远不会绝迹。

（原载2013年1月10日《大河报》，《中原》2013年第1期）

奇书《任是无情也动人》

　　近日荣幸收到一本异常珍贵的赠书：《任是无情也动人——〈大秦帝国〉之商君珍藏版》，亦称《〈大秦帝国〉飞版商君50本限量珍藏版》。这是一部奇书，出版史上罕见的一部书。编选设计及自费印制者均出自电视剧《大秦帝国》飞版商君的几位超级粉丝。翻开扉页，最先映入眼球的是小说作者兼编剧孙皓晖的文章《君之热血殷殷荐我》，和该剧导演黄健中的文章《难得真情》。该书编辑之一品茶品菊作序，该书策划、主编兼平面设计邋邋写跋。全书由"剧评""诗歌""媒体摘录""图说商君"四个单元构成，文图并茂。印制古朴而精美。

　　且听孙皓晖、黄健中二人对于该书的高度评价。

　　孙皓晖："这是一部特异的书，浸透了汗水泪水，融入了灵魂的寻觅。这部书，是一宗迟来的祭物，是一群当代年轻人对2300多年前一位伟大先贤发自灵魂的祭拜。这位先贤的热血，已经洒在了我们的文明长河之中，激荡着壮美而炫目的血花。这位先贤的名字，已经刻在了中国文明的丰碑，悠悠岁月不能磨灭，重重烟雾不能扭曲，在历史的天宇放射着永恒而明澈的光焰。这位先贤，就是伟大的商君——开创中国古典法治的殉道者。这部书，是一宗精神的献礼，是一群少年英发之士颁发给一部历史剧主演的一项具有少年中国精神意义的最高大奖。这部历史剧的主演，就是《大秦帝国》的商君扮演者——'荧屏商鞅'王志飞。"

　　黄健中："写书评、剧评难得激情。品茶品菊在书的序言中开宗明义，看电视剧《大秦帝国》第一部《黑色裂变》'让我们这样热血沸腾激情澎湃'，'心驰神往日久难忘'；红心卜、旷谷幽兰、邈邈、夕窗、帮之杰兮，他们的热血无不融入文中的字里行间，即令黛茉妮的批评也热血的中肯、犀利，读他们的文章，我时时不得不掩卷拭泪、感慨万端。"

　　商鞅扮演者王志飞说："这样一个历史上的大思想家，他本身一定是超常态的，而且具有非常人的思想。因此，商鞅的风格，也应该有与众不同的做派。我认为他是独一无二的。他是我们的先驱。他是古典法制的创始者和奠基者。他的功绩，并非只对秦朝而言，而是打动和影响了后来的整个中国。我感动于这个人物，心悸于这个人物。商鞅绝不是一个性格单一的酷吏，只是那个时候，他只能选择酷吏的形象。但他仍有着柔情和感性的一面。就比如渭水刑杀后他第一次流泪，面对百姓谢恩强装冷静的喝止。在执法者之外，他首先是一个人，更拥有人的情感。所以我在表演创作中，更多地加入了一些人情味儿。"这段创作谈可帮助我们理解王志飞成功让商鞅在荧屏复活，是因为他首先具有与先贤息息相通的思想高度。

感谢该书制作人抬举，将我列入50位收藏者名单的第5人，排在孙皓晖、黄健中、王志飞、延艺之后。50位收藏者名单和单本的收藏证书，印在每本书的正文之后。

《任是无情也动人——〈大秦帝国〉之商君珍藏版》留下了鲜明的时代印记。其一，它是网络时代的产物。这是一本由网友自发策划、编辑、设计和制作的图文版图书。只为他们热爱的一部优秀的国产电视连续剧《大秦帝国——黑色裂变》中的经典角色。没有任何功利目的，仅仅为了将这些诗文和剧照永久留存下来，以成纪念。其二，这是一部闪耀着时代亮光的书。在这个常被人感叹一切向钱看，经济上升，道德下滑的时代，竟然有一群这样的年轻人，他们为艺术家所塑造的古贤国士的高贵形象和人性光辉所感动，在繁忙的工作之余，牺牲一个又一个宝贵的夜晚，终于制作出这部足以让后人欣慰和骄傲的书。书中寄寓着他们对当今和未来社会的期盼。

书的编者说，书是献给王志飞、孙皓晖，为这部优秀的电视剧付出心血的全体创作班底，以及所有热爱《大秦帝国》和喜爱飞版商君的人们，我则认为，它首先呈献的，应该是商君的在天之灵。

商鞅如果地下有知，一定会为孙皓晖长篇历史小说《大秦帝国》、飞版电视剧《大秦帝国·黑色裂变》、这部奇书及千千万万理解并敬仰商鞅的后人而欣慰。

我坚信，在中国成为真正的法治国家之时，商鞅会得到他应有的历史地位。

2011年10月

梦牵魂绕大峡谷

三年前笔者曾有幸去西藏采访。由于行程匆忙，仅去了拉萨、日喀则、萨迦、定日、江孜等地，在世界最高的寺院戎布寺观看珠峰，游览清澈如镜的圣湖羊卓雍湖。临别，西藏朋友送我们一行到贡嘎机场，深情地说："下次再来吧！我陪你们去林芝地区，看看我们西藏的江南，那里有神奇的西双版纳热带风光，有世界最大最险最美的大峡谷。"

带着梦境般的美好回忆和时间短暂的遗憾告别了西藏。西藏实在太大了！它的面积比河南的7倍还要大。它有那么多的世界之最。要想饱览它的美，几乎是不可能的。

我曾为去了美国而未能一睹科罗拉多大峡谷而遗憾，好在有飞机上的鸟瞰，也算一种补偿。而雅鲁藏布江大峡谷就在中国，它更令我梦牵魂绕。

为什么，我如此钟情于大峡谷？

我觉得大峡谷比任何风光都更具感性的撞击力。想一想江流入峡时的澎湃，百折不回，一往无前，不达目的势不罢休，总感到它像一位导师在启示着人们。

当我翻阅余鞠华女士、李冰晨先生惠赠，由他们二位责编的新书《神奇的雅鲁藏布江大峡谷》（海燕出版社出版）时，惊喜之情难以言表。它满足了我关于中国大峡谷的求知欲望。我的眼前出现了一片新的天地。也像是圆了一场梦。

这是一部异常精美的大书。

如果分类，它应该属于科学普及类读物。但它与我们通常看到的科学普及类读物不同，豪华精装，全书共含400余幅彩色图片，20余万字，可以称为一部高品位的文图并茂雅俗共赏的大型科普图书。

说它"精"，明显表现在以下几个方面：

权威性。它的主要作者全是直接进行大峡谷科学考察的科学家。他们从70年代开始，多次深入雅鲁藏布江下游的大拐弯峡谷地区，进行多方面的科学考察，历尽艰辛，终于获得了丰富的第一手资料，并在此基础上提出了不少令全世界地理学界震惊的创见。1994年4月，新华社首次向全世界播发了雅鲁藏布江下游大峡谷被发现的消息。这是20世纪一次重大的地理发现。消息说，大峡谷侵蚀下切5382米，为世界峡谷之最深；咆哮奔腾496公里，为世界峡谷之最长；以平均海拔3000米以上的高度，为世界大河之最高；又以4000米/秒的流量、16米/秒的流速，为同类江河之最大……这个消息引起了世界各地科学家、旅游爱好者和投资商们的极大兴趣。当然，它也令藏族同胞和炎黄子孙无比自豪。我们伟大的祖国，又多了一个世界之最。显然，有关大峡谷的世界地理教科书，需要重新改写。

说起大峡谷，不能不提起杨逸畴、高登义和杨逢生三位杰出的科学家。他们是大峡谷的发现者、论证者，也是进入大峡谷次数最多的考察探险者。杨逸畴担任该书主编。他们三位是该书主要撰稿人和图片提供者。其他十几位作者也都是曾以自己的血肉之躯一步一个脚印丈量过大峡谷的科学家、探险家和摄影家。作者阵容的强大，是这部著作权威性的最好说明。

系统性。全书共分11部分，从大峡谷的发现，到最后撩开它神秘面纱的20余年的考察探险的艰辛历程，都有详尽的描述。科学家还从不同学科的角度，介绍了大峡谷的无比丰富和壮丽奇观。如，大峡谷的地质构造形成和演化，奇异的现代冰川景观，规模罕见的水汽通道，南北坡垂直自然带的特征，野生动物的天然乐园，五彩缤纷的植物王国，色彩斑斓的菌物世界，等等。最后，作者又饶有趣味地介绍了独特的大峡谷民族风情，并预示大峡谷的未来发展。阅读全书,一个多彩立体的大峡谷清浙地浮现在脑海里,它令我们惊喜,令我们兴奋,因为它大大开阔了我们知识的视野。说它是一部分类齐全的关于大峡谷的百科全书,似不为过。

可读性。本书作为一部以图片为主的科普著作,文字亲切、流畅、富于文采,可读性很强。它不是一部纯学术著作。它是面向大众读者的,因而在行文和选择图片上,都充分注意到大众的审美趣味。不同兴趣和类型的读者,都可以从书中找到他喜欢的内容。笔者尤其爱读"考察在大峡谷"和"独具特色的大峡谷文化"两章。前章使人了解到科学家鲜为人知的考察经历。读着这些文字,好像跟随科学家一起考察和探险,伴随他们度过那些在泥石流雪崩中惊心动魄、死里逃生的日日夜夜,也更引起对科学家献身科学事业的崇敬。后章详细介绍了全国唯一不通公路的"世外桃源"墨脱县的风土人情。由于喜马拉雅山为天然屏障所造成的与外界人文的隔离,使这里形成了独特的原始、质朴的人文景观。本章文字与图片像一座桥梁,把读者与这块与世隔绝的高原"孤岛"连接起来,使读者对这块神秘之地产生浓厚的兴趣。

说它"美",是指本书的形式而言。它的装帧和版式设计脱俗、大气,别具匠心。图片与文字内容十分贴切。可以看出编著者对此是下了很大功夫的。

本书的出版,令人欣喜,也令人肃然起敬。这部熔大峡谷的自然风光、风土人情和科学知识为一炉的大型读物是一部难得的教科书。对于青少年读者热爱祖国,热爱大自然,热爱科学,从而树立为科学而献身的志向,都有不可低估的意义。

(原载1998年4月23日《郑州晚报》)

重新认识和思考那段历史

陈峻峰三本书其中一本《我在两千年前混来混去——春秋纪事》，是河南文艺社出版的，刚才很多评论家对这部书给予了首肯。非常值得赞赏的是峻峰把眼光关注到了中国先秦这段历史，从他表现出来的问题意识和写作风格，我觉得也沾染了先秦祖先的精神，非常性情和自由。中国人从汉代以后这两千年，和两千年以前，生命状态是不一样的。应该说在先秦时期，中国人还是比较野性的，血性的，自由的，浪漫的；汉以后，尤其是"独尊儒术"之后，中国人的性格在很大程度上变了。峻峰的这几部书，让我们感受到先秦人性格、风格的一面。

国家多次提出要实现我们民族的伟大复兴，但这个概念在理解上常常是模糊的。到底要复兴些什么？如果我们的文明之源、文明之根是模糊的话，复兴也是模糊的。因此峻峰书写所运用的那些艺术手段在这里其实是次要的，重要的是他试图告诉我们的，是要张扬我们两千年前民族性格中那些最可贵、最宝贵的东西，当代已经遗失的一些东西。当然现在包括峻峰在内的很多作家都在尝试复兴先秦历史精神的写作，就像我们社出版的《大秦帝国》，由此部书改编的电视剧昨天国内几家电视台首播。在西安举行的电视剧首映式上，商鞅的扮演者王志飞的一段话讲得很好。他说，其实商鞅谁都知道，但实际上能说清楚的人不多。他说他好像演绎了一段我们熟悉的故事，但是距离我们又很遥远。他希望大家看了这段故事之后，能够让我们重

新认识和思考那段历史，并展开一些讨论和碰撞。峻峰的这三部书也包含了
这个意义。他书写的历史不是按历史学家的要求去写的，不是完全建立在考
据基础之上，也不是按传统历史小说的手法去写的；传统历史小说的写作同
样也是建立在严格的历史事实之上，像二月河的清代帝王系列，孙皓晖的
《大秦帝国》，都是大事不虚，小事不拘。但峻峰的书写就不一样了，他是
用一个作家的眼光来诠释历史的，并按自己文学的理解对历史进行呈现或者
颠覆。其实历史本身，就像马克思说的是可以"怀疑一切"的。过去我们错
误地理解了马克思的话。而正确的理解应该是说历史也是可以怀疑的。因为
所有的历史都是后来一个人一个人书写的历史，是他眼光中的历史。譬如司
马迁眼中的历史，司马光眼中的历史，等等。并且很多都是在作者所处的时
代特定的历史背景下写作的。作者要把他的著述流传下去，他肯定要相当程
度地迎合当时时代的思想，否则，他的书不能流传，甚至命也难保。

我非常高兴地看到峻峰的这几部书，有很多独特的观点，也有很多尖锐
的质疑和决绝的"颠覆"，而他"颠覆"的根本目的，还是要通过自己艺术
的努力恢复历史本来的面貌，恢复真正的历史精神，这一点，非常值得推崇
和赞赏。

（本文为"陈峻峰先秦历史题材文学作品研讨会"上的发言，原载2010
年1月11日《文艺报》。《我在两千年前混来混去——春秋纪事》，2009年1
月由河南文艺出版社出版）

谁言寸草心
——读袁家安传记文学《母亲》

　　一个人赤裸裸来到世界，最亲近的人便是母亲。第一个人生之师也是母亲。母爱是人世间最纯洁最无私的伟大情感，能够带给人力量、信心、成功、欢乐和幸福。一些为人类的进步事业作出过贡献的伟人，都用最美好的语言赞颂母亲。但丁说："世界上有一种最美丽的声音，那便是母亲的呼唤。"高尔基说："世界上的一切光荣和骄傲，都来自母亲。"少年时代学过的课文中，有两篇关于母爱的内容，使人终生难忘。一篇是朱德元帅的《母亲的回忆》，另一篇是唐代诗人孟郊的《游子吟》："慈母手中线，游子身上衣。临行密密缝，意恐迟迟归。谁言寸草心，报得三春晖。"母爱恩重如山，稚嫩的小草，难以报答春天阳光的哺育之恩。知恩图报，是中华民族的传统美德。基于此，才有了一代又一代牢记母亲嘱托的热血男儿，也有了一代又一代述怀母亲恩情的诗文。

　　在国家进入市场经济的大潮后，社会出现了一些反常现象。其中一个突出的问题便是一些人信奉"一切向钱看"的人生信条，造成道德沦丧，甚至连孝敬母亲这样最基本的道德底线都被践踏在脚下。当我看到袁家安先生记述母亲事迹、献给母亲在天之灵的书稿《母亲》时，感慨颇多。中华民族的尊母美德并未中断。它将通过有识之士的风范和著作，代代承传。

　　袁家安先生撰写《母亲》的初衷，源于自己和兄长姐姐的意愿，缅怀慈母，启迪后代，只是作为家史来写的，读者也只局限于家族成员，并未想到公开出版。他在书稿的前言中说："我的母亲，是个平凡、平常的农村女子。她的一生并不轰轰烈烈，也无惊人之举。她和千千万万普通的母亲一样，忠贞、本分、勤俭、善良、孝顺、操劳家务、抚育子女、和睦邻里、友善亲朋，只是于缺吃少穿的贫困中，沉着坚忍地尽一个母亲的责任；于琐碎生活的平淡中，辛勤地默默付出；于寡妇孤独的岁月中，自强不息地昂首做人。在平淡的日子里，将苦乐之心淡化，活出了健康丰盈的人生；在平凡的人生中，忍人所不能忍，做了常人难以做的事情，真可谓是奇迹。""母亲是我心目中的偶像，她的人格魅力，以无形的力量悄然引导我们的行动；她的言传身教，影响和激励子孙发奋向上，起着'随风潜入夜，润物细无声'的作用。""《母亲》中妈妈的故事，从一个侧面反映了时代的特征，彰显了先辈们的道德品质，告诉我们一些平凡的生活道理，以及人生的智慧，旨在以理性的目光透视人性的本真，若对亲友特别是子孙后代，能起到一点感染、激励和教育作用，我就更加欣慰了。"书稿在家人中传阅后，引起了积极的反响。对子孙后代，起到了明显的感染、激励和教育作用。

该书在写法上颇具特色。它不是按正常的时间顺序来写母亲的一生，而是选取母亲生活中的某些片段，在20多个平凡的故事里，透射出母亲的善良心灵和博大胸襟。比如，在"永不放弃的亲情"一章，他写父亲因病染上毒瘾，家庭败落之后驾鹤西去，把一家重担留给母亲。家乡时逢"兵、旱、蝗"三灾，百姓都挣扎在水深火热的死亡深渊中，为了活命，母亲拖儿带女去娘家避难。长辈看到骨瘦如柴的母亲，好心劝其改嫁。但母亲想着丈夫的情，念着他对儿女的爱，坚定地回绝："不嫁！死也要死在袁门之内。"母亲经历千辛万苦，恪守传统道德，尽到为妻为母的责任，一次次从死亡线上挣扎过来，把孩子们都抚养成人。又如"逃荒之路"一章，写母亲带着家人逃荒到山西谋生，途中翻山越岭，风餐露宿，克服小脚走路慢的劣势，运用智慧和胆量，巧妙抛开狼群，安全逃生。"穷在大街没人问，富在深山有人寻"一章，写母亲在上世纪50年代末的大饥荒时期慷慨接济的那个人在旧社会还有过恶行。母亲缘何有此大爱之心？既有对上辈美德的传承，也有对儒家学说和古兰经的笃信。

该书的另一个特色，是作者在每一章之后都写有一段人生感悟。这些感悟是对母爱的深层解读，也是与读者之间的心灵交流。比如作者在"永不放弃的亲情"一章之后的两点感悟："一、生命是一种责任。我的娘，是一个不普通的普通母亲。她让我明白：爱与责任可以点燃幸福。""二、自强者是令人佩服的觉悟者。母亲从失意无比直至寻死，变得自强不息的人生经历，还告诉我们这样一个生活道理：真正的自强者是令人敬佩的觉悟者。"这些感悟已把母亲的作为上升到哲理的层次。母亲为何能够坚守"爱与责任"，坚持"自强不息"，源于她是一个"觉悟者"。"觉悟者"是一个平凡之人登上精神崇高的唯一阶梯。母亲是文盲，但能够大段背诵《三字经》《千字文》等儒家古文，能够深刻理解穆斯林精神，这也是她能够成为觉悟者的重要原因。她深知文化的重要，虽然没有上过学堂，却在极其困难的条件下，尽可能让子女们上学，把几个子女都培养成为国家的有用之才。《探究母亲的长寿之道》是该书很有分量的一章。母亲生逢乱世，经历了清朝、民国、新中国三个历史时期，一生清贫，却成为长寿老人，度过了漫长的90个春秋。作者从环境因素和个人生活因素两方面，探究了母亲的长寿之道，归纳出"母亲长寿三字经"，是一篇解读养生与长寿的宝贵文献。

袁家安先生早年就读中央民族学院，毕业之后供职于共青团河南省委，"文革"时期下放分配到三线工厂，70年代末回到省会长期从事外事工作直至退休，是一位优秀的少数民族干部。在他工作过的地方，都有很好的口碑相传。他是一位孝子。而他的恪守孝道，来自母亲的恩情和身教，也来自他本身的觉悟。出于一种责任，他在古稀之年写出带有家史性质的《母亲》。我坚信，这部凝结着他和兄姊几人孝心又包含着中华民族传统美德和生存大智慧的著作，不仅会使他们的子孙受益，也会使千千万万不同身份的读者从中受到启迪。

2013年3月

童心是金
—— 读王杰散文集《寻回散落的金子》

　　每个人都有童年，随着年龄的增长，会渐渐被淡忘；每个人都有童心，随着世俗的熏染，会渐渐离我们远去。当我读了《寻回散落的金子：我和姥姥的故事》一书，似有一股暖流在心间流淌，尘封已久的童年记忆，又在脑海浮现；沉睡多年的童心，又被轻轻唤醒。

　　扉页有一个献词："为纪念我那敬爱的早已作古的姥姥暨为后人无私地倾注了爱心的女人们！"全是童年生活的回忆。一百余篇自传体的精短散文，记述了作者儿时充满童稚童趣的多彩故事，一个质朴老人对外孙的慈爱。人生最早的启蒙大多在童年时代，最早的启蒙老师常常是奶奶或姥姥。父母要为生计劳作，无暇陪伴幼子，而这项重任便由已经退出社会生活的老人承担。这个看似简单的活儿，其实并不轻松。因为儿童的健康成长，包括两大要素——生理的和心理的。不少人重生理而轻心理，结果是孩子被养得白白胖胖，心理却患上孤独和自私的顽疾。儿童时代如果有心理的阴影，将会负面地影响人的一生。如何让孩子健康成长，长大成为社会的有用之才，启蒙教育尤为重要。而出色的启蒙教育，无不倾注着教育者的良苦用心。作者是一位已过知天命之年的公务员。有一天，他尘封了二十多年颇难辨认的手稿，被同事读到且被感动，他也由此而倍加感动。他突然意识到，他差一点犯了严重的错误。他对姥姥的缅怀与日俱增。他周身热血奔涌，情感犹如火山喷发。他决心把旧作重新改写，寻回散落的金子。经过三个多月的辛勤笔耕，一部饱含作者深情，设计清新淡雅，内容蕴藉耐读的儿童文学著作，呈现在读者面前。

《寻回散落的金子》是一部以儿童眼光、心理和语言所写，充满童趣，适合儿童阅读的文学读本。而这些因素，是小读者能否读之亲切、爱不释手的关键，也是这部作品成功的基础。试举二例："银色的月亮哟，你属于夜空，还是属于星星？银色的月亮哟，你属于大地，你属于高山，你属于河海吗？银色的月亮哟，你属于一切照得见的存在着的东西，要不，你怎能被人们称作月光呢？！可我说，银色的月亮，你归属于我：我跳，你随我起伏；我跑，你跟我移动；我停，你也静止了。"（《月亮》）"我家门前栽了一棵小树。姥姥说：它和我一样都是小苗，只是我俩吃的不一样。它饮水，我吃粮。性格也不同，我会说爱动，劲儿都使在外面，是个爱撒野的疯小子；它有话有力都暗暗使在自个儿身上，像个恬静无言的小姑娘。姥姥交代我：不能因此欺负它。所以，我打坠儿不找它，我要依靠不挨它。姥姥嘱咐我：要多多爱护它。所以，我搬砖在树根周围垒了一个圆圈圈，我每每吃饱了饭，都不忘记端水浇灌它。"（《棉装》）带着几分诗意的童心童趣，跃然纸上。

字里行间散发着炊烟般缭绕的乡土气息。作者出生在城市，又在城市求学、工作，只有童年时代短暂的乡村经历。这段刻骨铭心的经历，成为作者永难割舍的情结，也成为无可替代的心理营养，最终成就了一位儿童文学作家，一位正直的公务员。从他的作品中，我们可以深切地领略到，在那个特定年代，淳朴的豫北乡村风情。

作者在散落的往事里淘金。童年的故事是琐碎的。如果不加筛选去写，很容易成为一本索然无味的流水账。作者选择那些使他难以忘怀的故事和场景，用简笔淡彩加以描绘。读者从看似平淡无奇的故事里，感受到一位农村老人无私博大的爱心。正是这颗爱心，给了作者无比宝贵的人生启蒙。当他在知天命之年回首往事，怀念早已仙逝的姥姥，自言"寻回散落的金子"。我们从他的作品里，惊喜地发现了另一种闪光的黄金：历经世态炎凉之后仍然未泯的童心!

童心是金。老子说："专气致柔，能婴儿乎！""常德不离，复归于婴儿。""含德之厚，比于赤子。"老子倡导做人要抱朴守真。这既是道的本质，也是做人的境界。人类保真最彻底最纯正的莫如婴儿。能否保持一颗童心，是进入人生崇高境界的试金石，也是打开儿童文学大门无法克隆的金钥匙。

笔者与本书作者相识于30年前。那时，他已是一位崭露头角的青年作者，主要从事儿童文学创作，有多篇作品获奖并入选20世纪《河南儿童文学大系》等书，1986年加入河南省作家协会。我们之间是编者与作者的关系。也许由于工作繁忙，他远离了文学创作，彼此也失去了联系。想不到重逢后收到的礼物，竟是他散发着墨香的新作！相识与重逢皆缘于文学。我们现在已成为不折不扣的文友，喜悦之情难以言表。谨以此短文，作为王杰复归文坛的贺礼。

（《寻回散落的金子：我和姥姥的故事》王杰著，海燕出版社2013年3月出版）

美书论

科学求真，道德求善，艺术求美。

这是不同国度不同种族都共同遵循的信条。

艺术有不同的表现形式。但求美，应是一切艺术的共同原则。中国书法作为东方艺术的特有门类和瑰宝，它的审美特性不容置疑。这应是常识性的问题。如此说，本文以美论书，似有多此一举之嫌。

非也。为何作美书论？因有丑书论在。为何倡导美书？因有堂而皇之的丑书在。

一次，与一位书法家朋友交谈，谈起前些年书坛出现的某些作品。他说："我试图去喜爱它们，但是做不到，因为它们不美，丑。丑的东西，怎么能引起人的喜爱呢？"他的话久久在我耳边回响，引起我的共鸣与思索。我也有同样的困惑。一些被某书家评价很高的作品，欣赏起来总有些不舒服之感，或丑陋不堪，或矫揉造作。我不禁在心里暗问：如果书法要这样走下去，还能称为艺术吗？后来又看到少数书家为丑书正名，并举出古人的话作为依据。

困惑引起思索和求知的欲望，迫使我学习，阅读古人，也阅读今人。

书坛近些年曾有过激烈的争鸣。争鸣的焦点之一，便是美与丑之争。笔者认为，这是个原则问题，大是大非问题，直接影响着书法事业前进的方向。

美书，丑书

近读著名红学家周汝昌先生新著《永字八法——书法艺术讲义》一书，多有所获。他在自序中写道："汉字是中华民族独特的智慧创造，其美无比，天上人间独一无二，汉字书写也成了专门的高超艺术，已传承了几千年之久，这门艺术不容荒废衰落。书学书法，温故知新——'故'且不明，'新'从何来？……再看看时下的报刊，新风气是'机器字'大行其道，满目是畸形变态丑怪不堪的'汉字'，如果自儿童少年起，见的都是这样的东西，则中华书法又从何谈起？这种事似乎无人关注，更说不到'管理'。如此下去，书法传统会落到何等境地？有识之士岂无所感无所思？"有感于此，周先生撰写了这部讲解中国书法要义的著作。先生对书法现状的担忧出自他对中国书法的无比热爱。可以看出，他是倡导美书的，是中国几千年书法传统的坚定捍卫者。先生还认为，中华文化有三大国宝《兰亭序》（指《兰亭帖》）、《文心雕龙》、《红楼梦》，皆属极品，后人永难企及。他把《兰亭序》列为三大国宝之首，更可看出他对中国书法特有的深情。

何为美书？简言之，美书是指那些既承传中国书法的优秀传统，又有新意，符合中华民族特有的审美标准的书法作品。

中国书法，为何具有美感，成为艺术，有两个主要的因素：一是由于中国字起源于象形文字，二是中国人用的毛笔。这是其他民族的文字书写所不具备的。这也规定了中国书法的两个必要特征，不能离开中国文字，不能离开毛笔。由于中国文字的象形性特征（虽然今天的文字已很抽象，不再象形，但骨子里还保留这种精神），中国书法成为表达深层次对生命的构思，成为反映生命的艺术才有可能。而中国毛笔富有弹性的丰富表现力，使书写者的各种感情都能充分地表达。

东汉文学家、书法家蔡邕在《九势》一文中说："夫书肇于自然，自然既立，阴阳生矣，阴阳既生，形势出矣。藏头护尾，力在其中，下笔用力，肌肤之丽。故曰：势来不可止，势去不可遏，惟笔软则奇怪生焉。"这段话

高懐同霁月

雅量洽春风

除了说明书法肇始于自然万物，毛笔软毫的奇特性能外，还阐述了两个重要的美学原则，一是书法自觉明确地运用事物矛盾的两极相克相生的方法以取形势，体现了阴阳变化之道；阴阳的对立统一产生和谐。二是力是书势的生命。"力在字中"，有如生命的活力在健康人的肌肤中，唯因如此，才使人感到肌肤是美丽的。接着蔡邕将作书的转笔、藏锋、藏头、护尾、疾势、掠笔、涩势、横鳞、竖勒九种笔法归结为"九势"，循此"九势"作书即可进入妙境。

书法美表现为形美和神美的和谐统一，正像人美表现为仪表美与心灵美的和谐统一一样。南朝齐书法家王僧虔提出著名的神形兼备论。他在《笔意赞》中说："书之妙道，神彩为上，形质次之，兼之者方可绍于古人。""神彩"指书的精神内涵，包括书法家的艺术风格和创作个性。书法艺术美主要表现在此。但神美还要有美好的造型，给人以仪态活泼而富有生命力的形象感。二者兼备，才是书法美的最高境界。对于两者的关系，王僧虔认为"神彩为上"，并非说形美可以不要，而是说神美较之形美是更高的层次，只有二者兼备，方可与古人相承接。

书法美的表现从不同的角度可以归纳出几十种，但最重要的只有四种：自然之美，力量之美，和谐之美，个性之美。具备这种特征的书法作品神形兼备，可以称之为美书。几千年来流传至今的经典书作和当代的优秀书作无一不具备这

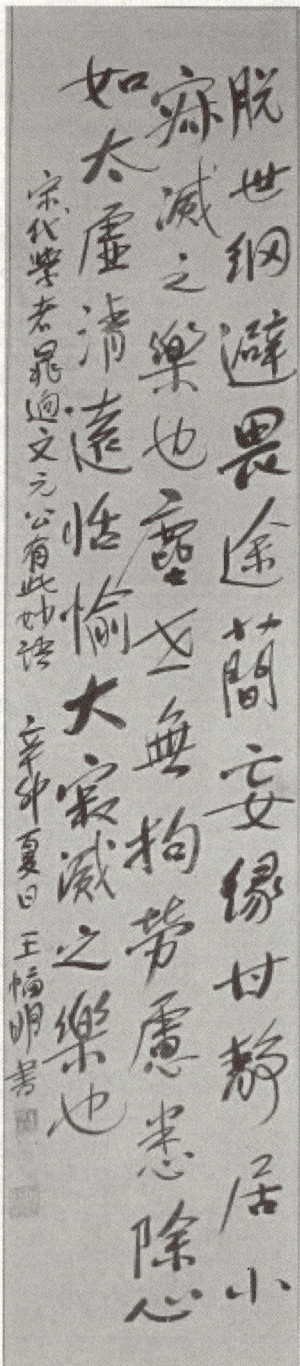

些特征。它带给人们美的享受、精神的愉悦，成为欣赏者的精神乐园。

自然之美主要指字法，字的结构。自然之美的哲学基础来源于老子的"道法自然"和庄子的"既雕既琢，复归于朴"。自然之美的本质是"人化的自然"。书家不可能完全模仿自然事物的实在形象，只能按照自然之理和自然之趣去创造心中的"第二自然"。

力量之美主要指笔法、点画和线条。力量是健康生命的体现，力量会使人想到种种美的样式。书法的点画和线条充满了力感，就会产生呼吸、律动和情感。古人说的"屋漏痕""锥画沙"等形象比喻都是讲书法的力量美。杜甫说"书能瘦硬方通神"也是讲的力量美。当然，"瘦硬"只是力量美的一种，是在初唐流行的一种书风。相传古代女书家卫铄在《笔阵图》中的一些生动比喻，如"万岁枯藤""千里云阵""高山坠石""崩浪雷奔""百钧弩发"等，都是指书法力量美的不同表现形式。

和谐之美主要指章法或布白。犹如绘画的构图，章法在书法创作中至关重要。清人刘熙载说"章法要变而贯"，可谓一语中的。他点出了两个关键词"变"和"贯"。"变"是指要有变化，所谓方圆、刚柔、轻重、肥瘦、曲直、枯润、黑白、长短、奇正、开合、擒纵、虚实、大小、疏密、连断、呼应、让就、动静之变；"贯"是指首尾连贯，通篇给人以血肉相连、气息相通之感。"变""贯"之妙产生的审美效应，便是和谐之美。

个性之美也称风格之美，是书法美的极致。成功的书家在字法、笔法和章法的运用上都有自己的独到之处，是闪耀着个性光辉的"这一个"。

书法家由于各自所处的时代不同，阅历、修养、性格及审美取向的不同，可以创造出不同审美风格的书体，但它们都具有自然之美、力量之美与和谐之美的特征。自然之美是肉，力量之美是骨，和谐之美是衣，个性之美是魂。

何为丑书？丑书是美书的对立和反叛。大家认为的丑书是与上述四种特征背道而驰的，是人的本质的异化与否定。矫揉造作是对自然之美的否定，绵软无力是对力量之美的否定，信笔涂鸦是对和谐之美的否定，粗怪恶俗是对个性之美的否定。丑书给人传递的信息是病态的不健康心态的宣泄。如果书写者是一个初学者，他写了只是给自己看，最终扔进纸篓了事，对社会不会造成任何危害。但是，如果书写者有意为之，且被评委认可，挂在展厅供人观看，就会对社会造成某种危害。它给观赏者带来不愉快甚至是厌恶的心情。

傅山与刘熙载的两段话

曾看到丑书的倡导者举出傅山与刘熙载的两段话作为理论依据，意在表明，丑书论古已有之。

果真如此吗？

傅山的一段话是著名的"四宁四毋"："宁拙毋巧，宁丑毋媚，宁支离毋轻滑，宁直率毋安排。"（《作字示儿孙·自论》）在书法史上曾产生重大的影响。这些话有很强的针对性。他是针对当时盛行书坛的董其昌、赵孟頫一路的"软美"书风而言的。他认为这是很危险的，必须扭转，而他的"四宁四毋"的主张，"足以回临池既倒之狂澜矣"。

傅山是明末清初极重民族气节的志士。他生活在一个阶级矛盾、民族矛盾激化最终导致明王朝覆灭的时代，一个异族入侵和汉族反抗异族统治的时代。特定的历史环境，造就了傅山鲜明的叛逆性格，也造就了他极端人格主义和自然主义的书法美学观。康熙皇帝独好董其昌的书法，而董其昌推崇赵孟頫。这是傅山竭力贬抑董赵的直接原因。董其昌"柔美""巧妙"的美书观，在傅山看来是与奴颜媚骨相联系的。他提出"写字无奇巧，只有正拙，正极奇生，归于大巧若拙已矣。"（《家训·字训》）显然是与董其昌"书道只在巧妙二字"之说针锋相对。傅山"正拙"书法美学主张，实则是他的忠烈之心和抗清思想的另一种形式的表露。从某种意义上也可以认为，傅山是在借讨论书法之名来宣扬他的伦理观。他宣扬的"善即美"源于儒家学说，"大巧若拙"则出自道学的经典。

"巧""媚""轻滑""安排"都是针对董赵书风而言，"四宁"是尖锐的批判和矫正。"宁丑毋媚"中有一"丑"字。但与它相对应的是"媚"而不是"美"。中国文字具有多义性。如何正确理解要看它所在的语言环境。此处的"丑",包含有善之丑之意,是指与伪美相对应的真率和本色,而不是单指丑陋。

傅山本意是在倡导美书,绝非是在倡导丑书。从他的书法创作实践中可以得到雄辩的证明。在强调学习"二王"继承古人这一点上他与董赵并无二致,不同的是对"美"的理解上。董、赵是写美书的,且都下过大功夫。他们的优秀作品都具备美书的几大特征。他们是元明书法的主要代表人物。傅山的另一段话,说出了他对赵孟頫较为客观的评价:"予极不喜赵子昂,薄其人遂恶其书。近细视之,亦未可厚非。熟媚绰约,自是贱态,润秀圆转,尚属正脉。盖自《兰亭》内稍变而至,此与时高下,亦由气运,不独文章然也。"(《家训·字训》)"薄其人遂恶其书",在今天看来,是"左"的思潮在作怪。傅山最终较为客观地评价赵孟頫的书法,是认识上的一次飞跃。

刘熙载是晚清著名的经学家和文艺理论家,著述颇丰。他的书学高见主要集中在《艺概》一书中的《书概》里。《书概》由246条札记式散论汇辑而成,是作者一生对书法的卓识创见的结晶和总结。

《书概》第221则,是这样一句话:"怪石以丑为美,丑到极处,便是美到极处。一丑字中丘壑未易尽言。"这段话常被引用作为"以丑为美"论的理论依据。

《书概》是一篇古代书论的杰作,具有很高的美学价值。它是倡导美书的。刘熙载认为,书法不仅来于自然,还应该达到自然:"书当造乎自然。蔡中郎但谓书肇于自然。此立天定人,尚未及乎由人复天也。"(第245则)刘熙载对不同风格的美有很大的包容性。他在论及用笔技巧时说:"笔有用完,有用破。屈玉垂金,古槎怪石,于此别矣。"(第190则)"完"与"破"虽存在着文野、工拙的风格之别,但呈现出来的都是美,一是"屈玉垂金"之美,一是"古槎怪石"之美,手法殊异,美的境界同在。这是一种辩证的美学观。"怪石以丑为美"同样是在阐述辩证的美学观。作者认为美有不同的形态，且可以互相转化。他说的"丑"实则指"怪"，是具有审美意义的"丑"，切不可等同于通常意义上的丑陋看待。所以，他特别强调"一丑字中丘壑未易尽言"。其中深意足可令人品味再三。遗憾的是，有人在引用这段话时，故意把这句话删掉，使人不能完整地理解这段话的原意。

综上所述，傅山和刘熙载并非是在倡导丑书。把他们的两段话作为丑书论的理论依据，显然是站不住脚的。

流行书风与丑书

笔墨当随时代。

不同时代有不同的审美追求，不同时代产生不同的书风。董其昌说："晋人书取韵，唐人书取法，宋人书取意。"（《容台论书》）这是对有了书法艺术自觉后三个朝代的不同书风和审美追求的概括。当然，这是相对而言，不能绝对。说晋人书取韵，并非说晋人书就不重"法"和"意"，只是对"韵"的审美效果特别看重而已，因而形成了与别的时代明显不同的书风。其他两个时代亦然。

伴随着改革开放和思想解放的深入，人们的创新意识也在不断加强，在不同的艺术领域都出现了标新立异的现象。书法界出现了流行书风和先锋书风，由此引发了不同的争议。这些争议是正常的，也是有益的。社会对多元化的文化格局的容纳，为各种艺术的探索和繁荣提供了可能。

有倡导者说，流行书风是创新书风，代表当代书坛的主流。这种说法显然是夸大了现实。笔者认为，从社会影响和书家的创作实绩看，传统书风依然是书坛的主流。各种书风都在倡导创新。流行书风倡导"植根传统，立足当代，张扬个性，引领时风"，突出时代意识和张扬个性。从作品的共性看，线条更显自由，结体夸张变形，章法上力求险绝或注重趣味，注重形式感和视觉冲击力。可以看出书家们对民间书法的明显借鉴。不可否认，流行书风的队伍里有不少成绩斐然的书家。他们面目一新的作品，丰富了当代书坛的成果，为书坛的繁荣作出了贡献。传统书风的书家也倡导创新，他们倡导在经典书家确定的法度和美学原则内创新，在继承优秀传统的基础上创新。新古典主义书法理论的提出和实践便是例证。从"植根传统"的角度看，两类书风并不冲突。问题是，在流行书风的旗帜下，出现了丑书。个别领军人物不但自己写丑书，且倡导丑书。

凡事都要讲究个度。米芾有句名言："无垂不缩，无往不收。"被董其昌激赞为"八字真言"。（《画禅室随笔》）米芾是特指笔法的。但这句话富有哲理，同样适用于其他事物。这句话的核心是要掌握好度。艺术都讲个性。张扬个性本身没有错，但有个度的问题，它应该接受美学原则的制约。否则，则可能向相反的方向转化。

我们欢迎创新。创新是艺术繁荣的必由之路。为了更好地创新，我们必须理直气壮地反对丑书。如果美丑不辨，香臭不分，就没有真正意义上的创新。正像诗人艾青所说："艺术需要独创性。但是，并不是只要有独创性就是艺术。疯子是最富有独创性的了，但并不是艺术家。"（《和诗歌爱好者谈诗》）

丑书的出现不是偶然的，有其特定的背景和滋生的土壤。

首先，它来自市场经济大潮对社会生活的冲击。计划经济时代的大一统的共性原则模式崩溃了，让位于严峻的个性化的市场竞争。张扬个性是一种社会进步，但同时又让一些急功近利者钻了空子。他们往往打着改革和创新的旗号大售其奸。商业领域无视社会效益的造假售假现象屡禁不止。表现在书坛，便是赝品、俗书与丑书的横行。

丑书的泛滥与个别名家的误导有关。崇拜名人、名星是当代社会的一种时尚。盲从是一切无知者的通病。有名家示范，又有"理论依据"，竞相模仿便是自然而然的事了。很少有人完整地读过傅山与刘熙载。写丑书又使一些投机取巧、沽名钓誉者意外地发现了成名的捷径：勿需流汗水，即能成为书法家。如果你告诉他，想当书法家必须先临5年帖，他可能就洗手不干了。

另外，丑书的出现与前些年流行在文艺界的一股蔑视传统、蔑视经典、蔑视权威的思潮不无关联。有些戴着书法家桂冠的人，对传统和经典知之甚少，他们靠标新立异起家，严重的先天不足导致审美观的扭曲，不以丑为耻，反以丑为荣。这是一种很可悲的现象。

如果把丑书作为一种快餐文化看待，作为一种对传统书风的调侃，也无不可。这是文化多元化的显示，自有它存在的理由和空间。把它提到不应有的高度并加以倡导，就大为不妥了，将会给书法事业的健康发展带来严重的危害。

通往美书之路

"请君莫奏前朝曲，听唱新翻杨柳枝。"这是唐代诗人刘禹锡的名句。一千年前的诗句，至今诵读，仍然感到亲切，感到一种精神上的启迪。

时代呼唤创新，呼唤无愧于伟大时代的书风。这样的书风应充满强烈的时代气息，具有高度的审美价值。

我们有理由做到这一点。因为从书法自身的特点看，它已经从过去的实用和艺用的两种功能转化为相对单一的纯艺术功能，毛笔不再作为大众日常的书写工具。它只能是一种高雅的艺术形式。我们处在21世纪的开端，中华民族全面复兴的时代，作为国粹之一的书法艺术，将更为国人所看重。因为这个时代更需要审美，而书法艺术符合中国人特有的审美情趣。

伟大时代的书风应具有大美的特征。一花独放是小美，万紫千红才是大美。伟大的时代包容一切形式的美。但是毫无疑问，它拒绝丑。丑，只会为这个时代抹黑。

通往美书之路是一条艰辛之路。除了汗流满面和甘于寂寞之外，没有第二条道路可走，更谈不上捷径。艺术贵在灵与悟。但灵与悟不肯轻易光顾每一位钟情者。你必须面临一段漫长的等待和追寻。在"独上高楼，望尽天涯路"之后，在"衣带渐宽终不悔，为伊消得人憔悴"之后，在"众里寻他千百度"之后。

通往美书之路是一条承传之路。人称大科学家牛顿是天才。牛顿并不认为自己是天才，他说，我只不过是站在巨人肩上的缘故。这是一个常识性的道理：你想超越古人，只有站在古人的肩上。这样，你才能有新的高度。离开承传的所谓"创新"是无源之水，注定不会长久。因为它违背了人类审美经验累积性的规律。如果连古人的皮毛尚未学到，却奢谈什么超越古人，不是显得太轻率了吗。

通往美书之路是一条自我修炼之路。陆游对他的儿子说："汝果欲学诗，功夫在诗外。"同样适用于学书。历史上创造了经典美书的那些大书家，哪一个不是学富五车？不少人是贤达、学者、诗人、画家兼一身。一幅原创的书法作品，既可看出书家的审美情趣，又能感受到书家的学识与襟怀。修养贫乏却期望写出传世佳作，无疑于痴人说梦。

通往美书之路是一条不断发现之路。最初你并不了解自己。你这也喜爱，那也喜爱，今天临这个，明天临那个。后来，你找到了自己钟情的对象，你把全部的爱都交给了她。最终，你发现了你与她的不同点，也发现了你的与众不同之处。你创造了只有你享有专利的个性美。

历史将会留下这个时代的书法成果。它们有不同的风格和面貌，但有一点却是共同的：后人一定都视它们为美书。

（原载《青少年书法》2005年第9期）

文学与书法

　　书法与文学分属两个截然不同的领域，但却又有着难分难解的联系。书家不必一定是文学家，但肯定是一个有较高文学修养的人；否则，他很难成为大家，也难以成为一个真正的书家。

　　书法是中国一种独特的线条艺术。从表象上看，它与音乐和舞蹈在生命的轨迹上似更接近。但是，它又有一个最基本的特征，以中国汉文字为载体。离开汉字，书家的情感情绪失去了依托，会让人不知所云。曾看到有人离开汉文字本体用纯线条抒写内心世界的探索性作品，这种探索精神是可贵的。但它只能成为少数同好者的笔墨游戏，不为更多人欣赏，无法进入书法艺术的主流天地。因为它背离了数千年来中国书法艺术的基本规则。书法通常书写的内容多为诗词、文赋、成语、格言等等，而这些又都属于文学形态。从某种意义上讲，书法也可称为一种与文学互为表里的艺术。

　　书法与文学的互为表里，从书法与时代的关系上体现得最为充分。离开精粹的文学内容，仅用单纯的线条形式无法承载反映时代的重任。而任何艺术形态，如果失去时代特征，终将被历史所淘汰。每个时代只留下那些仅属于这个时代的艺术遗产。就书法而言，除去晋人尚韵、唐人尚法、宋人尚意等艺术时风，还应有着强烈时代印记的书写内容。这些，大多属于文学。让我们看看历史上流传下来被称为经典的是些什么作品。王羲之的《兰亭序》，颜真卿的《祭侄文稿》，苏东坡的《黄州寒食诗帖》……这些名作都

◎上：河南作家书画展现场
　　左起：王幅明、周俊杰、姜寿田、王成法
◎下：作者撰联赠吴思敬先生书法："三十年诗坛，先生为迷津引渡者，
　　四十载讲席，后学成诗海弄潮儿。"

有一个共同之处：书与文均堪称双璧。艺术的妙趣天成姑且不论，其书写内容都是书家独创的文学精品，记载了书写者与所处时代的典型特征。

　　常看到当代一些书家只写唐诗宋词一类的内容。也许，由于自身修养不够，他们没有能力书写自创内容的作品。我们不排除这些作品的审美价值。但是，有一点是很残酷的：由于它们不能代表这个时代真正的书法成就，终有一天会被历史遗忘。毛泽东是革命家，同时又是杰出的诗人和书法家，他的草书代表作《忆秦娥·娄山关》，其书艺与词作内容相得益彰，可称双绝，是当代书法史上难得的珍品。其书风的雄浑、苍凉、大气、浪漫是其词风的绝妙外释，其内蕴是史无前例的长征精神。书匠与书家的根本区别是，书匠只有内功，书家则内外功俱全。真正的书家无一不是通才。历史上的例子举不胜举。当代的鲁迅、郭沫若等人的书法都可作如是观。

（原载《青少年书法》2008年第9期）

与楚文字结缘

一方水土养一方人。这是不同区域、民族或人群，性格文化差异的根源。当我目睹失传了两千多年的楚简帛文字，并为它的浪漫气息所震撼所迷恋，首先想起的，便是这句老话。我甚至为自己的远古祖先曾是楚人而欣慰。

很久一段时间，我对篆字，特别是小篆，抱有某种偏见。当然，首先，我们应对秦始皇及李斯，在统一文字上所作出的历史性贡献，表示永久的尊敬。事物都有两重性。对于一个大一统的国家，统一文字不仅有诸多方便，而且为国家免于分裂和崩溃，奠定了坚实的基础。这已经为世界史中多个曾消失的国家悲剧所佐证。但它又有另外的一面：扼杀了另外六国的书法艺术。统一之后的文字小篆，就像现在出版用的宋体字，极为规范，一个字只能有一种写法，用之于文书，当然很好，但用于书法创作，则需另当别论。作为审美艺术的一种，书法美强调个性，而小篆，能够给人提供再创作的空间，实在太小。作为金文的大篆，苍劲古朴，耐人品味，但因字少，用于书法创作，有其先天不足的局限。

打量曾经沉睡在主人墓穴两千多年之久楚人简帛上的文字，心想，篆字原来也可如此写！我对篆字有了新的理解，也自嘲曾经的幼稚。按照时间类推，东周楚简文字应属于大篆，可它与金文大篆相比，差别确实太大了。

春秋战国的五百年中，诸侯割据，战乱不已。特别是战国时期，各国政治、经济、文化发生了巨大的变化，各国的独立意识越来越强，周天子的权威受到挑战。各国之间"言语异声，文字异形"（东汉许慎语）。20世纪的考古发现充分证实了这一点。其时东方六国文字，虽都源于西周文字，但变异多端，只有秦国和宗周的字形保存得比较多。所以学术界一般将春秋战国时期秦国文字与六国文字区别为两大文字体系，称六国文字为六国古文。目前我们从简帛中看到的六国古文，仅见于楚国文字，其他五国尚未发现。也许因为楚地广袤，再加上特殊的地下环境条件、良好的埋葬制度，才使得像竹简帛书这类易朽文物存留下来。楚帛书仅在1942年于长沙子弹库出土过，楚简则从20世纪50年代以来，在楚国故地湖北（荆州、荆门、随州、黄州、老河口）、湖南（长沙、临澧、常德、慈利）、河南（信阳、新蔡）三省先后出土了27批。其中简册书籍，以1993年荆门郭店一号墓出土和1994年上海博物馆入藏的最为丰富和重要。战国楚简帛文字的发现和大量出土，是中国古代书法史的一件大事，也是20世纪最重大的考古发现之一，在学术上有着广泛而深远的影响。它为人们展示了秦统一文字前，由大篆向隶书递变过渡时期的墨书形态。由于楚简帛文字中有数量不菲的失传文献，特别是郭店楚简和上博楚简，它们的发现更让古文化学者们异常惊喜。学术界研究楚简帛文献的队伍越来越大，且波及海峡对岸和多国的华裔学者与汉学家。

郭店楚简亦称郭店楚竹书，是迄今为止世界发现的最早原装书。共16篇，均为先秦儒道文献，大多为失传文献。不少学者猜测，墓主人为楚太子的老师。这些竹书，是老师为太子精选的教材。哈佛大学杜维明教授认为："郭店楚简出土后，整个中国哲学史、学术史都需要重写。"此话也许有所夸张，但它至少让人感到，学者们对它的超常重视。楚简研究已成显学，成为继甲骨文之后，第二个出土文献研究热潮。文物出版社将郭店楚简分15册简装印行，使它成为目前最普及的楚简读物。

纵观郭店楚简、包山楚简、曾侯乙墓战国简（楚系文字）、上博楚简等几种影响较大的楚简，其文字多扁平，笔画呈两头尖、中间粗的形态。其线条经过提炼、简化，形成楚人特有的诡秘清奇的浪漫书风。其中战国中、后

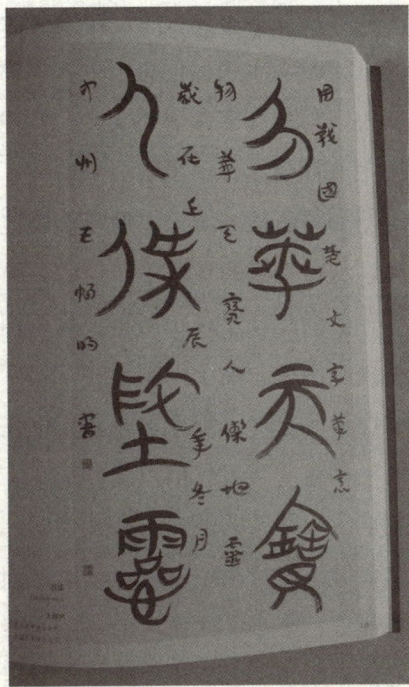

期的文字，书体的结构趋于方正秀美，用笔率性飘逸，孕育着古隶的形成渐而走向成熟。楚简的发现对于书法史的意义是，它让我们清晰看到古隶的另一个来源。而在此前，我们只将秦简称为古隶。楚简浪漫写意书风，与同时期的秦简雄奇实用书风，形成鲜明对比。

　　笔者购有全套文物版的《郭店楚墓竹简》，放在书柜醒目的位置，闲暇时总会随手翻翻。虽然同出一穴，书写者却并非一人，多人书写风格亦显各异。每当看到这些率意、洒脱、典雅、灵性、极富生命力的文字，立即会感受到审美的愉悦，仿佛在品赏屈原辞赋，观看楚人舞蹈，聆听从九天飘来神秘悠长的乐音。

　　楚简适合书法创作。除了审美的因素，它还有两个技术上的长项：其一，一字多写十分普遍；其二，文字量大，明显优于甲骨文和金文。有些文献尚有传世本可资对照，譬如《老子》等。

二十多年来，已有不少人在写楚文字，且成为当今书坛的一道景观。一些人因写楚文字参展并获奖，实现了书法梦想。不少书家用心感知楚文字，用笔诠释祖先骨子里的浪漫情怀。远古的楚地祖先也许不会想到，国家依然是坚如磐石般的统一，但流淌着他们的审美情趣、消失了太久太久的一种书风，却传奇般的在两千多年后又得到传承。

热爱楚文字是一回事，真正理解楚文字又能表现出它的精神内蕴，则是另外一回事。由于理解上的千差万别，加之书家修养与性情的不同，写出的字面目各异，这都无可厚非，也在情理之中。有的人还是习惯地按照写小篆的笔调在写，仅仅借用几分楚文字的外形；有的人则将楚文字与金文糅合，创造出一种新的篆文；有人则据此写出明显区别于秦隶的古隶；有人在形式上借鉴了流行书风。书法艺术是创作，允许改造和糅合。再说，原字是写在竹简上，很小；而今天的书法大多写在宣纸上，作壁上观，又是写给21世纪的人来欣赏，怎能不作改造？如想接近楚文字的内蕴，除了书写的基本功，增加楚文化的修养，进而窥探楚人性情与审美，恐为不二之途。

东周楚文字的发现，不仅改写了中国古代文化史，也充实丰富了中国古代书法史。热爱它的人越来越多。它正在改写着中国当代书法史，这应是不争的事实。

由热爱而关注，而沉迷，而契合，而涂鸦，而感知生命的奇妙与丰富。

终于与冥冥中的所爱不期而遇，谁能说这不是人生的幸运？

2013年6月

（原载《艺文志丛编》，三秦出版社，2013年第4期）

第三辑/忆与履

想　家

　　已经到了知天命的年龄，竟然常常想家，想父亲严峻而慈祥的面孔，想母亲在灯下为儿子们缝补衣服时的身影……

　　我出生在一个贫寒的家庭，祖祖辈辈都是农民。父亲尤为命苦，8岁丧母，十几岁丧父，身边有年幼的弟弟和妹妹。他只读过两年书。残酷的现实迫使他过早地挑起生活的重担。他最终沦为地主的雇农，一直到新中国诞生的前夕。在我出生时，父亲的地位已经发生了巨变，他不但有了土地，还成了国家干部，最初在县公安局工作，后又调到外地。

　　我对于故乡的记忆是模糊的，因为不到6岁，我就跟随母亲一起，到父亲工作的地方生活。那是河南的另外一个地区，相距故乡有几百里。记忆中的那一天我们坐了很长很长路途的汽车，车厢里始终回响着两个弟弟的啼哭声。晚上，我们又坐了火车。在车站等车时，我紧紧拉着母亲的手，心中充满恐惧。火车高吼着，像巨兽一样，向我们扑来。

　　孩提时代，家是甜柔的摇篮；少年时代，家成为我认识社会最早的启蒙老师。

　　我是父母的娇儿子。我的童年在无忧无虑中度过，从不知道什么叫忧愁。记忆中家里的晚饭仅是些煮红薯和汤，但从没有感到过单调，总是吃得那么香甜。6岁以前，因为父亲在县城工作，并不是天天都能见到父亲。到了真正与父亲生活在一起时，才渐渐地了解父亲，也渐渐地懂得了生活的艰

辛。父亲在一家劳改农场工作，担子是很繁重的：既要管理犯人，让他们通过劳动改造自己，重新做人，还要搞好生产，完成国家下达的任务。他总是早出晚归，经常没有休息日。记忆中的父亲总是沉默寡言，不停地抽烟。他抽的都是一些劣质烟。遭受自然灾害的那些年份，买不起纸烟，他只好自己卷烟抽。他喜欢喝酒。酒是奢侈品，只有到了节日，才难得喝上一点。那时我年龄小，父亲从不与我们兄弟谈论政治上的事，只是到了节日，他才有所放松，不时地回忆起辛酸的往事，谈今昔对比，让我们牢牢地记住过去。

母亲也是苦命人。她出身一个能够自给的中农家庭，却嫁给了一贫如洗的父亲。母亲说，父亲结婚时的几件新衣服，还是母亲家赠送的。母亲生了8个儿子，唯独没有女儿。生个女儿也许是母亲的心愿，可惜她命中没有。女儿家能够做的事，只有靠我们这些男孩子承担下来。这么多人吃饭，仅让

我母亲一个人做，她能受得了吗？我在10岁时便学会了擀面条。放学回家帮母亲烧火做饭是我常做的事。回首往事，现在很难相信，那时我家10口人，完全靠我父亲每月70元左右的工资养活，竟能支撑下来，而且，我兄弟8人全都健康活泼。这就是父母慈爱勤劳的结果。

　　我13岁考上当地的县一中，因为学校离我家很远，有30多里，只好吃住在学校，开始了独立的生活。从那时起，我开始品尝想家的滋味。我基本上每月回家一次。那时交通不便，下午只有一班汽车，错过了那班车，就只有步行。我经常步行30多里回家。我幻想自己有一双翅膀，能立刻飞到母亲身边。幻想毕竟只是幻想，我还得一步一步地走回家。几个小时过去，我终于回到日夜想念的家，见到母亲，全身顿时涌出一阵暖流，疲劳也不知不觉地从身边溜走。我非常感激母亲，在我求学期间，她是那么慷慨地支持我。按照当地的生活标准，我在学校就餐，每个月10元钱已经足够，可她每次总给我12元，生怕儿子身体受亏。其实，我10元钱也没有用完，其余的全用在买课外书上了。我心里明白，这已大大超出了全家的平均标准。

因为家境困难，哥哥未能实现他上大学的梦想，他初中未毕业就参加了工作。当时他是流着眼泪接受父亲这一安排的。他的成绩很好，如果继续学习，是很有希望的。但他是老大，总要首先为这个家作些贡献。

父亲是个工作狂，他没日没夜地工作。他曾当过河南省的劳模，受到过省长的接见。他是苦命人，旧社会为生活所累，新社会又为工作所累。由于过重的负荷，再加上营养不良，他患上了严重的肺病。他不得不住院治疗。后来经过几个月的调养，他的病才慢慢痊愈。

家，对于我，永远都是温馨的港湾。我在受到同学的侮辱时，父亲严厉批评那些不讲道理的坏孩子，强有力地保护我；而当我获得了荣誉，父亲总是慈祥地鼓励我。

我16岁参加工作。初中毕业后，一家国防工厂到农场招工，父亲让我报了名。很快我便收到了录用通知。母亲告诉我，在我走后的第三天，学校的录取通知也到了。但命运使我选择了第一条路。我清晰地记得离家前的那个夜晚，母亲在灯下彻夜为我缝补衣服。我是远离她身边的第一个儿子。哥哥虽然已经工作，但仍在农场，可以经常见面。她不知疲倦地缝啊，补啊，同时也把母爱一针一线地织进儿子的心头。

从此，我远走他乡，开始了真正意义上的人生之旅。在繁忙的工作之余，在夜深人静之时，我做着想家的梦。只有走上了工作岗位之后，我才渐渐意识到，家对于我是多么重要。很多做人与处世的道理，是父母在无声中传授的。而这些，才是我真正的立身之本啊！

我只能每年回一次家，而在最初几年，当假期已满，我重新踏上归程时，我和母亲几乎都是流着泪水分别的。1967年，我去重庆一家工厂学习，中途适逢武斗升级，形势十分紧张，不仅交通中断，连通信也中断了。真是"烽火连三月，家书抵万金"。母亲两个月没有收到儿子的信息，她重病了一场。因当时传说四川一带武斗厉害，死了很多人。后来，当我安全地回到河南，母亲的病也不治而愈了。

在我未成年时，父亲与我交谈很少，而在我参加工作以后，每次探亲回家，父亲都与我有谈不完的话题。在他心目中，我已经成熟了，对事物已经有了独立的见解。谈起老百姓对基层干部的不满情绪，他深情地回忆起当年他搞土改时的情形。那是一种真正的鱼水关系。在他完成任务离开老乡家的时候，老乡拉着手不让走，最后离开时他和老乡都掉了眼泪。他还回忆起反右时的情形。一些真诚地向党组织提意见的人，最后竟被打成了右派。"好像设了一个圈套，让人往里跳。伤害了多少人呐！从那以后，没有人再敢讲真话了。"我至今清晰地记得父亲在说出这些话时的表情和语调。

父亲是个硬汉，难得见他落泪。平生只见过两次。一次是他与母亲生气，母亲说起他苦难的家史，他流着泪说未能报答我外祖父、外祖母对他的厚爱。一次是毛泽东主席逝世。当时我正休假在家，父亲正在午休，一位工作人员进来喊醒父亲，说电话通知毛主席去世了。父亲没说一句话，他拿起毛巾去洗脸。他不想在晚辈面前流露他的感情，但我还是看到了他泪如泉涌。表面上他在洗脸，实际上是在擦泪。儿子最能理解父亲。是谁改变了他一生的命运，使他从一个雇农变为国家的主人？是什么力量使他忘我地投身于工作？这是一个出身最底层的工农干部对毛主席最朴素、最真诚的感情流露。

1979年11月，我从国防工厂调到省会郑州，从事我热爱的编辑工作。刚上班几天，便收到家中电报"父病重速回"。当时父亲已调到驻马店地区水利部门工作。他的身体每况愈下，同事们催他住院，他说等办完一件事再住。这是指我七弟参军的事。一直等到我七弟参军走，他才办理住院手续。儿子们的事情有了着落，他才松了口气。他住进医院，等于走到生命的终点。他再也不能回到那个极其简朴、有着无限温暖的家——儿子奔波在外常常梦牵魂绕的那块乐土。父亲去世时年仅58岁。他走得实在太早了！弥留之际，我坐在他的身边。父亲慈祥地看着我，久久未说一句话。他昏迷了，突然，又清醒过来，小声对我说："幅明，拉紧我的手！"接着又昏迷过去。他怕失去他的儿子们。父亲安详地离开了我们。他没有失去他的儿子们。而在儿子们的心中，也永远不会失去慈祥的父亲！

今年3月，我去岳阳参加一个会议。会后安排代表参观湖中岛。车子到岛上需乘轮渡。由于车多，我们在岸边排队等候。突然，一个肩挎吉他的小伙子走进车门，他微笑着说："各位游客等渡船一定心烦，我为大家献上一首歌。"他唱的是央视春节联欢晚会上刚刚推出的新歌《常回家看看》："找点空闲，找点时间，领着孩子，常回家看看；带上笑容，带上祝愿，陪同爱人，常回家看看……"歌词质朴，情意绵长，我深受感动。这感动至今还驻留在我的记忆里。

父亲去世后的20年间，我每年都要回家看看。看望年迈的母亲，带上儿子的一声问候。我来到父亲的墓前，点一支香烟放在坟前，斟三杯好酒洒在坟头。那是父亲生前的嗜好。如果父亲地下有知，他一定会感到欣慰。

家，一个普普通通的字眼，却有着极为深厚的内涵。它是那么温馨，又那么沉重。我思念生育我养育我的家，犹如飞鸟思念旧巢，白云眷恋山岫。它影响着并将永远影响着我的人生。

（原载《当代民声》2000年第6期，《散文选刊》2000年第11期）

天　堂

　　腾格尔有一首颇为流行的歌，名为"天堂"。那是蒙古族歌手对于幸福生活的憧憬。也许，每个人心中都会有一个天堂。你若问我，我的天堂是什么，不怕你笑话，奢望不高，只是一间宽畅的书房。

　　刚参加工作时，只有一个小小的书箱。后来，发展成一个能容纳几百册书的书柜。这是20世纪70年代末期的事了。再后来，有了三居室的套房。一间夫妻住，另一间两个儿子住，剩余的一间，便成了我的书房。由于窄小，它的实际功能仅是个书库而已。亲戚来了，没地方住，只有放个折叠床住在书房里。此时，书房对于我只具有象征意义，名存实亡。我的业余写作常常是坐小板凳伏在床上完成的。1992年冬，我有幸作为河南出版界赴美考察团的一员去美国访问，回国后陆续撰文发表，并结集为《自由女神的故乡》出版。这本书的写作就是在这样的环境里完成的。我有时想，人们总是梦想有更好的读书和写作的环境，但能不能有所作为，好环境并不是决定性的因素。陈景润在6平方米的斗室里完成了他著名的"哥德巴赫猜想"，许多作家在极为困难的环境里甚至在牢房里写出他们的名著。关键是有没有创作的激情，能不能把激情燃烧成扑不灭的火焰。话虽如此，但有些创作尚需一些基本的条件，比如书法和绘画，失去这些基本条件，等于扼杀了一个艺术家。我是一个书法爱好者。限于环境，我的爱好只能停留在读帖和读书上。形势总是在向着好的方向发展。单位重建宿舍楼，我有幸得到调整，由

三居室调整为三室一厅。条件大大改善。书房虽然仍是一间，但放得下一张书桌，可以写作了。大厅里可放较大的饭桌，吃过饭，铺上毡布就可以练字了。我戏称这张桌为多功能桌。如果按职称分房，我本可分到四室一厅，无奈我供职的单位是行政部门的二级机构，行政部门按官职大小分房，高级职称是不算数的。即便如此，我的喜悦之情仍然溢于言表。我可以练我喜欢的书法了。一棵艺术幼苗将要破土而出了。

我继续做着能够拥有一间宽大书房的梦。这间书房，除了摆得下我大约1万多册的藏书，还能放下一个足够大的案子，供我练字和创作。我虽有书房，但常常狼狈不堪，购的新书无法上架，在书房内到处摆放，几乎无法下脚，就连儿子的住房，也让书籍占去半壁江山。妻子想在书房里放点生活日用品，看来看去找不到适当的位置，气就不打一处来："你看你，太不公平，一个人占了多少面积！总有一天，我会把你的破书都扔出去！"这是气话。其实，最理解丈夫梦想的是相濡以沫的妻子。她知道书籍对我生命的重要。一个读书人，除了一间宽大的书房，岂有他求？

　　我是一个幸运者。我的梦想终于实现了。我如今拥有两间书房，大的一间是我文学活动的场所，小的一间则专门为书法学习和创作所用。大书房里有文友赠书专柜、诗歌专柜、散文诗专柜、散文专柜、小说专柜、理论专柜、传记专柜、地理专柜、文史专柜等十多个专柜，小书房内则全部是与书法有关的几个专柜，加上一个两米多长的创作案。我没有为自己的著作设立专柜，一是数量太少，只有寥寥十几种，二是分量很轻，存放在某个书柜的底层。

　　书房里充满温馨。文友的赠书里有他们的音容笑貌。那些亲手签名赠语的手迹及日期记载着一些难忘的经历。翻阅自己经过反复挑选后购买的书籍，有一种异常的亲切感。我的理解，书房与书库是两个不同的概念。书库只是一些书籍堆放在那里，没有交流，因而是没有生命的，而书房则被我视为生命的绿洲。你翻阅一本书，就是与书的作者心灵的交流，它是有生命的。在购买时，是第一次交流；当你再次翻阅它，就像是故友重逢。如果读一部经典，正像高尔基所言，是和一个高尚的人交谈，你在生活中遇到的疑难，或许会在交谈中找到答案。这种领悟后得到的惊喜，只有爱书的人才能感觉到。我不是收藏者，从没有刻意去收藏作家有价值的版本和书画名家的作品。我所拥有的作家和书画家的藏品，都与我的工作经历有关，与我和这些作家、艺术家的交往有关。老一代河南籍作家大多都是书法高手，我的为数不多的收藏中即有曹靖华、姚雪垠、苏金伞、魏巍、李準等前辈作家的墨宝。闲暇时重读这些墨宝，备感亲切，缅怀之情也油然而生。

书房里有健身之道。具有学习能力和创作能力的人，心理永远是年轻的。那些长寿作家和艺术家的晚年，大多是在书房度过的。曾在网上看到过样一句话：永葆青春的秘诀只有两条——保持饥饿状态，只做你喜欢做的事。什么是一个读书人最喜欢做的事？肯定是沉醉在书房里。饥饿状态有两种，生理的和精神的。生理上饥饿的人，吃起饭来会感到香甜；精神上饥饿的人，读起书来能品出味道。

有了大的书房，既喜且忧。忧的是不能充分享用它。工作压力太大，没有时间，也缺乏应有的心情。如今的出版业，已经转制为企业，竞争日趋激烈，工作稍有不慎，就会出错和落后。脑子里整天考虑的是利润和品牌，业余空间少得可怜。

我赞成这样一种说法：退休是人的第二青春期。我期待着第二青春期的到来。我虽然被忝列为作家和书法家，但自己心里清楚，充其量只是一个不够勤奋的业余作者，一个尚未入道的书法票友而已。许多想法仅仅是美好的愿望，没有足够的时间把它变为现实。只有等到退休，一个自由写手的生涯，才成为可能。我确信后半生的生活决不会枯寂。因为我有幸福的家庭，还有令人羡慕的书房，那是一块生命的绿洲，读书人梦寐以求的天堂。

（原载2008年10月29日《书法报》）

发现自己

我的"第一篇"只是一篇千字文，实在不足挂齿，可我还是写出来，告诉给朋友们，也许对于立志文学创作的青年朋友，会有某些启发。

1987年，《中外著名散文诗欣赏》出版后，受到不少同行和朋友的鼓励。有几位朋友不约而同地赞许这本书的选题。他们热爱文学，很想从事创作和研究，可一直闷闷不乐，为找不准主攻方向而苦恼。这使我想到自己，是什么因素使我选择了一条能够发挥自己优势的创作道路呢？这恐怕还要归功于那篇微不足道的短文。

我的文学梦做得很早，小学未毕业就开始做了，初中时期继续做，想入非非。很遗憾，一场史无前例的"文化大革命"中止了这场美梦。那时我已经成为一名工人，工厂一度停产，别人忙着打派仗，我却躲在家里读书。有数的几本名著，翻来覆去地看。1972年，我有幸被单位推荐到南京一所理工科大学深造，课余借阅的仍是文学书。"四人帮"被粉碎后，文学梦又接着做。我怀着极大的热情写诗，给少数复刊的刊物投寄，无一首采用。那时很喜欢《解放日报》的文艺副刊"今朝诗话"专栏，看得多了，也试着写了一篇寄上，题曰"画龙点睛"，不料很快被刊用了，时间是1978年8月13日。激动了数日，冷静下来之后，再读读自己的诗歌习作，顿有所悟。为什么诗稿投了无一首采用，诗论却一发即中呢？不是那些诗歌编辑不识货，而是我的诗歌太直露，缺少诗味。对比之下，我的诗论则文字简洁，言之有物，凡

看过的人都觉得像篇东西。经过一番自审，发现了自己的长处和短处：逻辑思维还可以，但形象思维不发达，想象力不丰富。加之平时注意理论修养，以搞评论为主更适宜些。从此，我的业余写作有了明晰的目的性，10年来，先后发表了数十篇评论文章，写出两部评论专著。除此，还发表了少量的报告文学、散文和散文诗。

　　许多年轻朋友正在做着我年轻时做过的梦。请允许我问一句：你了解自己吗？如果你实实在在地发现了自己的优势，又不吝啬劳动的汗水，那么，可以相信，在不远的未来，梦境就会转化成你向往的现实！

　　　　　　　　　（原载1989年9月28日《南阳日报》"我的第一篇"专栏）

感谢生活

已经过去的20年，对于我，对于我的家庭，变化之大是未曾预料的。用"巨大"一词来形容似乎都显得不够味儿。

我的父亲是一个文化不高的工农干部。他出身农民，祖祖辈辈都是农民。他是个苦命人，只读过两年书，少年时代相继失去母亲和父亲，身边还有年幼的弟弟和妹妹，十几岁便成为地主的雇农。解放了，他有了土地，也成了国家干部，这在村上已经是件了不起的事情。家乡的人想象他在外地工作，生活一定不错。他们想错了。地位虽然有了变化，生活上依然未能摆脱贫困。工资低，加上子女多，生活的重担一直在压着他。由于工作劳累加上营养不良，他患上多种疾病。他于1980年元月病逝，享年还不到60岁。

他去世后，巨变出现了。

他的8个儿子逐步都有了正式工作。

我原在南阳地区一家国防工厂工作，1979年10月调入郑州一家杂志社当编辑。我最小的弟弟后来考入复旦大学，毕业后留在上海工作。其余的兄弟6人全在驻马店地区工作。

我父亲生前做梦都不会想到的一件事，是我的八弟后来到德国自费留学。一个世世代代都在农村生活，一点海外关系都没有的农民后代，凭着对生活的理解和追求，走出国门闯荡世界。这也许是我的家庭20年来一个最大的变化。接着，我的儿子高中毕业后也到乌克兰留学。这在20年前，我也从

未梦想过。

　　兄弟8人有3人受过高等教育，之后又有4人通过进修取得高等学历，有二人获得高级职称。这与前辈相比，真是天渊之别。

　　兄弟8人除一人在国外，其余7人都有自己的住房，都有一个幸福的家庭。

　　我个人的变化也是巨大的。20年前我是一家工厂的宣传干部，20年后肩负着一家杂志社的重任。中学时做过作家梦，在这20年中梦想成真，我于1993年被中国作家协会吸收为会员，至今已有多部著作出版。

　　1978年至1998年，中国经历了伟大的变迁。这些变迁是由一个一个普通的中国人，一个一个普通的中国家庭来实现的。一个家庭，有时就是一个时代的缩影。

（原载1999年1月11日《河南广播电视报》）

留住逝去的岁月

　　在同事的帮助下，我也走进数以千万计的博客大军。博客是个万花筒，什么内容都有，信息量极大。有一些人利用博客做商业广告，不失为聪明的选择。更多的是信息库，有博主的，也有博主提供给大家他感兴趣的。

　　每个人都会给自己一个定位。我给自己的定位是：一个职业出版工作者兼业余作者。爱好很多，但时间精力有限，"弱水三千，我只取一瓢饮"。文学，以散文诗研究和写作为主；书法，以行草书为主。我还是一个贪梦的阅读者，一个旅游爱好者。孔子说："五十而知天命。"而我已过了耳顺之年，凡事都要做减法了，唯独锻炼身体和旅游两项要做加法。

　　同事们不少都有自己的博客。我已是一个落伍者。可当我把开博的消息告诉给朋友们，想不到收到他们的诸多鼓励。一位出版家朋友发短信说："老兄与时俱进，佩服！"我只有苦笑。一个落伍者受到这样的赞扬，应该高兴呢，还是应该脸红？

　　过去对开博并非没有兴趣，只是因为工作忙，没有足够的精力。后来想到鲁迅的话："时间就像海绵里的水一样，只要愿挤，总还是有的。"就不再为自己的懒惰找借口了。

　　从2010年9月19日注册博客，传上第一篇文章，至今已两周时间。基本上都是以粘贴旧作（未结集出版的）和与本人有关的信息为主。一段时间内都会是这样，给关心我的朋友们提供我的成长历程。当博主能够自由支配自

己的时间时，新作当会源源不断。

　　在整理这些旧作（包括会议发言）时，一种强烈的怀旧意识涌上心头。我从1979年11月开始编辑、出版生涯，至今已31年。当年的一名编辑新手，如今已成为受年青一代尊重的前辈。

　　令人欣慰的是，逝去的岁月通过这些文章和图片又被留住，而且会被永久收藏。同时，又可与朋友们分享。这是博客带给我的意想不到的欣喜。惆怅中又露出笑容。

　　我会随时记下我的读书心得和旅行笔记。当然还有我的散文诗研究和创作、书法研究和创作，以及写下对一些作家、艺术家的印象……

　　留住岁月，留住青春。让飞走的小鸟再回来！

2010年10月3日

在世界最高寺院凝视珠峰

大家一致要求，去绒布寺观看珠峰。

定日县珠峰宾馆餐厅的墙壁上悬挂着一幅油画，这幅油画清楚地表明，在世界海拔最高的寺院绒布寺观看珠峰无疑是最佳选择。而在此之前，领队于先生准备安排我们去旧定日县城一侧观看。在那里观看，看到的仅仅是珠峰的一角。

经历了意想不到的艰辛来到定日，不就是只为一睹珠峰的风采吗？

其实，于先生也想去绒布寺。安排去旧定日县城观看，也许是出于安全和经费的考虑。他曾两次陪青年报刊界的同行观看珠峰，都是在旧定日。一个已在西藏生活了20多年的汉人，尚没有从正面看到过珠峰的全貌，不能说不是一件憾事。

绒布寺本身就是一个巨大的诱惑。这座建于喜马拉雅山腹地海拔5000米处的世界最高寺院，充满了神秘的色彩。它是从北坡攀登珠峰的必经之地。我国登山队一号营地，就在绒布寺附近5公里处。

从珠峰宾馆到绒布寺约90公里。我们租乘珠峰自然保护区的"东风"车前往。同行中数我年长，因而享受了坐在驾驶室的特殊待遇。这也使我有机会与藏胞司机达娃次仁攀谈。

达娃次仁今年35岁，是位身材高大、性情豪爽的男子汉。他已有15年的司机生涯，不计其数地去过绒布寺。车子在喜马拉雅山脉的群山之中行驶，

　　道路崎岖，但对于一个有经验的本地司机，这似乎算不了什么。达娃次仁紧握着方向盘，双手几乎在不停地运动，一面回答我的问题，一面镇定从容地开车。

　　在4个多小时的行程里，透过车窗，我看到了无数幅气象万千的画面。大山的伟岸令我敬仰，它的苍凉又令我吃惊。大片大片的荒山秃岭裸露在面前。在盛夏季节里，却难得看到树和其他绿色的植物，车子像是在大戈壁上行驶。中途也有一些村落和绿色的田野，远远看去，就像沙漠中的绿洲，格外醒目和难忘。

　　在快到绒布寺时，达娃次仁告诉我，前面那个金字塔形的雪山就是珠峰。

　　我一阵惊喜。

　　当车子停下以后，大家都争着去找最好的位置拍照。达娃次仁还提醒大家，现在是拍照的最好时间，到了下午，云团会把珠峰挡住。

　　面对着世界最高的山峰，她给人的感觉绝不仅是雄伟和威严，正像珠穆朗玛的藏语本义"第三女神",她更像一位青春飘逸的天仙。之所以称"第三女神",因为她的左右两侧还有四座山峰,被藏胞称为"长寿五姐妹",五姐妹中,她最高大,也最美丽。

达娃次仁告诉我,在藏民的心目中,珠峰就是一个神。他在心绪烦乱时来到绒布寺,只需看一眼珠峰,烦恼即刻就会消除。

这也许只是一种心灵感应。

为什么在别的山峰面前,就没有这种感应呢?

久久地凝望珠峰,我想到那些前赴后继的登山者。几个世纪来,珠峰吸引了从世界各地慕名而来的登山者。并不是所有来的人都能登上世界的最高点,体验和享受"一览众山小"的意境。先后已有200位执着的登山者长眠在她的怀抱里。只因"会当凌绝顶"的信念不灭,登山的队伍也一直未停。从1953年至1975年,人类已11次登上了珠穆朗玛峰的峰顶。从北坡攀登珠峰要经过极难行走的冰川地带,这条线曾被称为"死亡路线",可我国优秀的登山健儿已于1960年5月25日和1975年5月27日两次从北坡登上珠峰。世界登山界不约而同地向他们投来了敬佩的目光。

在绒布寺观看珠峰,似有一种宗教的意味。在如此高的海拔,极不利于人类生存的寺院里修炼,需要非凡的精神力量。我想这力量,除了信仰,不能不与面前的这位"女神"有关。

我们在寺院边的草地上野餐。旁边的僧人和尼姑看着我们吃饭。这里的僧人不懂汉语,我只有通过达娃次仁与他们交谈。寺院现有15个僧人和35个尼姑。和尚与尼姑同在一个寺院,这是我在西藏的其他寺院中尚未见到过的。尼姑的住地与寺院较远,看上去十分简陋。一个年轻的尼姑看到达娃次仁,亲切地和他打招呼。原来她的哥哥与达娃在一个单位工作。达娃告诉我,这位尼姑的父亲是某个乡的党委书记。她13岁出家,至今已经7年了。生在一个乡干部家庭,生活条件应该说是不错的。可她却要当尼姑,家里也支持。在这里当尼姑不知要比内地艰苦多少倍,她每日吃的粮食是家人从几十里外送来的,月月如此,年年如此,零用钱则是社会向寺里捐助的。

宗教的力量是很难理解的。也许，只为每天都能看到珠峰——这位能够带给人们吉祥的女神！

绒布寺不知建于何时。寺院不大，仅有的一座白塔十分壮观，顶部和四周飘舞着漂亮的五色经幡。只有一个诵经和供人朝拜的大殿。地板用酥油擦过，进去必须赤脚。大殿供奉着佛祖释迦牟尼的塑像。我请几位僧人在我的签名本上签名，僧人扎西还写了一句题词，后请教达娃，那是藏民无人不知的六字真言。

等看完寺院出来时，寺前又停了两辆车，全是白种人。达娃次仁指着一个个头高大、颇具美国西部牛仔风度的老人说，这是美国登山研究所的所长，曾多次来过这里。

遥望珠峰，已没有我们刚来时清晰，已有一些云团遮住了她的身躯。

因道路塌方，车子不能通行，原定去一号登山营地的计划只好取消。为此我深感遗憾。

我不无感伤地说："也许这一生，再没有机会到达登山大本营了。"

同行者笑答："听起来还挺悲壮！大本营什么都没有，只有一个登山纪念碑。不看，谈不上什么遗憾。"

我说："到了大本营，站在登山纪念碑前再看珠峰，也许我们对珠峰会有另一番理解。"

（原载《时代青年》1995年第10期）

夜过羊卓雍湖

　　当汽车到达浪卡子县城时，大家显得异常兴奋，人人心中都明白：美丽的羊卓雍湖，已近在眼前。

　　长途旅行，免不了会出现插曲，而刚刚经历过的事，是谁也没有想到的，真让人啼笑皆非。我们今天的旅程是从江孜出发到拉萨，途经羊卓雍湖。为了能在羊湖的时间充裕一些，回到拉萨也不至于太晚，天未亮就离开了江孜。最初大家都在打盹，继续着昨夜的梦境，等天大亮后，又在盘算着何时到达羊卓雍湖。过了一道哨卡，值班的人听说我们是记者团，未看证件就让通过了。等到下一个哨卡，情况大变，哨兵无论如何也不让通行。带队的同志感到不解，过去到羊卓雍湖，从来不需要提前办手续啊！同行的一位记者查看地图后，发现了问题。哨卡的门前挂着"嘎拉检查站"的牌子，前面一站便是中印边境重镇亚东。这是藏南。而我们要去的浪卡子是应该在江孜的东方。路线错了！路线错误总是要付出代价的。没有第三条路，只有退回江孜。这样一折腾，几个小时白白过去了。

　　两位骑自行车旅行的白人小姐向我们招手，想搭乘我们的车回拉萨。可是，对不起，已经没有位置了。

　　过了县城不远，便看到羊卓雍湖的一角。湖的旁边是辽阔的绿色的草甸。牧人在上面悠然自得地放牧着牛羊。就在此时，汽车出了问题。司机修车，大家便到草甸上游玩。

一生中第一次来到这样的地方。仿佛来到一个辽远的天国。远离尘世，听不到城市的喧嚣，看不到刺眼的广告牌，只有牧童的微笑和惬意的微风。大家在草甸上拍照、晒太阳。草甸尽头，湛蓝的羊卓雍湖默不作声，像一位恬静的仙子。

等修好车，大家重新启程，已经是夕阳西下了。

车子绕湖行驶。湖位于甘巴拉山与卡惹拉山之间，形状有点像展翅的天鹅。羊湖海拔4446米，面积678平方公里，是西藏最大的淡水湖。也有人说，羊卓雍湖与另两个名湖玛旁雍湖和纳木湖，并称为西藏的三大圣湖。圣湖旁边必有重寺。据西藏的朋友介绍，坐落在羊湖南岸一个陡峭山峰上的桑丁寺，便是一座著名的寺院。主持寺庙的是西藏唯一的女活佛，名叫多吉帕姆。女活佛转世承传，现在的女活佛为十二世多吉帕姆，名叫德吉曲珍，是一位著名的女性，她不仅是宗教界著名人士，还担任着自治区政协副主席的重任。很遗憾，由于天色已晚，我们又是绕湖北而行，无法前去拜访，只好望湖兴叹了。

羊卓雍湖以美丽著称于世。离开拉萨时，自治区团委的领导同志一再推荐，说我们从定日回来时一定要路经羊湖看一看，站在甘巴拉山口向南眺望，是观看羊湖风光的最佳处。可是，就在我们已经看到甘巴拉雷达站信号塔灯光时，车子又坏了。

这里没有草甸。眼前是长满杂草的辽阔沙滩。依然有牧童和羊群。正像"羊卓雍"的本义所云，"羊卓"指上部牧场，"雍"指碧玉之意，这是一个天然的高原牧场。司机修车，又给我们提供了观光的机会。大家在空旷的牧场上漫游、拍照。湖面平如镜，沙鸥和斑头雁翔集，在水面上自由地嬉戏。山的倒影映在湖中，使平静的湖面有了层次，真像一块色彩匀称的碧玉。

当夜幕垂下时，车子的四周围满了孩子。他们大都是学生，好奇地看着我们，有的骑着自行车，还带着书包，大概住在附近。很想与他们交谈，可惜语言不通。像这样的尴尬局面，他们也不常遇到。

进退两难。车子的一个发电机坏了，想彻底修好是不可能的。经过协商，大家认为继续前进为上策，因为前面不远处即是羊湖电厂，车到那里总会找到办法的。

等到车子慢慢开到电厂附近时，已无法前行。全是土坡，由于车灯不亮，勉强爬坡太危险。而在此之前，大家多次推车，已经筋疲力尽了。

西藏青年报社的两位同志到海拔稍低一点儿的电厂与武警联系。由于是夜间，看不到电厂的全貌，只见灯光一片。这里正在进行紧张的施工。一个举世瞩目的工程。英雄的武警官兵经过数年的努力，利用羊湖的资源，即将建成一座巨大的水力发电站。羊湖的水面与山下的雅鲁藏布江的落差有840多米，这样的落差，是建一座巨型水力发电站的良缘。这座水力发电站的建成，将给西藏很多地方带来光明。到那时，在藏胞眼中，也许还真有几分圣湖显圣的意味。

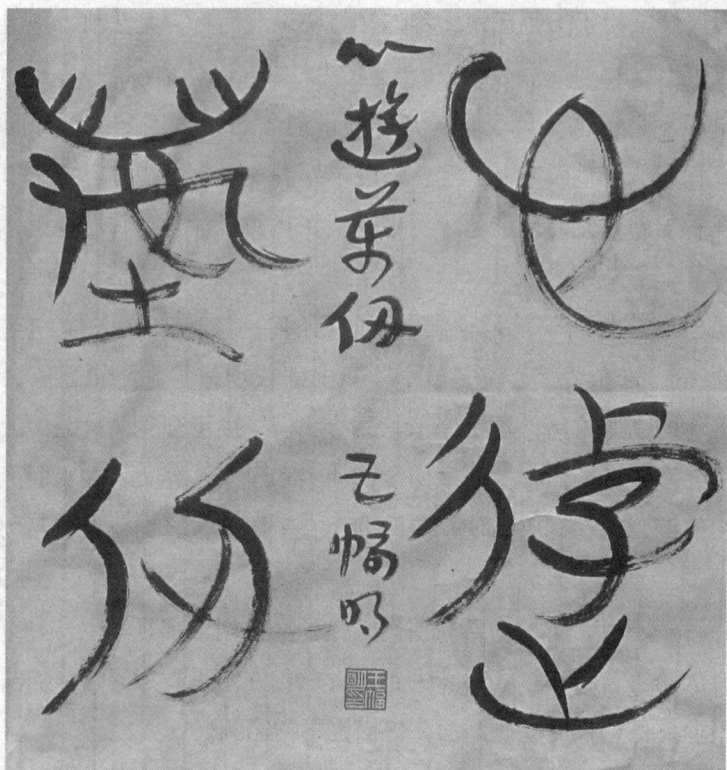

　　过了一阵，一辆军车开上来，带来了我们所需的发电机。武警司机帮助我们的车子安装完毕，方才离去。车子重新启动，车灯照亮了道路，大家的心中也仿佛涌进了一股暖流。

　　不一会儿，车子爬上了甘巴拉山口的最高点。时针已指向凌晨2时。在标有4800米高度的路碑前，回头南望，羊湖已看不清晰，朦胧之中，有一片亮色，此时，圣湖更显神秘。

　　饥饿和寒冷都渐渐淡化，直至记忆模糊。车子开到拉萨时，已早晨7时。大家不约而同地向连续行车24小时以上的司机师傅和坐在司机身边不断提醒司机注意的朝鲜族记者同胞投去感激的目光。

（原载《时代青年》1995年第11期）

南阳自古多名士

三面环山，南阳像是镶嵌在盆地中央的一颗明珠。

从市容本身看，古城已无多少"古"意，二千年前兴衰的遗迹，几乎荡然无存。

远古时代，地处中原的南阳就有我们的祖先劳动和生息。1978年考古工作者发现的云阳猿人前臼齿化石，便是明证。史料记载，南阳最早出现在周朝初年，当时申、吕两族诸侯的封地即今日的南阳一带。春秋战国之际，各诸侯国互相争霸，楚国灭申而据南阳，并在申的附近建筑城郭，称宛城。秦昭王置南阳郡，治宛城。南阳郡是秦始皇统一中国后，最早的三十六郡之一。到了两汉，宛城已发展成为全国闻名的重要城邑。

我们来到位于小城东北部的汉代宛城遗址。古老而清澈的白河从旁侧蜿蜒而过。这里仅残存东北一隅及一段护城河。遗址土层内发现了汉代陶片，附近散落有无数汉代的砖、瓦、陶器等残片。游客的遐思由此绵绵而生。这座故城距今已有2100多年的历史，据文献记载，汉代宛城有两重，郡城（大城、郭城）为外城，小城为内城，在都城西南隅，两城互相连接。那时宛城是全国18大城市之一，有4.7万多户。东汉的开国皇帝刘秀发迹于南阳，因此又有"南都""帝乡"之称。

到南阳不参拜宛城二祠——医圣祠和武侯祠，如同到北京不去看天安门和故宫。

医圣祠建于南阳市的东郊，是东汉时期大医学家张仲景的长眠之地。张仲景一生以为民祛疾治病为己任，撰有《伤寒杂病论》流传于世，被后人尊为"医圣"。

武侯祠是纪念三国时名相诸葛亮而修的，在南阳西郊的卧龙岗上。诸葛亮被封为武乡侯，"武侯祠"由此而来。诸葛亮并非南阳人，曾在南阳郡的隆中隐居。也许隆中当时属于南阳郡的缘故，抑或诸葛亮曾在南阳生活过，人们为他修建了这所祠堂。

"南阳自古多名士"。春秋末年的政治家范蠡，即是一个。这位具有远见卓识的越国大夫，在越败于吴之后，曾作为人质赴吴两年。回越后，他帮助勾践刻苦图强，最后灭了吴国。另一个是秦穆公用五张羊皮赎回，史称"五羖大夫"的一代名相百里奚。秦穆公任人为贤，用了大器晚成的百里奚，终成霸业。今南阳市西郊有百里奚村，相传为百里奚故里。两汉时期是南阳的盛世，出现过不少杰出的人才，最著名的除张仲景外，还有张衡。

他是我国古代少有的大科学家和文学家，世界上最早的大天文学家之一。浑天仪、地震仪、候风仪的制作，是了不起的创造。我国第一部天文论著《灵宪》一书，即出自他手，里面记录了2500颗恒星，并绘出了我国第一张星图。他花费10年心血反复修改而成的《西京赋》和《东京赋》，曾脍炙人口。为了纪念张衡的杰出贡献，1956年，人民政府在南阳市北部的石桥镇重修了张衡墓。郭沫若为之题词："如此全面发展之人物，在世界史中亦所罕见。万杞千龄，令人敬仰。"南朝时宋人史学家范晔，取各家史书之长，著《后汉书》。遗憾的是，书未完成即被杀害。这部书汇集一代史事，是研究东汉历史的重要资料。

回顾历史，有些现象不免令人思索。南阳的知名杰出人才，大多都出在秦汉时期。城市的发展也以秦汉为界。唐时仍有余波，不少文人慕名前往，有著名边塞诗人岑参等。但后来渐渐衰落了。刘秀称帝，虽建都洛阳，南阳仍是他的根据地。之后不少皇亲巨族封在这里，骄奢淫逸。这些成了南阳的包袱。城市没有再发展，人才也极少再出现。这一切应验了司马迁当时曾预见过的"物盛而衰"。

南阳曾居住过多少达官贵人？恐怕谁也难以说清。随着岁月的流逝，他们的名字已被人们渐渐遗忘。

（原载1988年9月29日《人民日报》）

1990年秋，韶山

终于来到向往已久的韶山。

一个普普通通的山村，因一位伟人的英名而名扬四海。在祖国广袤的国土上，也许有数以万计的村庄，有哪一座村庄比韶山更出名，更令人心驰神往呢？

一个人的历史，便是半个世纪来中国的革命史。能够当之无愧的，也许只有毛泽东。

有一个时期，韶山被誉为"红太阳升起的地方"。毛泽东被神化了。如今，那场全民族的狂热崇拜早已成为历史，毛泽东也逝世了十多年，韶山该是一番什么面貌？各地游客又是怎样看待韶山的？

我怀着敬仰之情，也带着不少疑问来到韶山。

韶山现在是湖南省湘潭市的一个区，管辖六乡两镇。距省会长沙104公里。毛泽东同志的故乡——韶山冲，是韶山区内一个美丽的山村，离区政府所在地约6公里。在一般人心目中，提起韶山，当然就是指伟大领袖毛泽东的故里。到韶山交通很方便。早在1967年12月，长韶铁路就建成通车了。现在每天都有往返长沙与韶山的专列。坐汽车就更方便了，长沙、株洲、湘潭等地，每日都有数次班车开往韶山。区政府到领袖故居之间，中巴半个小时一趟。据当地人讲，原来这里十分闭塞。50年代初，毛岸英受父亲委托来看望家乡人民时，还是骑着马回到故乡的。1966～1967年，全国各地来韶山参观的人特别多。为了方便参观者，政府拨专款修了铁路专线。韶山区间的韶山公路，是红卫兵们义务修建的。

正值枫叶如丹、金菊怒放的季节，韶山以她优美的风姿迎接各地的游人。韶山给人的第一印象很美，群山环抱，松竹葱茏，好像一个别致的风景区。停车场整洁、宽敞，一边靠着宾馆、商店和餐馆，一边是当地农民出售旅游纪念品的摊点。纪念品有多种，最醒目的大概是毛泽东的像章。我问一个年约70来岁摆摊的老大娘："你是当地人吗？""是的。""你估计每天来参观的人有多少？""平均有两三千人。星期日要更多一些。前几天，毛岸青和邵华也来了。他们还到长沙看了杨开慧的家乡。毛岸青来过几次，邵华每年都回来。"我指着毛泽东的像章问她："买像章的人多吗？"她略显激动地回答："多哩！有一段时间都卖空了。有的青年人一次买几个，有些外国人也买。"像章使我想到像章的主人："毛主席1959年回韶山时，你见过吗？""见过。他就住在那里（她用手指了指韶山宾馆），到处走动。这里的人都见过他。他还与我们合过影呢！""你们对毛主席的感情一定很深了？"她点点头："是的。"说后用手擦了擦眼睛，也许是眼睛湿润了。这场谈话似乎不好再继续下去，我便起身道谢，去瞻仰领袖的故居。

毛泽东同志的故居是一栋坐南朝北的普通农舍，当地称那块地方叫上屋场。由于它曾多次在电影和印刷品中出现，站在它面前非但不感到陌生，而且有一种似曾相识的亲切感。门口的横匾上写着几个金色的大字："毛泽东同志故居"，像是邓小平同志的手迹。小院里有不少游人，有解放军战士，有打着团旗的中学生，还有其他职业的人，都在三五成群地照合影。

我随人群进室内参观。据讲解员介绍，这座土墙住宅是毛泽东的祖父在1878年建造的。原来很简陋，随着毛泽东父母亲勤劳治家，对住宅不断进行修整和扩建，增盖了几个房间，草房也变成了瓦房。1929年，毛泽东的故居被国民党反动派没收，房屋和家具遭到破坏。1949年解放后，经多次修缮，基本上保持了原貌。现在室内陈列的家具和农具，一部分是韶山人民保存下来的，一部分是根据老人所讲复制的。当年这里住着两户人家，毛泽东一家

住在东边，西边邻居一家，早在新中国成立前就搬走了。

　　就在这所普普通通的农家小院里，毛泽东度过了他的童年和少年时代。1910年秋，毛泽东胸怀救国救民的志向，离开故乡，到外地求学。后来，毛泽东曾多次回到故乡：1921年春在这里教育全家亲人走上革命道路；1925年2至8月，回韶山开展农民运动，在这里召开各种小型会议，建立了中共韶山支部；1927年考察韶山农民运动，在这里召开过调查会。一晃32年过去了。当他1959年6月再次回到故乡看望乡亲时，故乡已经发生了天翻地覆的变化。有感于此，他写下了著名的七律《到韶山》："别梦依稀咒逝川，故园三十二年前。红旗卷起农奴戟，黑手高悬霸主鞭。为有牺牲多壮志，敢教日月换新天。喜看稻菽千重浪，遍地英雄下夕烟。"表达了他对故乡人民的无限深情。

　　在毛泽东父母亲和毛泽东的卧室里，都有警卫战士在值勤。一位游客想抚摸毛泽东用过的家具，被警卫战士劝阻了。

　　从东门走出，是一片地势稍高的平地，那是毛泽东一家用过的晒谷坪。故居的后面是长满青松翠竹的小山，前面是毛泽东少年时代种过的稻田和游过泳的池塘。眼下池塘里满池荷叶，一派生机。

　　我走进西边"邻居"的房内。它现在是警卫人员和讲解人员办公的地方。说明来意后，一个年约30岁的女同志热情地接待了我。她是韶山管理局的工作人员。韶山管理局是省委直接领导的厅级机构，下设若干处室，另有一个警卫中队（相当于连），负责保卫工作。在毛泽东故居值勤的有一个班。她告诉我，她在这里工作已十多年了，每天目睹各地来的游客，70年代和毛主席逝世后的一段时期内，来瞻仰领袖故居的人特别多，每天有三四万人，在里面根本没有停脚的时间，只能排着队走过去。1981～1983年转入低潮，每天约有几百人。1986年以来逐年增加。现在每日多则几千人，少则一千多人。游客各地都有，包括台港地区和国际友人。有组织成批来的，本省较多，主要是举行党日和团日活动。零散来参观的，中青年人最多。她还告诉我，管理局正在筹备毛泽东同志一百诞辰（1993年）纪念活动，现正在北京收集毛泽东晚年的遗物。那时，纪念馆的内容会更丰富一些，游客可能会更多一些。我问起韶山人对毛泽东的感情，她笑着说："感情当然深了！没有毛泽东，他们会有今天吗？这里人都有一种优越感。这几年，韶山人也有了商品意识。他们开饭店，卖纪念品，很多人都富起来了。'文革'期间只有一个公家饭店，吃饭排队，你看，现在饭店到处都有，公家饭店反而没有几个人去吃了。"

　　毛泽东父母的坟墓坐落在土地冲南竹坨，距上屋场约有1华里，两位老人的灵柩于1920年1月合葬于此。原墓仅土堆土围，解放后立碑为志。按照本地习俗，1978年12月和1989年8月韶山管理局两次修缮。毛泽东对母亲怀有深厚的感情，母亲去世时，他曾用四言体古诗写了长达384字的《祭母文》。现在，韶山管理局已将《祭母文》立碑镌刻。游人读过，无不为青年毛泽东的文采和至情所赞叹。

　　墓的西南侧，有一个供游人休息的凉亭。风景优雅，周围全是挺拔的青松。亭子上写着两副楹联，颇耐寻味。一副为"眺望韶峰云天青山琢屏幕，俯瞰南岸苍松碧水映故居"，另一副为"绕岫岚光笔削三山堪雄伟，回环玉带关镇风物耐人思"。

下山时，迎面碰到一个肩挑食物的长者。我问："老大爷，你见过毛主席吗？"他随口回答："见过！毛主席还到我家坐过呢！"语气中流露出自豪和缅怀。他向毛泽东父母墓对面的一个山坡走去。那里有一栋崭新的农舍。

从故居到滴水洞约4公里，随时都有中巴可乘。滴水洞是一个地名，并非人们想象的一个山洞。毛泽东在一封信中所指的"西方山洞"，即指此地。为什么称"西方山洞"？从地理位置看，它在韶山的西南方向，另一层意思，也许是为了保密。滴水洞是一个南北约1公里的狭长山冲，史书上有过记载和描述。滴水洞宾馆于1960年动工兴建，1962年建成，是中央领导来此工作和休息的地方。建成后，胡耀邦、陶铸等同志先后在这里居住过。1966年6月18至28日，毛泽东再次下榻，并召开座谈会，接见省、地领导同志。冲口是韶山水库，建于1956年，毛泽东两次回故乡，都在此游过泳。

车子一直开到毛泽东住过的一号楼前。走进大厅，适逢讲解员正为百余名军人作介绍。1966年1月28日，毛泽东离开这里时，非常留恋，走出门口又转身回来，在他住过的房间里静坐了约20分钟，临走时深情地叹了一口气，对工作人员说："我真不想离开这里，可身不由己啊！"透过窗户，可以看到毛泽东当年工作过的办公室和卧室。写字台上放着一个菊花石砚台，据说是毛泽东用过的原物。

走出宾馆，登山约900米到虎歇坪。毛泽东祖父的坟墓坐落其上。毛泽东祖父毛恩普终生务农，家境贫困，一生勤俭节约，1904年11月去世。1929年，国民党反动派没收毛泽东旧居时，曾企图挖掘毛泽东的祖坟。韶山农民闻讯后，将墓碑掩藏于墓旁泥土之中，使祖茔无损。1987年1月发掘出原墓碑，加以修缮复原。墓前现塑有两尊石虎，建有一个观景亭。站在亭内举目远眺，风景如画，整个韶山冲尽收眼底。

车子返回停车场后，我参观了毛泽东同志纪念馆。毛泽东同志纪念馆是1964年修建并开放的，坐落在距毛泽东故居约1华里的引凤山下，面向大道，是一座苏州园林式的典雅建筑。馆内陈列了毛泽东的生平业绩，分8个展室。此外，还有"毛泽东同志的革命家庭"、"部分中央和地方领导同志及著名人士在韶山"、"国际友人在韶山"三个专题陈列。大概是游客们对毛泽东的历史都有一定的了解，对这三个专题陈列，他们表现了更为浓厚的兴趣。毛泽东同志的革命家庭，尤其引人注意。毛泽东不仅自己从青年时代起就献身于中国革命，他还教育和引导亲人们先后走向革命道路。在长期的革命斗争中，毛泽东一家有6位亲人为革命英勇献身。他们是：毛泽东的两个弟弟毛泽民、毛泽覃，毛泽东的夫人杨开慧，毛泽东的堂妹毛泽建，毛泽东的长子毛岸英，毛泽东的侄儿毛楚雄。

曾长时间笼罩在毛泽东身上的那层光环消失了。毛泽东已从神坛上走下来。整个展览朴实无华，实事求是地展现了一位伟大导师、领袖、革命家、思想家和诗人的一生。当他以他的本来面目出现在我们面前时，备感亲切。当然，我也注意到，长达10年之久的"文化大革命"的那段历史，基本上回避了。

我翻阅了十多本近年来的游客留言。为更真实地转达这些留言，我原封不动地抄录几段：

看到毛泽东同志的生活经历，深感革命胜利来之不易，我们应当很好珍惜。——陈东林

我们十分想念毛主席！！！——桂林钢厂全体参观人员

毛主席的确伟大，伟大在于无私，毛主席是最伟大的无私者。——浙江一党员

从长城到南海，从东海之滨到天山南北，毛主席的光辉形象和巨大影响，是任何英雄豪杰所不能相比的！

毛主席，您安息吧！请相信，不论未来还有多大的风暴，不论前进的道路有多么漫长、曲折，中国人民都将坚定不移地把您开创的伟大革命事业进行到底！千百万先烈用献血和生命换来的中国永远是红色的中国！

毛主席，回顾中国漫长、艰难曲折而又惊心动魄的革命历程，我们对您的崇敬油然而生！您不愧为中国人民的伟大导师和领袖！不愧为中国历史上最伟大的人物！您的丰功伟绩与日月同辉，与世长存！您的伟大旗帜将永远飘扬在中国人民的心坎上！将千秋万代高高飘扬在中华大地上！！

——广东一普通中学教师的肺腑之言

还有一部分留言对展览内容表示了不满，如："请完全尊重历史事实！""应实事求是再现毛泽东一生，为何'文革'一段省去？"等等。

对于为何要回避"文革"这段历史，我向这里的工作人员请教。纪念馆的团支部书记是这样解释的：一个原因，所有办纪念馆的目的，都是纪念伟人的业绩，毛泽东同志的纪念馆也不例外。另一个原因，如果把毛泽东晚年的错误写上，韶山人民从感情上是难以接受的。

毛泽东已经成为历史人物，但这绝不意味他的影响已在人们脑海里消失。这些留言便是最生动的见证。作为中华人民共和国的缔造者和领袖，他的画像仍然悬挂在天安门城楼，他的灵魂已经融于中国的身躯。

韶山之行，更坚信了我这样一个信念：毛泽东用一家牺牲六人，全国人民用牺牲两千万个生命的代价而换取的社会主义江山，绝不可能会轻而易举地毁于一旦！

我很幸运来到韶山。我相信会有更多的人到韶山来。

(原载《时代青年》1991年第2期)

感受梁祝

少年时代就听过梁山伯与祝英台的爱情故事，后来，又看过连环画册和电影，再后来，又听过声扬环宇的小提琴协奏曲和由此乐曲填写的歌曲。但是，我从来没有思索过这样一个问题：这故事是虚构的，还是真实的？

而今，当我置身于梁祝故里和他们的墓前时，仿佛置身于一个童话世界，一个传说与现实融汇的世界，一个美丽的梦境。

车过豫东南平原汝南县境内的马乡镇，一块醒目的招牌赫然竖在路边，上写"梁山伯祝英台故里"。它使人怦然心动，这是一个巨大的诱惑。梁祝故事是中国著名的四大传奇故事之一，它和《白蛇传》《天仙配》《牛郎织女》的故事一样，家喻户晓。路经此地，如不下车一游，将是莫大的遗憾。

梁祝的墓地位于距马乡镇1公里左右的北马庄。已有一些游人在此参观。两墓建于古京汉官道的两旁。梁墓在西，祝墓在东。墓前均有墓碑。不久前墓地已定为县级重点文物加以保护。据墓碑背面的文字介绍，以有关单位对墓中出土文物研究考证，确认该墓地为晋墓，两墓均有4米多高，直径在20米以上。按照传统习惯，两个墓门均应面朝东南，可梁墓面向东北，祝墓面向西南，两墓正好遥遥相望。显然，这是当地群众的感情所为。祝墓前曾有"白衣阁"，是为纪念祝英台殉情而死修建的。"白衣阁"内供奉白衣菩萨，白衣菩萨即祝英台的化身。因祝英台为梁山伯哭灵时穿了一身白孝衣，死后又变成白蝴蝶，人们也许认为只有菩萨才会有这样的感情。现在，祝墓前是庄稼地，只有一块"白衣阁遗址"的标志。正好有一位50多岁的村妇走过来，我问她见到过白衣阁吗？她说她小时候见到过，好大一片建筑，每年三月三还在这里演戏，很热闹。60年代"破四旧"时被毁掉了。

在梁山伯的墓前遇到一位年近八旬的牧羊老人，我向他问起梁祝的故事。他微笑着说，他小时候就听过一句俗语："梁山伯，祝英台，埋在马乡路两沿儿。"他说当地无人不知梁、祝。听着老人娓娓的讲述，你无法怀疑这传说的真实性，它不知经过了多少代人的口头流传，而分散在这里的遗址，又和众所周知的戏曲故事线索十分一致。除去梁祝墓，附近还有梁祝相遇结拜处的曹桥，一起求学三年的红罗山书院，梁祝故里梁岗、朱庄等遗址。

参观的游人中有当地的男女青年，也有慕名而来的远道客人。带领一批游人参观的是县民政局的一位工作人员，他是本地人，谈起这里的景物如数家珍。我向他请教了几个问题，他都给予圆满的回答。他对梁祝的故事发生在此地坚信不疑。他自豪地告诉我，前不久中央电视台派了一个"梁祝故里"寻迹采风摄制组到这里拍专题片，著名节目主持人周涛任讲解，拍了大量的资料。可以想象，等这个专题片播出后，会吸引更多的游客前来参观。他还告诉我，驻马店地区行署和汝南县政府对开发梁祝故里十分重视，县政府还专门成立了由县长亲自挂帅的领导小组，制定了《汝南县梁祝故里风景区开发方案》。风景区分三批开发：修建以梁祝墓、白衣阁、观音堂、古戏楼、梁祝广场等内容的梁祝公园作为首期工程；随后开发红罗山书院、曹桥等景点；最后开发梁祝故里。一切建筑均按西晋风格修复。祝氏故居将塑蜡像，再现梁山伯当年求婚情景。

一个一千多年前的民间传说故事，在我眼前复活了。我强烈地感受到它的冲击力。它雄辩地说明，真善美的东西，具有无限的生命力，绝不会因年代的久远而失色，相反，随着岁月的流逝，它会放射出更加夺目的光华。梁祝的故事不能只看作一个简单的民间传说，它早已成为一种文化现象，是博大精深的民族文化的瑰宝，是古代劳动人民追求和向往崇高爱情的绝唱。宣扬梁祝，是在宣扬一种纯真爱情和反抗封建礼教的大无畏气概。开发梁祝故里，还有另一层意义，它对于提高汝南和驻马店地区的知名度，将会产生巨大的影响。以旅游开发促进经济建设，是地县领导人的远见之举。

笔者有幸在汝南县城观看了新编豫剧《梁山伯与祝英台》的首演。演出获得巨大的成功。整个剧场座无虚席，演到悲剧的高潮，演员声泪俱下，观众唏嘘不已。想不到发生在一千多年前的爱情故事，依然引起当代人的强烈共鸣。

我又一次感受了梁祝，比少年时代隔岸观火的感受更加深切。我期待着几年后故地重游。我想象着我会遇到更多的来自各地的青年男女，他们在古色古香的梁祝公园里合影留念，畅诉衷情。

（原载《时代青年》1997年第1期）

误当土家族"女婿"

在天子山的山顶用过午餐，便去参观附近的贺龙公园。

贺龙元帅是土家族同胞的骄傲。他传奇般的事迹就像传说中的向王一样，在湘西的山山水水间传颂。天子山因古代土家族领袖向大坤率领当地农民起义自称"天子"而得名。而如今，谁才真正配称天子山的"天子"？贺龙！高大雄伟的贺龙铜像坐落在云青岩上，犹如一座武陵奇峰，令一切来此凭吊的游人肃然起敬。

贺龙铜像的背后是一个有几处景观的好去处。大家三五成群结伴而行，尽情饱览天子山的万千景色。

有人说，天子庄正在举行土家族的婚礼，我便跟着感觉走去。

这是一座依山而建的房子，门头上方有一横匾，上写"天子庄"三字。顾名思义，这里的主人应是"天子"。天子庄也许每天都会举行这样的婚礼，它的主人应有许许多多，"天子"也就不计其数了。

就在这时，戏剧性的事件出现了。我在毫无思想准备的情况下，误当了一回土家族的"女婿"。本来我只想多拍几张民族风情照片，因不明真相，一直未敢进屋。一位男士热情地让我进屋。我刚坐下，抬头看了舞台一眼，上面站满了新郎和新娘，尚未来得及思索，就被一位身着土家族民族服装的小姐拉上了舞台，台下一片欢笑声。我的同伴们都在舞台下面观看。每拉上一位新郎，都会伴随一阵欢笑声。我大概是被选上的第11位。在我之后，又

交通文明的联想

　　一个文明社会，应该具有多方面的文明。国家多年来一直在倡导物质文明和精神文明，最近又提出政治文明，这是中国在向社会主义现代文明国家过渡的一个重要标志。在物质文明与精神文明之中，当然也包括交通文明。

　　由于工作关系，笔者曾有机会多次出国访问，去过高度文明的发达国家，也去过比较落后的发展中国家。显然，两者可以用文明程度的高低来区别；给人印象最深的标志之一，便是公路。10年前，我去美国访问时，有不少时间是乘坐汽车旅行。从洛杉矶到圣迭戈，再到拉斯维加斯，从纽约到华盛顿，都是在高速公路上行驶，当时我们的心情是好生羡慕，因为那时我国的高速公路少得可怜，很多省还是空白。可是10年之后，中国在高速公路的建设上完全可以用飞速发展来形容。根据统计资料，2001年年底，我国高速公路通车里程近2万公里，仅次于美国，已居世界第二位。河南高速公路里程在全国的排名，也提前到第六位。记得上个世纪80年代，一位诗人曾写过一首诗《中国呼唤高速公路》，这位诗人在用经济眼光写诗，他的预言实现了。但中国在高速公路建设上的雄心勃勃的计划，还远未完成。每当我在省内、国内乘车在高速公路上行驶时，心里就有说不出的激动。我感到我们的经济发展和社会进步同样在高速公路上行驶，在飞速向前！

　　后来，我去过越南和老挝等发展中国家，它们没有高速公路，连一级公路都很少，汽车在高低不平的公路上颠簸，观光的好情绪全给破坏了。对比之下，我们充满了自豪感。有比较才能有鉴别。对比之下，我国在交通领域的物质文明，已经有了长足的进步。

可在同样领域的精神文明呢？

再作一次对比。美国是一个汽车大国，两亿多人拥有两亿多辆汽车，货车和轿车对半，两个美国人平均有1辆轿车。在美国，看到骑自行车会很新鲜，因为很少有人骑它。美国是个工业化国家，城市人口比例很大。在企业上班的职员和工人，很少在企业附近住，一般离单位都很远，骑自行车太浪费时间。除了上班，到购物中心（均在市郊）采购，送孩子上学或到医院，都需用汽车：这是国情的不同。中国是美国人口的将近5倍，居住着大致相同的面积。如果中国拥有12亿辆汽车，会是一种什么状况呢？简直不堪设想。由于车多，出租车和长途巴士的竞争加剧。美国的出租车公司在全国有一个网络，每个城市都可以租用，在这个城市租用的车，可以在其他城市归还，十分方便。我们在几个城市外出旅行，都是乘坐长途巴士。美国的长途巴士司机训练有素，驾驶技术和服务都是一流的，其安全系数大大超过其他车辆，其效率之高令人难忘。巴士车上，只有司机一人，除驾驶，还兼任收票、统计、装取行李、通报站名等项工作。我所遇到的几个长途巴士司机，待人都是彬彬有礼，颇有绅士风度。这也许与他们的管理有关。长途巴士公司对司机的要求既多又严，如果有旅客举报某位司机在技术和服务上存在问题，这位司机马上就面临被解聘的处境。

交通文明不外乎两个字：法与德。法，是法规、法律。交通与人的生命息息相关，如果不按交通法规办事，交通事故则会层出不穷。德，是道德，职业道德。我在美国访问时，美国人自觉遵守交通法规和交通道德，给人留下了深刻的印象。在中国，常常是人给车让路。在美国，则常常是车给人让路。看到一辆车子开过来，我们停下来，可车子也停下来，司机示意让我们先走过去，然后他才开车。美国是一个崇尚人权的国家，以人为本的人权意识已深入人心，从这些司空见惯的小事上可见一斑。

联想到国内当前的现状，我们还有很长的路要走。司机与旅客无礼的事

经常出现。在马路上行走常常提心吊胆，缺少安全感。更为严重的是，因酒后驾车、超速行车造成的交通事故屡见不鲜。前几年我去西藏采访，遇到一件令人痛心的事。东北某省的团省委副书记一行三人到藏北参加他们援建的希望小学的相关活动，途中因司机超速行车造成翻车事故，全车人员遇难。

时代的发展呼唤着交通文明。让我们全社会的人一起努力，为交通文明建设增砖添瓦。交通文明的发展，必将带动诸如旅游业在内的经济腾飞，促进社会的全面进步。

（原载《交通与社会》2003年第2期）

翰园奇观

郑州至古都开封高速公路出口一侧，赫然竖立着巨大的广告牌，上面写着"中国翰园碑林"几个大字，旁边的广告语是：人间仙境，文化名胜。曾几何时，书法碑林竟成了古都的标志性景观。10年前，我曾去过翰园碑林，说它是文化名胜，名副其实，而用"人间仙境"来形容，不免让人顿生疑惑。

中原是汉字书法的故乡。而开封，则是中原书法乃至中国书法的重镇。开封是古代华夏的腹地，又是我国著名的七大古都之一，书法艺术有着丰富的历史沃土，曾哺育了蔡邕、郑道昭、孙过庭等著名的书法大家。北宋时期，由于帝王的喜欢和褒扬，书法艺术被推向巅峰，官府设有书法机构，并设立书学，专门培养书法人才。太宗、徽宗率先垂范，都是风格独具的书法家。苏轼、黄庭坚、米芾、蔡襄为北宋书法大家，史称"宋四家"，各领风骚。他们都曾在京都东京做官，因此许多书法活动都在开封举行。南宋以来，随着开封全国政治、文化中心地位的丧失，书法活动无法与以往相提并论，但每个时期仍不乏书法名手。

历史进入20世纪80年代，一股巨大的书法热流在全国涌动。开封的书法传统迅速得以恢复。老一代书法家焕发了艺术青春，一大批中青年书法家脱颖而出。1984年11月，《开封日报》发起了一场题为"重建历史文化名城，发展旅游事业"的意义深远的讨论，全市人民为此献计献策。这场讨论点燃了一位因病提前退休的老干部的心中烈火。他是一名共产党员，解放初期参加工作，出于对党的热爱，在1957年的党内整风运动中向当地的干部提了两条意见，画了一幅漫画，结果被打成右派，开除了党籍和公职。从此，他开始了长达21年的坎坷人生。当他在1979年被平反昭雪重新工作后，又因劳累过度患上严重的肝病，只好提前退休养病。在长期的逆境中，他并不感到寂寞，因为他有钟爱的书法和绘画为伴。退休后，书画成了他的主业，他从中获得了不少的乐趣，并与书画界人士建立了深厚的友谊。因他常邀书画界友人到他的庭院欢聚，老书法家牛光甫先生欣然为小院题名为"翰园"。经过几个不眠之夜的苦苦思索，一个伟大的构想在这个名不见经传的"翰园"诞生了。他要创建一座民办碑林，规模与西安、曲阜相媲美且有旅游价值的碑林，把现代书法留传后世，恢复古都开封在历史上曾有过的书法地位。

这便是后来被人们誉为"当代文化愚公"的李公涛先生。

李公涛的壮举首先得到全家的支持。这样他的梦想便有了实现的可能。1985年在"翰园"举行的碑刻工程动工典礼上，他对前来祝贺的人们说："我一帧一帧地搜集，一块一块地镌刻。我死后由儿子接替，儿子下世后由孙子接替，世世代代努力，一定要把碑林建成。"他的话很像当年愚公的话，但他的事业比愚公的梦想更伟大。在李公涛的不懈努力下，市政府决定将龙亭湖西120亩水面和土地划归碑林作为园址。在李公涛精神感召下，碑林建设得到了海内外书法界和其他各界人士的关注。书法名家寄来精品力作，以多种形式给予了支持。1992年，翰园碑林举行建园典礼。

10年过去了，翰园碑林如今是个什么样子？不久前，我和同事专程去了一趟古城开封。

在翰园，创建碑林的元老之一、满头银发的闵峰先生热情接待了我们。他任中国翰园碑林的党支部副书记，今年70多岁。据他说，李公涛先生因身体原因早已不来上班，碑林的日常工作由李公涛的三儿子李孝杰主持。孝杰毕业于西安建筑学院，在父亲的召唤下，他把自己的全部才智都用在了碑林的开发与建设上。他和大哥孝泉、二哥孝平一起，多方筹集资金，运用他的

创造性思维，已经把父亲的梦想变成了现实。虽然工程尚未竣工，但已初具规模，被媒体称为"世界之最"。"无论从占地规模上，还是碑刻数量上，翰园碑林都超过了西安碑林和曲阜碑林。在此之前，西安碑林和曲阜碑林曾经是世界之最。从民办碑林的规模讲，它是中国第一，也是世界第一。"闵老给我们解释了"世界之最"的说法。

翰园碑林分为园林风景和碑刻艺术两大景观区，南部以园林风景为主，北部以碑刻艺术为主。我们在碑林旅游市场部部长李浩瑞和副部长宋涛陪同下从南大门进入。南大门是一座仿古建筑，牌楼上方的"中国翰园"四个金字出自李公涛先生之手。大门内最醒目的是人文始祖轩辕黄帝的塑像，气势雄伟。塑像东边的松树丛中有一块碑刻格外引人注目，走近一看，那是李公涛先生著名的《家训》碑："为继承发扬祖国传统文化，振兴民族精神，誓在七朝古都开封，兴建一座与西安、曲阜碑林相媲美的具有旅游价值的碑林，把现代书法流传后世，以愚公精神世世代代刻碑不止，我倒下由我的子孙接着干。只许投入，不许索取，迎难而上，百折不回，直到碑林建成，无偿交给国家为止。碑林有了收入，李家子孙不能从碑林中牟取一分钱利益。特作家训，镌刻于石，嘱儿孙共遵之。"默念之后，敬意不禁油然而生。由此可见，人称其"文化愚公"，真是名不虚传！宋涛小声告诉我："浩瑞便是李公涛先生的长孙。"浩瑞很谦虚，他说："我刚到碑林工作半年，碑林主要是靠爷爷和父辈们创办起来的。我们全家都尊敬和支持爷爷的这一愿望。全家近20年来已经无偿为碑林投资1300万元。社会无偿捐献了500多万元。由于客观原因，碑林还需要一段时间才能竣工，到那时，等还清贷款后，我们按爷爷说过的话，一定会将碑林无偿地交给国家，而且不牟一分钱的利！"这是一个多么令人尊敬的家庭啊！韩国前总统金泳三离任后来翰园碑林参观，他是一位酷爱东方艺术的书法家，在这里，他有感而发，为李公涛先生书写了"中国模范家庭"和"忠心报国，松柏长青"等多个条幅。

沿着湖边的幽雅小径，我们来到黄帝塑像后面的群山之中。虽全是假山，但有以假乱真之感。开封是著名的北方水城，缺憾的是没有山。翰园碑林的造山工程填补了这项空白。我们登上新近建成的仰圣山。其命名包含着对世界文化名人和先贤孔子的敬仰之情。举目远望，龙亭湖的浩渺烟波，湖上的叶叶扁舟，南面的清明上河园，北面的天波杨府、龙亭，东北的千年古塔、古城墙和西边高耸入云的电视塔尽收眼底。而最令人心醉的，是近在咫尺的翰园湖。湖光山色，相映成趣。令人如置身于仙境之中，且有飘然欲仙之感。到此，来时的疑团顿然消失。用"人间仙境"来形容眼前的景观，恰如其分，毫不夸张。"仰圣山是群山中的最高峰吧？"我问身边的李浩瑞。"不，你看——"他用手指了指南面不远处正在建设中的一个山头，"它叫翰园山，建成后比仰圣山要高出十几米，是公园的最高点，两峰之间会有空中索道相通。"翰园山的西边叫环山，山上有一亭子名曰"高风亭"，与翰园湖西边的"亮节亭"相呼应。这是设计师的点睛之笔，意在弘扬碑林创建人李公涛先生的无私奉献精神。翰园湖的对岸便是翰园碑林的主体建筑，巍峨壮观。它是整个景区的灵魂。显然，一切的风景，都可视为它的陪衬。

山区北部刚落成的碑坛，是翰园碑林的一个标志性建筑。这是参照北京天坛设计的一座白色大理石圆形建筑，古朴典雅，布局精美。外部浮雕全用龙凤图案，充分展示了中华民族的龙凤文化。碑坛下层是一个大型展厅，正在展出开封市书画名家的作品。

越过义红桥，便进入碑刻艺术主展区。翰园碑林共设十大碑廊，展开长度可达3公里。走进碑廊，像是乘上一艘船，不知不觉中驶进书法艺术的海洋，令人叹为观止。在历代书法碑廊里，可以欣赏到历代书法大家的墨宝；在中山碑廊里选有孙中山、黄兴等人的书法珍品；现代书法碑廊汇集了新中国成立以来众多名家的作品。此外，还有国际书法碑廊、少数民族书法碑廊、少儿书法碑廊、绘画碑廊、篆刻碑廊、名人书法碑廊等，共有3600余块碑刻。李浩瑞告诉我，碑林共收到海内外征集的作品数万件，哪些可以刻碑，有一评审组织严格审定。并不是寄来的作品都可以上碑，也不是所有名人的作品都可以上碑，关键是看书写的质量。碑林主楼的一层，是翰园碑林近20年来的图片展，看后感人至深。从中我们可以感受到李公涛一家对创建碑林的无私奉献和社会各界、海外华人及国际友人的真诚支持。胡锦涛1994年来河南视察工作时曾专程到翰园碑林视察，给予碑林职工极大的鼓励。

我在翰园碑林看到了一种文化奇观。这是李公涛全家的骄傲，也是开封人、中原人的骄傲。它将是一处不朽的景观，铭记在炎黄子孙的记忆里。

（原载《时代青年》2003年第10期）

被误解的昙花

我过去从未见过昙花，但心里却讨厌它。什么缘故呢？也许是"昙花一现"听得太多了，头脑中的昙花已不是花，而成为一种人，一种令人厌恶的人。但这毕竟出于想象，昙花到底是什么样子，对于我则是一个谜。

想不到近来竟和昙花朝夕相见。我在一所干校学习，教室旁边有一个虽不很大但却相当可观的花园，里面栽种着各色各样的花，有的如火，有的似霞……真是一个令人神往的世界。虽然如此，我总觉得还是有一种美中不足，因为有一种花，只能看见叶子而一直不见花开，确切地说，还不是叶子，而是一丛像扁长的绿叶似的枝茎——这便是昙花。不知怎的，每当我走过昙花身边，总不免要停留片刻，深为看不到它的花开而遗憾。

一次，我问花工："昙花要到什么时候才能开呀？"

花工笑了笑说："很快就会开的——不过，就是到了开花的时候，你们也不一定能够看到，因为它多在夜晚开，而且几个小时就开败了。"

真令人失望。夜晚，花园大门都是关闭着。即使不关闭，漆黑一团，谁还有雅兴来观赏呢？也许，我永远不会看到昙花开放了。

盛夏的夜晚，天气异常闷热，在宿舍里待不住，学友们都三五成群地走出校门，到外面的林荫道下漫步，直到很晚才回去，我也如此。一次，刚刚回到门口，一个奇特的景象把我吸引住了，很多人聚集在大门里面的小广场上，好像在围观什么东西。围观中心的上面，还临时挂了一个很大的吊灯。

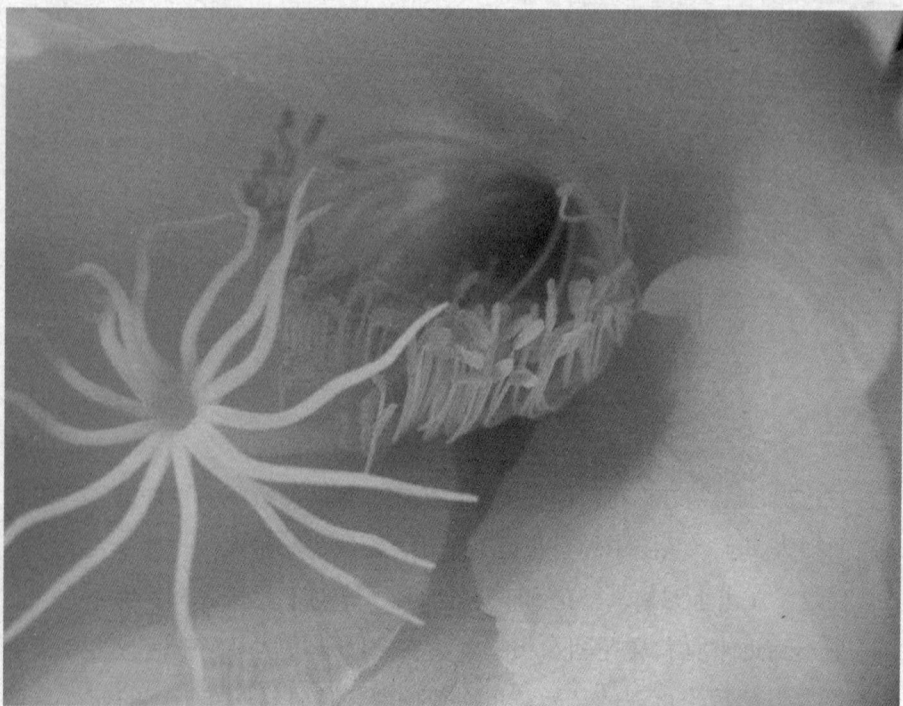

　　我感到迷惑，便询问身旁的一位同志。

　　"你还不知道？那是在看昙花！花工为了让大家都能观赏，特意从花园里搬出来的。"

　　我简直有点欣喜若狂，不由分说，就从人群中挤了进去。

　　我终于看到了久久思念的昙花！我惊呆了，这哪里是花呀，分明是刚刚从九天之外降临凡世的天仙，如此纯净，如此美丽，好像刚刚从清澈的泉水里洗过，身上还挂着透明欲滴的水珠儿。花朵有很多瓣，每一瓣都在张开着，像披在仙女身上的透明的轻纱，又像是经过天工精雕细刻的白玉。我听到人们不约而同的赞叹声。不知不觉，一股幽香钻进了鼻孔，虽不浓烈，却沁人心脾。显然，那是从"天仙"身上飘散出来的。此刻，我完全被这奇妙的花陶醉了。

不久，花朵渐渐地凋谢。一瓣一瓣地，先外后里，最后萎缩成一团。花工用剪刀把它从花的根部剪掉，一点儿痕迹也没有留下，如同是没有开过花一样。从含苞、盛开到凋谢，一共只要三四个小时，谁能说这不是个奇迹？

赏花归来，我一直陷入沉思之中。夜深人静，万籁俱寂，我却迟迟不能入睡。

我回味着昙花。这是一种多么奇特和非凡的花啊！它有着一般花卉所不具备的可贵品格，然而却常常遭人误解和非议。是的，它的花期十分短暂，但那是令人骄傲的一瞬，它的典雅和美丽，足以使人看上一眼便终生难忘。而谁又去仔细想过：它为了开一次花，一次确能给人以艺术享受的花，一次闪射着生命之光的花，曾经孕育了多么长久的时间啊！由此我想到那些经常炫耀自己却不能给人带来美感的花，它们在昙花面前该显得多么逊色。

我迟迟不能入睡。我沉思着。我真不明白，过去一些人怎么能用这么一种圣洁的花来比喻生活中那些不足为道的过客呢？从时间的短暂上看，两者似有相似之处，但那是绝不可以相提并论的。有的花给人留下的是厌恶，随着时间的流逝，在人的记忆里也随之消失；而昙花，却给人留下了长久的思念。

我觉得，昙花并没有凋谢。它将一直在我的心头盛开……

（原载《文苑》2011年第6期）

散文诗与九寨沟结缘

阔别18年之久，又与九寨沟重逢，内心有说不出的激动与喜悦。上次是金秋，这次是严冬，两次都缘于散文诗。

1993年9月4日，由四川省散文诗学会和《散文诗世界》联合举办的"1993金秋九寨沟散文诗笔会"在四川省广元市拉开序幕。上午开幕式，下午研讨会。5日开始参观，先到剑门关，后经阴平古栈道、淘金工地到九寨沟。在饱览了九寨沟的稀世奇观之后，又去了黄龙风景区和松潘古城，看了当年红军长征经过的雪山和草地，10日在成都结束。整整一周的活动，给我留下了终生难忘的记忆。作为笔会的成果，《散文诗世界》用20多页的版面，刊发了一组数量可观的笔会作品，全以九寨沟为题，其中有我写的《童话世界》（四章）。诗友王兴余写了一组笔会人物素描。关于我，他是这样写的："大海般深沉，金子样缄默。可是，在你心灵深处却孕育着风暴的呐喊，火焰的热情。这，便是你诗人的个性。"18年后重读这段文字，感动之余，不禁反问：这人，是你吗？在专栏的末尾，编辑写了"编后"，对这组作品作了点评："十分欣喜地编完这个专栏的作品。这些作品都是以九寨沟为题的，可以说是一组同题散文诗。在大自然面前，诗人们站在各个不同的角度去触景生情，去审视生活，认识现实，剖析人生，去追寻一种崇高的精神境界。有的人站得高些，看见了景外的东西；有的人贴得近些，看见了别人未能发现的东西；有的人从正面看见了美丽的水光山色，有的人从背后看见了迷雾倒影……但不管怎样，大家都看见了一个共同的东西——大自然，真美。也是这一组散文诗要表达的一个共同的主题。然而，在美丽的大自然面前，根据每个诗人不同的感受，在表达时又各有所取。于是便产生了唐大同的《美丽的痛苦·痛苦的美丽》的深沉思考，便产生了海梦对大自然《无声的呼唤》的心灵感应，便产生了韩嘉川《回归》大自然的渴望，便产生了王幅明、沈淑波、王兴余对人生的万般感慨，便产生了刘允嘉、董园静、谢晓铃的柔柔情思……总之，这是一曲心灵的呐喊，是一组美的颂歌。"由九寨沟引发出作家们各具个性的感悟之作，这是大自然的赐予，也是缘分。

　　2012年1月9日上午，2012年中国九寨沟第七届国际冰瀑旅游节开幕式，在珍珠滩瀑布前的广场举行。"世界摄影名家聚焦童话九寨"开机仪式，在五花海举行。下午，作为冰瀑节多项活动之一，由九寨沟风景名胜区管理局和中外散文诗学会共同主办的"蓝冰·暖阳之恋"笔会暨"九寨沟国际散文诗大赛征文"启动仪式，在九寨沟喜来登国际大酒店举行。包括英、美、德、法、加拿大、白俄罗斯、哥伦比亚、乌兹别克斯坦、菲律宾等国和国内诗人近百人参加。会场上悬挂着海梦、阿坝州作家谷运龙等人的诗作。海梦的作品，选自他18年前的《无声的呼唤》。阿坝州政协副主席、九寨沟管理局局长章小平致欢迎词。海梦介绍了中外散文诗学会近年来的发展及本次活动的内容，并分别向阿坝州政府和九寨沟管理局赠送金匾。《诗刊》常务副主编李小雨，四川省作家协会副主席勾春平，中外散文诗学会菲律宾宿务创作基地创办人、爱国华人何安顿，《诗潮》主编李秀珊，散文诗作家刘虔、周庆荣，美国翻译家、诗人梅丹理等先后发言。

　　李小雨认为，目前的诗坛是三足鼎立，新诗、旧体诗、散文诗各有千秋。诗歌的多元化应是诗歌繁荣的前提和标志。她在《诗刊》工作了35年，一直写新诗，第一次参加散文诗的活动，发现有这么多人写散文诗，中外散文诗学会做了那么多的事情，令她感叹。

　　何安顿介绍了他的经历，他5岁时离开福建老家，后辗转到菲律宾，已50多年。两年前经他的朋友温陵氏牵线，与中外散文诗学会建立联系，萌生

上：松潘，红军走过的地方◎
下：在藏族村寨　左起：温陵氏（菲）、李秀珊、
梅丹理（美）、李小雨、王成钊、王幅明◎

了在菲创办创作基地的想法。这是学会在海外的第一个创作基地,拟在今年6月前装修完成。何先生现任菲律宾宿务文华大酒店董事长,他在海外致力于弘扬中华文化的壮举,令与会者无不敬佩。会议期间,中央电视台国际频道记者对他和温陵氏(傅成权,菲律宾宿务创作基地主任)进行了跟踪采访,不久,他们的事迹将在国际频道"华人世界"栏目播出。

周庆荣谈了他对散文诗独立性的看法,正像小麦无法排斥高粱一样,散文诗不用表白,仅仅做到丰收就够了。他的比喻颇耐人寻味。

梅丹理用汉语念了他刚刚写的一首诗。他说,生活在灰色的世界里看不到大地的美丽。在这里,他看到了。还看到了大地母亲脸上的酒窝。他的想象力让我惊奇。

我在发言中谈了18年后重到九寨沟的感受。变化太大了。那时没有机场,唯一的交通工具是汽车,路况不好,在车上颠簸的感觉至今记忆犹新。看到沟口这么多酒店,还有五星级的,简直不敢相认。印象中那时只有一个不上星的宾馆。我感叹两次散文诗笔会都与《散文诗世界》有关,与海梦有关。适逢海梦先生八秩大寿,我特意用楚简文字写了一副寿联献给海梦,祝福海梦,也祝福中国散文诗。寿联写道:"盛世长青树,百年不老松。"

晚上是冰瀑节主办方阿坝州人民政府的答谢晚宴,隆重而热烈。有藏族风情的歌舞表演,也有美国歌手的加盟,还有加拿大诗人李莎朗诵她的诗作《雪》。州政府领导为当选的四位"九寨卓玛"颁奖。其间在大屏幕上穿插播放九寨沟四季各异的绝美风光和旅游业成就。

与我同席的有一位藏族同胞,经询问,原来是九寨中居沟口最近的荷叶寨的寨主甲诺。我问他名字在藏语里是何意,他笑答"钢铁汉子"。我连声称赞"好名"。他由衷的笑容让我感觉到他对目前生活的满意度。

九个村寨共有居民千余人,30多年前还处在十分原始的生存状态,靠放牧和打猎为生。20世纪70年代,一群偶然闯入的伐木工人,发现了九寨沟的美丽,引起了国家有关部门的关注。1978年九寨沟被列入国家自然保护区。1982年九寨沟被国家定为首批重点风景名胜区。1990年,在全国40佳风景名胜区评比中，九寨沟名列榜首。1992年，九寨沟被联合国教科文组织批准，列入《世界自然遗产名录》，成为全人类共同拥有的宝贵财富。之后的20年，九寨沟发生了日新月异的巨变。目前，它是国家5A级景区，全国文明风景旅游区，国家地质公园，世界人与生物圈保护区。九寨沟不仅以神奇秀美的自然风光、淳朴浓郁的民族风情闻名四海，更以其独特的自然资源和显著的保护与发展成就，成为中国山水景观的黄金名片。九寨沟的原居民，是这些变化的直接受益者。现在，他们不用种植、打猎和放牧，政府每年从旅游门票收入中提取一定比例，作为原居民的基本生活费用。另外，政府规定，旅游区内不允许区外人员在此从事商业活动。

参加晚宴的客人，争相与四位"九寨卓玛"合影。她们不仅长相秀美，才艺不凡，而且个个都是微笑天使，不愧为九寨沟的形象代表。

1月10日，全天在九寨沟采风。上次参观住在树正村寨里，且有两个整天时间参观，这次只有一天，又因冬天昼短，只能看几个主要景点。

九寨沟的景色无处不美，且四季各不相同。与九寨沟同年列入世界自然遗产的黄龙景区，一进入冬季就封山了，但九寨沟全年向游客开放，这是国内许多高海拔景区无法比拟的。

通常游客到九寨沟必游景区、景点，是指分布在"Y"形核心区的三条沟内的景区、景点。树正沟是九寨沟主沟，呈南北延伸，全长14.6公里，从沟口到沟中心诺日朗瀑布，分布着盆景滩、芦苇海、火花海、树正瀑布、犀牛海、诺日朗瀑布等景观。大多景观只能在车上一览而过，我们重点参观海拔2365米的诺日朗瀑布。"诺日朗"在藏语里有"男神"之意，象征高大、伟岸。凡一睹诺日朗瀑布风采的人，都会感到这个命名的绝妙。这是我国最宽的高山瀑布，宽320米，高30米，曾在国内瀑布评选中名列第一。此景常作为九寨沟的标志与象征。看不到秋天那种排山倒海的气势，也听不见震耳欲聋的响声，取而代之的是有蓝色光泽的形状各异的巨大冰雕。笔会命名为"蓝冰·暖阳"，即有此意。树正沟里，高海拔的海水依然缓缓流动，而低海拔的火花海则局部结冰，形成雪、冰、水泾渭分明，共融一湖的奇观。导游说，九寨沟内的114个海子绝大多数冬天是不结冰的，原因在于海子下边有温泉。树正沟东侧的树正寨，白色经幡高扬在竹梢之上，与藏式白塔遥相呼应，形成古老、神秘、典型的藏寨风光。原有的旅游饭店已迁走，改建成一个富有藏族文化风情的购物中心。

从诺日朗瀑布右行，便是日则沟景区。它是九寨沟最动人最浪漫的一条沟，全长9公里，山高谷深，海子连绵不断，沟的尽头是莽莽原始森林，其冰清玉洁的奇观，世所罕见。珍珠滩瀑布，宽310米，是九寨沟仅次于诺日朗的第二大瀑布，此刻也变成蔚蓝色的冰雕群。在数百米长的木制长廊里漫步，观赏形状各异的冰瀑，是一次难忘的经历。镜海平静如镜，本来是看山林倒影的绝佳地，人们称它为"爱情公园"，但此时雪花飘飞，倒影只有靠各自的想象力了。五花海海底色彩缤纷，海水晶莹剔透，一边是翠绿，一边是湖蓝，海底的枯树，经钙化变幻出一丛丛灿烂的珊瑚，分外迷人。熊猫海、箭竹海早些年曾有熊猫出没，这些年游人多了，已很难看到它们的身影。

从诺日朗瀑布左行，是查洼沟景区。它是九寨沟最长、海拔最高的一条沟，全长达17.8公里。此沟因海拔高（最高处长海3100米），此时则银装素裹，高洁肃穆。查洼沟景点集中在末端，主要有季节海、五彩池与长海。长海南北长达7.5公里，宽500米，水深80米，为九寨沟最大的海。它融汇了南面雪峰和四山的流泉，夏秋暴雨不溢，冬春长旱不涸。隆冬季节，冰冻雪封，冰冻达60厘米，一片银白，沿岸则重峦叠嶂，绿林幽深，显得格外神秘而深沉。树立长海石碑的一侧，有一棵千年古松，名曰老人松，它是长海千年沧桑的见证者。五彩池是九寨沟海子中的绝唱，面积不大，但游人到此过目难忘。它上半部呈碧蓝色，下半部却是橙红色，深藏密林，传说是仙女的胭脂凝聚而成，色彩斑斓，变幻无穷，在阳光下尤为壮观。

水，是九寨沟的灵魂。自九寨沟景区开放以来，游客中便流传着"黄山归来不看山，九寨归来不看水"。的确，水是九寨沟的一绝。有动有静，千姿百态，纯净无比，变幻无穷。人们愿用最美好的词语形容它："人间天堂""人间净土""人间仙境""童话世界""水景之王"……九寨沟，弥漫着人迹罕至的神秘气息，它有一尘不染的蓝天，有来自流水与鸟鸣震撼心灵的天籁之音。在这里，连空灵的气息都显示出几分神圣。九寨沟能够保持如此纯净的景观，得益于这里的原住民和人民政府。原住民普遍具有天人合一的宗教情怀，保护生存环境，是他们与生俱来的义务。九寨沟的管理部门为保护这座仙境，采取了一系列的环保措施，如采用了环保车，迁出了沟内的旅舍饭店，限定每日接待游客数量，规定不得砍伐景区一草一木，等等。

诗人们几乎在每一个景点都流连忘返。在九寨沟参观和呼吸，本身就是一次心灵的净化。这里的原居民每一个人都信神。在他们心中，山有山神，水有水神，树有树神，羊有羊神，万物均有神灵。也可以这样理解，九寨沟的一山一水、一草一木都是通灵的。这正是诗人们苦苦追寻的大自然奇观。

我坚信，这次散文诗与九寨沟的结缘，必有丰硕的成果！

2012年2月

扑面而来君子之风

　　来到竹乡长宁，参观了桃坪乡牛形古街、竹海博物馆和忘忧谷等景点，感触很深。第一感触是迎面扑来的君子之风。置身于竹海，犹如站在一群群君子之间。古代文人以竹为君子，称梅兰竹菊为四君子。明代大儒王阳明遭贬谪到贵州龙场，失意时在房前建一亭子，周围遍植青竹，特命名为君子亭。他在《君子亭记》一文中，总结出竹身上具有四种君子之道，竹有君子之德、君子之操、君子之明和君子之容，无愧于君子之名。参观竹海博物馆，大开眼界，对竹子的功能有了更深的了解。竹子对人类的贡献是全方位的。它不仅给人以精神上的营养，而且竹子全身均可食用，可做成几十种佳肴。长宁历史上有种竹和爱竹的传统，竹文化和君子之风也代代相传。从长宁乡贤周洪谟的文章《箐斋说》中得知，长宁在六百年前已是竹乡。他终生以竹作为斋名，把竹文化带到京师及全国所到之地。长宁是四川唯一的国家级卫生县，还有多项令人羡慕的荣誉。这绝非偶然，不能说与竹文化毫无关联。

　　还有一个很深的感触，是长宁特有的文化之风。长宁是四川省文联、作协，中外散文诗学会等多家文化团体的创作基地，从中可以看出他们对文艺的重视。我注意到长宁一个独特的文化现象，县委书记、县长、县委副书记都兼任着县文联名誉主席和顾问。我去过全国不少的县市，文联的地位都不太显赫，许多领导不屑于这类兼职。长宁是个特例。我的理解，首先是这

些领导对文化、对文学艺术的真诚热爱，他们以此兼职更便于与文化人交朋友，更便于支持他们，为他们做些实事。当然，这些作家也肯定会写出佳作给予回报。几位领导都是文化人，都有诗集和文集问世。曾书记在讲话中表扬了本县作家伍荣祥，说起荣祥的创作如数家珍。伍荣祥是长宁唯一的中国作协会员，是以散文诗创作的成绩加入作协的，这是散文诗的光荣。周书记在敬酒时问我是哪里人，我说是河南唐河，他立刻说出唐河籍著名哲学家冯友兰。我感到惊讶。而且，我注意到不仅对我个人，而是同桌的所有人，他都能说出本地的乡贤。这样的文化修养，令人敬仰。这是长宁县文化之风的一个生动缩影。

当代大诗人艾青有两句著名的诗："为什么我的眼里常含泪水，因为对这块土地我爱的深沉！"去忘忧谷看到大家笑容满面，今天大家的笑容依然灿烂。由此我也想到了两句：为什么我们的脸上常带笑颜，那是因为去过忘忧谷的缘故啊！

（2012年4月，在"纵情竹海养生长宁"散文诗笔会上的发言）

商城访碑

商城县汤泉池管理处的党委书记谢春燕（笔名燕子）是一位文友，多次热情相邀，因种种原因未能成行。这次在信阳开会是一个绝好的机会，会后便与诗人冯杰一起驱车前往。去商城访问是我的夙愿。除去自然人文景观，商城有三处碑林与本人有关。"这里有你的诗书碑刻你都不来，真是说不过去啊！"燕子的话刺痛了我。何尝不愿去，只是公务缠身，身不由己啊。现在离开了工作岗位，自由度大增，夙愿即可变为现实，何乐而不为呢？我这次去商城目标十分明确：唯一任务便是访碑。

燕子在外地出差，安排助手小游和剪纸艺术家朱华梅女士，在高速路的出口迎接我们。他们都很热情，按照我的愿望设计了最佳路线。

第一站，到县城的文化中心广场看诗歌碑林。这是一处独特的文化景观，广场很大，西侧是一个歌吟古今商城的主题诗碑公园。新诗、散文诗、旧体诗皆有，镌刻在30多块形状各异的石碑上。我的一首散文诗《红军洞》荣幸入选，刻在一块两米多高的巨大石碑上："一支又一支旅行队伍，来到大别山脉的金刚台，沿着崎岖的石径攀登而上，探寻由于火山运动而形成的一群天然洞穴。不为探寻洞穴的地质地貌，也不为探寻传说中的神灵。只因这些洞穴居住过人，一群为改变民族命运甘愿吃苦和牺牲的人。……"因石碑镌刻面积有限，不能全文刻录，只选了其中两节。

在诗碑间流连，既是艺术享受，又能了解商城的人文历史，感受颇深。

朱华梅女士介绍说，这处文化景观，要归功于前任县委书记李绍文，他是诗人，格外重视文化建设。印象中河南其他县城，尚未看到如此景观，尤显出创意与可贵。

第二站，参观金刚台书法碑廊。金刚台是国家级地质公园。位于商城县城东南部，大别山北坡，距县城约20公里。进入公园大门，首先参观商城历史及金刚台文物展览。讲解员向我们一一介绍。金刚台风景区群峰林立，海拔超千米以上的有近10座，其中的金刚台海拔1584米，为河南境内大别山脉之最高峰。因山势险峻，加上雄踞南北、横跨东西，自古以来一直是兵家必争之地。民国3年，白朗起义军在这里沉重地打击过北洋军阀的势力。现在，山上仍存一些古代及近现代军事遗址。山上有多处被称为"红军洞"的山洞，"朝阳洞"是最大的一个，在第二次国内革命战争时期，县苏维埃政府曾在里面办公，领导全县长期坚持革命斗争。皇殿山东侧擎天石柱附近有个山洞，人们叫"女人洞"。1932年，该洞被改为红军医院。那时候，敌强我弱，在高山上的莽莽林海与敌人周旋，其艰苦程度可想而知。商城县是民歌之乡，流传于红军时期的著名民歌《八月桂花遍地开》，曲作者便是商城人。讲解员一边介绍，一边为我们演唱这首歌曲，博得大家一阵掌声。

听完讲解，接着参观"历代名人吟咏大别山诗书碑廊"。碑廊建于2007年9月，金刚台国家地质公园开园之时。共有108块碑刻一线连接，成为一个长廊。诗词古今皆有，书法大多出自当代名家之手，加之镌刻精美，可谓洋洋大观。我的一块自书诗碑忝列其中，既荣幸又惭愧。荣幸不言而喻，惭愧是因为当时工作忙，匆匆交卷，未能写出自己的最好水平，且有错字。书写全文为："金刚台上风景异，原始森林罕人迹。奇松怪石迎仙客，星罗瀑布荡心脾。山中天麻令脑醒，碧绿名茶味甘怡。重阳庙会人潮涌，华严寺内敬神医。咏大别山金刚台，赠金刚台国家地质公园。丁亥年春，王幅明撰书。"碑廊的一边便是登山之道。因天色已晚，我们只能走到一个较小的红军洞，朝阳洞太远，只能割爱。即使如此，我已很满足，因写《红军洞》时，只是依据资料，今日亲眼目睹了红军洞，也算了却了一桩心愿。

晚餐在金刚台山下吃农家饭。县委宣传部常务副部长桂诗新先生特地从县城赶来陪我们。我和桂部长是老朋友，他在县文联任主席时，策划主编了"桂花文丛"，一次推出商城十多位作者的散文作品，由河南文艺出版社出版，让外界对商城的文学创作刮目相看。

第三站，参观汤泉池碑廊。汤泉池在雷山脚下，与金刚台一脉相连，车程只需二十分钟。燕子安排我们入住汤泉池唯一的一家五星级酒店"茗阳汤泉池大酒店"，酒店对面便是湖光山色，只是在夜色中，一切景物都犹抱琵琶半遮面，朦朦胧胧，真相难辨，充满神秘。

汤泉池碑廊没有金刚台碑廊气魄，但也别具一格。一块块面积不大的碑刻石板，镶嵌在一排湖岸栏杆的中间，取代了通常的那些装饰画。因天黑，字迹难辨，我意明晨再来寻找，没想到冯杰的兴趣比我还大，说他能辨认我的字。在冯杰的执着坚持下，终于找到了我的那块自书诗碑。全文照录："雷山有奇景，汤坑通温泉。游客慕名来，沐浴体更健。濯足亦洗心，胸中别有天。商城民风厚，四季无冰寒。咏汤泉池。戊子夏日，王幅明书。"虽为旧体诗，因不通平仄音律，只能以古风充数。

汤泉池古时称"汤坑"。一个无波似镜的天然温泉，故又名"玉泉汤池"，俗称"汤泉池"，为商城县十景之一。明代大文人李贽游此地时，曾留下"洗心千涧水，濯足温泉宫"的名句，随后汤泉池便名声远扬。汤泉池边有一村庄，加之管理处的人员，长住人口只有800人。因温泉对治疗风湿性关节炎、皮肤病和消化系统疾病有显著疗效，加之风光宜人，这里的疗养院和民营宾馆不下20家，大多依山而建，据小游介绍，旺季时，入住游客多达5000人。

早晨醒来，便匆匆来到碑廊前拍照。汤泉池四面环山，东边临河。河为灌河上游，属于淮河支流。站在碑廊远眺，远山近水，宛如一幅巨大的彩墨山水图，令人神往。主人本来邀我们去天然氧吧黄柏山，但我们谢绝了。我和冯杰商定，留在汤泉池为热情的主人写几幅字，以表谢忱。

燕子一早从外地赶回，并约了商城书法家陈功震先生与我们一起交流。在燕子的办公室，我为她写了一幅横披"似曾相识燕归来"，并在她的收藏册页上抄写了她的一首诗《温泉红梅》："温泉有奇葩，傲立雷山下。情寄放翁词，意托王公画。每临窗前月，犹见玉影斜。春雪一点俏，暗香漫天涯。"又为朱华梅女士、陈功震先生和小游各写了一幅。陈功震先生是一位楹联高手，即兴为我和冯杰各撰了一副楹联，并用隶书书写。赠我的嵌名联为"文海汉风首幅，艺坛中州月明"，首为"文艺"，含有我在文艺出版社工作，又从事文艺创作之意；尾字嵌入我的名字"幅明"。仅从内容而言，有溢美之情，我受之有愧；而从楹联艺术本身来观照，则可看出功震先生的深厚学养与功底。冯杰也为他们几人各写了一幅，均受到首肯。记得为朱华梅写的是"刀下留情"四字，既表明了朱的剪纸家的身份，又写出了她的艺术造诣，真可谓言简意丰，字字传神。朱华梅向我们赠送了她的剪纸作品，燕子则赠送了刚刚公映的由她编剧的红色电影《杜鹃花飞》的光碟。

午餐后，陈功震先生陪我们洗露天温泉。这是一处建在山坡上，同时可以观景的高档次温泉浴场。有许多个不同内容的浴池。保留了古时曾有过的官池、民池、男池、女池等浴池，还有一些有不同药疗作用的浴池。当然，与古时不同，大多数浴池都是官民同浴、男女同浴的。我们选择了不同的浴池体验。蓝天白云，艳阳高照，极目之下，青山绿水。泉水清澈透明，濯足清心，犹如置身于天堂之间，有飘然欲飞之感。

怀着依依不舍之情离开汤泉池，离开商城。商城有三块诗碑与我有关，因而，我与商城也有了不解的因缘。一天的商城之行，深深感受到商城文化的厚重，商城人的古朴与热情。我更加相信我的诗句发自真诚的内心：商城民风厚，四季无冰寒！

2012年5月

传记文学两岸情
——访台纪行之一

圆　梦

访问台湾是我多年的夙愿、梦想。

30年出版人的生涯，有机会去过祖国的许多地方。屈指算来，大陆的所有省级区域都去过，香港、澳门也去过，只剩下台湾了。由中国传记文学学会组织的赴台参访团，发起于2007年秋天，原计划15人，因为好事多磨，到2009年5月8日自北京启程时，就只有10人了。由会长万伯翱，副会长董保存、张洪溪、杨正润、俞健萌、李福顺，理事石楠、孔东梅、程力栋和王幅明组成。代表团应台湾"中国新闻学会"和传记文学出版社社长成露茜女士的邀请，赴台参加两岸传记文学座谈会，并访问一些文化机构。

国航CA185次航班上午8点35分从北京首都机场起飞，空中飞行2小时50分，11点25分准时降落在台北桃园机场。世新大学的代表已在机场迎候。办过手续，乘车来到台北市区。看到满街道繁体字的招牌，有一种时光倒流的感觉。不少词汇过去只能在电影里看到。入住位于仁爱路三段的福华大饭店，属于台北市的中心地带。

下午参观台北的地标建筑101大厦。乘快速电梯至89层的观景台，37秒即可到达，这是吉尼斯世界纪录中最快速的电梯。一个360度全方位的环形观景台，台北市四周风光尽收眼底。台北四面环山，是个盆地。淡水河、基

前排左起：喻蓉蓉、杨承祖、成露茜、万伯翱、石楠、杨正润

后排左起：李福顺、程力栋、文念萱、王丰、蔡登山、蓝博洲、王幅明、

董保存、简金生、曾祥安、张洪溪、孔东梅、俞建萌

隆河两条河流像两条蓝色飘带，流经市区。除去这个摩天大厦，台北不像北京和上海有许多高楼，从这一点看，它的气势较之北京和上海，的确不在一个层次。但如果从空气清新度来比，北京肯定会败下阵来。这里有8种语言的多媒体影音导览器可供使用，也有高倍数的望远镜可以远眺周边景色。91层是室外观景台，因风大，无法观看和摄影，只能近距离仰望大厦最高点508米高的塔尖。101大厦在2005年建成正式运营时，曾有多项世界第一的纪录。现在，它的高度第一已被阿联酋的迪拜塔取代。

晚上，由东道主台湾传记文学出版社做东，在叙香园饭店为大陆参访团接风。成露茜社长，时报文化出版公司董事长孙思照，世新大学附设单位总管理处执行长文念萱，世新大学观光中心专员杨嘉彦等出席。席间，成女士亲手向每位客人发送了精美的"两岸传记文学座谈会"的邀请函。

大家愉快地回忆起2008年9月在广州从化举行的由大陆、台湾和香港三地作家、学者参会的中国传记文学优秀作品研讨会。成露茜社长参加了那次

研讨会。与会专家在会上提出，能否在台湾举办一次讨论会。成社长作了肯定的回应。她说，将创造条件在台北举办一次座谈会，邀请大陆同行参加。这一天终于来到了。

世新大学的聚会

在安排了两天参观访问后，5月11日上午，座谈会在世新大学行政大楼三楼会议室举行。

世新大学是著名报人成舍我先生创办的一所培养媒体人的学校。最早的名称叫"世界新闻职业学校"，1956年9月开学时，只有63名学生。1960年改制为"私立世界新闻专科学校"，1991年改制为"世界新闻传播学院"，1997年改名为"世新大学"。现已成为台湾一所著名的以传媒为主的综合大学，其在台的权威地位类似于大陆的中国传媒大学。50多年来培育了6万余名校友，从业于海内外多种行业。不少人担任媒体要职，文艺界大家熟知的有：作家林海音、林清玄、邱淑女、曹又方等，演艺界有寇世勋、张毅等。传记文学出版社属于世新大学附设机构，社长成露茜是成舍我先生的女儿，她还兼任舍我纪念馆主任。

《传记文学》是台湾著名文史刊物，原由近现代史学者刘绍唐于1962年创办并任主编，苦心经营38年。这本以"严肃的态度与轻松隽永的笔调"为写作标准及"给史家作材料，给文学开生路"为宗旨的刊物，不仅为历史研究者所看重，也为众多普通读者所喜欢。刘绍唐2000年去世后，世新大学接办《传记文学》，由成露茜出任社长至今。传记文学出版社除出版《传记文学》月刊（已出版560多期）外，还出版传记文学丛书、丛刊等250余种，洋洋大观，是研究民国史的珍贵史料，因而被评家誉为"民国史的长城"。

世新大学因办校时经费所限，校址选在台北市郊外一处荒山僻壤。现在的校门，仍是一个很长的山洞。这个独特的建筑成为来过这里的人很难忘记的一道景观。世新大学建校50年校庆时，出过一本纪念册，书名即为《洞见》。走出山洞，一所现代化校舍展现在眼前。游人不禁感叹：真是别开洞天！

座谈会由世新大学舍我纪念馆主办，传记文学出版社、世新大学中文系协办。成露茜教授主持。她一一介绍了台湾方面的与会嘉宾，并提示座谈会的主题：两岸传记文学写作、研究、出版的困境与解决之道。

万伯翱会长首先致词。他对邀请方深表感谢，并介绍了中国传记文学代表团的成员。

南京大学文学院教授杨正润是国内著名的传记文学学者，出版过多部传记文学的学术专著。他从三个方面介绍了中国大陆传记文学的发展现状。其一是传记作品大量出版。1911年至1949年，每年出版约90部。1949年至1966年，每年平均23部。从1979年新时期开始，逐年上升，由80年代的每年200多种，上升到目前每年1200种以上。其二，出现了一批优秀传记，反映了传记作家的成熟和传记意识的自觉。其三，传记研究的新局面。出版了几十部理论专著和大量论文，已有多所大学培养出研究传记的博士（杨教授自己也培养了多名博士）。存在的问题：作品良莠不齐，优秀作品少；出版的困难，受商业大潮的侵袭。

《台湾时报》文化出版业务总监曾祥安介绍了台湾传记文学市场的一些信息。台湾传记文学从20世纪70年代逐渐开始发展，经历了80年代的逐渐开放，到90年代的蓬勃发展。目前，受网络冲击较大，因为很多信息可以从网络上获得，而且比传记书上的更全面。现在出版的传记读物不少是翻译国外和引进大陆的。台湾本土的传记以带有私密性内容和励志类较常见。就内容而言，台湾也有一些特别的现象，如为商业宣传的传记，为政治宣传的传记，为学术研究的传记等。在行销渠道上，网络销售前景良好。

中国青年出版社编审、中国传记文学学会副会长兼秘书长张洪溪介绍了大陆代表团实现这次访问的前后经过，介绍了中国传记文学学会的概况。学会成立于1991年7月，至今已18年，举办过许多学术研讨和评奖活动，包括与《名人传记》杂志联合举行的全国优秀传记作家的评选，产生了很大的影响。除此，还办了会刊和网站，电视制作等项目正在拓展中。他用在胡适纪念馆看到的胡适的一句名言"要怎么收获，先怎么栽"作勉励，表示以后要更好地开展两岸传记文学的交流。

王丰博士是台湾资深传媒人和著名传记作家。出版传记著作十多部，题材多涉"两蒋"，被称为蒋氏家族的传记权威。也有多种著作在大陆出版。他讲了自身作为一个传记作家的成长历程。因家族的"深蓝"背景，从小偷听大陆广播，成年后潜心研究蒋家20多年。王丰自喻是一个"又蓝又红的异类台湾人"。他从小跟着外婆，听外婆讲故事长大。外婆的哥哥是黄埔一期毕业，跟随过孙中山、蒋介石、汪精卫。外婆珍藏的许多照片连同她的故事成为王丰最早的启蒙。另一个启蒙是短波收音机。因他父亲是负责抓"匪谍"的，有特权享用短波收音机。他从父母的言行中，猜想到他们可能是潜伏的中共地下党员。他从大陆广播中了解到鲁迅、茅盾和巴金。他们的作品当时在台湾全是禁书。他从长辈的故事和大陆的广播中把两岸断裂的历史衔接起来，这使他感到幸运。他70年代从事新闻行业，80年代开始寻根，逐渐成为一个成果丰硕的职业传记作家。

石楠是大陆负有盛名的以写传记为主的女作家。台湾先后出版过她五部传记和小说集。很早就向往来宝岛一游。此行了却了她一大心愿。她是一个大器晚成者，出版处女作《画魂——潘玉良传》时已45岁。这部书使她一举成名，以后一发而不可收，至今已出版15部传记。她自言一生都在为苦难者立传。她写的传主大多都毁誉参半，但都是在苦难中自强不息。她为何选择这些人物作传？是传主不屈不挠的精神打动了她，让她日夜不宁，才决定要写的。她在《张恨水传》中也写到成舍我先生创办《世界晚报》和《世界日报》的艰辛和成就，以及成先生慧眼识贤才的事迹。她还谈到为何她把有些作品标为"传记小说"，如《画魂》，主要是因为无法掌握传主的详细资料，生平简历是真实的，但细节只有靠虚构来完成。《画魂》已经有13个版本，另有韩文和英文版。

蔡登山是台湾著名传记作家，也是出版人、学者、电影制作人。他在大陆刊物《万象》杂志曾开办专栏"沧桑淡墨"，同时还是《书城》《温故》《老照片》等书刊的撰稿人。他有多种传记著作在大陆出版。他谈了目前传记出版中的两点不足。一是传记作家只写名人传记，仅张爱玲一人就有几十本，有不少都是内容重复，了无新意。应该向小人物拓展。小人物生活在社会的大环境里，他们的经历可能是重要的史料。这方面两岸都应该努力。另一点是在传记的真实性方面要下大功夫。他看了不少传记，觉得在文献上没有突破。这个问题需要两岸做更紧密的交流才能突破。他说大陆一些传记写有关台湾1949年以后的事情，因为资料不扎实，有关档案看不到，所以有很多瑕疵。台湾也是如此，写1949年以后大陆的事情，也有很多不准确的地方。在资料方面必须要掌握第一手资料。回忆录只能作参考，不能作为依据，其中有作者的筛选，可能会造成误导。人们说回忆录不如年谱，年谱不如日记，日记不如档案，是有道理的。查档案费时费钱。比如到南京档案馆查档案手续复杂，费用又高，但要看到当时行政院的法令和命令之类，还是要非看不可。另外，他还谈到电视的作用。比如做一个胡适的电视片，就会带出蒋梦麟等一群人。这也是传记如何突破的一个策略。

我代表《名人传记》杂志作了简短发言。介绍了《名人传记》自1985年创刊以来的概况，在大陆读书界的影响和刊物今后的努力方向。因为对世新大学向往已久，来到世新，缅怀一代报人成舍我的心情油然而生。我草了几句诗并写在宣纸上，敬献给成社长和舍我纪念馆："自强不息创世新，刚直不阿办报人。民族情怀两岸颂，后继桃李已成林。"成社长愉快地接受。同时，我还向成社长赠送了《名人传记》的合订本和精华本。

蓝博洲是台湾一位多栖类人物，有多个头衔：作家、编辑家、教授、电视制作人。出版过多部短篇小说集、长篇小说及多部传记文学。他所写的传主的事迹很多不为人知，所以不少作品发表时被称为"报道文学"。他写的传主也很独特，不少是台湾的"匪谍"，即地下共产党人。他说，从小接受的全是"匪谍就在你身边"的反共宣传，所以，在这样的环境下成长的一代人，很难没有"恐共""反共"的意识与感情。大学时代开始写小说，受陈

映真"乡土文学"的启蒙，转为现实主义的写作。1997年，到陈先生创办主
持的《人间》杂志工作。当时，刚好是"二二八事件"40周年，"台独"派
搞所谓的"平反"运动，统派也针锋相对地展开"历史解释权"的斗争。就
在此时，他主动加入了一个曾长期禁忌的题材专题制作队伍。他的第一篇传
记是通过一个坐牢最久的政治犯林书扬的访谈，听到那个年代台湾青年领袖
郭琇琮的名字，从而采写了这个历史人物的传记报道。郭琇琮虽然出身于亲
日的台湾士绅家庭，但中华民族意识强烈，经过"二二八事件"的斗争后，
加入了中共地下党组织，还担任了北台市工委书记，最后被捕，被枪毙。就
义前，他对妻子说，他死后把骨灰撒在他热爱的土地上，会对老百姓种菜有
帮助。蓝博洲先生被地下党员的理想主义人格深深感动。那时他二十几岁，
就暗下决心，这辈子就做这件事吧，把那些被历史遗忘的无名英雄的故事一
个个写出来。直到现在还没有写完。不仅仅写知识精英，也写那些不识字的
农民的故事。他要用自己的笔，为这段被国民党长期湮灭，被民进党扭曲的

历史还其本来面目。听了蓝先生的介绍，不禁为他的传记写作肃然起敬！这是一个有强烈社会责任感的作家。蓝先生还谈了传记文学应该具有真实性与可读性的统一。他认为《传记文学》所发表的作品，历史的多于文学的，所以有"野史馆"之称，希望以后能够再多一些文学性。

北京恩祥集团董事长李福顺谈了他对传记文学的理解，表示将致力于传记文学事业的发展与繁荣。

世新大学中文系教授杨承祖是唐代文学学者，也是传记文学学者。他介绍了台湾大学的传记文学的教学情况。他说，民国初年的大学就有人开传记文学课，其中有鲁迅的好友许寿裳，后来有朱东润。他很佩服朱东润，但对他写的《杜甫叙论》有看法。他称此作为"伤痕文学"，影射了郭沫若，也影射到最高当局。他很敬仰成舍我先生，但遗憾的是至今没有看到一部关于成先生的完整传记。对于传记文学的历史性和文学性，他认为最有贡献的还是历史的成分。他希望传记不要完全文艺化。他认识一个老太太，92岁开始写自传，96岁完成：《果姑话飘泊——侧写中国百年》。虽然出版不太顺利，但最终还是出版了，受到读者的好评。她的女儿在美国送给朋友看。朋友们自发组织读书会来研讨，因为书中的抗战生活描写真切感人。他希望两岸传记界都注意发掘像这类普通人的传记。

因为时间关系，与会者未能一一发言。最后，成露茜为座谈会作了三点结论：1.两岸的传记文学出版都相当蓬勃，但都遇到良莠不齐和销路不畅的挑战。2.双方都认为应当提倡优秀的作品。台湾尚未有专门针对传记类作品的评奖。评奖标准值得讨论。3.传主的选择避免"炒冷饭"，应开掘新人物，寻找新资料，再现常民的生活经验。

万会长代表大陆代表团一行向成社长赠送一幅国画长卷。成社长向与会每人赠送了《成舍我先生文集——港台卷》《传记文学》资料光盘和最新的《传记文学》杂志。作为会议的另一个成果，台湾同行对大陆成立传记文学学会表示赞赏，希望台湾也能仿效。对此大家已形成共识。

会后，大陆代表团成员参观了位于世新大学舍我楼12楼的舍我纪念馆。

世新大学为纪念成舍我（1898—1991）先生，于2006年建立了"舍我纪念馆"，并建立了网站及资料库。展览区分两部分：主题展和长期展。主题展每年更换一次。长期展分为9个区，包括大事年表、生活书房、生活物件、文字手稿、生活照片、问政活动、兴学活动、办报活动等内容。为推动新闻史研究，培养新闻史学术人才，"舍我纪念馆"还每年设博士后研究员两名及博士候选人论文奖助金。

成舍我不仅个人成就巨大，成为中国新闻史及教育史的历史人物，他的家庭也是一个少有的传奇家庭，五个子女分居三地，都是学有所成的精英人物。儿子成思危居住大陆，是著名经济学家，中国民主建国会前主席，前任中国人大常委会副委员长。长女成之帆是旅居法国的著名华人领袖，曾任巴黎市副市长，竞选过法国总统。二女成幼殊，居住大陆，是新中国第一代女外交官，同时还是一位诗人，诗集《幸存的一粟》获第三届鲁迅文学奖诗歌奖。当年伴随成舍我由香港去台湾的，只有两个小女儿。三女儿成嘉玲，现任世新大学董事长。她曾于1991年至2001年间，出任世新大学校长，在任期间，成功将世新转制为一所精致的综合性大学。正当事业节节高升时，她选择激流勇退，将接力棒传给后人。四女儿成露茜，受过良好的中英文教育，夏威夷大学社会学博士。她曾多年在美国加州大学洛杉矶分校任教，是该校的终身教授。1997年向加州大学请假回到台湾世新大学，创办社会发展研究院并任首位院长，后任传播学院院长、台湾立报社社长等职。

有感于成舍我子女的成就和世新大学育人的硕果，笔者方有"后继桃李已成林"的诗句。

在台期间，我们还参访了东森电视台、联经出版社、台北"故宫博物院"、胡适纪念馆、林语堂纪念馆、钱穆纪念馆、邓丽君纪念公园、台北市美术馆及历史博物馆等，会见了李敖先生，游览了日月潭、阿里山、阳明山、野柳地质公园。

吴伯雄会见

5月14日晚，我们接到通知，15日上午9时，中国国民党主席吴伯雄先生将在中国国民党党部二楼会客室，会见大陆参访团全体团员。大家都很兴奋。这是吴伯雄对于两岸传记文学界交流的首肯。

5月15日上午，我们按时赴约，到达会客室。吴主席与大家一一握手。万会长向吴主席逐一介绍了参访团成员，落座后，又介绍了大陆传记文学发展繁荣的情况和此行的收获。吴主席发表了热情洋溢的讲话。

他说，国民党执政一年来，两岸实现了和平发展，来往越来越多。去年5月28日两党党魁第一次会面。6月份，两会恢复会谈。两岸走的方向是正确的方向。台湾和大陆的血缘关系，是谁也切不断的。"台独"的基本教义派扭曲了这种关系。他们的势力很大，5月17日还要游行。台湾有几段特殊的历史，曾经长期被外国人统治，所以台湾人有悲情的历史。还出现了不愉快的历史，发生了"二二八事件"。我个人也是"二二八事件"的受害人和家属。我道歉，也接受道歉。

说起传记文学，吴伯雄认为，传记文学是一种重要的文学表现形式，中国有源远流长的传记文学传统。传记作家是"千秋之笔"。好的传记可以流传几百年，上千年。他婉言说到，过去大陆有些关于抗日战争的传记，对国民党不够公正。国军在抗战中共有二百多个将军为国捐躯。对此，万伯翱和董保存分别向吴主席介绍了近些年大陆有关抗日正面战场传记的出版情况和产生的影响。作品更加真实和客观，产生了很好的社会影响。吴伯雄听后感到欣慰。他笑着问："万先生是第一次来台湾吗？"

万伯翱："我是第二次。孔东梅与其他各位都是第一次。"

吴伯雄："大家对台湾的印象如何？"

大家一致给予好评。城市环卫、绿化很好，公民表现出的文明程度也很高，买东西自觉排队。

　　吴伯雄说，他在任台北市市长时，市民还没有排队的习惯，后来逐渐提高，逐渐进步。

　　大家问吴伯雄对大陆的印象。吴说，原来我认为受"文革"影响，传统文化可能会中断，没有想到到北京后发现传统文化仍很浓厚。特别是参加奥运会开幕式，震撼很大。大陆这些年的巨大进步，举世共睹。他还透露说，应胡锦涛总书记的邀请，他10天后还要去大陆访问，要去北京、重庆、杭州、南京四个城市。南京大学还要授予他荣誉博士。关于两岸直航，这次要增加南京。这是胡总书记亲自定的。办起来很麻烦，胡总书记说麻烦也要加上。言语中流露出对胡锦涛的赞赏和尊敬。

　　会见后，万伯翱将韩美林设计的一件艺术瓷瓶送给吴伯雄。孔东梅送了她写的三本书。我送了一本2007年第11期的《名人传记》，杂志上面刊有撰写吴伯雄事迹的文章《台湾政坛的客家骄子》。他分别与每个人合影，最后又全体合影。我请吴伯雄题词，他写了孔子的名句："有朋自远方来，不亦乐乎！"

　　临行，吴伯雄赠送每人一件礼品，是一个上面印着他手迹"天下为公，人民最大"的茶杯。

　　在一楼，我们参观了国民党的党史展览。里面有一些珍贵文物，其中有毛泽东的信件、蒋介石任命董必武作为联合国代表的任命状等。

　　11时，我们到达桃园机场。13时，登上飞往北京的飞机，结束了这次满载硕果的台湾之旅。

2010年12月

在哪里，在哪里见过你

——访台纪行之二

在游览了著名的野柳地质公园后，当日下午，我们参观了同样位于台北县境内海滨的邓丽君纪念公园。

邓丽君纪念公园坐落在金宝山墓园。这是一处面积颇大，档次很高的陵园，有不少台湾的名人在此长眠。车子停下后，我们按着指示牌"邓丽君纪念公园"指示的方向，沿着滨海大道步行前往。一边是礁石和海水，一边是位于山腰间的大大小小的墓地。墓地有中式的，也有欧式的，也有中西合璧的。可以看出，墓主都是一些有身份或有钱的人。

邓丽君纪念公园，即邓丽君墓园，亦称筠园，在山下紧邻海水的一块平地上。据说金宝山墓园的老板也是邓丽君的歌迷。他得知邓丽君不幸因病去世的消息后十分悲痛，有意赠送一块墓地表达心意。邓丽君家人看过此地的环境后，都很满意，就接受了。老板的慷慨很快就有了商业上的回报。邓丽君墓地建成后，此处地价节节攀升，不少人选此为长眠地，也许是因为有邓丽君的歌声日夜相伴的缘故吧。

邓丽君墓园简朴、高雅，极富个性。墓园长不过300米，宽不过50米。走进园区，首先看到的是一尊邓丽君演唱时神态的雕像，面带微笑，双手伸出，像是陶醉在歌声中，又像是欢迎远道而来的客人。墓园中央，是一架没有底座只有键盘的巨大钢琴。孩子们轮流上去踩键盘，里面发出邓丽君名曲的钢琴演奏声。再往里走，便是邓丽君的墓地。墓碑上方是邓丽君飘然长

发的头像雕塑，头像下面刻着"邓丽筠，1953—1995"，右上方镶嵌着她的彩色照片。墓的四周，摆满了各地前来悼祭的鲜花和花篮，鲜花上还写有留言。墓的右侧，一块竖立的巨石上刻有宋楚瑜先生题写的"筠园"二字。另一侧是一块石碑，上面刻着《爱国艺人邓丽筠小姐墓志铭》，碑文用隶书写成。为何称"爱国艺人"？这是台湾行政主管部门颁赠她的。因为她始终牢记自己是一个中国人。20世纪70年代客居日本的5年间，坚持不取日文艺名，不办日本护照，时刻以自己是中国歌手为荣。

　　邓丽君1995年5月8日病逝于泰国清迈。5月8日是她逝世14周年的忌日。一天之后，人依然很多。有幸在人群中遇到邓丽君的亲属，她唯一的弟弟邓长禧不幸于2008年7月23日在上海去世，邓长禧遗孀邱惠珠带着两个儿子前来为姐姐扫墓。我们向她表示慰问，也向她表达了怀念邓丽君的心情。

　　我仔细看了看花篮上和鲜花上的缅怀留言，都很感人。我摘抄了几段："邓丽君小姐：永远怀念您！"署名：月亮代表我的心。"纪念邓姐逝世14周年，心中永远爱着你想着你！""想你想断肠。""任时光流逝，我只在乎您。"有个署名旗云珠峰的人写了一副长联："凡间美声赢得十亿掌声，让世人留恋真乃空前；天籁之音换得万人空巷，令神仙动容实为绝后。"留言的除中国大陆、台湾、香港、澳门的华人外，还有新加坡和其他国家的华人。

邓丽君是一个传奇。一个由丑小鸭变成天鹅的少有的传奇。不可否认，她是音乐天才。已进入中年的人，大概都不会忘记上个世纪80年代前期，在大陆兴起的"邓丽君热"。她本人也知道这一切。她很想回大陆演唱，甚至义演，但是因为种种原因，最终都未能如愿。2006年，在邓丽君逝世8周年时，亲民党主席宋楚瑜在纪念会上透露，80年代大陆方面邀请邓丽君回大陆举办盛大音乐会，邓丽君的经纪团队也接到邀请。但当时蒋经国宣布了两岸不谈判、不接触、不妥协的"三不政策"，为此，蒋经国专门召见宋楚瑜，指派他劝阻邓丽君到大陆演出。宋楚瑜硬着头皮接受了这个任务，邓丽君听从了他的劝告。她在去世之前，曾与男友提起，因为自己家境贫穷早年失学的经历，想在大陆办一所资助妇女受教育的学校。这个愿望尚未实现，她便在泰国清迈猝然去世。

墓园里一直回响着邓丽君的歌声，其中有我们熟悉的《月亮代表我的心》《甜蜜蜜》《小城故事》《我只在乎你》……

经程力栋提议，晚上我们到位于台北市忠孝东路4段的"筠园小馆"用餐。这是邓长禧为怀念姐姐开设的邓丽君主题音乐餐厅。餐厅装修并不出众，以邓丽君生前喜欢的江浙菜为主。墙上有"忆君儿时"的一组照片，还有演出时的各种照片。电视里播出邓丽君生前各次演唱会的实况。服务台旁摆放着她的音乐光碟和传记图书。邓长禧去世后，由她的二哥邓长顺经营。邓长顺问我们饭菜味道如何，我们回答都很可口。他送我们到门口，还讲起他妹妹一生最大的遗憾就是未能回大陆演出。

离开筠园小馆，邓丽君的歌声仍在耳边："在哪里，在哪里见过你……"我想，她的歌声是会永远流传下去的。因为她属于海峡两岸，属于全世界的华人。

2010年12月

学者风骨自由魂

——访台纪行之三

　　我们离开邓丽君纪念公园，回到台北市，参观了位于南港区"中央研究院"内的胡适纪念馆。纪念馆分为三部分：一、故居（1958—1962年），二、陈列室（系胡适好友、美国美亚保险公司史带先生1964年捐赠建造），三、胡适墓园。

　　我们先到陈列室参观。面积不大，只有80多平方米。四周全是书柜，陈列着胡适各种中文和外文著作、手稿、照片以及其他有纪念意义的物品。有耳机可以使用，能够听到胡适演讲的声音，也可以触摸屏幕，观看胡适在台湾的最后时光的录像资料。大厅中央，摆放着胡适的半身铜像，后面背衬他的手迹："要怎么收获，先怎么栽。"

　　看了在书柜中陈列的一套安徽教育出版社出版的44卷本的《胡适全集》，十分感慨。因为，这是至今为止出版的胡适先生唯一的全集。胡适在台湾去世，但台湾没有出版过他的全集。可以感受到故乡对他的一片深情。胡适是安徽绩溪人，1891年生于上海。他3—4岁时，随父母到台湾，因父亲胡传先后在台南、台东任职，他5—13岁时回故乡绩溪读书。他在自传中有对少年时代的详细记述。他的夫人江冬秀也是安徽人，这是由两家老太太包办而成的婚姻。胡适是新文化运动最有影响的人物之一，著名学者，诗人，思想家、政论家、外交家，是在多个学科都有深入研究的学人。一生共获得多国授予的博士学位多达36个。他因心脏病突发猝然离世，是中国学术界、

思想界的巨大损失。他
1958年4月从美国飞抵
台湾，就任"中央研究
院"院长。本想借助院
内资料完成几部大的著
作，未想壮志未酬竟抱
憾而去。他留下的遗稿
足有一尺多厚。胡适纪
念馆的工作人员表示，
他们大部分时间都在整
理胡适先生的遗稿，所

以每周只能周三、周六两天对外开放。世新大学的朋友为使我们此行不留遗
憾，特意安排在9日下午（周六）来此访问，因为错过这个日子，以后就很
难再做安排了。

　　来台之前，我草拟了几句赞颂胡适先生的诗："文学改良启蒙文，五四
新潮推波人。平生毁誉盖棺定，学者风骨自由魂。"正好纪念馆主任潘光哲
博士在馆内，我就将写的这首诗的书法送给他。他很高兴地接受，并对我
说："陈列馆里不挂字画。你的书法我一定装裱，挂在我的办公室里！"本
来陈列室是不允许拍照的，经潘主任特准，我们破例在胡适的铜像前合影留
念。

　　陈列馆分常设展和特展。常设展有三个主题：胡适的感情世界、胡适的
学术文化成就和胡适与近代中国。时值五四运动90周年，增加了一些五四文
学人物的图片及文物，增设了"胡适与雷震"和"胡适与中央研究院"两个
特展。

　　潘博士送我们印有胡适手迹的明信片作纪念，并带我们参观了胡适的
故居。故居是一栋约160平方米的平房。门前没有庭院，只有绿藤长廊。一
间书房兼写作室，两间卧房，陈设简朴。引人注目的是，卧房里书柜比衣柜

多，卧床里侧，堆满了书籍，伸手可得。看来，胡适也有卧床看书的习惯。较大的一间是客厅兼餐厅。仍有几个高至屋顶的书柜。这里保持了主人生前的原貌。一桌四椅的餐厅，食品柜里放着十几瓶威士忌和十几只玻璃酒杯，想是为好友相聚所准备。与客厅相连的阳台，放置着几组桌椅，也使我们想到，这里不时会举办学者沙龙。

胡适安葬在"中央研究院"东南门外。墓园费用由他的好友、南港士绅李福人捐献。台北市政府依山丘地貌于1974年扩建为胡适公园。胡适公园除了胡适的墓园外，还安葬了不少学界先贤，如考古学家董作宾等，因而素有"学人墓园"的雅誉。

胡适生前是一个极有争议的人物。他在美国读研究生时，师从唯心主义哲学家杜威，接受了杜威的实用主义哲学，并一生服膺。回国后，任北京大学教授，加入《新青年》编辑部。他在《新青年》发表的《文学改良刍议》一文，提倡白话文和文学革命，是新文化运动最早的启蒙。他反对封建主义，宣传个性自由、民主和科学。1920年出版中国新文学史上第一部白话诗集《尝试集》，虽带有试验性质，还谈不上成熟之作，但影响深远，同时又受到守旧派的恶语责难。他兴趣广泛，著述丰富，在文学、哲学、史学、考据学、教育学、伦理学、佛学、红学等诸多领域都有研究成果。1939年曾获诺贝尔文学奖提名。抗战期间，任驻美大使。抗战胜利后，任北京大学校长。20世纪50年代，大陆对他开展过声势浩大的批判，对此，他始终保持沉默，没有回应。在台湾，他支持《自由中国》杂志，争取言论自由。得知雷震被判刑后，他无奈地叹息："大失望，大失望！"他死后，终于盖棺论定，赢得了两岸学人的一致尊敬。他的全集能够在大陆出版，可视为一个缩影。他的学术研究成果，未必都能让人认同，但他作为一代学人所坚守的理性和自由独立精神，将超越时空，成为后人传承的宝贵遗产。

2010年12月

东森，独步台湾荧屏
——访台纪行之四

　　台湾几家著名的电视台，都采访过大陆的重要活动，但最为大陆观众熟知的，莫过于东森电视台。因为东森电视台是中央电视台国际频道"海峡两岸"栏目的合作伙伴，每次节目结束，屏幕上都会出现东森电视台的名字。

　　5月10日上午，我们到东森台参观。世新大学与东森台有很好的合作关系。世新的多位人物，都做过东森台的嘉宾，在电视上露面。

　　东森电视台虽很出名，却不像大陆的电视机构，有独立的庭院。它坐落在台北老市区，租用了若干层楼办公。走出电梯，迎面看到走廊里东森台的标志图案和英文缩写台名，旁边是整齐排列的台湾几个主要政党的党旗。看来，这是显示新闻的客观立场，不分蓝绿，都在客观报道之列。

　　接待我们的是东森台亚洲新闻部总编林天琼。他是大陆观众熟知的一位媒体人，在中央台、福建台和深圳台经常与大陆观众见面。他带我们到一个会客室。一边放电视节目，一边给我们介绍东森台的概况。

　　东森电视台成立于1991年，前身为友联全线公司，1993年更名为力霸友联公司，1997年9月更名为东森电视台。由早期的2个频道，扩充到目前的8个频道，包括新闻、综合、电影、戏剧、幼儿、卡通、洋片和5个购物频道，收视观众包括各个年龄层，是台湾地区唯一全方位的电视公司。公司目前现有员工1100余名，平均年龄30岁，是一个充满青春活力的集体。东森的卫星频道是台湾最多的，有多个美洲频道及亚洲和欧洲频道。现在东森是一

个媒体集团，除电视外，还经营着三家报业和其他多家公司，代理英、法、德、澳、韩及新加坡六家境外频道。

　　林天琼祖籍福建，台湾淡江大学美国研究所法学硕士。曾任《中国时报》、中天电视采访总监及台视闽南话主播，是资深媒体人。他自1989年首次访问大陆以来，已不知多少次往返海峡两岸之间，有深厚的大陆情结。他是台湾第一位进入伊拉克战场的主播，从战场上发回许多珍贵的报道，也由此让台湾观众牢牢记住了他的大名。说起去伊拉克，他特别感谢大陆的同胞情。正是由于一位新华社记者的无私帮助，他才能如鱼得水，成功采访。这次难忘的采访经历，加深了他对大陆的情感。对于事关两岸的重要新闻，东森台是竭尽全力采访报道的。2008年11月的陈江二次会谈，林天琼全天都守候在圆山饭店，现场指挥采访队伍。东森新闻台动用了10辆卫星直播车，24小时不间断报道。像这样的大手笔，过去是很少有的。在陈云林一行来到台北之前，东森新闻还专访了马英九，让他谈谈对陈江二次会谈的看法和期待。其间，世新大学的文念萱走了进来。他也是资深媒体人，多次做过东森台的嘉宾。林天琼顺便把中央电视台发的稿酬交给文念萱。我们问："多少？"文答："一次800元。"

随后，林总带我们到演播室和制作室参观。在演播室，他指着一个位置说："马英九就是坐在这里接受采访的。"他还说，台湾不少政治人物都在这里接受过采访。我问他："东森台希望到大陆落地吗？"他激动地说："当然希望！我们希望第一个，或者第一批在大陆落地。两岸的电视若能相互落地，对双方的相互了解和经贸合作，都会是一个很大的促进！"

编辑室很大，人很多，也很拥挤，分若干个单元。每一个单元里的员工都在认真地编辑和处理节目内容。对比之下，工作环境和设备，比起大陆的同行稍有逊色，但他们的职业精神和工作效率，又令人肃然起敬。这使我相信，工作环境决不是工作成绩的决定因素。我曾去过新浪网。新浪网在大陆排名第一，但员工的工作环境，也和东森新闻台差不多。

在我们结束访问拍合影照时，遇到东森台的美女主播吴彩妮。她在陈江二次会谈的采访活动中，有上佳表现，颇受好评。她也很高兴遇到我们。我们的合影照里增添了青春的色彩。

2010年12月

聆听李敖
——访台纪行之五

初见李敖

台湾之行，颇多难忘的记忆，而听李敖无主题的神聊，则是最难忘怀的。

5月11日下午4时30分，东道主安排我们一行与台湾著名作家、享有"文化顽童"与"斗士"之称的李敖先生会见。万伯翱会长2005年夏天曾来台北，见过李敖。当年他送了李敖一套文房四宝和河北作家王立新写他父亲的传记《要吃米，找万里》。当时因堵车他比预定时间晚到了20分钟，留下了遗憾。所以，这次会见，万伯翱会长格外注意时间。下午2时30分参观联经出版社，之后在联经书店购书。大家意犹未尽，他就催着上车。我看表，还不到4点，就问何故。他小声给我讲了这个秘密。他说这次一定要提前到，不能再留下遗憾。万伯翱会长的认真令我感动。我是到了书店就失去时间观念的人。万会长如是说，我只好拿着刚选好的书匆忙结账上车。

会见地点就在我们入住的福华大饭店三楼的冬梅厅。我是紧随万会长进入会见厅的第一批人，比预定时间早到了几分钟。虽然如此，李敖先生还是先到了。大家寒暄过后，他自我介绍说："我也是'共匪'，和你们一样，大家都是亲人、同志，所以就不必客气了！"一句话把大家逗乐了。这是最初的气氛，这气氛一直持续到会见结束。

赠物寄情

万会长介绍了各位后，大家开始互递名片，相互赠书、拍照。因不知我们来了多少人，李敖只带来几本书，不够赠送。李福顺慷慨解囊，派人到书店又买来几本。这样皆大欢喜，每人都有李大师亲笔签名的著作了。李敖声明，第一本书一定要先送给老太爷（万里）。他在赠给万里老先生的扉页上写道：

> 万里老先生请赏
>
> 　　先有万钧，方有雷霆；
>
> 　　先有万里，方有鹏程。
>
> 　　　　　　　　　李敖
> 　　　　　2009年5月11日，中国台北

他几乎是不假思索，随手写出的一句话，言简意丰。不仅万伯翱看了异常高兴，还赢得了大家一致喝彩。

孔东梅送给李敖三本她写的书《翻开我家的老影集——我心中的外公毛泽东》《听外婆讲那过去的事情——毛泽东与贺子珍》《改变世界的日子——与王海容谈毛泽东外交往事》。三本书都是领袖后人用第一手资料写成的，异常珍贵。孔东梅是李敏的女儿，毛泽东的外孙女，也是毛氏家族第三代唯一的女性。名字是毛泽东亲自起的，用了他名字里的一个"东"字，"梅"是他平生的最爱。孔东梅为何要写老一代的传记？源于她在美国攻读国际传播与媒体研究硕士学位时，收到母亲写的回忆录《我的父亲毛泽东》后萌发的想法。书中所写的家族往事，使她泪流不止，几夜不能安眠。她暗下决心，一定要写一本外婆的书，还要写一本三代女性生活变迁的书。2001年学成归国后，她创办了北京东润菊香书屋有限公司，把志愿变成了现实。李敖送了一本他新出的小说《虚拟的十七岁》给孔东梅。他说："这是去年

写的，内地还没有。他们说这书是黄色的。其实我是写电脑里虚拟的人物。17岁，是你姥姥参加革命时的年龄。"万伯翱接过话题："她姥姥贺子珍可不简单。井冈山塑雕园仅有两座女性塑像，一座是贺子珍，另一座是吴若兰。"李敖提笔签名，问孔东梅哪一年出生，孔说1972年。李敖端详了片刻，笑着说："年龄像是冒充的！"一句话又把大家逗乐了。"长的真像你姥爷。我过去看过你的照片。好像是韶山吧，在毛主席的铜像下，与你妈妈一起，没有穿这么好的衣服，也不像现在这么漂亮！我觉得真是时代的改变。怎么称呼？有别号吗？"孔答："没有。"李敖用了"女史"一词称呼孔东梅，我知道那是对知识女性的一种尊称。说起孔东梅像毛泽东，大家也都有同感，不但脸型像，就连毛泽东那颗著名的痣，也出现在孔东梅下巴同样的部位。

我把随身带来的由我
主编的一套《中国散文诗
90年》送给李敖，还送了
他刊载他事迹的那期《名
人传记》。李敖回赠了他
写的《冷眼看台湾》一
书。我请他题字，他在我
的题字本上写下"为者常
成，行者常至"。这是春
秋时代贤人晏婴的名句，
讲的是常为常行才能成功
的道理。我很满足。同行
者只有我带了题字本，因而我比他们多了一个座右铭，一件同样可以传之久
远的纪念品。

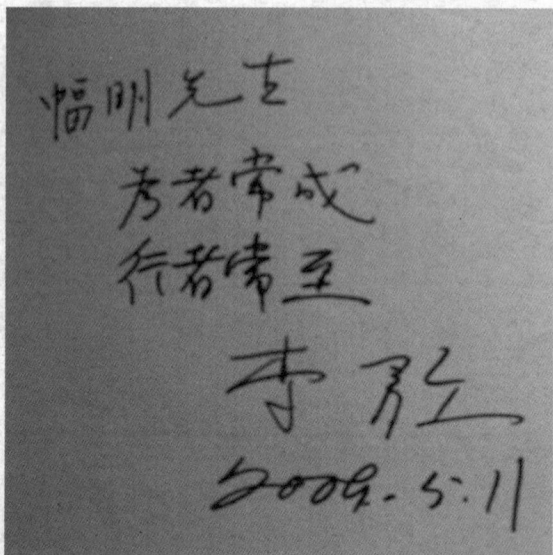

　　解放军出版社副总编董保存送给李敖一本他们社出版的写连战爷爷连
横的传记。石楠送给李敖她写的《刘海粟传》。李福顺送了一幅韩美林国画
《群驴图》的水银印刷品和他本人的书法。除了赠书，李敖还送给我们每人
一件特殊的印刷品：中国智慧党宣言及章程。看过文字，才知道这是李敖创
办的一个没有具体组织，不收党费，一切活动皆出自义务，不收政治献金，
凡认同本党理念，即可成为本党党员的特殊政党。以下是党员共同认同的10
项智慧：1.智慧使我们不相信中华民国是一个国家。2.智慧使我们不相信
"台独"。3.智慧使我们不相信以台湾之名进联合国。4.智慧使我们不相信
共产党是敌人。5.智慧使我们不相信军购。6.智慧使我们不相信固守保台。
7.智慧使我们不相信美国来救我们。8.智慧使我们不相信美国是我们的朋
友。9.智慧使我们不相信我们不是中国。10.智慧使我们不相信蓝绿。这10
项智慧每项都附有若干条论据，让你口服心服。可以看出，李敖是一个彻底
的统派人物，从他给每人赠书签名时，都留下"中国台北"几个字中，也可

看出他的细心和立场。

"文化顽童"

"诸位对我有什么特别的指教？"李敖的谦恭令我们吃惊。他是一本正经说这句话的。

大家都说没有。万伯翱认真地说："我们都很佩服您。赞同您的讲话，也都很喜欢听您讲话！"

话从上午世新大学的座谈会说起。李敖突然问了一句："中午，世新大学请你们吃饭没有？"这句话还真让他给问上了。

我们说中午没请，但来的当天晚上请过了。

李敖说："成露茜的爸爸成舍我是全世界最有名的小气鬼。我给你们讲一个故事，他买了两根油条，吃不完了，剩下的一根卖给他的司机。"他特有的幽默逗得大家哄堂大笑。我在舍我纪念馆注意到，成舍我的节俭办学是出了名的。这是两个角度的不同版本。

"你们来的真巧。明天，5月12日，是我来台60年。凤凰卫视让我做一个节目，谈60年前的那些事。明天我要去基隆。60年前今天的傍晚我从那里下船，开始了我在台湾的生活。中间又两度住了国民党的监狱。"李敖说。万问："住了多长时间？"李答："一共5年零8个月。"

李敖说起他的狱中生活。当年他和陈水扁住同一个看守所，陈住32号房，李住28号房。他讲了几个国民党时期和历史上屈打成招的案例。"这是最可恶的。他折磨你，还不让你死。有医生在旁边，不断听你的心脏，不会让你死。十指连心啊！他抓住我的右手捏我的左手。然后说，李先生，疼吗？不是我们使你疼，是你的右手让你的左手疼。当时我的头脑还清晰。他们说，你恨你的右手吗？我说，不恨我的右手，我恨圆珠笔！（众人大笑，李也跟着笑。）那时候虽然肉体背叛了你，但精神依然有力量。"

万伯翱说："你看上去一点儿也不老。大师请喝茶！"万双手把茶杯递给李敖。的确是这样。从李敖的举止、神态看，他哪像一个74岁的人啊！

李敖接过茶杯："我在北大演讲以后，记者们问李维一有何感想。李维一说，李敖先生自己说，他的演讲很成功。"李敖禁不住笑，大家也跟着笑了起来。他又放下茶杯："第二点，他说我一直不爱笑。既然李敖先生说他金刚怒目地讲，我在台下就金刚怒目地听。他真会讲话！第三点，他说，我们和李敖先生求同存异。什么叫求同存异？这是周总理万隆会议时的政策，是对外国人的。现在把我当外国人？（众笑）我跟你一样，也是'共匪'呀！我太惨了。这一次陈云林来，刘长乐约我和他们见面，正好接待我的是李维一。见了我，他满脸笑容。我说你也会笑呀。他说会笑。我说以为你是×××，不会笑的。"大家乐得前仰后合。

李敖又看了一下孔东梅送的书上李敏的照片，对孔说："你妈妈比过去变胖了。过去，穿不了这么好的衣服。为什么不可以穿？革命不是请客吃饭，但革命的目的是请客吃饭！"说到这里，大家都笑了，甚至有人为他的诙谐鼓掌。

听那些过去的故事

"有一本书我向你们请教，叫《毛泽东思想万岁》。这本书你们听说过没有？"

杨正润："'文革'期间出过一本，汇编了毛主席的各种讲话。"

李敖说："台湾出过一本毛主席的假语录！"

董保存补充说："有一本书叫《战无不胜的毛泽东思想万岁》，是北京编的。这一类的书可以找出几十种。里边有真的，也有假的。"

李敖说："台湾的情报部门做过一本假的毛主席语录，我见过，封皮一样，内容不一样。我对这本书（指《毛泽东思想万岁》）更感兴趣。"

余健萌问："我请教一个问题，当年您为什么要到上海？"

李敖回答："这是一个判断的错误。因为斯大林说分江而治。我们认为到上海会好一些，没想到上海也守不住。怎么守都守不住。事实上，国民党花了20万人没有守住上海，15万撤不出来，只撤出5万。眼看很多人吊着绳子往船上跑，装不下，后来把绳子砍断。"

李敖回忆起他当时就读的学校和住地。"只在那里3个月。我的英语不好，又不会讲上海话，只好受上海人欺负！"李敖的幽默又引发众笑。

后来话题说到有一些共产党人潜伏到台湾。李敖说："那时国民党到处抓共产党。一个警察头子说，谁是共产党，我鼻子一闻就知道。（众笑）实际上很难抓。"

万伯翱："李大师佩服过去的共产党！"

李敖："我在香港凤凰卫视说过'新加坡人笨，香港人坏，台湾人老实，大陆人不可测'。本来好好的，大家在一起吃饭，可一转眼，他变成共产党了。"众人大笑。

万伯翱提起小说《红岩》里的革命者。李敖显然没有看过这部书："文天祥，他没有吃过药丸，所以他不投降！"

李福顺："共产党人在信念上很厉害。打死也不说！"

李敖："过去革命革得太多了。现在革命革得太少了！"这句话意味深长。虽然大家都笑了，但笑过之后似觉余音缭绕。

董保存说及台湾有一些年轻人不认同祖国，有"台独"倾向。

李敖："这些人都是小孬孬，孬种，玩真的又不敢。我为什么看不起国民党人？我知道共产党人是怎么玩的。国民党是假的嘛，最后一个城一个城地撤退。国民党去延安，共产党撤退。当时，你（指孔东梅）姥爷说，你到我家来，我到你家去。你要我们的延安，可以，但，我们要有一个交换，我们要南京。（众笑）你们是写传记文学的，我讲一件事给你们听。《传记文学》杂志创办人刘绍唐死后，杂志要关门。刘太太刘大嫂找到我，想把书送给我。后来世新大学花两千万买去了。我只给《传记文学》写过一篇文章，后来就不找我了。因为怕我惹祸。这篇文章是绍唐大哥临死前找我写的。他留下了遗憾。因为他最终知道我是对的，他是错的。"

历史有真也有假

话题说到张国焘的传记及对他的评价。徐向前的回忆录说到过去对张国焘的评价不够公正。

李敖说:"历史呀,有时真的、假的很难分辨。蒋介石日记,别人说是研究蒋的真实资料。可能要上当。日记有两种,一种是写给自己的,不让别人看;一种是专门写给别人看的。蒋的日记就是写给后人看的。我是专门戳穿蒋的,写他的书一共有7本。"他认为日记是不可靠的,不仅是蒋介石的日记,包括张学良的日记,也是有真有假。这个观点与在世新座谈会上听到蔡登山介绍的情况是一致的。"历史是很好玩的。有些人专门不讲真话。大家看了蒋的日记,觉得蒋委员长了不起,敢骂美国人。这些日记是写给别人看的。还有陈立夫。蒋写过台湾如何需要陈立夫,陈立夫不能走。可赶走陈立夫的,正是蒋本人。"在座有人表示疑惑。他坚定地说:"就是他赶走的。这是陈立夫的儿子亲口讲给我听的,绝不是假话。陈立夫在美国养鸡也是假的。照片上他戴着领带,明显是假的嘛!哪有穿西装戴领带养鸡的?所以,我建议你们写新的历史。"

谈兴正浓,天色渐晚。万伯翱邀请李敖与我们一起吃晚饭。晚饭由程力栋的朋友、在台湾做事的盛先生做东,吃台北著名的"春天素食"。李敖谢绝了。他的生活习惯是过午不食,已经坚持了很久。

李敖在台湾是一个颇受争议的人物,但在大陆,则广受欢迎。此时近距离的接触,让我们见证了这位"文化顽童"的风采,也彻底为他的幽默、学识和智慧所折服。

(原载《名人传记》2011年第5期)

东西文化一通才
——访台纪行之六

参观过阳明山风景区，我们来到位于山腰下仰德大道二段141号的林语堂故居纪念馆。

故居是一所独立的庭院，庭院大门外的街道边，有一块竖立的指示牌，上写"林语堂故居"。此处有公共汽车的停站点。

这是林语堂一生最后10年（1966—1976）的住所。1966年，他决心结束在国外30年的漂泊生活，选择台北作为定居地。客居美国许多年，林语堂始终没有加入美国籍。他觉得美国不是他归根的地方。这所别致的中西合璧的庭院建筑是他亲自设计、由著名建筑师王大闳率人将蓝图变为现实的。庭院由台湾行政当局投资，作为他来台北定居的礼物。为何选在此地是因为这里有貌似福建故乡山景的阳明山，亦可听到亲切的乡音——闽南话。庭院的中庭一角，有鱼池、假山，遍植翠竹、枫树、藤萝。林语堂曾在一篇文章中这样形容这座庭院："宅中有园，园中有屋，屋中有院，院中有树，树中有天，天上有月，不亦快哉！"他钟爱这所庭院，并选择庭院的一角作为他的长眠地。

这是一处收费景点，参观门票每人20元。故居分为书房、卧房、餐厅、客厅、生平掠影走廊及特展区，一切陈设都保持原有风貌。经过回廊，我们先到林语堂的书房参观。林语堂自我定位为文人。他说："不做文人，还可以做人。一做文人，做人就不甚容易。"可见，他对做人有很高的要求。书房的书柜里典藏着林先生各种著作及珍藏的书籍二千余册。墙上一副楹联书法颇引人注目："文如秋水波涛静，品似春山蕴藉深。"这是对林语堂先生文品与人品的绝妙写照。书法亦蕴藉有致，署名"谭淑"，经请教，才知是陈诚的妻姊，应是林语堂的朋友和常客吧。墙上还悬挂着林语堂分别与钱穆和张大千合影的两幅照片，印证着他们之间的友谊。书桌上摆放着林语堂使用过的旧物、文稿、烟斗、文镇及英文打字机等。

林语堂是学贯中西的大学问家、大作家，但他对读书却没有功利的目的。他认为读书只为"面目可爱"与"语言有味"。他说："没有阅读习惯的人，就时间、空间而言简直就被监禁于周遭的环境中。他的生活完全公式化，他只限于和几个朋友接触，只看到他生活环境中发生的事情，他无法逃脱这个监狱。但当他拿起一本书，他立刻就进入了另一个世界。"这是多么高超的见解。他把读书当作生活的乐趣，有这种乐趣的人，不仅面目可爱，说起话来也会有滋有味。

林语堂的卧室简朴而舒适。一张单人床紧连着写字台，桌上摆放着他和妻子廖翠凤的照片。林语堂推崇庄子、陶渊明、袁中郎、苏东坡的洒脱、淡泊和闲适。他因之被称为一个闲适派的文人。他有一本流传甚广的著作《生活的艺术》，倡导快乐哲学、悠闲的情绪、旷达和幽默。他重视身体与精神的关系，提倡"躺在床上的艺术"，他说："我很需要一个好床垫，这么一来，我就和任何人都完全平等了。"

会客厅与餐厅同在一个大厅，墙上有林语堂的手书"有不为斋"。"有不为"一语，透出林语堂的处世哲学。他只做自己喜欢做的事，有些事，他是不屑做的。除斋名，厅里还挂着一幅林语堂录李白五言古风的书法："暮从碧山下，山月随人归。却顾所来径，苍苍横翠微。相携及田家，童稚开荆扉。绿竹入幽径，青萝拂行衣。欢言得所憩，美酒聊共挥。长歌吟松风，曲尽河星稀。我醉君复乐，陶然共忘机。七八老翁林语堂，壬子冬即公历元旦，新春试笔。初时家里悬壁有此诗，故念念不忘。"赤子乡情，跃然纸上。林语堂的书法面目清秀，有浓厚的文人气息。此外，还有林语堂自己画的马，宋美龄手绘的兰花图，叶醉白画的群马图。有一幅字格外引人注目，

那是林语堂80寿辰时，蒋介石用行书体亲笔题写的一个"寿"字，上款"语堂先生八秩大庆"，下款"蒋中正"。厅内桌椅古色古香，均为林语堂亲手设计。可以想象，当年这里曾是台湾文化人的高朋满座之地。

生平掠影走廊展示了林语堂从少年至老年80余年的人生历程。林语堂先生1895年10月10日，出生于福建省龙溪县（漳州）坂仔村一个基督教家庭。因家乡四面环山，孩提时代常涉足山野，培育了酷爱自由，不受束缚的个性。他曾一再自诩是"山地的孩子"，并在《四十自叙》的诗中写道："我本龙溪村家子，环山接天号东湖；十尖石起时入梦，为学养性全在兹。"从中可以看出家乡山水给予林语堂成长的滋养。林语堂6岁入坂仔的铭新小学，13岁时，到厦门教会学校寻源书院读书。其间每逢暑假，则受父亲家教。林语堂曾回忆说："我所有的些少经书知识乃早年由父亲庭训而得。"（《林语堂自传》）"我因为幼承父亲的庭训，对儒家经典根底很好，而我会把它铭记于心。"（《八十自叙》）此外，林语堂也从他父亲那里接受了西方文化的启蒙教育，使他从小就成了一个虔诚的基督教徒。随之，他相继获得上海圣约翰大学学士学位、美国哈佛大学比较文学硕士学位、德国莱比锡大学语言学博士学位，任北京大学教授。林语堂一生创办过三本杂志，1932年创办《论语》半月刊，提倡幽默文学，后被誉为"幽默大师"；1934年创办《人间世》，1935年又创办《宇宙风》。他是20世纪将中国文化精神向西方引介的最重要的人物，其英文经典名著有《吾国吾民》《生活的艺术》《孔子的智慧》《京华烟云》《风声鹤唳》《朱门》《中国与印度的智慧》《苏东坡传》《老子的智慧》《武则天传》。来台湾后，他婉辞了蒋介石请他出任"考试院"副院长一职，仍然从事文化活动和笔耕生活，且有不少新的成果。他继续撰写总题为《无所不谈》的杂文，提倡整理汉字，主编《当代汉英词典》。他终生的各类著作多达60余种。全世界以各种文字出版的林语堂著作，约700多种。

特展区展品包含"明快打字机""自来牙刷""自动打桥牌机""自动门锁""英文打字键盘"等模型、照片、设计手稿，以及申请专利的信函。

由此让我们见证了林语堂科学创意与发明家的另一面。展品中最令民众称奇的发明，是史上唯一一台无须记住字位、字码的中文打字机。林语堂将它命名为"明快打字机"。这台打字机是在1947年时，林语堂倾家荡产以12万美元的代价，请工程师手工铸造而成。"明快打字机"只有64键，每分钟最快能打50字，直行书写，能拼印出9万个中国字，而且不须训练即能操作，十分轻巧简便。可惜当时因中国遭逢内乱，厂商不愿生产，林语堂也因此濒临破产。后来，"明快打字机"的键盘曾授权使用于IBM的中译英机器等。林语堂过世后，神通计算机也以"上下形检字法"发明"简易输入法"，成为现代人常用的计算机中文输入法，使这项发明完全服务于社会。

林语堂是一位以英文书写而扬名海外的中国作家，他自言"两脚踏东西文化，一心评宇宙文章"。他是集语言学家、哲学家、文学家、旅游家、发明家于一身，饮誉国际文坛的巨匠；1976年3月26日病逝于香港，4月移灵台北，下葬于故居后园中，享年82岁。台北市政府为纪念林语堂先生的文学成就，并得林夫人廖翠凤女士捐赠藏书、著作、手稿及其遗物，在其旧居成立"林语堂先生纪念图书馆"，于1985年5月开放。2005年10月，台北市文化局委托东吴大学经营"林语堂故居"，使其成为一个集文学、休憩、讲座、餐饮、学术研究为一体的多元化文化场所。除故居原貌可供参观外，另设"阅读研讨室"，可提供小型会议、座谈、聚餐、课程空间租借等服务。"有不为斋"，附设餐饮，适合文人雅叙。"露天揽景平台"，适合小型文艺表演。

我将写好的一幅书法赠给林语堂故居纪念馆："东西文化一通才，儒道使者名海外。等身著作称奇葩，万人争睹不为斋。"

我们到后园参观。花草树木有序，生机昂然。这里是林语堂经常散步的地方，也是他的长眠地。墓地庄严朴素。正如他生前所说的："让我和草木为友，土壤相亲，我便已觉得心满意足。"他一定是满足的，因为这里与他大陆的家乡隔海相望。对岸的涛声，经过海峡不断传来，那是故乡人深情的问候。

2013年夏

素书楼内音容在

——访台纪行之七

　　钱穆故居纪念馆，位于台北市士林区临溪路72号，东吴大学校园内西南角。我们前往的车子经校园而过。东吴大学1900年创建于苏州，原是一所教会大学。大陆的东吴大学经过50年代的院系调整，多次改名，最后定名为苏州大学。台湾的东吴大学一直保持了原名称。陪同人员告诉我，东吴大学的英译名亦为苏州大学。其实，钱穆并未在东吴大学任教，其故居也非东吴大学的房产，准确地说，只是与东吴大学为邻。也许因为地理因素，台北市政府授权纪念馆由东吴大学代为管理。1967年，钱穆夫妇受香港难民潮影响，决定迁入台北定居，次年入住素书楼。因钱穆是大师级学者，在台湾受到与胡适、林语堂相同的礼遇：当局出资为他修建了独门独院的居所。院舍由钱穆夫人胡美琦亲绘蓝图，阳明山管理处受命依图施工。建成后，钱穆亲笔题写"素书楼"。据说是为纪念母亲无锡故居素书堂而命名。

　　素书楼建在一个地势较高的山丘之上。院前的一块巨石上刻着醒目的"钱穆故居"四字。经一个红色大门进入。院内主体建筑是一幢两层楼房，环境优雅。大多树木花草多为钱穆夫妇亲手栽种。素书楼底层一侧是服务台及客厅，钱穆常在此处为弟子们讲学。对面原为胡美琦画室，现开辟为多媒体展示间，每月都会举办学术讲座。我们在厅内观看了一部只有几分钟的专题录像片。短片再现了钱穆晚年在素书楼的教学、生活片段，以及其和蔼可亲的音容笑貌。

　　钱穆，字宾四，1895年出生在江南水乡无锡一个书香世家。幼时早慧，9岁即能背诵《三国演义》，传为美谈。年少辍学，只有中学学历。当过乡村小学教员、校长，中学教员，后在燕京大学、北京大学、清华大学、北师大、西南联大等大学任教，成为一代名师。他是那个特定时代自学成才的翘楚。1930年，经史学家顾颉刚举荐，被破格聘为燕京大学国文讲师。后受聘担任多所大学教授。1950年在香港创办新亚书院，1960年到美国耶鲁大学讲学。1967年赴台后，当选为"中央研究院"院士，任教于"中国文化大学"史研所，在家授课，直至1988年秋，因病停止讲学。数十年间桃李满天下，学者余英时、严耕望等均为其门下弟子。

　　钱穆著作等身，一生著述70余部，1400余万字，经、史、子、集皆有。有关经部，如《两汉经学今古文平议》《刘向歆父子年谱》；有关史部，如《国史大纲》《史记地名考》；有关子部，早年有考据精湛的成名作《先秦诸子系年》，后有《中国近三百年学术史》，到了晚年又有《朱子新学案》；有关集部，如《理学六家诗钞》等，均多有创获，在中国现代思想史、学术史上深具影响。作为史学家，钱穆与陈寅恪、吕思勉、陈垣，并称为中国现代史学四大家。作为在人文科学中一位百科全书式的学者，有人称他为"最后一位国学大师"。钱穆一生以阐释和弘扬中国文化为己任，毕生的学问宗旨和人生的终极关怀，就是关心中国文化的传承。他几十年来著述讲演无不是在不断的国难刺激下"困心衡虑而得"，无不从对国家民族的满腔热忱中来，无不蕴含着强烈的民族意识和民族感情。他的离去代表着一个时代的终结，即传统国学的终结。短片中有一个极为感人的画面：他94岁那年在素书楼最后一次给弟子们上课。作为一个教育家，执教年龄竟高达94岁，且依然一丝不苟为弟子们解惑。厅内有钱穆与几代弟子合影的大照片。因政治因素，钱穆1990年迁出素书楼，1990年8月30日，于台北杭州南路自宅内逝世，享年96岁。

　　看过短片，我们到二楼参观书房和卧室。楼梯一侧墙壁上，挂满了钱穆夫妇的生活照及与家人和弟子的合影。书房放有钱穆半身铜像，墙上悬挂钱穆的墨迹。钱穆与夫人胡美琦的卧室仅放置一个五斗柜和两张单人床铺，简

约恬淡的生活由此可见。钱穆生前深居简出，生活极其规律。晨起餐后，在楼廊小坐片刻，便开始写稿，写作时聚精会神，无论周遭如何喧闹，皆无影响，几乎整个上午都在写作。午休片刻后，再继续工作。其书房三面环窗，墙壁由底至顶，皆为书架，为其书房的一大特色。

在素书楼度过的22年，是钱穆一生最沉静的时光。他常以"课程可以毕业，学问不易毕业"自勉。虽已年逾古稀，但讲学著述不辍。除撰成百万言五卷本的"尊朱"巨著《朱子新学案》外，还印行其他新著达二三十种。小楼四周绿树环绕，透窗可远望双溪河。如今有高楼遮挡，旧景不再。他曾有"一园花树，满屋山川，无得无失，只此自然"的诗句，描述当时世外桃源般的情景。哪知在去世前的三个月，风云突变，生命最终在颇具几分悲剧意味中落幕。1990年，陈水扁以"立法委员"身份指责钱穆"霸占公产"。

钱穆夫妇无奈搬出素书楼，迁居台北杭州南路一栋普通公寓中，三个月后黯然辞世。他的几个子女均在大陆，得知父亲去世，遂申请来台奔丧。由于当时的政治气候，均被回绝。人在终了之时，子女无一在身边，这不能说不是人生的悲哀。好在其遗骸终葬在故里无锡，也算实现了主人的遗愿：叶落归根。任何事情都具有两重性。钱穆逝世引起岛内大哗。当局将素书楼改造为纪念馆，可视为一种反思。而素书楼的长久开放，则成为继承和弘扬钱穆精神的极佳场地，从这一点看，钱穆的生命又得到延长。也正如钱穆一副对联所云："尘世无常，性命终将老去；天道好还，人文幸得绵延。"

故居陈列多幅钱穆与夫人胡美琦（1929—2012）的合影照片。钱穆一生共有三位妻子。第一位夫人无锡邹氏因难产于1928年早逝。第二任夫人张一贯与他在北平一起生活多年，因抗战爆发北平沦陷，钱穆独自一人南下至西南联大，张一贯则拖儿带女回苏州生活。钱穆后到香港，再未能与妻子团聚。1951年冬，钱穆应邀去台湾演讲，不幸受伤。养病期间得到胡美琦的悉心照顾。胡对钱由崇拜转为爱慕，最终突破世俗而走到一起。钱穆时年61岁，胡美琦仅27岁。与胡美琦的结合是钱穆晚年的大幸。夫妇共同生活30多年，相濡以沫，患难与共。两人同在一所大学任教。钱穆晚年双目失明尚能写稿，全靠胡美琦记录整理。

有感于钱穆的道德文章，特写了四句俚语赠钱穆故居纪念馆："一代儒宗名世纪，穆如清风淡若菊。素书楼内音容在，四海学林有桃李。"纪念馆管理员许彩真女士赠我几枚钱穆书法书签，以作纪念。内容为："劲草不为风偃去。""学贵大成，不贵小用；大成者参于天地，小用者谋利计功。""圣人之心如明镜止水，物来不乱，物去不留。""诛奸谀于既死，发潜德之幽光。""富润屋，德润身，心广体胖。故君子必诚其意。"全为儒家名言。据说大多是钱穆写给弟子和友人的条幅，钱穆故居纪念馆特缩制为精致书签，是既实用又可收藏的绝佳纪念品。

2013年夏

联经：台湾人文出版重镇

——访台纪行之八

联经出版社，全称联经出版事业公司，是台湾一家负有盛名的综合性出版公司，尤以人文书籍为重。5月11日下午，参访团一行由文念萱先生陪同，参观了位于台北市忠孝东路四段561号3楼的联经出版社。

大门一侧悬挂着"联经出版公司"的招牌。跨入大门，右边墙上是两帧十分醒目的胡适和牟宗三的照片。人像的一侧分别是两套大书《胡适日记全集》和《牟宗三全集》的书影。显然，这是两套为出版社赢得荣誉的看家书。一个开放式的编辑场所，整个楼层几乎都是编辑部。四通八达的人行通道，把编辑台面分割成若干单元。通道两侧整齐排列的书柜上陈列着以往的出版物。

我们被带进窗户临街的一个小型会议室，像是中高层管理人员开会的地方。中间是长方形的会议桌，两边靠墙的柜子里展示着出版社历年的获奖图书和奖状、奖杯。接待我们的是副总编辑方清河先生。互赠名片之后，方总说："今天公司主要领导有事不在，由我向各位贵宾作一些简单的介绍。"他一边介绍，工作人员一边给我们每人发两件纪念品：一本《联经·2009工作日志》，一本《联经出版·2009图书目录》。

"'联经'创办于1974年。当时的台湾，是一个经济腾飞的年代。但在'全力拼经济'的政策下，绝大多数资源都投入经济建设，文化变成相对弱势，社会呈现出倾斜发展的状态。当时，联合报系创办的《联合报》与《经济日报》稳健成长，成为台湾很有影响的两大传媒，也积累了一定的经济实力。联合报系创办人王惕吾先生与当年联合报社社长刘昌平商议，创立一个出版公司，重点补贴学术著作的出版，借以传承文化，回馈社会。"听到此处，我的心头一热。作为同行，我深为联经社的创办人崇高的办社理念而敬佩。"当然，除了出一些不赚钱的学术书，也会出一些能够赚钱的书。不然，单位就无法存活下去。"方清河补充说。1974年5月4日，取《联合报》和《经济日报》的第一个字而命名的"联经出版事业公司"在台北诞生，成为联合报系的第三个事业实体。而选在5月4日作为生日，彰显了出版社对"五四"精神的继承。联经以"会通中西文化，开拓知识领域"为宗旨，并确立"文化的传承与创新"的长远目标。介绍之中，一个小伙子手拿一台放相机走进来，以空白墙壁作银幕，给我们播放了时长约10分钟的短片《联经30年（1974—2004）》。短片浓缩介绍了联经30年的光荣历史。

作为综合性的出版公司，30多年来，联经已经累积出版了数千种图书，范围包括人文、社会、经济、科技以及小说、艺术、传记、工商企业、工具书、保健、旅游、儿童读物等。赢得最多荣誉的是人文学术著作和小说类图书。先后出版了34位"中央研究院"院士的代表性著作。联经在规划出版《钱宾四全集》时，预估需要1800万元才能完成这项计划，正当总经理刘国瑞苦于不知如何筹措这笔经费时，王惕吾当场表态："我全力支持"，立刻化解了难题。在王惕吾的支持下，牟宗三、萧公权、屈万里等名家的全集，也都相继出版，至今仍是联经书目的亮点。学术书的高品位，来自一个高层次的编委会。编委会成员负责对学术著作质量把关。书稿先由各领域专家学者发表意见，使作者有说明和修改的机会，然后由编委会综合相关意见，最后再决定是否出版。小说类著作，特别令联经自豪的，是诺贝尔文学奖得主高行健的重要作品《灵山》《一个人的圣经》，均由联经出版发行。2000年10月12日晚上7时，该年度诺贝尔文学奖揭晓，法籍华人作家高行健摘取桂冠，消息瞬间传遍全世界。联经也立刻成为媒体追访的对象。除此，联经出版的高阳的《红顶商人》、萧丽红的《千江有水千江月》等著作，也都曾在台岛引起风潮。值得一提的著作还有《中国文化新论》（400万字，13卷）

聯經出版

2009圖書目錄

台北市忠孝東路四段555號
LINKING PUBLISHING CO.LTD.
555 Zhong Xiao East Road ,Sec.4 ,Taipei , Taiwan
www.linkingbooks.com.tw

的策划出版，可说是五四运动以来，首部最大规模的中国文化史论述工程，也是百年来华人社会最大气魄的文化史集体撰述（作者共96人）。北京三联书店完整保留原样，以繁体字在大陆印行。《台湾研究丛书》，开拓了台湾文化研究的先河。《联经经典》与《全球视野》等丛书，为读者开启了通往世界之窗。《明清档案》《明清未刊稿汇编》《全唐诗稿本》《清代起居注册》等，均为规模浩大的古籍出版。联经的效益不少是来自重版书，每年的再版书是新书的一倍以上，很多畅销书后来都成了长销书。联经不仅做出版，同时也做发行，其发行公司，涵盖上游、中游和下游不同的客户，代理上百家出版社和杂志社的发行业务。除此，还举办书展，开办门市，开拓海外业务。

看完录像片，由双方直接交流。有人问起印数情况，方总说，初版书的起印数，一般在1000册，但有的书10年才能卖完，畅销书就不同了。高行健的两本书，开始都不畅销。《灵山》出版10年间，才销出一千多册。《一个人的圣经》销路同样不佳。高行健获诺贝尔奖后命运大变，一时洛阳纸贵，各地书店纷纷补货上架。他说起一位畅销书的作者，是位慈善家，当过暨南大学校长。他的书销售超过150万册。为此还办了一个酒会庆贺。2005年2月，联经投资设立专售大陆简体字图书专卖店"上海书店"，同年也在上海投资成立"三辉文化咨询公司"，迄今已和大陆出版社合作出版各类图书250余种。2008年9月，又和农学社公司合资创立"联合发行公司"，成为台湾最大的图书、杂志发行公司。

离开编辑部，我们到二楼的上海书店和底层的门市参观。上海书店拥有3万余种书目，6万多册图书，以人文学术书为主。我仔细到书架上搜索，竟发现有多本河南文艺社出版的书籍。门市的书以联经版为主，也销售台湾其他出版社的书。我发现，书架上摆放着台湾多家出版社出版的鲁迅《野草》的不同版本。我特意购买了一本联经版的《野草》，作为永久的纪念。

2013年夏

两岸人共同的文化乡愁

——访台纪行之九

　　早上从嘉义市乘高铁回到台北。因时间原因，未回宾馆便直奔台北故宫。由世新大学文念萱先生陪同，先到会客室拜访博物院领导。冯明珠副院长热情迎接我们。

　　落座后，冯明珠女士说："欢迎大家来到台湾，来到我们院参观。今天早晨，周功鑫院长本来要亲自接见诸位，因'立法院'临时有事，她去处理'立法院'的公务了，特别嘱咐我，代表她在这里欢迎大家。非常高兴大家来这里参观。"

　　万伯翱团长："大家衣衫都不整。因为是从旅游点直接来的，衣服（指西装）都在台北的宾馆里。"

　　冯明珠："这样更好，都很轻松。"

　　万伯翱团长："两个故宫博物院都很有名气。看到人气很旺，络绎不绝。"

　　冯明珠："海峡两岸开放后，大陆的旅客非常多。他们来台湾，一定会到台北'故宫博物院'来。我们现在有一个很好的展览宋代的缂丝展，差不多都是国宝级的文物，另外还有珐琅、彩磁展，在三楼。8月份就会撤展。"

　　万伯翱团长："北京故宫老院长马衡的孙子马思猛是我的同班同学。他专门写了一本书，记述他爷爷的爱国行为，献给故宫博物院。我临行前，他特别嘱托，让我把他写的《金石梦·故宫情——我心中的爷爷马衡》一书，送给

周院长。书名是王世襄题写的。我很小的时候有幸见过马衡。老先生穿一身长袍，戴个眼镜，总是在用放大镜看金石书画什么的。他孙子写了不少书，不仅写他爷爷，也写他父亲马彦祥。"讲完，他郑重地把书送给冯明珠。

接着，万团长还把一幅韩美林签名盖章的水印画《抽象的牛》，送给冯院长。

她高兴地看看画说："今年正好是牛年。感谢！感谢！今天，周院长也特别准备了一些出版品送给大家。每人都有。"

冯明珠把礼品送给每一个人。大家接过礼品，连连称谢。

礼品是两本书：一本是台北"故宫博物院"2008年的年报，一本是《故宫文物》月刊2009年第4期。都是最新的。年报的扉页上贴着一个小卡片，上写"台北故宫博物院院长周功鑫敬赠"。"周功鑫"三字为手迹。一个小小的细节，可见周院长的儒雅。

然后大家合影。团员一一与冯明珠合影。冯院长介绍一位资深的解说员陪我们参观。

　　台北"故宫博物院"于1925年成立于北京紫禁城，也就是"故宫"名称的由来。1931年为避战祸，故宫文物开始四处迁徙。1949年，由于国共内战，国民政府将总数约60万件的故宫精品文物运到台湾，并曾暂置于桃园杨梅、台中雾峰北沟等地。直至1965年，始迁至台北士林外双溪现址。现有藏品已达65万件之多，约为北京故宫（180万件）的三分之一稍强。其中不少藏品是孤品，北京故宫没有，可档案资料在北京故宫。2009年3月，两岸故宫实现了分离60年之后的互访，并建立伙伴关系。北京故宫有关档案资料的复印件赠送台北故宫，许多文物之谜首次得以揭开。两岸故宫的互补性很强，虽都称故宫，但内容却无一相同。北京故宫是世界文化遗产，其庞大建筑群和园林景观，为明清时代中国文明无价的历史见证。台北故宫因其展品丰富，堪称全球首屈一指的华夏文物博物院。

　　服务台有不同语种的导览图，供游客免费取用。游人颇多。不少展室人满为患。每人佩戴一副耳机，只听到本团队讲解员的声音。这样可以保证不同团队互不影响。

　　展室共有三层，以常设展与特展的形式规划展出。团队只能跟随讲解员安排的路线参观。散客的自由度要大一些，可根据本人参观时间的长短和兴趣，自行安排路线。若依展品分类可以有多种参观路线，游客可以获得省时又方便的参观品质。常设的参观路线有：一、书画参观路线：展览位于二楼西侧7个展室，分为书法与绘画常设展，其主题各为"笔有千秋业"及"造形与美感"，内容每三个月更换一次；另定期举办书画特展。二、图书文献参观路线：图书文献展览位于一楼东、西两侧，定期举办图书文献特展。三、器物参观路线（分为三类）：A.历史长河常设展：位于东侧三楼至二楼，从"新石器时代"展览开始，沿着历代展览的顺序参观，从文物解读长达八千年的文化发展。B.以宗教、家具、皇室典藏、珠玉珍宝为主题的常设展览。C.专题特展：定期于三楼西侧举办器物特展。另外，在一楼东侧定期举办书画、器物、图书文献三处联展，或近现代书画特展，给游客提供不同的艺术体验。

　　由于人多拥挤，文物无法细看。印象中，人气最旺的是三件宝：毛公鼎、翠玉白菜和肉形石。人们戏称：一块肉、一棵白菜、一口锅。三件宝中，最珍贵的当是毛公鼎，年代最为久远，是西周晚期周宣王叔父毛公所铸。翠玉白菜与肉形石都是清代文物。翠玉白菜工艺高超，惟妙惟肖，几可乱真。它是由翠玉所琢碾而成，洁白的菜身与翠绿的叶子，都让人感觉熟悉而亲近。菜叶上停留的两只昆虫，是寓意多子多孙的螽斯和蝗虫，如不细看，极易被忽略。此件作品原置于紫禁城的永和宫。永和宫为光绪皇帝妃子瑾妃的寝宫，因此有人推测此器为瑾妃的嫁妆，象征其清白，并企求多子多孙。肉形石同样富于生活气息，乍看之下，极似一块令人垂涎三尺、肥瘦相间的东坡肉。还有一个清代微雕"橄榄核舟"（高1.6厘米，长3.4厘米），为清代雍正时期广东人陈祖章所雕。他依照橄榄核天然的外形，将一个果核雕琢成一艘小船，船上乘载8人，且每一人物的动态、表情各不相同。最奇特的是，船底刻苏轼《后赤壁赋》全文，300余字，细密井然，堪称鬼斧神工。

　　在二楼玉器厅，看到余光中先生吟诵过的"白玉苦瓜"，异常亲切。"似醒似睡，缓缓的柔光里／似悠悠醒自千年的大寐／一只瓜从从容容在成熟／一只苦瓜，不再是涩苦"，"不幸呢还是大幸这婴孩／钟整个大陆的爱在一只苦瓜／皮靴踩过，马蹄踩过／重吨战车的履带踩过／一丝伤痕也不曾留下／只留下隔玻璃这奇迹难信／犹带着后土依依的祝福"。诗人赋予一只工艺品以灵性，能够穿越时空依旧鲜活的生命体。"白玉苦瓜"一经诗人咏叹，便成为两岸人共同缅怀的同根文化的象征。

　　此行还有一个重要收获，正好赶上"宋代缂丝展"，展览日期为2009年4—6月。缂丝是一项历史悠久、织法特殊的丝织工艺，出现年代不晚于唐朝，又称为"刻丝""克丝"等。与一般通经通纬的织造方式不同，它是以简单的平纹木机，采用通经断纬的方法织造。台北故宫收藏的缂丝作品多具特独性，尤以宋代缂丝最具代表性，题材以花鸟为主，不论构图、设色、表现手法，均与宋代绘画中的写生小品有异曲同工之妙。过去缂丝鲜少展出，这次以宋代缂丝单独作为展览主题，呈现我国缂丝艺术卓越造诣，实在难得。

　　参观用了两个小时。大家在一楼销售部购买纪念品，各有所得。纪念品

十分丰富，有故宫出版的书籍、各种复制品和一些精致的纪念品。我买了文徵明一把行草书法折扇复制品，售价400元新台币。

陪同人员说，大陆民众无论是参访者还是旅行者，台北故宫是必到之处。大多人限于时间短只能走马观花；有些人则连续看一两天，仍觉意犹未尽。多次来访者不乏其人。因为这里不仅有常态展览，还有不少特展，每一次来都会有不同的内容和感受。2008年10月，台北故宫举办"晋唐书法特展"。大陆多家单位组团来台，其中真意，不言自明。

落成于1965年的台北故宫，建筑历史并不久远，却和北京故宫一样闻名天下，在世界博物馆界占有举足轻重的地位。一个特殊年代留给台湾的一件无价的礼物。台北故宫魂牵两岸。它是两岸人民共同的文化乡愁。随着两岸间进一步开放，会有更多的大陆人来此圆梦。

2013年夏

在台湾逛书店

——访台纪行之十

　　我有一个爱好：去一个城市，只要时间许可，必逛书店。在我的心目中，书店的多少和档次，是城市文化氛围和阅读风尚的重要标志。

　　去台参访的难忘经历之一是逛书店。书店让我感受到台岛浓厚的文化气息，出版界同行与书店从业者的敬业和专业。书店是一个巨大的信息库，只要沉静其中，就绝不会一无所获。我在台湾购买了几十本在大陆无法买到的图书，以至于出关时行李超重，另交了费用。有些书可以弥补以往由于资料不足而留下的学术研究中的缺憾。当然，因为时间有限，不能逛更多的书店，我预先草拟的购书单，仍有部分未能买到，欣喜中仍留下遗憾。

　　很幸运，我们入住的福华大饭店，位于台北的市中心，与台北的地标建筑101大厦只有几站路，而101大厦的一侧，便是全台最负盛名的连锁书店诚品书店的旗舰店信义店。而以24小时不打烊享誉四方的诚品敦南店，离饭店更近，只有两站路。

　　以书店作为地方文化标志的并不多见，诚品开创了先河。其实，诚品的历史并不长。1989年3月，台湾土生土长的实业家吴清友在台北仁爱路圆环创立了第一家诚品书店，定位为人文艺术小型专业书店。1991年扩大营业，增设二楼卖场。一个书区、艺文空间与画廊的组合。此举成为台湾书店经营的里程碑。由于诚品书店独特的定位与理念，让爱书人眼睛为之一亮。媒体争相报道，知名度一时大增。诚品最初走的是高雅精致之路，曲高未免和

寡，经营多年一直处于亏损状态。在吴清友的坚持下，随着诚品分店的增加，书的品种的齐全，达到一定市场规模后，从1999年开始转亏为盈，并对当时台湾连锁书店龙头金石堂构成威胁。诚品的发展策略打破了传统书店的经营模式，先由品牌奠定成功基础，再带动商场、书店与零售的"复合式经营"，使书店不只卖书，而是包罗书店、家具、画廊、花店、瓷器、珠宝、餐厅的复合组织。诚品将书店定义为多元的、动态的文化事业，而非零售业。有人称之为"文化百货"。诚品在活动营销上的创意，更是其他连锁书店望尘莫及。除了以精致优雅的阅读空间规划、精心展现阅读价值外，更长期举办各类演讲、座谈、表演与展览等延伸阅读活动。每年举办四百至五百场演讲与展览，内容遍及文学、戏剧、环保、舞蹈与美术，开创了书店与读者各种对话的可能。书种的组合更是诚品的经营特色。"金石堂"首创台湾畅销书排行榜，吸引爱书人的目光，但诚品坚持不做畅销书，反而推荐一些有点冷门的好书。这就是诚品与传统书店的差异，并为爱书者称道之处。在诚品悉心规划下，一些冷门书往往也大爆冷门，销售奇佳。作家与读者都期望的"好书不寂寞"，在诚品得到了真正体现。诚品最大创新是翻新了书店的经营概念，将书店提升为新文化的休闲场所。1999年3月，诚品敦南店将营业时间开放为全天候的24小时，创造了此项目的亚洲纪录，开启民众阅读新体验，受到热烈回应和好评。2006年"信义旗舰店"开张，仅书店面积就有上万平方米，存书30万种，100万册，开张当天拥进7万人。生意最好时，一天进书3万册，卖出1.5万册。2007年，诚品的整体营业额接近百亿元新台币。诚品有50多家连锁店分布在台湾各地，成为全台湾最大的连锁书店。诚品书店曾被《时代》杂志亚洲版评选为"亚洲最佳书店"。设于高雄大远百货的诚品分店，也曾获得"2004年亚洲最具影响力设计大奖"。诚品已被外界公认为台湾的一道文化风景和文化传奇。

因为白天都有活动，逛书店只能在夜晚。台北两家著名的诚品店都去过，均有不少收获。两店各有千秋。敦南店环境更温馨，信义店品种更丰富。散文诗是我购书的重点。《商禽诗全集》买了，但我依旧买一本《梦或者黎明》作纪念。苏绍连的《惊心散文诗》《隐形或者变形》《散文诗自白书》三本书一网打尽，且都是初版书，大大出乎我的预料。第一本（1990）与最后一本（2007）出版间隔17年，竟能一起买到，这在内地书店几无可能。这便是诚品。散文诗全摆放在诗专柜。一些诗人的著作相对集中摆放，方便读者选购。卖书人的敬业与专业莫过如此。散文诗无论是在大陆还是在台湾，都属于小众读者，在台湾更属"冷门"。这或可视为诚品"冷门"不冷的一个见证。诚品的用心体现在一个个细节上。诚品力图营造阅读空间与阅读心情，书柜之间走道宽敞舒爽，其书柜面板保持15度倾斜，书架上的书伸手可及。诚品对一个个图书专柜的分类和摆放，显示出书店从业人员对书的理解。读者徜徉其中，充分体味到阅读的快感与享受。

有幸在一年半之后又一次来到台湾。头两天均住在桃源，无缘逛书店。随后的环岛游去过嘉义市的垫脚石书店、高雄六合的博客网书店和花莲市的三家书店，都有所获。晚上回到台北，入住康定路41号的华丽大酒店。放下行李，随即便打的去了重庆南路的书店街。用了两个小时把尚在营业的书店逛了一遍。两个大店商务印书馆和世界书局都已打烊。好在三民书局等店还依然灯火诱人。有备而来很有用。先把书单交给服务台的服务生，电脑查过，没有书，立即走人。一条街下来，购书多本，且多为书店孤本。在建弘书局购得刘克襄的《小鼯鼠的看法》，在三民书局购得秀陶的《一杯热茶的工夫》，均为孤本。后者放在三民店69柜"现代诗"专柜的最下排，如果不用电脑导购，仅用眼睛搜索，怕是十有八九会错过。电脑显示：秀陶编译的《不死的章鱼》已售完，正在加印中；而莫渝的《阅读台湾散文诗》已成为绝版书。此书后来我在孔夫子旧书网侥幸购得一本。回到酒店，看看表，10点半。不死心，就问服务员去诚品敦南店如何走。回答：打的需半个小时，约350新台币。太远了，只好放弃。躺在床上一本接一本欣赏新购的书，极为惬意，劳累顿时全消。

2013年夏

第四辑/编者悟语

以其清清使人昭昭

——由高考作文所想到的

　　2002年语文高考刚一结束，编辑部就接到读者的电话，热情地向我们报告一个意想不到的喜讯：今年高考语文（全国卷）作文试题的材料，选自《时代青年》。经查对，这是《时代青年》2001年2月号上半月"人生感悟"栏目一篇题为"分享生命"的文章。该文讲述的是这样一个故事：有一个登山者遇到了暴风雪，他深知找不到避风处就会被冻死。在寻找避风处的过程中，他碰到一个冻僵的人，是继续前行还是先停下来救人？经过考虑，他选择了救人。经过按摩，冻僵者可以活动了，然后两个人搀扶着走出了困境。高考试卷要求考生以"心灵的选择"为话题，写一篇作文。

　　听到这个消息，惊喜之余我还有一些担心：这篇文章我刊是否独家发表？如果不是独家发表，势必会引起一场口舌之争。经编辑部及时与作者张丽钧女士核实，的确是独家发表。我们放心了。

　　随后，《羊城晚报》《中国新闻出版报》《大河报》等报纸及网站都发表了这一消息。《中国新闻出版报》记者韩为卿的短讯用了这样的标题"《时代青年》杂志一文被选作高考作文材料，'人生感悟'让全国考生感悟人生"。《大河报》用整版的篇幅刊登记者李红军采写的通讯《女教师"猜中"高考作文题——高考作文题的"编外故事"》。由于媒体的宣传，这一消息不胫而走。一些同行打电话向我祝贺，分享我们的喜悦。还有一位朋友在席间向我敬酒。我一时摸不着头脑。当他说"我看了《大河报》，很

受感动"时，我才恍然大悟。

　　我也深深地感动，激动。首先，从全国8000多种杂志和数万种图书中选出一篇文章来，无异于沧海一粟。我们是幸运者。我查了一下近20年来高考作文资料，从青年杂志选用的，还是第一次。更重要的一点，有什么事情能比自己的工作得到社会首肯，更让人兴奋不已呢？

　　"人生感悟"可以称得上《时代青年》的一个品牌栏目，从1992年开办至今，已整整10年了。开办这一专栏的宗旨，是和青年朋友共同探讨人生，探讨生命的真谛。最早著名作家刘心武撰稿，他写了一年多，文章先后被《读者》等知名报刊转载，产生了很大的影响。后来，作家毛志成写的《摆脱丫头趣味》曾获全国青年报刊好作品一等奖。这个栏目的特点是不搞空洞的说教，而是通过一个故事、一段经历来传达作者对生活的理解，从而感染和启迪读者。近两年，这个栏目的作者更年轻化，不少妙文来自各行各业的自由投稿者。仔细想想，高考出题的专家们之所以选中这篇《分享生命》并非偶然。因为这篇文章虽然只有短短的几百字，但内涵十分丰富，揭示了现代人生存的困境和出路，像篇寓言，意味深长。它告诉我们，生活在现代社会中的每个人既是独立的又是相互依存的，你关心别人，等于在关心自己，你漠视别人，等于在漠视自己。这个看似简单的道理并非人人都明白，特别是涉世未深的年轻人。当然，对这篇文章也有不同的理解，绝大多数是正面的，也有另类的看法。其中有人评论张丽钧的文章是在宣扬"乌托邦"。当然，她不觉得这有什么不好。她认为人总要坚守一些精神的东西，这包括人与人之间的关心、爱护，人与人之间面临困境时的互助等等。而这，正是她写这篇文章的初衷。

由此，我想到一个青年期刊编辑的社会责任。编辑是精神产品的生产者，他生产什么呢？只能是精神。我们要拿什么样的精神奉献给读者？如果是好的精神，引人向上的精神，就可能成为他人生道路上的良师益友；如果是有害的精神，则可能误人子弟。最关键的是，编辑必须首先做一个清醒者，明辨是非者。以其昏昏，决不会使人清清；只有以其清清，才能做到使人昭昭。

《时代青年》的文章，能被全国高考作文选为素材，是教育界对《时代青年》的最高褒奖，在某种意义上也为我们上了严肃的一课。

（原载《青年报刊研究》2002年第4期》）

青年期刊的"雅"与"俗"

文学有雅俗之分。

期刊也有雅俗之分。

服务于各界青年的综合性青年期刊，应该属于哪一类？我的看法：它既不属于雅刊物，也不属于俗刊物。但两者又都兼而有之，读者对象的复杂性确定了它只能有一种选择——雅俗共赏。

刊物是办给读者看的，它的宗旨是为读者服务。如果没有一定的发行量，就难以保证读者面，服务也无从谈起。所以，争取尽可能大的发行量，是办刊人时时都在关心和思索的问题。

"阳春白雪，和者盖寡。"刊物如果办得太雅，层次太高，一般青年会望而生畏，发行量自然会受到影响。

但是，青年期刊又不能与通俗刊物为伍，青年期刊有自己崇高的历史使命。它追求思想性、知识性和趣味性的有机统一。它要从多方面给青年提供有价值的思想营养，在潜移默化中启发和引导青年，成为广大青年无声的良友和导师。

如何理解"雅"与"俗"

"雅"与"俗"是相对而言。通常的界定主要指读者文化层次的高低。

一般面对中等文化程度以下的社会读者的刊物，称通俗刊物。青年刊物的读者对象大多数是具有中等文化程度的各界青年，它应该以通俗为主。但它又不能排除相当数量的青年知识分子和大学生们，这部分读者的需求和欣赏趣味与上一部分读者有很大的不同，所以，它也应含"雅"的成分。

单纯的"雅"刊物和"俗"刊物是比较容易划分的。所有的学术刊物都是"雅"刊物。它们的读者对象都具有较高的文化程度。文学类刊物如《人民文学》等杂志属于"雅"刊物。它的读者对象主要是作家和具有相当文学修养的人。反之，以讲故事或娱乐性为主的各种刊物则属于"俗"刊物。它们主要满足中下层文化水平的读者的审美需求。

还有一种划分。这是另一种意义上的"雅"与"俗"。"雅"与"俗"均带有褒贬之意。这样一种不成文的划分，主要由于近几年通俗大潮对书刊市场的冲击而引起的。以这种划分，所有的严肃刊物都可称为"雅"刊物。

凡是取悦于读者，降低档次，以娱乐和消遣为主的刊物，则通称为"俗"刊物。

本文所谈，取前一种较为通行的界说。

如何体现"雅"与"俗"

既然方针已定，青年期刊只能走雅俗共赏的路。那么，如何在刊物中体现"雅"与"俗"，使不同层次的读者都乐于阅读呢？

这是一个很难解决的问题。难，并不意味着不能做到。不少刊物在这方面都有成功的经验，概括起来，可以归纳为以下几点：

1.首先确定读者对象。虽然都是面向青年，但由于主办单位所处位置不同等条件，读者对象也应有所侧重。否则，无法做到有的放矢。比如，《中国青年》是团中央主办的刊物，它的读者层次较高，理论性也较强。《青年一代》把中间和中间偏下阶层的青年作为主要读者对象。《辽宁青年》这些年一直面向小龄青年，它拥有相当数量的中学生读者。《时代青年》基本面向中、大龄青年。实践证明，凡是发行量较稳定的刊物，读者对象也较稳定。有些刊物，在读者对象上左右摇摆，不断变化，变来变去，新读者未见增加，老读者也渐渐丢掉了。

2.有了基本的读者对象，就可在总体上设计刊物了。考虑设置哪些栏目。栏目设置的学问很大，读者打开一本刊物，第一印象便是栏目。如果发现有几个栏目很合意，就会立即产生阅读的兴趣。雅俗共赏也应先从栏目设置上入手。栏目设置既要考虑到主要读者群，也要兼顾其他读者；既要满足大多数中等文化层次读者的需求，也要考虑到一部分较高层次的读者。这叫作栏目搭配。比如《时代青年》，主要栏目的设置都是为满足主要读者群，但同时也设了"学生时代"和"少男少女"两个栏目，兼顾小龄青年。在文化层次上，主要满足中等文化水平的读者，但也开设了"文艺沙龙"和"热门话题"等栏目，兼顾较高文化层次读者的需求。

3.栏目确定后，组稿就显得特别重要。要努力做到文章本身的雅俗共赏，使不同层次的读者都喜欢阅读。要善于发现作者，启发作者，使作者明了编者的意图。比如一篇知识性稿子，既不能写成学术性论文，也不能写成中学生都已经知道的普及文章。文章所谈的知识一般读者可能听到过，但又不大清楚，说不具体，大家有兴趣看。这是通俗的一面。文章又写出了最新的研究成果，高层次的读者看了也有收获。这样的文章应当深入浅出，醇厚耐读。

另外，组稿时尽可能抓读者的热点问题。因为热点问题，不同层次的读者都关注。这样的报道，读者面自然广泛。

前两年，大学生中曾掀起过尼采热和弗洛伊德热。许多青年买了他们的著作阅读。由于缺乏必要的知识准备，有很大的盲目性。不少青年刊物对此组发了文章，收到了很好的社会效果。这些文章虽然简短，但言之有物，理性分析了尼采和弗洛伊德的学说。对于高层次的读者，起到了引导的作用；一般读者也从中开阔了视野。

对编辑人员的素质要求

一个刊物办得有没有特色，能不能做到雅俗共赏，在很大程度上取决于编辑人员的素质。

所以，对青年期刊的编辑人员，应该提出基本的素质要求。

素质分为两个方面：思想素质和业务素质。

在任何情况下都不迷向，坚持刊物的高格调和严肃性，坚持做广大青年的挚友，有过硬的思想素质。青年刊物的编辑人员应该有较高的党性修养、高尚的职业道德修养。有了这些修养，也就具备了应有的思想素质。

编辑人员应不断地深入社会，了解和研究读者的喜怒哀乐。对读者的需求了如指掌。只有这样，"雅"和"俗"的文章才会有实实在在的内容，成为广大读者翘首以待的精神食粮。

编辑人员还应有过硬的业务素质。老一代出版家曾提出，编辑应成为"杂家"。对于青年期刊的编辑人员，这一要求尤其重要。杂志的一大特征是"杂"，"杂"本身为雅俗共赏、满足各个层次读者的需要提供了可能性。但是，不同杂志的"杂"，效果却大不相同。这就要看"杂家"的本领了。

"杂"并不妨碍"专"。优秀的编辑也应是某些学科的专家。编辑学本身就是一门学问。只有在某一学科有所"专"，才能辐射出去做到"杂"。没有专长的"杂家"像"万金油"，碰到了大病、疑难病，就会感到束手无策。

在知识爆炸的时代，不能不提到知识更新。"雅"与"俗"也有层次之分，新旧之分。如果你想使自己办的刊物不断富有新意，一直立于不败之地，就应该坚持刻苦地学习，不断更新知识，让思想与时代保持同步。

（原载《期刊编辑学探索》，1994年7月中原农民出版社出版）

精心办好杂志的专号

杂志的特点之一是"杂"。杂，体现丰富多彩，可以满足读者多方面的需要。

杂又是相对的。即使是一本综合性的杂志，也很难包罗万象，因为每一本杂志都有自己的办刊宗旨，都有自己相对稳定的读者群。它的杂只能在一定的范围之内。

在内容的取舍上，编者必须紧紧扣住刊物的宗旨和读者对象，做到杂而有序，杂而有章，正像一桌色、香、味俱佳的宴席，品种虽多，但每一道菜都是厨师精心设计出来的，总体上有一个完整的构思。有时，为了加深消费者的印象，不妨来点专题制作，如"饺子宴"之类。用在办刊上，即为"专号"。

《时代青年》是一本面向各界青年读者的综合类期刊，常设栏目共有70多个。栏目各有特点，有的侧重于思想性，有的侧重于知识性，有的侧重于趣味性，还有一些三性并重，内容涉及社会与人生的多种领域。五彩缤纷的内容服务于同一个宗旨：反映时代潮音，展现青年风采，指引生活航向，开阔知识视野。杂是够杂了。但也有一个明显的缺陷：知识和信息不系统。编辑部的某些意图未能在刊物上很好体现。为了解决这方面的矛盾，我们尝试办了若干期专号、专辑，收到较好的效果。

作为共青团主办的青年期刊，为更好体现办刊宗旨，有计划、有针对性地为读者提供某方面的信息，使其开阔视野，得到启迪，《时代青年》在近年内共办了"世界青年生活""事业与爱情""青年与法""美与生活""名人明星""家庭""话说中州""人口与社会""读书与人生"等十几个专号、专辑。以下以"话说中州"和"读书与人生"两个专号为例，谈谈我们在这方面的体会和得失。

从专号的实际效果看，可以总结出两个明显的特点。

其一，专号信息量大，能够开阔视野，启人心智。

因为专号的内容比较集中，选题系统，可加深读者对某一方面知识和信息的了解，从而受到启发。如"话说中州"专号，整本都是宣传介绍河南，有今有古，有纵有横，有正有反，内容十分丰富。中州是中华民族古老文化的发祥地之一，其灿烂的昨天和正在发生巨变的今天，都有说不完的话题，这些话题可激励人们去创造更美好的明天。北京《青年报刊界》主编尤畏先生给编辑部写信，热情肯定这期"省情专号"。他说他从头至尾通读了刊物，认为"篇篇是精品"。不少读者来信来电话，说他们读了这期专号大开视野，受益匪浅。又如"读书与人生"专号，为读者提供了当前国内关于读书的大量信息，为正在悄然兴起的读书热加了温，受到了读者的好评。

其二，专号主题突出，作者阵容强大，文章质量高，能给读者留下较深的印象。

因为是专号，常规栏目被打破，全靠编者重新策划，所以自由来稿很少能够采用，必须大量组稿。向哪些人组呢？编者首先会想到各界名人。名人要么是新闻人物、热点人物，要么是某一领域的权威，写出的文章有说服力，容易引起读者的关注。如"读书与人生"专号，刊发了冯骥才、刘心武、柯蓝、屠岸、张中行、鲁枢元等名人的文章，读者反响强烈，名人的文章有感召力，也可提高刊物的档次。当然，专号也不能全靠名人写，各行各业的凡人之作亦不可少。这些稿子都需精心组编。由于专号主题突出，针对性强，有集束手榴弹之感，往往能给人留下深刻的印象。

通过办专号，我们有一个很深的体会，即专号应力求雅俗共赏，兼顾杂志的各个读者层，否则会顾此失彼，丢掉一部分读者。

确定专号之前应充分调查研究，了解读者的心理和需求，然后制定选题和组稿计划。应该强调指出的是，办专号不能违背刊物宗旨，格调不能降低，读者对象不能轻易改变。专号内容尽可能适合众多读者的口味，并与时代同步。从我们几年来的经验看，只要把握以上几点，下功夫组稿，专号的成功率一般是比较高的。

成功的同时，我们也有一些教训。如上面举例的两个专号，编辑部也收到一些读者来信，他们直言不讳地指出不爱看这两期专号，认为内容不丰富多彩，枯燥。查其原因，主要是由于这两期专号内容都较"正"，读者层次高，严肃文章过多，趣味性不够，很难赢得习惯于读软性文章的读者和文化水平较低的读者。两期"名人明星"专号就没有受到这样的批评。读者的批评提醒了我们：办专号应尽量做到雅俗共赏，时刻不忘杂志的读者群，只有这样，每个专号才能收到最佳的宣传效果。

办专号必须有较长时间的准备。如准备不足仓促上马，质量不能保证，使读者大失所望，反而会影响杂志的信誉。

（原载1993年1月16日《河南新闻出版报》）

桥

一座无形的长桥。

一头连着作者，一头连着读者。

——这是编者的使命。

作者希望编者是"接生婆"，一个个新鲜的"生命"，通过编者的双手而得以问世。

因为版面有限，每期刊物只能从大量的来稿中选发很少的一部分。

并不是所有的人都能理解编者的甘苦。当你拆开来信，发现写信人的字迹潦草得无法辨认，或信中不时出现词不达意的词句和错别字时，你会如何想呢？对于编辑，这是家常便饭。正是这些连一篇作文都写不好却又激情满怀的人，在不停地编织着妙不可言的作家梦。

从浩繁的来稿中发现了一篇难得的好稿，对编辑来说，是一种幸运和难以言表的愉快。

写作是一项严肃的事业。一篇优秀作品的价值是无法用金钱来估量的。曾有一位读者给编辑来信说："衷心地感谢您。贵刊的一篇文章救了我的命。……正当我准备向失恋对象报复时，无意中看到了这篇文章。我惭愧得出了一身冷汗。如果不是这篇文章，也许我现在已经受到法律的惩罚！"

确切地说，他应该感谢作者。作者是有心人，他熟悉读者的心理，了解读者的需求，他用一颗充满智慧的爱心同读者娓娓交谈。他是高明的思想工作者。

　　编者的作用只不过像是一座桥。作者的话通过这座桥，走进读者的心窝。

　　做一个编辑难。

　　做一个合格的青年刊物的编辑，尤其难！

　　青年是全社会最有生气的一部分力量。他们不安于四平八稳地走路，总是奔跑着。跑得太快，免不了要跌跤；看不准方向，又会误入歧途。青年需要理解，更需要指引。在一双双饥渴的目光热切地注视着刊物的时候，编者，将奉献出什么样的食粮？

　　刊物是办给青年看的，它的天职就是做青年的朋友。

　　它是时代的号角，引导青年朋友与时代同步前进。

　　它把展现各界青年的风采放在首位。它为刚刚走向社会的朋友扬帆导航。它是百花园，里面包含着取之不尽的启迪人生的知识。对于团干部，它又是值得信赖的参谋。

　　它热忱地感谢数以千计知名的和不知名的作者，感谢几十万以各种形式支持刊物的读者，感谢把手稿变成铅字的印刷工人，感谢风雨无阻地把刊物送到订户手中的邮递员……一本刊物的编发，像一部电影的制作一样，是集体劳动的结晶。

　　一座无形的长桥。

　　这是温馨的友谊之桥：桥的两端，连着无数颗朋友的心。

　　　　　　　　　　　　　　　　　　　（原载《时代青年》1987年第8期）

永远年轻

20年前是一个灿烂的季节，《时代青年》复刊。那是在经历了动乱年代之后的新生。

20年前的读者，大多已进入中年，可内心依然燃烧着青春之火。因为他们读过《时代青年》，记住了文章中那些滚烫的话语。

20年前的编者，也已进入中年。当年，他怀着神圣的使命，来到这个简陋的编辑部。如今，他的内心依然燃烧着青春之火。那是一茬又一茬年轻的读者为他点燃的。

20年，有多少年轻的读者受到过《时代青年》的滋养？有多少颗迷茫的心，因读过《时代青年》而幡然醒悟人生的美丽？

这样一个日子，比任何节日都更令他激动万分。

他庆幸自己选择了这样的职业。一个虽然辛苦却包含着快乐的职业。一个催人奋起、永远保持年轻的职业。

新的世纪即将到来。

他和刊物都将面临又一次新生。新世纪的读者会有新的愿望、新的期盼，这些愿望和期盼只有在编者手中变成现实，刊物才会充满生机。

祝愿这个世界永远年轻。

祝愿亲爱的读者朋友永远年轻。

（原载《时代青年》1999年第6期）

"美"的历程

　　爱美，是人的天性。高尔基说："照天性来说，人都是艺术家，他无论在什么地方，总是希望把'美'带到他的生活中去。"是啊，在生活中，有哪位青年朋友不爱美呢？譬如说吧，找工作，希望有一个美好的职业；找对象，希望有一个美的仪表；买衣服，希望有美的样式；就是看戏看电影，也希望有美的形象，美的意境。可如果要问："美"是什么？就不一定都能回答得出来了。有些人不太关心"美"是什么，也并不真正地理解"美"，却一味地在追求"美"，结果出现了千奇百怪的"美"。不言而喻，只有弄清了"美"是什么，才有可能追求到和创造出真正的美来。

　　"美"，到底是什么呢？还是让我们先从祖先们的探索说起吧。

　　几千年来，人类的祖先们就在探索着"美"，给予"美"以不同的解释。今天看来，这些解释不免显得幼稚。可正是这些幼稚和片面的结论，在"美"的历程上留下了深深的足迹，写下了五彩缤纷的美学史的第一页。

　　中国人对于"美"的理解，最早可以追溯到文字的构成。"美"字由何而来呢？据许慎《说文》解释："美，甘也。从羊从大，羊在六畜，主给膳也。美与善同义。"徐铉注道："羊大则美，故从大。"查殷墟卜辞的甲骨文，美、羊、大的写法都和《说文》写法相同，"羊"字还有许多更形象更原始的写法，因此可以确定先有"羊"字，后有"美"字。从这里我们可以看出，祖先们最初具有的朴素的审美感受，是从欣赏动物的美开始的。

到了有文字记载的年代，便出现了许多关于"美"的言论，古代著名学者老子、孔子、孟子都有这方面的论述。孟子曰："充实之谓美。"这是中国最早给"美"下的定义之一。老子的《道德经》里，不仅出现了"美"的范畴，而且讲到了美与丑的辩证关系。书中说："天下皆知美之为美，斯恶已；皆知善之为善，斯不善已。"意思是说，天下的人都知道怎样才算美，这就有了丑；都知道怎样才算善，这就有了恶。这指出了美与丑、善与恶相互对立又相互依存和相互转化的性质。

古希腊的《柏拉图对话集》有一篇叫"大希庇阿斯"，里面写了当时关于"美"的各种看法。有人说，美是恰当的，美是有用的，美是由视觉和听觉所产生的快感，等等。一次柏拉图的老师、幽默的苏格拉底向诡辩家希庇阿斯请教什么是美，希庇阿斯说："美就是一位漂亮的小姐。"苏格拉底接着问他："一匹漂亮的母马不也可以是美的吗？神在一个预言里都称赞过它。"于是，他又承认母马也是美。但最终他不得不承认赫拉克利特说的话：最美的猴子比起人来也还是丑的。而年轻的小姐比起女神，正像母马比起年轻的小姐一样，也是丑的。柏拉图用苏格拉底的嘴说出了这样的思想：现实中的美，无论是漂亮的小姐，还是漂亮的母马，都一样是既美又丑的。"美本身"应该是不增不减，不生不灭，超现实的超感性的永恒的"理式"。而现实中的美，只不过是"美本身"的一个虚幻的影子。显然这是对"美"的唯心主义解释。

柏拉图的学生亚里士多德对"美"的看法向前迈进了一步。他肯定美就在现实事物的感性形式之中。他主张美在事物的匀称、体积和安排。这是对美的本质的一种朴素唯物主义的解释。

18世纪英国美学家博克说："美是生理和心理的规律。"他只从生理学的角度考察美，缺乏真正的社会内容。他归纳出来的美的形式特征是小的体积、光滑的表面、逐渐的变化、娇弱的身体、鲜明但并不刺眼的颜色等等。

突破美的形式，力求揭示美的社会内容的，是和博克同时代的法国哲学家狄德罗。他提出"美是关系"的著名论点。他认为，美是随着关系而

"美"，不能写"丑"，是许多作者对"美文"的误解。请读读波德莱尔的名著《巴黎的忧郁》吧！虽然那是散文诗，但对散文的写作不无启发。

其二，由作家思想平庸导致的作品平庸。人们不喜欢平庸的作品。作家不厌其烦地反复向人们讲述二加二等于四的道理，无异于荒废大家的光阴。那些优秀的散文作品，总是以巨大的思想力量征服人心。它有时使人感到新奇，双目为之一亮，有时说出了人人均有所感，可又无人道出的独特感受，令人惊喜，引起感情的强烈共鸣。

不必单纯地去苦苦追求轰动效应。能够产生轰动效应的作品，肯定是贴近读者的，有新意的。但是，曾产生过轰动效应的作品，不一定都具有很高的价值；未产生过轰动效应的作品，也未必就成不了大作品。这里有一个作品的艺术层次和读者的欣赏层次问题。鲁迅的《野草》轰动过吗？到底有多少人读？可它在中国文学史上的丰碑地位，有谁能移得动？

问题是，我们不单是缺少有轰动效应的作品，更缺乏有较高审美价值的、读过之后能使人怦然心动的，且能传之久远的艺术精品。

走出困境，必须首先拆除散文家心中的一切牢笼。思想有一个无形的牢笼，艺术上就很难创新。要充分显示各自的艺术个性。艺术个性不仅仅是技巧，更重要的是思想。我国古代杰出散文家庄周，欧美读者最推崇的散文大师蒙田和培根，哪一个不是思想家？在文学史上历久不衰的作品，大多都是有浓厚的理性色彩，深刻地反映了人类的思想成果的作品。散文家最基本的素质是智慧。没有高超的智慧，就不可能产生庄周的寓言、培根和蒙田的随笔。智慧来源于多思、阅历和多种知识的修养，有时也来源于作家的良心。

走出困境，必须伴随一场文体革命。为什么要画地为牢？应该大胆地标新立异。如果一篇作品，没有人承认它是小说、诗歌、剧本或学术论文，那它毫无疑问就是一篇散文。散文的地盘最大，读者面也应该最广。

困境不可怕，可怕的是固步自封。不要怕别人说你在文体上离经叛道。社会在发展，人的思维也在发展。散文家请大胆地往前走！

（原载《散文选刊》1991年第5期）

描绘时代的群像

——序马新朝小报告文学集《河魂》

马新朝是一位诗人。他因诗集《爱河》和《青春印象》扬名中原诗坛，成为河南十几位引人注目的青年诗人之一。熟悉他的人知道，他还能写一手漂亮的报告文学。他写的《人口黑市纪实》，是河南为数不多的长篇报告文学中较有分量的一本。由于他的编辑兼记者的职业特点，加上他的多思和勤奋，他还写了数量可观的小报告文学。呈现在读者面前的这本书，便是他发表过的部分小报告文学。

新朝当过兵，有过十多年的军旅生涯。他的创作活动是从部队开始的。他写诗，也写散文和报告文学，还曾与人合作出过反映硬骨头六连生活的报告文学集。这些，在他转业做青年刊物的编辑后，却很少与同事们提起。他不满足于过去的成绩。他要努力超越自己。他有一个笔名叫"新昭"，同事则戏称为"新招"，这不仅仅因为出于谐音，更重要的是与他满脑袋的新点子有关。近年来，他的诗歌和报告文学作品多次在省内外获奖，受到读者的赞誉。伴着辛勤的汗水，他在前进的道路上留下了一个个坚实的脚印。

粗略地翻过书稿，印象很深的是作者的机敏。这主要表现在选材上。报告文学，顾名思义，是报告与文学的联姻，是用文学的手法写报告。首要的一关，便是选材。什么样的题材才具有新闻价值和典型意义？这不仅需要机敏，有时也是对作者党性修养的一种检验。我们看看新朝的两篇作品：《大心》和《从黄土地上站起来》。前者写一个81岁的老大娘李素勤。她作为一个工厂的副厂长，退休之后不知享清福，依然义务为厂里服务，做连她的孙子都瞧不起的清洁工的工作。后者写一个县办烤烟厂，只有初中文化程度的青年工人耿迎建，业余时间钻研马克思的《资本论》，发表数篇有独到观点的论文，引起专家学者的注意。当大家都在一窝蜂地大写报告文学的时候，新朝能够捕捉到这样的题材，不能不说是难能可贵，不能不让人佩服他的机敏。他时刻没有忘记一个编辑、记者和作家的崇高使命。两篇作品都收到了良好的社会效果。它让人看到了祖国的希望之光，给人以深深的感染和思索。

收在集内的作品有两类，一类写人，大多写青年，一类写事。写人多于写事。题材是广泛的：既有人们熟悉的体坛健儿和电影明星，也有连着千家万户的医生和护士，有编辑、记者和诗人，还有企业家和其他行业的状元。这些人物集合在一起，便组成有血有肉散发着异彩的时代群像。那一组写黄河漂流英雄的系列报道，发表时曾吸引过众多的读者，相信现在仍会引起读者的浓厚兴趣。因为作者当时是随队采访，和那班传奇健儿同甘苦、共患难，写起来就显得格外真切。漂流热早已成为历史，但它留给人们的难忘记忆和反思将是长久的。

作者是诗人，他常常是怀着诗的激情，用诗的语言写他的报告文学。读他的报告文学你不会感到枯燥无味，反而会感到不时有一股热浪冲击着心田。他是这样写一颗博大的心："在许多人变得自私、贪婪、斤斤计较，在邪气横行，正气树不起来，被称之为世风日下的时候，一把扫帚响起来了。每天早上5点钟，它准时在福利厂大院响起。厂里的中年人听着这扫帚声走进老年，青年人听着这扫帚声走进中年，孩子们听着这扫帚声长大然后进厂当工人。多少年来，扫帚声不为流言所中断，不为世风所干扰。这是一个老人的声音啊，她今年已经81岁了，头发已经花白，她本来是一位高高胖胖的女人，如今变得又瘦又小，背深深地驼下去了。她弓着背打扫着粪池子，额头上沁满了汗珠。一天，一个7岁的小女孩端着一杯水站在她的身后喊：'奶奶，你喝水。''孩子，奶奶的手脏。''我端着，你喝。'"（《大

心》）读着这样的文字，你能不受到感染吗？作者怀着崇敬和真诚写一颗大心，他的心也在不知不觉中与这颗心融为一体。

我相信，新朝更多更值得人们称道的作品，还在后头。

1991年，岁首

（原载1991年11月22日《郑州晚报》。《河魂》1991年7月由文心出版社出版）

应运而生　长盛不衰

——回忆《流行歌曲》创刊

在《流行歌曲》即将度过她10周岁生日之时，心里涌动着阵阵热流。创刊时的那些激动人心的日日夜夜，不时浮现在眼前。

作为一名期刊编辑，还有什么事，能比编了一本受到读者真诚欢迎和热爱的刊物，更幸福，更快乐，更令人难忘？

纪念《流行歌曲》创刊10周年，引起我们对胡耀邦同志的深切怀念。可以说，没有胡耀邦当时对流行歌曲的精辟谈话，就不可能有《流行歌曲》的诞生。20世纪80年代前期，关于"流行歌曲"的界说，音乐界一直众说纷纭。不少人倾向于把"流行歌曲"与"黄色歌曲"等同起来。在这样的背景下，怎么能创办《流行歌曲》呢？大约在1984年下半年，胡耀邦发表了关于流行歌曲的著名谈话，大意是，凡是群众喜爱的，在群众中流传的歌曲，都可称为流行歌曲。他很喜欢《我的中国心》这首歌，还说全家都喜欢唱这首歌。胡耀邦的谈话，坚定了我们创办《流行歌曲》的信心。审批十分顺利。我们在1985年1月呈报创刊报告，省委宣传部2月4日便批复了报告，并以正式文件形式下发。

创刊消息在《中国青年报》《时代青年》等报刊发表后，在读者中产生了很大的反响。我们收到了来自全国各地的数以万计的滚烫的来信，有的读者称这是一个"爆炸性的新闻"，很多读者都说他们终于看到了一本他们盼望已久的刊物。荐稿和荐歌也非常之多。有的荐歌不是一首或几首，而是工工整整抄写的厚厚的一本。

著名音乐家时乐濛、王酩，歌唱家刘秉义、李谷一等寄来了热情的题词。他们对《流行歌曲》的期望，给了我们莫大的鼓舞，也给了我们力量和智慧。

《流行歌曲》创刊前后的一段生活，是我一生中少有的最充实、最难以忘怀的日子。由于尚未批下编制，未能及时调进专职音乐编辑，时代青年杂志社的不少同仁，都参与了《流行歌曲》编辑、出版和发行的具体工作。每天的来信和邮购汇款单都有好多捆，又不能积压，怎么办呢？白天都有各自的工作，只好组织大家夜晚加班干。有的拆信，有的登记，有的点款（有不少读者都把购书款装在信封里），连续一个月，几乎每天都工作到深夜。工作结束，大家一起去吃郑州的风味小吃羊肉烩面。烩面的余香，至今还留在记忆里。

最初，我们预计创刊号可以发行10万册左右，可实际达到40万册。仅单本邮购就高达几万册。寄出这些杂志，汇款单要登记几万张，信封要写几万个，可以想象工作量是如此之大！工作虽累，但其乐无穷。

创刊号于1985年5月出版，很快受到音乐界及读者的好评。由于人手少，刊物开始为双月刊，1988年改为月刊。内容和形式也不断改进。发行量从40万册逐渐上升，最高时曾达100万册，创造了我国音乐期刊发行史上辉煌的一页。近年来，由于歌集充斥市场和价格上涨等原因，刊物的发行量有所下降，但《流行歌曲》还一直保持较高的订数，在音乐期刊界独领风骚。刊物坚持高雅而通俗的风格。"坚持社会主义文艺方向，普及通俗音乐知识，弘扬民族音乐，提高青少年音乐审美能力"，是始终如一的办刊宗旨。从栏目的设置到内容的筛选编排，都努力做到了把社会效益放在首位。决不为了单纯提高经济效益，而去迎合某些格调不高或低级趣味的东西。编辑部与国内知名词曲作家建立了紧密的联系，得到了他们热情的支持，及时提供和推荐优秀新歌。为了引导和提高歌迷的审美能力，从1994年开始，编辑部组织著名音乐评论家金兆钧、黑马，词作家张藜等为本刊撰写评论和赏析文

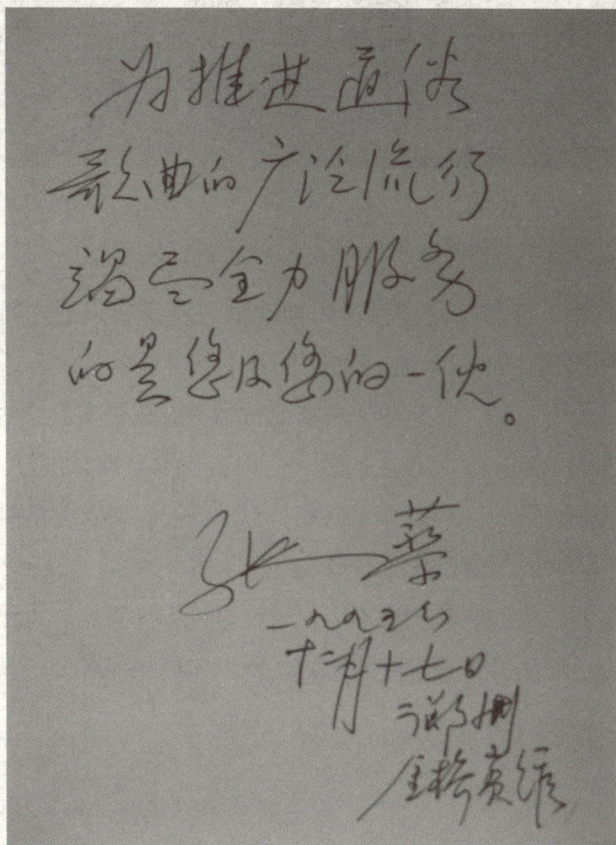

章，颇受读者欢迎。

　　除了编刊物，编辑部还在探讨和推动国内流行音乐创作和普及方面，作出了积极的努力。1987年在郑州承办了"全国首届通俗音乐研讨会"，与会者70多人。时乐濛、谷建芬、王酩、付林等音乐名家参会，产生了很大影响。编辑部先后编选了《难忘的歌——中国优秀歌曲100首》（1990）、《毛泽东颂歌一百首》（1992）等歌集，都成为受读者欢迎的畅销书。编辑部主任李维平编写的《流行歌曲演唱入门》一书（1994），持续热销。

　　《流行歌曲》为何能够长盛不衰？也许可以称为天意。正像王酩先生所说的，她是应运而生的，是时代的产物，所以才能根深叶茂，具有旺盛的生命力。

（原载《流行歌曲》1995年第5期）

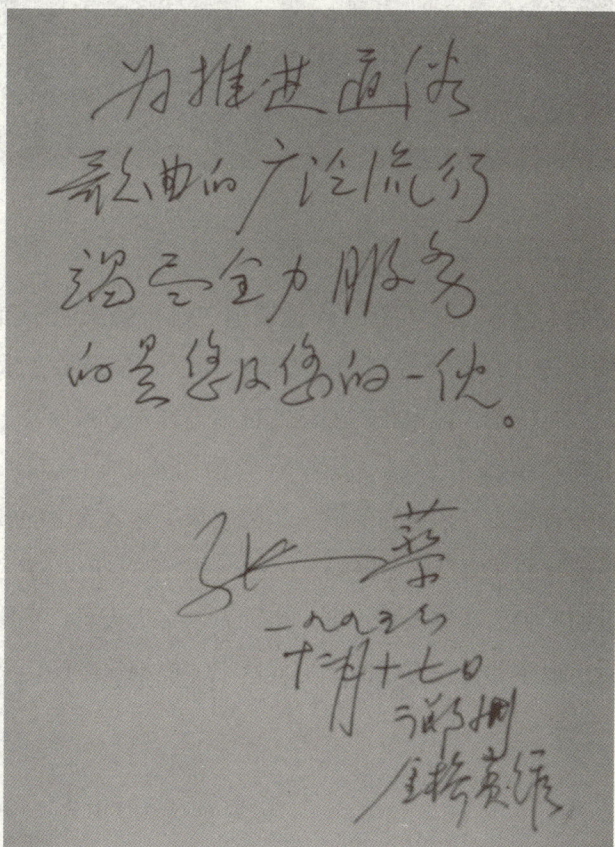

带你进入音乐殿堂的向导

——序周宝玲《音乐知识问答》

一本谈音乐的书。谈的都是最基础的音乐知识，或许可以称之为音乐知识的A、B、C。但，千万不要因为它浅显和通俗，就轻视或忽略它的价值。

音乐是一门迷人的艺术，有着无穷的魅力。它和人们的生活有着极为密切的关系。很难设想，生活中如果没有音乐，世界会是怎样一番景象。音乐可以消除人们繁忙工作后的疲劳，可以给人艺术美的享受，可以陶冶性情，可以启迪智慧。自古以来，音乐就伴随着人们的生活，丰富着人类的文明。孔子在两千多年前说过："夫乐者，乐也；人情之所以不能免也。故人不能无乐。"孔子本人就是一个音乐家，爱好古琴，并能自己作曲。在他的哲学中，道德与音乐居于同等地位，"礼"是调理天地阴阳的秩序，"乐"是取得协调。孔子力图以音乐来提高人的品德。由此可见，音乐在古人生活中的地位。在当今，由于"卡拉OK"的盛行，加之广播、电视的普及，音乐已走进千家万户，成为人们精神生活中不可或缺的一部分。

我们也看到另一种现实：流行音乐的普及，并不等于音乐知识的普及。这是社会生活中的一个矛盾。虽然中小学已把音乐教学，作为审美教育的一项重要内容，可事实上，由于师生对主课的偏重，中小学的音乐教育并未收到应有的效果。不少青年朋友酷爱唱歌，只是一遍一遍地跟着录音磁带模仿，自己却不识谱；他们沉醉在音乐的海洋里，却不能理解其中的奥妙和丰富的内涵。

　　这本书为那些热衷于音乐的人，和想进入音乐殿堂的人，打开了一扇瑰丽的大门。它包括基本乐理、作曲和声乐方面的一些知识，内容丰富，简明扼要，易懂易学，切合实用，适合广大音乐爱好者阅读。对于学校音乐教师和其他音乐工作者，也不失为一本有用的参考资料。

　　该书作者周宝玲，《流行歌曲》编辑部一位年轻的编辑。近年来，她在繁重的编辑工作之余，先后编选了《金曲荟萃》和《中外著名影视歌曲荟萃》两本歌集，均受到歌迷的喜爱。现在，又将这本凝聚着她辛勤汗水的新作，奉献给广大读者。可以相信，它一定会拥有众多的知音。

　　谁敢说，你以后不是一位音乐家？歌手？演奏家？也许，你在功成名就回首往事时，会念念不忘一本书对你的帮助。它，也许只是一本薄薄的启蒙读物。可是，就是这本启蒙读物，带你走进了音乐世界的殿堂。

1994年3月，写于春雨潇潇中

（《音乐知识问答》，中原农民出版社1994年9月出版）

21世纪人应该具备哪些素质？

一

新世纪的涛声，已经由远而近。

21世纪，对于中国，将是一个闪光而厚重的世纪。勤劳的中国人民，将用智慧的双手，托举起一个举世瞩目的工业强国、科技强国、人文强国。先辈们的强国梦将变成现实。中华民族，将实现伟大的复兴！

在新世纪即将到来之际，教育界正在广泛议论着一个热门话题：素质教育。这也是21世纪向中国人提出的严肃课题。我们靠什么迎接21世纪？靠什么去实现中华民族的伟大复兴？答案只有一个：靠全体人民的综合素质，尤其是青年一代的综合素质。由于教育界长期注重应试教育而忽视素质教育，注重专业素质而忽视综合素质，导致教育体制和现状都存在着明显的问题。过重的课堂作业负担使青少年的身心健康受到损害；单一的教学模式致使学生的思维呆板，知识陈旧；"智育教育第一"限制了"德智体美劳"全面发展；相当多的青年学生走上社会后，适应能力差，缺少创造力，难以担当民族复兴大业的重任。

教育到了必须改革、加速改革和根本改革的关键时刻。教育改革是个复杂的系统工程，这个系统工程中包含着许多工程，其中一个重要工程便是素质教育工程。教育部已经推出了"跨世纪素质教育工程"的行动计划。

二

　　素质教育本身也是一项系统工程。教育界有责任，共青团有责任，说到底，国家的兴旺，不是靠一代人，而是靠一代又一代人。只有全民的整体素质都提高了，国家的未来才有希望。

　　首先，教育工作者、团干部和学生的家长，肩负着更重要的责任。他们需要了解素质教育的内容，提高自身的素质，然后才能启发和引导青年一代提高素质。广大青年，以至中年，在了解到综合素质对人和社会的重要性之后，可以有的放矢地去读一些书，以弥补自己的不足和缺陷，通过社会实践培养自己各方面的素质，使自己逐步成为一个高素质的现代人。

　　作为一个即将进入新世纪的现代青年，除了具备应有的专业素质，还应具备哪些综合素质呢？

　　编者通过与一些专家探讨，提出以下10个方面必须具备的素质：科学素质，人文素质，人格素质，法律素质，心理素质，成才素质，审美素质，处世素质，情爱素质，身体素质。

　　上述素质并不是为了培养天才而提出的。天才也许还要具备另外的素质。我们也不能要求人人都成为天才。但这些素质应该是一个合格的、文明的、高尚的和健全的新世纪公民所必须具有的。

三

　　十大综合素质的提出，出于中国的国情，也出于中国的教育现状。

　　次序的排列，未必科学，但也可以透出编者的用心。

　　科学素质的培养，对一个现代人来说，具有至关重要的意义。具备科学素质，是一个“传统人”转变为“现代人”的必由之路。掌握一定的科学知识，学会用科学的方法处理问题，最终养成只信真理的科学品格，会使我

们在生活和事业中少走弯路，少办蠢事，能够使我们在瞬息万变的现代社会中，以不变应万变，立于不败之地。

人文素质是现代人综合素质的核心。人文，即人本，把人作为世界的核心，世界的主题。试想，如果离开对人与人性的关怀，如果离开对人的理解与尊重，我们的生活还有多少意义？我们的创造还有多少价值？人文修养是一个现代人营造理想家园的不可或缺的精神支柱。

古人说，雁过留声，人过留名。靠什么留名？靠人格。那些在人类历史上名垂青史的人杰，无一不是因人格的魅力而受到后人的敬重。人格是生命之旗，生命之魂。不仅是那些有辉煌业绩的人，那些在平凡的岗位上忠于职守的普通劳动者，只要有崇高的人格，同样会受到社会及人们的尊重。在市场经济大潮的冲击下，有些人不顾一切向钱看，丧失人格，甚至丧失国格。在整个社会都在呼吁道德重建之时，提出人格素质的培养，尤显迫切与重要。

1997年，党的十五大确立了"依法治国，建立社会主义法治国家"的跨世纪宏伟目标。这是中国向世界强国迈进的基本治国方略。一个法治社会要求它的公民必须具备应有的法律素质，法盲在现代社会难以生存。法律是公民权利的保护神。每个公民只有具备了应有的法律素质，才能自觉地追求自己的正当利益，国家才能在法治的轨道上有条不紊地前进。

了解并掌握一些心理学的常识，对于培养优良的心理素质，是必不可少的。人在年轻时都有美好的理想，可有些人最终实现了自己的理想，有些人却半途而废。这固然有客观因素，而主观因素——心理素质，有时确实起着关键的作用。它会告诉你在遇到挫折和孤独时应该怎么做。它是一把金钥匙，能打开妨碍你走向成功的困扰之锁。

李白写过一句名诗："天生我材必有用。"社会需要各种人才，但是，并不是所有人都能成为人才。成才必须具有成才的素质。成才需要理想、兴趣、自信、创新和美德，成才更需要汗水的浇灌。首先找准坐标，然后去开发智商和情商。有人说，素质教育的灵魂是创新教育。这是有道理的。创新是成才的灵魂。创新思维是一切天才的思维特征。

发现美需要审美素质，创造美更需要审美素质。作为一个现代人，无时无刻不在与美打交道，也无时无刻不在与丑打交道。识美始觉天地宽。识美使我们的生活更加丰富多彩。

人活在世上的一大难题便是处世。处世有原则，也有技巧。这需要我们去学习和培养。

情爱与身体对于人生的重要性是不言而喻的。这也是青年人的资本。很遗憾，一些人轻易地把它们挥霍了，最后酿成悲剧。人要活得有质量、有滋味儿，离不开高尚的情爱观和健康的体魄。

四

这是一部集体智慧结晶的著作。十几位撰稿人大多来自教育界，其中不乏成果累累的教授。

在繁忙的工作之余，以3个月的速度拿出书稿，可以看出作者高度的社会责任感和对本书的重视。

社会需要这本读物。出版社也一再催促这本读物。

本书是为广大教育工作者、家长们、团干部和各界青年而写。它追求雅俗共赏，以适应不同层次的读者阅读。它涵盖的内容是十分丰富的，10个篇目均可写成一本大书。考虑到它是一本普及性读物，定价也不宜过高，每篇尽量压缩到4万字左右。

我们在每篇正文的前面选引了一些名人名言，在文后附了一些推荐书目。名人名言是人类思想宝库中的珍珠。一句名言，能够使困惑者豁然开朗。读好书可以涵养人的素质。提高综合素质最主要的途径之一便是读书。本书不敢奢望有多大的使命，如果它能使读者在读后感受到某种关怀，对自身的行为引起思索，并引发对推荐书目的阅读兴趣，编著者将深感欣慰。

本书力求在各篇内容的把握上具有权威性和系统性；观念新，资料新，信息量大，涵盖世界有关最新成果，注重思想性和实用性。

谨以此书献给伟大的五四运动80周年！

1998年岁末，郑州

（《新世纪青年必读——现代人综合素质纵横谈》，王幅明主编，1999年3月大象出版社出版。先后获共青团中央"五个一工程"图书奖、河南省"五个一工程"图书奖。本文是该书的前言。本书的撰稿人：刘西琳、张福平、陈锋、王玉芬、张林海、赵国祥、王瑶、王滨、丁新华、李永鑫、丁玲、周宝荣、张平治、王贵明、华生、王献芝）

来不及了

"来不及了"是著名书画家赖少其先生的一枚闲章。我至今没有见到过这枚闲章，但这几个字却一直铭刻在我的脑海里，时时鞭策着我。

10多年前，我曾到合肥拜访安徽省美协主席、画家鲍加先生。我们聊了很多，后来话题谈及时光的珍贵，计划做的事情一定要往前赶，才不至于落空而遗憾终生。他深情地回忆起他的前任、老画家赖少其。赖老曾长期在安徽工作，任安徽省文联主席兼美协主席，当时已调回广东。赖少其在50多岁时曾刻"来不及了"的闲章以自励。鲍加当时任安徽省美协秘书长，年纪轻轻，身强力壮，看到赖少其的闲章不以为然，一笑了之。可是，当他也做了美协主席、事务缠身并年龄已届知天命之年时，这枚闲章却使他受到莫大震动，有了强烈的共鸣。

鲍加与赖少其是两位成长于不同时代的画家，却有一个相同的境界：不懈追求。他们以只争朝夕的精神对待事业，与时间赛跑，作品不断出新，艺术生命不断延长。这也许就是他们永葆青春的秘诀。

有感于出版界改革改制浪潮的汹涌而至和依靠教材生存时代的结束，不少同行同事面临危情却视若不见，依然悠闲自得，我真想大喊一声："来不及了！"

河南出版界已错失几年宝贵的机遇。这既有体制的因素，也有省情的因素，无须让我们每个员工承担责任。可是，具体到一个出版社，其产品一再

王幅明像　　　　王幅明部分作品书影

遭到市场的拒绝，经济效益一再滑坡，生存环境不断恶化，你的岗位随时将被别人取代，如此等等。这些责任应该由谁来负呢？

有人预测：在出版界改制全部完成之后，几年之内，将会有五分之一的出版单位从出版名录上消失。这也许是危言耸听，但也实实在在地传递了一个信息：那些毫无准备或准备不足的人，将会遭到新制度无情的淘汰。

愿"来不及了"的警示常在耳边响起。

意识到来不及了，就立即行动，集中时间集中精力做那些最重要最应该做的事，"不教一日闲过"（齐白石语），"把别人喝咖啡的工夫都用在工作上"（鲁迅语），可能一切都还来得及。而整天都在浑浑噩噩中度过，心里总在惦记着一点一滴的得失，"一叶障目，不见泰山"的人，终有一天会真的发出悲叹：来不及了！

（原载《创新出版》2006年第2期）

春天在望

　　10年，在人类历史的长河中，只是短短一瞬。10年，对于一个企业，时间概念就不同了。它或许就是一个时代：一棵幼苗变成参天大树；一个疾病缠身的人修炼成运动健将。而对于另一类企业，10年带给人永远抹不去的痛：有的已经在市场竞争中被无情淘汰；有的虽然活着，但名存实亡。

　　2006年，河南文艺出版社低调度过10岁生日。她的心情是复杂的。她不属于以上所述的两类，既有值得骄傲之处，又有错失良机的痛苦记忆。作为一个文化大省，她的业绩远远不能与之相配。她既不是销售额亿元俱乐部的成员，也不曾在"开卷"的畅销书榜上露过面。值得欣慰的是，她独立开发了书法艺术地方教材，又在关键时刻与人民音乐出版社合作开发了音乐课标教材，更保持了创刊于黄河文艺出版社时期的名牌期刊《名人传记》的市场地位。她出版的图书曾荣获第五届国家图书奖提名奖、姚雪垠长篇历史小说奖、全国少数民族文学骏马奖、全国优秀畅销图书及河南省"五个一工程"图书奖、河南省优秀图书奖、河南省优秀图书装帧设计奖、河南省优秀图书校对奖等奖项。《名人传记》曾荣获全国百种社科期刊奖及国家期刊提名奖。这些都是值得我们自豪的。因为有此，我们保持了赢利社的名誉。在总结这些成绩之时，我们应向为此作出贡献的人员表示深深的敬意！

　　承认差距，正视差距，才是进步的开始。我们距一个品牌社尚有较远的距离。我们的品牌图书、畅销书品种和市场占有量都远不尽如人意。销售额

和利润率也只是差强人意。

　　经过多年的探索，我们终于找到了一个共识：和谐立社，改革强社，品牌兴社。

　　一个单位能不能健康发展，和谐是基础。和谐首先来自班子的团结。班子坚强有力，和谐一致，队伍就不会分裂。班子成员以身作则，率先垂范，就能形成融洽的干群关系。

　　坚持以人为本是通向和谐的必由之路。

　　2006年，是河南出版集团的改革年。要发展，必须走改革之路，改革与市场不相适应的经营机制。我们进行了三项制度改革，根据发展需要，重新调整设置了工作机构。一批年轻人通过竞岗担当了工作重任。在现有的人力资源中，基本做到了人尽其才。目前，全社上下基本形成了"有集中又有民主，有纪律又有自由，有统一意志又有个人心情舒畅的生动活泼的政治局面"。人人追求进步，工作热情空前高涨。

我们的目标是创建品牌社。品牌是市场的通行证。只有品牌才能兴社。我们努力打造学习型团队，取人之长，补己之短，以创新思维去策划与营销。经过实践，我们已悟出一条个性化特色出版之路。我们已找到了自己的优势和劣势。我们在自觉地向着优势大做文章。

我们不满足于已经过去的10年。我们将用努力和汗水迎来新的10年。近两年，我们的销售额与利润都以大于20%的速度增长。我们的市场意识和品牌意识都在增强，愿意与我们合作的作家队伍在不断扩大。

我们正在为2007年1月的北京图书订货会做准备，此次供货的新书品种将超过以往10年中的任何一年。2006年年末的新浪读书频道首页上，同时有我社多本新书在线，最多时达到5本，有两本在"重磅"栏目推出。这是否可理解为一种美好的征兆？

奋力创造理想中新的10年，是我们对已经逝去的10年的最好纪念，也是对为出版社发展作出贡献已经退下来的老同志的最好回报！春天在望，同志们，加油！

（原载《创新出版》2006年第3期）

到红色圣地汲取智慧

在"讲正气，树新风"的主题教育活动中，我和同事们一起，踏上了红色圣地之旅的征程。仿佛一头钻进长长的历史隧道，随之而来的惊喜、震撼、自豪、崇敬、醒悟、感叹之情，充盈于心。

冉庄、西柏坡、大寨，都是我们熟之又熟的地方，在记忆里曾经重复出现过无数次。可是，当我们第一次走近它们、亲吻它们时，却突然感到陌生，进而滋生惭愧：原来，我们对它们竟然知之甚少！

先辈们的目光，好像在时时注视着我们。他们的英灵与日月同在，与大地同在，与历史同在。圣地上的一草一木，无不闪耀着智慧之光。

进入连绵交错几十公里的冉庄地道，仿佛置身于一座神奇的迷宫。这个伟大工程的最初设计，并非出自工程师之手，而是冉庄的党支部书记。施工者和不断完善者，则是冉庄的村民。冉庄这个平原上的村庄，面对有着强大武器装备的侵略者，上演了一幕令全世界为之刮目相看的地道战。

先辈英灵告诉我，土地，不仅仅生长粮食，也生长智慧。靠山吃山，靠水吃水。我们生活在平原，没有山和水，只有向土地寻宝。泥土里深埋着出奇制胜的法宝。

导游说，当年，延安派出的一个考察组到晋陕边界地区寻找白毛女故事的发生地，意外发现了山清水秀、安全隐蔽的西柏坡。党中央最终选定了这块宝地，作为解放全中国进军北京的最后一站。

　　目睹五大领袖简朴的办公驻地和那间摆放着四张长桌的作战室，真是感慨万千。这是有着百万军队参战的三大战役的总指挥部！怪不得国际友人在参观后目瞪口呆，不敢相信。在一间极为简朴的农舍里，胜利指挥名扬世界的以少胜多的著名战役，只有在中国，只有中国共产党，只有毛泽东，才能将它变为现实。

　　坐在党的七届二中全会会址的长椅上，毛泽东那高亢的湖南口音在耳边响起："中国的革命是伟大的，但革命以后的路程更长，工作更伟大、更艰苦。这一点现在就必须向党内讲明白，务必使同志们继续地保持谦虚、谨慎、不骄、不躁的作风，务必使同志们继续地保持艰苦奋斗的作风……"他提出的"进京赶考"的一席话，意味深长，犹如警钟长鸣。

　　站在虎头山，心中昔日的大寨已不见影踪，它已变为游人如织的森林公园。凝望巨大的陈永贵雕像，突然想到邙山黄河游览区的炎黄二帝。无疑，陈永贵的骨子里有着炎黄二帝的血脉。不然，怎么解释他们相貌上的如此神似！

　　看过大寨展览馆和诸多大寨名胜，最后来到陈永贵的故居参观。一个寻常农家小院，两孔窑洞、三间瓦房，这是1968年大寨新农村基本建成后陈永贵一家的居所。1973年陈永贵调中央工作后，家人仍在此居住。在这里我目睹了一个农民副总理的传奇故事。他勤劳俭朴、保持农民本色的事迹，将永远为大寨人所怀念。这个小小的居室，曾接待过周恩来、叶剑英、邓小平等国家领导人和许多社会名流。陈永贵的孙女陈红梅在此接待来访者，并为爷爷的传记书签名。

在大寨展览馆，我记下了陈永贵说过的话："火车跑得快，全靠车头带。""干部干部，就要先干一步；不先干一步，就不能当干部。"这是留给大大小小领头人的最好的座右铭。

"回头看，有进步；向前看，要跑步。"大寨人曾经这样说，大寨的今天仍在这样做。

我们呢？回头看，我们只是微小的进步；向前看，我们还有漫长的路。不跑步，就难以实现跨越式发展。

冉庄、西柏坡、大寨，我们心中永远的红色圣地。在此，我们找到了汲取智慧的不竭源泉。

（原载《创新出版》2007年第2期）

重新开始

2007年12月28日，中原出版传媒集团公司挂牌成立。历时近4年的河南出版集团从此消失，成为历史。这不是普通意义上的易名，它包含着河南的出版业真正实现了向出版产业的跨越。在成立大会之前的一周，集团公司领导对各成员单位的负责人严肃地说：新的集团公司成立，我们必须从理念和运行机制上彻底与过去告别，一切都重新开始。

重新开始，意味着放弃过去。这是痛苦的选择。放弃，需要巨大的勇气。旧的习惯势力在千方百计地拉扯着我们，不肯松手。但我们必须跨出这一步。

"新"在何处？出版传媒与出版，虽只多出两个字，内容却别有洞天。有专家认为，出版产业要做大，必须向传媒延伸。这在国外早有成功的范例，国内也已有先行者涉足。延伸的领域包括网络、影视、动漫、娱乐、体育、会展、教育、信息咨询等。

"新"还表现在运作机制上。一切来源于市场，一切服务于市场，一切按市场规律办事。

集团公司的战略是"一主多元"。"主"是出版。作为一家出版社，积累文化、传播文化是其神圣的使命，这是永远都不能偏离的。我们要通过生产的图书和相关产品，体现其民族的核心价值观。文化产品的吸引力、感染力和穿透力从何而来，关键在于蕴藏在产品背后的核心价值观。

发展文化产业是一项国策。

一个国家的强大，除了军事强大、经济发达、科技力量雄厚外，还必须包括文化国力的强大。文化产业支撑文化国力。没有强大的文化国力做后盾的国家，称不上真正的强国。

有专家讲，20世纪前半叶的世界主要是军事竞争，后半叶主要是经济与科技的竞争，21世纪则主要是文化竞争。这便是我们身为出版文化人的历史使命。

"同一个世界，同一个梦想"，这是2008年北京奥运会的主题口号。构建和谐社会，是我们共同的梦想。实现这一梦想，经济是基础，文化是灵魂。

一夜之间，身份变了。曾经享有国家某些优惠政策的事业人，变成名副其实的企业人。一切重新开始。不必悲观。这是趋势，是大潮，是走向强大的必由之路。谁能说这不是一次机遇？

让我们握好手中的舵，找准方位重新开始。理想的风帆已升至高空，乘风破浪，勇往直前吧。小心暗礁，沉着应对，幸运女神终会降临。

（原载《创新出版》2007年第4期）

评论家的使命

　　文学界有一个不争的事实：职业评论家越来越少。一些有影响的评论家，离开文学前沿另谋生路，或当大学教授，或经商从政。其中有种种原因。因为名声不好吗？不可否认，在一个特定的历史阶段，评论家充当过"棍子"和"政治传声筒"之类，但那已经是远离我们很久的历史了。我相信这段历史绝不会死灰复燃。市场经济大潮的冲击也许是主要原因：作为主要发表园地的文学报刊的普遍萎缩，专业批评机构的锐减，相应的学术环境的缺失，等等。同时，我们又欣喜地看到，仍有一些评论家在坚守，并在坚守中作出了宝贵的贡献。在此，我衷心向坚守阵地的评论家们致敬。

　　仅仅有文学作品是构不成文学史的。文学史必须有创作和批评两大基石。而且，文学史只能由批评家来撰写。

　　有人说，编辑是一个为人作嫁的职业。其实，评论家们更是如此。我们都有过阅读文学经典的感受：或如饮甘露，如沐春风，或茅塞顿开，心头豁然开朗。我们因此记住了作品和作家。可是，是谁向我们推荐了这些作品？评论家。是谁发现这些作品的不同凡响，最终使它们成为经典？评论家。而这些常常被我们忽视了。

　　文学评论的作用是不能低估的。评论可以有力推动"双百""双为"方针的贯彻落实。而"双百""双为"方针是促进文学繁荣、学术发展的必由之路。评论有助于提高文艺作品的质量。真正的批评可以像镜子一样照出作

◎焦述作品研讨会合影
　前排左起：张鸿声、郑彦英、杨东明、王幅明、南丁、邓友梅、王岭群、
　李佩甫、焦述、何向阳、翟遂成、何弘，后排左起：王志强、丁松智、
　张体义、黎延玮、许华伟、陈杰

品的优点和缺点，使作者清醒地看待自己的作品，以便修改和提高。对广大读者，评论家无异于一位良师。在浩若烟海的读物中，他是不可或缺的导读人。他让你毫不费力地找到你所需要的书，并分辨出哪些是好书，哪些是坏书。评论家对作品的分析，会逐步提高读者的鉴赏力，进而体会蕴含在字里行间的本质意义。

文学的繁荣离不开批评的繁荣。令人遗憾的是，在貌似文学繁荣的背后，评论家们却常常缺场。

民族的复兴必然伴随着民族文艺的复兴。

时代呼唤大作品的问世。时代也呼唤大评论家的出现。

文学是寂寞的事业。评论家更应耐得住寂寞。评论家是举旗者、引路人。所以，自身的修养尤为重要。他必须坚守道德的底线、思想的底线、艺术的底线，靠职业道德、真才实学和真知灼见去取得话语权，赢得作家和艺术家们的尊敬。评论家是学者，更是不折不扣的学习者。他必须不停地学习，才能在瞬息万变的文学现象背后保持清醒的辨别力。只有做到与时俱进，才能确保批评之树常青。

（原载《创新出版》2008年第1期，2008年4月23日《大河报》）

感受大秦之魂

　　全国第十八届书博会早已落下帷幕。它带给我们的难忘经历却一直存留在记忆里。我们见证了一部堪称民族之魂的大书的出版。它的影响将随着岁月的推移越来越清晰地显示出来。

　　这部大书，便是长达五百万言的长篇历史文学巨著《大秦帝国》。

　　一段离我们已两千年之久的历史，一段血与火的历史，一段决定中华民族未来走向的历史，一段英雄辈出、产生巨人的历史，一段令华夏儿女无比自豪、永远牢记的历史，一段启示我们弱小如何变为强大的历史，一段以法治国、以法强国的历史，一段中华民族的文明统一史。自大秦统一中国以后，中华民族便牢牢树立了"执一"的观念。虽历经无数次的改朝换代，有过无数次的短暂的分裂，但最终都走向统一。有入侵者，有卖国者，有汉奸，但他们最终都逃脱不了失败的命运。

　　中国是一个不可分割的文明统一体。这是大秦留给中华民族的最宝贵的精神遗产。

　　令人遗憾的是，受两千年来儒家文化的影响，我们一直处在历史的迷雾里，看不清大秦的真实面目。按照儒家史观，秦是一个空前绝后的暴虐政权，秦帝国的短命，更是儒者"暴政必亡"的有力证据。当中国人随意诋毁秦国的政绩及功业时，外国史家却将秦国视为中国一个空前伟大的王朝，尤其肯定它对中国版图及文化统一有着不可磨灭的功劳。秦始皇陵兵马俑及一

系列出土文物的发现，粉碎了两千多年来传统儒家史观的天大谎言。但是，这一切，并没有彻底改变儒家史观在中国人头脑里根深蒂固的影响，那些为最早统一中国文明的民族英雄们，非但没有受到后人的应有尊敬，反而继续受到责骂！

天将降大任于斯人也。斯人便是学者作家孙皓晖先生。孙先生积二十多年的研究之功，伏案跋涉十六年，向读者奉献了这部正面描写秦国由小到大，由弱变强，最终统一中国，堪称英雄史诗的巨著。拂去历史尘埃，一个辉煌的时代，一群气吞山河的英雄形象，矗立在我们面前。大秦不灭，大秦的英雄仍在呼吸。他们不朽的精魂撞击着我们，激励着我们，令我们自豪，给我们创造未来的动力。

秦从一个不起眼的诸侯小国到一统天下，历经春秋、战国两个时期，共计五百余年。作者没有采取编年史的方式平铺直叙，从马背上的诸侯写起，而是从战国时期献公谢世孝公即位（公元前361年）开篇，截取秦国近二百年历史浓墨重彩加以描绘。阅读全书，热血沸腾，为英雄们的壮举热泪盈眶，也为大秦的悲剧收场感慨良多。

作者让我们感受到一个有血有肉的大秦，精神不死的大秦，催人奋起的大秦。书中着力刻画了商鞅、秦孝公、苏秦、张仪、范雎、白起、吕不韦、秦始皇、李斯、韩非等我们虽有所闻却感到几分陌生、读后令人拍案惊奇的艺术形象，这些艺术形象强烈地吸引着我们。他们是英雄，又是凡人，甚至犯下大错，但他们以天下为己任的人生追求、为中国原生文明所建立的功勋，应该永远为后人所铭记。他们是中国远古历史天空中璀璨闪耀的群星。

《大秦帝国》是一部寻根之作。寻中华文明之根。大秦所在的春秋战国时期，正是中华原生文明的源头。秦最终统一中国，不仅仅在国家形体上，而且包括了各种文明形态。中华民族历经坎坷而生生不息，归功于统一的文明体系坚不可摧。国学大师钱穆说过："秦人统一，此期间有极关重要者四事：一、为中国版图之确立。二、为中国民族之抟成。三、为中国政治制度之创建。四、为中国学术思想之奠定。"此四事，牢牢构建了中国文明之根。

不断看到报道，各地华人到河南某地寻根，大多寻的是姓氏之根。当

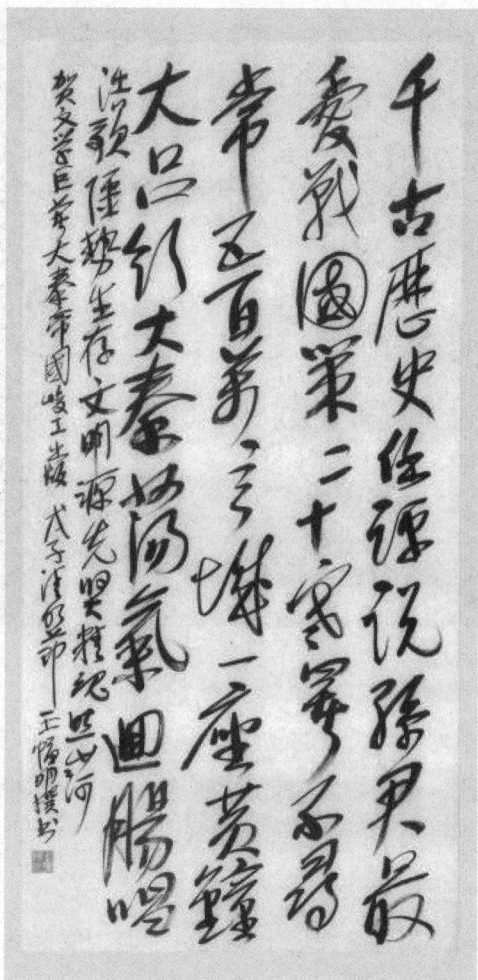

然，这也是一种寻根。但如果倡导这样的寻根作为文化寻根，那就近乎荒谬了。近些年我们常常提到民族的伟大复兴。一个很大的问题是对民族的文明之根的认知。不知文明之根，何谈复兴？

大秦是中国最早的法制国家。秦律也是中国最早、最完备的法律体系。秦靠以法治国走向强盛。秦灭，法治很快被人治所取代，一直沿续两千余年。作为第一部法律，肯定有它的历史局限。后人常常以秦律的局限来攻击和诋毁大秦及伟大的改革家商鞅，这是民族的悲剧。

大秦的灵魂是强势生存。这是那个时代所有人的生存理念。战国后期，国家统一是时代的主旋律，一切有志之士都在为此努力。谁来统一，肯定是强国，政治上、军事上、经济上、文化上的强国。仅仅军事强大是不够的，必须要有文化强大、经济强大作支撑。秦国做到了。它吸收了天下的人才，包容了百家的智慧，最终完成了千古霸业。

《大秦帝国》不是一般的历史文学读物，它是一部极其厚重、吸引人、感动人，又启人心智的大书。它有极强的现实意义。历史将作出证明，2008年4月，《大秦帝国》的全套出版，是中国出版史的一个重大事件。

（原载《创新出版》2008年第2期，2008年10月14日《大河报》）

心态决定成败

办公室的墙壁上曾挂着我抄录的《菜根谭》里的一段话："子生而母危，镪积而盗窥，何喜非忧也；贫可以节用，病可以保身，何忧非喜也。故达人当顺逆一视，而欣戚两忘。"

这段话包含着人生的辩证法。生活中谁都会遇到喜和忧，但喜和忧又都是相对的，随时会向相反的方向转化。喜中有忧，而忧中又包含着喜。只有通达的人才能做到"顺逆一视，而欣戚两忘"。

说到底，这是一个心态问题。心态是贯穿人一生的重大课题。有些人终生不解，带着遗憾和愧疚离开人世。有些人具有健康积极的心态，犹如掌握通向成功之门的钥匙，生活充实且多彩多姿。

我们身处知识不断更新、技术不断创新的知识经济时代。新的时代对它的成员提出了更高的要求：必须是一个终身学习者，必须具有适应各种变化，包括能够经受各种挫折和成功考验的心态。

任何人在走向社会之后，都无一例外地想成为成功者。但几乎超过一半的人在工作之后目标是模糊的。目标是成功的出发点。成功学家告诉我们，98%的失败者，原因在于从来没有设定明确的目标，也从未按着明确目标踏出一步。

有了明确的目标，就要用不断的努力和稳健的计划来支持这份执着，而且把个人目标融入组织的共同目标之中。

　　在企业做一名员工，应该争取做最优秀的员工：专业，敬业，有责任心，服从，诚实，积极主动，富有团队精神。

　　优秀的员工首先是一个职业人。明确的目标好像一块磁铁，能够把达到成功必备的专业知识吸引到身边。实现专业化能够加强在特定领域的领悟能力和执行能力，影响一生的成就。

　　优秀的员工还应该具有责任意识，忠诚企业，与企业同甘共苦；具有随时作出正确价值判断的能力；具有自主经营的能力；能够系统思考、有气概担当企业经营重任的能力。

　　工作不是为了谋生才做的事，而是我们要用生命去做的事。它是我们自身价值的体现。

　　古罗马哲学家曾提供人类一个伟大的见解：没有卑微的工作，只有卑微的工作态度。而工作态度完全取决于我们自己。

　　如果一个人轻视他自己的工作，那么他决不会尊敬自己。常常抱怨工作

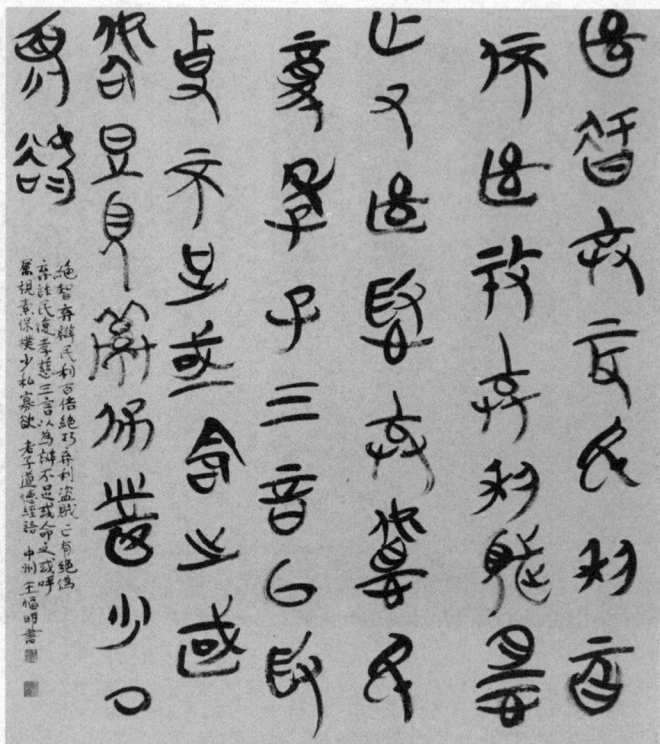

　　的人，终其一生，决不会有真正的成功。

　　不论做何工作，务须竭尽全力。这种精神的有无，决定着一个人日后事业的成败。

　　成功总是青睐生活中的强者。强者与弱者的区别不在能力上，也不在动力上。两者真正的区别只表现在心态上。

　　工作是上天赋予的使命。把自己喜欢的并且乐在其中的事情当成使命来做，就能发掘出特有的能力。其中最重要的是能保持一种积极的心态。即使是辛苦枯燥的工作，也能从中感受到价值，在你完成使命的同时，会发现成功之芽已经萌发。

（原载《创新出版》2008年第3期）

沟通，成功的润滑剂

一组令人深思的数字

曾看到几个关于"沟通"的数字——

哈佛大学的一项调查：在500名被解聘的职员中，究其原因，因人际关系沟通不良而导致工作不称职者占总数的82%。

戴尔·卡耐基对众多成功者所作的统计：15%的人是由于其出色的专业技能，85%的人则因为他们具备有效沟通的能力。

一家咨询公司对当前失败企业的调查：全部由于管理失误。而常犯的错误是傲慢、自负、疏于管理、缺乏沟通。

这些数字令人震惊。"沟通"，这个常常被人忽视的词汇，竟然具有这么沉重的分量！

大自然的和谐来自沟通

一家期刊的美编找到我，让我为他们已选定的刊物封底画配写一篇散文诗。这是我省著名花鸟画家李自强先生的名作"雄鸡与麻雀的对话"。画面上一只怒气未消的高大公鸡，在细心聆听一只矮小的麻雀的心平气和的演讲。很耐看的一幅画，我被画的内容深深打动了。感动之余，写出如下一则小品：

聆听

大自然和人世间有千万种奇妙的声音。这些千差万别的声音之间，又存在着奇妙的默契和理解。

——这便构成了和谐。

你细心地聆听过每一种声音吗？

每一种声音都包含着一个奇妙的世界。

听懂了一种声音，便打开了一把心灵的锁……

别以为从不会用低嗓门说话的雄鸡，不值得去聆听小麻雀的叽喳，麻雀的一番肺腑之言，却能使神气十足的雄鸡收毛敛尾……

这幅画告诉我们一个哲理，大自然的和谐来自沟通。沟通，是奇妙的、复杂的，有着五彩缤纷的内涵。

一个人的梦想与整个团队的目标

一个企业无论有多少人，拥有的人才不出三类，呈金字塔状。塔底的人数最多，他们是只能独立做好一件事的员工；中间层是管理者，带领一群人做好一件事；塔尖的人最少，他们制定战略，带领队伍，最终将梦想变为现实，这是领袖级的人物或领导人。

也许梦想仅仅来自一个领导人，或许是领导层碰撞之后的一张蓝图。但是，再好的梦想也只是星星之火。是什么神奇的力量让它变成燎原之势，最终变为现实？只有一个：沟通。

大家都知道战略的重要性。战略使我们有了共同的目标。许多企业并不缺乏战略和目标，但还是失败了。为什么？没有执行力。成功学家说，成功等于5%的战略加上95%的执行力。执行力的基石是沟通。

一个人的梦想要想变为几个人共同的梦想，需要领导班子间的沟通。同床异梦是可怕的，其根源是缺乏有效的沟通。领导层制定出战略规划，要由中层管理者去实施。但是，未能凑效。实施的中途走样了。原因何在？缺少沟通。

要把一个人的梦想变成整个团队的目标的学问，简而言之，就是沟通的学问。

沟通无所不在

一件事没有做好，总听到有人在抱怨对方。接下来的事情不可能会有起色。因为这不是沟通。沟通最基本的特征是双向的，要从两个方向思考问题。

沟通首先是从人与人的相处开始的。我们都渴望与上级、与同事、与下属之间建立和睦的人际关系。互相尊重与信任是和睦的基础。别人只有在感到你明确表示对他重视时，信任才会建立。

要用双倍说的时间去听。杰克·韦尔奇是一位杰出的企业领导人，他常喜欢用一句简单的话提醒自己："我们有两只耳朵和一张嘴——就按照这个比例使用它们吧！"倾听也是一种交流和沟通。倾听是接收信息的主要方式。有了信息，还要善于使用信息，发送信息，反馈信息。当然，反馈应该是建设性的、积极的反馈。

企业的不少员工不知道企业的梦想和目标。这说明领导人在沟通上过于吝啬。战略并非企业家的阴谋，要公开反复讲给员工听。只有大家都明确知道前进的目标，并齐心协力为之努力，企业才真正有了希望。

沟通无所不在。有时，一句话没有说好，不但影响了个人形象，还会筑起沟通的障碍。

领导者应认识沟通的重要性，并把这种思想付诸行动。与员工的有效沟通对实现组织目标尤为重要。

团队的每一个成员都应学习和掌握沟通的艺术，学会有效地倾听和正确地表达。使用语言和文字要简洁、准确，措辞得当，不讲空话、套话。大事，清楚地说；小事，幽默地说；讨厌的事，对事不对人地说；做不到的事，不胡说；没把握的事，谨慎地说；伤害人的事，不能说；开心的事，看场合说；现在的事，做了再说；未来的事，未来再说。

拓宽沟通渠道，保证信息双向沟通。沟通有多种形式，但必须是有效沟通。领导者应鼓励所有员工提出疑问和建议，直接而坦诚的沟通会取得事半功倍的效果。要避免信息传递链过长，那样会减慢沟通速度并造成信息失真。

沟通是成功的润滑剂

参加MBA核心课程进修班，老师布置了这样一道作业。问题是：公司最辉煌、最成功是什么时候？达到了什么程度？导致成功的因素是什么？其中，外部因素和内部因素各是什么？这些因素还具备吗？怎么才能使成功因素持续下去？目前，影响提高和发展的瓶颈是什么？

想了想，我的回答是：河南文艺社最辉煌的时候是今年。无论社会效益和经济效益，均创历史新高。我社今年获省级及省级以上奖共计20余项，其中省"五个一工程"图书奖13项，省优秀图书奖5项，全国畅销书奖3项，中国最美的书1项。版权输出2项，一项德国，一项泰国。市场图书码洋占有率的排名较去年前移了100多名，已进入中上行列。回款率和利润率均超额完成年度指标，利润较去年增幅在20%以上。导致成功的因素是具有良好的外部环境和内部环境。首先是领导班子的和谐，其次是整个团队的和谐，其三是外部和谐。带来和谐的基础是有效沟通。现在这些因素依然具备。只要成功因素存在，成功就会继续。目前，影响我社提高和发展的瓶颈，除去国家政策性原因（新课标副科教材和地方教材的循环使用，将大大降低回款收入和利润），能不能保持沟通并将沟通提高到一个新的水平，将是能否持续发展的一个关键因素。

河南文艺社几年来取得了令读者和同行关注的成绩，作为团队的引领

人，给我本人也带来一些成就感。回顾取得成绩的原因：我比任何时期都更加清醒地认识到沟通的重要性，我为沟通付出的最多，也得到了令人欣慰的回报。我尊重别人，同时也赢得了别人的尊重。沟通消除了心理间的障碍，使不可能的事情变为可能。我用两只耳朵倾听，只用一张嘴表态。我掌握了最重要的真实信息，它们帮助我避免决策失误。沟通让团队的每一个人都变成合作的伙伴，而非竞争的对手。大家在分享荣誉，共同进步。总结存在的遗憾，依然在沟通上。有些事情办得不够好，原因是有效沟通不够。这是我要向同事们道歉之处，也是我剩余任期内努力的方向。

（原载《创新出版》2008年第4期）

做称职的职业出版人

2009年，对于不少出版社，将是十分严峻的一年。除去世界性的金融危机的影响，还有一个较为特殊的因素，即部分义务教育阶段教材的循环使用。这将直接导致该类教材三分之二的市场丢失。我社出版的音乐教材和书法艺术教材都在循环使用之列。丢失的教材市场从哪里补？几乎只有一条路：扩大本版图书的市场占有率和回款率。

2008年，我社的经济效益和社会效益均创历史新高。利润较2007年增长30%。有20多种图书获国家级奖和省级奖。图书的品牌建设有明显的业绩，全国史传小说市场排名由过去的第12位上升至第2位，该类图书的销售码洋排名则牢居第一位。这主要归功于品牌历史小说《大秦帝国》的热销。而市场图书的占有率排名较2007年前移了120多位。我社连续四年被评为中原出版传媒集团优秀经营管理单位。

新年过后，我社的第一次全体会议，是冷静的分析会，即由财务部人员通报2008年我社的利润构成，本版书的发货、退货、存货和回款的真实现状。之后我们又开了发行工作座谈会。以便让大家正确看待过去的一年，更加理性地看待成绩和差距。找准和正视差距，才能有针对性地实现突破。我们的利润增长主要在教材上，本版书的发货明显增长，但回款率几乎停滞不前。我社至今没有上过畅销书榜，能够长销的品牌图书数量有限。

如何实现突破？如何在教材丢失三分之二的市场后仍能实现经营的持续

增长？

　　从两个方面看。从管理的角度，我们要优化机制和绩效管理，更好调动各个环节人员的积极性。另一方面，是摆在大家面前的共同课题：更快地找准定位，做一个称职的职业出版人！

　　说到底，我们与先进同行的差距只有一条：职业化程度不够高。我们在提出选题时，在编辑和设计图书时，在确定印数时，在使用营销手段时，在建立发行网络时，在落实回款时，还不够专业。俗话说，世上无难事，只怕有心人。可我们不少员工还不是"有心人"，跟不上市场不断给我们提出的新要求，有落伍之感。

　　2008年，我社出台了新的绩效考核规定，规定上说，一个员工如果连续两年完不成工作定额，将面临下岗。不少企业都有相同的规定。

　　自然界有适者生存、胜者生存的法则，同样适用于我们。欲做适者和胜者的人，肯定是一个与危机赛跑的人，他必须拥有决胜之本——做称职的职业人。

　　一个称职的职业人，必须遵循职场的基本规则：企业利益高于一切，顾客是企业的上帝。企业是全体员工生存和发挥才智的平台，个人利益不得凌驾其上。只有企业生存发展了，才有我们自身的生存和发展，只有企业兴旺发达了，才能更好地实现自身的价值。企业需要每一个员工都是人才，能为企业创造更多的利润。对于出版社，顾客主要是读者，读者是上帝，也意味着市场和利润。拥有读者，出版社才能生存和发展；失去读者，等于失去了一切。巴金有一句名言："把心交给读者。"作家和出版社与读者的关系是一致的，只有了解读者需求、一心一意为读者服务的出版社，才会真正拥有读者。

　　一个称职的职业人，必须具备职场的基本素质：勤奋，忠诚，敬业，承担责任。勤奋可以弥补天分的不足，是通往荣誉圣殿的必由之路。忠诚是职业人的美德，也是能力的重要因素。敬业能使人成长，立足社会，受到重用，立于不败之地。承担责任，是成熟的标志，是通往成功的阶梯。

　　一个称职的职业人，必须是一个学习型的人，是一个不断超越自己，与时俱进，成为令同行尊敬的行家里手。企业最大的财富是高度职业化的团队，这是企业能够持续发展的基本保证。时代在飞速发展，一个职业人只有不断学习，不断提高，每天都在进步，才能做到称职。

　　一个称职的职业人，必须是一个具有团队意识的人。现代企业，只能是抱团打天下的企业。现代社会崇尚合作，合作才能生存，合作才能发展。团队的成功，就是团队每个成员的成功。一个成员在帮助他人的同时，也就成就了自己。

（原载《创新出版》2009年第1期）

饮水思源　江山永固
——纪念秦统一中国文明2230年

　　2230年前，即公元前221年，世界文明史发生了一个影响深远的重大事件：已有近三千年文明史的华夏民族，结束了松散的分封式的贵族政体，成为一个高度统一的实行中央集权的封建帝国，屹立在世界东方。统一后的国家名为秦帝国，今天，我们尊称它为大秦帝国。

　　秦统一中国，彻底改变了华夏民族的历史命运。当今，中国是享有"两个世界唯一"的国家。其一，中国是世界文明古国中唯一的文明传承没有中断的国家；其二，中国又是世界大国中唯一的历经数千年沧桑而始终保持大一统的文明形态和疆域稳定的国家。一个优秀的民族，必然有能够证明自己之所以优秀的任何力量都无法撼动的历史和记忆。在中华民族的历史和记忆中，最宝贵、最为当代人自豪的，是我们拥有包含着博大精深、行之有效的生存大智慧和饱满激扬、勇于进取的生命状态的原生文明。原生文明是一个民族的生存根基。一个民族在由小到大、由弱到强直至成为世界民族之林一棵根深叶茂的大树前，必然有一段文明的形成期，这个时期形成的文明形态，犹如一个人的生命基因，将长久甚至永远影响着一个民族的生命轨迹。这就是一个民族的原生文明。中国的原生文明经过炎黄至夏、商、周三个朝代的发展和积淀，终于在东周的春秋战国时期升华生成，经秦百川归一的整合，形成华夏文明的正源。秦对中华民族的贡献绝不仅仅是统一了中国的版图，其最大的贡献是统一了中国原生文明的各种形态。大一统和中央集权的政体是统一文明后的结晶体，以法治国则是其立国之本。这已成为中华各民族赖以生存和发展的铁律及区别于其他民族的"胎记"。

秦帝国作为中国统一后的第一个朝代，只存活了短暂的15年。但秦整合创立的中华文明形态，却一直保留并影响着后世。"百代都行秦政法"，在秦统一中国文明后的两千年，中国一直是世界上最先进和最强大的国家，只是在近二百年，中国落后了，究其原因，显然是当权者对中华原生文明精神的背离。近60年，特别是近30年，中国实现了飞速发展，中华民族又恢复了变法图强、蓬勃向上的生命状态。

短距离和短时间看不清一个人，甚至也看不清一个国家。透过2200多年的历史，经过比较和鉴别，我们对秦终于有了更加理性的认识。中国何以成为"两个世界唯一"的国家？秦对中华文明的统一是其根本。没有秦对中华文明的统一，古老的中华帝国也许会像曾经不可一世的古希腊、古罗马一样，早已成为历史的烟云。

秦对中华民族作出如此大的贡献，理应受到世世代代的尊敬和纪念。遗憾的是，两千多年来秦一直背负着"暴秦"的恶名，后继的统治者一方面实行秦法，一方面又咒骂秦以显示当朝的英明。一些人对秦的评价，始终停留在当年被灭六国贵族遗民的立场上，亦跳不出狭隘的儒家史观。更有甚者，一些外国媒体，随意将秦和秦始皇妖魔化，以图说明中华民族几千年前就是一个残暴的民族。两千多年来，中国没有以任何形式纪念过秦统一中国文明的伟大贡献。

今天，我们隆重纪念秦统一中国文明，是有史以来第一次。纪念活动以推出典藏版历史小说《大秦帝国》和作品研讨会为标志，这是中国出版界、文学界的光荣和骄傲。

2008年4月，河南文艺出版社在全国第十八届书博会期间推出孙皓晖所著共6部11卷、长达500万字的历史小说《大秦帝国》，立即受到各界读者的欢迎。一年来，出版社共销售精、平两种版本近4万套。读者自发建立了多个有关《大秦帝国》的网站，许许多多的网评令人感动。读者超乎寻常的热

情，说明这部著作巨大的思想价值和一旦进入便欲罢不能的艺术魅力。西安电子科技大学赵亦工教授一家三口，人手一套《大秦帝国》，而且全部看完，其12岁的儿子参加了孙皓晖在该校举办的讲座，当场提问："中国当代需要秦帝国时代什么样的精神？"引起全场掌声雷动。肩负国家重要军工科研任务的赵亦工教授邀请孙先生到他的团队座谈，深情地对孙皓晖说："在民族复兴大潮中受到《大秦帝国》鼓舞的有一大批人，你并不孤独！"凡此感人的例子可以举出很多。这在一个盛行快餐文化和浅阅读的时代尤显可贵。一部书能同时得到三个方面的认可，是很难的，《大秦帝国》做到了。除去读者的认可，它还得到了官方和专家的认可。2007年，《大秦帝国》第一部"黑色裂变"入选全国"五个一工程"图书奖，这是官方的认可。2009年3月29日，由中国小说学会组织专家评选的2008年度中国小说排行榜揭晓，《大秦帝国》是上榜的五部长篇小说之一，这是专家的认可。中国小说年度排行榜有别于官方或商业性质的排行榜，以学术眼光和民间情怀见长。

作为对秦统一中国文明2230周年的永久纪念，典藏版《大秦帝国》与已出版本的主要区别，体现在纪念二字上。全书的装帧焕然一新，孙皓晖先生为典藏版撰写了新的后记。增加了豪华、典雅的实木包装。全书11卷正文外，增补1卷纪念册。纪念册包括秦统一中国后的地图和两枚纪念币，币面分别为秦始皇和商鞅的头像。为统一中国文明作出贡献的英雄数不胜数，犹如天上的繁星，秦始皇和商鞅则是远古星空中最耀眼、最灿烂的两颗。这也是有史以来两位民族巨人的伟大形象第一次出现在纪念币上。为突出纪念秦统一中国文明2230年，典藏版《大秦帝国》限量出版发行2230套。每套纪念册上，都有作者和出版者的亲笔签名及题词。为便于长久收藏，每套典藏版《大秦帝国》均附有收藏证，编号从0001号至2230号。

秦始皇和商鞅，是永远值得中华民族世世代代铭记和缅怀的伟大人物。依据历史的真实和新的历史观，孙皓晖在《大秦帝国》中成功塑造了秦始皇和商鞅的文学形象。他们的伟岸英姿和音容笑貌将永久存留在中国文学长廊里。

商鞅是中国古代第一个伟大的改革家，是推动和改变历史的巨人。梁启超把他列为中国古代六大政治家之一，已成公论。商鞅变法，是一场以法治全面代替礼治、以军功代替世禄、以君主集权的封建政治全面代替分治的贵族政治的革命。商鞅变法是中国古代社会最成功的一次全面的制度改革，其结果直接促成了时代的发展，落后的秦国一跃成为国富兵强的大国，中原各国的命运为之一变。通过变法，相对彻底地实现了依法治国的政治目标，秦成了真正意义上的法治国家。商鞅的改革理论与实践，为秦最终统一中国奠定了基础，影响和决定了秦以后两千多年的政治走向。毛泽东称商鞅是中国四千余年记载中，求其利国福民伟大政治家之第一人。商鞅的理论著作《商君书》成为历代帝王和政治家的案头宝典。

秦始皇是中国统一文明的奠基人。他不仅灭六国统一了中原，之后不断开拓疆土，形成中国最早的版图，其最大的贡献是统一了中国的文明形态：统一文字、政治、军事、法律、经济、商业、交通等等。这些统一的文明形态为中国今天成为"两个世界唯一"奠定了牢固的基础。他视不同民族为兄弟姐妹而平等相待，最早奠定了中华民族的雏形。秦始皇是中国历史上最有作为的皇帝，他在统一中原后所作的统一文明惠泽后人的业绩，全是前无古人、惊天动地的大手笔，竟在短短的11年内全部完成。这让农业经济时代的后人永远无法望其项背。除去他夜以继日的勤政和高效工作之外，高超的领袖智慧是不容怀疑的。他是中国古今罕见的天才。他以只争朝夕的速度完成他为自己有生之年确定的事业，有时不得不采取一切强硬和专制的手段，如统一思想、文字、货币、度量衡，修筑长城、灵渠、军用驰道，等等。他的工作成果被后世子孙享用了两千多年，但因他的专制手段，又使他背了两千多年"暴君"的骂名。从古到今，对秦始皇的评价始终是两面的，以咒骂为主，同时又受到一些清醒的思想家的高度评价。唐朝的柳宗元在《封建论》一文中充分肯定秦始皇推行的郡县制优越于分封制，提出一个著名观点"公天下之端自秦始"。明代的李贽直接称赞秦始皇为"千古一帝"，他认为秦始皇结束了诸侯割据的混乱局面，统一全国，这是掀翻一个旧世界、建立一个新世界的伟大功业，这个伟大的功业是后世的帝王无人可比的。明代张居正对秦始皇在全国范围内确定以法治国方针大加赞赏，并以此为楷模。现当代伟人中为秦始皇正名和说公道话的首推鲁迅。鲁迅在《华德焚书异同论》一文中说："德国的希特拉先生们一烧书，中国和日本的论者们都比之于秦始皇。然而秦始皇实在冤枉得很，他的吃亏在于二世而亡，一班帮闲们都替新主子去讲他的坏话了。不错，秦始皇烧过书，烧书是为了统一思想。但他没有烧掉农书和医书；他收罗许多别国的'客卿'，并不专重'秦的思想'，倒是博采各种的思想。"

中国有句民谚："吃水不忘挖井人。"这是中国人的传统美德。今天，我们纪念秦统一中国文明2230年，就是饮水思源，不忘先贤。饮水思源，是为江山永固，也是实现中华民族伟大复兴的强大动力。

（原载《创新出版》2009年第2期，《说不尽的大秦帝国》，河南文艺出版社2010年1月出版）

历史是可以改写的

写下这个题目，即刻遭到儿子的反驳：题目是错的。历史之所以成为历史，就是不可以随意改变，更不可以随意改写的。

他说得有道理。我们曾有过粗暴改写历史的惨痛教训。最著名的例子莫过于"文革"时期突然冒出来的"林彪的扁担"。井冈山的博物馆里收藏有朱德的扁担，因为中小学课本上有，可以说这是家喻户晓的一个故事。把朱德的扁担改为"林彪的扁担"，是公然篡改历史，它注定长久不了。随着"文革"的结束，一切又都正本清源，恢复了历史的本来面目。

我要说的是另一层意思，即把历史当作一个动态来看。从这层意义上看，历史是不断被改写的。比如说，我国的GDP前几年处于世界第四位，后来超过德国变为第三位，这不是在改写历史吗？

值得自豪的是，我们河南文艺出版社，在21世纪第一个10年的最后一年，也加入到改写历史的行列里，而且改写了多项纪录。

1. 我社被新闻出版总署评定为二级出版社，对于一个从未有过"优秀""良好"记录的出版社，这应被视为在改写历史。

2. 我社在第七届全国书籍设计艺术评奖中获奖11项，其中一等奖1项，二等奖3项，在第七届全国书籍设计艺术展览百家优秀书籍设计出版单位排行榜上名列第11位。这既是在改写文艺社的历史，同时又改写了河南图书装帧设计在全国无金奖的历史。

　　3.我社出版的长篇小说《大瓷商》荣获全国第十一届"五个一工程"图书奖，是继第十届《大秦帝国》获奖后又蝉联此项大奖。

　　4.我社出版的小说《人间》及传记文学《不堪回首》，上了开卷公司的月、周畅销书榜和分类畅销书榜。这是我社图书首次登上开卷畅销书榜。

　　5.我社出版的长篇小说《大秦帝国》在一年零八个月的时间内销售6万套，累计码洋近3000万元。

　　向改写我社历史的功臣们致敬！

　　改写历史不仅需要热情，还要靠清晰的思路，靠忧患意识，靠团队的凝聚力，靠苦干、实干、巧干，靠孜孜不倦的追求。

（原载《创新出版》2009年第4期）

创造新的十年

欢庆新千年到来的满天礼花犹在昨日，时光已经过去了10年。2010，新世纪的又一个10年开始了。

摆在每一个人面前的共同课题是：如何度过新的10年？

想到一句古老的箴言：人无远虑，必有近忧。那些从古到今的成功者，无一不是心怀远虑、未雨绸缪的人，或者说无一不是为理想和追求脚踏实地、孜孜以求的人。

去年金秋，电视剧《大秦帝国》开播新闻发布会在京举办。当天晚上，我和许华伟到宾馆去看望孙皓晖先生。我说，经过10多年的辛劳，《大秦帝国》已经竣工，电视剧也要播出，你可以好好休息一下，安享晚年了。不料孙先生笑着说，我的身体尚可，还有一个10年计划需要完成，怎敢懈怠！如果说安享晚年，也只能在70岁之后了。他的10年计划是，完成系列电视片《中国原生文明启示录》（33集）的剧本创作和拍摄，完成小说《马背上的诸侯》，完成电影《秦始皇》（上、中、下）的剧本创作和拍摄。听了他的话，我被深深震撼了。真是烈士暮年，壮心不已啊！进而想到我们自身，如何度过新的10年？

时间就是这样，稍纵即逝。只有那些与时俱进的人，才永远是时间的驾驭者和领跑者，像一个个优秀的骑士，紧紧把握着时间的缰绳。

刚刚看到一则消息，同样使我感到震撼。久负盛名的青年文学刊物《萌

芽》主编赵长天在接受记者采访时坦言，《萌芽》的未来是不容乐观的，因为现在的孩子们，一定会选择在网上阅读，所以，《萌芽》现在正在筹备建立自己的专业网站，渐渐地取代杂志。《萌芽》因新概念作文大赛发现韩寒、郭敬明、张悦然等"80后"文化偶像，被誉为"'80后'偶像摇篮"。鉴于杂志近年来发行量下降的趋势，主编已为未来的发展描绘了与时俱进的蓝图，并着手将蓝图变为现实。

前不久，中原出版传媒集团组织了关于数字出版的培训和座谈，引发了各成员单位对未来发展的严肃思考。我们已经进入到数字化的时代，新的时代将带来一场新的技术革命。未来10年将是重要的转型期，传统的只销售纸质书的时代将成为过去。10年后，消费者会获得更多的各种形式的电子书，会有更多的人选择在线阅读的方式读书。时代要求出版社需要更多的复合型人才，需要在保持核心业务的同时有更多的创新意识和创新能力。只有这样，才能继续保持生机，不被历史淘汰出局。

　　温家宝总理在今年全国"两会"的中外记者招待会上，曾用"行百里者半九十"的古训来勉励国人。可我们要走的路，别说九十，连六十还没有达到，所以说还远远没有达到一半。曾经改写过历史的出版健儿们，让我们重新绘制蓝图，去创造新的10年。

（原载《创新出版》2010年第1期）

出版人与读书

温家宝总理说："读书关系到一个人的思想境界和修养，关系到一个民族的素质，关系到一个国家的兴旺发达。一个不读书的人是没有前途的，一个不读书的民族也是没有前途的。"他通过网友向全体国民发出了重视读书的召唤。

读书的重要性应该是一个常识，可事实并非如此。很多人为了功利的目的读书，仅仅是为了混一张文凭而已。他们表现出的思想境界令人怀疑其学历的真伪。古人说："书中自有千钟粟，书中自有黄金屋，书中自有颜如玉。"这是一种功利的读书观，境界不高，是在"学而优则仕"的社会背景下产生的。看来这种影响至今依然存在。

在世界读书日到来之际，王成法先生推出了他多年拍摄的以读书为主题的摄影集《读ING》，受到读书界的好评。一幅幅取材于世界各地各民族读者读书的画面，既让我们沉浸在审美的愉悦里，又让我们感受到作为一名出版人的崇高责任和使命。

有一句话叫"开卷有益"，这只是对那些有足够鉴赏能力的读者而言。对广大青少年读者和一般读者，读书是要有所选择的。美国作家梭罗说："首先要读最好的书，以免来不及将它们读完。"英国哲学家罗素告诉我们："阅读将使我们与伟大的人物为伍，生活在对崇高思想的渴望之中，并且在每一次困惑中都会被高贵的火光所照亮。"显然，罗素也是要我们读最

好的书。只有最好的书，才能提升我们，照亮我们。

　　作为出版人，梦寐以求的事情，莫过于一生出一部或多部能够被读者争相阅读的，能够帮助、提升、照亮他们的好书。这是出版人的天职和追求。

　　谈何容易！可能一部有价值的书稿被你轻而易举地一退了之。或者，你与作者的见解根本不在一个水平线上，他不屑于让你做他的责编。原因何在？你读书太少，不知道此一领域的代表作有哪些。书稿有无价值和已经达到的高度，你没有能力作出判断。

　　要想完成在出版领域的文化担当，读书是无法逃避的基本功。出版人比任何人都更加需要读书，读公认的经典，读新近出版的引起读书界关注的好书。有人说，有一种人，读书对他们像空气一样重要。我们便是这种人中的一群。

　　　　　　　　　　　　　　　　　　（原载《创新出版》2010年第2期）

横看成岭侧成峰
——"格言新说"的启示

前不久随河南期刊界的朋友们去格言杂志社取经，收获颇丰。《格言》个性化的办刊之路及其创新思维和创新实践，给大家留下了深刻的印象。杂志的品牌栏目很多，大都围绕格言展开，尤其是每期都上封面的"格言新说"，最受读者喜爱，给同行们的启示也是最多。

这是一个别出心裁，对传统的经典格言进行大胆颠覆，而又能给人新的启迪的栏目。比如"宁静致近""朽木可雕""开卷何必有益""世有千里马，然后有伯乐""成大事者，拘小节""行而后三思""此处不留人，没有留人处"等等，乍看题目，有些刺眼，一看文章，耳目一新。杂志总编辑李彤女士在介绍这个栏目时，我的脑海里突然冒出一个名句：横看成岭侧成峰。

这是北宋大文学家苏轼在1084年游庐山后所写下的诗句。全诗仅四句："横看成峰侧成峰，远近高低各不同。不识庐山真面目，只缘身在此山中。"苏轼有感庐山之奇，不知如何下笔，在山中游玩十多日，把山南山北都看遍后，最终悟出了看待客观事物有不同的角度，因而有不同结论的道理，从而写出了这首充满理趣、千古传诵的名篇。

从不同角度看待事物，是创新思维的关键，也是"格言新说"取得成功的秘诀。

大胆怀疑已有的结论，是创新的前提。教条主义者是不可能创新的。马克思在回答女儿"你最喜爱的格言"的提问时，写的是"怀疑一切"。没有怀疑一切的思维，爱因斯坦不可能发现著名的相对论。牛顿的万有引力定理和力学定理，被普遍认为是真理。可是，爱因斯坦大胆地怀疑了它。事实证明，同样一个物品，在地球引力作用下的重量，放在月球上，是不一样的。所以说，真理也有其相对性。这也印证了一切事物都以时间、条件、地点为转移的辩证法原理。

"格言新说"中选用的原格言，都是大家耳熟能详的、经常引用的名句，很少有人去怀疑它的正确性。然而，栏目的作者们运用创新思维，以新时代的精神需求去思索，发现了它们的局限性。比如古人说"朽木不可雕也"，"格言新说"则说"朽木可雕"，结论是：朽木不是废木，对于锲而不舍者，金石可镂，何况朽木？对于那些没有眼光又缺少技巧的平庸雕琢者，当然不会有化腐朽为神奇的创造。

《格言》给自己确定的使命是"铸造格言时代，创新时代格言"。其定位是，给爱学习的中学生们看的，旨在提高语言修养的语言范本。其格调定位是，给大脑补钙。《格言》做到了。短短的几年时间，已成为最受中学生喜欢的杂志之一，获得了多项国家级的荣誉。它实际起到的作用，不仅仅是提高语言修养，更重要的是对创新思维的培养，这对青年一代，尤为宝贵。

《格言》也不仅仅给青少年大脑补钙，对我们这些已上了年纪的人，同样受益。

（原载《创新出版》2010年第3期）

人生紧要处的几步

今年6月下旬，我与许华伟应孙皓晖先生之邀，去陕西三原县参加一个活动，归途中在西安停留。咸阳市作家向岛陪我们去位于西安市南郊神禾塬半崖上的常宁宫风景区游览。这是唐代贞观年间唐太宗李世民为感谢上苍救母之恩，求佛主保佑李唐王朝，在京郊神禾塬处建造的一所寺庙，命名常宁宫。常宁宫今已不存，只留下遗址。此地现已成为集休闲、旅游为一体的度假山庄。除独特的自然风光外，游客们更感兴趣的是，这里曾是蒋介石的西北行宫。抗战时期，时任国民党西北军政长官兼黄埔七分校主任的胡宗南，为表示对首长和老校长的敬重，特在此为蒋建造行宫，历时两年竣工。此后蒋介石曾于1943年至1946年间三次来陕在此居住。这里也曾是蒋纬国夫妇新婚度假之地。当年蒋介石的办公、休息、会客、开会之处，均已复原，对游客开放。

还有一处景观，常为一般游客忽视，但对于我，却是重要的意外收获。这里也是我国当代著名作家柳青当年写作《创业史》的地方。他住过的窑洞现已辟为纪念馆，供人们瞻仰。他的写作室摆有一尊写作时的蜡像，神态安详，若有所思。柳青（1916—1978）是一位延安时期的作家，新中国成立后曾任《中国青年报》文艺部主任和中国作协陕西分会副主席，为了解新农村的历史变迁，写出新作，1952年起，经他主动要求，全家迁入长安县皇甫村安家落户，在此生活了14年，写出散文集《皇甫村的三年》和长篇小说巨著

《创业史》一、二部。

　　站在柳青故居前，感慨良多。《创业史》中的章节曾选入初中语文教材，题目大概是《梁生宝卖稻种》。书中的故事已记不清了，但有一句话却是永远不会忘记的。这句话曾被作家路遥在《人生》中引用过："人生的道路虽然漫长，但紧要处常常只有几步，特别是当人年轻的时候。"

　　柳青不仅仅通过他作品的主人公，也以他自己的行为诠释了这句话。柳青是文学陕军的主要代表，他在三十几岁作出的这个一般作家很难为之的人生抉择，成就了他的文学追求，也影响了后世的几代作家。

　　这句话已成为人生箴言，成为无数读者的座右铭。每个人都可以举出许多成功和失败的事例，来说明这句话的正确、精辟。

　　人生的旅途大概都会有不寻常的"点"，迈出这个"点"，可能只在一念之间。不能小看这个在一念之间作出的决定，即柳青所说的"紧要处的几步"，它们会影响人的一生。

　　走好自己的路，特别是紧要处的几步。

（原载《创新出版》2010年第4期）

一部别具特色的编辑学专著

——序许华伟《〈大秦帝国〉编辑手记》

作为一名图书编辑，最大的梦想莫过于编辑一部能够产生巨大社会影响、具有文化传承价值、启迪人生、在出版史上占有一席之地的好书。不少人终生只停留在梦想阶段，本书作者许华伟是一个幸运者，他将梦想变成了现实。

《大秦帝国》是一部可遇不可求的大书。至少有两点可以说明：其一，像孙皓晖先生这样下如此大的苦功夫，甘愿用20年的时间研究、辨析、创作，来完成一部著作，且为保证创作时间，辞去大学教职，做一个不拿分文报酬，全靠稿费为生的自由写作者，在当代中国少之又少。其二，以新的历史观、以中国文明史的高度进行创作，再现了2300年前战国及秦帝国时代160余年间的政治、军事、经济、文化风貌及风土人情，成功塑造了秦始皇、商鞅等一大批在中国统一大业中立下丰功伟绩的英雄群像，引发读者对中国文明史和民族精神的深远思考。这样的书，还没有出现过。从这个意义而言，河南文艺出版社和许华伟都可以称为幸运者。

《大秦帝国》全套图书出版后两年多来的社会影响及发行业绩，印证了它的巨大成功。评论家孟繁华说："我觉得这的确是力透纸背、才华横溢的一部大书。它以宏大的历史意识，要为历史溯本清源。我现在想象，现在有红学、有儒学，以后很可能有秦学。"孟先生的预见不是空穴来风，学者李衍柱先生已经写出了《走向新世纪文艺复兴的绿色信号——孙皓晖〈大秦帝

国〉论稿》专著，即将出版，可否视为"秦学"的发端？

　　一部大书的成功出版是一个系统工程。作者是最重要的一端。没有作者的劳动，《大秦帝国》的出版就会成为无源之水。但一部好的作品因为没有遇到知音而被埋没的事件不乏其例。从某种意义上说，《大秦帝国》能在河南文艺出版社出版并由许华伟担任责编是一种缘分，也可视为《大秦帝国》的幸运。"幸运"一词并非夸张。《大秦帝国》多年来一直是河南文艺出版社的"一号工程"，为它服务的是一个团队。这个团队齐心协力，始终都把它当作精品图书来打造。同时它又是中原出版传媒集团的品牌。能享受如此待遇的图书，可谓凤毛麟角。《大秦帝国》的另一个幸运，是由许华伟担任责任编辑。许华伟为此付出的心血和劳动得到了作者的高度认可。孙皓晖先生在《大秦帝国》跋语中的一段话，可作最好的说明：

尤其要说的，是责任编辑许华伟先生。

多年来，我之所以能够与河南文艺出版社并中原出版传媒集团保持紧密良好的合作关系，多赖许华伟之功。人言，责任编辑是出版社与作者之间的桥梁与纽带。信哉斯言！华伟年轻坦诚、信守约定、朝气蓬勃，且极具专业素养与职业精神，人与之交，如饮醇酒，如踏土地，厚重坦荡、火热坚实，信任感不期而生，弥久愈坚。

使我多有感喟者，是华伟所身体力行的那种当下编辑已经很少具有的独特的专业理念与实干精神。

以专业理念而言，华伟尊重作品，尊重作者，更尊重作品内容所体现的价值原则，始终本着"可改可不改者一律不改"的理念，从不对作品作无端删削与扭转，辄有改动，必征求作者意见。此点，对于一个极具鉴赏力与笔下功夫的责任编辑，实属难能可贵。

以实干精神而言，华伟不事空谈，极富负重苦做之心志。《大秦帝国》出版周期长，编辑工作量超大。其间，无论是座谈会议还是应急材料，抑或紧急编辑事务，华伟都是兢兢业业、不舍昼夜，甚至拉上出版社的年轻人一起加班。本次全套推出，十一卷五百万字全部重新编辑、重新装帧，而时间只有短短三四个月。要在2008年3月底前各道程序、工序全部走完，以在4月份的第十八届全国书博会上全面推出，实在是一件繁重的任务。面对艰难，华伟意气风发地笑称，要开始一次"编辑大战"。之后，华伟与美编刘运来等同事立即投入此战，周末亦极少休息。每每从电话中听到华伟在编辑室关于种种细节勘定的急迫声音，我都不期然生出一种感慨——如此自觉负重的职业精神与任事意志，何其可贵也！

能得到作者如此嘉许的编者，在当今出版界，不会太多吧！而摆在我们面前的许华伟的编辑学专著《〈大秦帝国〉编辑手记》，则是另一个说明。这是一部别具特色的编辑学专著。特色之一，它写出了一部历史文学巨著的

编辑出版营销历程。这种个案性质的编辑学著作，很少看到，因而显得弥足珍贵，可使出版界同仁们借鉴。特色之二，它写出了一个优秀编辑的成长历程。它并没有写一个编辑应该如何做，但它通过五个章节的内容所表达的，已经生动地告诉了我们，一个优秀的编辑应该具有的职业精神和知识结构。

　　作为华伟创造性劳动的见证者，我向这部专著的出版表示由衷的祝贺！同时，也希望这部专著的出版，只是华伟出版生涯的一个新起点。他还年轻，正当盛年，我们有理由如此期待。

　　（原载2010年10月26日《中国图书商报》，2010年11月11日《皖南晨报》。《〈大秦帝国〉编辑手记》，2010年10月由河南人民出版社出版）

《名人传记》二十载

1985年2月，《名人传记》创刊。当年的一株幼苗，如今已长成参天的大树，树干上刻着坚实的20圈年轮。

20年，在人类历史的长河中，只是短暂的一瞬，可对于一本期刊，则是一个颇为长久且令人自豪的数字。在旧中国，几乎找不到连续出版20年的杂志，而在新中国的前30年，同样没有先例。在"文革"期间，除去党中央的机关刊物，所有杂志都难逃停刊的厄运。回顾20年的创业史，令人感慨万千。感谢伟大的时代。没有20世纪后20年的太平盛世，就没有中华民族的再次腾飞，当然也就谈不上《名人传记》今天的业绩。

《名人传记》创刊时为双月刊，1988年改为月刊，2004年又改为半月刊。最初由黄河文艺出版社创办，后改由河南人民出版社主办，1996年交河南文艺出版社主办。现任执行主编陈杰女士是创刊时的四位组稿编辑之一，其余三位张家新、胡涌、杜天俊均已退休，当时的编辑部主任潘万提现在文心出版社任职，分管副总编王亚东也已退休。随后，曾在《名人传记》工作并为它作出贡献的编辑还有郭瑞三、杨东军、宋瑞祥、寇丹、安宁、李恩清、袁健、田玉强、郑雄等人，还有一些在任的编辑，恕我不再一一提及。谈及这些，主要是向他们表示由衷的敬意。20年，又带给人一种莫名的沧桑之感，它记载着两代人不懈的努力。

回顾20年历史，有两个人的大名不能不提，《名人传记》因与他们的名字相联而备感光荣。一位是前任国家新闻出版署署长、现任中国出版工作者协会主席于友先先生，他为《名人传记》撰写了发刊词，它至今仍作为我们的办刊指针熠熠生辉。另一位是英年早逝，被美术界誉为"20世纪中国人物画最后一座高峰"的著名画家李伯安先生，他是《名人传记》创刊号的设计人，他还担任该刊的美术编辑多年。

20年，《名人传记》获得过多项荣誉。它是中国期刊方阵中的"双百期刊"，两度获得"国家百种社科期刊奖"。它曾被评为"全国转载率最高的十佳期刊"之一，每年都有数十篇作品被国内知名文摘报刊转载。它是历届河南省的一级期刊、优秀期刊、二十佳期刊。有不少期刊在市场大潮的冲击下遭遇淘汰出局的尴尬，《名人传记》不但未倒，反而根深叶茂，保持着旺盛的生命力。

《名人传记》的读者面十分宽广，有中学生，还有90多岁的退休老人。刊物大气厚重的品格与信息量大、启悟性强的鲜明特色，赢得了社会的首肯，因而具有相对稳定的读者群。编辑部经常收到各地读者热情赞誉的来信。江西省古稀老人刘红生先生在来信中写道："《名人传记》所载正面人物人生坎坷的历程、高尚的人品、辉煌的业绩、崇高的理想、美好的心灵、感人的情操，都具有巨大的感染力，催人奋进，促人振奋。读他们的传记使我有高山仰止、见贤思齐之感，使我找到了人生的借鉴，做人的明镜，看到了历史的变迁，为人的准则。"福建省年近九旬的许其福老先生在信中说："仅次于选择益友，就是选择好书。《名人传记》正是我选择的好书。每每接到《名人传记》，总是爱不释手，如痴如醉……"

笔者与《名人传记》有不解之缘。多年来，我一直是它的忠实读者；由于热爱，继而成为它的作者；再后来，在它迎接20岁生日之际，又荣幸地成为它的编者。

精华本所选，均是《名人传记》历年来转载率最高、影响最大的作品。当然，限于篇幅，有不少好的作品只能忍痛割爱。即使如此，它仍不失为一个高质量的选本。它是《名人传记》创刊20周年的纪念，也是回报广大作者

"凤雅颂杯"当代优秀传记文学作家颁奖暨《名人传记》创刊二十周年研讨会　2005.10. 郑州

和读者的一份礼物。

　　一位学者说，历史是无数传记的结晶。我们阅读《名人传记》，无异于阅读历史。历史是一面明镜，我们从中会清晰地找到自我，也会从别人身上获得借鉴。

　　祝读者朋友读有所获，心想事成。

　　祝《名人传记》有更加美好的未来！

2004年岁末于郑州

（本文是为《名人传记》精华本（2005）所写的序言）

访问美国出版业

书店一瞥

出于职业习惯和爱好，过去每到一个城市出差，总要挤时间到书店看看。现在到美国考察访问，旧习依然难改。不少同伴热衷于购物，我却眷恋着书店。在旧金山、洛杉矶、纽约和华盛顿，我去了不少大大小小的书店，有洋人开的，也有华人和日本人办的。在这些地方，我见到一些渴望已久、在国内却无缘相见的著名杂志及各色各样的读物，加深了对美国新闻出版业的了解。

因为自己是办杂志的，所以格外留意各类杂志。美国的杂志除了固定的订户，在一些书店（也有书店不卖杂志）、杂志专售店和超级市场里都有销售，但这些地方一般都销售较严肃的杂志，色情杂志则只能在专门的店里卖，并且只能卖给18岁以上的成年人。

书店有不同的档次。有一些高档次的书店在我国是从未见到过的，在旧金山和华盛顿我都见到过，房子是经过装修的，地面铺着地毯，书架也很讲究，在书架之间较宽敞的地方还放着座椅或沙发。读者可以尽情地挑选和阅读，没有人干涉，来逛书店的人好像不太多，每到一家书店看到的顾客都是三三两两，从没有出现过拥挤的现象。并非读者冷落书店，在其他商店里也是如此，顾客都不多，可以从容选书和购物。这等优雅的环境，实在是一种享受，这在国内是很难想象的。

美国的图书装帧都很精美，很多书都是精装本，简装书的质量也大大高于我国。我国地摊上出现的某些粗制滥造的通俗读物，在美国绝无立足之地。像我国一样，美国的纯文学读物销路也不佳，少数的名著例外。几乎所有的书店都卖降价图书。这些书大多属于纯文学、诗歌和小说之类，也有一些曲高和寡的艺术书籍。在伯克利的一家书店曾看到盒装的有声图书，主要读者对象大多是青少年，听说销路看好。

在各大城市的中国城里，几乎都有中文书店，基本都是台湾人和香港人办的。中文书店全都是销售港台、中国大陆出版的图书，也看到过中国大陆的期刊。读者都在华人圈内。在洛杉矶和华盛顿的两家台湾人办的书店里，我看到河南出版的两种图书，一种是《隋炀帝艳史》，一种是研究古代文化的学术著作。因为我来自河南，看到河南版的图书在美国销售，觉得格外亲切。

美国的杂志，大多是国际流行开本，印刷精美，文图并茂。一些杂志内文也用铜版纸彩印，图片清晰而富有光泽。这些如果在我国，完全可以称为豪华本了。可这样的杂志成本很高，在我国现有的消费水平下，很难卖得动。在美国，我看到较多的是这几类杂志：新闻杂志、妇女和家庭杂志、体育杂志、生活杂志和色情杂志。纯文学杂志很少看到。《纽约人》听说属于文学杂志，但与我国的纯文学杂志有很大的不同，除发表文学作品外，还有图片、漫画和广告。它把新闻、娱乐、文学作品和政论文章融合在一起提供给读者。在我的印象中，《花花公子》是著名的色情杂志，美国朋友却不这样认为，大概是那些不堪入目的杂志压住了它，相比之下它还显出几分严肃。我看过两本《花花公子》，每期的中间页都是一幅裸体美女照，除此，尚未看到更黄色的东西。提起美国的色情杂志，凡看过的同行者没有不咋舌的。赤裸裸的群交场面、同性恋、性虐待，都能堂而皇之地登上封面，内容更是无奇不有，令人难以想象。这些杂志主要在性商店或性书店出售，但有些小卖店也卖，定价比一般杂志要高一些，在5—15美元之间，一般严肃杂

志多为3—5美元一本。

　　没有看到国内随处可见的报刊亭。好像没有专门卖报纸的地方。街上到处都有自动售报机。每份在30美分—1美元之间。把硬币塞进去，箱门自动打开，买报的人自觉拿出一份，然后再关上，全凭自觉。如果有人不自觉，交一份的钱却取走两份报纸，报社就要亏了。我问有没有这样的人，美国朋友说，即使有，也是极少极少的。

一组惊人的数字

　　在没有到报刊社参观之前，为使我们对美国的新闻出版业先有一个概略的了解，东道主马先生为我们安排了一次专题讲座。演讲人是美国太平洋电视公司总裁、新闻评论家李文中先生。他演讲的题目是"美国传播业概况"。与我国通常的说法不同，美国一般不用"新闻出版界"一词，而用西方盛行的"传播业",传播业除包括报刊、广播、电视外,也包括图书出版。

李先生给了我们一些数字,其中有些数字是十分惊人的。

这些均为1991年的数字。

一、报纸。1991年,美国的报纸共1586家,发行量为3500万份,其中早报571家,晚报1042家(27家报既出早报又出晚报)。发行量最大的五家报纸是《华尔街日报》(192万份)、《今日美国》(150万份)、《洛杉矶时报》(124万份)、《纽约时报》(120万份)、《华盛顿邮报》(83万份)。

报刊的平均厚度:早报,91页;晚报77页;星期刊,351页。

报纸的年广告收入:89亿美元。

二、杂志。美国的杂志共10830种,类别繁杂,发行量大的杂志有《成熟》(2450万)、《美国退休人协会会刊》(2271万)、《读者文摘》(1600万)、《电视指南》(周刊,1535万)、《美国国家地理》(992万)、《美化居室与花园》(800万)、《家》(546万)、《家务管理》(515万)。其他一些著名杂志:《妇女家庭》(503万)、《时代周刊》(424万)、《花花公子》(349万)、《体育周刊》(344万)、《新闻周刊》(323万)、《美国新闻与世界报道》(235万,第26位)。发行量在100万份以上的杂志有80种。

杂志的年广告收入:67亿美元。

三、电视。商业电视和教育电视(公共电视)共有1505个频道可以播放,其中有线电视(收费)共有5578万订户。

在美国,98%以上的家庭拥有彩色电视机。2%的家庭拥有黑白电视机。电视的年广告收入:全国电视网101亿美元,地方电视台92亿美元。

美国的传播业在经济上从来不依靠政府,他们的口号是"大众是衣食父母,广告是奶水"。1991年,美国传播业全年广告收入就有411.558亿美元。哪些人做广告呢?第一位是牙膏肥皂公司,广告费23亿美元。第二位是香烟公司，广告费22亿美元。第四位是通用公司，广告费15亿美元。麦当劳公司占第8位，广告费7.6亿美元。

令我们不解的是，美国政府做宣传也要付广告费。全年的广告费3亿美元。最多的是三军的广告，主要用来征兵。美国青年大都不愿意当兵。政府靠富有魅力的广告词吸引广大青年。广告词说，美国的军队使用的全是现代化的电子设备，军人退役后就是专家，而且美国军人退役后可以免费上大学。这一条是很有吸引力的，因为美国的大学学费非常高昂。

在介绍了这些情况后，李先生总结了几条美国传播业的特点：

1.美国的传播业只有公营和私营之分，却没有国营的。政府只管发换营业执照和税收。任何人都可以创办报刊、电视、电台，只要有足够的资金。美国还有一个很特殊的任用标准，即EEO（平等任用的机会），其他国家很少有。因美国是一个多民族的移民国家，像华人这样的少数民族是受到保护的，华人的报刊、电台绝对受到保护。美国的宪法规定，政府不能干预新闻和出版，新闻和出版业享受充分的自由，但也不是绝对的自由。政府有两点是干预的：新闻出版的内容不能影响国家的安全，不能败坏社会风俗。另外，香烟不能上电视，烈酒不能上广告。

传播业多数为私营，少数为公营。公营与国营的区别在于，公营指政府可以资助，但不能控制人事，国营则是政府控制人权和财权。

2.公平竞争。从前面的资料可以看出，美国的报纸数量不算很多，全国1200多个城市只有1500多家报纸。并没有人限制数量，而是自由竞争的结果。过去，每个城市都有几种报纸，经过竞争，大多数倒闭，少数保留下来。比如华盛顿市，《华盛顿邮报》在1877年创刊时，全市只有13万人口，报纸却有5家。到1970年时，人口虽然增加数倍，报纸由于竞争火并只剩下了3家。另两家是《华盛顿明星报》和《华盛顿每日新闻》。这两家报纸收入和利润不断下降，最后不得不于1972年和1981年分别倒闭。它们倒闭后，《华盛顿邮报》就成为华盛顿仅有的一家日报了。这个例子可以看作几十年来美国的报纸为何日益减少的缩影。在其他城市都有类似的例子。现在，每个城市基本上都是1—2份报纸。

竞争最终导致垄断。垄断的后果是：报刊不得不在新闻评论的内容上屈从于垄断资本的利益。杂志由于它自身的优点，处境比报纸要好一些。从数字上看，较之前些年也在减少。

3.收入来源主要靠广告。前面的一组数字是一个有力的说明。这一点和我国的报刊明显不同。我们的报刊收入主要还依赖发行量，广告收入只占一定的比例。美国的报纸广告收入占总收入的70%左右，杂志广告收入占总收入的40%—60%。电视和广播业的广告收入情况，与我国可能比较接近。

《纪实报》

《纪实报》是旧金山的一家法律报社，日报，1877年创办，至今已有100多年的历史，目前发行量6300份，读者对象主要是法官和律师。美国是一个法制国家。有一支很庞大的律师队伍（约60万人），正因如此，这样的专业性报纸才能生存。

报社的负责人罗西热情地带我们到编辑部参观。报社仅有55人，编辑工作全部电脑化。大家工作都在一个很大的房间里，每个人都有一个与其他人相隔离的工作室（面积很小），配有电脑和电话。罗西在他的工作室向我们介绍了工作流程和出版的经过。这些都与我们大同小异。

参观之后，我们到一个小会议室里座谈。报社约另一位负责人向我们介绍有关情况。他说，美国最重要的传播媒介是报纸，由于电视的出现，报纸兼并得很厉害。旧金山市现只有一个早报和一个晚报——《世纪报》和《观察报》，属于同一个公司。随着读者的不同需求，慢慢形成一些专业化的报刊，如果你到超级市场杂志部，就会发现至少有6种报刊谈到电脑或滑雪，因为这都是大家感兴趣的。报刊就是要报道大家感兴趣的东西。也有一些内部参考的资料，需要拿很多钱才能看到。比如法律方面的问题，有很多很多的电讯、各种打官司的案件，把这些东西汇集起来，装帧不一定漂亮，主要在于信息珍贵。像这样的资料读者面不很大，但有一部分人很需要，这需要提前付款预订，800美元可以看一年。《纪实报》的订费是全年500美元。

通过这位先生的介绍我们得知，美国出版部门的分工不像中国这么细。大的出版公司往往是书籍、报纸、杂志都出，甚至还管一些电台。《纪实报》的总公司是时代公司。时代公司是美国最大的出版公司之一，拥有多家出版社，每年出版大量的图书。既出畅销书，也出专业性很强的书（这些书定价很高）。风靡一时的《基辛格回忆录》即是时代公司出版的。它还拥有《时代周刊》《生活周刊》《体育画刊》《人物周刊》《金钱》等杂志。时代公司的分公司包括时代—生活图书公司、利特尔—布朗公司、每月优选图书俱乐部及特殊图书俱乐部、芝埃德·霍利斯特尔公司、先锋出版公司、太平洋有限公司（日本）、纽约印刷协会等。除此，时代公司还与许多公司具有连锁关系。这些公司（包括石油、电报电话、造纸、制药、橡胶、航空、动力、银行）几乎可以组成美国企业和金融业的领导集团。时代公司的总部设在纽约。

我们问："你们与总公司是什么样的关系？"

美国同行回答："所有的利润全部交给总公司，由总公司支配。工资由总公司发，盈利后再发奖金。"

"如果亏损怎么办？"

"一直亏损就要关闭。出现亏损后要观察一段时间，要看看究竟是什么原因亏本，是经营不好，还是什么原因。经营好坏的标准只有一个，就是看能不能盈利。"

一张发行只有6300份的报社，居然也能盈利，这在中国是不可想象的。从它的定价看，它比一般新闻性质的报纸要高出几倍。另外，广告收入也是很重要的一方面。

《纪实报》也出版书，都是专业性很强的法律方面的书，印数不大。1992年，报社仅出了一本书，发行1000册，渠道是通过报纸发行网发行。因为书的定价高，发行1000册也可以赚钱。

临别，罗西送我们到电梯旁，满怀深情地说："祝愿你们到其他地方访问愉快。不过，我相信，你们在这里访问一定是最愉快的。"

《洛杉矶时报》

在洛杉矶，我们参观了美国西部最大的报社《洛杉矶时报》。

《洛杉矶时报》属于时报—镜报公司，创办于1881年，现在是美国最有影响的报纸之一，发行量居全国第三位。

在美国访问，有一个很深的印象，即美国虽然历史不长，但却十分注意宣传历史。在各大城市，到处都可以看到美国历史上著名人物的雕像，在一些历史较长的文化单位，同样可以感受到这一点，那些曾为这个单位的发展作出过重要贡献的人物，要么有画像，要么有雕像，要么用其他的形式被纪念和颂扬。走进《洛杉矶时报》办公大楼的大厅，立即产生一种庄严的、肃然起敬的感情。圆形大厅的一边陈列着该报创办时最早的一台印刷机，四周是该报创办人和几位出版人的雕像。这些场景告诉人们，报社的今天来之不易，几代人曾为之奋斗和献身。

我们一边喝咖啡，一边翻阅当天出版的报纸，一边听一位女编辑向我们介绍。

一天的报纸共有100多版，定价却只有35美分。就印刷成本而言，每份报肯定是亏本的，但报社是赚钱的。一方面来之广告，报纸70%的版面刊登广告，一个整版的广告收费36000美元。分类广告要便宜些，星期日广告最多，一般都喜欢在星期日登广告，因为星期刊发行量比平时要大一些。星期刊售价75美分，版面在250—400个之间，至少有5磅重。专门有人负责广告，人数基本与编辑人员相等。报社人员有严格的分工，各干其事，记者只负责采访，不兼管广告。

时报—镜报公司是以《洛杉矶时报》为主发展起来的，现拥有5家报纸、7家杂志、两家电视台，还做房地产生意，分支机构约40个之多。

　　时报平日版通常分5大部分，各部分版数不定。第一部分主要刊登国际、国内、加州及当地的重大新闻及天气预报。第二部分刊登地区新闻和社论。第三部分刊载体育、商业和财政金融方面的动态和文章。第四部分是有关文艺、影视、书评、漫画、食谱、社交等方面的内容。第五部分全是整版的密密麻麻的分类广告。除平时的固定栏目外，该报平日版和星期刊还不时增加一些专版和特刊，如《食品》、《你》（小型杂志）、《家庭》、《日历》（文艺副刊）、《书评》、《前景》、《时报电视》、《不动产》和《旅游》等。此外，时报还办了几个郊区版。与其他美国报纸一样，《洛杉矶时报》也受到经济萧条的影响。为此，报社裁减了记者，版面也较前有所减少。为吸引读者，时报不断更新栏目，在版式上力求图文并茂。现平日共有24个彩色版，选用的图片都是一流的。

　　美国记者最引为自豪的事莫过于揭露大的丑闻。如果一个记者报道了一件引起公众注目的大丑闻，就会被报社评为有成就的记者，由此可以奠定他一生的地位。美国记者有很强的敬业精神和高尚的职业道德。记者不能吃请（指采访对象）、不能收礼（即使是很小的礼品），他们认为，吃请和收礼，有可能会出现不公正的报道。

　　进《洛杉矶时报》当记者，必须具备五年以上的新闻经历。一般记者都是先从小报干起，积累了经验才到大报。有才能的记者，大报常以高薪聘任。美国记者不评职称。根据通货膨胀的情况，每年都有一次提薪。除此，工作出色的人也会另外加薪。每个部门每年都有提薪的名额，由各部门的负责人提名。一般记者的报酬为年薪4万—5万美元，名记者的年薪可以拿8万—10万美元（相当于名教授工资）。由于消费情况有差别，美国其他城市的情况也不太一样。

　　一般年轻记者的工作有定额，每天要发三条新闻。少数的名记者则没有定额。一年能写三四篇长文章就够了，就可以挣这份薪水。但这样的人很少，全报社只有4个。

　　报纸掌握政府新闻的途径主要是参加政府官员的记者招待会。但记者并不完全依赖这些材料，他们通过掌握各方面的信息，去分析官员提供材料的真实性。作为一份有影响的大报，《洛杉矶时报》对新闻的选择是严肃的，不轻易相信传闻，未经分析和核实的传闻是不能见报的。

美国大众传播业对新闻报道崇尚"独立"和"客观公正"的原则。但是，由于垄断资本对传播业的占有，加之记者本身素质的差异，想完全独立是不可能的。虽然如此，同行们的成绩也不能低估。我们看到，近些年来，美国新闻界在反对种族歧视，揭露水门事件、伊朗门事件等重大社会丑闻，以及在保护消费者权益等问题上，对美国社会的进步作出了独特的不可磨灭的贡献。

中午吃过快餐，我们到报社印刷厂参观。

大厅里有两尊塑像，逼真的程度几乎可以乱真，一个是印刷工人正在看版样，一个是技术人员正在工作。

一位负责人介绍说，印刷厂的厂房可以称得上最豪华的建筑之一。加上机器和设备，整个大楼花掉4.5亿美元。10秒钟时间可以晒好一块版。一份报从印刷到出版，只需1分零10秒。运输全靠机器人，有固定的轨道。哪些地方缺纸，机器人立刻就会赶到。指挥人员从电脑上可以看到机器人运行的位置，如果遇到障碍，可以自动停止。每个机器人8万美元，一共有30个。机器人每天可以装卸运送卷筒纸6000个，每个重2000磅。一年内印刷时报用纸长度，如果连接起来，可以从地球到月球16个来回。

印刷厂共有工人800人，3班制，24小时不停。夜班（晚8时至次日凌晨4时）和上午班（4—12时）的人数比较多一些。夜班要把报纸印完，上午班负责把当天的报纸运出去。

美国报刊的发行途径与我国不同。我国是通过邮局，全国统一征订。美国则不然。发行全部是私人办的，或曰全部自办发行。发行公司是独立的，报刊社与之签订合同。小的发行人又与发行公司签订合同，形成一个发行网。全部都是代销。卖不完的可以退给报社。图书也一样，因书店都是私营的，也不存在统一征订的问题。大的出版公司拥有自己的图书推销网。

与出版商座谈

在华盛顿，我们参观了世界最大的图书馆美国国会图书馆，并与美国出版商协会的负责人一起座谈。

美国每年大约出版5万种新书，有2000个以上的出版商。最大的出版公司每年可以出1000种书，最小的出版社则以家庭为单位，在家里用计算机办理出版。美国不少著名的出版公司都是国际性的，在国外设有分公司和代理机构，国内出版过的书，世界各地的分公司都可以再版。

作家的著作权受到法律的保护。著作权法保护作家一生，死后还要保护50年。国会图书馆收藏有版权的图书，每个出版商在出版新书时都要赠寄两本样书（均为精装本）。虽然书是赠送的，但一本书从编目到上架尚需150美元的经费。

出版自由是受宪法保护的，但也有限度。其中之一是限制黄色和暴力书刊。什么是黄色书刊，法律上并没有确切界定，要靠出版商自己辨别。如打起官司，最后由陪审员决定。其二是不能出版对儿童成长有害的书刊。其三是不能出版诽谤别人的书刊。著作权法还规定作家使用过的资料别人不能随便使用。

美国有一个全国性的出版商协会（AAP）。主要任务是抵制政府对出版的干预。除此也在纽约举办培训班，培训出版人员。目前拥有230家会员。出版商协会每年要召开一次出版年会，每年变换一个地方，1992年是在加州开的。1993年准备在华盛顿市召开。年会期间，交流出版信息，展示当年的书目。各地书店和经营书的人都会派代表参加。

中国的出版界包括编辑、印刷、发行，是一体的，有统一的主管部门。美国则不同。在美国，出版和印刷完全是分家的。各有各的公司，两家互补。常常出现这样的问题：出版商编出的书，印刷厂拒绝印刷。

美国的多数学术著作都是受政府资助，由大学出版社出版的。公立大学每年要拿几百万美元甚至几千万美元补贴学术著作的出版。美国的读书界层次分明，什么样的书都有各自的读者，赔钱书也有人买，主要是做学问的人买，另外图书馆也要收藏。大学出版社的出书标准是很严格的，一本学术著作一般要有三位权威专家审稿、两人以上认可出版社才出书。有一些书，各种基金会（包括私人基金会）也会提供资助，如卫生保健等大家都认为比较重要的书。

图书的发行一般有4个渠道：个人订户、通过图书馆、通过各种书店、在《出版家周刊》一类杂志上作广告。《出版家周刊》是一本受到出版商欢迎的很有特色的杂志，专门介绍美国和世界各地的新书，包括作者的情况和书的内容。一期宣传一个类型的书。大的出版公司都有销售员队伍。小的出版商没有专门的销售员，对销售者不发工资，但给佣金。出书选题的制订，主要从市场需要出发。大的公司都有董事会，由专家组成。专家可以建议出哪些书。另外，推销员到各地了解信息，找一些著名人士征询选题，也是一个途径。

图书的定价没有统一的标准，完全由投资者自行决定。大众图书定价要低一些，专业书就高得多。我们在国会图书馆看到一本杂志（由该馆出版发行），印数只有350册，是赚钱的，装帧很简单，定价却高得惊人，25美元一本！

很遗憾，据美国出版家介绍，中国的图书基本上没有打入美国市场。由于生活习俗和观念上存在较大差异，想打入美国市场，很难。但美国朋友对引进中国的图书表示了很大的兴趣。随着两国出版业的交流和合作不断增进，中国的优秀图书变成英文走进美国赢得读者，当为时不远。

（原载1993年4月26日《河南日报》，《青年报刊界》1993年第6期）

美因河畔的法兰克福

德国有两座同名为法兰克福的城市，一座在奥德河畔，是东德（原民主德国）重镇；一座在美因河畔，系西德（原联邦德国）名城。大家所熟悉的被称为"通向世界的门户"和"博览城"的地方，即指美因河畔的法兰克福。

欧洲第二大航空港

有幸随河南文化出版界代表团赴法兰克福参加第49届国际图书博览会，首先感受到的是法兰克福的莱茵—美因机场之大。法兰克福只有60多万人口。若论人口，它在德国的城市排名榜上只位居第六，但它的知名度却很高。除却它在德国金融业中的特殊地位和春秋两季的国际博览会，它的仅次于伦敦的希思机场、在欧洲排名第二的航空港，不能不算是一个重要的因素。

导游兼翻译小姐最先向我们介绍的，便是法兰克福机场。机场建成于1936年，当时很小，随后持续发展，如今已成为欧洲第一流的机场。现每年运送旅客多达两千多万人次，平均每30秒钟都要有一架飞机在这里起降，每天有一万多名乘客来来往往，近300条航线把世界各地与法兰克福连在一起。

机场是一个巨大的迷宫，也可称之为一个自成体系的市中之市。这个体系有一个二十多万平方米的建筑群，其中包括一座九层营业大楼，这是机场的核心和指挥中心。机场下接地下铁路，上连四通八达的高速公路网，场内

有五千余辆工作车在分分秒秒地为旅客服务。这里宾馆、医院、电影院、咖啡厅和各类商店应有尽有。食品中心一天能为一百多家航空公司供应7万份配套的食品。机场共有6万名职工，为来自世界各地的旅客提供高效、热情的服务。欧洲一家杂志曾对多家机场作过一次民意测验，结果是法兰克福机场因它的一流服务和输运行李的万无一失而位居榜首。

　　从北京乘德航汉莎公司的波音747大型客机，飞抵法兰克福整整10个小时。这是漫长的一天。上午10点35分飞机起飞，经过10个小时的飞行，中间用了三次餐，到达法兰克福竟是当地夏时制时间下午两点半！我们生活在温馨的微笑服务之中。空姐个个彬彬有礼，风度优雅。更难忘的是我们遇到了一个意外的景观：6名德国中年男女抱养了6名中国婴儿，和我们同一机舱。他们对婴儿关怀备至，不时抱着婴儿在人行道上走动，满脸骄傲和兴奋的表情。听说德国独身者很多，到中年后感到孤独，解脱的办法是领养一个婴儿。在本国收养会有很多麻烦，所以，他们就到亚洲和南美洲的一些国家寻找，远隔万里，不会有亲生父母重认的后顾之忧。同行中有人笑称这是"爱心行动"。愿这些爱心行动都有一个美好的未来！

古典与现代的交融

法兰克福是一座古城，位于美因和莱茵两河交汇处以东的30千米处。法兰克福名称的由来可以追溯到公元500年前。18世纪中叶，它是帝国直辖市和皇帝加冕之地，也是商业和交通中心。1810年曾是法兰克福大公国都城。1816—1866年为联邦议会驻地和德国实际上的首都。第二次世界大战期间，它和德国其他城市的命运一样，被基本炸毁，旧城中只有少数建筑被保留下来。但在战后迅速得到重建。市政厅依然在罗马广场。"广场"一词在中国是一个很大的概念，但在欧洲就不同了。堂堂的罗马广场充其量只相当于中国一个县政府的庭院。与中国所言"广场"比，真是小得可怜。但它依然是法兰克福的中心，游人如织。旧城的建筑保持了典雅的古典风格。站在美因河的铁桥上观看市容，一派浪漫的古典情调。圣保罗、圣玛尼亚、圣尼古拉三大教堂异常醒目。教堂的尖顶在绿树丛中凸现，又倒映在河水里，随着波纹荡漾，显得格外美丽。

法兰克福是一个文化圣地，它哺育了歌德和叔本华两位令整个德意志民族为之骄傲的文化巨人。歌德1749年8月出生在法兰克福，他的青少年时代都是在故乡度过的。他26岁时在故乡写出并出版的名著《少年维特之烦恼》轰动了文坛，吸引了包括青年拿破仑在内的全世界读者。那时，法兰克福只有3万人，但已是一个很重要的城市。歌德后来在他的回忆录中写道："北方的帝国直属自由市是以日益扩展的贸易为基础，而南方诸市因商业衰退之故，以美术和工艺为活动的地盘，至于美因河畔的法兰克福城则显出一种混合状态，一方面看到商业、资本、地产和房产的发展，一方面又看到知识欲与艺术品搜集等精神活动之盛行，彼此交织在一起。"（《诗与真》）

两百多年过去了，现在的法兰克福与歌德时代仍有某些相似的特征。

一方面，它是一个有着浓厚的文化和艺术气息的古城，除去它的许多极有特色的古典建筑，市内著名的森肯堡自然史博物馆和藏品丰富的斯特德尔美术馆，以及其他一些文化设施如歌剧院等，都可说明这一点。另一方面，它又是一个散发着商品气味的现代都市。它的北部是金融区，摩天建筑群令人目不暇接。德意志银行、德累斯顿银行、共同经济银行都是设计新颖、风格各异的现代化高层建筑。法兰克福是德国在世界范围内进行银行业务和证券业务的中心，它在国际证券交易中亦占有重要的位置，世界各地和德国设在法兰克福的银行共有两百多家。一百多年前建于市中心交易所广场上的有价证券交易所大楼，每日进出的人流如潮，一片繁杂纷乱的景象。在金融区中看到一个独特的雕塑：一条巨大的领带，意味着在这幢大楼里上班的都是白领阶层。这是一种优越感的显示。

法兰克福作为一个著名的博览城，已有八百多年的历史。它的汽车展览会、图书博览会和烹饪技术展览会及其他9个专业博览会，都是世界上颇具影响的博览会。两季的博览会是法兰克福最繁忙的季节，客商多达一千二百余万。博览会为城市的旅馆餐饮业和商业贸易带来了巨大的效益。

作为一个现代都市的另一面，法兰克福又有许多不尽如人意之处：它是德国刑事犯罪率最高的城市、同性恋的聚集地和毒品的走私中心。

世界最大的图书博览会

参加法兰克福一年一度的国际图书博览会，是各国出版家和书商们向往的事。它的规模和影响都可称之为世界之最。它是出版界展示实力的场所，也是同行之间进行版权交易的宝地。

书展于每年10月第三个星期三开幕，共6天时间。1997年已是第49届，日期为10月15日至20日。书展是读书人的节日，也是全城的节日。商展中心广场周围的大街上，挂上了无数面彩旗，上面写着关于书的格言和广告。来自各国出版界散发的宣传品，像雪片一样，不计其数。博览会之大令人惊叹。一共10个展馆，很少只一层的，大多都是两三层。第6展馆共有四层。每一层展厅都有几十排，以字母为序，每一排又有数十个摊位。6天时间，如果一个人全部精力都用来翻看各国展出的书刊，也只能是匆忙浏览一下。对读书人，这该是多么大的诱惑！可实际上，这也是做不到的，因为书展每天上午只对出版社专业人员和记者开放，下午才面向广大的读者。不少有经验的法兰克福居民等到最后一天才去，最后一天，一些出版社都将新书折价出售。这一天会有意想不到的收获。

中国几乎每省都有出版社参展。国家新闻出版署派了一个135人的庞大代表团。除了中国大陆，香港和台湾也有一些出版社参展。中国展区的前面有一巨幅今日香港的宣传画，下面用中英两种文字标明中国展台，格外醒目。川流不息的参观者以浓厚的兴趣翻看中文书刊，在展台前摄影留念。

书展每年有一个主题国。第49届书展的主题国是葡萄牙。这个只有1000万人口的南欧小国，在这次博览会上一展风采。他们大面积地展示了本国的出版成果，印制了大量精美画册、宣传册和纪念品，并有介绍葡萄牙各出版机构和参展书目的录音磁带相赠。中国与葡萄牙的展台都在第9展馆。

书展期间还举办一些丰富多彩的活动。这些活动包括：多种洽谈服务，保密手稿的拍卖，科技医学出版社国际集团年会，德国书业界和平奖的颁发以及"世界上最美的书"（最佳书及装帧设计）的评选。这些活动都是有条不紊地举行，得到大家的积极参与和广泛好评。

第49届法兰克福图书博览会是一次盛会，共有一百多个国家和地区参展，规模空前。参加者除了出版商以外，还有书店经营者、作者代理人、作家、图书馆管理人员和各类记者。可以想象一个作家站在展厅里的复杂心情。这是一个浩瀚的世界市场，一部书就像汪洋大海中的一滴水。他必须面对市场的无情选择。令我激动不已的是《时代青年》和《流行歌曲》两种期刊赫然摆在中国展台上。它们凝结着我和我的同事们的辛勤劳动。中国期刊真正地走向世界尚需时日，但此刻我们已经开始了与外国读者的交流，法兰克福读者和不少国家的朋友对它们表现出了兴趣。

　　展馆里有快餐供应。为了珍惜时间，几乎所有的参展代表都是全天泡在展厅里，尽可能多签合同，多出成果。来自世界各地的报纸、电台和电视台的数以千计的记者，紧张而不停地采访和播发消息。6天时间里，法兰克福成了世界出版业动向的最主要的信息源。

　　德国是一个出版大国。它的图书出版量在国际上仅次于美国，居第二位。杂志和专业刊物近万种。居民拥有的报纸密度占世界第四位，仅次于日本、英国和瑞士。它的印刷机械和技术也是世界上最先进的。德国举办这样的图书博览会，应该说是最有资格的。当我参观和瞻仰了大名鼎鼎的文豪歌德的故居后，忽然领悟到，在歌德的故乡举办这样的博览会，又是最合适不过的。这是法兰克福人对歌德最好的纪念。

（原载《时代青年》1998年第1期）

中俄文化交流的盛会

　　2007年9月5日到10日，第20届莫斯科国际书展在莫斯科全俄展览中心举行。作为俄罗斯"中国年"的一个重要内容，中国作为主宾国参加了书展并举行了一系列活动。国家新闻出版总署组织了来自全国173家出版单位、340多名代表组成的代表团参会，向俄罗斯读者展示中国当代出版业的成就。河南出版集团派出了一行15人的赴俄代表团。笔者有幸作为代表团的一员，目睹和亲身感受了这一难忘的中俄文化交流盛会。

　　莫斯科全俄展览中心，是一处久负盛名的大型园林式展览场所。它修建于1930—1950年之间，是苏联时期的国民经济成就展览馆，1992年改为现名。在总区域26万多平方米的园林内，有大小68个展馆。入口处拱形大门的上方矗立着由苏联著名女雕塑家穆希娜所设计的巨型雕像《工人与集体农庄庄员》。这一深具时代精神、象征工农联盟的纪念雕像，使中国来宾颇感亲切。园林内的一些重要展馆，大多出自当时的著名设计师之手。在宽阔的绿荫大道中，装饰着两座名为"人民友谊"和"石花"的大型喷泉，令整个园林颇具灵性。中国展区设在57号馆——本次书展的主展馆之一，开幕式和中国政府赠书活动均在此举行。本届国际书展规模超前，共有70多个国家和地区的2500多家出版机构参展，在3.2万平方米展位上展出图书15万余种。在对外开放的五个展馆中，有两个专门用于儿童图书展览，一个专门用于宣传"俄语年"活动。

　　在书展期间，俄举办了"全民读书"活动。在莫斯科各个文化俱乐部及图书馆，分别举办文化、读书和作家签名售书活动。本次书展推出了多位俄著名作家、政治家及社会名流的新书，如作家阿克肖诺夫、俄政坛元老普里马科夫、自民党领导人日里诺夫斯基等，吸引了众多读者的目光。书展结束后，将进行每年一度的"年度最佳图书"的评选活动，今年的评选，特增设中国文学最佳翻译奖的奖项。

　　根据中俄两国政府达成的协议，中国在本届书展有超过1000平方米的展示空间。虽只有短短6天时间，作为主宾国，中方组织了几十场丰富多彩的文化活动，包括新书发布会、座谈会、主题演讲、专业研讨等。中国作家协会派出了以铁凝为团长，成员包括王蒙、张胜友、扎西达娃、迟子建、李贯通、李敬泽、余华、何士光、邵振国、吴秉杰、林希、叶广芩、鬼子、莫言、阿来、邓一光、刘宪平等20人的代表团，参加了书展的多项活动，为中方活动大大增色。

　　"阅读中国书，了解中国人"是本次书展主宾国的主题。9月5日上午，中国国务委员陈至立与俄罗斯联邦第一副总理梅德维杰夫共同出席开幕式并致辞。随后，陈至立代表中国政府向俄罗斯国立图书馆赠送了一套《钦定四库全书荟要》（500册）。该书是中国清代乾隆皇帝在1773年谕旨修纂，历经5年完成，囊括了中国历史上许多重要的史籍经典。它将成为中俄两国世代友好的历史见证。书展期间，柳斌杰署长应邀出席了俄罗斯"年度图书奖"颁奖晚会，并为中国文学作品俄语最佳翻译奖"秋菊奖"颁奖。已故俄罗斯著名汉学家阿理克翻译的《中国古文经典》（两卷本）获得该奖。铁凝主席代表中国作协向将《围城》《沉重的翅膀》等中国文学作品翻译到俄罗斯的8位汉学家颁发荣誉证书，并向俄作协主席加尼切夫颁发了特别奖。在《当代中国小说散文选》俄文版的新书发布会上，铁凝女士说，要了解一个民族，最好的捷径是读它的当代文学作品。这部书为俄国朋友提供了了解当代中国的一个窗口。她优雅而简短的演讲博得了俄罗斯朋友的阵阵掌声。这些掌声是由衷的、真诚的。我从王蒙先生的题为"现实主义传统在当代文学

上：莫斯科民众对中国的古法印刷颇感兴趣◎
下：第20届莫斯科国际书展上的中国展区◎

中的传承和发展"的演讲及苏叔阳先生在《中国读本》俄文版签约仪式上演讲的掌声中同样能感受到这种真诚。

中国展区分为接待活动区、出版社展区、奥运出版物展区、出版成果展区、销售区和印刷区6个部分。每天观看者、购买者络绎不绝。销售区和印刷区常常排起长队。印刷区的主题是"中国印刷展",展示中国从造纸发明、活字印刷发明到现代印刷成就的相关历史实物和图片。还给现场观众赠送活字印刷纪念品。莫斯科观众对活字印刷表现出浓厚的兴趣,排队只为得到一份珍贵的现场印刷的中国古代美女图。

在主宾国的出版成果展区,"中国出版的俄罗斯作品展"和"俄罗斯出版的中国作品展"格外引人注目。笔者仔细地观看了这些展品,发现中国在几十年间翻译的俄罗斯经典作品的数量,大大超过了俄罗斯翻译中国经典作品的数量。中国经典作品的俄译本中,有孔子、老子的多种译本,现代作家中有老舍等人的译本,当代作家的俄译本很少。为配合"中国年"活动,俄罗斯出版商一次推出三卷本的《中国当代中短篇小说选集》,受到俄罗斯读者的欢迎。收入书中作品的作者,不少是此行代表团的成员。热心读者有的请中国作家签名,有的与中国作家合影,气氛甚为热烈。

河南出版集团展区是主宾国展区中人气最旺的展区之一。从9月5日开始,人流不断,一直持续到10日下午撤展。5日,有近10家俄罗斯媒体先后采访。他们看到展台前张贴的普京总统与少林寺方丈和小和尚在一起的合影照片,分外激动,纷纷摄入电视镜头,争相提出一些诸如中俄友好、对普京总统的看法、中国出版业现状等问题,请出版集团领导回答。人最多的时候,有两三个媒体同时来到展台,翻译黄秀芳忙得不可开交,这边说几句后,又赶到那边说几句。河南出版集团的现场销售情况令邻近的兄弟出版集团投来羡慕的目光。销售冠军是河南电子音像出版社。他们出的一套几十种少林武术套路的光碟,令俄罗斯武术爱好者爱不释手,每天都有成群的购买者光临。其次要数海燕出版社,一套少儿漫画书系列令莫斯科的孩子和家长们心动,也令俄罗斯的少儿出版社的同行有了合作出版的念头。河南文艺出

版社的《圣哲老子》圆了俄罗斯汉学家的梦，《高贵的苦难——我与俄罗斯文学》《文化河南》令中国驻俄使馆的工作人员倾心。大大出乎我的意料的是，我原以为中国书法只有在日、韩和东南亚才有知音，谁知也有俄罗斯的年轻人对此情有独钟。一个俄罗斯小伙子用不太熟练的汉语问："有没有草书？"我们向他推荐河南美术社的品牌书《王铎书法全集》。他问了价格后，毫不犹豫地拿出300美元买下，兴奋而归。翌日，他又过来，用50美元买走了中州古籍社出的《章草大典》。

河南出版集团展区人气旺，还有一个因素，即河南大学书法讲师黄修珠先生的甲骨文书法锲刻表演。甲骨文是中国三千年前的古老文字，这对于只有一千多年历史的俄罗斯的观众来说充满了神秘感和新奇感。不少观众仔细观看表演，并请黄先生用甲骨文书写吉祥语，以作永久珍藏。

（原载《创新出版》2007年第4期）

第五辑/与电影相遇

怅然若失的脚步声由远而近

——《罗马假日》的艺术魅力

  在彩色影片已经普及的今天，一部30多年前拍摄的黑白片，却依然能把观众的心紧紧抓住。你不知不觉地忘掉了自己，随主人公进入罗马城，一起畅游，一起欢笑，一起回味，一起怅惘……在陶醉之后，你又会惊奇地发现，心灵好像被泉水洗濯过！

  魅力在哪里？因为一个富有传奇色彩的故事？不尽然。我们有不少高明的传奇作家，编出的情节要比这离奇10倍，然而却不能征服人心。我们没有权利责备作家虚构生活。没有虚构就没有艺术，你看，这一切都是假设的，一位公主访问了伦敦、巴黎之后来到罗马，因不能忍受官方安排的刻板生活，私逃出宫。在街上与一美国记者邂逅，之后便引出一段始料不及的颇带喜剧色彩的爱情故事。故事的结局却不是喜剧性的。公主和记者在招待会的会见厅里分手，两人互相凝视，都有一腔衷情难以言表。贵族与平民之间不可逾越的鸿沟未能使他们结合。记者怅然若失的脚步声由远而近，声声都沉重地落在观众的心田！看完全剧，你能够说这是假的吗？不会。因为一切都像生活本身的逻辑一样发展。它的真实性令你无可置疑。你还会相信，生活原本就存在着传奇。

  黎巴嫩大诗人纪伯伦有一句名言："如果你歌颂美，即使你是在沙漠的中心，你也会有听众。"这是艺术的真谛。爱美是人的天性，不应仅仅理解为是指外表，更重要的是指心灵。表现和颂扬心灵之美，是艺术魅力的一

大源泉。影片中有一个情节十分感人，也使影片的立意得到升华。当美国新闻社穷记者乔意外发现他所邂逅的"醉"卧石阶的少女竟是久负盛名的安妮公主时，当下与总编辑订下以五千美元为酬金写一篇关于公主内幕的新闻报道的交易，若写不出罚五百美元。为了这笔交易的成功，他还特意请了摄影师欧文为之拍照。可是，当乔掌握了许多安妮公主私下在罗马活动的第一手资料后，却没有这样做。真挚的爱怎么能够出卖？看到这里，观众的心都会为之一震！原来爱的力量竟如此强大，它能使心灵蔑视金钱的诱惑而变得美好，变得高尚。

产生了爱而又不能放任去爱，这是心灵的悲剧。《罗马假日》以爱与生的苦恼和可望而不可即的矛盾冲突的心境构成充满魅力的审美境界。《罗马假日》结尾所表现的这种心态具有极大的普遍性，因而影片不受地域和时间的限制，引起了不同国度观众的共鸣。

（原载1987年8月9日《文艺百家报》，获首届"黄河杯"征文二等奖）

民族生存伟力的缩影

——评电影《老井》

　　看过《老井》，心里沉甸甸的。它像一曲凝重悲壮的颂歌，冲击着人心，给人以强烈的震撼。编导通过一个偏辟山庄世代打井不成，而最终打出一眼活井的传奇故事，表现了一个深刻的主题：中华民族虽然有数千年的历史重负，步履艰难，但坚忍不拔，有在苦难中奋争的生存伟力。影片以纪实的手法，开阔、深沉而宏大的艺术视野，深情地讴歌了历尽千辛万苦为子孙后世打井造福的人间情怀和崇高的献身精神。无疑，它是导演吴天明继《人生》之后，奉献给广大观众的一部更为成熟的现实主义力作。

　　影片始终围绕着主线"井"来展示人物的命运。"井"是剧中各种人物之间、人与大自然之间所有矛盾的焦点。说不清经历了多少代人的奋斗，共打了127眼井，然而都是些不会出水的干窟窿！老井村的人吃水贵如油。他们最大的希望就是看到有口活井在村内出现。20世纪80年代初，高中毕业生孙旺泉，继承祖辈的意愿，在乡亲们的支持下，发誓为故乡打井。为了这口井，他割舍了农村姑娘赵巧英对他刻骨铭心的爱；为了这口井，他的父亲、伙伴相继献出了宝贵的生命。清清的泉水，终于从井底涌出，旺泉的心上人，却一去不回。影片不回避生活的复杂性，它是以生活的本来面目来表现生活，所有的人物都得到多侧面、多角度的表现，它的多义性让人回味无穷。旺泉屈从于老辈的安排，与喜凤成亲，做了倒插门女婿，为的是完成爹爹的遗愿：打出水井。沉重的历史责任感犹如磐石压在他的心头，他把全部

精力都投入在打井上。在井壁坍塌的生死关头，他与赵巧英挣脱了一切世俗的束缚，拥抱亲吻，紧紧结合在一起。这在目前的道德观念上，该作何解释？旺泉无力反抗家庭的权威，忍受落后愚昧的陋习，但在打井上又表现出非凡的韧性和毅力，该怎样看待他的人格？还有一个知识青年孙旺财，绰号"亮公子"，支书独生子的身份使他自得，可癞痢头的生理缺陷，又使他自卑。他渴望爱情，渴望女人，渴望过一个正常人的生活，然而这一切，都与他无缘。影片表现了他因性压抑做出一些不光彩的事，但为了竭力找水，最后惨死在井下。对这样一个人，又该做何评价？所有这些都构成了影片独特的审美效果。编导者赋予了"井"极为丰厚的内涵，把井与时代、与历史负荷和当代意识铸成一体。透过"井"，人们看到一个古老山村的历史变迁，从这变迁中折射出鲜明的民族性格、民族风俗和民族意识的厚厚积层，折射出一个民族面对苦难的生存能力。

影片的结尾别具匠心。井打成了，但编导没让它出水，而是让人在井旁看到一块巨大的石碑，上面镌刻着"千古流芳"四个大字。碑文记载着老井村世世代代打井的经历与牺牲，最后一行刻着：1983年元月6日，老井村第一口机械化深井打成，每小时出水量50吨……笔法简练，意蕴丰富。既引起人们对历史的沉思，又能唤起人们美好的憧憬。经过整部片子的力量聚集，产生了强烈的感染力，犹如沉重的历史车轮在人们的心头碾过！

《老井》在艺术上的特色是多方面的，可以列出许多专题探讨。它的摄影风格显示了叙事性和表现性的高度融合。这是两位风格不同的摄影师的成功合作。通常拍悲剧一般采用灰色调，而《老井》整片是一幅幅色彩斑斓的画卷。这样既加强了影片的乡土气息，又反衬了山村的封闭，增加了悲剧的震撼力。《老井》的上座率也许不如《人生》，因为《人生》是情节片，《老井》的层次高于《人生》，可以称得上艺术片。《老井》中多次出现了一些"寡味"的生活场景，如铡草、倒尿盆等，看起来有些枯燥。有心人可以看出，这正是导演的艺术追求。他是在有意表现山村生活的"寡味"，当然，"寡味"中也有丰厚，这需要人细细品味。

《老井》值得一看。不管你是农民还是工人，它迫使你思考人生，迫使你把个人的苦乐幸福与整个民族的命运和生存状态紧紧联在一起来思考。

（原载《工人月报》1988年第1期，获河南省1987年优秀影评二等奖）

荒诞中裂变出哲理

—— 谈电影《黑炮事件》

　　看了根据张贤亮小说《浪漫的黑炮》改编的影片《黑炮事件》，第一个感觉：耳目一新。这是一部富有探索精神的影片，它的最大特色是以新颖的艺术形式，对现实生活作出客观的、冷静的、辛辣的剖析。然而它又不像其他国产片那样，开头提出问题，结尾给一个满意的答案。它留下了许多问号，迫使观众去为之深思。

　　影片的情节并不复杂，似乎有点荒诞。一个风雨交加之夜，一位身材瘦小、貌不惊人的中年男子奔进邮电局。他那匆忙的神态和"丢失黑炮301找赵"的诡秘电文，引起了女营业员的警惕，她拨响了公安局的电话……

　　本来是一桩不起眼的小事：一个有着象棋癖的知识分子，不小心把一枚棋子忘在旅馆里，焦急中去电报查询。但事情变得复杂起来。发报人是一个精通德语的工程师，曾信过天主教，和前来支援矿山建设的西德专家发生过冲突，有过不正常接触。单位领导对"黑炮事件"颇感为难。为慎重起见，没有再让这位工程师赵书信与西德专家合作，改派旅行社的一位青年担任技术翻译。最后问题终于弄清了，赵书信被解除了怀疑。可由于翻译失误，致使WD工程试车时出现事故，经济损失上百万。责任在谁呢？

　　这个看似荒诞的故事，有着深厚的、耐人寻味的内涵。它使我们联想到现实生活中许多令人啼笑皆非的事情，联想到民族文化心理结构的沉重和压抑。影片的主调是严肃的，留给人的思索是沉甸甸的。

　　影片在艺术表现上颇具特色。最引人注目的是一系列象征、隐喻手法的运用。导演通过一些场景、人物动作和道具本身来阐明他要表达的内涵，甚至大胆地以白、红、橘等颜色来烘托气氛，渲染情绪。结尾韵味悠长，主人公赵书信从一群孩子身边走过，孩子们在玩砖的游戏，第一块砖倒下了，引起一连串的反应，这个反应的结果，是最后一块砖倒向赵书信，其间包含着多米诺理论的物象和隐喻。砖一块块倒下，像在不停地叩击着观众的心扉！

　　（原载1986年7月11日《青年导报》，获省会电影评介组优秀影评三等奖）

调侃与困惑

——评影片《顽主》

去年兴起的娱乐片大潮中，出现了一个热门话题：王朔电影。一年之中连续推出四部根据同一作家作品改编的影片，电影史上亦属罕见。四部电影题材和表现手法之新令人刮目。都是当代人题材，又都是写一个特殊阶层的青年。

有代表性的是峨影摄制的《顽主》。这是一部富于喜剧性的影片。全片笑料不断，不时令人捧腹。可看过之后，又觉得它不像一部纯娱乐片。剧中表现出的主人公对生活的调侃、嘲弄和对生存的困惑，带给人更多的不是笑声，而是笑过之后的沉思。

这是一个纯属虚构的荒唐故事——

繁华的街市，"三T"公司在鞭炮声中开业了。它的工作人员只有经理于观和两个哥们儿杨重、马青。

新的一天开始了。杨重替一个大夫陪女友刘美萍谈恋爱去了，马青则代一位专爱与媳妇争吵的丈夫舌战去了。于观正在公司接待一位自夸自己的作品应得全国奖的所谓作家——宝康。这时一个粗壮的汉子一边说"活得没劲"，一边进入营业部，他坚持要抽于观的嘴巴，说自己一生没干过一件自己想干的事。经于观和赶回来的马青劝说，那汉子放声大哭："我真的不幸，真不自由。"这时，杨重打来电话，说刘美萍是现代派，自己已没词了，要他们赶快援救……

　　"三T"公司的生意越来越兴隆。
一位顾客在说想与一姑娘告吹，但又
不愿出面，并告诉姑娘是刘美萍。于
观欣然应允。地铁上，于观耐心地引
导着刘美萍，刘美萍渐渐明白了原
委，伤心至极。于观要她好好活着，
气气他们。

　　医院的走廊上杨重在倚墙打瞌
睡，他们在替一位"孝子"伺候瘫痪
的老太太。这时老太太的儿子匆匆过
来，往病房里走，接着听他喊："我
妈呢？"于观他们拥进病房，病房空
无一人。老人去世了，由此带来一系
列麻烦。死者家属要他们赔偿损失，要跟他们打官司，他们负债累累，最终
关门停业。"三T"公司停业了，"顽主"们看着排长队的顾客沉思……

　　有人说，王朔的电影属于"痞子电影"。因为它们的主人公都是一些
"痞子"。从某种意义上也许可以这么说。"顽主"们没有一个称得上是传
统意义上的正人君子，谈恋爱可以代替吗？丈夫也可以代替吗？玩笑似乎开
过了头。可在实际生活中，他们却得到了理解和认可。反过来想，一个宗旨
是"替人解难、替人解闷、替人受过"的公司，怎能为一班"痞子"所为？
有这样善解人意的"痞子"吗？编导者展示了现实生活中的多重矛盾和冲
突。一片调侃戏谑声中，传统的道貌岸然的东西顿时失去了光彩，而看起来
不伦不类、实际上确为社会所需的新事物遭到了非议和压抑。是喜剧，还是
悲剧？

　　"顽主"的形象在以往的电影艺术中是从未有过的，给人以耳目一新之
感。这是80年代特有的青年形象。他们不是英雄，也没有很多文化修养。可
在他们身上，表现出了一般人少有的强烈的反传统意识和自我意识。他们对

那位德育教授的揶揄和嘲讽，令人看过以后都会不约而同地感到震惊。他们口称"我们不痛苦"，似乎生活得很轻松，然而，随着剧情的发展，他们生活得非但不轻松，还令人感到一股莫明的悲酸和苦涩。特别是当"顽主"们喊出"我想打人"，儿戏般地要去撞汽车时，极度的困惑和迷惘也即刻笼罩在观众们的心头。

《顽主》受到注目的原因是多方面的，它的出现对喜剧片的变革具有里程碑的意义。在国产银幕上，我们从未看到过如此深刻地展示当代人复杂心态的喜剧。

（原载《时代青年》1989年第8期，获河南省第三届影评征文二等奖）

一曲委婉缠绵的爱情悲歌

——看电影《秋天里的春天》

　　黄昏，一位风韵犹存的中年妇女来到观众熟悉的铁路桥上。风，吹散了她的秀发，仿佛在梳理她那乱麻般的思绪。她无意间发现自己的心上人不期而至，站在桥的另一端。她在想些什么？他又在想些什么？他们也许都想走过去，互吐衷肠。但是，最终谁也没有动。火车开过来了，伴随着含有无数难尽之言的隆隆之声。烟雾挡住了他们的视线，镜头慢慢地推远……

　　这是影片《秋天里的春天》的尾声。

　　电影结束了。观众的心中却掀起了感情的波浪。导演留给观众再创作的画面真是太多了。结尾便是令人叫绝的一处。咀嚼这部影片，像嚼着一枚橄榄果，有点甜，又有点酸，余味无穷。

　　迫使人们去思索：道德，爱情，人的尊严，死死缠绕我们不放的旧观念……

　　没有曲折复杂的情节，人物也只有那么寥寥几个，没有一句闪光的语言，一切都是那么平凡，观众却被征服了。靠什么？靠的是情，真切、委婉、细腻、缠绵的情。导演充分运用了电影艺术的特有语言，造成许多此处无声胜有声的妙境。铁路桥的几次出现，周良蕙、罗立平二人相对无言看电视，晨曦细雨中的公园约会，反复出现的金鱼缸等，都像是一朵朵感情浓郁的花朵，在人们心头散发着幽香。

　　它不是一般的悲欢离合的爱情故事，有着更加深沉的内蕴。一个市委书

◎《秋天里的春天》海报

记遗孀的迟到的爱情，恋爱对象是一个普通的邮递员。在凄风苦雨的年代他们患难与共，情投意合，而冬去春来时反而不能相爱，甚至连正常相处都不能。他们应该有享受这种幸福的权利，可周围的人们（包括社会舆论）不承认他们有这种权利。导演通过他的艺术形象，向社会提出了一个如何冲破旧观念罗网的尖锐课题。《秋天里的春天》是作家张弦和导演白沉奉献给中年人的一曲委婉缠绵的情歌，歌声里充塞着苦涩的音符。它使我们领略到导演的不同凡响的功力，获得一种新鲜的美感。

（原载1988年4月8日《郑州晚报》，获河南省优秀影评三等奖）

姊妹坡，人生的坡
——观日本影片《姊妹坡》

　　一条长长的斜坡：姊妹坡。斜坡后头住着一家人。父母早逝，只有四姊妹相依为命，人世间的一切情感都在这里渗透：悲欢荣辱，生死离合……姊妹们手拉手走过的这条坡，到底告诉人们一些什么呢？

　　影片最初把人们带进一个充满友爱和欢乐的氛围。四姊妹在一起说说笑笑，其乐融融。正在上大学的老三阿杏的初恋，破坏了家庭的平静。阿杏长得甜美纯真，同校男同学冬吾对她一往情深，但冬吾的表妹妒火中烧，揭穿了这个家庭的秘密。原来，和睦相处的四姊妹竟毫无血缘关系！除大姐阿彩是喜多泽家的亲生女儿外，阿茜、阿杏、阿兰三人都是从孤儿院里领来的。这突如其来的打击几乎压垮了阿杏和阿兰。快乐的气氛消失了，家庭面临着裂变。

　　影片通过强烈的矛盾冲突来展示剧中人的个性和心灵。大姐阿彩是一个文静孱弱的姑娘，她牺牲自己的幸福和爱情，以炽热的爱温暖着三个异父异

母的妹妹。她舍不得阿杏离开她，但她理解母亲思念女儿的心情，忍痛劝说阿杏回东京与生母团聚。二姐阿茜是编导着力塑造的一个光彩照人的女性。她无私地爱着两个妹妹，为保护阿兰免遭流氓侮辱，挨打吐血。她在命运面前从未退缩过、屈服过。白血病的袭击，亦未能动摇她对爱情的执着追求、对大姐幸福的促成之愿。她病重住院了，在众姐妹为她怀孕担惊受怕中，阿茜终于产下一男婴，但产后不久，阿茜生命垂危。满天星斗下，阿茜身穿白色结婚礼服，以弥留之际的微弱声音向丈夫樱庭谅诉说完未尽的心愿，便在谅的怀里含笑长逝。

阿茜的早逝给众姐妹带来莫大的悲哀，也深深地感染了阿彩、阿杏和阿兰。她们不再悲戚度日，各自都在走着坚实的路。

影片给人一种近于崇高的美感，它以细腻、深情的笔触，写出了美好的人性。在极为动人的温馨的姐妹之情中，又蕴含着深沉的人生哲理。观众在泪洒过后，感受到某种力量在心头撞击。

姊妹坡，人生的坡。人生的道路从来都不是平坦的，总是倾斜着，充满坎坷。只有那些在斜坡上不息行进的强者，才能领悟到人生的价值。这便是日本影片《姊妹坡》给人的启迪。

（原载1987年6月12日《青年导报》）

磨坊里的人生悲剧
——电影《大磨坊》观后

这是一段50年前的故事。

主要道具：磨坊。一对青年在磨坊相爱，最后又在磨坊里别离。磨坊里曾有过欢乐的歌声，也有过愤怒的复仇。石辗子在不停地转着转着，周而复始，多么像漫长的岁月和人生。50年后，当年的青年小伙成了年逾古稀的老人，他常常精神恍惚，总是看见50年前的自己。一个偶然的机会，他遇到一次出殡，而死者竟是一个老尼姑——他50年前的恋人……

故事很单纯，但却令人难忘，耐人寻味。

魅力来自影片丰厚的思想内涵，来自编导独特的富有创意的艺术表现。

以做纸钱为生的青年农民青果本来应该有一个幸福的家庭。他和农家姑娘九翠倾心相爱。可在他外出一年多后回到家乡时，九翠已被卖给一个下肢瘫痪的虐待狂、当地乡长廖百钧做了老婆。九翠受到百般凌辱。最终，她默默地用熏蚊虫的艾把点着了那幢木楼，走进密林中的尼姑庵。

这部电影的不寻常之处，是对时空作了变形处理。老年青果和青年青果常常在一个画面中出现。影片的情绪、节奏明显地带着老年青果的主观色彩。这种处理的结果，仿佛使观众也走进画面，随主人公一道去经历、体验，一道去思索。50年前的故事，似乎就在昨天。

影片带给人的思索远远地超出了故事本身。老年青果对往事的追忆撞击着一代人的心扉。岂止是一代！这悲剧仅仅属于九翠和青果吗？还有那些残

暴地杀害红军伤员的刽子手们，那染红了石磨的复仇的鲜血，都不会使你震惊一下就算了事。

　　同样是表现老一辈的往事，这部电影却与《红高粱》大异其趣。《红高粱》展示了过去无人表现的民族性格的一面，《大磨坊》展示的却是值得人们再三思索的民族性格的另一面。

（原载1990年12月22日《河南农民报》）

"娶亲"中的忧患意识
——谈《湘女萧萧》的结尾

　　《湘女萧萧》一如两年前上映的《边城》，恬淡、幽远，一曲清新凄凉的牧歌。但它又不同于《边城》，它给人们带来的心灵颤动和思索，比前者更为强烈。

　　影片是对美好人性的赞颂，也是对人性泯灭的哀歌。它通过对一个湘西少女悲凉的人生历程的叙述，试图在性文化领域展示人性的觉醒。作品对性心理与潜意识心态的描绘作了大胆的可喜的探索。作品的思想艺术价值正是通过悲剧性的内涵来体现的。

　　影片有许多优美的田园诗般的画面和出色的表演，它的结尾尤其令人称道。影片的开头是娶亲，结尾也是娶亲，好像一次"重复"，然则是别具匠心的点睛之笔。萧萧曾经为女学生的自由所动，热烈地追求过男女情爱。出嫁十几年后，那天性勃旺的青春少女已不复存在，她的神态过早地进入中

年。正如影片开始给两岁儿子春官娶亲的婆婆一样，她也在喜庆的唢呐声中安然地为10岁的儿子迎来了花轿。这是震撼人心的。由此我们看到了一种可怕的、令人震惊的精神麻木。古老的人生形式在人们浑然不觉的麻木之中开始了又一次循环。短短一个场景，使影片顿然产生出一种沉甸甸的力量，使它的内涵远远超出一般婚恋和伦理道德意义，引发出我们对超稳定系统的封建主义历史和民族性格积弊的沉思。这种对生活的独特取舍和艺术处理，包含着作者深沉的民族忧患。

（原载1986年12月25日《郑州晚报》）

《炫舞天鹅》：靠真情与执着感动观众

看电影《炫舞天鹅》纯属偶然。夜晚接到一个陌生电话，是贵州朋友余治林在郑州打来的。已有10多年未见面了，也失去了联系。他说他最近导演了一部电影《炫舞天鹅》，明天下午在郑州举办首映式，特邀我去观看。多年前，我们都曾服务于两省的青年杂志，有过愉快的交往。而今他竟始料未及地当上电影导演，真如古人所说：士别三日，当刮目相看啊！我按约准时去郑州横店影城观赏了这部电影。

我看电影有一个致命弱点，经受不住导演和演员的催泪弹。《炫舞天鹅》彻底把我摧垮了。聊以自慰的是，意志薄弱者决非我一人，而是一大片。影片不是靠玩技巧，而是靠朴实无华的真情演绎，靠蕴含在这个特殊家庭中的人间大爱，靠生生不息的梦想和实现梦想的执着，来感动和征服观众的。我庆幸有机会观看这部电影。

《炫舞天鹅》讲述了一个重组家庭的故事：晶晶酷爱舞蹈，但遭到了父亲强烈甚至粗暴的反对。她不知道其中另有隐情。这个秘密在情节的发展中逐渐显露出来。晶晶的父母原是很完美的一对双人舞搭档，红遍了大江南北，但就在这个时候，晶晶的母亲在表演中出了意外，给晶晶的父亲留下了永远无法抹去的伤痛。他不能再看到跳舞的场面。沉重的精神负担写进他惊慌不定的眼神里。他的性格也从此变得偏执和封闭。他怀念死去的妻子，也深爱自己的女儿，但却不自觉地将自己的枷锁套到无辜的孩子身上。当晶晶终于用行动打动父亲，重新放飞舞蹈梦想的时候，一场暴雨引发的泥石流冲塌了她练舞的库房，灾难发生了：晶晶失去了哥哥，失去了父亲，还失去了一只脚。突如其来的打击让这个女孩儿几近崩溃。她在继母和舞蹈老师的关爱下，靠执着的追求，最终战胜了自己，实现了梦想，丑小鸭变成了炫舞天鹅。

当影片放映完毕，放映厅亮起灯光，一阵热烈的掌声在大厅内响起。多数人的脸上都有泪痕。接着举行主创人员与观众和媒体见面会。影片导演余治林，编剧李晶，主演王丽涵、石小满出席见面会并与郑州媒体、观众进行面对面交流。见面会由李晶主持，她感谢大家前来观看这部投资只有400万元、没有明星大腕出演的小成本影片。

余治林介绍了影片的创作经过："这个剧本是我和李晶最先创作的，灵感来自2008年北京残奥会开幕式时演出的芭蕾女孩李月。她在汶川地震时失去了左腿，可她凭着对舞蹈的热爱和对生命的尊重，完成了绝美的演出。第二天，我们就开始创作剧本。这个故事是围绕理想、亲情、温暖和责任展开的，希望通过真情故事，能感染到新一代的年轻人。"他说，他将剧本交给韩三平的时候，把这位影视界的"大佬"感动了。"中国电影有专项基金，扶持优秀的国产儿童电影。韩三平叮嘱身兼中国儿童电影制片厂厂长的中影集团副总裁江平，要好好抓这个片子。我们在贵州拍摄期间，江平和剧组人员同吃住共劳动。从前期拍摄完成到后期制作发行，他们都有很大的投入，绝对不是挂名。"余治林介绍说，因为是小成本，演员几乎都是零片酬出演，他本人也在片中客串了一个"反派"角色余大爷。余大爷并非坏人，但却在无意中酿就了一场灾难。他的介绍令我们对整个创作集体肃然起敬。他成功的客串演出也让我们见识了他的多才多艺。

片中有一个角色十分成功，那就是由王丽涵饰演的小女孩的继母。中戏导演系毕业的王丽涵说，她曾经在影片《荆轲刺秦王》和《秋菊打官司》里，做过巩俐的替身，帮她走位、试灯光。这次出演的继母形象，被观众盛赞为"最伟大的继母"，她表示深感荣幸。至今她还是一个未婚者，能获得这样的称赞令她感到意外，这也说明观众对她艺术形象的认可。王丽涵诠释的继母，讲的是一个带着儿子再婚的女人，两个破碎家庭的重新结合使她对生活很乐观。对亲生儿子、对不愿意叫自己"妈妈"的女儿都有着无微不至的爱。当经历磨难后，她心痛欲绝，但她没有选择逃离，依然坚强地支撑着这个家，最终感动并赢得了女儿的爱戴。可以看出，继母这个角色之所以深入人心，王丽涵是倾注了真情的。她也坦言，饰演晶晶父亲的马浴柯的出色表演，给了她很大的感染和激励。

片中小女主角李晶晶的扮演者戴佳佳，因为上学的原因未能与观众见面，她的表演同样得到了观众们的好评。此外，饰演舞蹈教师的爱新觉罗·启星和知名演员石小满都在片中有精彩的演出。

石小满是上世纪60年代的电影童星，如今仍常演不辍的老一代艺术家，曾出演过《大宅门》《茶馆》《梅兰芳》等影视作品，在《炫舞天鹅》剧组中，算是最大的腕儿了。他在影片中只客串了一位与残疾女孩下棋，并用话语激励女孩儿的智者。他的一句台词"人生如棋局，谁也无法悔棋"，成为影片的点睛之笔。主持人还以此句台词设立了有奖竞答活动，将见面会掀起一个小高潮。石小满表达了对如今国产儿童电影缺失的担忧。他表示，之所以参演该片，是因为它是中国儿童电影制片厂重组之后的第三部影片，此前的两部是《寻找成龙》和《锦绣家园》。他相信这部用真情演绎的儿童片，一定会有长久的生命力。

　　见面会后，因余治林还要接受媒体采访，之后就匆忙赶往机场，接着下一个日程，我们仅仅合了影，没有时间作更多交流。我向老朋友表示真诚祝贺。更何况这是他的导演处女作，有如此高的起点，真令人羡慕。

　　《炫舞天鹅》已于3月4日起陆续在全国上映。我们无法乐观地预测它的票房。对此，余治林是清醒的。在这个大制作和商业片横行的时代，小成本影片的生存空间之狭窄可想而知。《炫舞天鹅》能进入院线公映已经让他感到意外和激动。他从3月初开始的与各地观众"暖心之旅"的见面会上感知到，影片已经获得良好的口碑。有媒体称它为"2011年最值得用心感悟"的影片。该片曾在去年10月应邀参加加拿大温哥华电影节展映并受到好评，还入围了第十六届美国洛杉矶国际家庭电影节，获得"最佳新人导演奖"提名（结果到3月20日才能揭晓）。目前《炫舞天鹅》也正在温哥华和洛杉矶两地的影院上映。这已经是很骄人的成绩。

　　影片除了给人亲情感染，还有不少令家长、教育工作者深思之处，像如何保护和培养孩子的兴趣，如何预防危情的发生，等等。影片的剧情有些残酷，但这是生活的本来面目，是随时都有可能发生的。它为所有家长和孩子们提出了一个严肃课题：当灾难来临时，我们该如何面对？影片不用芭蕾舞而用民族舞，结尾也未安排晶晶的炫舞表演，都可看出导演的良苦用心。

　　《炫舞天鹅》决非完美无缺，它在某些情节的设置以及音乐运用上，都有可以推敲之处，但这些都无伤大雅。我们有许多理由为它的成功表示祝贺。

（原载2011年3月3日《郑州晚报》）

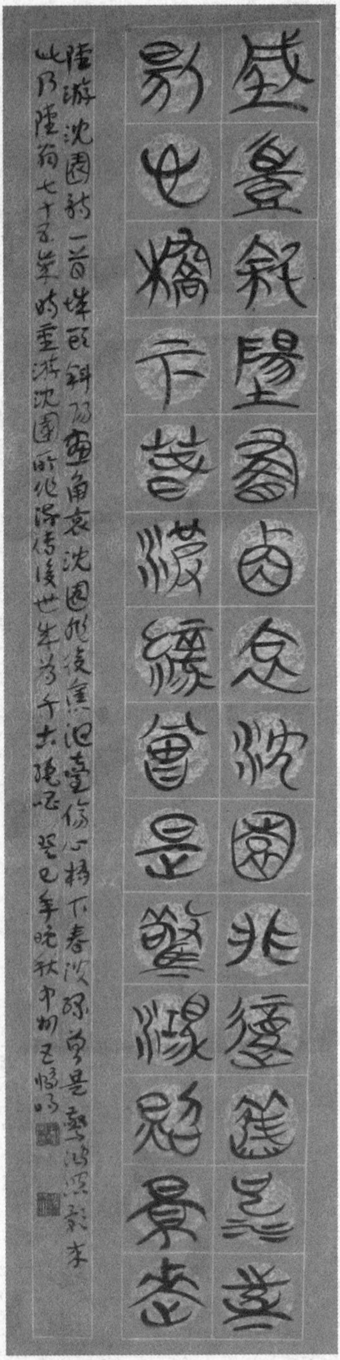

第六辑／答友人问

我为什么选择散文诗

——访王幅明

时间：2007年5月3日

地点：郑州市

采访人：赵宏兴（以下简称赵）

被采访人：王幅明（以下简称王）

赵：王老师你好！你在百忙之中抽出时间来接受我的专访，十分感谢。

王：你牺牲休息时间，大老远从外地赶来，也不容易，我们都是出于对散文诗的共同热爱。

赵：现在关于散文诗的理论专著出版得多了，但我们有理由去溯源，看看过去的理论研究情况，以便于我们对后来的散文诗理论进行梳理。这就不能不提到你的散文诗理论专著《美丽的混血儿》，这本书是1993年由花城出版社出版的，是最早研究散文诗的几本专著之一，对散文诗的发展起到了推动作用，其中一些新观点，解决了散文诗的一些问题，如"散文诗是美丽的混血儿，有诗的内涵，比诗自由，比散文紧凑"等，当时，你是在什么情况下选择了对散文诗的研究？

王：先说说这本书的情况。这本书在当时来说，可能是最早的散文诗理论研究专著之一了，同时还有王光明和徐成淼的书，应该说对散文诗的发展

　　还是起到了一定的推动作用。当时为什么影响能有那么大，一是得力于一些散文诗作家的推荐，如著名散文诗作家郭风就写文章在《人民日报》发表，军旅诗人纪鹏撰文在《文艺报》发表，当时我给冯骥才寄过一本，他看了后回了一封信，认为这本书是对散文诗研究的开创性之作，并马上向我约稿，在他主编的《文学自由谈》发表等；还有一些香港的新加坡的刊物，也给予了大力的推荐。

　　还有就是散文诗本身的需求。当时的散文诗创作与理论研究的确有些脱节，上世纪80年代中期散文诗形成了一个热潮，很多杂志和报纸都大量发表散文诗，但散文诗的理论却显得缺场，之后，我的《美丽的混血儿》出版了，当时还找不到更好的比喻来形容散文诗，把散文诗用"美丽的混血儿"来比喻，得到很多散文诗作家的肯定，它比较简洁地说出了散文诗的特征。

我为什么选择对散文诗进行研究？

首先还是缘于对散文诗的热爱。我对散文诗的热爱自中学时代就开始了。我在初中读书的时候，在学校的图书室里看到一本《世界文学》杂志，里面有纪伯伦的《沙与沫》，我看了非常喜欢，就把纪伯伦的散文诗全部抄在了本子上。纪伯伦的散文诗给了我很大的影响。如今，我在散文诗的创作和理论上取得的一点成绩，都来自纪伯伦的作品。影响我一生的座右铭也是来自纪伯伦，《沙与沫》里有这样的一句话："在任何一块土地上挖掘，你都会找到珍宝，不过你应该以农民的信心去挖掘。"我永远记得这句话，实际上我就是以农民的信心来对待我热爱的事业的。还有一次，我去安徽采访一个画家，他说过类似的话，他说，如果是种子，撒在任何土地上都会发芽的。他说的这句话与纪伯伦说的话有异曲同工之处，说到底就是要做一颗会发芽的种子。

开始时，我对散文诗的热爱是感性的，后来读的散文诗多了，就萌发了创作的念头。对散文诗的创作，感到迫切需要理论来指导，这时就发现散文诗理论的薄弱。我最早的尝试就是对散文诗进行鉴赏。当时我看到唐诗宋词的鉴赏读本非常多，受到启发，就做了一些对散文诗名作的鉴赏，积少成多，就出版了《中外著名散文诗欣赏》一书，每篇作品之后，都配有赏析文章，这些文章又是独立的。邹岳汉认为这是中国当代最早正式出版的散文诗赏析编著。他还把该书作为理论看待了。这本书现在看起来是肤浅了，但在当时影响非常大，发行量大，多次重印，有两家出版社出版。《人民日报》《中国青年报》等都发了书评书讯。那时我还不到四十岁，后来黄河文艺出版社的社长刘彦钊见到我，感慨地说，没想到你这么年轻，读了这么多书，我还以为作者是一位老先生哩。

因为有这本书作为基础，后来，我不管是在哪里看到关于散文诗的片段，都把它摘抄下来（那时没有复印机），做了大量的笔记，包括去图书馆查阅资料，有了这些积累，我就萌发了写一本专门研究散文诗理论的想法，初稿叫《散文诗的技巧》，后来，在花城出版社出版时，改为《美丽的混血儿》。我在这本书的后记里写道，这本书的出版，一方面是出于灵感，一方面也是出于对散文诗的责任感。

赵：你在《美丽的混血儿》一书中曾说，"理论来源于实践，又服务于实践，但如果把理论看得过重反而不利于实践"，而社会却普遍认为，是散文诗理论研究的弱势，直接导致了散文诗文体的弱势，如柯蓝认为，五四时期散文诗繁荣是因为当时一批作家对散文诗进行了系统的理论研究和翻译，但五四运动以后，散文诗的创作没有在理论研究的指导下进一步发展，理论不能更好地指导和影响散文诗，导致了20世纪30年代中国散文诗走向了衰落。

王：散文诗本身就是一个反叛的产儿，是对诗歌和散文的反叛，冲破了一些旧有理论的束缚而产生出的一个文体，所以，把理论看得过重反而不利于散文诗的发展，就是这个意思。但创作是需要理论的，没有理论是不行的。我也搞书法，我搞书法就是先从理论开始的。按说我从事书法的时间不长，但内行的人还是认为我的书法在河南作家里是不错的，因为我有理论作指导，成功要快得多。理论是从实践中提炼出来的，它可以指导实践，但散文诗的理论中西方都是薄弱的，散文诗的薄弱肯定有理论脱节的原因，但肯定不是决定因素。

赵：你的意思是不是说散文诗在还没有成熟的时候，不要被理论所束缚？

王：现在，不能说散文诗就是一个很成熟的文体，散文诗永远都是在探索之中，既然是在探索中，那就不能被理论所束缚，说这是散文诗，那不是散文诗，这就不利于散文诗的发展，因为它本身就是一个边缘性的东西。就像一个混血儿一样，你说是遗传母亲的多一些还是遗传父亲的多一些，很难说清楚，理论只能作为一种参考，不能作为一种规范。

赵：到了20世纪80年代，应形势的需要，又掀起了一股散文诗热，散文诗的理论专著也陆续出版，但这些理论大都建立在对当代新诗的分析与研究的框架上，少有散文诗本身的理论特点，这是否影响了散文诗理论的发展？

王：应该说近30年来，散文诗的理论有一个了不起的进步，出版的散文诗理论专著有二十几本，西方关于散文诗的理论我们一本还没有看到，这首先要肯定。那么理论为什么还没有起到重要的影响作用？是因为理论专著发行量少，这个当然不是散文诗理论的悲哀了，其他文学理论都是这样，很多有学术价值的专著，需要的人买不到，写的人又苦于卖不出去，这就是矛盾。下一步就是能通过活动和交流，把这些理论观点传播出去，让这些理论起到作用。当然，这些理论书的学术水平和实用价值不能一概而论，让读者自己去鉴别和选择吧。

赵：《美丽的混血儿》已出版多年了，这么多年来，你对散文诗的理论有没有新的思考？

王：很遗憾，因为我工作较忙，对散文诗的理论研究中断了若干年，但我一直关注着散文诗的理论研究，我认为那些普及性的理论已经过去了，应该要对老中青三代作家进行更深入的个案研究，研究他们成功的原因，有些散文诗人写的很好，关键就是缺少理论的研究。

当然，有的人怕研究的成果出不来，不想去研究。说到这儿，我想以后能不能搞一个散文诗出版基金，对一些有价值的学术著作进行资助出版，因为作家们大多不富裕，要靠他们自己去拿钱出版也不现实。

赵：有人提出散文诗要革命，因为陈旧的观点影响了散文诗的发展，其他文体都经过革命，唯有散文诗没有。你是怎么看待这个问题的？

王：我赞成。一是对散文诗的认识上要革命。一些编辑本身对散文诗了解得很少，经常把一些抒情小品当作散文诗来发，这些东西不管是从艺术上还是从内涵上都缺少一种令人回味的东西。有些人误认为这就是散文诗了，反而把一些深刻的东西不看成是散文诗。从这个角度来讲，我赞成散文诗要革命。

二是从散文诗的创作上要革命，比如散文诗的语言，散文诗的语言和诗的语言有相通的地方，也就是说，它是多度的，不是一度的，比如说，一般的散文，它说这个瓶子可能就是瓶子的本身，如果用散文诗来说，这个瓶子可能就不是瓶子了，可能是象征，或者是暗示，这样，语言的度就不一样了。它不是平面的东西，而是立体的，给人提供的是丰富的信息。

还有，要革命，就是要打破散文诗是一个短小的东西，不能写大题材的误解。高尔基的《海燕》，不是表现了一个很大的题材吗？"让暴风雨来得更猛烈些吧"，这样的句子多好，对革命起到了推动的作用。现在的散文诗我感到小资情调多了些，给人以振奋和激励的东西少了点。

我们呼唤和期待大的散文诗作品和作家。

赵：散文诗发展到如今，应处在什么样的位置上？这样可以使我们能对散文诗有一个清醒的认识。

王：和其他的文学形式相比，散文诗还是寂寞的，就差没被遗忘了。

散文诗处在一个不显眼的位置，被评奖遗忘，被官方遗忘，没有把它看成是一个独立的文体。但从散文诗本身来说，无论从作品的数量还是从散文诗作者的队伍，都处在90年来最好的时期。我们有公开出版的《散文诗》和《散文诗世界》两种影响很大的期刊，30年来出版了几百部散文诗集。这些都是了不起的成绩。近期，又有了《中国散文诗》等多家散文诗网站。

还有几个大学的教授都在研究散文诗，这在过去是没有的，是很宝贵的事情。寂寞不一定就是坏事，有时寂寞反而能更加促进自身的完善和思考。

赵：具体到散文诗的文本，有人说要向诗靠拢，有人说要向散文靠拢，有人说以三五百字为宜，这些要不要厘清，还是就是一个混合物最好？

王：我主张还是一个混血儿好，前面我已分析过了。

散文诗不宜规定字数，散文诗的长短要根据作家自己的创作风格决定，不能硬性要求。长短无关紧要，只要大家认为是散文诗就行了。

近些年，有一些散文诗作家在尝试长篇散文诗的创作，如彭燕郊、钟声扬等人，而且取得了成功。我认为单篇的东西不宜过长，可以分成一组一组来写，这样可以体现散文诗的特征。

赵：有人认为说散文诗是独立的文体还不如说散文诗是跨文体更有利于它的发展，如果承认了这一点，我们就可以在小说里、戏剧里、散文里、诗歌里都能找到散文诗的影子了，跨文体也许就是它的生命力。

王：我认为还是独立有利于散文诗的发展，其他文体里也能找到散文诗的影子，那毕竟不是散文诗。如雨果的《悲惨的世界》里，有一些片段我们可以当作散文诗来读，但独立出来与散文诗的味道就不一样了。屠格涅夫的《门槛》、鲁迅的《过客》，在形式上的确是戏剧小品的，但它不能上台去演出，它虽然借鉴了戏剧的写法，可内涵还是诗意的。这不一样，借鉴是借鉴，但它本质上还是散文诗。

赵：前面我们已经说到了散文诗的地位，散文诗有没有地位问题？这是大家都关心的，没有地位就像在外交上弱国没有发言权一样，但地位的建立又要从哪些方面做起？

王：因为这么多人热心于散文诗的事业，我认为有一个地位的问题，有了地位才能有利于这个文体的发展。如果从散文诗所取得的成绩来说，散文诗应该要获得比现在更好的地位才对，因为许多作家都是凭着散文诗获得诺贝尔文学奖的，如泰戈尔、圣琼·佩斯等，包括有一些诗人和作家，他们获奖的作品里也有散文诗，如西班牙作家希梅内斯的《小银与我》，就是散文诗，也是散文诗的骄傲。这本书在西班牙发行好几百万册，也影响了我国的一些散文诗作家，好几位作家都谈到受到这本书的影响。鲁迅影响最大的是小说和杂文，但我从一些评论上看到，鲁迅技巧最成熟、艺术性最好的作品是《野草》，而《野草》就是一本散文诗。

（王老师，地位的建立从哪些方面做起？请补充一下，谢谢。）

承认不承认散文诗是独立的文学样式，并不重要，关键是承认散文诗作家、理论家和编辑家作出的历史性贡献。有些作家选择散文诗作为终生创作的主要样式，创作的最高成就，在读者中影响最大的，也是散文诗。如柯蓝、郭风、耿林莽、李耕等等。我们首先要承认这些作家的贡献，承认了他们的贡献，也等于承认了散文诗的地位。目前河南文艺出版社与中外散文诗学会正在联合举办一项活动，即纪念中国散文诗90年暨当代优秀散文诗作家作品评选颁奖活动。活动在今年四季度举行。系列评奖和出版《中国散文诗90年》一书的目的就是要彰显散文诗作家的业绩，让全社会和文学界了解这些业绩，作为一种参照，引起应有的关注，给中国当代散文诗一个恰当的定位。

赵：中国散文诗创作的代表人物，早期的有鲁迅、刘半农等，当代的有郭风、柯蓝、耿林莽、李耕、许淇等，他们都为散文诗的繁荣作出了不可磨灭的贡献，但新生代的散文诗作家队伍有没有形成？这关系到散文诗的梯队问题。

王：已经形成，但具体说出名字还有点困难，的确有一些中青年作家写出了不少优秀作品。由于散文诗的现状，他们默默无闻，只在小圈子里有一点影响。

新生代需要总结，需要进行个案的研究，需要梳理，这也是我编选《中国散文诗90年》一书的初衷之一。散文诗的梯队肯定是存在的，不是脱节的。有一些中青年作家的作品没有受到重视并不是说他们不存在，而是理论界需要作这方面的弥补。

赵：今年，你开始主编一本《中国散文诗90年》，消息一刊出，在散文诗界就产生了很大的影响，这是一件了不起的事情。我认为散文诗的发展需要一批热心的人来做事，否则便会很艰难。在这里你能提前说说这本书的编辑情况吗？

王：这次编《中国散文诗90年》，就是想把大家优秀的作品拿来作一次展示吧，过去有一些散文诗作家写得好，只能在小圈子里传阅，不能产生更大的影响。

在这本书里，我尽量把这些中青年作家都收入进来，《散文诗世界》、《散文选刊》等杂志刊登了征稿启事，我也写了近一百封信给我了解的散文诗人，但肯定有一些散文诗作家看不到这些信息，肯定还有一些遗漏，这是毫无疑问的。消息刊登后，我收到了不少作家来信，谈对散文诗的看法，谈他们的感动，也促进了我，我力求编一部合格的选本。

目前，我已着手开始编选工作。预计今年年底可以出版。

赵：最后，请你对我主编的《中国当代散文诗》提一些指导意见。

王：谈不上指导。应该向你表示敬意。这个本子还是有特点的，集中刊发部分散文诗作家的原创作品，与已有的两种年选明显不同。每本的独家专访也已形成特色。散文诗应该有不同的读本，让读者多一种选择。按年度选编的《中国当代散文诗》应该给予肯定。当然，做成一件事情不容易，肯定会有许多甘苦。希望更多的人给予关注。

赵：谢谢！

（原载2007年9月13日《文艺报》，《2008年中国当代散文诗》，海风出版社）

美丽混血儿的成长历程

采访时间：2009年7月27日

采访主题：美丽混血儿的成长历程

采访人：汪志鑫（以下简称汪）

被采访人：王幅明（以下简称王）

汪：在打算做您的专访之前，我一直很忐忑，因为我，作为一个刚涉散文诗领域不久的人，怎样和您这样一个一直致力于散文诗研究的大家来做交流，心理上的压力一直就有，但我为了做好这个专访集，还是搜集了您的一些简介等资料，虽然不是很多，但我认为这些已经足够反映您对散文诗研究的执着。谢谢您能做这个专访，相信一定能加深我对散文诗的理解。

王：感谢您做了一件很有意义的工作。我不是"大家"，也谈不上"执着"，因为我的本职工作很忙，又很具体，没有充分的时间投入散文诗研究。所幸的是，我尚能耐得住寂寞，对散文诗的关注一直没有中断。

汪：在开始我们今天的专访前，您能否谈谈您的文学创作历程呢？

王：我的第一篇文章，是1978年发表在上海《解放日报》文学副刊的《画龙点睛》。这只是一篇谈诗歌创作的千字文，但它奠定了我以后文学道路的方向。我的第一本书是1987年3月由黄河文艺出版社出版的《中外著名散文诗欣赏》，这是中国第一部关于散文诗的鉴赏著作。这本书有精装、平装两个版本。黄河文艺社停业后，改由河南人民出版社重新设计封面出版，也是精、平两个版本。该书累计印数有5万册，在当时产生了较大的影响。许多报刊发表了评介文章。《人民日报》刊发了书讯后，郭风先生托郑州的诗友为他购书，这位诗人给我打电话说明此事，我听后很受感动，随即把书寄上。郭风先生是出版社赠送样书名单内的散文诗作家，只是当时尚未寄出。一件小事可以看出郭风对散文诗的出版是多么关注。现在看，那本书存在着许多不足，但它对散文诗普及的作用是起到了，不少读者因这本书记住了我的名字。

汪：可以说您是研究散文诗比较早的诗人作家之一。那个时候，中国散文诗的发展怎么样？研究散文诗主要侧重在哪些方面？

王：那时候，中国散文诗可以用"雨后春笋"来形容。已成立了团结全国散文诗作家、评论家、编辑家的中国散文诗学会。学会成立了培训中心，编有内部刊物、培训教材。这些都是破天荒的事情。不少报刊发表了散文诗新作和散文诗评论。当时的研究文章共有两类：一类是对散文诗文体特征的探讨；另一类，则是对中外经典散文诗作家的评介。

汪：您认为自己在散文诗方面研究的最大成就是什么？能否详细谈谈？

王：迄今为止，按邹岳汉先生的美言（见《中国散文诗90年》序言），我对中国散文诗的贡献主要有三：一、《中外著名散文诗欣赏》的出版。他认为该书整整影响了一代文学青年。二、《美丽的混血儿——散文诗的技巧》的出版。这是20世纪80年代最有影响的散文诗论著之一。三、《中国散文诗90年（1918—2007）》的出版。邹先生认为这是一部"中国散文诗发展历程的宏伟长卷"。这是一部无法替代的大型选本。一是150万字的容量，前所未有，二是包揽90年间的作品、理论成果和各种出版和大事记资料，也是前所未有。三是"视角广泛，材料新颖"。该书的选材"厚今薄古"，与以往的选本不同，以当代作家为主，新中国成立以来的作家占到近五分之四，近二十年涌现的作者又占其主要的部分，符合中国当代散文诗发展的实际状况。

如果从研究的角度加以总结，《美丽的混血儿》的贡献也可以列出三点：一、提出散文诗是诗与散文杂交而生的"美丽混血儿"的观点，明确指出散文诗是既不同于诗，又不同于散文的独立文体。关于"混血儿"的比喻，我也许并非第一人，但作为一个理论观点提出，并由此形成一个理论体系的，应该是第一人。二、对于"非驴非马"论的批评，在中国大陆可能是第一次。三、最早指出"全国性的文学评奖一直把散文诗拒之其外"的不公正现状。香港《当代诗坛》在评介《美丽的混血儿》时，称它是"中国当代可见的有关散文诗论说最为完整与最具见地的一部理论专著"（见该刊17卷，1994年12月出版）。

汪：当初散文诗吸引您的原因是什么？现在这种吸引力还存不存在？在您写《美丽的混血儿》时，对自己的散文诗研究的定位是什么呢？

王：什么原因？很难说清楚。我曾用"情人眼里出西施"来比喻我对散文诗的热爱。显然，是我的审美观与散文诗的美学品格擦出了火花。现在这种吸引力依然存在。我想，我对散文诗的热爱会伴随我的一生。退休以后，我会用更多的精力去关注她。我在写《美丽的混血儿》时，是把散文诗作为一个独立的文学品种看待的，至今，我仍持这一观点。

汪：我详细地看了一下您的简历，很有意思的是：您1949年10月出生，是新中国成立的年月，1978年开始发表文学作品，这一年又是党的思想路线转型的时候，您认为这是一种巧合呢，还是有某种关联？

王：巧合。正像偶然中有必然一样，巧合中也许带有某种关联的因素。

汪：您认为中国散文诗在整个文学领域里处在一个什么样的位置？

王：一方面无可替代。上世纪20年代的《野草》，50年代的《早霞短笛》、《叶笛集》，都是影响深远的作品，文学史无法绕过。另一方面，由于它的边缘性，又常常受到忽视和不公正的待遇。

汪：从您写散文诗，到您研究散文诗，再到今天散文诗的发展，您认为这中间有什么样的变化呢？

王：有过高潮和低潮，但总的趋势是一直向前的、进步的。一些人退出，一些人坚守，又有一些人加入进来。始终坚守的人成了举旗者。

汪：自从散文诗传入我国以来，一直存在一个问题，散文诗的定性问题，到今天仍有争执。您写《美丽的混血儿》是否也是对散文诗在中国当时的一种定性？在我看来，散文诗无可厚非，应当属于新体诗，与分行的诗歌应该是并驾齐驱的两辆马车，共同前进。再比如，丁芒老师一直主攻新体诗"自由曲"，他认为，无论在今天出现一种什么样的新文体，都应该去客观对待它，不能冷眼旁观，要支持。您认为呢？

王：我在《美丽的混血儿》一书表述得很清楚："散文诗很像美丽的混血儿。它有着诗与散文两种截然不同的血缘关系。但它既不是诗，也不是散文。它有充分的理由向世人宣告：它是一个独立的文体。"柯蓝与郭风都认为散文诗是一种独立文体。我也注意到持有你的观点的也大有人在，如耿林莽先生等。定性不同不会影响这一文体的发展，可能会促进风格的多样化。

汪：您可否大致介绍一下您的散文诗代表作《男人的心跳》？散文诗集为什么要起一个这样的名字？有没有其他的寓意？

王：没有寓意，只是表达我一贯的创作观：无感受时宁可不写，决不无病呻吟。所以说，我的散文诗都可视为我心跳的记录。

汪：您认为目前大陆散文诗发展还存在什么制约因素吗？一个优秀的散文诗人应具备什么样的素质？对目前出现的诗化的散文和散文化的诗，您如何看待？这些诸多因素对散文诗的影响有多大？

王：没有制约因素。一个优秀的散文诗人除去必不可少的天赋以外，还应具有：对这种文体的始终如一的热爱；纯正的美学品格；火热的民族情怀；投身和关注时代，不做象牙之塔人。对于读者和评论家，应有包容一切文学创新的胸怀。诗化的散文和散文化的诗，都不属于散文诗，散文诗人对此应有清醒的认识，但它们都有存在的价值。

汪：请对当前大陆散文诗的发展及前景谈一下您的看法。

王：持乐观态度。中国作协的态度无疑也是一个关键。如果散文诗能成为鲁迅文学奖的评审奖项，且有作品获奖，那么对这个文体的发展将是一个强有力的推动。

汪：邹岳汉主编的《中国年度散文诗》，王剑冰主编的《中国年度散文诗精选》及赵宏兴主编的《中国当代散文诗》，都给中国散文诗的空前发展提供了广阔的空间，那么您认为散文诗以后的发展空间到底有多大？

王：发展空间是广阔的。我看到若干个发表散文诗新作的网站，令人兴奋。这说明散文诗对新科技的利用毫不落伍。中国散文诗到底能走多远，能否成为21世纪中国文学一道耀眼的景观，还要看散文诗作家的坚守和努力的程度。

汪：您在2007年，为中国散文诗的发展作了一个很大的贡献，那就是您主编了《中国散文诗90年（1918—2007）》，这部大书是对中国自散文诗传入以来的一个大检阅，是一部简略而庄重的散文诗史，您在编写当初，我抱着试试看的想法把我的《大地情怀》投过去了，但没想到，竟然编在其中。我既惊喜又惊愕，惊喜的是我的作品入选了，惊愕的是我的作品怎么可能和诸多散文诗大家的作品一同选入这部宏大的著作。您选作品的角度是怎样的呢？

王：关于所选作品的角度和原则，我在该书后记中已作说明，一共7条。邹岳汉先生用"筛选精当，让读者受益"给予拙编以嘉许。你是入选的几位80后作家之一。《大地情怀》写出了你对西北高原、对故土家园的一腔深情。一个二十几岁的青年，写出这样的感受，难能可贵。

汪：对您影响最大的散文诗人是谁？您最满意的自己的散文诗作品有哪些？

王：纪伯伦。也是我最早接触的散文诗作家。就像人的初恋，终生难忘。我的散文诗受到好评或多次被选本选用的有《迷宫》《车过汨罗》《四君子写意》《西藏高原》《幽谷》《跌落》等。

汪：无论是现在一些公开发行的诗歌报刊也好，还是一些很有影响力的名刊也好，只有部分刊物给了散文诗一个发展的空间，但更多的刊物并没有给散文诗安排一席之地，你如何看待这种现象？

王：这是正常的。因为散文诗是一个边缘文体、一个文学的小品种，无法与小说、散文、新诗这些大品种平起平坐。这与主编和编辑的眼力有关，也可能与稿源有关。

汪：在散文诗发展的今天，要取得更大的发展空间，我认为不仅要有诸多散文诗人做更大的推动，更重要的是要散文诗人写出更多散文诗精品，在散文诗的发展上有重大突破。您认为这种突破应当从哪些方面表现出来？

王：我赞同这个看法。如何突破？一是在题材挖掘上，要有广度和深度。题材无禁区。当然，还有个如何剪裁的问题。要着力表现这个时代。任何文学形式，都是时代的一面镜子。二是艺术表现上，要精湛，要张扬散文诗特有的审美品格。

汪：今天之所以定下这个主题，主要有两个原因，其一是您出版那本

《美丽的混血儿》，其二呢，是因为目前散文诗的发展历程依然坎坷。不知道您对这个主题怎么看？

王：主题很有创意。道路是曲折的，前途是光明的。前90年我们已经作了总结。我相信到100年时，中国散文诗会有一个新的高度。

汪：您虽然对文学创作以散文诗创作与研究为主，但还涉及其他文体，并且您的书法作品很有成就。您能否谈谈有关散文诗以外的文学创作情况。

王：我虽然也加入了中国书协，但作品不多，主要原因是工作太忙没有精力。除散文诗外，我还写散文和少量的报告文学、传记文学。

汪：现在更多的散文诗人在逐步转入自己的角色，在更大的程度上转向底层或独特的风格创作，多了一些反讽的成分，这是不是就是我们经常所说的，作家也好，诗人也好，就是一种创作者的责任呢？

王：可以这样理解。责任是一种动力，责任也会使我们更具理性。

汪：在追求散文诗的诗化、现代化、民族化上，您认为应怎样去做？

王：我不同意提散文诗的诗化。散文诗的本质是诗，不存在诗化的问题。如果作品没有诗意，就不是散文诗。有现代化和民族化的问题。现代化也可理解为与时俱进，内容和表现形式都要出新，有时代感。民族化是一个永恒的话题，内涵十分丰富，我只强调两点：一要有民族情怀，二要纯熟地、创造性地运用民族语言。

汪：谢谢您接受我的专访，并真诚地希望很快读到您的更多更好的散文诗作品，谢谢您王老师，耽误了您这么宝贵的时间，谢谢！

王：谢谢您的专访，预祝您的专访集获得成功！

散文诗，在寂寞中坚持高雅
——王幅明访谈录

萧风：幅明老师您好！早在上世纪90年代初，就拜读过您的《爱的箴言》，这是我最早拥有的散文诗集之一。在您的影响下，那时我也试着写了一些爱情散文诗。可以说，您是我散文诗创作的启蒙老师。谢谢您！

王幅明：言重了。《爱的箴言》是我1990年出版的第一部散文诗集，爱情题材约占一半篇幅。一本薄薄的小册子，却受到青年读者的欢迎，曾先后3次印刷。当然，多不一定意味着好，但也说明，它有大众的一面。评论家孙荪称之为"这里有的是独特的感受，隐秘的体验，创造性的抉发，情感和思想的容量。虽不能说呕心沥血，但确是掏心的话"。他首肯了我的真诚。我认为这是打动读者的主要原因。使我不能忘怀的是扬州一位青年女工，她自己买了一本，之后又特意邮购一本，以此作为"最珍贵的礼物"庆贺男友出院。您说它起了启蒙的作用，是我始料未及的。这是您的谦虚。

萧风：您是当代散文诗研究的开拓者之一。1987年出版的《中外著名散文诗欣赏》，是我国最早的散文诗鉴赏读物；1993年出版的《美丽的混血儿》，是我国最早的散文诗理论专著之一。请问您是如何喜欢上散文诗并走上散文诗研究之路的？

王幅明：开拓者，不敢当。对于散文诗，我只是一个甘愿终生相守并为之奉献的粉丝。值得欣慰的是，它们对普及和推动散文诗的发展，都曾起过积极的作用。一位黑龙江的诗友告诉我，他是如何用"不正当"的手段获得《中外著名散文诗欣赏》这本书的。他在火车上看到邻座的乘客正在阅读此书，顿觉眼前一亮，便借阅，翻阅过后，爱不释手，遂生占有之意。他利用去洗手间的机会，把书藏了起来。待邻座索书时，他说不慎丢失了，愿意赔偿。结果他以高出定价的价格变相买了这本书。他在述说这段往事时流露出骄傲之情，可以想象他对该书的喜爱。后来参加散文诗笔会，几个不相识的人向我打招呼，我很惊讶，一问才知他们都是《中外著名散文诗欣赏》一书的读者，他们由这本书认识了我。

我对散文诗的喜爱可以追溯到初中时代。我是校阅览室的常客，下午的自习课时，常去浏览文学期刊。一次看到《世界文学》上刊登的由冰心翻译的纪伯伦的《沙与沫》，虽然短小，却是让人过目难忘的格言体散文诗，深深把我吸引了。我把它抄在笔记本上，回味不已。真正让我走上散文诗之路的时间是上世纪80年代初。这与当时万木逢春的文学大环境密切相关。"黎明散文诗"丛书及"曙前散文诗"丛书的出版，泰戈尔、纪伯伦、波德莱尔、屠格涅夫等外国名家散文诗集的出版，以及在柯蓝、郭风推动下形成的中国散文诗运动，都是直接诱因。这些都是外因。内因是对散文诗这种独特文体审美形式的认同和热爱。内外因激烈碰撞，志向就确立了。至于走上散文诗的研究之路，则完全出于责任感。当越来越多的作者在尝试用散文诗这一独特的文学形式，去表达他们对世界和人生的感受时，我发现，理论严重脱节。于是，便萌发了编撰普及性读物《中外著名散文诗欣赏》和撰写探讨散文诗艺术特征与技巧的专著《美丽的混血儿》的想法。

萧风：在《美丽的混血儿》一书中，您鲜明地提出："散文诗很像一个美丽的混血儿。它有诗与散文两种截然不同的血缘关系。但它既不是诗，也不是散文。它有充分的理由向世人宣告：它是一种独立文体。"请问您是如何理解散文诗的独立性的？

王幅明：美丽的混血儿，只是一种比喻。这个比喻得到了屠岸先生及

许多诗友的首肯。因为散文诗不是通常意义上所说的诗或散文，但又同时兼有诗与散文的一些审美功能。从它不同于诗与散文的基本特征来看，客观上已经是一种独立文体，只是文学界缺乏共识而已。中国作家协会旗下十几个学会中有中国散文诗学会，说明中国作家协会承认它是独立文体。该学会成立后，组织过许多活动，曾产生过很大影响。会长柯蓝逝世后，它实际上已名存实亡。本应及时换届，但未看到中国作协任何形式的干预，一直拖延至今。鉴于散文诗多年来一直处于边缘地位，我个人认为，明确承认它的独立地位，对于繁荣这一文体是有益的。

从另一个角度看，散文诗的词根是"诗"，它的本质是诗。在许多国家和地区包括中国台湾，也包括诺贝尔文学奖评委会，都将它视为诗。有人说它是诗歌的延伸，不无道理。客观上看，中国诗歌存在着白话新诗、散文诗和旧体格律诗三种形态，各自相对独立，共存共荣。

萧风：在中国当代散文诗坛上，您既是一位理论家，又是一位实践者，您是以创作与研究的双重贡献引人注目的。据我所知，您曾出版三本散文诗集，其中《男人的心跳》荣获河南省优秀图书奖和首届"五四"文学奖金奖。请问您如何看待理论研究与创作实践的关系？散文诗研究对您的创作起到什么作用？

王幅明：我写的不多，好作品更少。理论研究与创作实践并非相辅相成的关系。它们虽然都是创造性的劳动，但运用的思维形态有所不同，一种是逻辑思维，另一种是形象思维。两种思维既相互排斥，又相互依存。同时从事理论和创作，说到底，需要具备两方面的天赋。就我个人的体会，理论研究有助于创作实践。因为首先占有大量的中外优秀作品作素材，才能从中抽象出理论，而思维的成果，可以使创作以理性作支撑，少走弯路。

萧风：您为推动散文诗发展做了大量工作，先后主编《新生代文丛·散文诗》6册、《散文诗的星空》12册、《21世纪散文诗》16册，并主编了

《中国散文诗90年（1918—2007）》、《河，是时间的故乡——河南散文诗选》，还与陈惠琼共同主编了《2010中国散文诗年选》（花城出版社），为散文诗年选又增加一个新品种。您认为当前推动散文诗健康发展亟须做好哪些工作？

　　王幅明：我认为，一种文体的繁荣应该具有四个指标：环境，创作，理论，致力推动和彰显这一文体的志愿者。四者缺一不可。社会环境是基础。"文革"时期，像《早霞短笛》这样明朗向上的作品也受到批判，怎能奢谈繁荣？有了创作自由，没有作家和理论家甘愿寂寞的坚守和攀登，繁荣依旧遥远。第四个指标是推手。推手中有一批默默奉献的志愿者。大多数志愿者在文学史上很难有立足之地，但他们应该受到尊敬。推手包括报刊及图书的编者、出版者，文学采风、研讨及评奖活动的组织者、资助者，热心且有责任感的文化官员，等等。当前，有好的环境，有一批优秀的作家，也有一些默默奉献者。比较而言，理论研究和文学批评明显薄弱，另外，缺少有力推手。如果中国散文诗学会能够在中国作协协调下恢复正常活动，组织定期的高端评奖和研讨活动，优秀作品能够进入鲁迅文学奖的评选，将会有力鼓舞和推动这一文体的健康发展。我和你从事的工作，都属于志愿者的工作，也愿散文诗坛有越来越多的志愿者。

　　萧风：您是何时开始散文诗创作的？对您影响最大的散文诗作家有哪些？您认为一个优秀的散文诗作家应具备什么样的素质？

　　王幅明：我的第一首散文诗《只因》，发表在1983年第6期《河南青年》杂志上，是写张海迪的，后收入散文诗集《爱的箴言》（1990年）。早期对我影响最大的散文诗作家是纪伯伦和泰戈尔，之后是鲁迅和波德莱尔。我的诗风受益于河南已故诗人苏金伞。虽然他不写散文诗，但他具有很高审美境界的自由诗征服了我。我用"大巧之朴，浓后之淡"八个字评价他的作品，得到苏老的首肯。我认为，一个优秀的散文诗作家，应具备捕捉美、表现美的能力，坚守社会良知和独立人格，有文体自觉意识与独特的话语方式，他的每一篇新作，都应带给人新鲜的经验与审美享受。

萧风：您曾用"寂寞而又美丽的九十年"来概括中国散文诗的发展历程。请问您对当前散文诗创作的现状如何评价？对未来散文诗的发展有何期待？

王幅明：散文诗的美丽是永远的，寂寞的处境正在改变。从大的社会氛围看，它依然是寂寞的。不独散文诗，整个严肃文学都是如此。寂寞，是一把双刃剑，对于作家可能并非坏事。没有寂寞，出不了曹雪芹与卡夫卡这类大师，文学史也许会重新改写。在隆重纪念中国散文诗九十年的活动后，散文诗显示出新的生机。我在《散文诗，在寂寞中绽放》一文中，用一系列的数字和现象，表明近几年它的显著进步。散文诗的现状是令人欣喜的。创作和研究的队伍在扩大，前辈作家宝刀不老，新面孔不断涌现，其成果更具现代性。

关于散文诗的未来，曾获"中国散文诗终身艺术成就奖"的已故诗人彭燕郊，说过这样一段话："我觉得从世界范围来讲，散文诗慢慢地要取代自由诗，这是个大趋势。现在，很多小说都带散文诗的写法，这很有趣。最近得诺贝尔奖的耶利内克的《钢琴教师》，那里面就有散文诗的写法。法国的新小说更不用说了。很多现代的内容甚至于自由诗都装不下了，所以我喜欢写散文诗。确实，有一些内容你可以用诗来写，有一些你非用散文诗来写不可，这是没办法的事情。"（引自《最后的文化贵族》一书，2007）彭老还有一个不同凡响的说法，他认为"五四"以来新诗的最高成就是鲁迅的散文诗《野草》。（同上）这虽是一家之言，但却有很强的说服力。因为彭老自由诗和散文诗都写，均有很高成就，他有资格作这样的评价和预测。我认为，散文诗在中国，是一道独特的文学景观。它有适宜生长的土壤，受到读者喜爱，进入中国文学主流，只是时间问题。

萧风：近年来，散文诗研讨活动的确不少，但我觉得这些研讨活动大多停留在"活动"上，在理论研究上并没有取得多大突破。不知您是否认同这一看法？您认为当前散文诗理论建设存在的主要问题是什么？应当如何突破？

王幅明：是的，我认同你的看法。研讨活动大多只是采风活动（笔会）的一项内容，浮光掠影，很难深入，因而成果有限。我认为，当前还谈不上散文诗的理论建设。即使有，也是初步的。作家协会、大学的诗歌研究机构以及诗评家们，很少将散文诗研究列入计划。少，并非没有。2011年12月，由首都师范大学中国诗歌研究中心主办的"当代散文诗的发展暨'我们'文库学术研讨会"在北京举行。这是首次由高校新诗研究机构主持召开的务实性的散文诗理论研讨会。与会者来自全国各高校散文诗研究者及部分散文诗作家。专家们各抒己见，有共识，有碰撞，取得了积极的成果。这次会议具有开创性，将对中国散文诗的健康发展产生积极的影响。据我所知，深圳大学黄永健先生的中外散文诗比较研究，列入了学校的科研计划，并得到资金资助。另外，发表园地也是问题。《文学报》创办《散文诗研究》专刊，为全国的文学报刊做出了示范。希望更多的文学研究机构、评论家、文学报刊关注散文诗，希望有更多的志愿者，加入散文诗研究的队伍。

萧风：在您和各位前辈、诗友的关心支持下，《散文诗研究》专刊已创办一年时间。请您谈谈对今年专刊的看法和明年办刊的建议好吗？

王幅明：《散文诗研究》专刊的创办，是中国当代散文诗发展的一个重要事件。鉴于《文学报》在全国文学界的影响，它的推动作用不可低估。该专刊我是每期必读，从中深受裨益。专刊立足经典性、当代性、建设性，紧密联系当前实际，栏目设置丰富，普及性与学术性兼顾，图文并茂，刊发了不少有见地的好文章。感谢您及专刊编辑的辛勤付出！如有可能，对大家感兴趣的重要话题，不妨来一个百家争鸣，凡成一家之言者，都可选用。对已刊文章观点有质疑者，亦可撰文阐述己见。理论问题只有经过碰撞，才能在互补中找到共识。

（原载2012年11月29日《文学报》）

书法首先应具有审美功能

——访河南文艺出版社社长王幅明

韦 德 王 峰

王幅明在出版界工作已近30年，成就斐然，同时他又是著名的散文诗作家和书法家。据笔者所知，中国作家协会和中国书法家协会各有会员近8000人，但同时具有这两种会员身份的不足100人，王先生便是其中之一。他还是国务院特殊津贴获得者。2007年11月，中国现代文学馆和文艺报社等单位在北京举办纪念中国散文诗90年颁奖活动，王幅明荣获"中国散文诗重大贡献奖"。日前，笔者就书法、散文诗创作等问题，请教了王幅明。

笔者：您既是位作家，也是位书法家，从您的作品中可以看出，您为人低调，这是否为您的人生信条？

王幅明：低调是我做人的终生信条。古人说，言不得过其实，实不得过其名。有些人炒作自己，是为了功利的需要，可以理解。但一个作家、艺术家的最终地位，是由历史决定的。历史是公正的，又是无情的。我们应该相信历史。我的主业是出版，文学及书法创作是业余爱好，我只能算作"票友"，取得一点成绩不足挂齿。

笔者：您对书法的追求是什么？

王幅明：每个书家都会有自己的追求。我曾写过一篇书学文章，题为《美书论》。我的书法创作是对我书法理论的忠实实践。我认为，书法作为一种艺术形态，首先应具有审美功能。前些年，书法界一直在进行美与丑的争论。有人提倡丑书，认为这是张扬个性，导致了不少病态的丑书出现。个性是艺术的生命，追求个性没有错，但必须以健康的审美为先导。综合学养以及对书法艺术的深刻感悟，是培养健康审美情趣的要素。我们之所以承认书法艺术的存在，是因为它有辉煌的历史，有传承。

笔者：你的书法可不可以称为"文人书法"？

王幅明：因为是业余，所以我写得不多，配称为书法作品的就更少，如果能列入"文人书法"的圈子，当属荣幸。我认为"文人书法"的界定应首先肯定作品是书法，其次才是书写者的文人身份。有人将作家、学者写的毛笔字统称为"文人书法"，这就过于宽泛了，也降低了"文人书法"应有的品位。名人字和"文人书法"应是两个不同的概念。翻开中国书法史，我们看看历史上留传下来的经典，有很多是可以称做"文人书法"的。在古代，因为毛笔是书写工具，舞文必然伴随着弄墨。古代的文人书法家，都是一些舞文弄墨者。譬如分别被称为天下第一、第二、第三行书作者的王羲之、颜真卿、苏东坡，他们书写的内容，都是自己创作的文本，而且都是堪称经典的诗文。

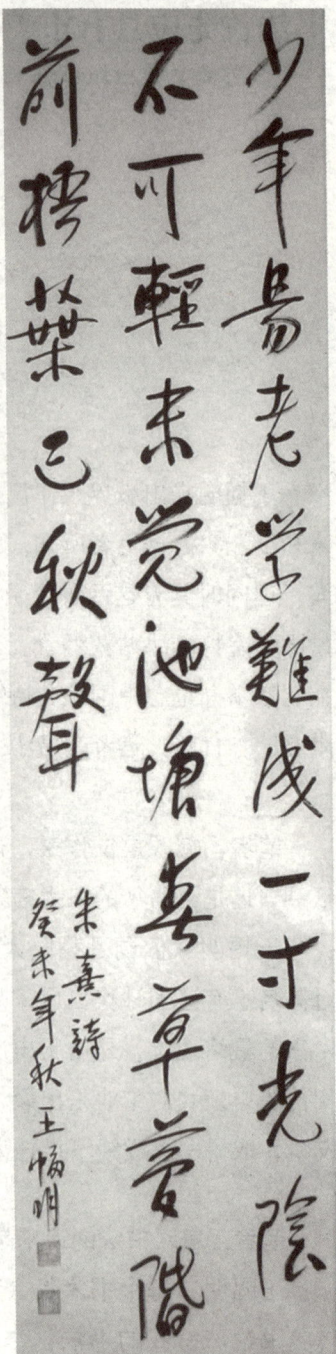

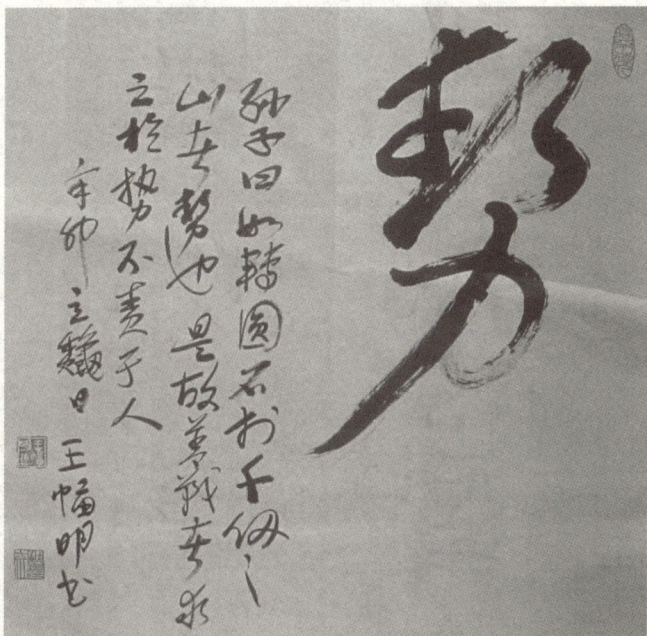

笔者：您在文学创作上主要涉猎哪些领域？

王幅明：我当了近30年的编辑，因为工作性质，需要不断更新知识，开阔视野，与时俱进。要做一个称职的出版工作者，就要多读书。准确地讲，我是一个杂家，写过多种体裁的文章。我从1978年开始发表文学作品，写作生涯至今30年，出过9本个人著作，主编过多种著作。文学创作与理论研究，均以散文诗为主，曾获多种奖项。

笔者：能从事您喜欢的书法和散文诗创作，是否很幸福？

王幅明：我很赞成你用"幸福"这个词。当人沉浸在艺术之中特别是艺术创作之中时，会忘却烦恼，进入到一种艺术享受的境界，或者说，一种幸福的境界。我现在依然有着强烈的学习心态，我相信只要有这种心态，就有继续进步的空间。

（原载2008年4月18日《中国民族报》）

楚简书楹联："散文诗坛情歌手，养拙堂内不倦牛。"此作已被河南淮阳王猛仁艺术馆收藏，并雕刻成匾额陈列，供游人观瞻。◎

散文诗坛情歌手

养拙堂内不倦牛

赠道友王猛仁先生存念

昊左甲午年春月王幅明撰书

附 录

我读《河，是时间的故乡》

屠　岸

幅明同志：

　　您寄赠的由您主编的书《河，是时间的故乡——河南散文诗选》，我收到已多时。非常感谢！

　　这本厚达596页的书，我已翻阅多次，从中获得许多美的享受和哲思的启示。

　　您的序文《在河南散文诗的长廊里漫步》，对河南籍散文诗作家的散文诗作品作了介绍，既有宏观的评述，又有对具体作家作品的分析，使读者对河南散文诗的诞生、发展概貌有一个清晰的了解。您的评述客观而公正。其中也有对你自己作品的评述。我想起了赵家璧主编的《中国新文学大系》中《小说二集》的分卷主编鲁迅在序文中也有对自己的短篇小说的评述，客观公正。您的做法是承续了鲁迅的作风。

　　我在阅读这本书时，又拿出您主编的2007年出版的《中国散文诗90年》（上、下册）来，翻阅比较。我觉得这两部书可以说是姐妹篇，是您对中国散文诗坛作出的两项重大贡献。

　　我发现同一作家在这两部书中出现时，所选的篇目不尽相同。除了数量有多有少外，篇目也有不同。比如您自己的散文诗，收入《中国散文诗90年》中的几篇，在《河，是时间的故乡——河南散文诗选》中都没有出现，而是另选了若干首。其他作家也有此情况。当然也有相同的篇目。这似乎说

明您在主编《河，是时间的故乡——河南散文诗选》时，在选什么不选什么
上又用了一番心思，力图做到精益求精吧。

您的散文诗作品，语言朴素，内蕴深邃，时有警句，发人深省。

您给予散文诗的命名"美丽的混血儿"，我始终赞赏。似乎有人批评这
个说法，认为贬低了散文诗；又有人说散文诗是与散文和诗完全无关的一种
独立的文体。我认为"混血儿"说法并不贬低散文诗。我赞同说散文诗与散
文、诗是平起平坐的文体，但不是贬义词。混血儿有时更健美。而近亲繁殖
倒会产生萎弱的儿童。这句话当然不会贬低诗与散文。

祝健康快乐，全家幸福！

屠岸

2010年8月30日

（原载《创新出版》2010年第4期）

在王幅明新浪博客留言

孙皓晖

　　幅明兄开通博客，可喜可贺！

　　我已浏览了全部文章，也伴随幅明兄的文化历史脚步大体走了一趟——幅明兄之为文化出版人，此生已经不虚矣！主编青年杂志显现冲击力，聚青年思潮于一时；写散文诗独树一帜，发轫散文诗之全国联盟；做出版业于艰难之际，独能负重奋发扭转危局，终使濒临危境的文艺社成为全国历史文学之高峰平台，跻身国家二级出版社；老骥行将卸鞍，而能平和稳健善后，给出版社留下壮实的根基，此幅明兄之明锐也。

　　何谓人生功业，克难克险而达成之职业成就也。

　　以此论之，幅明兄乃文化工业人士也！

　　幅明兄既非文化官僚，亦非迂腐书生；气度雅而不儒，作风坚而不锐；厚重敛于学养才华，诗书文俱有醇和中正之气，虽旧历沧桑而独具深远潜力，此难能可贵也。唯其如此，幅明兄之后半生将更加多彩，发展为文化活动家亦未可知。

　　为幅明兄之新生喝彩！

（2010-09-29）

捧起王幅明的大书

蔡　旭

初次见面时他就在编书。

不知是不是在20年前的朔州散文诗年会上。在五台山风光、应县木塔、北岳悬空寺的走马观花中，竟把他的地址丢失了。

几次搬迁后，以为他也会把我丢失。

不料17年后，一封约稿信从天而降，他是从哪儿找到我的？

于是我被他引进了《中国散文诗90年》，一部两大卷150万字的大书。

这部由他主编的中国散文诗的史诗，以其宏大的规模、广泛的视角、精当的筛选，如一座空前的巨碑耸立在散文诗的时空。

这部史上最牛的中国散文诗大书，我已数百次捧读。

在一遍遍翻阅前辈、同辈、晚辈师友们的精品佳构的同时，一次次向王幅明致敬。

一次次猜想，这位把散文诗起名"美丽的混血儿"的诗人，这位高瞻远瞩的编书人，怎能心细得如一张密网，连我这样只出过几本小册子的操练者都不至于遗漏？

现在又一张约稿函飞来了。一套《散文诗的星空》的系列丛书又快诞生了，王幅明的又一部大书又将横空出世了。

我赶紧收拾行装，向大书报到。

不由得再一次捧起他的大书。这里是他永久的地址，再也不会丢失。

2010年8月

（原载蔡旭散文诗集《顺流而下》，该书2011年1月由河南文艺出版社出版）

王幅明和他的杂志社

彭　华

在1995—1996年度全国第七届青年报刊好作品评选中，《时代青年》月刊在全国42家公开发行的青年刊物中成绩骄人，在评出的13篇一等奖作品中独占两篇。《时代青年》还是河南省连续三届的"社科类优秀期刊"、一级期刊。

该刊总编王幅明在接受笔者采访时说："我们的决策总是来自读者调查。"他进一步介绍说，《时代青年》每期刊有一份"读者调查表"，然后根据读者评刊意见评选优稿、调整栏目，这也是全社紧密联系读者的桥梁和渠道。另外，社领导每年都深入到基层团组织，听取基层团干及普通读者的意见。

围绕"指导青年人生"这一主题，明年《时代青年》的栏目设置下了很大功夫，最显著的变化是该刊明年将内容集中在四大板块："时代视点""谋生策略""与心灵对话""青春夜总会"。其"谋生策略"板块的所有栏目，如"成功谋略""打工部落""白手打天下""涉世盲点"，都体现了对人生的探讨，并且全是新增设栏目。"时代视点"板块的文章则是通过人物或事件通讯，宣扬一种积极向上的人生观。唯一一个诗歌栏目，也改为"哲理诗萃"。另外，还增设了一个"说话的技巧"栏目，是专门探讨青年人在社交、求职、恋爱方面的语言表达技巧。总之，既不搞猎奇，又不____达到寓教于乐，可读性、实用性、指导性并重，这将是1998年

《时代青年》的特点。

王幅明还担任着《流行歌曲》月刊的总编辑。

《流行歌曲》以起点高、定位准确而一度风靡全国，受到广大青少年音乐爱好者的欢迎。近几年，随着卡拉OK、VCD等新的视听形式的普及，流行音乐刊物将面临前所未有的挑战。但《流行歌曲》的全体采编人员能够正视这一局面，认真"练好内功"，通过研究市场、研究读者，力争明年以全新的面貌出现在全国读者面前。从1998年第1期刊物开始，将有明显变化：采用一本杂志、两个封面，以"歌曲珍藏版"和"消遣阅读版"双面分排的方式，更好地满足不同读者的阅读需求；喜欢歌曲的朋友可以从这一面看起，喜欢了解歌坛信息的朋友可以从另一面看起。在此基础上将更加精心编排。每期将选发歌曲30首左右，同时加大信息报道量，增强可读性。消遣阅读版，将常设约20个栏目，如"今日星空""一线报道""明星村落""月月沙龙""名家别墅"等，内容更加丰富多彩。

对于《时代青年》和《流行歌曲》两刊，中央电视台"农村书架"节目组于今年10月曾作了专题采访，向广大农村读者推荐，多次播出后产生了较好的社会反响。

王幅明是一位卓有建树的学者、作家，至今已出版著作8种，其中《美丽的混血儿》填补了我国散文诗理论领域的空白；《中外著名散文诗欣赏》一书出版后，受到广大读者的欢迎，多次再版重印；个人作品集《爱的箴言》《无法忘记》等均受到读者的喜爱。目前，他还担任着中国散文诗学会副秘书长、河南省期刊工作委员会理事长等职务。

面对新的挑战和机遇，《时代青年》和《流行歌曲》将走出更加坚实的路。

（原载1997年12月29日《河南日报》）

文化大省里的文化记录者

——访河南文艺出版社社长王幅明

宝　琦

　　王幅明的办公室虽然不大，可四周墙壁上自题自勉的大小条幅却雅气袭人。作为中国作家协会和书法家协会的会员，王幅明是个名副其实的文人社长。来到河南文艺出版社时间不长，他就业绩不俗，自他来的4年，河南文艺社的利润就翻了一番。也就难怪去年他被确定为享受国务院特殊津贴专家了。据了解，获得这个荣誉的，在全国出版界不过寥寥几人。尽管王幅明是个很平和低调的人，但说到这里他也不免兴奋不已。

　　河南是个文化大省，博大精深的中原历史、质朴淳厚的中原民风造就了一代代文人雅士。如今活跃文坛的"豫军"作家从某种意义上正彰显了河南文化在当代的传承。王幅明深刻地认识到，要打造河南文艺出版社的核心竞争力，就得在河南本土文化和本土作家上做文章。"从河南走出来以及在河南有一个优秀的作家群体，这是一笔财富，我这几年很重要的一个任务就是让他们把河南文艺社作为出书的首选。"由于自己就是一名作家，王幅明与豫籍作家交朋友有着独到的优势。他们每年都要在郑州举办省会作家招待会，而定期在北京举行的"在京河南籍作家招待会"更是他们精心准备的文化沙龙。

　　热爱中国古典文化的王幅明，有着很强的历史使命。"我们中国拥有举世公认的丰富典籍，让世界很多文人羡慕，而这些典籍的传承都要感谢我们这代出版人手中，我觉得应该有很神圣、很光荣的使命感。"王幅明认为，传承文化的积极意义就是总结当代的中国文化精品，把我们这代人对中华文化的理解和创造留给后人。正因为这个使命，他策划了"国风文库"，这个带有《诗经》血脉的选题，屡屡获得好评。在去年推出石钟山的《天下兄弟》、温亚军的《鸽子飞过天空》、徐名涛的《蟋蟀》后，今年更是收进一部厚重之作——《百年恩公河》，有评论家认为该书是中国版的《百年孤独》。可以毫不夸张地说这是一部解读中国近百年历史的雄浑、大气、厚重之作。在普遍存在严重思想贫血的当下文坛，本书可谓独树一帜地成就了我们民族的一部百年心灵史。

王幅明告诉记者，从二月河的《康熙大帝》始，河南文艺社就长期注重对不知名却有厚重作品的作者的培养，孙皓晖的《大秦帝国》、赵扬的《唐太宗》等，一卷卷厚重的历史小说的出笼，也造就了这个社历史品牌的形成。今年他们又推出以宋朝王安石变法为背景的《大宋遗事》和影视同步的励志小说《越王勾践》及体裁罕见的第一次描写帝王到平民的《汉献帝与曹操三女》，河南文艺社对历史题材的开掘再次显示了他们的实力和眼光。

对于塑造河南和河南人的文化形象，河南文艺社也当仁不让，他们率先推出厚重中透着时尚气息的"文化河南"系列，受到了从省委领导到普通群众的肯定。

他们的视野还没有仅仅局限在河南，他们还把触角延伸到了更广大的出版空间。他们今年先后推出了翻译大家柳鸣九的《浪漫弹指间：我与法兰西文学》、高莽的《高贵的苦难：我与俄罗斯文学》等。在这套书中，翻译大师跨越时空跨越种族带着我们走进异域的文学大师，看世界文化的发展走向。

（原载2007年5月26日《中华读书报》）

引人感悟型：纵然寂寞也美丽
——2007"新书发布会的十大类型"之一

江筱湖

书名：《中国散文诗90年（1918—2007）》
出版者：河南文艺出版社
时间：2007年11月11日
地点：中国现代文学馆

　　11月11日，现代文学馆迎来了上百位或德高望重或雄姿英发的作者，他们是国内目前最优秀的散文诗作家与评论家，代表着该领域的最高创作水准与评论水准。许多耳熟能详的名字如耿林莽、屠岸、彭燕郊等享誉国内外的作家，纷纷出席或者委托亲友参加。

　　本次召开的纪念中国散文诗90年颁奖会暨《中国散文诗90年（1918—2007）》首发式，是新中国成立以来首次为散文诗作家颁奖，因此备受瞩目。评选活动从今年3月开始，先后收到从1985年至今年上半年出版的散文诗集、理论集150部。共评选出中国散文诗终生艺术成就奖、中国散文诗重大贡献奖、中国当代优秀散文诗作家奖等五个奖项，其中中国散文诗终生艺术成就奖由郭风、彭燕郊、耿林莽、李耕等四位老一辈散文诗作家获得。五个奖项47位获奖者分属23个省、自治区、直辖市及香港特别行政区和大洋彼岸的美国。

　　作为献给中国散文诗90年的一份厚礼，河南文艺出版社推出了《中国散

文诗90年（1918—2007）》大型选集，在会上首次亮相。全书150万字，由该社社长、同时也是在散文诗理论研究领域赫赫有名的王幅明主编。全书分为"作品选""论文选""附录"三部分，是目前涉及面最广泛、最具权威性的一个选本。

　　点评：应该说，这是今年所有发布会中最让记者感动的一次。少年时候《散文诗》每期必买，熟悉包括耿林莽、屠岸、彭燕郊在内所有名家的文字，少年轻狂，在他们的文字里呼吸、学习，汲取精神上的养分，安慰倔强和不安的心。散文诗，一种曾经影响了几代人的文体，现在尽管寂寞了，却依然魅力不减。

　　　　　　　　　　　　　　（原载2007年12月25日《中国图书商报》）

和谐立社　品牌兴社

杜一娜

都说文艺社难做，可是地处中原的河南文艺出版社却在人民文学出版社、上海文艺出版社、作家出版社三足鼎立的市场上，以多年的品牌和历史小说优势赢得了作者和读者的青睐。

本土作家不外飞

社长王幅明上任的4年前，河南文艺出版社是当地一家颇不稳定的出版社，而如今该社已成为令同行羡慕的和谐之社。王幅明概括了3个秘诀：领导班子团结，形成了和谐的理念和建社基础；全社上下有共同的追求；大胆起用有思想、有能力的年轻人担任重要岗位负责人。

社风和谐，河南文艺出版社再次聚集了人脉和人气。很多河南籍的作家不再"孔雀东南飞"，纷纷把自己的作品托付给自家的出版社，2007年先后推出了20余种河南籍作家的作品并在市场上赢得好评，"文学豫军"成为河南文艺出版社一大特色。开卷公司资料显示，河南文艺社2007年销售榜前10名中有4部是河南作家的作品。如2006年12月出版的本土作家南豫见创作的描写河南农村百年沧桑巨变的长篇小说《百年恩公河》，著名评论家白烨先生称该书实属当下小说创作中的一部力作。有着"市长作家"称号的焦述写出了市长系列小说第4部《市长后院》，文学新人郝树声一次推出"怪味人生"三部曲《镇委书记》《侧身官场》《怪味沧桑》，均榜上有名。

着意打造长篇历史小说

当年《康熙大帝》、《乾隆皇帝》让读者认识和喜欢上了二月河，也让业内记住了出版这两部大作的河南文艺出版社。厚重的历史小说情缘和成熟的编辑思路，是河南文艺出版社品牌兴社的根本。近几年来，河南文艺出版社一直有意识地把长篇历史小说作为品牌进行开发和维护。

2007年北京图书订货会上，河南文艺社以王安石变法为背景的《大宋遗事》引起关注。同年4月重庆全国书市，他们又隆重推出了好看又耐读的《1644，帝星升沉》、蕴含大智慧的《圣哲老子》等。9月北京国际图书博览会上，其长篇历史小说《越王勾践》广受出版商关注。荣获全国"五个一工程"图书奖、颇受读者喜爱的系列历史小说《大秦帝国》第一部已改编成电视剧，在法国电视剧艺术节上受到推崇，日、韩等国对这部电视剧更表现出了浓厚兴趣。

进军青春类和文化类图书

除长篇历史小说和当代原创小说（"国风"文库）外，河南文艺社近年来向青春类和文化类图书进军，正在形成新的亮点。2007年，出版了《大漠谣》《红颜乱》《寻找前世之旅》等图书，得到广大读者的认可。文化类图书《文化河南》《历史不忍细看》《被历史忽略的历史》《中原文化精神》等书受到好评。

2007年11月，河南文艺社与中国现代文学馆、文艺报社等单位在京联合举办了纪念中国散文诗90年颁奖会暨《中国散文诗90年》新书发布会，在文学界和出版界产生了重要影响。这部150万字的大书，主编便是作家兼出版家王幅明先生。新书上市一个多月，仅邮购就销售了数百部。著名诗人屠岸说："这部书，规模宏大、内容丰硕、体例严谨，是散文诗90年创作和研究的历史丰碑，体现了主编者和出版者的胸襟和气魄，以及他们严肃诚敬的工作态度。"

重磅出击第18届书博会

今春以来，河南文艺出版社的新书销售形势喜人，梁晓声的新作《政协委员》、欧阳娟的《交易》、郝树声的《隐形官阶》等都取得了骄人的业绩。郝树声是文学新人，一年的时间连续出版4部长篇，迅速赢得读者和市场，制造了"连环爆炸"，而河南文艺社是"郝树声现象"的直接推动者。

河南文艺社将在第18届书博会重磅推出拳头产品全本《大秦帝国》。这部有着空前文化含量、500余万言的长篇历史巨著，将由河南文艺社独家出版。已经出版过的前4部经作者作了重要修订，5部、6部是首次推出。在当代历史小说中，先秦是个空白。为确保图书质量，请作者到郑州终校全书，并到印刷厂查看印刷情况。可以想见，《大秦帝国》将成为18届书博会的一道重要景观。新浪网读书频道将在书博会期间举办由二月河和孙皓晖参加的"大秦帝国与大清王朝的巅峰论坛"，由宽带网直播，多家媒体将跟踪报道。

不少媒体曾把河南文艺出版社列入新崛起的地方文艺出版社之一，社长王幅明说："我们只是一个健康成长中的、不断进步的出版社，离品牌社尚有很大的差距，我们会继续努力缩小差距，'和谐立社、改革强社、品牌兴社'将是我们长期坚持和执行的办社理念。"

（原载2008年4月25日《中国新闻出版报》）

王幅明：专业与品牌并举

舒晋瑜

　　由北京开卷信息公司提供的2010年中国图书零售市场的数据表明，中国图书市场已进入低增速时代。在河南文艺出版社社长王幅明看来，这个信息非但不可怕，恰恰是市场理性和成熟的表现。"2011年仍会持续这一景观。要看到另一点：大市场的低增速并不妨碍小市场的相对高增速。这就要看市场的阶段性需求，和出版商们能否看到和满足这种需求。"王幅明说。

　　国家把提振文化产业作为发展战略，是实现中国强国战略的重要一环。仅仅经济和军事强大，还不足以成为令人信服的强国，只有经济、军事和文化都强大的国家，才是一个真正意义上有影响力的强国。王幅明表示，国家"十二五"规划把"推动文化大发展大繁荣，提升国家文化软实力"作为重要的一项内容，给文化产业的大发展提供了难得的机遇。作为一家出版社，如何才能利用好这些政策，取决于出版社的眼力和高度。"如果能够站在中华民族代言人的高度，以承传和发展民族优秀文化为己任，提出有价值的选题和规划，就能享受到这些政策。"王幅明举例说，不久前，河南文艺出版社"十二五"规划选题《鲁迅年谱长编（五卷本）》获得国家出版基金25万元的补贴，就是一个生动的说明。

　　2010年，出版企业纷纷上市，对于这一现象，王幅明评价为这是"正常的理性的结果"。上市是双刃剑，很多人只看到正面，没有看到风险的一面。他以形象生动的比喻形容道："我的感觉好像是大家都在暗中赛跑。上市绝对不能一窝蜂。应该是成熟一个，上一个。鉴于过去曾有过的泡沫化现象，证券公司严格把关是成熟的表现。"

近几年，实体书店的萎缩逐渐成为中国书业的一个老话题，王幅明如何看待？他认为，这一趋势将会随着电子商务的普及进一步加剧。作为出版人，倒应该冷静地分析一下电子商务为何在逐步提高，关键在于数字化优势、价格优势、周期优势和服务优势。实体书店要想遏制下滑的趋势，应向电子商务学习。

在国内，有许多出版社积极探索出版与其他文化创意产业的结合，这是具有现代企业意识和明智的举动。文化创意产业的核心内容是文化。出版社是不折不扣的文化企业。王幅明表示，如何使传统的文化形态，借助现代科技和人的灵感智慧，使其再提升，是摆在出版人面前的一个新的课题。他说："近几年，我国文化创意产业发展速度惊人。视觉艺术产业、表演艺术产业和休闲娱乐产业等，成了文化创意产业的领头羊。新闻出版业相比之下显得有些落伍。除探索自身的创意外，利用优势，与这些领先的创意产业实现某种形式的合作，不失为一种有价值的选择。"

当下，出版主业盈利能力正在下降的事实不容忽视，但王幅明并不认为这表示出版业面临整体下滑。因为统计资料显示，出版业每年都在增长，只是各地的增幅有快有慢。他认为，出版业要做大做强，参与国际竞争，必须要打破区域限制和传媒行业界线，实现多元化发展。一些出版集团已迈出了可喜的步伐，令人鼓舞。仅就出版主业而言，增长点首先应立足于高质量且市场认可的原创作品和有效营销手段，至于数字出版、手机出版、网络版权贸易等，只是新的增长点的未来趋势，难以实现立竿见影的效果。

多年来，河南文艺社坚持专业与品牌并举的出版理念，"十一五"期间的市场占有率，已进入全国文艺图书方阵的前10名。在此次订货会上，河南文艺出版社新品种不算多，却仍体现了这一贯穿始终的出版理念。其中，列入中原出版传媒集团"十二五"出版规划的项目"散文诗的星空"系列丛书便占去了12种。河南文艺出版社社长王幅明介绍说，此辑推出了耿林莽、李耕、许淇等12位老中青三代散文诗作家的精品佳作。这是河南文艺出版社继《中国散文诗90年》《河，是时间的故乡——河南散文诗选》等大型散文诗选集之后，集中出版当代散文诗代表作家作品。

历史小说是河南文艺出版社的品牌。王幅明介绍说，这次推出青年作家程韬光的《诗圣杜甫（上、下）》，是继作者《太白醉剑》之后的另一部力作。该书熔历史真实与文学想象于一炉，场面恢宏，情节跌宕，全面展示了杜甫孤独辗转、上下求索的一生，再现了大唐由盛转衰时期的时代风情。《民族之魂林则徐》以恢宏的气势展现了晚清社会的全景，以生动感人的笔调塑造了民族英雄熠熠生辉的形象。"苟利国家生死以，岂因祸福避趋之。"温家宝总理上任之初曾引用林则徐的诗句自勉。王幅明认为，这一小说应该会受到公务人员的欢迎。

（原载2011年1月5日《中华读书报》）

王幅明出版生涯及文学、书法活动年表

（1978—2013）

1978年

8月13日，在上海《解放日报》的《朝花》副刊，发表第一篇文章《画龙点睛》，可视为"处女作"。

1979年

11月，由工厂调入河南青年杂志社，任编辑。

1980年

5月，任河南青年杂志社文化组负责人。

1981年

9月至次年1月，参加中央团校第20期宣传班、青年报刊专业班学习。

1982年

7月，参加全国青年报刊小报告文学研讨会（福建福州）。

1984年

4月，任河南青年杂志社编辑委员会委员兼编辑室主任。

9月，加入河南省美学学会。

10月，任河南青年杂志社副总编辑。

1985年

1月，《河南青年》改名为《时代青年》，当年最高期发行量超过40万册。

3月，参加全国青年报刊1984年度好作品初评会（安徽合肥）。

5月，参与创办的《流行歌曲》（双月刊）创刊号出版。发行40万册。兼任杂志副总编。

7月，参加第5届全国青年报刊年会（福州、厦门）。

12月，加入河南省作家协会（编号：0560　签证人：于黑丁）。

1986年

9月，加入中国散文诗学会·（编号：0539　签证人：柯蓝）。

1987年

3月，黄河文艺出版社出版精装、平装两种版本《中外著名散文诗欣赏》（1989年12月第3次重印，1990年获河南省社会科学优秀成果奖）。

4月，受聘担任河南省出版工作者协会期刊分会副秘书长。

11月，《流行歌曲》承办的全国通俗音乐研讨会在郑州召开。全国音乐界人士时乐濛、张非、王酩、晨耕、付林等30多人与会。

1988年

1月，《流行歌曲》改为月刊。当年最高期发行量达到100万册，创造了中国音乐刊物发行量之最。

3月，被破格评聘为出版系列副编审职称。

1989年

10月，当选河南省出版工作者协会期刊分会第二届理事会副理事长。

11月，四川文艺出版社出版《中外著名朦胧诗赏析》（1991年8月重印）。

1990年

5月，河南人民出版社出版散文诗集《爱的箴言》。

9月，参加第9届全国青年报刊年会（山东青岛）。

9月，参加中国散文诗学会朔州年会，当选为中国散文诗学会理事。

10月，参加汝州市诗歌笔会，向青年作者谈散文诗现状。

1991年

4月，参加全国青年期刊第4届好作品复评会（河南郑州）。

5月，文心出版社出版学生读物《校园赠言》（1992年2月重印）。

9月，受聘担任由中国散文诗学会主办的双月刊《散文诗世界》编委（仅出3期，该刊从第4期起改由四川省散文诗学会主办）。

1992年

1月，《中外著名散文诗欣赏》由河南人民出版社重新出版（精装、平装两种版

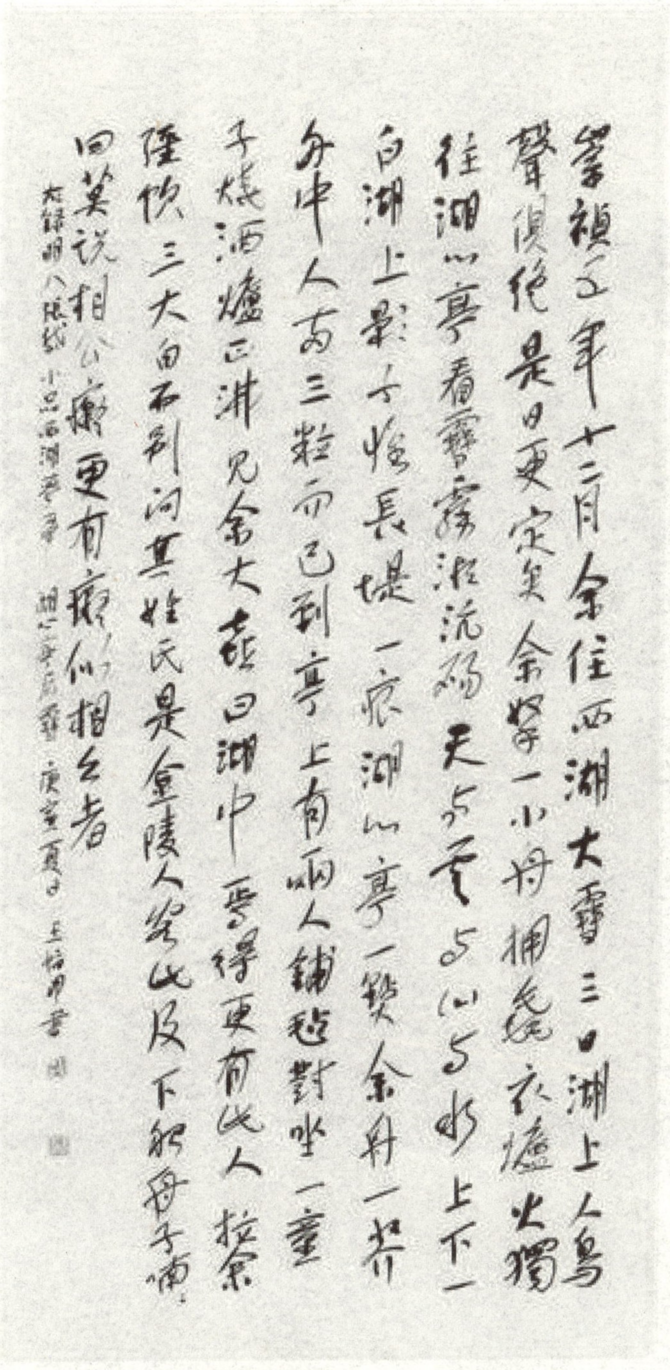

崇禎五年十二月余住西湖大雪三日湖上人鳥
聲俱絕是日更定矣余拏一小舟擁毳衣爐火獨
往湖心亭看雪霧淞沆碭天與雲與山與水上下一
白湖上影子惟長堤一痕湖心亭一點余舟一芥
舟中人兩三粒而已到亭上有兩人鋪氈對坐一童
子燒酒爐正沸見余大喜曰湖中焉得更有此人拉
余飲三大白而別問其姓氏是金陵人客此及下船舟子喃
喃曰莫説相公癡更有癡似相公者

大録明人張岱小品西湖夢尋
湖心亭看雪一篇　庚寅夏日　王培明書〔印〕〔印〕

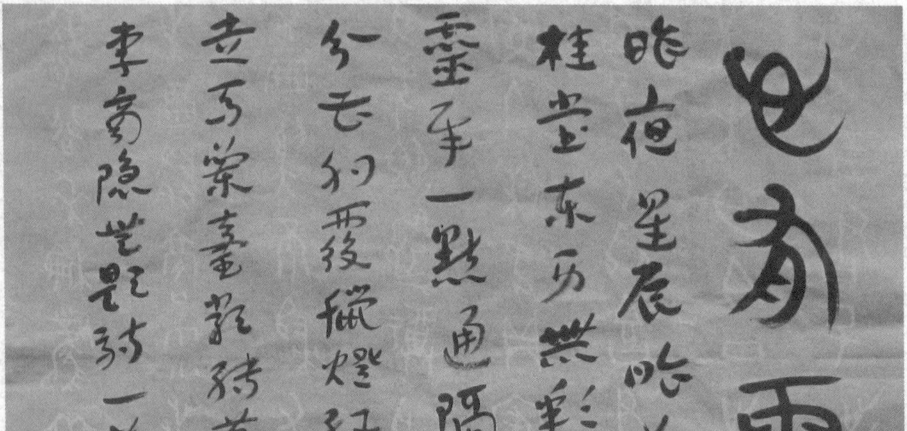

昨夜星辰昨夜风画楼西畔

桂堂东身无彩凤双飞翼心有

灵犀一点通隔座送钩春酒暖

分曹射覆蜡灯红嗟余听鼓应官去

走马兰台类转蓬

李商隐无题诗一首 中州乙幅明书

本）。

2月，主持时代青年杂志社工作。

6月，参加河南省散文学会第4届年会（河南许昌）。

12月，参加河南省出版界代表团赴美国考察访问。在华盛顿向美国国会图书馆赠送《时代青年》《流行歌曲》杂志及个人著作。

1993年

1月，任时代青年杂志社总编辑（法人代表，兼任党支部书记、《流行歌曲》总编）。

5月，花城出版社出版散文诗理论专著《美丽的混血儿》。

6月，受聘担任中国散文诗学会主办的丛刊《中国散文诗》客座副主编。

9月，参加1993金秋九寨沟散文诗笔会。

10月，参加第12届全国青年报刊年会（安徽合肥），在会上当选为全国青年报刊协会常务理事，兼任期刊工作委员会主任。

12月，加入中国作家协会（编号：4353　签证人：中国作协书记处）。

1994年

4月，中原农民出版社出版评论集《诗的奥秘》。

5月，参加中国散文诗学会"回答人生"大奖赛颁奖会、朗诵会（北京）。

5月，受柯蓝会长之聘，任中国散文诗学会副秘书长。

8月，编选《期刊编辑学探索——时代青年杂志社论文选》，由中原农民出版社出版。

9月，参加1994金秋散文诗青岛笔会。

11月，参加第13届全国青年报刊年会（广东深圳）。

1995年

4月，参加大理散文诗笔会。

6月，京华出版社出版散文集《自由女神的故乡》。

7月，率全国青年报刊采访团赴西藏采访。

10月，参加第14届全国青年报刊年会（贵州贵阳）。在会上连任协会常务理事，并兼任期刊工作委员会主任。

10月，海燕出版社出版散文诗集《无法忘记》。

12月，《流行歌曲》与中国轻音乐协会在郑州联合举办了中国第2届流行音乐研讨会及演唱会，时乐濛、王酩、徐沛东等80余人参加。与会者盛赞《流行歌曲》对发展中国通俗音乐所作出的贡献。

1996年

1月，被评聘为出版系列编审职称。

5月，参加"鸡足山杯"散文诗大奖赛颁奖会（云南宾川）。

7月，参加中国散文诗新疆伊宁笔会。

9月，当选河南省出版工作者协会期刊工委第3届理事会理事长。

11月，出席全国首届青年报刊艺术研讨会（福建福州）。

12月，受聘担任河南省出版系列高级专业技术职务评审委员会委员。

1997年

2月，参加河南省出版工作者协会第3次代表大会，当选为常务理事。

4月，参加中国散文诗西双版纳笔会。

5月，受聘担任1996年度河南省优秀图书奖评选委员会委员。

7月，参加中国青年报刊第15届年会（黑龙江哈尔滨）。

10月，作为河南文化出版界代表团成员，参加法兰克福第49届国际图书博览会。

12月，受聘担任河南省出版系列高级专业技术职务评审委员会委员。

1998年

5月，受聘担任1997年度河南省优秀图书奖评选委员会委员。

7月，当选"河南省十佳出版工作者"。

10月，参加第16届全国青年报刊年会（重庆）。

12月，受聘担任河南省出版系列高级专业技术职务评审委员会委员。

1999年

3月，主编《新世纪青年必读》，大象出版社出版（2000年12月获共青团中央第五届"五个一工程"图书奖，2002年1月获河南省第五届"五个一工程"图书奖）。

4月，主编"新生代文丛·散文诗"丛书6本，由河南人民出版社出版。

4月，河南人民出版社出版散文诗集《男人的心跳》（2000年获河南省优秀图书奖，2002年4月获河南省首届五四文艺奖文学类作品金奖）。

5月，受聘担任1998年度河南省优秀图书奖评选委员会委员。

11月，参加第17届全国青年报刊年会（天津）。

12月，受聘担任河南省出版系列高级专业技术职务评审委员会委员。

2000年

1月，《时代青年》改为半月刊。

2月，率河南省期刊界代表团参访俄罗斯，访问俄罗斯多家文化机构及期刊社。

5月，受聘担任1999年度河南省优秀图书奖评选委员会委员。

12月，受聘担任河南省出版系列高级专业技术职务评审委员会委员。

2001年

4月，受聘担任河南省五四新闻奖评选委员会委员。

5月，受聘担任全国公安现役部队新闻会计艺术专业技术资格评审委员会委员。

6月，受聘担任2000年度河南省优秀图书奖评选委员会委员。

7月，参加全国部分期刊社长主编座谈会。

8月，参加全国青年报刊总编、主编学习班，获结业证书。

12月，受聘担任河南省出版系列高级专业技术职务评审委员会委员。

2002年

3月，当选河南省出版工作者协会期刊工委第4届理事会理事长。

5月，参加期刊发行趋势研讨会（陕西西安）。

6月，受聘担任2001年度河南省优秀图书奖评选委员会委员。

7月，《时代青年》2001年第2期发表的文章《分享生命》被选为2002年度全国高考作文材料，在社会上引起较大反响。《大河报》发长文给予报道。

7月，书法作品入选"首届中国书画小作品大赛"，获优秀奖，编入大赛作品集。

8月，书法作品入选"第5届当代书画家作品邀请展"，荣获"当代百家书画家"荣誉称号。

12月，受聘担任河南省出版系列高级专业技术职务评审委员会委员。

2003年

5月，书法作品入选首届"王铎杯"全国书画书评大赛，获金奖，并收入作品集。

5月，加入河南省书法家协会（编号：2239　签证人：张海）。

6月，受聘担任2002年度河南省优秀图书奖评选委员会委员。

9月，书法作品在9月24日的《书法导报》上刊登。

12月，全国第6届书学讨论会论文评选揭晓。《美书论》获提名奖。

12月，受聘担任河南省出版系列高级专业技术职务评审委员会委员。

2004年

4，参加全国第6届书学研讨会（河南郑州）。

6月，受聘担任2003年度河南省优秀图书奖评选委员会委员。

7月，参加世界华人散文诗作家开阳笔会。

9月，任河南文艺出版社社长，兼任党支部书记。

10月，参加全国文艺出版社图书发行联合体研讨会（四川成都）。

12月，增补为河南省作家协会第四届理事会理事。

2005年

1月，受聘担任2004年度第6届河南省优秀科技期刊评选委员会委员。

6月，书法作品参加"河南省首届作家书画作品展"，并刊登于《书法导报》、《大河报》等报刊。

9月，加入中国书法家协会（编号：6656　签证人：沈鹏）。

11月，受聘担任河南省社会科学期刊第5次质量检测和第3届社会科学"二十佳期刊"评委会委员。

2006年

1月，当选为中国传记文学学会理事。

3月，获"全国书画界卓越成就奖"称号。

4月，书法作品入选"迎奥运金榜题名千龙书法展"，并编入作品集。

10月，参加中外散文诗学会成立大会（四川成都），当选为副主席。

10月，参加国家新闻出版总署主办的"新媒体出版与传播"高级研修班（上海）。

10月，书法作品入选"庆奥运和谐中国千福书法展"，并编入作品集。

2007年

1月，参加中国期刊协会全国会员代表大会，当选为理事。

1月，书法作品入选"喜庆奥运和谐中国千喜书法展"，并编入作品集。

2月，经国务院批准，成为享受政府特殊津贴专家。

2月，《文化人报》刊登书法专版，并刊发木子文章《王幅明书法，游走在气魄与神韵之间》。

6月，书法作品入选"纪念欧阳修诞辰1000周年全国诗词书法大赛"，获荣誉奖，并编入作品集。

7月，书法作品入选《当代艺术作品收藏与鉴赏》作品集。

7月，参加2007河南省散文年会暨神农山笔会（河南沁阳）。

8月，书法作品入编《历代名人吟咏大别山诗书碑廊》作品集（中国书画出版社），并在金刚台诗书碑廊勒石。

8月，受聘担任2007年度河南省社会科学优秀成果文学艺术组评委。

8月，当选河南省作家协会第5届理事会理事。

9月，参加莫斯科国际图书博览会"中国年"活动。

9月，参加河南省出版工作者协会第4次代表大会。当选为常务理事。

11月，参加文艺报社、中国现代文学馆等联合举办的"纪念中国散文诗90周年颁奖会暨研讨会"，获"中国散文诗重大贡献奖"。

12月，受聘担任河南省出版系列高级专业技术职务评审委员会委员。

2008年

1月，主编《中国散文诗90年（1918—2007）》（上、下卷，150万字），河南文艺出版社出版（2009年获河南省优秀图书奖）。

1月，书法作品刊登在《散文选刊》"中国书画名家"专版。

2月，增补为中外散文诗研究会副会长。

3月，当选河南省期刊协会副会长。

3月，任河南省书法家协会编辑出版委员会副主任。

3月，《美书论》收入《河南书法论文集》（河南美术出版社）。

4月，当选河南省文艺评论家协会副主席。

4月，参加"献给灾区人民的歌：中国作家散文诗朗诵会"（北京）。

4月，书法作品在4月28日的《中国民族报》上刊登。

5至7月，参加中原出版传媒集团公司MBA核心课程进修班，获结业证。

8月，书法作品在汤泉池碑廊勒石。

9月，书法作品在《青少年书法·青年版》上刊登。

9月，参加全国文艺出版社图书发行联合体研讨会（黑龙江哈尔滨）。

10月，书法作品在10月29日的《书法报》上刊登。

10月，参加法兰克福国际图书博览会中原出版传媒集团书展。

11月，受聘担任河南省出版系列高级专业技术职务评审委员会委员。

12月，书法作品入选"首建祖冲之纪念碑廊"中华文人第3届书法碑文。

12月，当选河南省散文诗学会会长。

2009年

3月，参加中外散文诗学会张家界国际笔会。

4月，当选河南省校园文化艺术促进会副会长。

4月，散文诗《四君子写意》入选《精美散文诗读本》。

4月，受聘担任河南省第5届文学艺术优秀成果奖文学专业组评委。

5月，作为中国传记文学学会赴台参访团一员，参加两岸传记文学座谈会，并访问台湾多家文化机构。

5月，参加河南省期刊协会参访团，赴澳大利亚、新西兰考察访问。

6月，被评为河南省直机关2007—2008年优秀共产党员。

8月，散文诗《四君子写意》、《西藏高原》入选《新中国六十年文学大系·散文诗精选》。

8月，参加"吉林森工杯"散文诗大奖赛暨中外散文诗学会第2届年会。

8月，作为评委代表，参加"蔡丽双杯"祖国情全国100所大专院校散文诗大奖赛颁奖典礼（北京）。

11月，被世界汉诗协会授予"河南十佳诗人"称号。

12月至次年1月，参加越南、柬埔寨中国图书展销会。

2010年

2月，《华章》2010年第2期刊发书法专版。

3月，应邀参加"中外华文散文诗作家大辞典（修订版）首发式暨香港散文诗学会成立13周年庆典"（香港）。

4月，主编《河，是时间的故乡——河南散文诗选》（64万字），河南文艺出版社出版。

6月，书法作品刊登于《朔方》月刊。

7月，受聘担任中州书画院副院长。

7月，书法作品编入《中州书画院作品集》（河南美术出版社出版）。

8月，参加中外散文诗名作家肇庆笔会。

9月，参加河南省散文诗学会第1届年会暨"天下之中·天翼之行"驻马店笔会。

10月，当选中国散文诗研究会副会长。

10月，散文诗《西藏高原》入选《21世纪散文诗排行榜》。

11月，参加河南省专家赴台学术休假团访问台湾。

12月，获"河南省期刊行业突出贡献奖"。

2011年

1月，与陈惠琼联合主编《2010中国散文诗年选》，花城出版社出版。

1月，主编"散文诗的星空"丛书12本，河南文艺出版社出版。

5月，策划由河南省散文诗学会与郑州人民广播电台联合举办"芬芳中原——散文诗朗诵会"。

6月，书法作品入选"首届中韩优秀书画家（韩国国会）邀请展"，并编入作品集。

6月，参加"沈尹默论坛"（上海）。

7月，书法作品入选"西柏坡之魂"全国书法大赛，并编入作品集。

9月，书法作品刊登于《鉴宝》月刊。

9月，参加"中国诗人看天中"笔会（河南驻马店）。

10月，参加"山水信阳"河南省散文诗学会2011年会。

10月，书法作品入展首届"中华曾姓祖根地"全国书法大赛。

11月，《神州诗书画报·当代书画家》刊登书法专版"水润墨香　飘逸奔放——王幅明作品选刊"。

11月，《快乐阅读》（中旬刊）2011年第11期刊发书法专版。

2012年

1月，参加中外散文诗学会"蓝冰·暖阳之恋"笔会暨"九寨沟国际散文诗大赛征文"启动仪式。

4月，参加"纵情竹海，养生长宁"2012散文诗笔会。

5月，参加中原诗群高峰论坛暨第二届河南诗人联谊会（河南郑州）。

10月，参加"中国诗人看商水"暨河南省散文诗学会2012年会（河南商水）。

11月，参加吴思敬诗学思想研讨会（河南郑州）。

11月，书法作品入编《墨华醴香·当代书家书历代咏酒诗文名作书法集》（线装书局）。

12月，主编"21世纪散文诗"丛书第1辑16本，河南文艺出版社出版。

12月，书法作品入展"当代书画精品博览会"（北京）。

2013年

1月，与陈惠琼联合主编《2012中国散文诗年选》，花城出版社出版。

4月，作为评委代表，参加"'草根散文诗'与主旋律"论坛、"春风里的草根"散文诗朗诵音乐会（上海）。

4月，书法作品入选"光辉岁月——中国当代书画家作品展览"（北京），并编入作品集（北京工艺美术出版社）。

5月，参加"作家报·青天河杯全国文学艺术大奖赛颁奖典礼暨《作家报》复刊10周年庆典"（河南博爱）。

6月，参加中国散文诗研究中心第1届年会暨耿林莽散文诗创作研讨会（浙江湖州），受聘担任湖州师院中国散文诗研究中心学术委员。

6月，作为评委代表，参加第13届全国散文诗笔会暨第4届中国散文诗大奖赛颁奖会（浙江安吉）。

9月，主编"21世纪散文诗"丛书第2辑11本，河南文艺出版社出版。

10月，书法作品应邀参加"大田崇圣岩寺建寺850周年书法展"（福建大田），并编入作品集。

11月，参加河南省散文诗学会第4届年会（河南通许）。

12月，书法作品入选"诗文风流，翰墨飘香——中国作家书画作品展"，获优秀奖（湖南衡阳），并编入作品集。

12月，书法作品入选"纪念毛泽东诞辰120周年韶山银田寺书画大展"（湖南韶山），并编入作品集。

后　记

一部广义散文的结集。其中大部分文章是近几年写的，还有一些则写于多年以前，从未收入过文集，这次一并收入，是对已逝岁月的纪念。

第一辑"似兰斯馨"，为散文诗专辑。部分文章来自《文学报·散文诗研究》的"名家印象"专栏，另一些评述中国散文诗历史、现状及新近出版的几本散文诗集。

第二辑"读书与读人"，读古今书，品古今文人风采。有几篇是学习书法的心得。

第三辑"忆与履"，自传性的回忆和两岸纪游。

第四辑"编者悟语"，30余年编辑生涯中留下的若干杂感和外出考察印象。有一些是专为河南文艺出版社内部刊物《创新出版》（季刊）而写。有几篇是为同事所写的序言，其著作均与编辑职业有关。

第五辑"与电影相遇"，写于上世纪80年代后期的一组影评。那时，河南省成立了电影电视评论学会，还设立省会电影评介组，我有幸参与其中，便有了这些短文。

第六辑"答友人问"，几篇友人专访，与散文诗和书法有关。

附录，收入几篇与本人工作经历有关的文字。最后是我新近整理的30余年出版生涯及文学、书法活动年表。对于关注我的朋友们，这些资料或许可以增进了解。

　　因为工作繁忙，已十多年没有出版过个人作品集。离开工作岗位，真正有"解放了"的感觉，心情顿时安静下来。一个职业出版人，旋即变为一个自由人。前两年由于颈椎病的困扰，谢辞了若干友人的雅命。从今年起，成为名副其实的自由撰稿人，也有了整理旧作与新作的心情和精力。

　　取一个合适的书名颇不容易。取《天堂书屋随笔》，是为省事，类似大锅菜，无所不包。忽想，古人有《画禅室随笔》，前辈有《缘缘堂随笔》，步其后尘，何乐而不为？

　　所收文章大多发表过。记起的，均在篇末注明发表报刊及日期，以示感谢。少数文章因发表报刊丢失，只能注明写作日期。

　　文中插入百余幅图片，均与内容有关，随着时间的推移，有些已具有文献性，成为文本不可或缺的一部分。重读这些图片，脑海即刻浮现一些或温馨或令人感奋的生活回忆。一个个生活场景，被镜头瞬间捕捉，便化作永恒的记忆。

　　感谢老友、出版家、书法家王刘纯社长慷慨接纳拙著，并为本书题写书名，还亲选优秀装帧设计家刘运来先生为本书设计，是我的幸运。责编王晓宁先生亦为作者老友，十多年前我们有过一次愉快的合作，他为拙编《新世纪青年必读》把关，因其严谨的工作作风，为该书赢得两个重要奖项，最终使所有作者都成为受益者。感谢鲁迅文学奖等多项文学大奖获得者、评论家兼诗人何向阳女士赐序。

　　一些工作照片，为同事张雪生、廖磊、郭端飞等人所拍。谨向他们表示

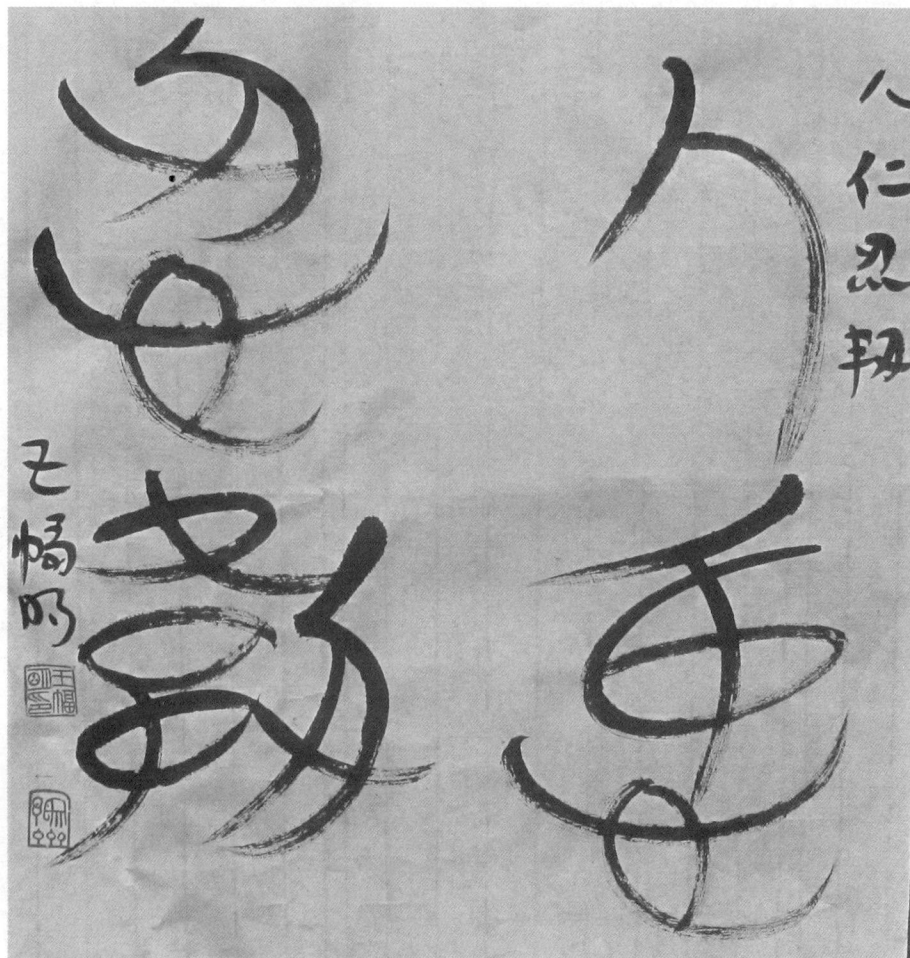

感谢！

　　这本书对我个人而言，颇似一块界石：既是对往昔的告别，又是新生活的开始。过去，我是一个职业出版工作者、文学和书法的票友；今后，则成为一个全职阅读者、舞文弄墨者、出版业的票友。

　　　　　　　　　　　　　　　2013年，秋高气爽，郑州天堂书屋

北国风光，千里冰封，万里雪飘。望长城内外，惟余莽莽；大河上下，顿失滔滔。山舞银蛇，原驰蜡象，欲与天公试比高。须晴日，看红装素裹，分外妖娆。江山如此多娇，引无数英雄竞折腰。惜秦皇汉武，略输文采；唐宗宋祖，稍逊风骚。一代天骄，成吉思汗，只识弯弓射大雕。俱往矣，数风流人物，还看今朝。

毛泽东词沁园春雪　甲午羊年新春　石临书